有匪

유비

Priest 장편소설 역자 | 호연

四

D&C
BOOKS

4. 만산하(挽山河)

강물은 바다로 흘러들어
하늘빛으로 돌아갔다네

❖ 목차 ❖

❖ 목차 ❖

제11장

새
로
운
세
대

새로운 세대

아침 햇살이 형상이 기이하고 색채가 다양한 작은 수림을 지나 수라장 같은 류가장을 비췄다.

요행히 살아남은 사람들은 넋이 나간 채 흐리멍덩한 표정을 짓고 있었다. 지난밤은 혼란의 연속이었다. 열반고들이 튀어나와 사람들은 서로 짓밟으며 도망가기 바빴다.

다행히 이성이 위급한 상황에 불꽃으로 경종을 울려 맨 먼저 불을 붙이고 또 여러 문파들을 간신히 진정시켜 나머지 불씨들을 도처에 뿌렸다. 그리하여 겨우 시체가 산더미처럼 쌓이는 말로를 면했다.

그런데 그들이 숨을 돌리기도 전에 위풍을 부리며 우쭐하던 독충들이 갑자기 동시에 우수수 떨어져 죽을 줄 누가 알았으랴.

이성은 깜짝 놀라더니 주비가 은패를 따라잡은 게 분명하다는 생각이 들어 이내 기뻐했다. 그런데 그가 미처 안도하기도 전에 열여덟 명의 약인들은 일제히 미친 듯이 사람들을 마구 학살하기 시작했다.

이성의 초라한 몰골이 어젯밤을 어떻게 버텨 왔는지 말해 주고 있었다. 소리를 너무 많이 지른 탓에 목이 쉬었다. 주이당을 따라 밤새 전쟁터에서 싸워도 이만큼은 두렵지 않을 거라는 생각이 들었다.

그렇다고 힘 빼고 쓰러질 수도 없는 노릇이었다. 장중의 여러 문파는 비록 그의 말 한마디에 휩쓸려 들어왔지만, 밤새 고전을 치르고 나니 모두가 아직 어린 후배인 이성을 중심축으로 여기며 그를 에워싸고 이러쿵저러쿵 떠들어 댔다.

이성은 마침내 주비가 처음으로 세상에 발걸음을 내디딘 풋내기 시절 '남도'의 명예를 짊어질 때 어떤 느낌이었을지 알 것 같았다. 겸손하고 예의 바른 척까지 해야 하니 이보다 더 진절머리 나는 일은 없을 것 같았다. 그는 난생처음 주비가 빨리 돌아오기를 기도했다. 그래야 대마두와 독충을 죽인 업적을 그녀에게 돌릴 수 있기 때문이었다.

그런데 주비는 어디에 있는가?

이성은 먼저 가산에 숨어 있는 오초초를 찾아냈다. 주비는 일찌감치 오초초를 숨겨 놓았다. 그녀는 타고난 성품이 신중하고 행여나 자신의 무공이 보잘것없어 남에게 폐를 끼칠까 전전긍긍하여 주비가 숨으라고 하니 곧장 숨었다. 그리고 아무리 궁금해도 절대 밖의 상황을 훔쳐보지 않았다. 그러니 그녀도 주비가 어디로 갔는지 모르고 있었다.

이성은 한밤중부터 해 뜰 때까지 꼬박 기다렸지만 주비는 코빼기도 보이지 않았다.

처음에 이성은 애간장을 태웠지만 한편으로는 미덥지 못한 주비를 욕했다. 그런데 날이 밝도록 나타나지 않자 당황하기 시작했다.

주비는 최근 몇 년간 여기저기 싸돌아다니며 북두 동개양의 저택마저 태울 정도로 간덩이가 커졌지만 스스로 수습하지 못할 사고는 한 번도 친 적이 없었다.

요즘도 멀쩡한 걸로 보아, 아마 다른 재주는 몰라도 목숨을 부지하는 재간은 부족함이 없을 것이다. 그런데 은패 그놈은 이치가 통하는 놈이 아니다. 무공이 뛰어난 데다 맹독을 가진 독충까지 달고 다니니 주비가 혈혈단신으로 쫓아갔다가 무슨 일을 당한 건 아닐까?

이성은 변화무쌍한 환경에 처해도 놀라지 않는 자신의 가면을 간신히 유지하고 있었지만 속은 불더미 위에 올려놓은 물 같았다. 처음에는 거품이 일다가 날이 밝아질수록 부글부글 끓어올라 끝내 터져 버릴 것만 같았다.

류가장의 독충과 약인들이 모두 쓰러졌으니 이치에 따라 추론해 보면 열반고 모충이 죽었을 가능성이 컸다.

그런데 열반고 모충은 어떻게 죽었을까? 주비가 죽였을까?

이성은 주비가 어느 틈에 사라졌는지도 보지 못했다. 만약 정말 그녀가 열반고 모충을 죽였다면 은패의 손에서 빠져나올 수 있을까? 혹시라도 그러지 못한다면 돌아가서 큰고모한테는 뭐라고 해야 한단 말인가?

생각할수록 그는 놀라고 무서워서 어찌해야 할지 몰랐다. 그런데 사람들은 그가 온 정신을 다 기울여 오롯이 걱정하게 가만두지 않고 수시로 그를 불러 댔다.

"이 소협, 이 약인들의 시체는 어떻게 처리하는 게 좋을까요?"

"이 소협, 부상자들은 다 안치해 놨어요. 그런데 열반고에 중독된 사람들은 어떻게 할까요?"

"이 소협, 들자니 최근 북두 사람들이 이 근처에 나타났다고 하던데, 우리가 이렇게 큰 소동을 벌였으니 그 조정의 앞잡이들이 몰려오는 게 아닐까요?"

"이 소협⋯⋯."

이성은 성가셔서 가슴이 터질 지경이었다. 지난밤으로 돌아가 자기의 두 뺨을 때리지 못하는 것이 한스러웠다. 그는 스스로와 힘겨루기를 하며 속으로 생각했다.

'여기가 어디라고 끼어든 거야. 여기가 촉 땅의 산채인 줄 알아? 왜 쓸데없이 참견해서는! 네가 끼어들 급이 돼?'

이성이 류가장에 온 것은 순전히 '인정과 체면' 때문이었다. 이근용이 사람을 몇 명 데리고 가서 체면 좀 세워 달라고 했던 것이다. 그래서 열여덟 약인들이 모습을 드러내자 그는 상황이 이상한 것을 눈치채고 곧 다른 문파들처럼 후퇴했다.

예전에 사십팔채가 스스로 하나의 나라를 이룰 때에는 외부인들과 거의 접촉하지 않았다. 그런데 조녕이 병사들을 거느리고 촉의 땅을 겹겹이 포위했던 그때 이근용은 사십팔채의 여러 문파들이 대가 내려갈수록 점점 더 약해진다는 걸 알아챘다.

선대 채주 이징을 따라 명을 받들어 비적이 된 사람들은 어떤 인물들이었는가? 아무 이름이나 대도 무시무시하고 으리으리하여 땅땅거릴 수 있었다. 그런데 요즘 젊은이들은 어떤가?

어린 시절 눈만 높고 손재주는 없는 무능한 이성도 두각을 드러낼 정도였으니, 사십팔채에 뒤를 이을 인재가 없다는 것을 미루어 알 수 있다.

요즘 같은 난세에 무릉도원에서는 좋은 싹이 날 수 없고 아무나 따 갈 수 있는 야채나 버섯 따위밖에 나지 않는다. 이근용은 이 점을 인식하고 최근 몇 년에는 일부러 외부와의 왕래를 회복하여 젊은이들을 밖으로 내보내 경험을 쌓게 하고 있었다.

이번에 류 장주가 암암리에 각 문파를 소집하여 은패를 포위, 토벌하게 되면서 자연히 사십팔채에도 서신을 보냈다.

이근용은 여러 곳을 돌아다녀 세상 물정에 밝았다. 그래서 서신을 보자마자, 각 문파가 체면 때문에 호응할지는 몰라도 최근 몇 년 동안 고수들만 유일하게 남아 있는 명문들은 오래전에 이미 한 쪽 구석으로 물러났고, 나선다 한들 전력을 다하지는 않으리라 생각했다. 대부분 기세나 도울 뿐, 전세가 기울어지면 누구보다도 먼저 도망칠 게 분명하다는 것도 잘 알았다.

마침 이성이 근처에 있었기 때문에 이근용은 가까운 정탐꾼들 가운데서 일손을 몇 명 뽑아 거들게 하고 자기를 대신하여 다녀오도록 했다.

이성은 어릴 때부터 성격이 괴팍한 주비와는 다르게 기지가 많았고 남들 앞에서 항상 점잖았다. 그래서 이근용은 이성에 대해서는 전혀 걱정하지 않았다.

또 몇몇 오랜 친구들에게 서신을 보내 잘 돌봐 달라고 부탁해 놓고, 이성에게는 '형편에 따라 일을 적절하게 처리하고, 항상 조심하고 선배들을 잘 따르고 함부로 나서지 말'고 당부했다.

여러 문파들을 따라 낯이나 익히고 소림이나 무당 같은 대가들이 있으니 남들이 싸우면 옆에서 징이나 두드리고 남들이 도망가면

같이 도망가라는 뜻이었다. 어쨌든 다들 닳고 닳은 고수들이라 교활하고 음흉해서 그들을 따라다니면 손해 볼 일은 없을 테니까.

그런데 사람의 계획은 늘 하늘의 뜻을 벗어나지 못했다. 이 두령은 이 공자의 '점잖음'이 적어도 팔 할은 가장한 것이고 어떤 순간에는 보기에 미덥지 못한 주비보다 더 뜨거운 피가 끓는다는 것을 알지 못했다.

결국 그는 이 두령의 당부의 말을 앞뒤 다 자르고 '형편에 따라 일을 적절하게 처리하고 마음대로 나서라'로 바꿔 들은 셈이었다.

이성은 당장이라도 '귀찮게 하지 마!'라고 고함을 지르고 싶었지만 가까스로 참아 냈다. 그가 억지로 웃음을 만들어 내며 침착한 척 사람들에게 분부했다.

"시체는 당연히 열반고들과 같이 치워야지요. 한데 모아서 태워 주세요. 그리고 열반고 독은 양 형님께서……."

양근 자신은 싸움꾼에 불과했지만 그가 거느리고 있는 경운구 남방 산쟁이들은 꽤 도움이 되었다. 그들은 분부를 듣자마자 사지가 발달하여 사람을 찌를 줄밖에 모르는 문주를 한쪽에 버려두고 이성의 지시에 따라 이리 뛰고 저리 뛰고 분주하게 움직였다.

류 장주가 재빨리 맞장구를 쳤다.

"명의 여러분, 약을 아끼지 마십시오. 비용은 저희 류가장에서 모두 부담하겠습니다."

"저, 북두 말인데요, 확실히 근처에 있습니다. 얼마 전에 다른 일 때문에 동개양과 겨루게 되었거든요. 이치에 따르면 지금쯤이면 남하하고 있을 거예요……. 그런데 단언할 수는 없어요. 혹시 모르니까 여러 선배님들이 각자 수하들을 파견하여 산장 근처를 순찰하게 하는 게 어떨까요?"

이성은 잠시 생각에 잠기더니 보충했다.

"만일 무슨 변고가 있으면 저희 사십팔채의 연락용 불꽃으로 서로 소식을 전하기로 하죠."

류 장주가 얕은 한숨을 내쉬며 고개를 끄덕였다.

"정말 청출어람이군요. 모두 이 소협의 분부에 따르십시오."

이성은 그에게 미소를 지어 보이고는 사십팔채 사람들을 한쪽으로 불러 모아 낮은 소리로 분부했다.

"너희들도 같이 가. 세 조로 나눠서 주비를 찾아봐. 소문내지 말고."

정탐꾼들은 즉각 그의 명령에 따라 움직였다. 겉으로는 사람들을 따라 류가장 주변을 순찰하는 것처럼 보였지만 여기저기 주비를 찾아다녔다.

이성은 이근용의 당부를 떠올리며 후회막급했다. 류가장에 막 도착했을 때 여러 선배님들이 적극적으로 그에게 말을 걸어 옛이야기를 하거나, 환한 얼굴로 여러 사람들에게 추천해 주기도 했다. 이성은 처세술에 능하여 이근용이 사람들에게 자신을 잘 부탁한다고 미리 인사를 해 두었다는 것을 이내 알아차렸다.

처음에는 다른 사람들이 그를 돌봐 주었는데, 오히려 그의 순간적인 충동으로 인하여 모두의 발목을 잡은 격이 되었다.

이성은 자신의 일 처리를 떠올리며 씁쓸한 기분을 주체할 수 없었다. 그는 어쩔 수 없이 친히 돌아다니며 부상자들을 살피고 약을 전해 주며, 사려 깊지 못한 자신의 처신을 굽신거리며 반성했다.

사람들은 그가 얼마나 소심하고 겁이 많은지 모르고 있었다. 비록 처음에는 많은 사람들이 이성 때문에 어쩔 수 없이 판에 끼어

들었지만 그래도 이번 일전을 통해 철면마의 오만방자하고 대단한 기세를 죽여 버렸다.

그 철면마 자신의 시체도 불에 타고 있는지는 아직 모르지만 그의 약인 무리를 죽이고 이렇게 많은 열반고들을 섬멸했으니 그런대로 십 년 묵은 체증이 내려갔다고 할 수 있겠다.

모두 '의협심' 하나로 살아가는 사람들인데 울분을 참아 가며 구석진 곳에서 하루하루 살아가는 것도 부득이한 일이다. 게다가 매일매일 구차하게 연명하고 싶어 하는 사람이 어디에 있겠는가?

처음에는 이성에게 상당한 불만을 품고 있던 사람들도 사후에 그가 교만하거나 조급해하지 않고 성의를 보이고, 또 류 장주가 입에 침이 마르도록 수습하고 나서자 그냥 넘어갔다.

예상 부인은 한참이나 숨을 고른 후 다가와 이성에게 작별 인사를 했다. 우의반은 비록 손을 씻은 지 오래됐지만 아무래도 자객이다 보니까 사람들 틈에 섞여 있으려고 하지 않았다.

예상 부인이 말했다.

"별다른 일 없으면 우리는 먼저 가겠소."

여기는 어디까지나 류가장이고 손님을 배웅하는 일도 류 장주가 나서야 했기에 이성은 주제넘게 나서지 않았다.

예상 부인은 나잇살을 꽤나 먹었지만 다년간 보양에 신경을 쏟고 무공이 뛰어나 하나도 늙어 보이지 않았다. 오히려 세월이 지나면서 세련되고 나른한 요염함까지 갖추고 있었고 뒤에는 묘령의 아가씨들까지 거느리고 있었다.

이성은 예에 어긋나는 것은 보지 말아야 함을 잘 알고 있었기에 시선을 피하며 그녀를 똑바로 쳐다보지 않고 공손하게 후배의 예를 갖춰 말했다.

"네, 선배님께서 정의롭게 나서서 도움을 주셔서 감사합니다. 안녕히 가세요."

예상 부인은 실눈을 뜨고 그를 바라보며 갑자기 살짝 웃더니 손가락으로 이성의 턱을 들어 올렸다.

이성은 어릴 때부터 이연, 주비와 함께 자란 탓에 한창나이가 되도록 여자라 하면 두 가지 인상밖에 없었는데 하나는 '골칫덩이', 다른 하나는 '심술쟁이'였다. 그래서 여자에 대해서는 줄곧 피하는 경향이 있었다.

그리고 주이당의 영향을 받아서 중요한 일이 아니면 결코 먼저 나서서 외부의 여자들에게 말을 걸거나 한가로이 잡담을 하는 일이 없던 터라, 화들짝 놀라며 얼굴이 굳은 채 뒤로 반걸음 물러섰다.

예상 부인이 웃으며 말했다.

"이 도련님 보게. 할머니뻘인데 왜 피하는 거지?"

이성은 또 한 걸음 물러서며 말했다.

"선배님, 그만 놀리세요."

"어쩜 그렇게 조부와 똑같이 재미가 없어."

예상 부인은 그의 이마를 톡톡 건드리는 시늉을 하며 웃더니 이내 정색하며 흐트러진 옷소매를 단정히 하고 목소리를 살짝 깔며 이성에게 말했다.

"앞으로 강호를 많이 돌아다니도록 해. 보아하니 네 고모님도 같은 생각인 것 같구나. 그렇지 않고서야 널 내보냈을 리가 없지."

이성은 책장 넘기듯 얼굴을 바꾸는 수법은 처음 보는지라 저도 모르게 잠시 어찌 된 영문인지 알아차리지 못하고 있었다.

예상 부인은 몸을 옆으로 돌리고 여전히 류가장에 남아 있는 사람들을 훑어보며 낮은 소리로 말했다.

"저들이 네게 잘해 주는 건 단지 이 두령의 체면을 봐서가 아냐. 어젯밤에 사람들을 거느리고 은…… 철면마를 물리치는 모습에서 희망을 봤기 때문이지."

이성은 어쩔 줄 몰라 했다.

"넌 명문의 후예야."

예상 부인이 그를 향해 웃으며 말을 이었다.

"소인배가 권력을 잡아 모두가 불안해할 때, 모두가 억눌려 숨쉬기조차 힘들 때, 다들 이징이나 은문람 같은 인물이 다시 나타나길 바라고 있는 거야. 알겠니?"

그 말을 들은 이성은 이게 무슨 허튼소리인가 생각했다. 그는 여태까지 이가의 파설도에도 입문하지 못하고 있는데!

이근용은 주비의 칼 솜씨를 보고 자신이 후배들을 너무 국한된 시선으로 바라보고 있었다는 걸 깨닫고 직접 파설도 도감을 그려 그녀에게 주었다.

주비는 성격이 돼먹지 않았지만 시원시원하고 엄청난 자부심을 가지고 있어서 무술 연마에 있어서는 묻는 말에 큰일 작은 일 할 것 없이 일일이 대답해 주었고 절대 숨기는 법이 없었다.

그러나 이성은 쌍검이 손에 익기도 하고 사십팔채 여러 문파에서 잡다하게 배운 영향이 있어서 어떻게 해도 입문이 어려웠다. 그렇게 오랜 시간이 지나자 아예 대충대충 연습하면서 집안 무공이 뭔지 아는 것에만 만족하며 더 이상 공을 들이지 않았다.

"함부로 자신을 낮출 필요는 없어."

예상 부인이 미소를 짓자 눈가에 보기 좋은 주름이 몇 가닥 잡혔다.

"팔을 한번 휘두르면 천하가 반응하는 사람이 반드시 무공이 가장 뛰어나다고 할 수 없지. 네 무공은 이미 충분히 훌륭해. 앞으로 어떤 방향으로 나아가야 할지 잘 생각해 보고 선배들의 간절한 마음을 저버리지 말도록 해. 대신 비야에게 안부 좀 전해 줘."

그녀는 말을 마치고 이성이 미처 반응하기도 전에 돌아서 가 버렸다.

이성은 어리둥절해서 참다못해 옆에 있는 오초초에게 물었다.

"저 사람 대체 무슨 뜻이지? 나보고 곽연도처럼 무림 맹주가 되라는 거야?"

오초초가 눈을 끔뻑이며 미처 입을 열기도 전에, 이성은 자신이 그녀를 이연으로 착각해 너무 친근한 말투를 썼다는 걸 알아챘다. 그는 어색한 나머지 황급히 고개를 숙이고 웅얼거렸다.

"저도 가서 주비를 찾아볼게요."

말을 마치자마자 그는 발바닥에 기름이라도 칠한 것처럼 도망쳤다.

이성은 전에는 아무렇지 않다가 지금은 자신을 바라보는 사람들의 시선이 너무 부담스럽고, 또 예상 부인이 '다들 이징이나 은문람 같은 인물이 다시 나타나길 바라고 있는 거야'라고 했던 말이 떠올라 옷 속에 벌레들이 득실거리는 것처럼 온몸이 거북하게 느껴졌다. 그는 내내 고개를 푹 숙이고 담벼락에 바짝 붙어 류가장을 빠져나갔다.

겨우 사람들의 시선에서 벗어나 류가장 밖으로 도망쳐 나온 이성은 안도의 한숨을 돌리기도 전에 덜렁대며 다가오는 어떤 사람과 그대로 부딪쳤다.

이성은 화들짝 놀라며 앞을 쳐다봤다가 기쁘기도 하고 화가 나기도 해서 바로 호통을 쳤다.

"주비, 어디에 있다가 이제야 기어들어 와?"

"쓸데없는 소리 하지 말고."

주비가 말했다.

"나랑 어디 좀 가자!"

이성은 밤새 주비 때문에 애간장을 태운 것을 생각하며 화가 머리끝까지 치솟아 말뚝처럼 뻣뻣하게 서서 물었다.

"너랑 어디로 가자는 거야? 어디에 갔었어? 뭐 하느라 이제야 돌아온 건데? 그리고……."

그는 눈살을 찌푸리고 얼룩진 주비의 옷을 훑어보며 퉁명스럽게 그녀의 더러운 손을 뿌리쳤다. 어디서 구르다 왔는지 물어보려던 그때, 주비는 몸에서 주섬주섬 헝겊 보따리를 꺼내 그에게 쥐여 주며 시원스럽게 말했다.

"아, 맞다. 그리고 이거, 가져가."

이성이 의심 가득한 눈으로 받아 들더니 물었다.

"뭔데……."

말을 마치기도 전에 이성은 날카로운 칼에 두 동강 난 열반고 모충과 눈이 마주쳤다.

그는 이만저만 놀란 게 아니었다. 명치에 있던 심장이 천천히 길을 가다가 갑자기 미친 듯이 내달려 목구멍을 지나 머리를 뚫고 나올 것 같았다.

이성은 손을 덜덜 떨며 하마터면 그 물건을 내던질 뻔하다가, 이내 열반고 모충은 비록 사악하기는 하지만 매우 진귀한 것이라는 생각이 들어 다시 허둥지둥 받쳐 들었다. 그 짧은 순간에 던져야 할지 받쳐 들어야 할지 고민하느라 두 손을 한없이 바삐 움직였다.

이성은 가까스로 열반고 모충을 제대로 잡았다. 그것은 꽤나 무겁게 손을 눌렀고 날개와 백골 같은 몸통은 또 유난히 단단했다. 보따리로 감쌌는데도 손을 찌르는 느낌이 들고, 배는 아주 부드럽고 연해서 나뭇잎을 갉아 먹으며 사는 벌레처럼 살짝 누르기만 해도 '뿌지직' 하고 공포스러운 소리를 낼 것 같았다.

이성은 몸이 굳은 채 덜덜 떨며 물었다.

"이게 뭐야?"

"은패의 몸에 있던 열반고 모충이야."

주비가 말했다.

"대단한 물건 같아. 이걸로 뭘 할 수 있는지는 나도 잘 몰라. 일단 가지고 있어 봐. 혹시 쓸 일이 생길지도 모르잖아."

죽어 버린 것은 그렇다 치고 당장 태워 버릴 것이지 가져올 건 뭐람!

이성은 앞으로 애벌레만 봐도 소름이 끼칠 것 같았다. 그는 차라리 두 손의 감각이 없었으면 좋겠다는 생각을 하며 당장 열반고 모충을 주비 얼굴에 던지고 싶은 것을 겨우 참았다.

주비는 몇 마디 말로 열반고의 내력을 설명하고는 이어서 말했다.

"오라버니, 나랑 같이 가 주면 안 돼? 우리 제문의 금지 구역에 한번 가 보자. 충운자가 오라버니한테 많이 가르쳐 줬잖아. 그놈들의 진법을 어떻게 풀어야 할지 도저히 모르겠어. 너무 어려워."

이성은 흥 하고 콧방귀를 뀌더니 말했다.

"나한테 사정해 봐."

말하면서도 그는 마음을 놓을 수가 없어 고개를 돌려 사람 소리로 요란한 류가장을 한번 보며 주비와 함께 이렇게 가 버리는 게 그다지 좋지 않다는 생각을 했다.

주비가 귀찮다는 듯이 말했다.

"저 사람들 신경 쓸 거 뭐 있어. 저 사람들, 내일이면 오라버니한테 은패 따위 이백오십 명도 단칼에 찔러 죽일 수 있는 법을 가르쳤다가, 모레는 오라버니를 구슬려 무림 맹주 자리에 앉힐 거고, 글피에는 북두가 됐든 뭐가 됐든 여기저기서 대마두들이 귀찮게 굴면서 대가리에 구멍 뚫린 소협들도 찾아와 도전장을 내밀지도 몰라. 며칠 더 지나면 사소하고 보잘것없는 일 때문에 조금만 부주의하면 '소문난 잔치에 먹을 거 없는' 두 번째 곽연도가 될 거라고."

이성은 처음에는 다소 과격한 그녀의 말을 울지도 웃지도 못하고 듣고 있었다. 오라버니 티를 내며 세상을 그렇게 냉소적으로 바라보지 말라고 거드름을 피우려다가, 문득 예상 부인이 그에게 했던 말들이 떠올라 서서히 웃음기를 거두었다.

주비가 말을 마치기도 전에 이성은 자신의 외투를 벗어 열반고를 안으로 세 겹, 밖으로 세 겹 꽁꽁 싸더니 양쪽 끝을 묶어 보따리를 만든 뒤 허리춤에 차며 주비에게 말했다.

"나는 먼저 가서 이연을 데려와야겠어."

이연은 입조심이라고는 할 줄 몰라서 이성은 사전에 그녀와 몇몇 비교적 듬직한 사십팔채 제자들을 류가장 근처의 한 객잔에 두었다.

듣기 좋은 말로 '상황에 호응해서 도와 달라'고 하긴 했지만 사실은 그녀를 거기에 맡겨 둔 것이나 다름없었다. 갔다 오는 데 얼마 걸리지도 않는 거리였다.

이연은 이내 도착했고 주비는 몰래 사십팔채 사람들을 통해 오초초를 데리고 나왔다.

이성은 류 장주에게 정중한 이별 서신을 남기고 여러 곳에서 차출해 온 정탐꾼들에게 알린 후, 쥐도 새도 모르게 류가장에서 빠져나와 남하했다.

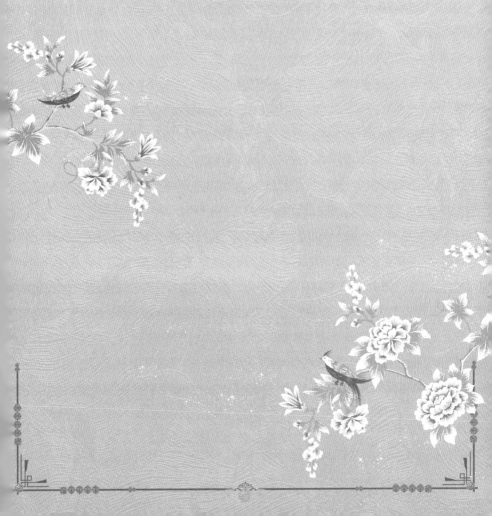

제 1 부

저무는 노을은 외로운 따오기와 날고,
가을날 강물은 먼 하늘과
한 빛깔로 어우러졌네

제1장

암류

암류

주비는 회하淮河를 건너 남조 관내에 진입해 쭉 서쪽으로 내려가 초楚 땅을 밟았다.

제남부濟南府는 이미 낙엽이 졌는데 초 땅은 여전히 무더위가 이어지고 있었다. 울퉁불퉁한 산길 양옆에는 몇 리에 하나씩 허름한 간이 찻집이 있어 밭일 나가는 농민들과 오고 가는 행인들이 동전 몇 닢만 내면 잠시 쉬어 갈 수 있었다.

찻집은 지붕에 비가 새는지, 한 소년이 바짓단을 걷어 올리고 볏짚을 덧대고 있었다. 찻집 안에는 기다란 의자 세 개와 탁자 하나가 놓여 있었는데 이미 사람들이 차지하고 있었다. 다른 행인들은 하는 수 없이 마실 물과 건량을 사서 옆에 서서 먹거나 그대로 들고 가야 했다.

이성은 동전 한 줌을 내려놓고 찻주전자를 주비에게 건넨 후, 이빠진 커다란 사발을 들고 뜨거운 차를 천천히 홀짝거렸다. 땀 좀

내면서 쉬려던 그때, 찻집의 긴 걸상을 차지하고 앉은 사내들이 하는 얘기가 들려왔다.

"다들 그렇게 얘기하는 걸 보니 철면마는 틀림없이 죽은 게 분명해."

이성은 흠칫하며 모락모락 피어오르는 수증기 너머로 그들을 바라보았다.

다른 사내가 딱 잘라 말했다.

"죽었지! 죽지 않고 배기겠어? 듣자니 철면마는 머리가 세 개에 팔이 여섯 개였는데, 이 소협이 함정으로 유인해서 백여 명이 함께 달려들었는데도 제압하지 못했대. 다행히 이 소협이 위험 앞에서도 두려움 없이 사람들을 지휘하면서 직접 철면마의 머리와 팔을 하나씩 잘라 냈다지. 죽은 괴충이 땅에 가득 널려서 다음 날에 그것들을 태우려는데 불길 속에서 어떤 괴물이 천지를 뒤흔들 듯이 포효하더라는 거야. 벌레들은 분명 갈가리 찢겼는데 불 속에서 머리 양쪽에 뿔이 달린 사람만 한 형체가 일어나서는 잔뜩 성난 채 노려보았대……. 정말 괴이하지 않아?"

이성은 뜨거운 물에 사레가 들려 하마터면 죽을 뻔했다. 연신 콜록거리느라 눈시울까지 시뻘게졌다.

한담을 하던 세 사내는 뭔 일인가 하고 고개를 돌려 그를 힐끔 봤다가, 기생오라비 같은 이성의 얼굴을 확인하고는 다시 자기들만의 토론에 집중했다.

"그런데 이 소협이 대체 누구야?"

"그것도 몰라? 남도라고 못 들어봤어? 촉 땅 사십팔채의 그분 말이야! 이 소협은 바로 남도 이징의 장손이야."

"그야말로 한 번의 싸움으로 천하에 이름을 날렸구먼. 쯧쯧, 괜히 청출어람이라는 말이 있는 게 아니야……."

이성은 더는 가만히 듣고 있을 수 없어 자리를 뜨고 싶었다. 그는 귀신이라도 나타난 것처럼 주비와 다른 사람들을 재촉했다.

"빨리 가자, 빨리!"

귀가 밝은 주비는 아까부터 사내들의 말을 한 글자도 놓치지 않고 듣고 있었다.

"이 소협께서 검으로 베어 낸 게 이백오십 명의 은패가 아니라 철면마의 세 머리와 여섯 팔이었네요. 이거 참 몰라 봬서 죄송하네요!"

이성이 버럭 했다.

"쓸데없는 소리 계속할 거면 지도나 들고 꺼져."

주비와 마차 안의 두 소녀가 깔깔거리며 웃었다. 그래도 이번 여정은 사실과 전혀 다른 헛소문들을 듣는 걸 빼면 그럭저럭 평온했다.

일행이 막 강릉江陵 일대에 도착했을 때, 이성이 길을 잘못 안내한 건지 어쩐 건지 주변에는 사람 그림자도 보이지 않았다. 주비 일행이 시간이 이른 틈을 타 길가에서 말에게 물을 먹이고 있는데, 별안간 뒤쪽에서 돌진해 오는 말발굽 소리가 들려왔다.

말에 탄 사람은 말에 날개가 없는 것이 한스럽다는 듯 요란하게 채찍을 휘두르더니, 주비에게 다다르기도 전에 한시도 지체할 수 없다는 듯 칼을 빼 들었다. 그는 말 등 위에 서서 태산이 쏟아질 듯한 기세로 주비의 등을 향해 칼을 높이 쳐들었다.

안시도의 챙그랑 하는 소리에 놀란 젊은 말이 앞다리를 높이 쳐들었고, 말 등 위의 사람은 그 기세를 몰아 주비를 향해 칼을 내리찍었다.

이연이 놀라 비명을 질렀다. 그러나 주비는 당황하는 기색 없이 몸을 홱 돌리며 쇄차를 칼집에서 뽑지도 않은 채 눈앞에서 안시도를 막아 냈다.

그녀는 이 정도 습격은 아무렇지도 않다는 듯 표정 하나 변하지 않고 칼을 옆으로 휘둘러 막은 채로 솜씨 좋게 상대방을 들어 올렸다. 말 등 위의 사람은 어찌나 옹고집인지, 패배를 인정하기는커녕 한사코 그녀에게 맞서려고 했다.

그러나 주비의 쇄차는 힘이 강하지 않으면서도 미묘하기 짝이 없어, 그저 가볍게 흔드는 것으로 상대방과 말과 안시도 사이의 균형을 깨뜨렸다.

습격자는 몸을 뒤로 눕히면서 가까스로 고삐를 잡아 말에서 떨어지지는 않았으나, 손에서 힘이 빠지는 바람에 안시도를 떨어뜨리고 말았다.

주비는 습격자가 누군지 볼 필요도 없다는 듯 고개도 들지 않고 말했다.

"양흑탄, 또 배가 불러서 할 일이 없는 거예요?"

말에 탄 사람은 바로 양근이었다. 그는 천릿길도 마다하지 않고 쫓아와 습격했다가 힐난을 받았는데도 전혀 부끄러운 기색 없이 주비를 향해 눈을 부라리며 말했다.

"넌 내가 한번 겨뤄 보자고 도전장을 보냈는데도 몇 번이나 겉으로만 응하는 척하면서 일을 도와 달라고 붙잡았었지. 내가 일을 다 처리하고 나니까 또 말을 바꾸고 말이야. 하여간 너희 중원 사람들은……."

이성이 재빨리 그의 쏟아지는 비난을 중간에서 끊었다.

"양 형님, 문파 사람들은 어떻게 뿌리치고 혼자 여기까지 오셨어요?"

양근은 주비와 맞붙자마자 자신과 주비의 실력 차이를 실감하곤 짜증이 솟구쳤다. 그는 심기가 불편한 듯 손을 내저으며 말했다.

"경운구의 장문 노릇은 더는 못해 먹겠다. 온종일 자질구레한 일 때문에 들들 볶이기나 하고. 약초밭에 잡초가 자란 것 같은 하찮은 일까지 나를 찾아와 결정해 달라니, 그것 때문에 도법을 연마할 시간도 없다."

이연이 주비의 등 뒤에서 머리를 빼꼼히 내밀고 말했다.

"듣자니 그쪽 문파는 원래부터 약리에만 집중하고 무공은 중요시하지 않는다던데. 본인이 무력으로 장문 자리를 꿰차 놓고 며칠 만에 하기 싫다고 그만두다니, 어린애야 뭐야?"

"허튼소리, 난 놈들한테 속아서 무공을 겨룬 거다!"

양근은 짙은 눈썹을 치켜세우며 버럭 화를 냈다.

"허구한 날 약초나 가꾸는 농민들과 무공을 겨루는 건 재미고 뭐고 없는 일이지만, 이왕지사 대결이니 이겨야 하지 않겠나. 그런데 아무도 나한테 후임 장문을 선발하는 대결이라고 말해 주지 않았다! 의리 없는 놈들……. 그건 그렇고, 이 소협. 다들 널 찾고 있던데 어디로 가는 길인가?"

이성이 공손하게 대답했다.

"남쪽 길로 돌아가 촉 땅으로 가서, 가족을 대신해 심부름하고 돌아갈 생각입니다."

이성은 식솔들과 이동하는 것도 벅찬 마당에 상관없는 사람까지 데리고 다니고 싶지 않았다. 특히 양근은 주비 못지않게 골칫덩이 였기에 시간과 장소와 노선과 목적지까지 죄다 거짓으로 말해 주었다. 벌건 대낮에 얼간이를 속여 제 발로 떠나게 할 속셈이었다.

그런데 양근이 눈치코치 없이 직설적으로 말할 줄이야.

"그럼 나도 동행하지."

이성은 할 말을 잃었다. 주비가 쇄차를 다리에 툭툭 치며 푸흡 비웃자 양근이 그녀를 노려보았다. 주비는 그를 향해 눈을 흘기며 말했다.

"우리가 당신 동행이 필요한 사람들로 보여요?"

그러나 곧 주비는 자신의 쓸데없는 참견의 대가를 치르고 말았다. 눈앞의 선 남쪽 지역 제일의 흑탄은 엄숙하고도 진지하게 품을 더듬더니 꾸깃꾸깃한 종이 한 장을 꺼냈다. 그리고 한참을 낑낑대며 반듯하게 펴서는 주비 앞에 탁 던졌다.

"……."

종이에 적힌 먹글씨는 흐릿하게 번져 있었다. 간혹 똑바른 글자가 눈에 띄었고 희미한 글씨들은 눈을 크게 뜨고 찬찬히 봐야 겨우 모양을 분간할 정도였다. 이 형편없는 물건은 그대로 액막이 부적처럼 문짝에 붙여도 감쪽같을 것 같았다. 주비는 더듬거리며 힘겹게 읽어 내려갔다.

"선전…… 포고서…… 가보년 팔월, '겨'운…… 뭐지…… 아, 이건 '구'구나. '겨'운구 장문 양근은 남도를 '칭'하여 단독 승부를……."

'갑오'는 '가보'가 되었고, '경운'은 '겨운'으로 두 글자가 'ㅇ' 하나를 공유했고, '청'은 '칭'으로 아예 잘못 썼다. 정작 주비의 이름은 언급되지 않고 '남도'만 쓴 걸 보니, 주비의 이름을 '줍이'라고 써야 할지 '쥬비'라고 써야 할지 모르는 게 아닌가 의심스러웠다.

그녀가 끝까지 읽기도 전에 양근은 자신이 망신을 당했다는 것을 알아채고 시뻘게진 얼굴로 냉큼 그 종이 쪼가리를 낚아챘다.

이성과 오초초는 교양을 지키느라 억지로 웃음을 참으며 무관심한 표정을 지었으나, 이연은 그런 겉치레를 따질 새 없이 가장 먼 저 입을 벌리고 크게 웃어 댔다.

주비가 어이가 없다는 듯 말했다.

"양 장문, 고작 선전 포고서 하나를 뭘 이렇게 힘들게 썼어요? 어째 맞는 글자가 별로 없네요?"

양근의 가뜩이나 시커먼 얼굴이 검붉게 달아올랐다. 그가 주비를 향해 외쳤다.

"칼을 뽑아라!"

주비는 제문의 금지 구역을 생각하느라 그와 옥신각신할 틈이 없 었다. 이에 "싫어요!" 한 마디만 남긴 채 훌쩍 말에 올라 저 멀리 달 려갔다.

양근이 곧장 그 뒤를 쫓았다.

"내가 두려운 건가?"

주비가 대수롭지 않다는 듯 대꾸했다.

"그렇고말고요, 무서워 죽겠어요!"

이성은 그 둘 사이에 끼어들고 싶지 않아 말을 타고 느긋하게 쫓 아갔다. 그때, 앞장서서 가던 주비가 갑자기 고삐를 확 당기며 멈 춰 섰다. 그녀는 몸을 살짝 앞으로 구부려 미간을 찌푸린 채 길가 를 살펴보았다.

길옆의 풀숲에 남루한 옷차림의 시체 몇 구가 뒹굴고 있었다. 모 두 평범한 농민의 옷차림이었고 옆에는 건초를 가득 담은 광주리 가 있었는데, 그 안에서 살아 있는 무언가가 움직이다가 말발굽 소 리에 놀라 부르르 떨더니 그대로 굳었다.

재간이 있으면 대담해진다고, 주비는 죽은 사람을 무서워하지 않았다. 주비는 곧장 말에서 뛰어내려 뒤집힌 광주리를 쇄차로 들어 올렸다. 안에 있던 '그것'은 몸을 잔뜩 웅크리더니 겁에 질린 눈으로 그녀를 바라보았다.

'그것'은 놀랍게도 어린아이였다. 몇 살 되지도 않아 보였는데 여위고 작은 몸에 마른 볏짚이 잔뜩 묻어 있었다.

주비는 옆에 있는 시체를 힐끔 보고는 이 근방에 유난히 인적이 드물던 것을 떠올리며 뭔가 심상치 않음을 느꼈다. 그녀는 쪼그리고 앉아 아이에게 물었다.

"넌 어느 집 아이니? 엄마 아빠는 어디 있어?"

아이는 입술을 꽉 깨물었다. 주비의 손에 들린 장도를 보더니 두려움에 동공이 쪼그라들었다. 아이는 아무 말 없이 작은 가슴만 풀무처럼 부풀었다 가라앉았다 하며 덜덜 떨고 있었다.

그때, 양근과 이성 등이 다가왔다. 오초초가 쇄차를 잡아당겨 주비의 등 뒤로 숨기며 말했다.

"칼 좀 숨겨……. 다들 에워싸지 마세요. 제가 말을 걸어 볼게요."

주비는 묵묵히 한쪽으로 물러나 옆에 있는 시체들을 헤집어 보았다. 시체는 모두 네 구. 남자가 세 명, 여자가 한 명이고 하나같이 혈기왕성한 젊은이였다. 모두 차갑게 식어 있었고 부식된 흔적은 없는 것으로 보아 죽은 지 얼마 되지 않는 것 같았다.

"평범한 농민들이야."

이성은 시체 한 구의 손발을 관찰하더니 이상하다는 듯 고개를 갸우뚱했다.

"이상해. 이들 모두 칼에 베여 죽었어. 그것도 단칼에 말이지……."

이연이 물었다.

"누구야? 뭐 하러 농민들을 죽인 건데? 혹시 강도들이야?"

"그런 것 같지는 않아."

주비가 말했다.

"이 사람들 몸에 가벼운 상처가 많아. 얼마나 멀리서 걸어온 건지는 모르겠어. 아이를 미리 건초 광주리에 숨긴 걸 보면 누군가에게 쫓기고 있었던 게 분명해."

주비는 말하면서 미간을 찌푸렸다. 강호에서 원한에 의한 살해는 흔히 있는 일이었다. 다만 이 시체들은 손발이 거칠고 굶주린 얼굴빛에 온몸의 근육이 풀려 있었다. 손바닥의 굳은살은 무공을 수련해서 그런 것 같지는 않았고, 아무리 봐도 그저 평범한 백성들이었다.

이연이 말했다.

"지금 강릉은 우리 남조의 관내에 있으니까 관부에서 신경 쓰겠지?"

이성이 고개를 저었다.

"여긴 전선에 가까워서 전투가 잦아. 오늘은 남조의 땅이래도 내일이면 다시 북조의 땅이 될 수 있어. 조정에서 그때마다 정식 관원을 파견할 리도 없고. 그냥 병사 중에서 누군가를 뽑아 잠시 태수를 맡게 한 다음, 위기 상황이 오면 군대와 함께 내빼고 말 거야. 이들은 조정에서 하라는 대로 따를 뿐이니 민생은 신경 쓸 여유가 없을걸……."

그가 말을 마치기도 전에 옆에 있던 주비가 돌연 칼을 뽑아 들었다. 하늘에서 화살이 유성우처럼 쏟아졌다.

'챙!' 차가운 쇠가 맞부딪치는 소리가 났다.

봉래섬에서는 유유량이 향로에 쌓인 재를 치우다가 잘못 건드려 향로가 기우뚱했다. 그는 황급히 손을 뻗어 향로를 똑바로 세우고 이마에 맺힌 땀방울을 닦았다. 그리고 조심스럽게 고개를 돌려 내내 정신을 잃은 채 깨어나지 못하고 있는 사람을 흘끗 보았다.

그런데 맑고 깨끗한 그 눈과 딱 마주칠 줄이야.

유유량은 화들짝 놀라 황급히 앞으로 나아가 무릎을 꿇었다.

"전하!"

사윤은 대답할 힘이 없어 그를 향해 눈을 찡긋해 보일 뿐이었다. 그러나 눈에는 웃음기가 어려 있었다.

유유량은 재빨리 정신을 차리고 사윤에게 절을 하고는 곧장 일어나 뛰쳐나가며 외쳤다.

"대사님, 동명 대사님!"

인적이 드문 작은 섬은 이내 혼란에 빠졌다. 임 선생은 "아이고." 하고 외치며 벌떡 일어났고 진준부는 긴장하며 그물을 내려놓았다. 동명 대사는 도리어 미리 예상했다는 듯이 시커먼 탕약을 들고 빠르지도 느리지도 않게 걸어 들어왔다.

"안 그래도 이제 깨어날 때도 됐다고 생각했네."

너무 오래 누워 있었던 탓에 사윤은 몸에 힘이 들어가지 않아 노승이 떠먹여 주는 대로 탕약을 전부 마셨다. 유유량은 공손하게 옆을 지켰다.

세 늙다리는 약속이라도 한 듯이 저마다 사윤의 머리와 팔 등을 누르고 경맥에 내력을 불어넣었다. 잠시 후, 사윤의 머리에서 하얀 증기가 새어 나오더니 창백하던 얼굴에 혈색이 살짝 돌았다. 몸은 여전히 허했지만 말할 힘이 생겼다.

사윤이 낮은 소리로 말했다.

"사부님, 사숙님, 고맙습니다."

그는 동굴을 쓱 훑어보았다. 저쪽 야명주 아래에 부드러운 가죽이 한 장 걸려 있었는데, 거기에는 엉망진창이 된 얼굴이 그려져 있었다.

임 선생이 웃으며 말했다.

"하하, 저건 네 얼굴을 탁본한 거다. 너의 그 꼬마 아가씨는 정말 못돼먹었어! 너무 악랄해, 다른 건 그렇다 쳐도, 이마에 '王' 자를 쓰고 밑에 좌우로 팔八자 수염을 그리다니, '개자식'이라는 거잖아?
王八. 거북이라는 뜻. 개자식을 의미하는 은어"

사윤은 여전히 두렵다는 듯 얼굴을 쓸더니 임 선생에게 웃으며 말했다.

"사숙님, 훈계 감사합니다. 다음에 꼭 서신으로 써서 그 애에게 한마디 하겠습니다."

동명 대사는 웃음기 없는 얼굴로 약사발을 한쪽에 내려놓은 후 무거운 목소리로 말했다.

"넌 '삼미탕三味湯'의 두 번째까지 복용했다. 이제 한 번 남았는데, 그때는 나도 다른 방법이 없어."

그 말에 임 선생과 진준부는 아무 말도 하지 못했다. 한참이 지난 후 진준부가 비로소 입을 열었다.

"동명 형님, 그게…… 그게 무슨 뜻입니까?"

"제가 지금 회광반조回光返照, 죽기 직전에 잠깐 기운이 돌아오는 현상 상태라는 것이지요."

사윤은 옆에 있는 돌담을 짚으며 일어서려 했다. 희한하게도 조금 전까지 말도 못 하던 사람이, 약 한 사발 마셨다고 비록 안간힘을 쓰긴 했어도 비틀비틀 일어섰다. 사윤은 제자리에서 몇 걸음 걷더니 느낌이 좋은지 경쾌하게 말했다.

"지난번에는 사숙님들께서 여러 번 보살펴 주신 끝에 겨우 동굴 안을 걸을 수 있었는데 이번에는 느낌이 훨씬 좋아요."

동명 대사가 한숨을 쉬며 말했다.

"교향은 정신을 맑게 하고 '삼미'는 목숨을 부지하게 해 준다. 이 두 가지를 같이 쓰면 네 몸에 마지막으로 남은 활기를 짜내 주어 조용히 기운이 쇠하여 죽는 걸 막아 주지. 다만 이건 임시방편이라 근본적인 문제는 해결하지 못해. 한 번 사용할 때마다 생명의 불꽃이 하나씩 꺼지는 것이니까. 삼미를 다 쓸 때까지 해독약을 찾지 못한다면……."

진준부가 어두워진 낯빛으로 물었다.

"그럼 왜 그렇게 부작용이 심한 극약을 쓰시는 겁니까?"

동명 대사가 말했다.

"투골청이 지금 몸에 얼마 남지 않은 내력과 대항하고 있네. 일단 몸이 쇠약해지면 그땐 정말 희망이 없어. 난 아는 게 많지 않아서 〈백독경〉을 샅샅이 뒤졌는데도 결국 이런 임시방편밖에는 찾지 못했지."

사윤은 개의치 않는다는 듯 말했다.

"진 사숙, '생사는 운명에 달렸고 부귀는 하늘에 달렸다'고 하잖습니까. 투골청에 중독되고도 저처럼 멀쩡하게 펄펄 뛰는 사람이 몇이나 되겠어요. '회광반조'마저 세 번이나 할 수 있다니, 동서고 금을 통틀어도 제가 처음일 겁니다. 그러니 뭘 더 바라겠어요?"

사윤의 설득에도 진준부는 여전히 미간을 잔뜩 찌푸린 채 사윤을 애틋하게 바라보았고 사윤은 태연히 고개를 들어 그를 향해 웃어 보였다. 진준부는 깊은 한숨을 토해 내고는 보이지 않으면 마음이라도 편하겠지, 라는 생각에 그 무더운 동굴을 나갔다.

임 선생은 눈꼬리를 축 늘어뜨린 슬프고도 익살맞은 표정으로 안타깝다는 듯이 말했다.

"더 바랄 것이 왜 없어? 넌 아직 색시도 못 얻었잖아?"

그러자 사윤이 말했다.

"그게 뭐 어때서요? 사숙님도 없으시잖아요."

슬픔에 잠겨 있던 임 선생도 이내 사윤의 위아래 없는 놀림에 빈정이 상해 흰 수염 몇 가닥이 뽑혀 떨어질 정도로 제자리에서 펄쩍 뛰더니 화가 나서 나가 버렸다.

사윤은 끝까지 물고 늘어지며 목소리를 높여 외쳤다.

"사숙님, 어쨌든 저는 사랑의 정표라도 전달했잖습니까. 정 힘드시면 암고양이라도 한 마리 기르면서 적적함을 달래 보시죠."

임 선생이 동굴 입구에서 노기등등하게 외쳤다.

"이 막돼먹은 놈! 개망나니 같은 놈!"

득의양양해진 사윤은 손을 뻗어 자신의 '사랑의 정표'를 매만졌다. 조개껍데기가 가득 담긴 작은 상자를 열어 보니 가지런히 담겨 있던 조개들은 고양이가 헤집어 놓은 것처럼 엉망진창이 되어 있었다.

주비는 그의 '호의'를 받긴 했지만 다 받지는 않고 예쁜 것들만 쏙 골라 가고 조금이라도 흠집이 있는 것들은 모두 남겨 두었다.

"……."

참으로 시중들기 힘든 여인이었다.

동명 대사는 잔뜩 긴장한 채 공손하게 옆에 서 있는 유유량에게 말했다.

"유 총령은 먼저 가서 쉬시게. 오늘 얼마나 고생 많았는가. 안지도 깨어났으니 나머지는 직접 치우라고 하면 되네."

유유량은 단왕 전하에게 직접 동굴을 청소하라고 하는 게 이치에 맞는 것인지 잠시 망설이다가 이내 노승이 단왕과 조용히 할 얘기가 있음을 알아채고는 공손히 인사하고 뒷걸음질로 자리를 떠났다.

그가 나가는 것을 확인한 후 사윤이 물었다.

"어느 유 총령입니까?"

"조중곤의 곁에 있던 금군 총령이다. 듣자 하니 마지막 '해천일색'이라고 하더구나."

동명 대사가 말했다.

"얼마 전 옛 도읍에서 도망쳐 나와 동개양 무리에 쫓기던 중에, 마침 비야가 그를 구해서 네 임 사숙에게 의탁했지."

사윤은 조금 의아한 듯 눈썹을 치켜세웠다. 주비가 동개양의 손에서 사람을 빼앗았다는 것에 놀란 것인지, 아니면 마지막 '해천일색'이 폭로되었다는 것에 놀란 것인지는 알 수 없었다.

동명 대사는 다 타 버린 교향을 갈아 끼워 향안에 꽂아 두고 말했다.

"조중곤이 죽었다."

갑작스러운 소식에 사윤은 화들짝 놀랐다.

"뭐라고요? 그렇다면 제가 조중곤을 피 말려 죽였다는 거네요!"

"……."

사윤은 살짝 흥분한 듯 벽을 짚고 일어나 돌 침상 주변을 빙빙 돌았다. 짙은 교향 냄새가 코를 찔렀다. 그가 손가락을 내밀자 모락모락 피어오르는 흰 연기가 생명력이 있는 것처럼 그의 손을 휘감더니 그의 몸에 난 모든 구멍과 뼛속으로 파고들었다.

한 바퀴 돌 때마다 그는 점점 얼굴빛이 좋아졌고 몸도 가벼워졌다.

열 바퀴째 돌았을 때는 더 이상 벽을 짚지 않아도 걸을 수 있었고 질질 끌던 발걸음도 점점 가벼워졌다. 이어 그가 치렁치렁한 옷소매를 확 털면서 손바닥에 공력을 모아 가볍게 휘두르자, 몇 자 떨어진 돌 탁자에 놓인 두루마리 그림이 그의 장풍에 명중하면서 탁자 위에 차르륵 펼쳐졌다.

붉은 옷을 입은 여인은 당장이라도 종이를 뚫고 나올 것처럼 생생했다. 붓끝에 서린 풍채가 어두컴컴한 동굴을 밝혀 주었다.

사윤은 손바닥을 거두고 뒷짐을 진 채 감탄했다.

"사부님, 저 거의 다 나은 것 같아요. 삼미탕은 정말로 해독약이 아니라 독인지요?"

동명 대사가 말했다.

"아미타불, 자고로 병은 산이 무너지는 것같이 갑자기 오고 실을 뽑는 것과 같이 서서히 가는 법이다. 복용하자마자 영험을 나타내어 바로 낫는 경우는 국사 여윤도 본 적이 없을 텐데, 우리 같은 평범한 사람이 어떻게 감히 욕심을 품겠니?"

아무렇게나 던진 농담에 노승이 일장 연설을 늘어놓으려 하자 사윤은 황급히 말했다.

"그저 농담이었습니다. 그렇게 진지하게 말씀하실 필요 없으세요."

그는 먹물이 얼룩덜룩 묻어 있는 부드러운 가죽을 떼어 내 주비의 걸작을 자세히 감상하며 물었다.

"사부님, 저 밖에 나가도 될까요?"

동명 대사는 아무 말도 하지 않았다. 고요한 동굴에는 그가 염주를 돌리는 소리만 울려 퍼졌다. 한참 후 그는 비로소 나지막하게 말했다.

"네 뜻대로 하거라. 교향은 꼭 챙기고."

사윤은 바로 알 수 있었다. 동명 대사가 허락했다는 건 그가 다음번 삼미탕을 마실 때까지는 멀쩡할 거라는 의미였다. 사윤은 잠시 생각에 잠겼다가 말을 바꾸었다.

"됐어요, 그냥 안 갈래요. 보름에서 한 달 사이일 텐데 얼마나 멀리 갈 수 있겠어요. 그냥 섬에 남아 어르신 말동무나 해 드리지요."

동명 대사는 속으로 염불을 외며 마른 나뭇가지 같은 손을 내밀어 사윤의 어깨를 토닥였다.

"곧 땅에 묻힐 늙다리를 싫어하지 않아서 다행이구나."

사윤이 웃으며 말했다.

"사부님은 귀족 신분인데도 골칫덩이인 조씨 성의 저도 거두어 주셨지요. 제가 어찌 사부님을 싫어하겠습니까?"

동명 대사는 수심 가득한 얼굴에 따뜻한 미소를 지으며 말했다.

"자신이 누구인지 그것만 알면 된다. 누구의 아들이고 누구의 후예인 게 뭐가 중요하지? 더욱이 난 이미 속세를 떠나 이리저리 떠도는 노승일 뿐이다. 세상 모든 것이 공허한데, 수백 년 전 속세에서 있었던 일을 지금까지도 시시콜콜 따진다면 이번 생의 수행은 헛수고 아니겠느냐?"

사윤이 한 손가락을 세워 흔들며 반문했다.

"생로병사는 속인들의 고통이자 수행의 길이지요. 사부님, 속세의 일을 따지지 않는다 하시면서 어찌하여 이 제자의 수행을 보며 수심에 차 계십니까?"

동명 대사는 순간 할 말이 떠오르지 않았다.

사윤이 말했다.

"사부님, 저 방금 아주 긴 꿈을 꿨습니다."

동명이 물었다.

"꿈에 뭐가 나왔지?"

"어릴 때 일이요……. 그때 전 사부님의 충고를 듣지 않고 한사코 금릉으로 가겠다고 고집을 부렸습니다. 저 스스로 재능이 뛰어나고 무공도 충분히 배웠다고 자부하면서 옛 도읍으로 돌아가 복수를 하려고 했죠."

사윤은 돌 침상 끝에 다리를 꼬고 걸터앉아 교향 연기 속에서 낮은 소리로 말했다.

"사실 옛 도읍과 부모님도 그저 어렴풋할 뿐이었는데, 그렇게까지 집착한 게 도리어 이상한 일이었죠. 지금 생각해 보면 절 보호하고 돌봐 준 왕 공공이 제 귓가에 끊임없이 속삭여서 그랬던 것 같습니다."

동명 대사는 당시 사윤이 어쩌다가 투골청에 중독되었는지 전후 사정을 이미 짐작했지만, 사윤이 직접 털어놓는 건 처음 듣는 터라 끼어들지 않고 잠자코 듣고만 있었다.

"제가 금릉에 도착하자 황상은 저를 끌어안고 통곡하셨어요. 전 그때까지만 해도 남조 조정은 당장 북벌해 복수하지 못하는 걸 한스러워할 거라고 생각했는데, 나중에 알고 보니 전혀 그렇지 않더라고요. 사람들은 전쟁을 피해 남쪽 강산을 안전하게 차지하고 앉아 그럭저럭 세월을 보내는 고관과 귀인이 되고 싶어 했고, 그 누구도 재산을 털어 국난을 구하고 나라를 재건할 생각을 하지 않았죠. 황상도 어찌할 도리가 없었어요. 그 시절 황상은 자주 저를 불러서 같이 술을 마셨는데, 술만 마셨다 하면 어김없이 취했고 취하면 마음에 가득 찬 괴로움을 토로하시곤 했습니다. 가뜩이나 분개심으로 똘똘 뭉쳤던 전 더는 참을 수 없어 평화를 주장하는 무리들과 입씨름을 벌이며 조정을 난장판으로 만들었지요. 나중에는 잔꾀를 부려 변방 순찰을 나가겠다고 청했습니다. 계략으로 북방 사람들을 유인해 군사 상황을 허위로 보고한 다음, 국경 관문에서 삼천 수비군을 꾀어내어 그 기회를 틈타 도시 셋을 되찾았습니다. 그리고 그 승리를 구실로 제 아버지의 옛 부하들과 의지할 곳 없는 비천한 집안 자제들에게 병부를 비방하도록 선동했고요……."

동명이 탄식했다.

"나이도 어린 것이."

"나이도 어린 것이 분수를 몰랐죠."

사윤이 웃으며 말했다.

"사실 당시 북조는 한창 군사력이 강한 때였는데 남조는 연이은 홍수로 가뜩이나 백성들의 생계가 힘든 상황이었죠. 게다가 조정 안팎이 분열되어서 전쟁을 하기 알맞은 시기가 아니었어요. 황상마저 전쟁을 주장하는 무리와 평화를 주장하는 무리의 분쟁을 이용해 금릉의 새로운 세력과 기존 세력 사이의 균형을 조절할 뿐이었고요. 다들 그런 이치를 알고 있었는데 저만 모르고 있었던 겁니다."

남조 황제 조연은 '의덕 태자의 고아'를 이용해 전쟁을 주장하는 무리에게 큰 목표를 심어 주었다. 한편 양위를 준비하겠다고 거듭 밝히면서, 이해관계가 복잡하게 얽힌 남방의 기존 세력들은 금릉 조정이 복수와 나라 재건에만 몰두하는 애송이에게 넘어갈까 불안해 하루도 마음 편치 못했다.

동명 대사가 물었다.

"그래서 어떻게 되었지?"

"황상께서 조서를 내려 저에게 친왕의 자리를 하사하셨지요."

사윤이 말했다.

"뒤이어 대학사에게 조서를 작성하라 하셨습니다. 제 군대가 조정으로 복귀하는 날에 절 정식으로 태자로 책봉하고 제가 혼인하면 양위해 정권을 물려준다는 내용이었지요. 대외로 공개하지 않은 밀지였는데, 어디서 정보가 새어 나갔는지 하룻밤 사이에 타는 불에 기름을 부은 격으로 불온한 암류가 금릉 전체로 퍼져 나갔습니다."

더없이 담담한 말투였지만 말속에 거친 풍파가 담겨 있는 듯해 듣는 사람도 등골이 서늘해졌다.

은밀히 새어 나간 조서는 연일 걱정과 두려움으로 가득 차 있던 귀족들의 마음에 불을 질렀다. 조연이 그렇게까지 연약하리라고 예상치 못한 그들은 하는 수 없이 미래의 '폭군'을 제거하자는 승부수를 띄웠다.

"당시 전 전선에서 방어진을 치고 대항하는 한편, 전쟁에 연루된 백성들을 안전한 곳으로 이동시키느라 정신이 없었죠……. 그래서 그 일은 알지도 못했습니다."

사윤은 고개를 떨구고 자신의 창백한 손끝을 바라보았다. '어쨌거나 그때 전 나이 어린 철부지였으니까요'라는 다소 신랄한 말은 목구멍 뒤로 삼킨 채, 아무 관계 없는 제삼자의 말투로 덧붙였다.

"그 뒤의 일은 사부님도 대충 들으셨죠? 아군의 군량과 마초는 누군가에 의해 고의로 지연되었고, 제가 금릉으로 보낸 상주서는 중간에 억류되어 어쩔 수 없이 위험을 무릅쓰고 군사들을 움직였는데, 하필이면 비밀을 누설한 배신자가 있어서 조녕에게 겹겹이 포위되어 고립되고 말았지요. 지원군은 아무리 기다려도 오지 않고요."

"그 후로 오랜 시간이 지났죠. 전 비록 자전적인 이야기가 가미된 〈한아성〉을 써서 여비를 마련하긴 했어도, 다른 사람에게 이 일에 대한 이야기는 한 번도 꺼낸 적 없습니다."

사윤이 말했다.

"그런데 방금 꿈을 꾸고 나니 마치 어제 일어난 일처럼 생생해서 문득 누구에게든 털어놓고 싶은 마음을 억누를 수 없었습니다."

당시 음모가 폭로되자 건원 황제는 격노했고, 조정이 왈칵 뒤집혔다. 황실의 '정통' 핏줄인 단왕이 하마터면 양쪽 군대가 대치 중인 상황에서 같은 편에게 목숨을 잃을 뻔했다.

당시 금릉의 태학생들은 조정의 매국노를 엄벌해야 한다고 혈서를 써서 청했고, 사태가 점점 심각해지자 남쪽의 기존 세력들은 어쩔 수 없이 수십 명의 희생양을 앞세워 사건을 수습했다. 금군이 거리를 헤집고 다니며 재산을 압수하고 죄인들을 마구 잡아들였다.

남쪽으로 도읍을 옮긴 지 십여 년, 조연은 이 사건을 계기로 비로소 자신의 입지를 다지게 되었다. 그 '연약'한 어린 왕은 상상할 수도 없는 인내심을 발휘하며 한 걸음씩 그 자리에까지 도달했던 것이다.

동명 대사는 한참을 침묵하다가 입을 열었다.

"당시 호위병이 널 대신해 병사들을 이끌고 염정과 조녕 등을 유인하겠다고 자청했다지? 네가 포위망을 뚫고 나갈 수 있도록 말이야. 그런데 왜 허락하지 않은 것이냐?"

만약 당시 그가 '청산이 남아 있다면 땔나무 걱정은 없다'는 마음으로 도망쳤더라면, 거기에 부대와 백성들 사이에 퍼진 그의 위신과 실패로 얻은 지혜가 더해졌다면 최후의 승리자는 예측하기 힘들어졌을 것이다.

사윤이 웃으며 말했다.

"모르겠습니다. 운명이겠죠."

그는 기지개를 펴더니 화제를 전환했다.

"사부님, 몇 년 전에 제가 심심해서 만들었던 칼은 어디 있습니까?"

"녹여서 새로 만들었다. 아직 칼날은 갈지 않았고."

동명 대사도 눈치껏 그 얘기는 다시 꺼내지 않았다.

"진 사숙이 네 솜씨가 별 볼 일 없어서 들고 나가면 망신만 당할 거라고 하더구나."

"아, 그럼 됐습니다."

사윤이 말했다.

"제가 다시 사숙님께 배워서 새로 하나 만들지요."

동명 대사가 말했다.

"주비한테는……."

사윤이 말했다.

"알리실 필요 없습니다. 만날 수는 있어도 얻기는 힘든 여인이죠. 재촉해도 소용없어요. 나중에 제가 더 이상 버틸 수 없을 때, 그때 임종을 지키러 오라고 해도 늦지 않습니다."

그는 일어나서 두루마리 그림을 다시 말아 넣고 주비가 그에게 남긴 서신을 두고두고 보기 위해 챙겼다. 그러고는 숨을 한번 깊게 들이마시더니 천천히 그 작은 동굴을 나가 바닷가의 진준부에게 말했다.

"진 사숙, 혹시 좋은 쇠 있나요?"

❧

대대로 전해지는 신비한 무기는 모두 내력이 있다. 유일하게 '쇄차'는 이름이 알려지지 않았고 '하늘에서 내려온 쇠' 같은 신비한 출신 배경도 없이 그저 평범한 물질로 단련되었으나, 국사 여윤과 남도 이 두 주인의 손을 거치며 비범하게 변했다.

양근은 철을 흙처럼 베는 쇄차를 부러운 눈으로 바라보며, 하늘 아래 제아무리 훌륭한 칼도 쇄차 앞에서는 흙으로 만든 것처럼 초라해질 거라고 생각했다. 그가 물었다.

"이건 무슨 칼이지? 내가 한번 봐도 될까?"

주비가 대답하기도 전에 이성이 먼저 퉁명스럽게 대꾸했다.

"양 형님, 지금이 어느 때인데 이러세요! 좁은 길에 매복하고 있다가 숲에서 화살을 쐈다고요. 화살이 잘 훈련받은 것처럼 질서정연하게 날아오는 걸 보면, 보통 산적은 아닐 거예…… 비야, 너 어디 가?"

그의 말이 끝나기도 전에 주비는 비처럼 쏟아지는 화살을 뚫고 앞으로 나아갔다. **빽빽한** 화살 틈바구니에 칼로 길을 만들어 내더니 순식간에 숲속으로 사라졌다. 이어 여기저기서 비명 소리가 들리더니 끝없이 쏟아지던 차가운 화살이 갑자기 듬성듬성 내리기 시작했다.

이성과 나머지 일행이 재빨리 쫓아가 보니, 그 짧은 사이에 주비는 마치 가을바람이 낙엽을 쓸어버리듯 숲속 자객들을 반쯤 쓰러뜨린 채였다.

활을 쏘려면 일정한 거리가 유지되어야 했다. 일단 상대가 가까이 오면 위력을 발휘하기 어려웠고, 특히 쌍방의 무력 차이가 클 때는 더욱 그랬다. 화살을 쏘던 사람은 상황이 불리해지자 곧장 줄행랑을 놓았다.

이성은 재빨리 양근에게 눈짓을 했다. 두 사람은 양쪽에서 진로를 가로막아, 정신없이 도망치는 자객을 에워쌌다.

"비야, 너……."

이성은 주비의 옆구리에 화살 하나가 꽂혀 있는 것을 보고 화들짝 놀라 소리쳤다.

"어떻게 된 거야? 잠깐만, 움직이지 마!"

정작 주비는 아무렇지도 않다는 듯 힐끔 보더니 손으로 화살을 뽑아냈다. 화살 끝에는 피가 한 방울도 묻어 있지 않았고 오히려 평평하게 눌려 있었다.

이성은 말문이 막혔다. 양근은 헉하고 놀랐다. 주비가 '창과 칼도 몸에 박히지 않는' 경지에 오른 것을 눈으로 보고 나니 자신은 그녀의 발밑에도 미치지 못한다는 생각에 갑자기 슬프고도 분한 감정이 솟구쳤다. 몇 년 전만 해도 엇비슷했는데 무엇 때문에 주비만

저만치 앞서가게 된 것일까?

경운구의 약초를 재배하는 농민들이 그의 무공 수련을 방해한 것이 틀림없었다.

"뭘 그렇게 봐요. 갑옷 입은 거예요."

주비는 구멍 뚫린 겉옷을 손으로 가리면서 세상 물정 모르는 두 시골뜨기에게 눈을 흘겼다. 그리고 몸을 숙여 그들이 쓰러뜨린 사람들을 훑어보았다. 매복했던 사람들은 하나같이 건장한 사내였다. 나뭇잎과 나무껍질 같은 것으로 덮어 위장한 채, 복면을 하고 있었다.

주비가 말했다.

"이들은 다 누굴까?"

이성은 한 시체의 손바닥을 뒤집어 한참을 관찰하다가, 다시 그의 옷섶을 헤쳐 보고 말했다.

"호심갑, 군령 깃발…… 깃발에 그려져 있는 이건 뭐지? 나도 본적이 없어."

깃발에는 새가 한 마리 그려져 있었는데 매 종류는 아닌 것 같았다. 자태가 상당히 아름다웠지만 눈빛에 괴이한 흉악함이 도사리고 있었다.

이성이 이어 말했다.

"이들은 활을 능숙하게 사용하는데 장창이나 칼 같은 무기를 쓰는 것도 훈련을 받은 것 같아. 매복하는 법을 잘 아는 데다 명령을 철저히 지키고 금기 사항은 절대 하지 않는. 아무래도 병사들 같은데? 화살을 봐. 아주 정교하고 똑같은 모양이잖아. 보통 반역을 꾀하는 비적들이라면 이렇게까지 무기를 확보할 재력이 없거든. 이

따가 한 놈씩 뒤져 보자. 신분을 증명할 수 있는 무언가가 있는지."

주비는 고개를 들어 그와 눈을 마주쳤다. 두 사람의 눈빛은 자못 엄숙했다. 전란 때문에 혼란스러운 상황이라 쳐도 어찌 됐든 여긴 남조의 땅이고 군사들도 오는 곳인데…… 아무래도 다들 주이당 쪽 사람 같았다.

"불길한 소리 하지 마."

주비가 먼저 그렇게 말했다가 이내 생각에 잠기더니, 시무룩한 목소리로 말했다.

"저기, 우리 진짜로 아버지 쪽 사람들을 죽인 건 아니겠지?"

말이 떨어지기도 전에 갑자기 구석에서 검은 그림자가 벌떡 일어났다. 그물을 빠져나간 물고기가 있었다니! 그는 사람들이 주의하지 않는 틈을 타 숲속 깊숙이 도망치려 했다.

주비가 혹시나 하는 추측에 과연 그를 쫓아가야 할지 놓아줘야 할지 망설이며 발걸음을 떼려던 순간, 그 흑의인이 숲속에서 뒷걸음질을 치며 다시 나왔다. 그의 목에는 칼이 겨누어져 있었다.

주워 온 아이를 돌보느라 뒤처진 오초초와 이연이었다. 이연은 한 손에 든 칼로 흑의인의 목을 겨누고 다른 한 손으로는 주비 일행을 향해 흔들며 의기양양하게 말했다.

"언니, 여기 한 놈 더 있어!"

하마터면 놓칠 뻔한 그 활잡이는 서른대여섯 살로 보였고 까무잡잡한 얼굴에는 흉터도 있었다. 입을 열기 전에 눈동자를 먼저 굴리는 것이 딱 봐도 아주 교활해 보였다. 방금까지 죽은 척하다가 이성의 '한 놈씩 뒤져 보자'라는 말을 듣고 어쩔 수 없이 제풀에 튀어나온 게 분명했다.

이성이 놈의 급소를 제압하고 물었다.

"너희들 정체가 뭐냐?"

활잡이가 눈을 깜박이며 조심스럽게 웃으며 말했다.

"영웅님, 영웅님 살려 주십시오! 쇤네가 눈이 있으면서도 태산을 알아보지 못하고, 그저 화려한 수레와 훌륭한 말과 고급스러운 옷 차림을 보고 용돈이나 벌어 보려다가 그만, 절대로…… 악!"

양근이 거칠게 쇠화살을 하나 꺼내더니 손을 들어 활잡이의 얼굴을 후려갈겼다. 그는 솜씨도 좋게 눈 밑의 가장 부드러운 살을 공략하면서도 눈동자는 전혀 건드리지 않았다.

활잡이는 극심한 고통에 눈이 멀 것 같았지만 손을 움직일 수 없어 돼지 멱따는 소리를 내질렀다.

양근이 도발하듯 주비를 흘끗 쳐다보았다. 주비는 뭐 그런 걸 다 겨루려고 하나 싶어서 아주 겸허한 사람처럼 뒤로 한 걸음 물러서며 마음대로 하라는 손짓을 했다.

경운구의 장문 양근은 피부가 까무잡잡하고 오관과 얼굴 윤곽이 보통 사람보다 뚜렷했다. 그가 글자도 제대로 못 쓰는 멍청이라는 것을 모르는 사람이라면, 그 흉악한 미소를 보고 자연스레 중원 사람들 사이에 전설처럼 전해지는 '사람을 죽을 만큼 고통스럽게 만들어 준다는 전설의 주술사'를 떠올릴 것이다.

활잡이는 퉁퉁 부은 눈을 감싸고 흐느꼈다.

"저, 저, 저는…… 저는 '반구斑鳩, 얼룩 비둘기'의 일개 병사일 뿐입니다. 시키는 대로 했을 뿐이에요! 영웅님…… 아니, 소협! 대협! 여러분, 넓은 도량으로 소인의 죄를 용서해 주십시오. 살려…… 한 번만 살려 주십시오."

주비는 왠지 귀에 익은 단어에 이성에게 눈짓했다. 아무래도 조녕의 수하인 것 같았다.

"음, 조녕의 수하에 '반구'라고 하는 유명한 척후대가 있지."

이성이 천천히 말했다.

"행군 속도가 엄청 빨라서 아무리 험난한 산길도 하루에 천 리를 갈 수 있다던데."

활잡이, 아니 척후병은 다급히 고개를 끄덕였다.

"맞습니다, 맞아요. 쇤네는 명을 받고 군사 상황을 염탐하러 전선에 잠입했는데, 뜻밖에도……."

그가 말을 마치기도 전에 이성은 가볍게 웃으며 양근에게 말했다.

"이놈이 아직도 솔직하게 불지 않네요. 양 형님, 이놈 눈알 터뜨리는 소리나 좀 들려주세요."

옆에 있던 이연이 호응하듯 귀를 틀어막는 시늉을 했다.

"아니요, 제발, 그러지 마세요! 소협, 뭐가 알고 싶으십니까!"

이성이 척후병 앞에 반쯤 쭈그리고 앉아 눈을 맞추며 물었다.

"반구의 명성은 고모부께 익히 들었다. 기술에도 전공이 있는데 이런 사소한 일에 너희 같은 최고급 척후병을 보내겠어? 너희 윗대가리가 멍청하거나 네가 허튼소리를 했다는 건데, 어떻게 생각해? 어떤 해석이 더 맘에 드나?"

반구의 척후병이 바로 외쳤다.

"멍청한 겁니다! 아주 멍청했어요! 저희 두목이 멍청한 거예요! 소협, 가서 군령 깃발을 보시면 아실 겁니다. 깃발에 반구가 그려져 있잖아요! 단왕 전하께서 반구와 다른 몇몇 군사 무리를 거문과 파군 두 나리님께 떼어 주었는데, 그 두 나리는 제멋대로 군사들을

배치했어요. 생각해 보세요, 척후병을 자객으로 보내는 게 말이나
됩니까?"

거문 곡천선과 파군 육요광은 사십팔채의 오랜 원수였다. 주비는
팔짱을 끼고 두어 걸음 떨어진 곳에 서서 물었다.

"그 두 사람을 따라 뭘 하러 온 거지?"

척후병은 그녀의 손에 들려 있는 쇄차를 겁에 질려 바라보며 조
심스럽게 대답했다.

"기, 길을 살피러 와…… 왔습니다. 단왕야께서……."

주비는 무표정한 얼굴로 말을 끊었다.

"한 번만 더 '단왕야'를 입에 올리면 네 이를 전부 뽑아 버릴 테다."

척후병은 아주 영리하게 즉시 호칭을 바꾸었다.

"그 조…… 조뚱보가 최근 조정에서…… 아니, 가짜 왕조에서 계
속 견제를 당하고 있어서, 강릉의 여섯 도시를 점령해 태자를 막으
려고 혈안이 되어 있습니다. 그래서 성동격서의 계책을 세우곤 두
나리…… 아니, 북두의 졸개들에게 정예 병력을 거느리고 적진, 아
니 아니, 우리 조정…… 우리 대소의 후방에 침투하라고 명령을 내
렸습죠……."

"그렇군."

주비가 담담하게 말했다.

"양 오라버니, 시작하세요."

양근이 노기 가득한 눈으로 주비를 노려보았다. 이 남매가 누굴
자기들 부하로 아나!

"제 말은 전부 사실입니다! 낭자! 여협!"

그 척후병은 죽어라 비명을 질러 댔다.

"제 어머니를 걸고, 조상님까지 걸고 맹세합니다!"

"적진을 에둘러 간다는 게 말처럼 그렇게 쉽나."

주비가 눈을 치켜뜨고 말했다.

"너흰 하늘을 나는 거냐, 아니면 땅을 뚫고 들어가는 거냐? 그게 그렇게 쉬웠으면 내가 진작 조중곤의 머리를 잘라 공처럼 굴렸겠다."

"제, 제가 다 설명드리겠습니다."

척후병은 너무 두려워서 정신이 나간 것 같으면서도 말은 청산유수였다. 그는 숨 쉴 틈도 없이 재빨리 설명을 늘어놓았다.

"대량의 유민들이 남쪽으로 도망가는 걸 막으려고 단…… 그 조뚱보는 사람들을 시켜 남조에 관한 여러 가지 소문을 퍼뜨리게 했습죠. 남조에서 폭정을 펼친다는 둥, 통첩거주증 같은 문서이 없는 유민들은 첩자로 몰아 모조리 죽여 버린다는 둥, 하여간 온갖 처참한 거짓 소문들을 퍼트렸지요. 게다가 계속된 전쟁으로 남쪽도 북쪽보다 나을 게 없는 신세가 되니, 남쪽으로 넘어가는 유민들도 줄었고요……."

양근이 귀찮다는 듯 말했다.

"좀 간단하게 말할 수 없나?"

척후병은 제 딴엔 열 마디를 한 마디로 줄여서 말했는데도 길다고 한 소리 듣자 억울하기 짝이 없었다. 그는 이야기꾼 기질을 발휘해 나불거리기 시작했다.

"최근 전선의 척후병들이 소규모 유민들이 슬금슬금 남쪽으로 넘어가는 것을 발견했습죠. 이상하다 싶어 한 무리를 붙잡아 물어보니, 상수湘水 일대에 인적 드문 산골짜기로 이어지는 비밀 통로가 있다지 뭡니까. 그 산골짜기는 뭇 산들에 둘러싸여 있어 겉으로 드러나 있지 않아 보통 사람들은 찾지 못하는데, 사람들이 하나둘 그곳에 모여 밭을 일구고 사냥을 하면서 살기 시작했다는군요. 그들의 친척들도 소식을 듣고 식솔들을 거느리고 찾아가기 시작했는데, 산골짜기 사람들이 마중을 나와야만 길을 찾을 수 있다지요. 조풍보는 그 얘기를 듣고 악랄한 계책을 세웠습니다. 거문과 파군에게 저희들을 데리고 유민인 척 무리에 잠입하게 한 거죠. 첫 번째 무리는 길을 찾는 역할을 담당했는데 확실한 길만 찾아내면 남조 사람들의 눈도 피할 수 있으니 몇 개 조로 나뉘어 전진한 겁니다. 이곳에 사만 정예 병력을 모아 적들…… 아니, 남조 장군을 앞뒤로 공격할 계획이었죠. 대협 여러분, 제 말은 모두 사실입니다. 정말이에요!"

이성은 불신 가득한 표정을 짓고 있었다. 그 척후병이 덧붙였다.

"비밀이 새어 나가지 않도록 원래 산골짜기에서 살던 사람들은 모조리 붙잡아 가둬 놨어요. 그런데 며칠 전에 몇 놈이 빠져나갔지 뭡니까. 거문 나리께서 그 소식에 격노해서 세 번이나 병사들을 보내 추격하게 했어요. 저희는 그저 명을 받고 뒤처리를 하러 온 건데, 여러분을 맞닥뜨리고 말았지 뭡니까……."

이성이 물었다.

"너희는 모두 몇 명이지?"

척후병이 얼버무리려고 하자 이성은 두말없이 놈의 경혈을 찔렀다. 척후병은 너무 아파 눈물을 주르륵 흘렸다.

"이만여 명, 거의 삼만 명입니다. 나머지 군사들도 오는 중입니다요."

주비는 들으면 들을수록 그 산골짜기가 목소교가 말한 '제문의 금지 구역' 같았다. 위치를 찾기 어렵고 비밀 통로로 가득하고……
앞뒤가 딱딱 맞아떨어지는 것 같아 그녀는 물었다.

"네가 말한 그 산골짜기는 어디에 있지?"

척후가 울먹이며 말했다.

"그곳은 상당히 기괴해서 보통 사람이 들어갔다간 어지러워서
방향을 잃기 십상입니다. 오직 우리 반구의 '체청諭聽'들이 영향을
적게 받는 편이지요. 아, '체청'이란 장님을 말하지요. 소리를 구별
하는 법을 훈련받은 사람들이라 평소에는 엿듣기 명수들입니다.
우리도 각 조마다 체청을 한 명씩 배치해 길을 안내하게 해야 겨우
그 불가사의한 산골짜기를 드나들 수 있었어요."

그는 덜덜 떨며 눈빛으로 어느 방향을 가리켰다. 그의 시선을 따
라가 보니 구석에 시체 한 구가 있었다. 뒤집어 보니 확실히 눈알
이 없는 장님이었다.

양근은 입을 삐죽거리며 말했다.

"그 말인즉, 넌 쓸모없다는 거군?"

그는 수중의 쇠화살을 매만지며 서서히 앞으로 다가갔다.

"있어요! 쓸모 있어요!"

그 척후병이 황급히 말했다.

"저희 반구는 한 번 지나간 길은 절대 잊지 않습죠. 그곳은 비록
불가사의하긴 하지만 그래도…… 그래도…… 제가 자세히 살펴보
면…… 길을 찾을 수도…… 있…… 있을 겁니다. 저, 저…….."

이성은 손을 들더니 환약 반 알을 그 척후병의 입에 튕겨 넣었
다. 반구 척후병은 갑작스럽게 입으로 들어온 환약을 꿀꺽 삼켜 버
렸다. 이성은 봇짐 속에서 열반고 모충의 시체를 반쯤 보여 주며

웃었다.

"너한테 열반고를 하나 먹였으니 길 똑바로 안내해."

반구 척후병은 이들이 무슨 수를 쓴 건지 몰라 그저 두려워 터질 것 같은 심장을 부여잡고 어기적어기적 길을 인도했다. 이성은 그의 다리의 혈만 풀어 준 후 마치 개를 끌듯이 긴 끈으로 묶어 앞장 서서 걷게 하며 주비에게 말했다.

"제문의 금지 구역을 찾고 싶어 하는 거 알아. 그런데 만약 저놈의 말이 사실이라면 우리 몇 명이 함부로 쳐들어가서는 안 될 것 같아. 먼저 가서 확인해 보고 그때 가서 네 아버지께 알리자."

주비는 고개를 끄덕였다. 이성은 오초초가 안고 있는 아이를 힐끔 보았다. 얼핏 두세 살처럼 보였지만, 자세히 보면 실제로는 몇 살 더 많은데 전쟁의 난리 통 속에 제대로 먹지 못해서 유난히 작고 야윈 것 같기도 했다. 아이도 누가 자신을 죽이려 하고 누가 자신을 구하려고 하는지를 아는 것처럼 오초초의 품에 얌전히 안겨 조용히 있었다.

반구 척후병은 그들을 데리고 족히 두 시진 동안 산길을 걸었다. 정오부터 해가 질 때까지 계속 걸었다. 무공을 배운 사람들이라 해도 겹겹의 산봉우리를 넘고 강물이 휘감고 흘러가는 산길을 계속 걷다 보니 지칠 대로 지쳤다.

주비는 비록 집 밖에만 나오면 길을 찾지 못해 헤매던 고질병을 고치긴 했지만 여전히 선천적으로 다른 사람들보다 방향 감각이 떨어져, 과거 악양 근처에서 동서남북을 구분하지 못해 갈팡질팡 했을 때의 막연함을 다시 한번 맛보았다.

그녀는 반구 척후병을 발로 차며 차갑게 물었다.

"일부러 우리를 데리고 빙빙 도는 거 아냐?"

척후병은 가뜩이나 다리의 힘이 풀린 상태에서 발로 걷어차이자 바로 나자빠져 한참 동안 일어서지 못했다. 이성이 벙어리혈을 눌러놓은 탓에, 그는 소리를 지르지도 못하고 잔뜩 겁에 질린 얼굴로 필사적으로 고개를 저었다. 이연이 큰 나무 아래로 달려가 사람 발자국을 가리키며 말했다.

"우리 여기 왔었어. 이것 봐, 내가 표시도 해 놓은걸!"

양근이 차갑게 말했다.

"우린 표시를 해 두지 않아도 왔던 길인 걸 알 수 있다."

이연이 그를 노려보았다.

"미적거리기 좋아하는 중원 사람들 같으니라고."

양근은 구시렁거리더니 곧장 반구 척후병의 머리채를 낚아채며 말했다.

"길을 잘못 들 때마다 살점이 하나씩 도려질 거다."

양근은 발목에서 비수를 꺼내 날렵한 칼솜씨로 척후병의 손가락 하나를 잘라 냈다. 이연이 재빨리 피했지만 신발에 핏방울이 튀고 말았다. 그녀가 날카롭게 소리쳤다.

"야만인 같으니라고!"

오초초는 미처 아이의 눈을 가리지 못하고 황급히 아이를 안고 뒤돌아섰다. 아이는 놀란 건지 어쩐 건지 갑자기 그녀의 품에서 발버둥 치기 시작했다. 양갓집 규수 출신 오초초가 아이 안는 법을 어떻게 알겠는가.

그녀가 허둥거리는 와중에 아이는 손을 놓고 빠져나갔다. 아이는 바닥에 엉덩방아를 찧고도 아무렇지 않게 스스로 일어나 먼지를 툭툭 털더니, 곧장 암석 옆으로 뛰어가 까치발을 들고 손을 뻗어 돌멩이를 파내려고 했다.

돌이 박힌 위치는 낮았지만 어린아이에게는 까치발을 들어야 하는 높이였다. 아이의 가느다란 팔뚝은 어른 손가락 두 개 정도의 굵기밖에 되지 않았고 힘도 하나 없어 보였다. 아이는 한참 동안 돌멩이를 붙잡고 잡아당겼지만 돌멩이는 꿈쩍도 하지 않았다.

주비가 물었다.

"뭐 하는 거니?"

아이는 그녀의 목소리에 놀라 파르르 떨더니 경계하듯 몸을 돌려 바위에 등을 기대고 섰다. 마치 두려움에 떠는 작은 동물 같았다.

주비는 어쩔 수 없이 '흉기'인 쇄차를 양근의 등에 걸고, 암석 앞으로 다가가 그 돌멩이를 꽉 잡고 밑으로 당겨 쪼개려 했다. 하지만 돌멩이는 쪼개지지 않았다.

주비는 살짝 놀랐다. 손가락이 팽팽하게 당겨지며 손등의 핏줄이 불거졌다. 그녀가 팔 할의 힘을 쏟자 내력으로 흙모래가 줄줄 쏟아졌지만 바위는 여전히 요지부동이었다. 방금 그 아이가 열심히 돌을 파내는 것을 봤을 때만 해도 슬쩍 걸쳐져 있는 돌멩이인 줄로만 알았지, 뒤에 있는 암석과 한 몸일 줄은 전혀 예상하지 못했다.

오초초가 반쯤 쪼그린 채 아이의 눈을 바라보며 조심스럽게 물었다.

"왜 그 돌멩이를 파내는 거야? 그 안에 뭐가 있기라도 한 거니? 집에 가서 어른들께 부탁하면 어떨까?"

아이는 주비를 무서워했지만 오초초는 그래도 괜찮았는지, 고개를 숙인 채 말없이 손가락으로 뒤쪽의 바위 틈새를 파다 말다 하면서 주비를 힐끔 쳐다보고는 재빨리 고개를 끄덕였다.

주비는 미간을 찌푸렸다. 최근 몇 년 동안 파설도에 매진해 왔지만 그렇다고 다른 무공을 못하는 것도 아니었다. 무공의 길이란 원래 어느 정도 수준에 오르면 다음부터는 하나를 알면 열을 깨치는 것이다. 그런데 주비도 쪼개지 못하는 그 돌멩이를, 평범한 농부들이 어떻게 깬단 말인가?

그들에게 그럴 실력이 있었다면 어떻게 그렇게 허무하게 길에서 죽임을 당했을까?

이연이 허리를 굽혀 아이를 바라보며 물었다.

"엥? 근데 왜 말을 안 하지? 아까 얘가 엄청나게 빨리 뛰어가던데. 다른 사람들 말도 잘 알아듣고. 말을 못할 리가 없어."

아이는 더욱 몸을 움츠렸다. 주비가 잠시 생각하다 입을 열었다.

"산골짜기 사람들은 아마 움직이는 돌멩이를 이정표 삼아 돌아다녔을 거야. 그런데 지금 이 꼬맹이는 그 돌멩이가 어떤 거였는지 기억을 못 하는 거지. 우리가 이 근처를 한번 찾아보는 게 나을 거 같아."

양근이 드디어 주비를 놀릴 기회를 제대로 잡았다.

"주 낭자한테는 아무래도 역부족인가 보군?"

주비는 심심하면 도발하는 양근과 말을 섞고 싶지 않아 옆으로 한발 비켜섰다.

"할 수 있으면 해 보시죠."

양근은 코웃음을 치더니 쇄차를 옆에 조심스럽게 내려놓고 자신의 단안도를 꺼냈다. 그는 남쪽 지역의 돌연변이로 덩치가 매우 컸다. 양팔을 쫙 벌리면 그 길이가 수 자는 족히 되었는데, 단안도를 들자 저절로 자세가 나왔다. 그는 반보 물러서서 양어깨를 살짝 내린 후 낮은 기합을 넣었다.

단안도가 양근의 손에 들리면 자세만 멋있어 보이는 게 아니었다. 그가 한 발 앞으로 내디디며 태산을 가를 듯한 기세로 단안도를 돌멩이 위로 내려쳤다. 예리한 칼날에 칼바람도 둘로 나뉘며 '쉬익' 하는 소리가 났다. 삼 보 밖에 있던 이연조차 그 칼바람에 팔뚝이 아렸다.

"야만인!"

이연은 욕을 하며 잔뜩 몸을 웅크린 아이의 손을 잡고 황급히 옆으로 피했다.

칼날이 바위에 부딪치며 나는 소리는 이가 시릴 지경이었다. '챙' 하는 소리가 산중에 길게 울려 퍼졌다. 흙먼지로 덮인 작은 돌멩이 틈새에 칼날이 정확하게 내리꽂히자 암벽 전체가 이 엄청난 칼에 놀란 듯 진동했다.

그러나 아무 소용 없었다.

단안도의 우악스러운 힘 때문에 틈새가 반 치 더 깊어지긴 했지만, 아이가 가리킨 그 돌멩이는 여전히 꿈쩍도 하지 않은 채 그 자리에 그대로 있었다.

양근이 분을 못 이겨 고함을 내질렀다. 그의 이마부터 쇄골이 온통 시뻘겋게 달아올랐다. 그는 다시 칼을 뽑아 들고 도전하려 했다.

이성은 조금 전에는 그를 미처 저지하지 못했지만, 이번엔 더는 봐줄 수 없었다.

"양 형님, 그 골짜기 사람들이 정말로 움직이는 돌멩이를 이정표로 삼는다 해도 결국 다 큰 어른들일 텐데, 어른이 굳이 뭐 하러 이런 낮은 곳에 꽂힌 돌멩이를 고르겠습니까? 형님…… 혹시……."

주비가 '푸흡' 하고 비웃으며 말했다.

"바보 아니세요?"

"······."

싸울 조짐이 보이자 오초초가 얼른 끼어들었다.

"하지만 최소한 이 아이가 부모님이 하던 대로 암벽의 돌멩이를 떼어 내려 했다는 건 설명이 돼요. 그렇죠? 만약 아이가 자신이 본 대로 따라 하는 거라면, 돌멩이를 놓아둔 어른도 까치발을 들었던 게 아닐까요?"

주비는 팔을 뻗고 발끝을 세워 위쪽에 있는 암벽을 쭉 훑었다. 모든 돌멩이가 원래 있던 자리에 단단히 잘 붙어 있는 느낌이었고 사람에 의해 움직여진 건 하나도 없는 것 같았다.

"없어요."

주비가 미간을 찌푸리며 말했다.

"저 꼬맹이가 장소마저 잘못 기억하는 거 아닐까요?"

"그렇지는 않을 거예요."

오초초가 작고 낮은 목소리로 말했다.

"저 앞은 갈림길이에요. 보세요, 연이처럼 이곳에 와 본 적이 없는 사람도 나무 구멍이 밑에 표시가 되어 있다는 건 알 수 있어요. 만약 골짜기 사람들이 정말 표시를 남겨 놓았다면, 분명 모든 갈림길 근처에 있을 거예요."

그 자리에 있는 모든 사람이 그 말에 일순간 침묵했다. 다섯 쌍의 눈동자가 일제히 그 아이에게로 향했다. 아이는 더 불안해진 듯 몸을 잔뜩 웅크리며 얼굴을 오초초의 품에 묻었다.

아이의 입에서 무슨 얘기가 나오길 기대할 수는 없을 것 같았다.

이렇게 작은 아이가 자신이 본 것을 조목조목 설명하는 게 무리라는 점은 더 말할 필요가 없었다.

갑자기 이연이 입을 열었다.

"혹시……."

모두가 그녀를 바라보았다. 이연은 목을 움츠렸다.

"그냥…… 정말 그냥 말해 보는 건데, 혹시, 언니…… 언니 키가 그만큼 크지 않은 게 아닐까?"

주비가 그녀를 흘겨보자, 양근이 주비의 정수리를 힐끔 보며 비열한 웃음을 지어 보였다.

이연은 얼른 단전에 기를 모아 몸의 중심을 잡고 낭랑하고도 힘차게 말했다.

"하지만 그렇게 커 봤자 소용없지. 우리가 덩치만 큰 바보가 될건 아니잖아? 그러니까…… 아니면 올라가서 한번 보는 건 어때?"

"……."

양근은 왜 자신이 이 짜증 나는 중원 사람들과 같이 있는지 의문이 들었다.

이성이 말했다.

"내가 해 볼게."

그의 말이 끝나기도 전에 주비가 발끝을 들어 순식간에 바위 사이로 뛰어올랐다. 그녀의 발걸음은 새털처럼 가벼워 단안도에 당할 대로 당한 암벽 위의 모래알 하나조차 굴러떨어지지 않았다.

이성은 전부터 주비의 경공이 수준급이라는 건 알고 있었지만, 방금 그녀의 바람과도 같은 경공을 보니 순간 '무흔無痕'이라는 단어가 떠올랐다. 무엇 때문인지 몰라도 이성은 사윤이 생각났다.

"무슨 멍을 때리고 있어."

주비가 가볍게 바위에 올라가서 말했다.

"칼 이리 줘."

정신을 차린 이성은 얼른 쇄차를 주비에게 던졌다. 주비는 칼자루로 위아래에 있는 바위들을 전부 두드려 보았다. 별안간 이연이 소리쳤다.

"조심해!"

손바닥만 한 돌멩이가 위에서 떨어지고 있었다. 주비는 민첩하게 손으로 돌멩이를 받아 낸 후 암석 위에서 펄쩍 뛰어내렸다. 암석에는 구멍 하나가 더 생겼고 안에 작은 용수철 같은 것이 드러나 있었다.

바위를 두드리기만 했는데 용수철이 저절로 움직여 바위를 튀어나오게 했다. 용수철은 오래되어서인지 녹이 슬었는데, 주비가 신중하게 여기저기를 두드렸으니 망정이지 안 그랬으면 이 바위를 지나칠 뻔했다.

이성이 물었다.

"바위에 무슨 신묘한 장치라도 되어 있어?"

"방향이 표시된 것 같아."

주비가 말했다.

"잠깐, 이건 또 뭐지?"

"나도 보자."

이성이 얼른 돌멩이를 받았다. 돌의 평평한 부분에는 팔괘도가 그려져 있고 그 옆에는 빽빽하게 주석이 조각되어 있었는데, 글씨가 너무 작아 잘못 보기 십상이었다. 내용도 아주 심오해 양근 같은 부류는 물론, 주비 역시 글자를 다 알아보지는 못할 것 같았다.

골짜기로 피난 간 유민들의 것인가?

이성이 대충 쓱 훑어보니, 글을 새겨 넣은 사람은 다른 사람들이 못 알아볼까 봐 걱정이 되었던지 복잡한 주석 한가운데에 공간을 비워 간단한 화살표를 그려 놓고 한쪽에는 '출出', 다른 한쪽에는 '입入'을 새겨 놓았다.

"길을 가리키는 이정표네."

이성이 말했다.

"이 골짜기, 혹시 사람이 만든 걸까? 들어오고 나가는 비밀 통로도 다 예전 사람들이 남겨 놓은 것이었으니…… 혹시 제문의 금지 구역? 만약 그런 거라면 어떻게 이렇게 많은 외지인이 쉽게 접근할 수 있는 거지?"

그들은 어찌 되었든 일단 상황을 본 다음 다시 얘기하기로 하고 바로 그 반구 척후병을 해결한 후, 길을 따라 맞닥뜨리는 모든 갈림길마다 이런 방식으로 이정표를 찾았다.

이성은 모든 이정표 위에 그려진 그 복잡한 팔괘 진법의 탁본을 떴다. 다들 걸음이 재빠른 젊은 나이인데도 두 시진이 넘도록 헤매고 있었다. 주변의 산과 바위와 나무들이 다 똑같아 보였기 때문에, 바위 이정표의 주석이 모두 다르지 않았다면 아마 계속 같은 자리를 맴돌고 있다고 의심했을 것이다.

해가 저물고 깊은 밤이 되자 이슬이 내려앉았다. 계속 똑같은 풍경이던 숲의 오솔길이 마침내 꺾이면서 시야가 확 넓어졌다. 지쳐 있던 이연이 기뻐 소리를 지르려던 찰나, 주비가 손으로 그녀의 입을 막았다. 이성은 손을 휘둘러 일행을 길옆 어두운 곳에 숨게 했다. 아이도 소리 내지 않고 얌전히 큰 눈만 깜빡거렸다.

잠시 후, 오솔길에 사람의 그림자가 휙 지나갔다. 누군가 순찰을 하고 있었다.

이성이 주비를 향해 고개를 끄덕였다.

'우리가 정확하게 찾았어.'

주비가 쇄차를 들고 재빨리 몸을 돌려 일으켰다. 마침 달빛도 별빛도 없는 캄캄한 밤이었다. 그녀가 나뭇가지를 스쳤는데도 잎사귀 하나 흔들리지 않은 채, 마치 경계심 많은 새처럼 눈 깜짝할 사이에 시야에서 사라졌다.

심야의 잠복은 이미 주비에겐 식은 죽 먹기였다. 그녀는 어떤 흔적도 남기지 않고 밤하늘을 날아, 몇 번의 오르락내리락 끝에 골짜기 입구에 다다랐다. 그녀가 고개를 내밀고 훑어보니, 입구는 열 명이 넘는 호위병들이 지키고 있었고 일반적인 성문보다 훨씬 경계가 삼엄했다.

호위병들은 모두 무장 상태로 골짜기를 향해 서 있었다. 이들은 외지인이 쳐들어올 거라고는 생각지도 않은 채, 골짜기의 사람들이 도망칠까 봐 지키고 서 있는 것이 분명했다.

골짜기는 대낮처럼 밝았고 입구 근처에는 바스러진 나뭇가지와 나무 밑동이 잔뜩 쌓여 있었다. 모두 베어 낸 지 얼마 되지 않는 나무들인지 잎사귀의 색이 선명했다. 누군가 울창한 숲으로 도망치자 나무를 베어 방비를 강화한 것 같았다.

무장한 사람들이 수시로 왔다 갔다 하며 금속이 부딪치는 소리가 들려왔다. 경계가 매우 삼엄한 것이 확실히 대군의 주둔지다웠다.

이때, 주비가 익숙한 새의 울음소리를 듣고 고개를 들자 산 위에서 뭔가가 그녀를 향해 날아왔다. 이성 일행이 높은 곳까지 올라간 것이다.

주비와 이성은 쿵 짝이 잘 맞았다. 주비는 새 소리를 듣자마자 그의 뜻을 파악하고 말에게 먹이는 콩을 한 움큼 내던졌다. 강한 힘이 실린 검정콩이 바위에 부딪치며 '촤라락' 시끄러운 소리를 내자, 호위병들이 깜짝 놀라 칼을 꺼내 들고 사방을 뒤졌다.

주비는 얼른 나무에서 내려왔다. 호위병들은 검은 그림자가 지나간 것을 보았지만 그게 사람인지는 전혀 알아채지 못했다. 그들이 잔뜩 긴장한 채 쫓고 있을 때 날카로운 휘파람 소리가 사방에 울리며 골짜기 입구가 일순간 혼란에 빠졌다.

주비가 호위병들을 유인하는 동안 이성 일행은 어두운 길을 골라 빠르게 내달렸다. 다행히 산 위의 나무들을 다 베어 낼 시간이 없었는지, 골짜기 입구 쪽의 나무들만 깨끗이 정리되어 있어 옆의 샛길에 몸을 숨길 수 있었다.

입구의 호위병들은 주비가 도망갈 시간을 충분히 주었다. 마침내, 칼을 든 무리가 소리를 따라 조심스럽게 나뭇더미에 다가갔다. 호위병 우두머리가 몇 가지 수신호를 연달아서 하더니 한 발짝 앞으로 나아가 기합을 지르며 긴 창으로 나뭇더미를 푹 찔렀다.

곧 끔찍한 비명이 들렸다. 호위병들은 놀라 칼을 뽑아 들었다. 우두머리가 창을 빼 보니 끝에 커다란 새 한 마리가 꽂혀 있었다. 아직 죽지는 않았으나 날개를 푸드덕거리며 마지막 발버둥을 치고 있었다.

"웬 새야?"

우두머리가 영문을 모르겠다는 듯 머리를 긁적였다.

"다들 흩어져, 제자리로 돌아가……. 이건 까마귀야 뭐야? 왜 이렇게 크지? 별일이 다 있네!"

한바탕 소동이 끝나고 골짜기 입구는 금세 평정을 되찾았다. 오로지 호위병 우두머리만 야심한 시각에 갑자기 커다란 까마귀가 나타난 것이 불길하다고 생각해 그 새를 불에 태워 버릴 생각이었다.

그는 알 수 없는 곡조의 노래를 흥얼거리며 긴 창을 불더미 위에 매달았다. 등 뒤에서 섬뜩한 빛이 천천히 다가와 그의 등 한복판을 겨누는 것은 알아채지 못했다.

그때 갑자기 여러 사람의 발소리가 들렸다. 골짜기의 순찰대가 다가와 멀리에서 그에게 인사를 건넸다.

"뭘 굽고 계십니까? 몰래 드시는 건 괜찮은데 임무를 게을리하시면 안 됩니다!"

우두머리는 큰 소리로 대답했지만, 등 뒤의 그 섬뜩한 빛이 천천히 사라지는 것을 여전히 눈치채지 못했다.

주비는 고개를 돌려 넓은 골짜기를 바라보았다. 가난한 민가가 적지 않았고, 철거되어 군영이 된 곳도 있었다. 정중앙에 위치한 거대한 중군영이 불빛 아래 또렷하게 보였다. 군량미와 사료가 잔뜩 쌓여 있고 군마들이 줄지어 서 있었다.

이런 광경은 주비가 상상했던 '제문의 금지 구역'과는 거리가 멀었다. 특히 아직 철거되지 않은 몇몇 민가는 비바람이 그대로 들이칠 것만 같은 오래된 집이었다. 높은 곳에서 둘러보니 깨진 벽돌과 기와, 그리고 반쯤 무너진 가축의 우리가 보였다.

제문은 예로부터 신비스러운 문파였고 '금지 구역'도 전설로만 전해져 내려왔다. 제문에 그렇게 오랫동안 섞여 있었던 흑판관조차 근처에도 가 보지 못한 금지 구역이, 이렇게 백성들이 돼지를 키우고 양을 풀어놓는 곳이라고?

'그럴 리가 없어.'

주비는 실망감을 감추지 못하고 속으로 한숨을 쉬었다. 길에서 보낸 시간이 헛수고인 것만 같았다. 사실 생각만 해 봐도 알 수 있었다. 어떻게 이렇게 쉽게 제문의 금지 구역에 들어갈 수 있단 말인가.

만약 그렇게 운이 좋다면 주비가 삼 년 넘게 동분서주했는데도 아무 수확이 없을 수 있었을까? 주비는 무미건조하게 쇄차를 집어넣고 부지불식간에 명줄을 도로 주운 북조 호위병의 우두머리를 쳐다본 후, 조용히 암벽의 가장자리에 몸을 밀착해 그곳을 빠져나왔다.

북조 대군의 집결은 그들과 같은 민간인이 관여할 강호의 일이 아니었다. 주비는 생각했다.

'어쨌든 어둠을 틈타 들어온 길로 나가는 게 가장 좋겠어.'

이성은 오초초와 아이를 데리고 있었기 때문에 모험을 감행할 수 없었다. 그래서 계속 조심스럽게 골짜기 밖에서 바위와 숲에 몸을 숨긴 채 안을 살펴보고 있었는데, 보면 볼수록 놀라워 양근에게 조용히 속삭였다.

"보세요, 군량미도 충분하고 무기고도 가득 차 있습니다. 골짜기에 늙고 병들었거나 다친 병사는 하나도 없어요. 모두 건장한 사내들입니다. 그 척후병의 말은 틀렸어요. 최소한 사만 명은 될 것 같네요. 그것도 대부분 기병과 궁수들로요."

양근과 이연은 서로 멀뚱멀뚱 쳐다볼 뿐 도무지 알 수 없다는 표정으로 대꾸하지 않았다. 오직 오초초만 조심스럽게 덧붙였다.

"군수품은 거의 보이지 않네요. 여기서 오래 머물지는 않을 것 같아요."

이성은 드디어 말이 통하는 사람을 찾았다는 듯 안도의 한숨을 내쉬었다. 오초초가 손을 뻗어 한 곳을 가리키며 물었다.

"저긴 무슨 일이죠?"

일행은 모두 무예를 익힌 사람들이라 밤눈이 매우 밝았다. 오초초의 손가락을 따라 시선을 옮기니 골짜기 구석에 수많은 병력이 지키는 곳이 있었다. 사방이 철책으로 둘러쳐져 있고 그 안에 남루한 차림의 사람 윤곽이 희미하게 보였다.

그때, 갑자기 뒤에서 무슨 소리가 들렸다. 누군가 칼자루로 바위를 두드린 것이다. 양근이 화들짝 놀라 뒤를 돌아보니 소리의 주인공은 주비였다. 양근은 그제야 단안도를 내려놓았다. 주비는 성가시다는 듯 말했다.

"얼른 가요, 우린 사람도 많고 꼬맹이까지 있는데 발각되면 큰일이에요. 오라버니, 제문은 내가 알아서 찾아볼 테니까 오라버니는 일단 우리 아버지를 찾아가. 가장 중요한 일이니 시간을 지체해선 안 돼."

"잠시만요."

갑자기 오초초가 말했다.

"빨리 저기 좀 보세요. 저들이 지금 뭘 하려는 걸까요?"

한 전령이 중앙에 있던 큰 막사에서 뛰어나오더니 공터에 서서 손을 높이 쳐들었다. 철책 주변에 둘러앉아 있던 경비병들이 그를 보고 다들 일어났다.

주비는 그들과의 거리가 너무 멀어 무슨 말을 주고받는지 알 수가 없었다. 잠시 후, 전령이 떠나자 철책 바깥의 경비병들이 하나둘씩 주위의 횃불을 피우기 시작했다. 철책은 아주 어두운 곳에 있어 안에 누군가 갇혀 있다는 사실을 알 수 있을 정도로만 보였다.

이성 일행은 처음엔 그 철책이 산 끝자락과 맞닿아 있는 구석이고 안에 갇혀 있는 사람도 많아 봤자 열 명에서 스무 명 정도의 운 나쁜 유민일 거라 생각했다.

그러나 횃불이 하나둘 밝혀지자 그들은 아연실색하고 말았다.

철책은 산 끝과 맞닿아 있는 것이 아니라 아예 동굴 하나를 막고 있었다. 동굴이 얼마나 깊은지는 알 수가 없었는데 사람들이 안에 바글바글했다. 남녀노소 구분이 없었으며 하나같이 옷차림이 남루하고 얼굴에 생기가 없었다. 대충 보기만 해도 수백 명은 족히 되어 보였다. 그들을 가축처럼 가둔 철책의 뾰족한 끝에는 이미 다 썩어 백골이 되어 버린 사람의 머리가 꽂혀 있었다!

이연이 충격에 빠진 목소리로 말했다.

"세…… 세상에, 사람들이 저렇게 많다니!"

양근이 이상하다는 듯 말했다.

"유민들인가? 저렇게 많은 사람을 죽이지도 풀어 주지도 않다니, 저들을 가둬 놓고 뭐 하는 거지? 키우는 건가?"

"제 생각엔 북두의 거문과 파군이 이곳에 처음 왔을 때 사람이 인공적으로 만든 골짜기라는 걸 알아차린 것 같아요. 상황을 잘 모르니 이 골짜기에 다른 비밀 통로가 있는지 확신하지 못했던 거죠."

이성이 작은 목소리로 말했다.

"유민이 저렇게 많은데 만약 성급하게 저들을 죽였다가 유민들이 알고 있는 다른 비밀 통로로 탈출하기라도 하면, 더는 계획대로 진행할 수 없을 테니까요."

오초초가 즉시 그의 말에 담긴 뜻을 이해하고 모든 것을 깨달았다는 듯 말했다.

"그래서 저들이 일단 유민들을 안정시키려고 한 거군요."

"맞습니다. 아마 처음엔 북조의 군대도 당근과 채찍을 동시에 사용했을 거예요. 유민이 남쪽으로 가는 것은 반역이며 구족을 멸해야 마땅한 죄라면서 지도자를 붙잡아 일벌백계로 삼았겠죠. 그를 죽인 다음 죄명은 모두 죽은 사람에게 덮어씌우고, 두려워 어쩔 줄 모르는 유민들을 회유하는 정책을 쓴 겁니다. 간사한 자의 꼬임에 넘어갔던 것이니 진심으로 죄를 뉘우치면 처벌을 면해 주겠다고 했겠죠."

이성은 잠깐 생각하더니 이어서 말했다.

"만약 저였다면, 사람을 보내어 새로운 호적 명부에 그들의 이름을 적는 척했을 겁니다. 그리고 최근 북부의 인구가 급격히 줄어서 북조에서는 다시 땅을 측량해 묵혀 둔 토지를 분배할 계획이며, 새로운 호적을 가진 자는 향후 토지를 분배받게 된다고 말하는 거죠. 이렇게 하면 유민들은 안심할 것이고 사람 수도 정확하게 조사될 터이니, 혼란을 틈타 한몫 챙기려는 사람은 나오지 않겠지요."

양근은 고개를 숙여 아래쪽을 내려다보다가, 이성의 몇 마디 말에 온몸에 소름이 돋았다. 중원 사람들은 사람을 죽일 때 칼을 쓰지 않았다.

협박과 회유는 우두머리를 잃은 양 떼에게 딱 들어맞는 수법이었다. 대부분의 유민은 소심해서 일평생 그저 몸을 누일 곳이 있기만을 간절히 바랐을 뿐이었다.

도저히 못 살겠다는 상황이 오기 전까지는 무모하게 달아나거나 반항하지도 않았다. 먹고 마실 것이 있고 얻어맞지만 않는다면 그들은 얌전히 이곳에 머무를 수 있었다. 개중에 몇몇 심지가 약한 사람들은 북조에게 매수당해 그들을 위해 또 다른 비밀 통로를 찾아줄 수도 있을 것이다.

북조의 군대가 지형을 거의 다 파악하면 그때가 바로 끝장을 내도 될 기회였다. 그때쯤이면 유민들은 처음에 가졌던 힘과 용기를 잃어버린 채, 그저 유린당할 뿐이었다. 입막음으로 죽임당하거나 죽어라 막노동에 동원되어도 상관없었다.

하지만 애석하게도 집단에는 다른 생각을 하는 돌연변이가 나타나기 마련이었다. 어린아이를 데리고 도망 나온 사람들 같은. 그들은 지혜와 용기가 아주 뛰어나다고 할 수는 없지만, 기회와 인연이 잘 맞아떨어진 편이었다. 어찌 된 이유에선지 도망치는 것에 성공했기 때문이다.

하지만 북조의 군대는 결집을 거의 끝낸 상황이었다. 이 시점에 비밀이 누설된다면 그야말로 다 된 밥에 코 빠뜨리기였다. 북두가 얼마나 화를 냈을지 짐작이 가고도 남았다.

그들은 아낌없이 추격병을 보내 도망친 농민들을 최대한 빨리 죽였고, 유민들을 가둬 놓는 것이 이제 아무 쓸모가 없어진 이상, 비슷한 일이 생기기 전에 그들의 입을 모조리 막아야 했다.

골짜기의 철책 바깥에는 한 무리의 경호병들이 갑옷을 입고 번쩍거리는 큰 칼을 든 채 질서정연하게 서 있었다. 어쩜 이렇게 시기가 딱 맞았는지, 주비 일행은 하필이면 입막음을 위한 살육 현장을 맞닥뜨리고 말았다.

오초초가 안고 있던 아이가 또다시 필사적으로 움직였다. 그러나 이번에는 오초초도 요령이 생겨 힘을 꽉 주어 아이를 못 움직이게 했다. 조급해진 아이는 작은 짐승 같은 소리를 내며 고개를 숙여 그녀의 손을 깨물려 했다. 그런데 미처 입을 대기 전에 다른 손이 아이의 턱을 붙잡았다.

주비는 강제로 아이의 입을 열고 그 작은 얼굴을 들고는 차갑게 아이를 흘겨보았다. 그러고는 손가락으로 아이의 혼수혈을 가볍게 튕겼다. 아이는 순식간에 눈두덩이 빨개졌으나 저항할 수 없었다. 마지못해 눈을 감으니 눈물이 눈꺼풀과 눈 끝을 지나 얼굴로 흘러내렸다.

주비는 손끝에 묻은 눈물을 닦으며 낮은 목소리로 말했다.

"오라버니."

이성은 애써 자신의 시선을 거둬들이며 망설이다가 이를 악물고 말했다.

"강호에는 강호의 규칙이 있어. 조정의 일에 간섭하지 않는다, 한 가지 일은 한 가지로 끝낸다. 가자."

이연은 믿을 수 없다는 듯 눈을 크게 떴다.

"오라버니?"

이성은 못 들은 척 이연의 어깨를 잡고 가볍게 앞으로 밀며 그녀를 재촉했다. 그러고는 오초초에게 손을 내밀며 말했다.

"이 아이는 제가 안을 테니 먼저 가세요."

산 아래에서 살육을 눈앞에 둔 유민들은 뭔가를 눈치챈 듯 두려움에 떨며 당황하게 시작했다. 깜깜한 동굴 안에 몇 명이나 있는지는 몰라도, 그들은 날카롭게 비명을 지르고 서로 밀치고 욕설을 퍼붓느라 시끄럽기 짝이 없었다. 그 소리가 골짜기를 가득 울리며 높은 곳에 있는 소협 일행의 귀를 뚫고 들어왔다.

이연이 어쩔 줄 몰라 동굴 쪽으로 고개를 돌렸다가, 이성이 밀치는 바람에 살짝 비틀거렸다.

"보긴 뭘 봐."

이성이 화를 내며 더는 참을 수 없다는 듯 호통을 쳤다.

"네 갈 길이나 가!"

이연이 자기도 모르게 소리쳤다.

"오라버니는 안 보여? 저 사람들을 다 죽이려고 한다고! 무기도 없이 그저 먹을 것을 찾아 돌아다니던 사람들이 다 죽게 생겼어……. 저 많은 사람이 동굴 안에 가득한데, 언니! 언니도 뭐라고 말 좀 해 봐!"

주비는 발걸음을 멈추었으나 아무 말도 하지 않았다. 이연은 주비가 못 들은 줄 알고 "언니, 언니!" 하며 몇 번을 불렀지만 주비는 계속 못 들은 체했다.

순간, 이연은 뭔가를 깨달은 듯 멍하니 주비와 이성을 번갈아 쳐다보았다. 커다란 눈에 비친 빛은 마치 차가운 물에 꺼져 버린 작은 불씨처럼 점점 희미해져 갔다.

한참 후 이연이 다시 더듬거리며 입을 열었다.

"저…… 저들을 모른 척할 거야?"

이성이 차갑게 말했다.

"너 죽고 싶어?"

이연은 너무 억울했다.

"제남부濟南府에서 언니는 그 아저씨를 동개양 손에서 구해 냈잖아!"

주비는 고개를 숙인 채 쇄차의 칼자루만 만지작거렸다. 이연이 다시 이성에게 말했다.

"그리고 오라버니 말이야, 아직도 무슨 류가장에 사람들을 끌고 가 철면마 은패를 무찔렀다는 둥 허풍을 떠는데……."

"너 정말 그만 안 할래?"

이성이 그녀의 말을 끊었다.

"주비는 동개양과 처음 싸워 본 게 아니었을뿐더러 칼을 뽑기 전에 이미 계획이 다 세워져 있었어. 류가장 때는 은패를 포위해서 무찌르기로 다들 합의가 되어 있었고. 너 '포위해서 무찌른다'는 말이 무슨 뜻인지 알긴 아니? 만약 요 몇 년간 각 문파가 뿔뿔이 흩어지지 않았다면 은패는 절대 지금까지 살지 못했을 거야. 저길 똑바로 봐!"

그가 갑자기 골짜기 아래를 손으로 가리켰다.

"저기 사람이 몇이냐? 우리는 몇이고? 우리는 다 합쳐서 고작 다섯 명에 성가신 꼬마까지 있어. 그리고 너처럼 사람 구실 못 하는 애도 있지. 이연, 솔직히 말해서 오늘 너랑 나는 말할 것도 없고, 이 두령님이 우리 산채의 모든 선배님을 다 데리고 온대도 북조의 수만 정예 부대를 무모하게 상대하진 못할 거야."

이성은 늘 이연을 아니꼽게 바라봤지만 그렇다고 정말 화를 내는 경우는 극히 드물었다. 이연은 진지하게 화를 내는 이성의 모습에 깜짝 놀라 할 말을 잃었다.

이성은 깊은 한숨을 내쉬더니 낮은 목소리로 말했다.

"네 신통력이 엄청나서 산과 바다를 뒤엎을 수 있다고 치자. 그래서 수만 대군을 제압했어, 그다음엔? 저 사람들 좀 봐. 제대로

서 있지도 못하는 사람이 대부분인데, 어떻게 저들을 구한단 말이니, 응? 이연, 나이를 먹을 만큼 먹었으면 말을 할 때도 생각이란 걸 좀 할 수 없어?"

아주 오래전, 이성은 '남보다 뛰어나고 싶다'는 욕망이 가득해 자기 자신에게 화가 났다. 너무 화가 난 나머지 대열에서 마음대로 이탈했다.

그는 '이가의 도련님'인 자신이 천하제일이라 진심으로 믿었고, 언젠가는 하늘에 구멍을 낼 수 있을 거라 생각하며 죽어도 주비의 무공이 자신보다 뛰어나다는 것을 인정하려 하지 않았다.

그러나 지금은, 산채의 보안을 질서 정연하게 유지하는 방법과 낯선 사람 앞에서 완벽한 모습을 보이는 방법, 어떻게 해야 실력을 감추고 때를 기다릴 수 있는지를 배웠고 '천하제일'이 마냥 좋은 말이 아니라는 것도 알았다. 심지어 예상 부인의 의미심장한 몇 마디 말에 곧장 꽁무니를 빼기도 했다.

그는 성장했다.

아주 오래전, 주비도 하룻강아지 범 무서운 줄 모르던 시절이 있었다. 엉터리 파설도를 썼고 사윤과 냉전을 벌이며 청룡주 정라생에게 다짜고짜 덤벼들기도 했다. 그러면서도 속으로 '난세에 왕법 王法이란 존재하지 않는 법, 만약 도의마저 사라진다면 하루하루를 근근이 살아가는 백성들에게는 무슨 희망이 있을까?'라고 생각하며 자신의 판단이 옳다고 결론을 내렸다.

지금 주비의 파설도는 이미 완성되어 목소교에게 직접 '이징이 널 이길 거라고 장담할 수 없을 거다'라는 말을 들을 정도였지만, 지금은 마치 손과 발이 묶인 것 같은 느낌이 들었다.

그녀는 동개양과 외나무다리에서 만났을 때 겉으로만 좋은 체할 수도 있었고, 은패를 포위해 공격할 때도 숨어서 나가지 않을 수도 있었다. 어쩌다 불가사의했던 옛일이 생각나면 끝없는 의구심이 생겨나기도 했다.

이성은 사십팔채로 돌아가려 했다. 산채에는 온갖 자질구레한 일들이 그를 기다리고 있었다. 이근용이 풍파가 그치지 않는 이 사십팔채라는 작은 배를 언제까지고 지켜 줄 수 없는 노릇인 데다, 그녀는 지금 천천히 자신의 짐을 젊은 후배들에게 넘겨주고 있었다.

주비는 여전히 제문의 금지 구역에 가서 일말의 희망을 찾아보려 했다. 최근 몇 년간 주비는 알 수 없는 일종의 초조함을 느끼고 있었다. 자신이 좀 더 서두르지 않는다면, 사윤은 아마 기다려 주지 못할 거라는.

오초초는 자신의 능력이 보잘것없다는 것을 알고 있었다. 다른 사람들의 발목을 잡는 데 일등 공신이라는 걸 스스로 느끼고 있었기 때문에 아무리 불만이 있어도 겉으로 드러낼 수 없어 그저 잠자코 이성 남매의 말다툼을 듣고만 있었다.

진정으로 혼자인 사람은 없다. 죽음이 두렵지 않을지라도 우정과 의리는 소중히 생각해야 하는 상황에 어찌 감히 경솔하고 무모한 영웅 행세를 할 수 있겠는가.

강호는 비바람이 몰아치는 암담한 상황이었다. 영웅의 혈통이 죽음을 두려워하는 소인배로 변할지언정, 골칫거리를 만들지 않는 것이 가장 중요했다.

이연이 훌쩍이며 저도 모르게 입을 열었다.

"언니⋯⋯."

주비는 이연의 시선을 피했다. 이성에게 맞장구치지도, 이연을 두둔하지도 않고 그저 딱딱한 어조로 물었다.

"원래 왔던 길로 돌아갈까요?"

양근은 망설이며 얼굴을 잔뜩 찌푸렸다.

그때, 한참 동안 아무 말이 없던 오초초가 골짜기를 다시 쳐다보았다. 그녀는 한참을 참고 참다가 더는 참지 못하고 말했다.

"저 철책 안에 갇힌 사람 중에…… 여자는 없는 것 같아요."

북에서 남으로 내려온 유민 중에는 남녀노소가 섞여 있는 것이 당연했다. 유민들은 먼 길을 왔고 골짜기에 터전을 마련해 농사를 지었으므로 남자만 남는 것은 불가능했다. 여자들이 여기에 없다면, 다들 어디로 갔단 말인가?

산과 들에 혈기 왕성한 군인들이 널렸으니 굳이 말로 설명할 필요가 없었다. 오초초의 말에 모두가 굳게 입을 다물었다.

'챙' 하는 소리와 함께 간간이 비명이 들리더니 날카로운 무기가 철책을 뚫었다.

❧

아무 일 없이 무사 평온한 동쪽에서는 사윤이 칼을 들어 자세히 살펴보고 있었다.

"진 사숙, 사숙님이 말씀하신 '좋은 칼'의 기준이 뭔지요? 제가 알아듣게 설명해 주실 수 없나요?"

진준부의 몸속에는 투골청이 없었기 때문에 뜨거운 용광로의 열기로 온몸이 땀범벅이었다. 그는 웃옷을 벗어 턱으로 흘러내리는 뜨거운 땀을 닦으며 무미건조하게 말했다.

"네 생각은 어떻지?"

"우선 재료가 좋아야 하고, 그다음은 솜씨가 좋아야 하죠. 칼날은 무르면 안 되고, 칼등은 견고해야 합니다. 역풍에 가로막혀서도 안 되고, 순풍에 떠밀려서도 안 되고……. 물론, 견고하고 오래 쓸 수 있어야 합니다. 그래야 좋은 칼이죠."

사윤은 잠시 뜸을 들이다 다시 말했다.

"만약 칼 주인의 기량이 뛰어나다면, 칼의 명성이 멀리까지 퍼져나가 대대로 전해지는 명도名刀가 되겠지요."

진준부가 웃었다. 사윤이 물었다.

"왜 그러십니까?"

진준부가 대답했다.

"넌 칼도 쓰지 않으면서 장인들이나 하는 말을 하는구나. 주비가 들었다면 필시 널 비웃었을 거다."

사윤이 뻔뻔하게 말했다.

"기술에도 다 전공이 있으니 마음대로 웃으라지요. 사숙, '장인' 답지 못한 얘기 좀 해 주시죠."

진준부가 말했다.

"오래전에 아주 대범한 계집아이가 하나 있었는데, 어느 날 봉래에 와서는 도검 한 쌍을 만들어 달라고 했다. 친구에게 갚아야 한다면서 말이야. 도명은 '산山', 검명은 '설雪'이었지……."

사윤이 말했다.

"왠지 제가 본 적이 있는 것 같네요."

"그 '산'은 태평성대의 칼이었다."

진준부가 말했다.

"난 원래의 것은 실제로 본 적이 없어서 그 어린 계집이 설명하는 대로 만들었지. 계집아이는 시원시원하고 호탕하며 말에 거침이 없었다. 알고 보니 자신이 존경하는 영웅이 갖고 있던 도검을 만들어 달라고 한 거였지. 내 자랑이 아니라, 만들어진 칼은 부드러우면서도 장중했다. 자신을 알아주는 마음이 그 안에 담겨 있을 때, 그것이 바로 좋은 도이고 좋은 칼인 것이지. 좋은 칼의 예를 또 들어보자면…… 요도妖刀, 요사스러운 칼 '쇄차'가 있다."

사윤이 말했다.

"국사 여윤의 유작이지요. 어렸을 때 황상이 계신 곳에서 본 적이 있습니다."

"여윤은 평생 문무의 업적을 모두 이루었지. '천하를 다스릴 만큼 재주가 뛰어난 사람'이라고 불릴 만했어. 하지만 인생이 다 자기 맘대로는 안 되듯이 크게는 국가에, 작게는 친구와 자기 자신에게 떳떳하지 못했다. 죽은 지 수백 년이 지난 후, 대약곡은 그의 고향이라는 이유로 조중곤에게 완전히 파괴되었고."

진준부가 말했다.

"여윤은 하늘의 구속, 사람의 구속, 목숨의 구속을 당하였지. 온 하늘에 화개華蓋, 재난을 상징하는 별 이름가 가득한데 벗어날 도리가 없으니, 보지 않고 듣지 않고 말하지 아니하는 수밖에. 그래서 그는 요도 '쇄차'를 만들게 된 것이야. 살기가 등등했고, 울분이 가득했지. 주비가 쓰기 전에는 한 번도 날을 쓴 적이 없었지만, 이미 건곤을 횡단할 기운을 충분히 갖추고 있었어."

사윤은 살짝 미간을 찌푸렸다.

"하지만 그것도 좋은 칼이야. 절세의 칼이지."

진준부가 말했다.

"두 칼 모두 이 세상에서 보기 드문 좋은 쇠로 만들어졌어. 솜씨도 매우 좋고, 칼날은 날카롭고, 칼등은 견고하지. '역풍에 막히지 않고, 순풍에 떠밀리지 않음'은 당연하고, 둘 다 견고하고 오래 쓸 수 있는 칼이지만 두 칼은 천지 차이지. 어때, 이제 알겠나?"

진준부는 손을 내밀어 사윤의 어깨를 두드렸다.

"하나는 태평성대의 칼, 다른 하나는 파멸의 칼. 넌 어떤 칼을 갖고 싶지?"

주이당이 촉에서 쇄차를 주비에게 건네며 이야기를 하나 해 주었다. 그것은 사람의 일생, 칼의 일대기, 초목의 일생…… 대자연의 냉소였다.

동굴에 갇혀 있던 유민들이 공포에 떨며 안쪽으로 모여들었다. 북조의 호위병들이 철책 바깥에서 도검으로 장벽을 만들더니, 그중 한 명이 앞으로 나와 기다란 두루마리를 휙 펼쳐 거기에 적힌 이름을 읊어 나갔다.

이름을 불렀을 때 아무도 대답하지 않으면 철책 안에 들어가 있던 호위병이 사람들에게 가시가 박힌 채찍을 휘둘렀다. 그러자 처음에는 우물쭈물했던 사람들이 이름의 주인을 앞으로 떠밀었다.

호명하는 사람은 목청이 크고 우렁차 산 위에 있던 주비 일행이 똑똑히 들을 수 있을 정도였다. 그들은 정말로 이성이 예측한 대로 유민들의 이름을 전부 기록해 탈출하지 못하도록 철저히 관리하고 있었다.

깊은 밤, 채찍 휘두르는 소리는 더욱더 또렷하게 들렸다. 오초초는 자신이 쓸데없는 말을 했다고 생각하고는 입을 오므리며 고개를 숙였다.

"제 말은 신경 쓰지 마세요. 저는 그저……."

이성은 이연에게 화를 낸 것처럼 오초초를 대하지는 않았다. 그는 눈을 내리깔고 낮은 목소리로 설명했다.

"지금 당장 급한 것은 최대한 빨리 고모부와 문욱 장군님께 이 일을 알리는 것입니다. 안 그럼 조정의 대군은 앞뒤로 적의 공격을 받게 되어 일이 더욱 커질 텐데, 그러면 우리가 골짜기의 사람들과 함께 모조리 죽는다 한들 아무 소용이 없겠지요."

이성은 마음이 복잡해질수록 당당하게 말했다. 그는 자기기만을 하듯 필사적으로 여러 가지 이유를 댔다. 양근은 언변이 서툴렀고 주비는 내성적이었다. 둘 다 이성의 말에 대꾸하지 않았으나 그가 헛소리를 한다는 건 알고 있었다.

소식을 알린다는 건 전혀 핑곗거리가 될 수 없었기 때문이다. 만약 단순히 대군에게 소식을 알리기 위해서라면 이연과 오초초에게 먼저 가라고 하면 그만이었다. 강릉은 촉에서 그렇게 멀지 않았다.

이연이 아무리 덜렁이라 해도 수산당에서 명패를 획득한 사람이었고, 신중하고 차분한 오초초가 곁에 있으니 설마 그 둘이 산채의 정탐꾼을 찾아 서신을 전하는 일조차 하지 못하겠는가?

이성은 말도 안 되는 핑계를 입에 잠시 담았다가 어떻게 해도 찝찝한 마음이 사라지지 않자 노기 어린 눈빛으로 주변 사람들을 쳐다보며 화를 냈다.

"왜 다들 아무 말 하지 않는 거죠? 다들 꿀 먹은 벙어리가 된 겁니까?"

주비는 마음속으로 자신이 해야 할 일을 처음부터 끝까지 쭉 훑어보았다. 그녀는 제문의 금지 구역을 찾아가야 했고 투골청을 해독할 방법을 찾아야 했고 사십팔채로 돌아가야 했다.

은패는 아직 죽지 않았고, 왕 부인의 원한도 아직 갚지 못했고, 더구나 '해천일색'은 언제든 말썽을 일으킬 수 있는 우환이었다.

하지만 아무리 잘 고르려 해도 아무것도 고를 수가 없었다. 아무것도 고를 수 없는 태산보다 더 큰 이유가 있었지만, 그 이유를 입밖으로 내뱉는 즉시 자신은 너무나 비열해질 것이다.

양근이 문득 입을 열었다.

"이 소협, 빙빙 돌려 말할 것 없다. 그렇게 이유를 늘어놓아 봤자 결국은 골짜기에 남자니 무섭고 그냥 가자니 불안한 거 아닌가?"

만약 지금이 낮이었다면 시뻘게진 이성의 얼굴을 볼 수 있었을 것이다.

"나도 마찬가지다."

남쪽 출신 양근이 거침없이 내뱉었다.

"주비, 너도 속 시원히 털어놓지 그래. 딴청 피우지 말고."

주비는 할 말이 없었다. 이성은 자신이 귀신에 홀린 것 같다고 생각했다. 이 바보들과 건실한 대화를 나눌 수 있을 거라 기대했다니. 그는 깊게 한숨을 내쉬고는 모르는 게 약이라는 듯 양근 일행을 더는 쳐다보지 않았다.

그러고는 이 골짜기를 머릿속에서 지워 버리고 왔던 길을 따라 앞장서서 돌아갔다. 그는 사십팔채의 일개 어린 후배일 뿐, 산천검도 늙은 채주도 아니었고 무림 맹주나 황제의 친척은 더더욱 아니었다.

결국 한평생 이름도 없이 헛살게 될지도 모르는데, 어째서 오지랖도 넓게 영웅의 죄책감과 불안함을 짊어지려 하는 걸까?

아무리 많은 사람이 죽는다 해도 죄다 모르는 사람이었다. 그와 조금의 관계도 없는.

그가 막 몸을 돌렸을 때 양근이 말했다.

"나에게 방법이 하나 있다."

양근은 천성이 '방법'이라는 것과는 아무 관계가 없는 사람이라, 그의 갑작스러운 말에 모두가 멍하니 그를 쳐다보았다.

양근이 말했다.

"모두 뒤로 돌아."

주비가 말했다.

"뭘 하는 거예요?"

양근이 손을 내저었다.

"어서, 쓸데없는 소리 말고."

그들은 모두 양근의 말에 따라 시선을 돌렸다. 양근은 허리를 굽혀 땅에서 얇고 긴 풀을 조금 주웠다. 그중 길이와 모양이 비슷하게 생긴 네 포기와 긴 꼬리 같은 뿌리가 달린 한 포기, 총 다섯 포기를 손에 꽉 쥐고 사람들 앞으로 가져갔다.

이성의 입술이 꿈틀거렸다.

"……양 형님, 이게 무슨 뜻입니까?"

양근이 말했다.

"내 고향 사람들은 만물에 영혼이 있다고 믿기 때문에 매년 명절 때나 큰일이 있을 때마다 점을 쳐서 길흉을 예측하지. 그들의 신기한 방법은 잘 모르겠지만, 이치는 비슷할 거다. 어쨌거나 하늘의 뜻을 알기 위한 것이니…… 각자 한 포기씩 뽑아. 누군가 뿌리가 긴 풀을 뽑으면 우리 모두 가는 거고, 아무도 뿌리를 뽑지 않아 마지막까지 내 손에 남게 되면, 어떻게 해야 좋을지 상의해 보는 거다. 어때?"

다들 순간 아무 말이 없었다. 이연조차 눈을 흘겼다. 이성은 한 번도 이렇게 색다른 해결 방법을 생각해 본 적이 없어 어색하게 헛기침을 하고는 완곡하게 말했다.

"크흠, 저, 양 형님……."

주비가 곧장 이성이 다음에 할 말을 내뱉었다.

"머리가 어떻게 된 거 아니에요?"

양근의 관자놀이에 가느다란 핏줄이 불거졌다. 하지만 주비는 그가 어리석은 비난을 할 틈을 주지 않고 얼른 손을 뻗어 축 늘어진 풀포기 중 하나를 뽑았다. 손을 펼쳐 보니 뿌리가 없었다.

"전 아니네요."

이성은 어이가 없었다. 도대체 얘는 어느 편인 거지? 왜 자꾸 이랬다 저랬다야! 이연은 중요한 순간마다 늘 주비의 편이었기 때문에, 이번에도 주비를 따라 하나 뽑았다.

"저도 아니에요."

오초초가 곧바로 세 번째를 뽑았다.

"저도 아니네요."

양근은 남아 있는 풀 두 포기를 이성에게 내밀었다.

"뽑을 건가, 말 건가?"

생사존망의 갈림길에 선 이 시점에, 산기슭에 숨어 풀 뽑기 놀이를 하고 있다니 도대체 이게 무슨 일이란 말인가! 이성은 자신도 모르게 슬픔이 밀려오는 것을 느꼈다. 온종일 바보들과 있으면서 무슨 앞날을 기대할 수 있을까?

그리고…… 그는 자포자기하는 심정으로 두 가닥의 풀 중 하나를 뽑아 천천히 양근의 손바닥에 올려놓았다. 가느다란 풀은 아마 자신이 이렇게 막중한 임무를 맡게 될 줄은 꿈에도 몰랐을 것이다. 밤바람에 부르르 떠는 게 마치 언제든 끊어질 것만 같았고, 다섯 명의 눈알 열 개는 모두 그 풀포기에 집중되었다.

뽑힌 풀의 아랫부분에는 아무것도 없었다. 양근이 손을 펼치자 뿌리가 남아 있는 풀이 얌전히 그의 새카만 손바닥에 누워 있었고, 얇고 작은 뿌리 수염에는 아직도 흙이 묻어 있었다.

두 사내는 한동안 침묵하다가 들고 있던 풀을 옆에 버렸다. 이성은 조금 전의 경솔한 태도를 고쳐 순식간에 냉정을 되찾고는 말했다.

"우리가 모두 여기 남을 수는 없습니다. 연이와 오 낭자는 이 아이를 데리고 먼저 가는 게 좋겠어요. 이연, 너 정탐꾼이 요즘 어디 있는지 아니?"

이연은 얼마 전 이성과 함께 서쪽에서 동쪽으로 각지의 정탐꾼이 있는 곳을 쭉 돌았기 때문에 곧바로 대답했다.

"알아."

이성이 다시 말했다.

"원래 왔던 길로 돌아가. 날이 밝기 전까지 기다리지 않는 게 좋아. 근처에 북두의 척후병이 순찰을 돌고 있을지도 모르니까. 그 척후병들은 교활하기 짝이 없어서 대부분은 교묘하게 변장을 하고 있을 거야. 둘은 얼굴을 가리고 속도를 내서 서둘러 가야 해. 그냥 지나가는 척하고, 몸에 지닌 무기가 보이게 하고, 누가 불러도 멈춰선 안 되고, 길을 막는 자가 있으면 무조건 칼을 들어. 도저히 당해 낼 수 없는 일에 부딪히면 최대한 빨리 산채의 폭죽을 써. 지나가던 사람이나 친구가 목숨을 구해 줄 수 있도록 말이야."

주비는 잠시 생각하다 몸을 돌려 숲속의 커다란 나무 뒤편으로 걸어갔다. 잠시 후, 그녀는 비단 같은 은백색의 연갑軟甲을 들고나왔다. 주비가 손가락으로 긋자 연갑의 테두리에 달린 조개껍데기들이 손바닥 위로 우수수 떨어졌다. 주비는 조개껍데기를 잘 갈무리하고는 연갑을 오초초에게 건넸다.

"연갑 '채하彩霞'는 옛날에 은씨 부인의 '모운사'를 만든 분이 만든 거야. 어떤 칼에도 뚫리지 않고, 물불에도 아무 영향을 받지 않지. 물론, 부딪치는 건 막지 못해. 만약 장풍으로 격산타우를 하는 고수와 마주치면 무조건 달아나야 할 거야. 둘이 가져가고 누가 입을지는 상의해 봐."

주비는 말을 마치고 자신의 온몸을 샅샅이 뒤지더니 가지고 다니던 주머니에서 손목 보호대를 꺼냈다. 가녀린 소녀가 할 법한 굵기에 매우 정교하고 화려해 폭이 넓은 팔찌처럼 보였다.

"이것도 그분이 만든 일종의 비밀무기야. 안에 암살 무기를 숨길 수 있지. 위험이 닥쳤을 때 목숨을 보전할 수 있을 거야. 일 장 범위 안에서, 네가 당황하지만 않는다면 말이야. 정확하게 조준이 되면 네 오라버니 정도의 수준으로는 절대 못 피할걸."

이성은 갑자기 훅 들어온 공격에 짜증 나는 표정으로 그녀를 노려보았다.

주비는 평소에 암살 무기를 쓰는 데 익숙지 않았기 때문에 이연과 오초초에게 이 물건을 어떻게 쓰는지 보여 주는 것에도 서툴렀다. 손목 보호대를 열어 보니 기관은 아주 훌륭했지만, 그 안에는 정작 아무것도 없었다. 어색해지려던 찰나, 양근이 갑자기 작은 종이 꾸러미를 내밀었다.

"이것도 들어갈까?"

이연이 의아하다는 듯 물건을 받아 들었다. 종이 꾸러미 안에는 가느다란 바늘 한 다발이 들어 있었다.

"어떤 것은 뱀독이고, 어떤 것은 마취약이다. 나도 어떤 게 어떤 건지 잘 몰라. 다 섞여 있으니 필요할 때 아무거나 써라."

양근이 코를 문지르며 말했다.

"전부 약초 키우는 농민들이 되는 대로 만들어 낸 것이다."

이성이 말했다.

"좀 이따 우리가 저 입구에서 주의를 끌 테니까, 그때를 틈타서 도망가."

"내가 할게."

주비가 자신이 마땅히 져야 할 책임이라는 듯 말했다.

"내가 가서 저 북두의 개 두 마리한테 선전 포고서를 전하겠어. 육요광과 곡천선은 정식 장군이 아니니까 누군가 도전하겠다는 얘길 들으면 분명 강호의 규칙에 따라 모습을 드러낼 거야. 그때 연이와 오 낭자가 도망가면 되고, 여기 둘은 사람들을 구하면 되겠다."

양근이 놀라 물었다.

"혼자 북두 둘을 어떻게 감당하려고?"

"당연히 못하죠."

주비가 솔직하게 말했다.

"하지만 전 후배이고 수많은 북조의 군대가 보고 있으니까, 제가 약한 척을 좀 하면 그 둘이 체면을 벗어던지면서까지 동시에 달려들지는 않을 거예요."

이성이 미간을 찌푸리며 말했다.

"내가 보기엔 그 둘이 꼭 나설 거 같지는 않은데. 부하들을 시켜 닥치는 대로 화살을 쏴서 널 죽이라고 할 가능성이 가장 높아. 멍청한 게 무슨 바보 같은 잔꾀야?"

"닥치는 대로 화살을 쏘면 나는 더 좋지. 하지만 그의 수하에 있는 병사들이 나를 생포하려고 하면 일이 꼬일 거야."

주비가 말했다.

"그들이 의심하게 만들면 돼. 곡천선과 육요광이 내 뒤에 또 다른 누군가가 있다고 생각하면 분명 직접 나설 거야."

"알겠어."

이성이 한숨을 쉬며 말했다.

"별것도 아닌 걸 대단한 묘수처럼 말하다니, 네가 다 알아서 하겠단 말이지……. 안 돼, 너무 위험해."

주비가 말했다.

"그럼 뭐 다른 방법이라도 있어?"

아무리 이성이 장군감이라고 해도, 쌀이 없는데 밥을 지을 수는 없는 노릇이었다. 앞에 있는 사람들을 보고 있자니 정말이지 속수무책이었다.

"나에게 이것도 있다."

양근이 품속에서 둥그런 모양의 물건 두 개를 꺼냈다.

"이것도 그 약초 키우는 농민이 뒷구멍으로 만든 건데, 바닥에 던져 깨뜨리면 가루약이 엄청나게 나와서 눈을 못 뜨게 만든다고 한다. 그런데 습기를 좀 먹어서 지금도 쓸 수 있는지는 모르겠군. 철책을 지키는 호위병 무리 쪽에 이걸 깨뜨리고, 혼란스러운 틈을 타 우리가 사람들을 구해 내면 될 것 같은데. 어쨌든 우리는 최선을 다할 것이고, 도망을 갈 수 있을지는 모든 게 그들의 운명에 달린 셈이지."

이성은 잠시 생각하다 망설이며 말했다.

"저한테 산채에 연락용으로 쓰던 폭죽이 몇 개 남아 있습니다. 그걸 튕기면 불똥이 튀는데, 그걸 쓰면 우리가 진영을 불태우려는 줄 알겠죠. 그럼 병력을 분산시킬 수 있을 겁니다. ……아니지, 이 계획도 너무 허술하네요. 아무리 생각해 봐도 믿음직하지가 않아요. 일단 우리는 번개처럼 빨라야 하고, 운도 좋아야 하고, 북조의 군대가 결집하고 반응하는 속도는 반드시 느려야 하고, 그들의 장군들은 무조건 겁쟁이여야 하고, 또…… 곡천선과 육요광 중 최소한 한 명은 체면을 중시해야 하고, 그렇지 않으면 주비는 빠져나오지 못하겠죠. 하, 얼마나 운이 좋아야 하죠? 태상노군의 친아버지는 되어야 가능할 거 같네요."

주비가 덧붙였다.

"게다가 저 유민들도 머리를 잘 써야 하겠지. 가리키는 곳을 공격해야 할 테니까……. 내가 보기엔 불가능하겠지만."

잠시 침묵이 흘렀다. 세상 물정이라고는 전혀 모르는 이연은 여기까지 듣자 비로소 자신이 얼마나 많은 일을 고려하지 않았는지 깨닫고는 작은 소리로 말했다.

"그럼, 우리 그냥……."

신경 쓰지 말고 갈 길 가자고?

이성이 망설이다 말했다.

"우리 네 사람 모두 뿌리 달린 풀을 뽑지 않았으니, 난 이게 하늘의 뜻이라고 믿어. 어차피 이게 하늘의 뜻이라면…… 운도 어느 정도 따라 주지 않을까?"

마지막 말을 하는 그의 목소리는 너무나도 자신이 없었다. 그는 도움을 구하려는 듯 고개를 들어 주비를 바라보았다. 주비가 쇄차를 꽉 쥐며 이연의 어깨를 토닥였다.

"어서 가자, 내가 배웅해 줄게."

이연은 갑자기 울고 싶어졌다. 조금 전 자신이 유치하게 굴고 격분한 것과 정의를 주장한 것이 후회되었다. 그러나 주비는 그녀에게 눈물을 흘릴 틈을 주지 않은 채 숲속의 온갖 함정들을 너무나 익숙하게 지나치며 순식간에 오초초와 이연을 입구와 가까운, 그들을 숨겨 줄 나무가 없는 곳까지 데려갔다.

주비가 이연에게 말했다.

"내가 막 산에서 내려왔을 때는 너보다 더 어렸을 거야. 무공도 약하기 짝이 없었어. 북두 둘에게 포위당했을 때 난 울면서도 오초초를 꼭 촉 땅으로 데려가겠다고 다짐했지……. 그때는 오초초도 대갓집 아가씨여서 제대로 뛰지도 못했지만, 지금은 두령님을 스승으로 모시고 있으니 네가 보호하지 않아도 될 거야."

이연이 소리 없이 눈물을 흘렸다. 오초초가 주비를 향해 고개를 끄덕이며 말했다.

"걱정 마."

주비가 좀처럼 보이지 않는 미소를 지어 보였다. 그러고는 이연에게 덧붙였다.

"만약 우리가 운이 나쁘면, 넌…… 넌 나 대신 남쪽 국자감으로 가서 임 어르신을 찾아가."

이연이 입을 열어 뭐라고 얘기하려 했으나 주비는 그녀를 흘끗 바라보고는 어두운 밤의 잔영이 되어 빠르게 사라졌다.

주비의 움직임이 너무 빨라서 민둥산 산봉우리를 지날 때도 경비병들은 이를 알아채지 못했다.

그녀가 나무토막 더미 위를 가볍게 지나가다 곧게 세워져 있던 나뭇잎을 밟아 '바스락' 소리가 났다. 골짜기 입구를 지키던 경비병이 흠칫 놀라 급히 횃불을 들어 소리가 난 쪽을 바라봤다.

그가 어찌 된 영문인지 몰라 어리둥절해하고 있을 때, 차가운 손길이 그의 목덜미를 잡아챘다.

골짜기 입구에 있던 경비병들은 동시에 긴장하며 무기를 꺼내 들어 홀연히 나타난 여자를 빙 둘러서서 바라보았다.

주비가 사방을 훑어보며 손가락에 힘을 주자 경비병은 컥컥거리며 눈이 뒤집혔다. 그녀는 씩 웃어 보이곤 말을 아끼려는 듯 작은 소리로 말했다.

"곡천선과 육요광 나오라고 해. 오랜 친구가 빚 받으러 왔다고 전해라!"

그녀는 몸집이 크지도 건장하지도 않았다. 서 있는 모습도 바람에 날려 갈 것 같았고, 이제 막 짙은 어둠을 뚫고 나타난 처녀 귀신 같아 보이는 것이 괴상했다.

우두머리 같은 중년 남자 하나가 허둥대며 오더니 사람들에게 호통을 쳤다. 그러고는 경비병들 사이를 갈라 길을 낸 후 다섯 보 정도 떨어진 곳에서 경계하는 눈빛으로 주비를 쏘아봤다.

"넌 누구냐? 간도 크구나!"

밤바람을 타고 바스락거리는 소리가 들릴락 말락 했다. 예민한 청력을 가진 자라면 바람이 바위에 스치는 소리와 발소리 사이의 미묘한 차이를 분간할 수 있었다.

주비가 가만히 골짜기로 시선을 돌리는 사이, 귀는 이미 오초초와 이연이 움직이는 소리를 듣고 있었다. 그녀는 엄지손가락으로 천천히 쇄차를 뽑았다. 차디찬 쇠와 칼집이 서로 닿으면서 '챙' 하고 길고도 차가운 숨을 내뱉었고, 때마침 경공이 형편없는 두 사람의 발소리를 가려 주었다.

주비는 별안간 피식 웃더니 또박또박 천천히 말을 이었다.

"가서 너희 두목에게 전해. 사십팔채의 주비, 그러니까 파설도의 삼대 계승자가 오늘 초청장 없이 찾아왔다고. 조부모님과 부모님 그리고 몇 년 전 그들 손에 돌아가신 여러 동문들을 대신해 북두의 두 대인께 안부를 여쭙는다고, 수고롭겠지만 전해라."

'주비'라는 그 이름. 일 년 내내 너무 많이 불린 이름이라 귀에 딱지가 앉을 지경이었다. 하지만 직접 불러 보니 낯설기도 했고 발음도 입에 익지 않았다.

하산 후부터 이제까지 스스로 이름을 밝힌 일은 드물었다. 말하기 귀찮아서인 적도 있지만 사십팔채에 폐를 끼칠까 봐 걱정되어서이기도 했고, 또 스스로 뭔가 자랑스러운 일을 한다고 느껴 본 적이 없었기 때문이다.

'남도 주비'라는 이름을 입에 담는 건 왠지 후안무치한 일이었다. 그래서 웬만하면 언급하지 않았었다.

그런데 지금, 주비는 문득 깨달았다. '남도'라는 수식어를 이름 앞에 붙이는 것은 '평범한 옷'이 아니라 조부모님으로부터 전해 내려온 '성장盛裝'을 입는 것과 같았다.

길고 긴 비단으로 만들어 화려한 옷, 금과 옥으로 만들어져 머리에 쓰면 그 무게가 수십 근은 족히 나가는 왕관. 그런 차림을 설령 좋아하고 동경한다고 해도, 온종일 그 옷을 입은 채로 먹고 마시며 돌아다닐 수는 없을 것이다.

하지만 그래도 한두 번 입을 기회가 되면, 선인의 자취를 느낄 수 있다.

그녀에게 목덜미를 잡힌 병사에게서 지독한 지린내가 났다. 그가 겁에 질려 오줌을 싼 것이다.

주비는 쯧쯧 혀를 차며 그 쓸모없는 놈을 한쪽에 버려두곤 쇄차를 꺼내 들어 이내 아무렇지 않은 듯 골짜기 쪽으로 걸어갔다.

입구에서 골짜기 중심부로 가는 길목은 어느새 북조 군사들에게 둘러싸여 경계가 삼엄했다. 곁눈질로 주위를 살핀 주비는 마음이 조금 가라앉았다. 그녀는 육요광과 곡천선 이 두 우두머리가 무능하다고 생각했지만 좀처럼 어설픈 상황은 나타나지 않았다.

북조 군사들은 조직적으로 나뉘어 있는 게 분명했다. 중간급 이하 병장들은 그들이 생각하는 것처럼 외부인에 의해 지휘당하는 바보가 아니었다. 사만 대군은 명목상으로는 북두 두 어른의 명령을 따르고 있었지만, 실제로는 육요광과 곡천선이 뛰어난 종군 용병처럼 보였다.

조짐이 심상치 않았다. 신의 뜻을 읽었다는 양흑탄의 말이 맞아 떨어지는 것 같았다. 주비는 갑자기 불길한 예감이 들었다.

'잘못되면 오늘 죽을 수도 있겠는데.'

주비는 곁눈질을 멈추고 조용히 심호흡을 하며 속으로 내공심법의 구결을 외우기 시작했다. 그러자 전신의 기운이 요동치는 물줄기처럼 돌연 빠르게 그녀의 경맥을 따라 흐르더니 외부로 뿜어져 나왔다.

주비의 발아래 돌계단이 빠지직 하는 소리와 함께 거미줄 같은 균열이 생겼고, 노란 나뭇잎들이 유유히 그녀의 몸 쪽으로 떨어지다가 공중에서 갑자기 둘로 갈라지며 지면으로 곤두박질쳤다. 그 중 하나는 길가의 진흙 속에 박혔는데 마치 예리한 칼날에 베인 것처럼 잘린 단면이 소슬하게 밤하늘을 향했다.

육요광과 곡천선도 이 범상치 않은 일을 듣게 되었다. 일전에 단왕 조녕은 이번 행군이 중요한 만큼 새어 나가지 않게 신속히 움직여 실수가 없어야 하고, 그렇지 않을 경우 목숨이 위태롭게 될 거라고 특별히 둘에게 거듭 당부했었다.

그런데 이제 막 성공을 눈앞에 둔 상황에서 하늘도 무심하게 유민 몇 명이 도망가더니, 이제는 또 불청객까지 온 것이다.

육요광은 순간 화를 억누르지 못하고 "내가 가 보겠다."라는 말을 남긴 채 몸을 일으켜 막사를 나섰다.

몇 년 전 주비가 두 군대의 진영 앞에서 단왕 조녕을 납치한 일이 인상에 깊게 남아 수년이 흘렀음에도 육요광은 그녀를 한눈에 알아볼 수 있었다.

"너였군!"

주비는 웃음으로 받아쳤다.

"육 대인, 그간 별일 없으셨지요?"

사방이 칼 찬 병사들로 바글바글한 골짜기에 젊은 아가씨가 멀쩡하게 그 안에 있는 것이 육요광의 눈에는 뭔가 수상쩍었다. 속임수가 있는 게 분명했다.

육요광의 머릿속에서 기억의 실마리가 꼬리의 꼬리를 물다가 끝내 주비의 신분이 무엇인지 떠올랐다. 무의식적으로 골짜기 주위에 있는 숲을 내려다보았는데 적들이 도처에 매복해 있는 것 같은 느낌이 들었다.

주이당이, 딸이 여기 있는 줄 정녕 모를까?

육요광은 놀라 식은땀을 흘렸다. 마음속에 드는 생각은 딱 하나뿐이었다.

'이번엔 끝장이군.'

바로 그때, 그의 예측을 증명이라도 하듯 별안간 숲속에서 차가운 불꽃이 일더니 날카로운 소리를 내며 하늘로 솟구쳤다. 골짜기 전체가 굉음으로 진동했고 화려한 불꽃이 하늘을 물들였다.

육요광의 낯빛이 금세 변했다.

고수가 대진할 때 가장 경계해야 할 것은 정신이 흐트러지는 것이다. 주비는 그의 눈빛이 흔들리는 것을 보고 그가 방금 있었던 움직임에 놀랐음을 알아챘는데, 곡천선은 아직 도착하지 않은 상태였다. 이번 기회를 놓쳐서는 안 된다.

주비가 쇄차를 휘두르자 도광이 번쩍이더니 육요광의 코앞까지 다가가 있었다.

육요광은 기합과 함께 황급히 칼을 비스듬히 잡고 버텨 내야 했다. 그때까지도 모습을 나타내지 않고 있는 곡천선을 의식한 주비는 생각을 분산해 주위를 유심히 살피며 싸울 힘을 남겼다. 거칠게 맞선 상황에서 쇄차가 살짝 엇나갔다.

주비는 힘이 달렸는지 비틀거리며 반보 뒤로 밀렸다. 칼날 아래 미소를 머금었던 얼굴도 순간 힘겨워 보였다. 육요광이 자신하던 대로였다.

'남조 이 얼간이들, 명성보다 못한 놈들이 많다고 하더니 이 작은 계집애에게 '남도'를 갖다 붙여?'

그는 입꼬리를 씰룩이며 음침한 눈빛으로 주비를 바라봤다.

"네까짓 게?"

육요광은 수하들을 까맣게 잊은 채 자신이 나서서 주비를 잡아들일 생각이었다. 두 사람은 눈 깜짝할 사이에 막사를 돌며 추격전을 벌이기 시작했다.

주비가 얼빠진 육요광 덕에 그나마 순조롭게 버티고 있을 때, 이성과 양근은 골짜기의 긴장된 분위기 속에서 들키지 않은 채 쇠울타리에 다다랐고, 안쪽에 갇힌 유민들의 수를 재빨리 파악했다. 군영에서 그렇게 소란스러운 일이 있음에도 경비병들은 흐트러짐 없는 모습으로 공격 태세를 갖추고 있었다.

채찍질 몇 번에 간이 쪼그라든 유민들은 북조 경비병들의 지시에 따라 순순히 열을 맞춰 서 있었다. 양쪽 경비병이 앞으로 나아가 유민 열 명을 고르자, 첫 번째 타자로 재수 없게 걸린 그들은 결박당한 채 쇠울타리 밖으로 내보내졌다.

임시로 망나니 역할을 맡은 경비병이 큰 칼을 뽑아 들자 뒤에 있던 유민들은 그제야 재앙이 코앞에 닥쳤음을 깨달았다. 쇠울타리 안에 있던 사람들도 필사적으로 몸부림치기 시작했다. 그들의 울부짖는 소리가 하늘을 뒤흔들었다.

이 틈에 이성은 길게 휘파람을 불어 양근에게 작전을 실시하라는 신호를 보냈다. 양근은 멀찍이서 그를 향해 고개를 끄덕이더니 품속에서 가루약을 내뿜는다는 '약탄'을 꺼냈다. 이성은 즉각 복면으로 얼굴을 가리고 허리춤의 쌍검을 움켜쥐었다.

망나니가 칼을 막 휘두르려는 순간, 두 사람은 동시에 작전에 돌입했다.

양근은 바닥을 향해 약탄을 던졌고, 이성은 붕새처럼 재빠르게 사람들의 머리 위를 지나 검을 들고 망나니를 향했다. 약탄이 만들어 내는 짙은 연기를 타고 재빨리 안쪽으로 섞여 들어가 경비병들 사이에 통로를 만들 생각이었다. 둘의 호흡은 환상적이었지만 이 결정적인 순간에 뜻밖의 문제가 터질 줄은 몰랐다.

양근이 바닥에 던진 약탄은 '픽' 하고 갈라졌을 뿐 터지지는 않았다. 그 작은 공은 기침을 하듯 '픽픽' 소리를 내면서 그 자리에서 뿌연 연기를 몇 가닥 내뿜으며 구르더니 멈춰 버렸다.

"……."

"……."

양흑탄, 이 망할 까마귀 같으니라고! 평소에 땀을 그렇게 흘리고도 갈아입지도, 씻지도 않더니 지니고 있던 약탄에 그만 습기가 차버린 것이다.

본래 자욱한 연기 속에서 멋지게 등장할 계획이었는데 순식간에 웃음거리가 됐다. 약탄은 바닥에서 힘겹게 뿌연 연기를 뿜어내고 있었고 이성은 경비병들 사이에 덩그러니 서서 당황한 기색으로 멀뚱멀뚱 쳐다볼 뿐이었다. 온몸에 솜털이 곤두선 이성은 머릿속이 하얘졌다.

이들은 '하늘의 뜻'을 잘못 이해했던 것이다. 그들이 뽑았던 풀네다섯 가닥은 이들에게 갈 수 있는 만큼 멀리 도망가라고 말한 것이지, 남아서 사람을 구하라는 의미가 아니었던 것이다.

하지만 여기까지 온 이상 이제 말해 뭐 하겠는가.

이성은 경비병의 호령에 아랑곳하지 않고 이를 악문 채, 온몸이 땀으로 흠뻑 젖은 상태로 즉시 공격을 시작했다.

만약 이때 쳐들어간 사람이 양근이고 숨은 사람이 이성이었다면, 이성은 모습을 드러내지 않고 잔꾀를 써야 한다는 생각을 가장 먼저 떠올렸을 것이다.

약탄이 실패하면 그는 우선 암전暗箭, 숨어서 쓰는 화살을 써서 매복 효과를 본 뒤, 신호탄 몇 개를 터뜨려 골짜기의 식량 창고에 불을 질러 마치 적군에게 야간 습격을 당한 것으로 꾸며 시간을 벌 수 있었을 것이다.

하지만 양근 이 멍청이에게 무슨 '잔꾀'를 기대하겠는가? 임기응변의 '응' 자도 모르는 그는 약탄이 소용없게 된 걸 보자 미리 얘기한 것과 다르게 자포자기한 심정으로 덤벼들었다.

양근은 이성이 저지하기도 전에 숨어 있던 곳에서 튀어나와 '와아아' 하고 칼을 휘두르며 병사들을 향해 돌격했다. 그 결과, 쇠울타리는 습격을 당했고 인근에 있던 군대는 훈련한 대로 집결해 에워쌌으며 초소병들도 일제히 몰려들었다.

최근 수염을 기른 곡천선은 손에 부채를 들고 있어 훨씬 교활해 보였다.

그는 육요광이 허둥지둥 뛰쳐나가 적을 맞이하는 걸 보고도 막지 않았고, 육요광과 주비의 맹렬한 격투 소리를 듣고도 막사에 앉아 꼼짝도 하지 않았다. 그때 초소병이 다가와 쇠울타리 습격 소식을 보고하자 곡천선은 돌연 눈을 치켜뜨며 물었다.

"몇이나 왔느냐?"

초소병은 주춤하더니 곧 더듬거리며 말했다.

"수…… 숫자는 많지 않습니다. 고작 두세 명 정도요. 하지만 모두 고수여서 우리 형제들로는 잠시도 그들을 막아 낼 수 없습니다."

"하!"

곡천선이 냉소했다.

"재밌군, 보아하니 허세를 부리러 남의 집 대문 앞까지 달려온 게로구나."

준비 부족에 실전까지도 망한 것이다.

곡천선이 일어나 입고 있던 외투를 벗으니 간편한 옷차림이 드러났다.

"궁수들은 저들을 포위해라. '대협'이 걸리적거리는 거지를 살려 달라고 매달리니, 아예 그들과 생사를 같이하게 하지."

그가 명령했다.

곡천선은 성큼성큼 군영을 걸어 나갔다. 장막을 걷자 그림자 하나가 순간 번뜩이더니 어느새 주비 곁으로 다가가 있었다. 그가 손을 들어 쥘부채를 '착' 펼쳤다. 견고한 철로 만들어진 부챗살이 서늘하게 주비의 미간을 향했다.

주비는 이미 곡천선의 공격을 대비하고 있었다. 그녀는 파설도의 '참' 일 식으로 앞쪽에 커다란 원을 그려 둘의 공격을 막아 내고는 뒤로 세 보 물러섰다.

육요광이 불쾌해하며 말했다.

"무슨 꿍꿍이냐? 젖비린내 나는 쪼그만 계집일 뿐인데, 내가⋯⋯."

"파군, 정말 수십 년간 한결같이 발전이 없구나."

곡천선은 조용히 한숨을 쉬더니 어두워진 얼굴로 말했다.

"군영 중심지인 곳에서 어디 감히 소동이냐. 어서 저 계집을 잡아 오지 못할까!"

군영의 경비병들이 듣고 일제히 기합을 넣더니 장창 수십 개를 들고 빠르게 진형을 갖춰 주비를 향해 압박해 들어왔다.

이때 곡천선도 손에 쥐고 있던 철선을 펼쳐 들고 사정없이 주비를 향해 돌진했다.

육요광은 눈앞이 어지러웠다. 조금 전까지만 해도 유명무실하다고 여겼던 주비의 파설도를 제대로 보니 안색이 변했다.

주비는 '풍'을 시전하고 세 번 동작을 바꾸면서 수십 명의 호위병이 던진 장창을 이리저리 흐트러뜨렸고, 그사이 곡천선의 철선까지 막아 냈다. 강호를 수십 년간 휩쓴 그의 철선이 뜻밖에도 계집애의 장도에 눌리고 있었다.

깜짝 놀란 육요광은 그제야 주비가 그를 붙잡아 두기 위해 일부러 교란 작전을 펼쳤던 것임을 깨달았다.

비록 북두 중에서 가장 취약한 육요광이었지만 그 악명은 멀리까지 퍼져 있었다. 언제 이런 모욕을 당해 봤겠는가? 화가 치민 그는 칼을 치켜들고는 곡천선과 힘을 합쳐 주비를 그들 가운데로 몰아

넣었다.

낯빛에 변화는 없었지만 주비도 속으로는 초조했다. 이성과 양근, 이 미덥지 못한 두 사람이 뭘 하고 있는지도 몰랐다. 미리 약속한 바로는 자욱한 연기 속에서 유민을 구출하고 북조 군사들이 허둥지둥하는 틈을 타, 몇 사람이 골짜기로 쳐들어갔는지 알 수 없게 만들어 주비 쪽 상황을 현혹할 작정이었다.

그런데 그 두 놈이 여태 코빼기도 안 보여서 주비 혼자 북두 두 놈을 상대하게 될 줄이야.

하지만 곡천선과 육요광도 고수로서 모양이 빠진 건 분명했다. 둘이 하나를 상대하는 것도 모자라 경비병들에게 수시로 공격하게 해 그녀가 계속 도망 다니게 만들었으니 말이다.

주비가 명성을 들먹여 골짜기에 들어선 순간부터 모든 일이 그들의 계획과는 정반대로 흘러가고 있었다.

선조들의 영혼은 주비를 보호하기는커녕, 그야말로 저주를 퍼붓고 있었다.

활시위를 당기는 소리가 사방을 가득 메웠고 골짜기에서 메아리가 되어 울려 퍼졌다.

주비는 속으로 생각했다.

'망했다.'

주이당과 왕래가 가장 잦았던 사람은 이성이었다. 이성은 고모부의 심부름을 자주 했고, 남조 군대를 따라 직접 전장에 가 보기도 했다. 애당초 활 쏘는 소리를 듣기도 전에 그는 자신이 최악의 상황에 놓이게 됐다는 사실을 알 수 있었다.

양근이 이렇게 갑작스럽게 뛰쳐나왔다는 것은 세 사람에게 지원 부대 따위는 없다는 분명한 사실을 보여 줬다.

설령 역대 왕조 중 그 어떤 병법의 대가가 온다 해도 이 상황을 뒤집을 만한 사람은 없었다. 이제는 끝장나는 일만 남은 것 같아 보였다.

이성도 용감히 맞서 싸우는 것 외에 별다른 수가 없었다. 그는 앞을 막고 있는 북조 군사 두 명을 검으로 찌른 후 검을 뽑지 않고 시체를 방패로 삼아 종횡무진으로 쇠울타리 문까지 도달했다.

이어서 그는 남아 있던 검을 자물쇠에 쑤셔 넣고 이리저리 돌려 북조 군사가 황급히 잠가 놓은 울타리 문을 비틀어 열었다.

그는 뒤쫓아 온 경비병을 붙잡은 채 울타리 안에 있는 사람들을 향해 소리쳤다.

"어서 나오세요!"

쇠울타리 안의 유민들은 공포에 질린 모습으로 그를 바라봤다. 이성은 이 상황이 너무나 기가 찼다. 그는 쇠울타리에서 거의 참수 당할 뻔한 유민의 몸에 감긴 밧줄을 끊어 주고 앞으로 밀어냈다.

"뛰어요!"

그 유민은 죽음의 문턱까지 갔다고 생각했다가 우여곡절 끝에 목숨을 부지하게 되자, 비틀거리던 몸의 중심을 잡은 후 미친 듯이 내달리기 시작했다.

첫 물꼬를 트는 이가 생기니 갇혔던 유민들도 따라서 반응하기 시작했다. 그들은 앞다투어 쇠울타리 밖으로 뛰쳐나가며 북조의 경비병까지 밀치고 내달렸다. 그들은 마치 물 만난 고기 떼처럼 힘을 모았다.

이성이 숨도 돌리기 전, 양근이 소리쳤다.

"조심해!"

이성은 귓가에 스치는 바람 소리만 듣고는 미처 생각할 겨를도 없이 고개를 들었다. 화살 하나가 공중에서 단안도에 맞고 떨어졌다. 마침 방금 그가 서 있던 자리였다.

곧이어 화살이 쉬이익 하며 사방에서 날아왔다. 화살이 비처럼 쏟아졌다. 맨 앞쪽에서 달리던 유민은 사람들이 보는 앞에서 머리가 화살에 뚫리며 바위에 그대로 박히고 말았다. 바위는 피로 붉게 물들었다.

그 뒤를 따라 도망치던 유민은 간이 콩알만 해져서는 줄행랑을 쳤다.

빗발치는 화살에 고목 뒤로 몰린 이성은 적군 시체에서 큰 칼을 주워 들었다. 그는 날아드는 화살을 정신없이 막으며 소리쳤다.

"흩어져서 달아나요! 숨을 곳을 찾고 모여 있지 마요, 돌아보지 마요! 동굴로 돌아가면 안 됩니다! 동굴로 가지 마세요!"

혼란한 와중에 유민들은 곳곳으로 숨어들었다. 일부는 바닥에 납작 엎드렸고 일부 똑똑한 자들은 이성의 말대로 골짜기에서 흩어져 몸을 숨길 수 있는 큰 바위나 나무 뒤쪽에 몸을 숨겼다. 또 한 무리는 난리 속에서 이성의 소리를 못 들었는지 다시 방향을 바꿔 쇠울타리 뒤쪽의 동굴을 향해 도망했다.

이성이 쉰 목소리로 소리쳤다.

"나와요! 빨리! 그들이 불을 쓸 거예요!"

마치 실력 없는 양치기가 된 것 같은 느낌이었다. 그의 목소리는 갈라졌고 사람들은 들을 생각도 안 했다.

이성이 돌연 잠잠해졌다. 골짜기에서 들려오는 바람 소리, 화살 소리, 비명 소리를 듣고 있으니 문득 예상 부인이 했던 '팔을 한 번 휘두르면 천하가 호응하는 사람'이라는 말이 생각났다.

당시에는 부끄럽고 황송한 나머지 약간 의기양양하기도 했지만 지금 와서 생각해 보니 쓴웃음이 나왔다. '천하'는 고사하고 백 명 정도 되는 사람조차 모으질 못하다니 말이다.

생각해 보니 예상 부인은 작은 일에 구애받지 않는 성격인데, 그 냥 어려 보이는 이성과 심심풀이로 놀아 준 것일 수도 있겠다는 생각이 들었다.

자신이 학문도 부족하고 질투도 많은 젊은이일 뿐이라는 생각이 든 이성은 자신의 생 또한 마길리처럼 끝나겠다는 생각이 들었다. 결국 소년 시절 이 두령이 말했던 대로 그는 무공에 자질이 없다는 말이 맞아떨어진 걸까.

"불! 불이다!"

이성은 곧 정신을 차려 나지막하게 외치고는 허겁지겁 큰 칼로 공중에서 날아온 화살을 막아 냈다. 북조 군사가 사용한 화살은 끝 부분에 기름을 묻혀서 공중에서 날아올 때 불꽃이 튀는 것이 마치 유성 같아 보였다.

이성의 뺨이 불에 뎄다. 그가 몸을 숨긴 고목은 이미 불에 타고 있었다. 불똥은 나무에 있던 수분과 만나 나뭇가지는 검게 타들어 갔고 불꽃은 힘을 잃어 갔다. 하지만 곧 기름칠을 한 더 많은 화살 들이 공중에서 빗발쳤다.

그들이 왔을 때는 공교롭게도 북조 군사가 집결을 거의 다 끝낸 상태였다. 북조 군사는 본래 이곳 유민들을 모조리 죽이고 한 줌

불씨로 골짜기를 태워 버린 뒤 전선으로 뛰어들 생각이었는데, 그 기름은 남김없이 다 두 사람에게 사용되고 말았다.

이성을 따라 사방으로 숨은 사람들은 난감하긴 했지만 그에게 잠시나마 버팀목이 되기도 했다. 조금 전 한사코 동굴로 들어갔던 사람들은 상황이 별로 좋지 않았다. 본래 동굴로 들어가면 하늘 가득 날아다니는 화살을 피할 수 있을 거라고 생각했지만, 불똥이 동굴 입구로 떨어지자 유민들이 깔아 놓은 건초에 불이 붙은 것이다.

밤바람이 마침 동굴 안쪽으로 불면서 불길이 순식간에 동굴 안으로 퍼졌다. 북조 군사들이 감옥으로 사용한 그 동굴은 안쪽이 막다른 골목이었다. 방금 동굴로 몸을 숨긴 유민들은 목숨을 지키기 위해 모두 웅크린 채 안쪽으로 들어갔다.

그러나 그들이 상황을 파악하기도 전에 짙은 연기가 하늘 높이 솟구쳐 올랐고 순식간에 불기운이 폭발해 동굴 입구를 단단히 막았다. 도망치기에는 이미 늦어 보였다.

이성이 착각을 한 건지 왠지 고기 타는 냄새가 나는 것 같았다. 가슴이 철렁 내려앉으며 말할 수 없는 메스꺼움이 밀려왔다. 이성은 헛구역질하고 싶은 충동을 참느라 눈물까지 흘렸다.

문득, 이성의 눈앞에 사람의 그림자가 보였다 사라졌다. 양근이 흐느적거리며 그의 앞에 떨어졌다.

남쪽 사람들은 중원 남자들처럼 머리를 묶는 것이 어색했다. 예전에는 머리를 풀어 헤친 것이 멋에 속했었는데 지금은 머리를 풀어 헤친 것이 화를 자초했다. 사방에서 날아드는 화살에 양근의 머리카락이 잘려 탄내가 진동했는데 그 모습은 더 말할 것도 없었다. 다행히 얼굴이 가무잡잡해서 연기에 그을려도 별로 티가 나지는 않았다.

"이 정도는 문제없다!"

양근이 그를 향해 소리 질렀다.

"물을 뿌리지 않으면 안 되겠군. 너 물 뿜을 줄 알지?"

"……."

단순 무식한 양근이 내뿜은 물을 뒤집어쓰고 나니 이 소협의 우유부단했던 마음은 어느새 갈기갈기 찢겼다. 곧장 정신을 차린 그는 마음을 다잡고 얼굴에 묻은 재를 닦아 냈다.

이성이 고개를 들어 바라보니 골짜기 전체가 한눈에 들어오며 한 가지 문제점이 보였다. 모든 궁수와 기름이 쇠울타리에 집중되는 바람에 골짜기 정중앙에 있는 북조 군사들이 도리어 혼란 속에 있었던 것이다.

맞다, 주비가 있었지!

"남은 사람들에게 날 따라오라고 하세요."

이성이 낮은 목소리로 말했다.

"아직 끝나지 않았습니다."

곡천선과 육요광에 의해 군영에 갇히기 전, 그러니까 처음부터 주비는 자신의 목숨이 곧 끝나지 않을까 걱정했는데 이제는 아예 다른 걸 신경 쓸 여유가 없었다.

그녀는 이미 양근에게 자신이 거문과 파군을 이길 수 없음을 인정했지만, 물러날 틈조차 없는 이 상황에서는 이길 순 없어도 정신은 똑바로 차려야 했다.

주비는 운명을 빨리 받아들였다. 오늘 죽음의 문턱까지 갈 것 같다는 느낌이 들었지만, 이렇게 된 이상 정신을 가다듬고 오롯이 쇄차에만 집중했다.

파설도의 전통이 여기서 끊어진다 해도, 어떻게든 통쾌하게 한번 제대로 싸워 보고 끊어져야 한다.

곡천선의 철선이 높은 곳에서 그녀의 이마를 향해 돌진해 왔고 육요광은 뒤쪽에서 교활하게 칼을 쓰며 그녀의 급소들을 찔렀다. 더 이상 피할 곳이 없었던 주비는 그 좁은 공간에서 몸을 돌려 쇄차와 칼집을 몸 쪽에 바짝 교차시켜 곡천선의 철선과 육요광의 칼을 동시에 막아 냈다.

수년간 그녀의 경맥 속에 스며들었던 고영진기가 그 순간 깨어나 위력이 극치에 다다랐다. 고영진기의 기세에 경맥에 극심한 통증이 밀려오자 주비는 손에서 힘을 뺐다.

칼집은 짓누르는 힘을 견디지 못하고 공중에서 끊어졌는데, 힘이 조금도 빠지지 않은 상태에서 반토막이 나는 바람에 곡천선과 육요광은 그 힘에 의해 각각 뒤로 물러났다.

쇄차는 위잉 하고 울면서 철선에 눌려 살짝 휘어진 칼날을 끈질기게도 다시 폈다.

주비는 양손으로 살짝 열기가 오른 칼자루를 쥐고 어깨와 팔꿈치를 늘어뜨린 채 일어섰다. 그 순간 마음속에 한 가지 생각이 또렷하게 지나갔다.

'내가 꼭 진다는 보장은 없어.'

무학의 길을 탐구하는 건 칠흑 같은 어둠 속을 걷는 것과 같았다. 우연히 가끔 떠오르는 깨달음은 불꽃이 잠시 번쩍이면서 길을 비추는 것처럼, 이 깨달음이 반보 뒤처진 상대를 보게 했다.

북두는 중원 무림이 이십여 년간 해결할 수 없는 악몽이었다. 탐랑, 문곡 그리고 무곡 같은 절대 고수는 물론, 녹존, 염정처럼 이단아의 길을 걷고 남몰래 모략을 꾸미는 파렴치한 졸개들도 있었고 거문같이 교활한 자와 파군 같은 권세자도 있었다.

이들은 북조의 앞잡이들로 권세와 힘이라는 두 마리 토끼를 거머쥐고는 몇 안 되는 고수들이 연이어 떠난 세상에서 활개 치며 마음껏 사람들의 간담을 서늘하게 만들었다.

하지만 아무리 긴 악몽이라고 해도 아침 햇살에 끝이 나는 법.

주비의 손등은 아직 여리여리한 여자아이의 손이었지만 손바닥은 닳고 닳은 굳은살로 가득했다.

그 손은 몇 푼으로 산 낡은 칼도, 길가에서 죽은 사람 몸에서 주운 낡은 칼도 잡아 봤고 당대 최고의 스승인 남도 이징의 패도를 주조해 만든 '망춘산'도 들어 봤다. 국사 여윤이 이 세상에 마지막으로 남긴, 비분에 젖은 쇄차도. 얇은 칼날은 강호의 무수한 전설들과 만났었고 험난한 곳에서 혈로를 개척하기도 했었다.

주비는 손아귀에 작은 구멍이 뚫렸지만 아무렇지 않게 핏자국을 칼집에 닦아 냈다. 난생처음 느끼는 차분함이었다. 손에 칼이 쥐어져 있으면 이길 수 없는 상대도 두렵지 않은 느낌.

몇 년 전 깔깔대며 '내가 바로 골칫거리야'라고 말했던 단구낭이 보여 준 오만방자함은 그녀의 죽음과 동시에 포악한 고영진기를 타고 그녀의 경맥과 핏줄에까지 깊이 스며들었다.

— 귀신은 저세상에나 가야 있는 법, 이 세상에는 평범한 사람들뿐이다.

이근용이 한 말이었다. 주비는 줄곧 이 말을 기억하며 늘 스스로를 격려해 왔는데 이 순간을 맞이한 지금, 두 손에 쇄차를 쥐자 그녀는 곧 깨달았다.

곡천선이 자신의 귓불을 다치게 한 토막 난 칼집을 음침한 눈빛으로 훑더니 입을 열었다.

"네 아비를 봐서 지금 바로 결박당한다면 목숨만은 살려 주지."

주비의 머리카락 한 가닥이 귀 뒤에서 흘러내려 뺨까지 닿자, 거추장스러운 건 딱 질색인 그녀는 칼로 살짝 말아 싹둑 잘라 버렸다. 그리고 눈을 살짝 내리깔고 피식 웃었다.

고수 셋의 결투는 정말이지 변화무쌍하게 흘러가고 있어 외부에서 맘대로 끼어들 수가 없었다. 세 사람을 수만 대군이 둘러싸고 있었지만 괜한 피해자가 생길까 봐 한쪽에 빙 둘러서 있을 뿐 속수무책이었다.

결투를 벌인 지 오래지만 아직도 결론이 나지 않은 상황에서, 육요광과 곡천선 중 한 사람이 공격을 받더라도 결사적으로 주비에게 달라붙고, 다른 한 사람이 틈을 이용해 암살 무기로 몰래 습격해야 이 난국에서 빠져나갈 수 있을 것 같았다.

하지만 곡천선과 육요광이 오랜 시간을 함께 지냈음에도 속으로는 서로를 고깝게 생각하고 있는 것이 문제였다. 곡천선은 육요광의 조급한 성격이 거슬렸고, 육요광은 곡천선이 가식적인 데다가 실력은 좋지도 않으면서 권세에 빌붙어 이익 챙기는 데만 도가 텄다고 생각하고 있었다.

그러니 둘 중 누구도 상대를 위해 희생할 리 만무했다.

곡천선은 이미 주비와 결투를 벌이게 된 것을 후회하고 있었다.

주비의 무공이 이 정도까지 성장했을 줄은 상상도 못 했다. 그도 그럴 것이 공격을 시작하기 전, 주비조차도 자신이 양대 북도를 견제하며 이렇게 오랫동안 버틸 수 있을지 몰랐다.

계속 이렇게 시간이 흐르면 이 대 일로 싸우는 상황에서 두려움에 휩싸일 사람은 결코 주비가 아니라는 사실을 곡천선은 알고 있었다. 그녀의 젊음도 칼도 무서웠지만…… 가장 무서운 건 사람이었다.

흐르는 시간 앞에 영원히 영웅일 수만은 없고, 흐르는 세월은 악몽도 피할 수 없는 법이었다.

수십 년이 지나는 동안 곡천선의 무공도 계속 발전하긴 했지만, 사 대 북두가 남도 이징을 공격했을 때 보았던 젊은이들의 탐욕스럽고 악랄하기 그지없었던 모습이 다시금 떠올랐다. 그리고 지금 마주한 후배의 얼굴을 보고 있자니 마음에서 두려움이 슬며시 밀려왔다.

이성은 짙은 연기 속에 몸을 날려 껑충 솟은 나무 꼭대기까지 뛰어오르며 말했다.

"여러분, 정녕 살고 싶은 겁니까?!"

불화살 하나가 그가 밟고 있던 나뭇가지 위에 꽂혀 나뭇가지가 후드득 소리를 냈지만 그는 개의치 않고 목소리에 내공을 실어 근처의 바위가 흔들릴 정도로 큰 소리로 외쳤다.

"여러분도 부모님이 낳고 길러 준 사람 아닙니까? 사람인데 어째서 그들에게 가축처럼 능욕당하고 죽임당하는 겁니까!"

나뭇가지가 끊어지자 이성은 발끝을 이용해 재빠르게 착지했다.

어딘가에서 주운 칼이 빗나간 화살에 부딪혀 부러졌다. 그는 조금
도 아까운 기색 없이 부러진 칼을 한쪽에 두고 허리를 숙여 북조
군사의 몸에서 떨어진 묵직한 검을 주워 들었다.

유민 행색의 소년 하나가 갑자기 몸을 숨겼던 바위 뒤에서 뛰쳐
나오더니 시체에서 무기를 집어 들었다. 그리고 옆에 굴러다니던
투구를 머리에 쓰고 시뻘게진 눈으로 이성을 따르며 소리 질렀다.

기름에 담갔던 수많은 쇠화살은 결국 초목을 이기고 말았다. 그
들이 숨어 있던 곳의 검은 연기도 맹렬한 불을 이기지 못했다. 살
아남은 유민은 오직 사력을 다해 바깥으로 도망가야 했다.

양근은 타 버린 머리카락을 잘라 내고 앞장서서 길을 내며 골짜
기 정중앙, 혼란에 휩싸인 진영 쪽으로 쳐들어갔다. 두껍고 무거운
단안도는 곳곳에 이가 빠졌고 칼등에 달린 고리 몇 개는 어디엔가
떨어져 이제는 더 이상 그 요염한 기러기 울음소리를 들을 수 없게
됐다.

불에 담금질을 한 화살비가 그들을 계속 쫓으며 숲과 풀밭을 홀
랑 태웠다. 양근 일행은 불기운을 진영 근처까지 유인했고, 덕분에
궁수들은 손을 쓸 수 없었다.

주비와 두 북두의 싸움은 맹렬해서 누가 누군지 분간이 안 될 정
도였다. 거문과 파군의 경호단도 끼어들 엄두를 못 내고 있었고,
지시를 바라고 있는 초병과 각자 제멋대로 일하는 장군들도 감히
나서지 못했다.

그들이 할 수 있는 일이라고는 고작 사병을 전장에 내보내 골짜
기에서 육탄전으로 이리저리 도망하고 있는 유민들을 저지하는 것
이었다.

유민들의 반짝했던 용맹스러움은 곧 벌 떼처럼 몰려오는 대군에 의해 사라졌다. 이성은 몇 명을 베었는지 양쪽 팔에 감각이 없었고 허리 중간에 불화살이 스친 곳에서 화끈거리는 통증이 느껴졌으며, 목구멍에서는 피비린내가 올라왔다. 바로 그때, 질서 정연했던 북조 군사들이 갑자기 소란스러워졌다.

이성은 안간힘을 쓰며 웅웅거리는 자신의 귀를 살짝 눌러 누군가 갈라진 목소리로 비명을 지르는 걸 들었다.

"뱀이다! 어디서 나온 뱀이야!"

제 2 장

응 '낭 자'

응 '낭자'

뭐가 이 싸움에 끼어든 거지?

이성은 이명 때문에 잘못 들은 건가 싶어 당황하던 차에, 양근이 아까 큰 칼로 길을 뚫을 때의 기세와는 사뭇 다른 모습으로 혼비백산해서 후퇴하는 걸 보았다. 양근은 얼굴이 흙빛이 된 채 화살에 맞은 어깨에서 피가 흘러나오는데도 아랑곳없이 질겁하며 말했다.

"저쪽에 무슨 뱀이 그렇게나 많은 건가?"

"……."

사람은 안 무서워하면서 뱀은 무서워하다니. 양 장문도 참으로 기인이었다. 양근은 흐트러진 얼굴빛을 바로잡으며 말했다.

"만약을 대비해 다른 길로 후퇴하는 게 어떤가?"

이성은 그를 몸 뒤로 밀며 말했다.

"적군이 너무 많아서 유민까지 전부 전장에 나왔는데 후퇴할 수 있겠습니까? 딱 맞춰 잘 오셨습니다. 어서 가서 도와주시지요."

양근은 그토록 무서워하는 뱀과 마주치지만 않는다면 홀로 적진을 파고들어 북조 황제를 암살할 수도 있을 것 같았다. 그는 아무 말 없이 돌아서더니 이성의 뒤쪽으로 돌격하며 빽빽한 북조 군대의 측면을 서슴없이 뚫고 들어갔다.

그는 단안도로 군사들을 베면서 계속 안쪽으로 침투했다. 적진 속에서 절망에 빠져 있던 유민들은 구원의 손길이 나타나자 황급히 그의 주변으로 몰려들었다.

혼란은 골짜기 북서쪽 끝에서 시작되었다. 수만 대군의 오합지졸이 갑자기 무슨 기척을 느끼곤 허둥대기 시작했다.

강릉 일대는 여름이면 무덥고 습해서 뱀이나 전갈 같은 냉혈동물이 많이 출몰하곤 했다. 하지만 대개는 사람을 두려워해서 사람들이 몰려 있는 곳에 무리 지어 다가오는 일은 거의 없었다.

하물며 이렇게 수만 병마가 하늘을 찌를 듯한 살기를 내뿜고 있는 데다 불화살이 비처럼 쏟아지고, 골짜기 절반가량이 불에 타검은 연기가 사방에 가득하고 불길이 여전히 번지고 있는 마당에…… 어떻게 뱀이 몰려오겠는가?

이성은 이상하다고 생각하며 그가 죽인 북조 병사 한 명을 방패 삼아 몸을 이리저리 피하며 말했다.

"북서쪽에 대체 뭐가 있는 거지?"

이성은 무심결에 혼잣말한 것이었는데 옆에 있던 누군가가 듣고 울먹이는 목소리로 대답했다.

"우리 누나요. 사람들이 거기 갇혀 있어요."

이성은 북조 병사 시체를 밀어 던져 뒤에서 기습해 오던 몇 명을 깔아뭉개고는 옆을 슬쩍 보았다. 알고 보니 아까 가장 먼저 북조 병사의 투구와 무기를 주워 자신과 함께 돌격했던 소년이었다. 운도 좋고 영리해서 계속 이성 뒤에 바짝 붙어 다닌 덕에 얼굴에 재가 묻은 것 외에는 거의 말짱했다.

이성이 이상하다는 듯 물었다.

"뭐라고?"

유민 소년은 누렇게 뜬 수척한 얼굴에 팔다리가 길고 몸은 호리호리했다. 키가 훌쩍 자랄 시기에 힘이 달려서 크다가 중간에 멈춘 듯 아직 애티가 났다. 이성이 이렇게 묻자 소년은 그 자리에서 울기 시작했다.

"우리 누나가…… 다른 여자들이랑 그 사람들한테 잡혀가서 북서쪽 막사에 갇혀 있어요. 제가 죽기 살기로 덤비려고 했는데 그 사람들이 절 잡고 쓸데없는 짓 하지 말라고 그랬어요. 길에서 찐빵 몇 개만 주면 멀쩡한 사람도 사들일 수 있는 마당에 저들이 몇 푼이나 되겠느냐면서, 여자들한테는 자기들하고 가는 것이 좋은 일이라고, 적어도 먹을 게 있으니 목숨은 부지할 수 있다고요. 그러니 누나한테 폐 끼치지 말라고, 말썽 부리면 네 누나는 죽게 될 거라고……."

이성은 온통 뒤섞인 병사들 사이에서 소년을 대신해 날아오는 화살을 막으며 아무 대답도 하지 못했다.

촌락과 성곽 사이에서 평온하게 살아가는 사람들은 '백성'이라고 불렸고, 사람이라 불렸다. 그러나 사람이 일단 살 곳을 잃고 떠돌게 되면 들개처럼 하찮은 존재가 되고 말았다. 유민은 수천수만 명이 죽어도 아무도 신경 쓰지 않는 무가치한 존재였다.

왕 부인과 산에서 내려와 악양 부근에 갔을 때 마을 사람들이 척

박한 마을을 지킬지언정 다른 곳으로 이주하지 않겠다고 한 것도 그런 이유에서였다.

그런데…… 북서쪽에 갇혀 있는 건 불쌍한 여자들뿐이라는데 북조군이 왜 이렇게 허둥대는 것일까? 여자들이 뱀으로 변할 리도 없을 텐데?

그때 골짜기 형세가 순식간에 바뀌더니 이성이 데리고 온 백여 명의 유민과 혼란에 사로잡힌 북서쪽 군사들이 거의 한 덩이로 연결되었다.

골짜기 상황을 통제할 수 없게 된 북조 군대는 호각을 불기 시작했다. 일고여덟 명의 무장한 북조 장군이 급히 무리를 뚫고 나왔다. 그중 계급을 알 수 없는 한 명이 곡천선과 육요광에게 일갈했다.

"이 중요한 때에 두 분 대인은 어찌하여 이런 강호 조무래기에 집착하시는 겁니까!"

잠자코 있으면 괜찮았을 텐데, 장군의 그 한마디에 곡천선은 땀이 줄줄 흘렀다. 장군도 무공을 연마한 사람이었지만 진정한 무림 고수에 비할 바는 아니었다.

세 사람이 일진일퇴하는 동안 위험한 상황이 계속되고 있음을 전혀 알아채지 못한 그는 곡천선과 육요광이 일부러 용맹한 척 허세를 부리기 위해 싸운다고 생각했다.

다만 이상한 것은, 파군은 그렇다 쳐도 평소 약삭빠른 거문 대인이라면 뭔가 방법을 가지고 있을 텐데, 오늘은 무슨 일을 꾸미려는 건지 알 수 없다는 점이었다.

곡천선은 공격하는 시늉을 하며 파설도를 육요광 쪽으로 유인하려 했다. 하지만 주비와 육요광은 이에 속지 않았다. 육요광은 칼을 비스듬히 비켜 주비를 베려는 것처럼 보였지만 실제 칼바람은 은근히 곡천선을 향하고 있었다.

주비는 초식을 막을 생각도 안 하고 부유진법을 계속 쓰면서 장도를 움직였다. 파설도를 혼으로 삼고 단수전사의 기괴함을 약간 가미하자 도광은 가까워졌다가 멀어졌다 하며 모호해졌다. 한 걸음만 잘못 디뎌도 칼에 목숨을 잃을 수 있었다.

세 사람은 서로 다른 꿍꿍이를 품고 있어서 누구도 서로를 벗어날 수 없었다.

그때 이성은 드디어 소란의 원인을 목격했다. 세상에, 저쪽에서 남루한 옷차림의 여자들이 이쪽으로 달려오고 있는 게 아닌가.

하나같이 누렇게 뜬 얼굴에 헝클어진 머리칼을 한 여자들은 정말 전형적인 유민 행색이었다. 그녀들의 목과 손목에 무언가 알록달록한 것이 휘감겨 있었는데, 가까이서 보니 그것은 목걸이나 팔찌가 아니라 크고 작은 독사들이었다.

독사들은 어찌나 영리한지 사람을 전혀 겁내지 않았다. 공격성도 강해서 누군가 다가오면 삼각형 머리를 쳐들고 아가리를 쫙 벌리며 물려고 덤볐다.

여자들 몸을 휘감고 있는 녀석들 말고도, 크고 작은 독사들이 사르륵사르륵 소리를 내며 땅바닥을 유유히 기어 다녔다. 그들은 온갖 틈이란 틈은 다 뚫고 들어가 사방을 점령했다. 마치 여자들을 호위하기라도 하는 듯 보였다.

두 무리로 나눠 도망치던 사람과 말들이 재빨리 한데 모였다. 이성은 옆에 있던 소년이 큰 소리로 "누나!" 하고 외치며 급히 그쪽으로 달려가는 것을 보았다. 소년은 허둥거리다 하마터면 뱀을 밟을 뻔했다.

뱀이 몸을 사납게 일으키더니 머리를 들고 소년을 물려고 하자 이성이 재빨리 소년의 뒷덜미를 잡아 끌어당겼다. 비단뱀을 두르고 있던 어린 여자애 하나가 소년을 보더니 다급히 소리쳤다.

"소호야, 가까이 오지 마. 뱀을 밟으면 안 돼! 뱀 낭자와 우리에게서 멀리 떨어져!"

이성이 중얼거렸다.

"……뱀 낭자?"

그때, 멀지 않은 곳에서 날카로운 피리 소리가 들려왔다. 그러자 더 많은 뱀이 땅에서 솟은 것처럼 어디선가 기어 나오더니 머리털이 쭈뼛 곤두설 정도로 무시무시한 '뱀 물결'을 이루었다.

뱀 물결은 거센소리를 내며 이쪽으로 흘러왔다. 이성은 피리 부는 사람을 주의 깊게 살펴보았다. 키가 크고 머리는 꼴사납게 틀어 올려서 아줌마인지 여자애인지 알 수 없었지만, 옆얼굴은 희고 아름다웠다.

그런데 아무리 봐도 어딘가 낯이 익었다. 영주에서 보았던 독 낭중 응하종인 것 같았다.

"응……."

이성은 그를 멍하니 바라보며 '응 형님'이라고 부르기도 전에 북조 병사의 장창에 찔릴 뻔해 놀라 비틀거렸다.

"……뭐예요? ……여자였어요?"

실력 있는 자는 본모습을 드러내지 않는다더니. 이성은 여장남자

중에서 이렇게 진짜 아가씨처럼 생긴 사람은 처음 보았다. 응하종은 설명하기 힘든 복잡한 얼굴로 오싹하게 말했다.

"죽고 싶은 겁니까?"

그의 목소리를 듣고 나서야 이성은 안심했다. 중후한 것까지는 아니어도 분명 저음의 목소리였다. 여자가 아니라는 걸 단번에 알아차릴 수 있었다. 소호의 누나는 그의 목소리를 듣고 깜짝 놀란 듯했다.

"어! 뱀 낭자, 말할 줄 알았어요?"

"닥쳐!"

응하종은 이마에 핏대를 세우며 말했다.

"어서 도망쳐!"

당당한 독 낭중이 어쩌다 유민들 틈에 섞이게 된 걸까. 그것도 여자들 틈에 끼어서, 신분이 노출될까 봐 계속 벙어리 행세를 하며 사람들과 말 한 마디도 섞지 못했다니. 이 일은 깊이 생각해 보지 않을 수 없었다.

하지만 상황이 위급한지라 이성도 그럴 여유가 없었다. 이성이 큰 소리로 말했다.

"궁수와 기마병을 조심하고, 저들의 진영을 공격해요!"

바닥을 가득 메운 독사들은 실로 무서웠다. 두 무리의 유민들이 하나로 합쳐졌지만 서로 더 가까이 다가갈 엄두를 내지 못하고 있었다.

응하종이 품 안으로 손을 넣더니 무언가를 꺼내 이성의 몸 쪽으로 손가락을 몇 번 튕기자, 사방을 헤집으며 기어 다니던 뱀들이 알아서 이성에게 길을 피해 주며 금세 그를 자기편으로 받아들였다.

이를 본 여인들도 하나둘 이를 따라서 자기가 아는 사람 몸 쪽으로 손가락을 튕겨 뱀을 물러나게 하는 가루약을 쐈다. 이렇게 양근을 제외한 나머지 사람들은 뱀들의 포위에서 잠시나마 벗어날 수 있었다.

"내 뱀들이 잠시 길을 열어 줄 수는 있어도, 양쪽의 기마병만 막을 수 있습니다. 높은 곳에 있는 궁수들의 불화살은 나도 어쩔 수 없어요. 그러니 빨리 대책을 생각해야 합니다……. 그런데 참 이상하군요. 왜 지금은 활을 쏘지 않을까요? 혹시 기름이 다 떨어진 걸까요?"

"쥐를 때려잡으려다 그릇을 깰까 봐 겁내고 있는 겁니다."

이성이 대답했다.

진영 근처의 걸리적거리는 두 '수장'은 자리 옮길 생각을 하지 않았다. 호위병과 장군들이 그들 주위를 에워싸고 있는데 궁수들이 어찌 감히 중앙으로 불화살을 쏠 수 있겠는가?

응하종이 어리둥절해서 다시 물어보려던 순간, 이성이 단전에 힘을 모아 외쳤다.

"주— 비!"

주비는 귀를 살짝 쫑긋했다. 고개를 돌리지 않아도 소리만으로 이성과 사람들의 위치를 대략 짐작할 수 있었다. 그녀가 재빨리 손목을 내리누르자 고영진기와 쇄차의 호흡이 찰떡같이 들어맞았다. 그녀의 칼은 마치 무척 신이 난 듯 경쾌한 소리를 내더니 파설도가 더욱 맹렬해지기 시작했다.

그런데 주비는 갑자기 뭔가를 잘못 먹었는지, 육요광의 칼을 등으로 맞이하며 곧장 곡천선에게로 칼을 겨냥했다.

어느 정도 경지에 오른 고수가 어찌 자신의 등을 적에게 내주겠는가? 육요광은 주비의 움직임이 속임수일 거라 생각했다. 곡천선이 아까 여러 번 자기 대신 다른 사람을 희생양으로 삼으려 했던 것에 화가 쌓일 대로 쌓인 육요광은 곡천선이 당할 위기에 놓이자 속으로 몰래 고소해하고 있었다.

그렇게 머뭇거리며 고소해하다가 육요광은 자기도 모르게 움직임이 느려졌다. 그러는 동안 곡천선은 눈 깜짝할 새 주비의 칼을 열네 차례나 막아 냈다.

두 사람은 이미 눈에 보이지 않을 정도로 빨리 움직였다. 거의 직감적으로 움직인다 해도 과언이 아니었다. 이때 곡천선의 철선이 힘을 이겨 내지 못하고 산산조각이 났다.

조각난 부챗살이 곡천선의 손을 찔러 피가 뚝뚝 떨어지자 그는 비명을 내질렀다. 한편, 육요광의 느릿느릿한 장도는 그제야 겨우 주비의 어깨 앞에 당도해 있었다.

주비는 연갑 '채하'를 오초초에게 벗어 줬다는 걸 잊어버린 듯, 육요광이 자신의 등을 베려고 하는데도 아주 침착했다.

칼끝이 막 그녀의 어깨 살갗을 스치려는 위기일발의 순간, 주비는 부유진의 보법으로 미끄러지며 칼을 피하더니 유령처럼 앞으로 날아가 고개도 돌리지 않고 장도를 아래에서 위로 찔러 곡천선의 턱을 겨냥했다.

아무런 무기도 없는 데다 중상까지 입은 곡천선은 이를 악물고 고함을 한 번 지르더니 부상을 입지 않은 손으로 쇄차의 칼등에 일격을 날렸다.

주비는 그의 장풍을 피하기 위해 옆으로 움직이면서 때마침 등 뒤로 날아오던 육요광의 칼도 덩달아 피했다. 주비는 곡천선을 가리개 삼아 그의 주위를 반 바퀴 돌았다.

방금 황급히 일격을 날리느라 힘을 거의 소진한 곡천선은 피할 힘도 남아 있지 않았다. 그가 쏜 장풍이 아직 흩어지지도 않았을 때 이미 그의 목구멍 급소는 파설도의 칼 밑에 들어와 있었다.

곡천선은 그 자리에서 굳어 버렸고, 육요광도 얼이 빠졌다. 가까스로 진영 근처까지 들어와 다음 행보를 고민해야 하는 이성마저도 순간 넋이 나갔다.

오랜 세월 강호를 종횡무진하던 당당한 북두 거문에게도 누군가 자기 목구멍에 칼을 겨누는 느낌을 경험하는 날이 오다니.

주비는 대결에 온 정신을 집중하느라 아무것도 눈치채지 못하고 있다가 그제야 멈춰 섰다. 그리고 방금 자신이 거의 극한까지 갔다는 것을 깨달았다. 모든 감각과 온몸의 경맥을 과도하게 사용한 느낌이었다. 온몸에서 땀이 비 오듯 쏟아지더니 몸 안의 수분이 전부 빠져나간 듯 입술이 쩍쩍 갈라졌다.

하지만 그녀의 몰골이 어떻다 해도 쇄차가 곡천선의 목을 겨누고 있다는 사실은 변함이 없었다.

주비의 가슴은 여전히 격하게 요동치고 있었고 기해 부분이 찢어질 듯 아팠다. 그녀는 이를 악물고 악착같이 버티면서 힘겹게 코웃음을 한번 치고 말했다.

"곡 대인께서 굳이 봐주시겠다는데 저희가 사양하면 도리가 아니겠지요."

말이 떨어지기도 전에 주비는 번개처럼 손을 써서 곡천선의 몸에 있는 대혈 몇 개를 막고는 칼날로 그의 목 옆을 꾹 누르며 멀리 있는 이성을 보며 외쳤다.

"어서 가!"

수만 명의 북조 정예군이 모여 있는 진영 앞에서 수장이 생포되다니. 누군가에게 이 사실이 알려지기라도 한다면 지금 이곳에 있는 장군과 병사들은 모두 집단 자살을 해야 할 판이었다.

주비가 한 글자 한 글자 힘주어 말했다.

"비켜라."

겹겹이 포위하고 있던 북조 군대는 하는 수 없이 길을 내주었다. 주비는 온몸이 경직된 곡천선을 밀며 한 걸음 내딛자마자, 마치 칼산 위를 걷는 것처럼 발바닥에서부터 따끔한 통증이 허리까지 타고 올라왔다.

주비는 담담한 척 숨을 깊게 들이마시고 육요광을 향해 코웃음 치는 여유까지 부리며, 당황스러운 표정의 파군 앞을 거들먹거리며 걸어갔다.

두 무리의 유민들은 경외심 가득한 눈빛으로 주비를 바라보았다. 사람이고 뱀이고 전부 그녀를 따라 북조 군대가 비켜 준 길을 따라 줄지어 이동했다.

주비는 고영진기를 과도하게 사용한 나머지 몸 안의 기운이 자신을 역공하려는 듯한 조짐을 느꼈다. 너무나 힘들었지만 곡천선이 바로 앞에 있는 마당에 티를 낼 수도 없었다. 하는 수 없이 최대한 신경을 다른 쪽으로 돌려보려고 주위를 힐끗거리다 기괴한 분장을 한 응하종을 발견했다. 주비가 곧장 소리쳤다.

"뭐예요? 왜 여자가 됐어요?"

"……."

이 계집애는 방금 그 소협과 친남매가 분명했다.

주비는 손에 뱀을 두른 여자들과 응하종을 번갈아 보며 어떻게 된 건지 대충 파악할 수 있었다.

"그래서 저 여자들하고 계속 같이 있었던 거예요? 그런데 어떻게 여기까지 왔어요?"

"말하자면 깁니다."

응하종은 무표정하게 말했다.

"다른 일 때문에 왔는데 어쩌다 여기 갇히는 바람에. 오늘 여기서 당신들이 난리를 피우지 않았다면 뱀이 아무리 많아도 저 여자들을 데리고 나오지 못했을 거예요."

"그렇군요."

주비는 버릇없이 받아쳤다.

"저도 알아요, 당신 실력으론 안 된다는 거. 그나저나 응…… 공자라고 해야 하나, 낭자라고 해야 하나? 에이, 아무튼, 어쩜 이렇게 매번 운이 좋대요?"

응하종의 눈꼬리가 파르르 떨렸다. 시뻘건 작은 뱀 한 마리가 그의 옷깃 속에서 고개를 쏙 내밀더니 주비를 향해 앙칼지게 이빨을 드러냈다.

이성이 말했다.

"됐어, 비야. 놀리지 마……."

그는 문득 말을 멈추고 주비 뒤쪽의 거대한 골짜기로 시선을 옮겼다. 북두 군대에 포위되었던 곳은 잿더미가 되었고 불길은 천천히 다른 쪽으로 번져 가고 있었다. 불길이 태우고 지나간 자리에 민둥민둥한 바위와 땅 표면이 드러나 있었는데, 멀리서 보니 마치…… 어떤 모양을 이루고 있는 것 같았다.

이성은 자신이 너무 피곤해서 환각이 보이는 게 아닌가 싶어 눈을 세게 비벼 보았다.

사실 아까 오던 길에 모퉁이마다 바위가 있었는데, 그 위에 간단한 길 안내 표시가 새겨져 있었다. '출입'이란 두 글자만 알아볼 수 있으면 길 찾는 데는 아무 문제가 없었다.

그런데 이 글자 말고도 옆에 복잡한 팔괘도가 새겨져 있었다. 일행은 그저 쓱 보고 지나가면서 자세히 들여다보지는 않았지만, 충운자에게 제문진법을 배운 적이 있어 오행팔괘와 기문둔갑에 관심이 많았던 이성은 나중에 자세히 연구해 보고 싶어 특별히 그 팔괘도를 탁본을 떠 품에 지니고 다녔다.

그런데 지금 자세히 보니 저기 불타 없어진 공터의 생김새가 아까 표지판에 새겨져 있던 태극도의 한 귀퉁이와 딱 들어맞는 게 아닌가.

이성은 급히 사방을 둘러보았다. 만약 이 크기대로 추정해 본다면 골짜기 전체가 마치 하나의 완벽한 태극도를 이룰 것이다. 만약 정말 그렇다면 이 골짜기는 대체 누가 설계한 걸까? 대체 이런 걸 설계해서 뭘 어쩌려는 것일까?

남의 집 땅을 차지하고 있던 유민들과 북두 군대는 이 비밀을 알고 있을까?

이성은 온몸에 전율이 느껴졌다. 그는 품 안에 손을 넣어 탁본 뜬 종이를 만져 보았다.

바로 그때 날카로운 소리가 귀를 찔렀다. 정신이 번쩍 든 순간 누군가 자신의 어깨를 세게 밀쳤다. 알고 보니 갑자기 하늘에서 화살 하나가 날아와 방금 자신이 서 있던 자리에 정확히 꽂힌 게 아닌가.

그를 밀쳐 화살을 피하게 해 준 응하종이 소리쳤다.

"조심해요!"

이성은 깜짝 놀랐다. 어느새 골짜기에 있던 북두 군대가 대열을 다시 정비하고 궁수들도 두 줄로 기지런히 서서 곡천선이 목숨두 아랑곳없이 이쪽으로 화살을 쏘기 시작한 것이다.

육요광이 손짓하자 북두 대군이 신속하게 골짜기의 출입 통로를 막았다. 높은 곳에 있던 궁수들은 기름이 든 커다란 통을 다시 걸쳤다. '치익' 소리가 나더니 기름을 묻힌 첫 번째 화살 세례가 곧 동이 트려는 하늘을 새까맣게 가렸다.

행여 지금 응하종이 데리고 있는 게 뱀이 아니라 용왕님이라 해도 이 불바다에 빠져서 헤엄칠 수는 없었다.

사실 주비가 일부러 제압하기 힘든 곡천선을 고른 것도 이런 걸 대비하기 위함이었다.

그녀는 자신이 만약 육요광을 인질로 잡았다면, 세 걸음도 못 가서 이 교활하고 간사한 곡천선에 의해 그 자리에서 인질과 함께 죽게 될 걸 알고 있었다.

그런데 누가 알았겠는가? 육요광이 비록 어리석고 반응도 느린 건 사실이었지만, 뼛속에 흐르는 악랄함까지 둔한 건 아니란 것을. 그는 어리석으면서도 이렇게나 악랄한 인간이었다.

곡천선은 자신과 오랫동안 호형호제하던 육요광이 결정적인 순간에 안면을 몰수하고 자신을 불태워 죽이려 할 줄은 상상도 못 했다.

그는 이를 악물다 못해 잇몸까지 깨부술 정도로 분노가 치밀어

올랐다. 하지만 하필이면 대혈이 막혀 소리를 지르고 싶어도 소리를 낼 수 없으니 답답해 죽을 지경이 되어 낯빛이 시퍼렇게 질렸다.

쇠화살이 하늘에서 빗발치듯 떨어지자 유민들은 머리를 감싸고 쥐새끼처럼 도망치느라 정신이 없었다.

주비의 퇴로도 자연스레 막혔다. 눈앞에 날카로운 화살이 날아오는 것을 본 그녀는 곡천선을 붙잡고 함께 화살을 피하려다가, 마침 가슴에 통증이 엄습하며 연기 때문에 기침이 나왔다. 그 바람에 곡천선을 잡고 있던 손에서 힘이 빠져 반보 앞으로 미끄러져 나간 곡천선을 붙잡지 못했다.

그때 귓전에 '푹' 소리가 들렸다. 깜짝 놀란 주비가 눈을 휘둥그렇게 뜨고 보니, 쇠화살 하나가 곡천선의 아랫배를 관통한 채였다.

곡천선은 그 자리에 빳빳하게 서 있었다. 그의 목에 불끈 솟아난 핏대가 마치 살갗을 뚫고 밖으로 터져 나오며 포효할 것만 같았다. 그는 캑캑거리며 검붉은 피를 토했다. 부상 때문인지 화가 나서인지는 모르겠지만, 마치 주화입마에 빠진 것처럼 보였다.

하지만 주비는 그를 신경 쓸 정신이 없었다. 그녀는 화살을 피하기 위해 허겁지겁 두 바퀴를 구르다가, 마침 앞에서 얼이 빠진 채 서 있던 중년 여성을 붙잡아 뒤로 밀며 말했다.

"멍하니 있지 말고 얼른 도망가요!"

주비는 본래 내력이 대단하지도 않았고 일격으로 산을 무너뜨릴 만한 재주도 없었다. 하물며 지금은 힘을 다 소진한 상태였으니 더 말할 것도 없었다. 그저 쇄차로 화살을 하나하나 쳐 내며 주위의 유민들을 최대한 보호하는 게 최선이었다.

그녀는 무심결에 방금 있었던 곳을 돌아봤다. 바닥에 난 풀에도 온통 불이 붙어 불길이 사방으로 번져 나가고 있었다. 화마가 입을 크게 벌리고 중간에 있는 사람들을 통째로 집어삼킬 듯 다가가고 있었다.

곡천선은 불바다 속에 꼿꼿하게 서 있었다. 가슴과 배와 팔과 다리에 자기편이 쏜 화살이 빼곡히 박힌 채로. 불에 비친 그의 기형적인 그림자가 신골찌기의 석벽에 걸려 있었다.

그도 원래는 한 시대의 영웅이었거늘.

골짜기 중앙에는 몸을 숨길 만한 곳이 전혀 없었다. 사람들은 본능적으로 양쪽 풀숲으로 숨어들었다.

그러나 평소 움직이지도 못했던 유민들이 어찌 잘 훈련된 정예군을 앞지를 수 있겠는가? 북조 병사들이 눈 깜짝할 새 골짜기 외곽을 타고 포위해 오자 유민들은 꼼짝없이 앉아서 당할 수밖에 없는 상황이었다.

당황한 이성은 아까 주운 검으로 화살을 막으려 휘두르다가 검이 부러지고 말았다. 그는 뒤로 두 걸음 물러섰다. 그러자 아까 품에서 반쯤 꺼냈던 탁본 종이가 떨어지며 매서운 밤바람에 날려 종이 나비처럼 나풀나풀 휘날렸다.

그때 갑자기 불화살 하나가 그의 옆을 가로지르며 주위를 대낮처럼 밝히자 이성의 동공이 갑자기 수축했다. 그 순간 종이 위에 그려진 태극도가 한눈에 들어왔다.

불이 붙은 날카로운 화살이 휙 날아와 바닥에 꽂히면서 태극도가 그려진 커다란 종이에 불이 붙었다. 양근이 이성의 뒷덜미를 잡아 뒤로 끌며 말했다.

"뭘 멍하니 서 있나?"

이성은 눈 깜짝할 새 재로 변한 종이를 빤히 바라보며 갑자기 몇 년 전 악양 근처의 한 작은 마을에서 충운자가 장난처럼 얘기해 준 진법과, 이 골짜기 전체가 뭔지 모를 연관이 있는 것 같단 생각이 들었다. 미로 같은 입구와 그을린 땅 표면에 드러난 흔적이…….

"알겠다!"

이성은 양근의 손을 뿌리치며 말했다.

"알아냈어요!"

양근은 어리둥절했다.

"음?"

이성은 후다닥 달려갔다.

"빨리 따라와요!"

사람들은 그가 무엇을 하려는지 알 수 없었다. 너무 절망적인 상황이라 그가 모처럼 아주 확신에 차 있다는 걸 아무도 눈치채지 못한 채 다짜고짜 그를 따라 달릴 수밖에 없었다.

그들은 마치 결사대처럼 골짜기 가장자리에 있는 북조 군대를 향해 정면으로 돌진했다. 양근이 대표로 물었다.

"대체 뭘 하려고 그래? 포위망을 억지로 뚫으려고? 비켜라, 내가 할 테니!"

언제부터 옆에 와 있었는지 응하종이 눈살을 찌푸리며 말했다.

"저쪽은 사람이 너무 많아요. 포위망이 겹겹이 쌓여 있는 데다 서로 단결도 잘돼 있어요. 성공하지 못할 겁니다."

양근은 응하종의 목소리를 듣자마자 온몸이 굳었다. 그는 마치 귀신 보듯 뱀 주인을 몰래 흘끔거리며 조용히 옆으로 두 자 정도 움직이더니 고개를 숙이고 도망쳤다. 양근은 도망치면서 소리쳤다.

"주비, 주비! 빨리 와서 길을 뚫어라. 나 대신 엄호해 줘!"

응하종은 어리둥절했다. 자신이 저 사람에게 무슨 잘못을 한 건지 전혀 감이 오지 않았다.

주비와 양근은 재빨리 서로 위치를 바꿨다. 그녀는 마치 예리한 검처럼 적진을 향해 파고들었다. 하늘이 서서히 밝아 오고 있었다. 그녀의 옅은 색 옷은 피로 물들어 검붉은 색으로 변해 있었다. 그녀의 피인지 다른 사람의 피인지 알 수 없었다.

이성은 뭔가를 계속 중얼거리며 계산을 하다가 주비의 모습을 흘끔 보고는 깜짝 놀라 물었다.

"너 괜찮은 거야?"

주비는 일진일퇴하며 칼끝에 북조 병사 몇 명을 끼운 채로 쏘아붙였다.

"죽을 수야 없지."

"죽을 수 없으면 나 좀 도와줘."

이성은 명령하듯 말했다.

"잘 들어. 동지에 양기가 생겨 곤괘坤卦의 왼쪽으로부터 돌아 북쪽에서 시작하며……."

주비는 무의식적으로 말했다.

"뭐? 남서쪽 아니고?"

"아니야. 그건 '후천팔괘後天八卦' 방위고, 내가 보기에 여긴 '선천先天' 모양인 것 같아……."

주비도 예전에 부유진법을 연구할 때 수박 겉핥기식으로 공부한 적이 있었다. 기계적으로 외우긴 했어도 이성이 '선천', '후천' 이런 애길 하니 머리가 두 배는 부풀어 오른 것처럼 태양혈이 욱신거려서 즉시 그의 말을 잘랐다.

"그냥 내가 뭘 하면 되는지나 말해."

이성은 숨을 깊게 들이마시더니 숲속의 한 곳을 가리키며 말했다.

"저기서부터 위로 올라가다 보면, 다른 나무들하고 다르게 생긴 게 분명 보일 거야. 너무 굵거나, 너무 가늘거나. 그 나무를 찾으면 어떻게 해서든 그걸 뽑아!"

주비는 그의 손끝이 가리키는 곳을 바라봤다. 이상하게 생긴 나무는 없고, 오히려 빼곡한 북조 군대만 눈에 들어왔다.

주비는 어깨를 가볍게 한 번 으쓱하고 숨을 깊이 들이마시더니 길고 무거운 탄식을 내뱉었다. 그리고 이성에게 대꾸했다.

"오라버니, 내가 끝장나면 나중에 해마다 무릎 꿇고 내 제사 지내 줘야 해."

주비는 이 중요한 시점에 나무를 뽑으라는 황당한 요구를 듣고도, 이성에게 이유를 묻지 않은 채 그대로 따르기로 했다.

그녀는 다시 한번 숨을 들이마셨다. 자신의 한계치는 아무래도 탄성이 극도로 좋은 현과 같을 거라는 생각이 들었다. 매번 최대로 팽팽히 당겨진 것 같아도 늘 거기서 한 번 더 당길 수 있는 현처럼 말이다.

그녀는 찬 서리와 말라붙은 핏자국으로 범벅이 된 몸을 훌쩍 날려 그녀를 향해 달려오는 수많은 북조 병사들의 머리를 스치며 뛰어넘었다.

숲에는 이미 활이 설치되어 있었다. 북조 군대는 보이는 곳과 보이지 않는 곳에서 겹겹이 그녀를 포위했다. 주비는 가볍게 기합을 질렀다.

쇄차의 칼등이 마치 은빛 울타리처럼 화살과 칼과 창을 막아 낼 때마다 귀가 아플 정도의 진동 소리가 났다. 손목은 감각이 없어질 만큼 저렸지만 신경 쓸 겨를도 없었다. 다행히 잠시 후 주비는 빽빽한 숲속 깊은 곳까지 뚫고 들어갈 수 있었다.

시야가 흐릿해지는 것 같아 주비는 눈을 힘껏 깜빡였다. 어깨에도 화살을 맞았으나 손으로 뽑기 힘들어 일단 칼로 화살 꼬리만 베어 냈다. 그러면서 주위를 쓱 둘러보니 정말로 특별한 나무 한 그루가 서 있었다.

이 골짜기는 정말 역사가 오래된 것처럼 보였다. 나무도 대부분 아름드리 고목이었는데, 유독 어린 나무가 한 그루 있었다. 키는 엄청나게 커서 주위의 다른 고목들과 나란히 있어도 전혀 뒤지지 않았지만, 나무줄기는 어린애 손목 정도의 두께였다.

울창한 나뭇잎에 가려 있으니 옆에 있는 다른 큰 나무들과 섞여 전혀 눈에 띄지 않았다. 만약 이성의 말이 아니었다면, 그녀는 아마 보고도 그냥 스쳐 지나갔을지 모른다.

주비는 몸을 낮춰 날아오던 화살을 피해 그 '묘목' 옆으로 몸을 날렸다. 그리고 손을 뻗어 나무줄기를 잡았다. 원래는 먼저 칼로 자른 다음에 뽑을 생각이었다. 그런데 주비가 아주 살짝 힘을 주어 잡았을 뿐인데 나무줄기가 옆으로 반 바퀴 정도 움직이는 게 아닌가.

주비는 얼떨떨했다.

북조군 무리가 사방에서 그녀를 둘러싸기 시작했다. 주비는 한 손으로 그 나무줄기를 잡고는 그것을 축 삼아서 쇄차로 큰 원을 그리며 단숨에 일곱 명을 베었다.

그런데 주비가 잡아당기며 제자리에서 한 바퀴를 돈 나무가 갑자기 '탁' 하고 용수철처럼 튕겨 나오는 바람에 주비는 뒤로 넘어질 뻔했다. 주비는 뿌리까지 뽑힌 나무가 황당해서 멍하니 바라보았다.

'내력도 쓰지 않았는데 한 손으로 나무를 뽑다니……. 나한테 언제부터 이런 초인적인 힘이 생긴 거지?'

그 나무는 뿌리의 형태 또한 아주 괴이했다. 뿌리는 괴상한 모양의 '돌'을 휘감은 상태로 땅속에 묻혀 있었는데 그 '돌' 둘레에는 작은 칼날이 나 있었다.

차가운 빛을 번쩍이는 칼날이 돌을 감싸고 있던 잔뿌리를 전부 자른 듯했다. 잘린 부분은 방금 막 잘린 듯했고, '돌' 주변의 흙도 다 뒤집어져 있었다.

주비는 아까 났던 작은 소리가 용수철에서 났을 거란 생각이 들었다. 그녀가 뭔가를 건드리는 바람에 '돌' 주위에 작은 칼날이 돋아나는 순간 뿌리가 잘렸고, 나무 전체를 지면으로 밀어 올렸을 것이다.

주비는 쇄차로 '돌'을 한 번 톡 건드려 봤다. '퉁' 하는 소리가 났다.

속이 비어 있는 걸까?

주비는 칼끝으로 살살 돌의 가장자리를 그어 봤다. 과연 가느다란 이음새가 보였다. 손목에 힘을 주어 돌을 위로 비틀어 보니, '돌'의 윗부분이 열리는 게 아닌가. 안에는 어노인이 작은 정자에서 견기를 작동했을 때 썼던 장치와 비슷하게 생긴 물건이 있었다.

주비는 얼떨떨했다. 그런데 그때 또다시 북조 병사들이 몰려오는 바람에 그녀는 무의식적으로 돌 아랫부분에 숨겨져 있던 장치를 뽑아 버렸다.

순식간에 골짜기 전체가 흔들리기 시작했다. 땅 밑에서 마치 지진이 난 듯 우르릉하는 소리가 울렸는데 그 안엔 마치 용이 울부짖는 듯한 포효 소리도 섞여 있었다.

주비가 즉시 고개를 들어 보니 골짜기 한쪽이 아래로 꺼지고 있었다. 무방비 상태의 북조 군대가 있던 곳은 아수라장이 되었다. 그리고 그때 멀지 않은 곳에 있던 이성이 또 다른 장치를 돌리자 땅이 또다시 격렬하게 흔들렸다.

골짜기의 나머지 한쪽이 높이 솟구치더니 '쾅' 하고 바위산 위에 부딪쳤다. 그쪽에 매복해 있던 궁수들은 미처 피하지 못하고 밑으로 굴러떨어졌다. 기름통이 바위에 눌려 폭발하면서 바위산 한 면이 전부 불에 타기 시작했다.

만약 골짜기가 하나의 작은 세계라면, 이 세계엔 분명 이를 통제할 수 있는 열쇠가 있을 것이고 그 열쇠를 손에 넣은 사람은 마음대로 이 세계를 좌지우지할 수 있을 것이다. 이성이 크게 소리쳤다.

"비야! 그 장치를 부숴, 얼른!"

주비는 용수철이 연결된 부분을 칼로 잘랐다. 그리고 훌쩍 뛰어올라 허둥거리며 아직 정신을 못 차리고 있는 북조 군사들 사이를 스쳐 넘어갔다.

"양기가 간위艮位로 상승하니…… 비야, 내 추측이 맞는다면, 이곳 일곱 군데에 산을 움직이는 장치가 설치되어 있을 거야. 거기에 해당하는 게 제문의 '북두도괘'진이고."

이성이 말했다.

"북두?"

주비가 나지막이 말했다.

"정말 우연이네."

그녀는 이성의 지시에 따라 재빨리 세 번째 나무까지 찾아내 아까와 똑같이 되풀이했다. 이번엔 골짜기 중앙에 있는 평지가 위로 솟구치더니 육요광이 있는 진영이 순식간에 위로 솟아오르며 옆에 있던 북두기가 바닥으로 떨어졌다. 밑에 있던 호위병들은 미처 피할 새도 없이 깔렸다.

육요광은 허둥지둥 말 위에 올라타 큰 소리로 고함을 치며 말고삐를 거칠게 잡았다.

"저 둘을 막아라! 죽이든 살리든 상관없다!"

그 시각 유민들을 신경 쓰는 사람은 아무도 없었다. 그들은 어찌된 영문인지 몰라 그저 뱀들과 함께 그 자리에 멍하니 있었다.

엄청난 수의 북조군이 산비탈을 따라 두 사람을 쫓으며 측면 공격을 퍼붓자 양근은 즉시 그쪽으로 합류했다. 칼날이 휜 단안도는 옆에 던져두고 큰 칼 두 자루를 주워 북조 병사들을 공격했다. 나중에 온 북조 무리의 빈틈을 뚫고 곧장 주비에게로 달려와 말했다.

"도와주러 왔다. 내가 뭘 해 줄까?"

주비는 쇄차를 휘둘러 네 번째 나무의 장치도 닫았다.

그 순간 그들이 있던 산비탈이 맹렬히 흔들리면서 두 사람은 넘어질 뻔했다. 바위산 한쪽은 가라앉고 한쪽은 솟아오르며 중앙에 커다란 틈이 벌어졌다. 그들을 쫓아오던 북조 무리는 벌어진 틈으로 추락했다. 주비는 고목에 기대어 겨우 버티며 양근에게 말했다.

"이성한테 가서 물어보세요!"

주비에게서 다짜고짜 쫓겨난 양근은 사방을 돌며 이성을 찾아다녔다. 자잘한 돌멩이들이 여기저기 날아다니는 와중에 계속 이성을 찾고 있었는데 다섯 번째 용수철이 누군가에 의해 풀렸다. 그러자 양근이 서 있던 발밑의 땅이 갑자기 꺼졌다. 그는 비명을 지르며 옆에 있던 나무를 칼로 찍어 간신히 매달렸다. 자세히 보니, 그의 발밑에 언제 천지개벽이 일어난 건지 엄청나게 큰 동굴 입구가 생겨 있었다.

그때 누군가 한 손으로 그를 끌어 올렸다. 고개를 들고 보니 얼굴이 온통 진흙투성이가 된 이성이었다. 이성은 그를 잡아 올리며 정색하고 말했다.

"저 사람들 데리고 어서 여길 떠나세요. 빨리요!"

사실 양근에게 명령할 필요도 없었다. 이미 동굴이 모습을 드러냈을 때 웬일인지 몸에 있던 뱀들이 전부 동굴 안으로 기어들어 가는 걸 본 웅하종은 사람보다 동물의 행동을 더 믿는 사람이었기에, 곧장 유민들을 동굴 안으로 피신시키고 있었던 것이다.

북조 군대도 장님이 아닌 이상 바위산이 별안간 이유 없이 폭발하더니 갑자기 큰 동굴이 나타난 것을 보았다. 웅하종이 유민들을 데리고 동굴 안으로 피신하는 걸 본 북조의 병사들도 그들을 따라서 쫓아갔다.

기름통이 터져서 그나마 다행이었다. 연기 내뿜는 불화살이 없으니 웅하종의 뱀들도 어느 정도 쓸모가 있었다. 주인의 피리 소리에 뱀들은 유민들 바깥으로 흩어지더니 부채 모양으로 넓게 진을 펼쳐서 북조 군대의 통로를 봉쇄했다.

양근이 고개를 숙이고 상황을 흘끗 본 후 이성에게 말했다.

"이제 놓지."

말을 마친 그는 자세를 가다듬고 바위산 위로 몸을 훌쩍 날렸다.

그가 마치 큰 원숭이처럼 몇 번 오르락내리락하며 뱀 무리 밖으로 벗어나더니 응하종에게 큰 소리로 외쳤다.

"뱀 주인 양반, 내가 뒤에서 엄호할 테니 빨리 가시오!"

'빨리 가시오'라고 말할 때 삑사리만 안 났어도 굉장히 위풍당당해 보였을 것이다.

골짜기에 있는 북조 군대의 일부는 완전히 혼돈에 빠져 있었다. 남아 있는 군대의 절반은 갑자기 나타난 동굴에 막혀 있었고, 절반은 골짜기 양쪽에 몰려 있었다.

아무리 뛰어난 절대 고수라고 해도 지칠 줄 모르고 조여 오는 포위 공격을 하룻밤 내내 상대하다 보면 팔다리가 풀리기 마련이었다. 이성은 몸이 마치 자기 것이 아닌 것 같은 착각이 들고 머리가 멍해져서 바위에 걸려 넘어지고도 바로 일어나지 못했다.

그와 주비는 아까부터 몰려오는 북조 군대를 헤치며 앞으로 나아가고 있었는데, 넘어진 순간 주비가 어디 있는지 보이지 않았다. 수십 개의 장창과 칼이 그를 고기소로 만들 작정으로 날아오고 있었다.

이성은 사력을 다해 기합을 내지르고는 어디서 주운 건지 모를 장창을 머리 위로 높이 치켜들어 그를 짓누르는 '칼산'을 막았다. 백병전 와중에 '뚝' 하는 소리가 들리더니 잠시 후 팔뚝에서 극심한 통증이 전해져 왔다. 어딘가 찢어지거나 부러진 것 같았다.

'북두도괘' 진법의 일곱 개 급소 중에서 이제 다섯 번째까지 왔는데, 우여곡절을 겪으며 여기까지 왔는데 어찌 여기서 물거품으로 만들 수 있겠는가? 동굴 입구도 아직 막지 못했는데 그가 여기서 죽으면 저 유민들은 어찌한단 말인가? 기껏 동굴까지 피신했는데 도망친 의미가 사라지지 않는가? 쫓기는 장소만 바뀐 것이나 다름 없지 않은가……

이성은 갑자기 어디선가 힘이 솟아나 머리 위를 누르는 칼들을 한 손으로 힘겹게 받치며 이를 악물었다. 잇몸에서 피가 흘러나왔다. 그는 죽을힘을 다해 다친 손을 품 안에 넣어 사십팔채의 신호탄을 꺼낸 후, 부들부들 떨리는 손으로 입에 가져갔다. 그리고 도화선을 이로 물어 뽑은 다음 바닥에 놓고 굴렸다.

신호탄이 '펑' 하고 북조군 사이에서 터지더니 사방으로 불똥을 튀기며 굴러갔다.

미처 피할 새도 없었던 북조 병사들은 방금 뭐가 날아간 건지 제대로 보지도 못한 채 그대로 불꽃에 타들어 갔다. 머리를 짓누르던 압박이 줄어들자 이성은 몸을 옆으로 돌려 굴렀다. 덕분에 작은 힘만으로 정수리를 짓누르던 칼과 창을 옆으로 피해 위기를 벗어날 수 있었다.

그때 갑자기 밝은 빛이 번쩍해 이성은 순간 눈이 부셨다. 곧장 고개를 들어 보니 쇄차의 도광이 마치 먹물이 번지듯 아래로 퍼지고 있었다.

피바람이 휩쓸었던 하룻밤이 지났는데도 핏자국 하나 없는 이 전설의 명도에 은은하게 아침의 빛이 한데 모였다. 그 빛은 칼의 홈을 타고 흘러가며 칼끝에 모이더니 다시 방향을 바꿔 사방을 비추기 시작했다.

주비의 어깨에 박혀 있던 화살촉은 이미 피와 살점이 엉겨 붙어 있었고 온몸에 성한 곳이 하나도 없었다. 오직 그녀의 눈과 칼끝만이 여전히 반짝반짝 빛날 뿐이었다. 마치 그녀의 육체 안에 꺼지지 않는 불꽃이 쉼 없이 활활 타오르는 것 같았다.

이성은 눈시울을 붉히며 주비를 바라보았다. 주비는 손에 묻은 피를 닦으며 말했다.

"이렇게 약해 빠져서야. 오라버니는 어려서부터 줄곧 집에서만 제멋대로 굴었지? 그렇지?"

이성은 현기증 때문에 욱신거려 숨을 헐떡이며 주비의 손을 잡고 일어나 나지막이 그녀에게 말했다.

"만약 내가 틀린 게 아니라면, 다음 급소는 아마도 남동쪽에 있……."

주비는 그의 말을 끝까지 듣지도 않고 끼어들었다.

"오라버니, 여기가 제문의 금지 구역이란 소리야?"

주비의 입에서 '오라버니' 소리가 이렇게 많이 나오는 건 드문 일이었다. 이성은 문득 불길한 예감이 들었다. '오라버니'라는 말을 들으면 늘 온몸에 닭살이 돋았다. 그 뒤에 따라오는 건 분명 좋지 않은 일일 테니 말이다.

이성이 대답했다.

"북두도괘는 제문의 것이 확실……."

"그럼 됐어."

주비가 갑자기 웃었다.

"제문의 금지 구역 앞까지 왔는데 들어가서 맞는지 확인해 보지 않으면, 난 죽어도 편히 눈을 못 감을 거야. 그러니까 죽을 수 없지. 안 그래?"

이성이 깜짝 놀랐다.

"잠깐, 잠깐만. 너 설마……."

주비가 갑자기 그의 손을 뿌리치고 말했다.

"여섯 번째 장치가 저쪽에 있다고? 알았어!"

그녀는 몸을 날려 사람들 속을 뚫더니 갑자기 '남동쪽'과 반대 방향으로 달려갔다.

북조 병사들은 주비의 말에 미치고 펄쩍 뛸 지경이었다. 그녀가 또 한 번 산을 요동치게 놔둘 수 없었던 북조군은 그녀의 뒤를 우르르 쫓아갔다.

이성은 자기도 모르게 소리쳤다.

"비야!"

<hr/>

동해 봉래에서는 눈부신 햇살이 해수면 위를 스치며 온통 불그스름하고 따뜻한 옥빛 바다 위에서 곱게 반짝이더니, 그 옥빛 속에서 머물렀다.

사윤은 무릎에 장도를 올려놓은 채 눈을 감고 암초 위에 앉아 있다가 천천히 눈을 떴다.

해변에서 그물을 짜던 늙은 어부가 손으로 눈부신 아침 햇살을 가리며 고개를 들어 그를 보았다.

"때를 잘못 타고났다는 것에 대해 생각하고 있었습니다."

사윤이 난데없이 입을 열었다. 진준부는 표정 변화 없이 물었다.

"때를 잘못 타고났다는 게 뭐지?"

"그날그날 먹고사는 평범한 백성이라도, 태평한 시절에는 전원 생활의 정취가 있겠지만 난세에는 삶의 보금자리를 잃고 떠돌아다니며 자식까지 팔죠. 하루하루 힘겨운 고비를 넘기면서 말입니다.

비단 백성만이 아니라 강호를 떠도는 협객도 마찬가지입니다. 고관과 세력가라도 벗어날 수 없고요. 혹시 난세에 태어나면 태평성세에 태어난 사람보다 태생적으로 비천한 것일까요?"

사윤의 말이 꼭 자신의 신세를 돌아보는 것처럼 들려 진준부는 웃으며 말했다.

"하루는 낮과 밤의 다름이 있고 한 달은 초하루와 보름날이 다르듯이, 사람은 만남의 기쁨과 헤어짐의 슬픔이 있는 것이다. 세상의 혼란을 다스리는 일은 당연히 항상 변화가 있기 마련이지. 언제 태어날지 결정하는 것은 우리 마음대로 되는 게 아니야."

"그렇다면 해가 뜨기 직전에 태어난 사람이 가장 행복한 사람이겠군요."

사윤의 눈가가 살짝 구부러지니 얇은 살얼음 층이 부스러지며 반짝반짝 빛이 났다.

"그 사람의 인생은 먼동이 터 오는 하늘을 바라보며 조금씩 조금씩 밝아질 거예요."

진준부가 잠시 생각하다가 말했다.

"주비를 말하는 거냐?"

사윤이 웃으며 말했다.

"아니요. 저 자신을 말하는 겁니다."

그러면서 사윤은 커다란 암초에서 훌쩍 뛰어내렸다. 풀어 헤친 긴 머리를 한 손으로 쓸어 넘기며 몸에 수증기가 얼어서 생긴 서리를 털어 냈다.

"사숙님, 칼에 어떤 도명을 새길지 정했습니다."

"뭐지?"

"희미熹微입니다."

진준부는 의아해하며 말했다.

"옛말에 '새벽빛이 희미한 게 안타깝구나'라는 말도 있지 않니?"

"곧 동이 틀 텐데 하늘빛 좀 어둡다고 안타까울 게 있을까요?"

사윤은 손을 휘저으며 고개도 돌리지 않고 걸어갔다.

"너무 욕심부리지 않을래요."

그의 운명이 여기까지라면 이것으로도 충분했다. 사부님이 읽던 경전에 이런 구절이 있었다.

"세상의 모든 현상은 꿈과 환상과 물거품과 그림자와 같으며, 이슬과 같고 번개와 같도다."

그렇다면 기괴한 민간 전설에 나오는 것처럼 만약 그의 영혼도 도신에 달라붙을 수 있다면, 그는 희미한 새벽빛에 영원히 달라붙어 있는 '아침 이슬' 같은 존재가 되는 게 아닐까?

망령이 사라지지는 않겠지만, 적어도 오래 살 수는 있을 것이다.

여기까지 생각하자 사윤은 너무 즐거워서 이 말을 주비에게 보낼 서신에 적어야겠다고 생각했다.

❦

산골짜기에서는 주비 혼자서 이성이 느꼈던 부담을 거의 짊어진 채 멀찍이 멀어졌다. 그제야 북조 군대는 반응하기 시작했다. 전후 좌우로 포위 공격을 펼치며 인해전술로 그녀의 길을 막겠다며 곧장 그녀를 에워싸자, 주비는 더 나아갈 수 없었다.

하지만 주비를 포위한 북조 병사들의 무기는 마치 썩은 나무와

폐지로 만든 것 같았다. 얼핏 보기엔 두껍고 단단해 보였지만 주비 앞에서 얼마 못 버티고 그녀의 칼끝에 하나씩 뚫리고 말았다. 주비는 저 멀리 있는 목표를 바라보며 그 무엇도 자신을 막을 수 없다고 마음을 다잡았다.

어쩌다 장군이 된 북조 병사는 이마에 식은땀을 흘리며 주비에게 가까이 다가갈 엄두조차 못 내고 있었다.

"막지 못하면 흩어져라. 화살을 아끼지 말고 쏴서 죽여라!"

주비는 그의 목소리를 듣고 눈을 번뜩이더니 불쑥 그쪽으로 방향을 돌렸다. 순간 주비의 살기 가득한 눈빛에 깜짝 놀란 북조 장군은 자기도 모르게 뒤로 한 걸음 물러서다가 나무뿌리에 걸려 넘어질 뻔했다. 잠시 후 정신을 차린 그는 악에 받쳐 소리쳤다.

"아주 발악을 하는구나, 멍청하긴. 활을 쏴라!"

그러자 궁수들이 일제히 뒤로 물러나 상관의 명령에 따라 화살 세례를 한곳으로 퍼부었다. 주비는 몸을 회전하며 화살을 쳐 냈다. 그녀의 몸은 마치 회오리바람 속에서 빙빙 도는 가랑잎 같았다. 촘촘하게 허공을 가르며 퍼붓는 화살들이 하늘에 거대한 그물을 만들었지만 쇄차는 그것을 모조리 받아 냈다. 칼등과 화살촉이 서로 부딪치며 나는 소리가 마치 옥구슬이 옥쟁반 위를 굴러가는 듯 영롱했다.

산산조각이 난 화살들이 주비와 함께 바닥에 떨어졌다. 주비는 격렬하게 숨을 헐떡였고 관자놀이에서 흘러내린 식은땀은 소녀다운 그녀의 짙은 속눈썹에 걸렸다. 그녀의 눈꺼풀은 그 무게를 견디지 못하겠다는 듯 무겁게 한 번 깜빡였다. 쇄차의 깨끗하던 칼등에도 두 줄의 가느다란 생채기가 났고 칼끝에도 아주 미세한 홈이 파이고 말았다.

세상에 둘도 없는 신비한 무기도 결국 이렇게 더럽혀지고 마는 것인가?

그러나 북조군은 주비가 자신의 소중한 칼에 상처가 생긴 걸 안타까워할 여유를 주지 않고 재빨리 빈틈을 메우며 칼과 창을 내리꽂았다. 주비는 힘을 주어 칼을 움켜잡았다. 이러다 자신이 곧 죽을 것 같자 주비는 공격을 막아 내지 않고 부유진법을 써서 가까스로 북조군 진영 밖으로 빠져나왔다.

"활을 쏴라! 어서 쏴! 도망가지 못하게 막아!"

'쉬잉' 하는 소리와 함께 일제히 활시위가 당겨졌다. 주비는 등이 굳었다. 궁수들의 두 번째 화살 세례가 쏟아졌다.

주비는 등에 갑자기 통증을 느끼며 앞으로 넘어졌다. 북조 병사 하나가 큰 칼을 휘둘러 그녀의 등을 찍는 바람에 살갗이 벗겨진 것이다. 하지만 주비는 상처를 신경 쓰지 않고 바로 몸을 굴렸다.

그녀는 구르면서 쇄차로 길을 막고 선 북조 병사들의 다리를 연달아 베었다. 그리고 미처 도망치지 못한 북조 병사를 인간 방패 삼아 허겁지겁 두 번째 화살 공격 세례를 피했다.

주비는 나무숲 근처에 다다를 때까지 계속 구르다가 어깨가 나무뿌리에 세게 부딪치면서 멈췄다. 그녀는 그 반동을 이용해 일어섰다. 그러나 잠깐 숨 돌릴 새도 없이 세 번째 화살 세례가 코앞에 닥쳤다.

그저 마음을 단단히 먹고 경공으로 피하는 것 외엔 다른 방법이 없었다. 그런데 정말로 힘을 다 써 버린 건지 좀처럼 기운이 나지 않았다. 가슴에 찌를 듯한 통증이 느껴졌고 오장육부가 찢어지는 듯한 고통이 전해졌다.

주비는 눈앞이 갑자기 깜깜해졌다. 비릿하고 들척지근한 맛이 목구멍을 통해 울컥 올라왔다. 이어 다리에 날카로운 통증이 느껴졌다. 쇠화살 하나가 허벅지를 관통해 그녀를 뒤에 있던 나무에 꽂아 버린 것이다.

주비는 본능적으로 쇄차로 몸을 지탱하고 섰다. 그런데 칼이 마치 바람에 흔들리는 나뭇잎처럼 흔들리며 파인 홈에서부터 조금씩 갈라지기 시작했다. 그녀는 손을 뻗어 더듬거리며 다리에 박힌 화살을 뽑으려 했지만 눈앞에는 아무것도 보이지 않았다. 몇 번을 시도해 봐도 화살 꼬리가 손에 만져지지 않았다.

큰소리치고 왔는데 이렇게 금방 모양새가 빠지다니……. 주비는 몽롱한 와중에 생각했다. 그 짧은 순간 그녀는 잠시 기절이라도 한 듯 자신의 영혼이 아수라장에서 벗어나 좁다란 시간의 통로를 타고 어떤 꿈속으로 빠져드는 것 같은 기분이 들었다. 혼미한 와중에 사윤이 긴 칼을 들고 서 있는 모습이 어렴풋이 비쳤다.

"맞다."

그녀는 속으로 생각했다.

"그 녀석이 나한테 칼 한 자루 빚졌었지."

별안간 몸이 아래로 떨어지는 것을 느꼈다. 눈앞의 모든 것이 거꾸로 뒤집어진 듯 북조 군대와 코앞까지 닥친 화살들의 방향이 전부 뒤집어지더니 그녀를 아슬아슬 스쳐 지나쳤다.

처음엔 환각이라고 생각했는데 잠시 후 무언가에 세게 부딪히면서 떠났던 영혼이 다시 그녀의 몸속으로 돌아왔다. 주비는 순간 눈앞이 선명해졌다. 눈을 제대로 떠 보니 자신이 뒤에 있던 큰 나무와 함께 누운 채로 땅 밑으로 꺼지고 있는 게 아닌가.

이성이 여섯 번째 장치를 움직인 것이다.

주비는 놀랐지만 기뻐할 순 없었다. 이렇게 나무와 함께 추락했다간 다진 고기가 되는 신세를 면치 못할 것이기 때문이다.

주비는 황급히 손을 뻗어 그녀를 나무에 고정시킨 화살을 붙잡았다. 추락하는 속도가 점점 빨라지자, 어디서 힘이 솟았는지 손목의 핏대가 하얀 피부를 뚫고 튀어나올 정도로 꽉 잡았다. 그리고 온몸이 아플 정도로 몸을 힘껏 움츠린 후, 조금씩 쇠화살을 잡아당겼다. 피가 손목과 바지를 타고 아래로 뚝뚝 떨어졌다.

나무가 쿵 하고 땅으로 떨어졌다.

땅에 떨어지기 직전 주비는 나무줄기를 벗어났다. 다치지 않은 쪽 다리로 나무줄기를 딛고 그 힘으로 비스듬히 위로 올라가 바깥으로 간신히 벗어나니 다리의 힘이 풀리면서 무릎을 꿇고 주저앉았다.

아무것도 보이지도 들리지도 않았다. 온몸에 차츰 오한이 밀려오더니 손발이 말을 듣지 않았다. 그렇다고 정신을 놓을 수도 없었다. 차라리 이 자리에서 죽는 게 낫겠다는 생각이 들었다.

그때 누군가 두 손으로 주비를 땅에서 일으켜 세우려 했다. 주비는 무의식적으로 발버둥 쳤다. 그녀는 온 힘을 다해 발버둥 친다고 생각했지만, 실제로는 몸이 살짝 움찔한 게 고작이었다.

그는 그녀를 안고 어딘가 굉장히 먼 곳에서 외치듯 불렀다.

"비야!"

'깜짝이야. 이성 오라버니네…….'

주비는 속으로 이렇게 생각하고 손의 힘을 풀었다. 쇄차가 손에서 미끄러져 땅에 떨어지자 도신이 산산조각이 났다.

이성은 가슴이 턱 막혔다. 깜짝 놀라 부들부들 떨리는 손을 주비의 코앞에 대고 호흡을 확인했다.

그런데 그 순간, 멀지 않은 곳에 있던 동굴 입구 위로 석문이 내려오며 서서히 닫히고 있었다.

양근은 문 앞을 지키고 서서 한 손에는 큰 칼을, 다른 한 손에는 어디서 주웠는지 모를 방패를 들고 동굴 입구를 지키며 이성을 향해 크게 소리쳤다.

"이 소협! 서둘러!"

주비의 호흡이 너무 약해 이성은 어찌할 바를 몰랐지만, 다른 선택의 여지가 없어 주비를 안고 내달렸다.

동굴 입구는 이미 엄청난 수의 북조 병사들에게 가로막혀 있어서 뚫을 수가 없었다.

귓전을 찌르는 날카로운 피리 소리가 울렸다. 그러자 엄청나게 많은 독사가 동굴에서 떼로 몰려나와 서로 뒤엉키더니, 마치 눈덩이 굴리듯 점점 덩어리를 키웠다. 그렇게 만들어진 사람 허리 정도까지 오는 '뱀 덩어리'는 서너 장 정도 떨어진 곳에 있던 북조 병사들을 향해 굴러갔다.

양근은 처음엔 자기 옆으로 방금 무엇이 스치고 지나간 건지 몰랐다가 순간 정신이 번쩍 들었다. 뒤늦게 그 실체를 깨닫고 온몸에서 식은땀이 줄줄 흘러내렸다. 어찌나 놀랐는지 하마터면 땅에 무릎을 꿇을 뻔했다. 북조군은 생전 처음 보는 이 '괴물'에 혼비백산하며 뱀 덩어리를 피하려 물러났고, 덕분에 이성 앞에 길이 뚫렸다.

그 후 뱀 주인의 피리 소리가 갑자기 날카롭게 고음을 내자 뱀 덩어리는 북조군 무리 한가운데로 굴러가서 '퍽' 하고 터져 버렸다. 뱀들이 사방으로 튀면서 병사들의 얼굴과 몸 위에 떨어졌다. 여기저기서 비명이 들려왔다.

이성은 이를 악물고 경공을 최대치로 끌어올려 눈을 질끈 감은 채 사방에 마구 날아다니는 뱀들 사이를 뚫고 전진했다. 얼굴과 목에 차디찬 뱀 비늘이 몇 번 스치고 지나가는 것이 느껴졌다. 다행히 그의 몸에는 응하종이 뿌린 가루약이 묻어 있어서 독사가 공격하지는 않았다.

양근은 더 이상 참지 못하고 고함을 질렀다.

"뱀 주인 양반, 당신 미쳤어!"

그는 절망적인 얼굴로 팔을 뻗어, 이제 사람 허리 높이만큼만 열려 있는 동굴 입구로 이성과 그의 어깨에 붙은 뱀 몇 마리까지 한꺼번에 잡아당겼다. 그 와중에 매끈매끈한 뱀 꼬리를 만진 것 같아 양근의 한 마디 정도 남은 머리카락이 삐쭉 섰다. 마치 뭔가 억울한 일을 당한 커다란 고슴도치와 같은 꼴이었다.

잠시 후, 동굴 입구에 받쳐 둔 칼이 툭 소리를 내며 부러졌다. 그러자 동물의 석문이 빠르게 내려오며 동굴의 안쪽과 바깥쪽을 차단했다.

동굴 안에 있던 사람들이 안도의 한숨을 내쉬기도 전에 밖에서 쿵 하는 굉음이 들렸다. 북조군이 문을 부수려는 것이다.

이성은 숨이 잘 쉬어지지 않아서 의식이 없는 주비와 함께 바닥에 꿇어앉았다. 말도 제대로 나오지 않아서 겨우 손을 뻗어 석문의 정중앙을 가리키며 힘겹게 말했다.

"맨…… 맨 마지막 하나가…….."

양근이 고개를 들어 옆 사람이 들고 있던 횃불로 석문 꼭대기의 한가운데를 들여다보니 북두의 형상이 거꾸로 새겨져 있었다.

석문에서 '쾅' 하는 굉음이 들렸다. 북조군이 문을 부수기 시작한 것이다.

위에서 흙과 자갈이 떨어져 내리자 양근은 망설임 없이 몸을 훌쩍 날려 석문 안쪽으로 기어 올라갔다. 그가 까치발을 한 채로 북두도괘의 문양이 있는 부분을 누르자, 작은 소리와 함께 위쪽으로 아주 자그마한 밀실이 열렸다. 안쪽에는 장치가 들어 있었다. 양근이 장치를 닫자 사람들이 서 있던 땅 밑이 움직이더니 서서히 바닥으로 가라앉았다.

갑자기 나타난 동굴이 천천히 지하로 가라앉고 있는데 출구조차 사라졌으니 이제 어쩌면 좋을까.

어두컴컴하고 좁은 비밀 통로는 갑자기 시야가 넓어지기 시작했다. '소호'라고 불리던 소년이 횃불을 높이 치켜들고 아래를 내려다보니 발밑에 돌계단이 보였다. 족히 수백 개는 되어 보이는 계단이 지하로 연결되어 있었고, 지하에는 아까 밖에서 봤던 것과 같은 크기의 거대한 팔괘도가 있었다.

응하종이 중얼거렸다.

"이곳이…… 진정한 제문의 금지 구역이군요……."

제 3 장

제문의 금지 구역

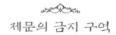

제문의 금지 구역

주비는 오래오래 잠들어 그대로 진흙 속에서 썩으면 좋겠다는 생각을 했다. 그러면 일어났다가 다시 죽는 일은 없을 터였다.

요 몇 년 동안 바깥에서 노숙하며 잠귀가 무척 밝아져, 의식이 허공을 돌아다니는 와중에도 낯선 환경에서 끊임없이 들리는 바스락거리는 소리에 놀라서 깨어났다. 정신이 몽롱한 상태에서 무의식적으로 살짝 움직이자 통증이 너무 심해 눈앞이 캄캄해졌다.

본능적으로 두려움을 느낀 주비가 그대로 다시 기절하려고 하는 순간, 누군가 옆에서 분별없이 바닥에 뭔가를 툭 던졌다. '콰당' 하는 소리에 주비는 강제로 정신을 차렸다.

정신이 든 순간 그동안의 기억이 수문 열리듯 몰려들었다. 지금 있는 곳이 어딘지 떠올라 손을 뻗어 허리춤의 칼을 더듬었지만, 아무것도 잡히지 않았다. 눈을 번쩍 떠 보니 꾀죄죄한 어린 소녀의 얼굴이 눈에 들어왔다.

소녀는 화들짝 놀라 휘둥그레진 눈으로 어디 사투리인지 모를 억양으로 소리 질렀다.

"깨어났어요!"

소녀의 말이 떨어지기 바쁘게 남녀노소가 뒤섞인 비렁뱅이 무리가 잇달아 몰려와 주비를 에워싸더니 너도나도 고개를 내밀고 힐끔거렸다.

"아이고, 정말이네!"

"깨어났어, 깨어났어!"

주비는 그제야 자신이 지하에 있다는 것을 알아챘다. 시야가 탁 트였고 횃불이 사방에서 타오르고 있었다. 어쩐지 유민들이 이리 뛰고 저리 뛰고 하는 메아리 소리가 유난히 크게 들린다 생각했다.

소녀는 주비를 전혀 무서워하지 않고 옆에 있는 큰 솥에서 끈적끈적한 뭔가를 한 사발 떠서는 주비에게 바짝 다가와 말했다.

"이 솥은 무거워도 너무 무거워서 좀 전에 하마터면 쏟을 뻔했지 뭐예요. 어서 이것 좀 마셔 보세요. 탕약이에요."

몸을 움직이려던 주비는 허리에 힘이 전혀 들어가지 않는 것을 느끼며 경악했다.

"아, 맞다, 뱀 낭자…… 아니, 그 뱀…… 대협이 금창약을 발라 주셨어요. 효과가 상당히 빠르다는데, 처음에는 상처 부위가 마비되어서 움직임이 자유롭지 못할 거예요. 괜찮아요. 제가 먹여 드릴게요."

소녀는 아주 시원시원하게 말하고는 붙임성 좋게 이가 빠진 사발을 주비 앞에 가져다 대며 말했다.

"전 아명이 춘고인데 이름은 없어요. 무슨 일 있으면 얼마든지 저에게 분부하세요. 저기요, 여기 이렇게 에워싸고 있지 말아요……. 소호야, 얼른 가서 뱀 대협 일행께 알려 드려라."

옆에 있던 소년이 대꾸하더니 바로 달려갔다.

춘고는 말이 많긴 해도 시중드는 일에 익숙했다. 그녀는 약 한 사발을 모두 주비에게 떠먹이면서도 사레가 들리게 하거나 한 방울이라도 흘리는 일이 없었다. 소녀는 콧노래를 흥얼거리며 수수한 손수건 한 장을 꺼냈다. 주비는 미심쩍은 눈으로 손수건을 힐끔 보았다.

"이거요?"

춘고는 그녀의 눈빛을 읽었는지 웃으며 말했다.

"이 대협이 저희를 데리고 이곳에서 찾아낸 거예요. 여긴 정말 좋은 것 같아요. 솥이며 사발, 국자와 그릇까지 부엌세간이 없는 게 없어요. 어떤 상자에는 질 좋은 옷감이 잔뜩 들어 있지 뭐예요. 묵은 곡식도 적잖이 있었는데 체로 좀 쳐서 거르면 먹을 만했어요. 보아하니 누군가 여기 오랫동안 머문 모양이에요! 자, 땀 좀 닦아 줄게요."

주비는 남에게 보살핌을 받는 일이 익숙하지 않아 얼른 고개를 돌리며 말했다.

"낭자, 이렇게까지……."

"뭐 어때요."

춘고가 웃으며 말했다.

"여러분이 아니었다면 저와 제 동생은 죽은 목숨이었을걸요. 저흰 북쪽에서 피난을 왔어요. 이대로 굶어 죽는구나 했는데 같이 피난 가던 마음씨 좋은 사람들이 저희 남매를 거둬 주셔서 여기까지 오게 된 거죠."

주비가 물었다.

"길을 안내한 사람이 도사였나요?"

"아니요."

춘고는 어느새 쌀죽 한 사발을 들고 와서 호호 불며 주비에게 먹여 주었다.

"그런데 듣자 하니 도사님과 관련이 있는 것 같아요. 몇 해 전에 어떤 도사님이 어느 부유한 어르신 집에 들러 물을 얻어 마셨는데, 그 어르신은 내친김에 식사도 한 끼 대접했대요. 도사님은 길을 떠나기 전에 어르신에게 지도 한 장을 주면서 언젠가 어려움에 처하면 지도를 따라 그곳에 가 보라고 했대요. 거기에 몸을 숨길 곳이 있을 거라면서요. 당시 어르신은 그런가 보다 하고 그냥 지나쳤는데, 나중에 정말로 전쟁이 일어날지 누가 알았겠어요. 어르신은 친지와 친구들을 불러 모아 지도를 따라 찾아갔대요. 산골짜기에 도착해서 보니, 그들뿐만 아니라 많든 적든 도사님을 공양한 적 있던 사람들이 속속 그곳에 모여들었다죠. 도사님과 연을 맺게 된 이야기도 모두 비슷하고요."

주비는 생각에 잠겼다. 다시 말해, 제문의 금지 구역은 오래전에 이미 만들어졌고 제문의 도사들은 전란이 일어날 것을 예상하고 일찌감치 그들에게 은혜를 베푼 변방 지역의 백성들에게 그 위치를 가르쳐 준 것이다.

"처음엔 구제받은 줄 알았죠."

춘고가 이어서 말했다.

"휴, 좋은 시절은 얼마 못 가고 그 짐승 같은 놈들이 또 쳐들어올

줄이야. 처음에는 감언이설로 구슬리더라고요. 저희는 그저 평범한 백성들이었으니 자연히 그들이 하라는 대로 따를 수밖에 없었어요. 그런데 그들은 점점 더 횡포를 부리며 우리를 개돼지 취급하더라고요. 나중에는 우리를 한곳에 몰아넣고 여자들은 서쪽 주둔지에 가둬 강제로 쾌락을 취했어요."

주비가 천천히 눈썹을 찡그렸다.

"그런데 운 좋게도 뱀 낭…… 아니, 뱀 대협이 있었죠."

춘고가 혀를 날름 내밀고는 말했다.

"그 비열한 개자식들이 서쪽 주둔지에 다가오기만 하면 이유 없이 뱀에게 물렸어요. 웅황雄黃, 뱀 퇴치에 효과적인 광물을 뿌려도 소용없었죠. 헤헤, 아마 그들은 영문도 모르고 그저 뱀 귀신이 난리 치는 줄로만 알았을 거예요."

이때 옆에서 어떤 목소리가 갑자기 끼어들었다.

"제가 사정이 있어 어쩔 수 없이 여장을 하게 되어 여러분께 무례를 범했습니다. 죄송합니다."

주비가 고개를 돌리니 응하종이 걸어오고 있었다. 그는 머리에 붙였던 땋은 머리를 어느새 뗀 채였다. 비록 미처 옷을 갈아입지는 못했지만 일부러 목소리와 행동을 감추지 않으면 그런대로 생김새가 참한 청년이라는 걸 알아볼 수 있었다.

"당분간은 함부로 진기를 움직이지 마세요. 당신은 내공이 탄탄해서, 내상을 입긴 했어도 어찌 된 영문인지 오히려 기존의 것을 타파하고 새로운 것을 만들어 내는 것 같아요. 큰 문제는 없어 보입니다."

말을 마친 응하종은 주비를 훑어보며 진심으로 칭찬했다.

"주 낭자, 맷집이 정말 대단하신데요."

"……."

헤어진 지 수년이 지났는데도, 독 낭중의 '입만 열면 매를 버는 재주'는 전보다 늘어 있었다.

주비가 물었다.

"어쩌다가 그 꼴이 된 거예요?"

"제문의 금지 구역을 찾아 달라고 행각방에게 부탁했는데, 소식이 어떻게 새어 나갔는지 제 부탁을 받고 심부름을 하던 행각방 사내들이 모조리 죽임을 당했지 뭡니까. 상대는 아무래도 자객인 것 같은데, 제가 뭔가를 알고 있다고 굳게 믿었는지 내내 절 죽이려고 쫓아다녔습니다. 다행히 제가 키우는 뱀들이 경계심이 높아서 여러 번 미리 경고해 주었죠. 한 번은 놈에게 쫓기다가 어떤 객잔에 갇히게 되었는데, 약 가루를 다 쓴 데다 미처 약을 배합할 수 없어 하는 수 없이 여장하고 인신매매 업자의 마수에서 도망치는 여자들 틈에 섞여 겨우 벗어났어요. 그런데 우연하게도 그녀들이 절 이 산골짜기로 데려왔지 뭡니까."

북조 군사들은 눈이 어떻게 된 걸까? 그를 풋풋한 처녀라고 생각하다니!

제문의 금지 구역에 집착하는 자객이라면, 주비는 봉무언 한 사람만 떠올랐다. 곰곰이 생각해 보니 그런대로 말이 되긴 했다. 흑판관 봉무언이 어떤 사람인가, 하루살이 목숨의 유민들을 신경 쓸리 없었다. 그가 꿈에도 그리던 비경이 이 보잘것없는 사람들 손에 달려 있다는 걸 상상이나 했을까? 그는 그렇게 평생의 유일한 기회와 엇갈리고 말았다.

당시 응하종의 종적을 놓친 봉무언은 다른 방도를 찾던 중, 마침 류가장에서 다른 문파들이 은패를 토벌한다는 소문을 접하고 어부지리를 얻으려다가 일이 틀어져 자기 목숨까지 잃게 된 것이 틀림없었다.

주비가 의아해하며 물었다.

"그런데 당신은 대약곡 사람이잖아요. 어째서 제문의 금지 구역을 찾는 거죠?"

"국사 여윤의 무덤이 의관묘이기 때문이에요."

응하종이 말했다.

"전해지는 말에 의하면 그는 말년에 방탕한 삶을 살았대요. 매일 정신이 맑지 못할 정도로 단약이나 만들어 먹다가 나중에는 행방불명이 됐고요. 당시 대약곡의 선배들이 중원 지역 전체를 샅샅이 뒤졌지만 그를 찾아내지 못했고, 몇 년 뒤에 그로부터 서신 한 통을 받았죠. 자신은 선인의 가르침을 받아 알려지지 않은 외딴 비경에서 신선이 되겠다는 내용이었답니다……. 정말 말도 안 되죠. 이런 체면 깎이는 일은 문파의 비밀에 부치고, 절대 밖으로 새어 나가지 못하게 했습니다."

주비가 말했다.

"그럼 그 알려지지 않은 '외딴 비경'이 제문의 금지 구역이라고 생각하는 거예요?"

"열반고 때문입니다."

응하종이 말했다.

"처음에는 저도 몰랐는데 나중에 당신이 가져온 대약곡의 서적들을 보니 거기에 〈기문록奇聞錄〉이라는 게 있더군요. 국사 여윤이 평생 보고 들은, 상식으로 이해하기 어려운 일들을 기록한 책입니다. 얼핏 보면 민간 신화 같아서 당신은 자세히 보지 않은 모양인데, '망매편'에 '열반신교'와 열반고 이야기가 언급되어 있어요. 뒤쪽에 조그만 글씨로 국사 여윤이 덧붙인 내용이 있죠. 대강 내용은 그가 일시적인 호기심으로 그것들을 남겨 두었고, 나중에는 심마 때문에 그것을 키웠는데 지금 와서 보니 화근이었다는 거였죠. 바로 그 때문에 저도 '청휘진인'이라고 자칭하는 그놈이 국사 여윤이 '신선이 된' 그곳에 갔을 가능성이 크다는 생각을 하게 된 거고요."

주비는 깜짝 놀라 잠시 멍해졌다. 이런 우여곡절이 얽혀 있을 거라는 생각은 전혀 못 했었다. 응하종이 다시 흥미진진하게 말했다.

"그래서 저는 곧바로 '청휘진인'이라는 놈을 뒷조사하기 시작했죠. 그놈은 열반고를 얻기 전에는 이름도 없는 별 볼 일 없는 인물이었어요. 어렵사리 진짜 정체를 밝히고 보니 산천검의 후예였고요. 이건 제가 더 말하지 않아도 알고 있겠죠? 형산 밑을 오랫동안 배회하면서 겨우 단서를 얻었는데, 듣자니 몇몇 도사가 당시 중상을 입은 그를 구했다고 하더라고요. 유명한 도교 사원이라면 손에 꼽을 정도인데 그중에서 제문의 촉음산燭陰山만 상수 일대와 가깝죠. 당시 가장 먼저 청휘진인의 손에 목숨을 잃은 백호주 풍비화도 활인사인산을 떠난 뒤 그 근처에서 활동했던 것 같아요. 제문은 기문둔갑술을 자주 쓰는데, 국사 여윤이 유서에서 언급한 '알려지지 않은 외딴 비경'과 딱 들어맞지 않나요? 이렇게 단서들이 다 맞춰지니 그가 마지막에 머문 곳이 제문의 금지 구역이 아닐까 의심하게 된 겁니다."

대수롭지 않게 말하는 가벼운 설명에 주비는 믿을 수 없다는 듯 물었다.

"이게 다…… 당신 혼자서 조사한 거라고요?"

응하종이 의아한 눈빛으로 주비를 바라보았다.

"이제 대약곡에 저 혼자만 남았는데 안 그러면요?"

평생 학문적 성취도, 무공도 얻지 못한 그였다. 그저 뱀이나 기를 줄 알았지 대약곡에서 제대로 배운 것도 없었는데, 어쩌다 유일한 생존자가 되어 어쩔 수 없이 피눈물을 삼키며 목숨 걸고 잃어버린 전승물을 찾아 헤맸다. 그는 일말의 단서도 놓치지 않으려 모진 애를 쓰고 있었다.

주비는 저도 모르게 헛웃음이 나왔다. 그녀는 줄곧 자신이 사윤을 위해 세상의 모든 바보짓을 다 했다고 생각했는데, 강호에는 자신보다 더 바보 같은 '숨은 고수'들이 있었다.

응하종은 나무 막대를 깎아 만든 지팡이를 그녀에게 던져 주며 말했다.

"이곳에는 괴상한 진법들이 잔뜩 있어요. 좀 전에 당신 오라버니와 다른 사람들이 함부로 돌아다니다 담 모퉁이에 갇혔는데, 반나절이 지나도 못 나오고 있어요. 보러 갈래요?"

주비는 지팡이를 짚고 이를 악물며 몸을 일으켰다. 마치 폭삭 늙은 할멈이 된 느낌이었다. 바닥을 짚은 나무 막대는 바람에 흔들리는 나뭇잎처럼 부들부들 떨리고 있었다. 그 모습을 본 춘고가 경악하며 황급히 부축하려 하자, 응하종이 손짓으로 그녀를 제지했다.

독 낭중은 자기 일이 아니라는 듯 무심하게 말했다.

"온종일 칼바람 속에서 잘도 뒹구는 사람인데 어디 그렇게 쉽게 죽겠어요? 놔두세요."

온몸의 상처와 그 망할 놈의 비법 금창약 때문에 땀을 뻘뻘 흘리며 겨우 버티고 서 있던 주비는 독 낭중의 그 냉정한 평가에 화가 치밀어 올랐다. 자신에게 조금이라도 힘이 남아 있었다면 기필코 그에게 칼로 한 방 먹였으리라.

주비가 이를 악물고 말했다.

"뱀 키우는 양반, 앞으로 조심해요. 내 손에 걸리지 말라고요."

응하종이 춘고를 향해 눈짓하며 말했다.

"거 봐요."

"……."

말을 마친 응하종은 환자를 기다려 주지도 않고 거들먹거리며 성큼성큼 앞서 걸어갔다.

주비는 이를 부득부득 갈았다. 조금 전까지만 해도 가슴속에 가득 찼던 감탄과 동지애 비슷한 감정이 단번에 짓밟혔다. 저 망할 놈의 응 아무개는 여전히 미운 짓만 골라서 한다.

응하종은 순식간에 저만치 앞서갔다. 다행히 춘고가 주비에게 죽과 약을 먹인 덕에 그나마 힘이 나서 주비는 지팡이를 짚고 팻말을 따라 한 걸음씩 느릿느릿 걸어갔다.

지하 골짜기의 암벽과 바닥에는 팔괘도며 바위며 표지목이 여기저기 널려 있어 현기증이 날 지경이었다. 다행히 이성과 사람들이 그녀가 정신을 잃은 동안 길을 터서 바닥에 박아 놓은 작은 팻말들이 그녀에게 길을 안내해 주었다.

주비는 한 걸음 내디딜 때마다 반나절씩 쉬어 가며 내친김에 전설 속의 '알려지지 않은 외딴 비경'을 훑어보았다. 그녀는 팔괘도 안에서 〈도덕경〉을 발견했다. 주비는 저도 모르게 발걸음을 멈추고 암벽에 새겨진 그 수천 자의 글자들을 바라보았다.

〈도덕경〉은 당시 충소자가 그녀에게 줬던 책의 것과 완전히 같았다. 얼핏 보면 대강 휘갈겨 쓴 것 같지만 그 안에는 알 수 없는 내공심법이 담겨 있었다.

다시 보니 그 경문의 제목은 〈도덕경〉이 아니라 〈제물구결〉이었다.

주비는 속으로 생각했다.

'내가 그동안 꾸준히 수련한 공법이 이거였구나.'

그녀는 단구낭의 작은 뜰에서 그 미친 할망구 때문에 살려야 살수 없고 죽으려야 죽을 수 없었던 지난 시절을 떠올리며 그리운 마음에 찬찬히 훑어보다가 "엥?" 하고 놀랐다.

그 〈제물구결〉의 전반부는 충소자가 그녀에게 가르쳐 준 것과 완전히 같았지만 후반부는 달랐던 것이다.

누군가 손가락 힘으로 후반부 글자들의 획을 강제로 지웠는데, 지워진 부분은 마침 경맥에 관한 내용이었다. 너무 노골적으로 지워서 후반부의 많은 글자들은 마치 양근이 쓴 것처럼 성한 것이 없었다!

게다가 글자와 글자 사이에는 칼이나 도끼 같은 걸로 찍은 흔적이 많았다. 누군가 이곳에서 마구잡이로 내리찍어 화풀이를 한 것 같았다. 그런데 자세히 들여다보니 엉망진창으로 새겨진 흔적들 사이에는 부르면 나올 듯한 뭔가가 서려 있었고 매서운 의지가 뿜어져 나왔다.

그녀는 깜짝 놀라 저도 모르게 한 걸음 물러섰다가 휘청거리며 하마터면 중심을 잃을 뻔했다.

그때, 멀지 않은 곳에서 누군가 야단법석을 떨었다.

"나왔어요! 제가 진을 격파했어요!"

주비는 손으로 미간을 주무르며 억지로 암벽에서 시선을 옮겼다. 이성과 사람들이 작은 말뚝이 가득 꽂힌 좁은 길을 따라 뛰어오고 있었다.

이성은 한쪽 팔을 쳐들고 기뻐서 어쩔 줄 몰라 하며 말했다.

"비야! 아이고, 그래도 꽤 빨리 깨어났네. 너 때문에 놀라 죽을 뻔한 거 알아? 어서 우리가 뭘 찾아냈는지 봐 봐!"

그는 낡은 칼집 서너 개를 손에 들고 흔들고 있었는데, 전부 은 패가 항상 몸에 지니고 다니던 산천검 검집과 판박이였다.

"이것 좀 봐."

이성은 한쪽 겨드랑이에 긴 칼집들을 끼우기 불편했는지 몽땅 바닥에 내던지고는 말했다.

"이런 칼집들이 저쪽에 아직 많아. 여긴 정말 끝내주는 곳이야. 벽에 기대기만 해도 기관의 진법에 빠지고 만다니까. 뭘 좀 배웠다 하는 사람도 꼼짝없이 반나절은 갇혀 있어야 하니, 이따가 다들 함부로 돌아다니지 말라고 해야겠어."

북조의 군대가 쏜 화살에 맞아 한쪽 다리에 힘을 제대로 실을 수 없는 주비는 지팡이와 나머지 한쪽 다리에 의지해서 움직였다. 쪼그리고 앉으면 다시 일어설 수 없을 것 같아 그녀는 두 손으로 지팡이를 짚고 허리를 조금 굽혀 칼집들을 바라보았다.

양근과 응하종도 바짝 다가왔다. 양근의 칼은 하도 찍어 대서 칼 날이 구부러져 있었다. 아쉬움을 달래며 대체품이라도 찾아보려 했는데, 아까 그곳을 샅샅이 뒤져도 칼은 없고 칼집만 널브러져 있었다. 그는 낙심하여 말했다.

"이게 무슨 금지 구역이지? 내가 보기엔 그저 잡동사니를 보관하는 땅굴 같군."

이성은 검집들을 정면이 위로 향하게 가지런히 놓고 말했다.

"뭐 좀 알아낸 거 있어?"

주비가 찬찬히 뜯어보니 검집마다 물결무늬가 있었는데, 모두 거의 같은 위치에 있었다.

"소문에 따르면 '산천검'도 봉래의 진 선생님이 만든 거라던데."

이성이 말했다.

"검은 진작에 사라지고 검집만 남았네."

"'산천검'은 검이 아니라 은 대협을 말하는 거야."

주비가 바로잡았다. 그녀는 산천검 검집 한 무더기가 어떤 모양인지 궁금해서 한쪽 다리와 지팡이에만 의지한 채 이성과 사람들이 왔던 길을 따라 천천히 발걸음을 옮겼다.

이성이 한숨을 내쉬며 말했다.

"이리 와, 업어 줄게."

주비는 괜찮다고 손을 저으며 말했다.

"은 대협은 평생 검을 몇 자루나 바꿨는지 몰라. 다 돈 주고 주문해서 만든 것들이고 이름을 새긴 것도 없어. 예상 부인이 나중에 '음침설'을 넘겨주지 않은 것도 내 생각에는 은 대협이 멋대로 진 선생님을 찾아가 하나 사들였기 때문인 것 같아."

응하종이 의아해하며 물었다.

"그런 게 이유가 될 수 있어요?"

주비가 말했다.

"진 선생님은 현존하는 명인이에요. 사람들이 특별히 찾아와 무기를 주문 제작하기도 하죠. 예를 들면 망춘산이나 음침설은 자손 대대로 물려줄 수 있는 것들이죠. 나머지는 대충 철 부스러기 한 가마로 몇 자루를 뚝딱 만들 수 있어요. 이런 무기에는 따로 공을 들이지도 않고 이름도 새기지 않아요. 대충 나무로 똑같은 검집을 만들어서 내다 팔아 살림에 보탤 뿐이죠. 진 선생님께 들었는데 은 대협이 사 간 검이 바로 '살림에 보탬이 되고자 만든' 그런 검이래 요. 나중에 예상 부인도 깨달은 거죠. 당시 은 대협의 경지에서는 아무 쇳조각이나 들어도 그게 곧 '산천검'이 되니 뭘 들든 상관없다 고, 굳이 명검을 선물할 필요가 없다고 말이죠……. 뭐, 이건 다 제 생각일 뿐이니 정확하다고는 할 수 없어요."

말하는 동안 그들 일행은 천천히 이성과 사람들이 방금 갔었던 곳에 이르렀다. 석벽에는 작은 문이 뚫려 있었는데 안에는 한눈에 끝이 보이지 않는 별천지가 펼쳐져 있었다.

"내 뒤를 바짝 따라와. 이 안에는 세 가지 진법이 중첩되어 있어 서 그야말로 변화무쌍이야. 아까 여기서 한 시진이나 갇혀 있다가 겨우 빠져나왔어."

이성은 횃불을 높이 치켜들었다. 응하종이 산천검 검집 하나를 들고 말했다.

"그렇다면, 이 사방에서 빼앗으려고 달려드는 은 대협의 산천검 검집은 나중에 따로 맞춘 것이고, 진 선생님의 손에서 나온 게 아 니라는 거군요. 문득 이런 생각이 드네요. 열반고를 얻기 전 은패 는 무공이 별 볼 일 없었다는데, 만약 이곳에 왔을 때 제문 선배들 이 그의 산천검 검집을 바꿔치기했다면, 은패가 알아차렸을까요?"

주비는 잠시 어안이 벙벙했다. '해천일색'에 관한 전설이 갈수록 황당무계하게 변질되어 그 증인들이 나중에 후세 사람들의 손에 넘어간 신물을 회수하고 있다고 목소교가 그녀에게 말해 준 적이 있었다.

은패는 일단 무공이 글렀고 인품도 글러 먹었다. 제문이 그의 손에서 검집을 회수하려고 했다는 것도 말이 되는 얘기였다. 다만 그게 사실이라면 제문의 도장들은 떳떳할 수가 없었다.

"음, 진짜와 가짜를 감쪽같이 바꿔치기한다, 그럴 가능성이 아예 없는 건 아니에요."

주비가 말했다.

"그런데 가짜는 하나면 충분하잖아요. 이렇게 많이 만들어서 뭐 하겠어요?"

"검집이 대체 무슨 연구 가치가 있지?"

양근이 더는 들어 주기 힘들다는 듯 끼어들었다.

"이봐, 너희들 정말 무기를 쓰는 사람 맞나? 검은 좋고 나쁘고 우열이 있어도 검집은…… 검집은 그냥 보관함일 뿐이다. 진짜인지 가짜인지 누가 알아보겠나? 너희 중원 검객들 사이에서는 진주함만 사고 진주는 돌려주는 식의 어리석은 일을 하는 게 유행인가?"

주비가 눈썹을 치켜세우며 말했다.

"놀랍네요, 남쪽 촌사람이 '진주함만 사고 진주는 돌려준다'는 말도 알아요?"

"됐어, 비야. 넌 어떻게 된 게 눈만 뜨면 말썽을 일으켜. 양 형님 말이 맞아요, 그게 바로 문제니까요."

이성이 들고 있던 횃불을 흔들자 무수히 많은 작은 먼지들이 횃불을 넘나들며 타닥타닥 소리를 냈다. 비밀 통로의 구불구불하고 혼란스러운 좁은 길의 끝에 다다르자 작은 석실이 나왔다.

석실에는 커다란 상자 몇 개가 놓여 있었는데 안에는 똑같은 검집이 가득 들어 있었다.

물결무늬와 닳아진 정도, 심지어 검집의 작은 흠집마저도 구별할 수 없을 정도로 똑같았다. 그들 외부인은 물론이고 은패가 직접 온다고 해도 한참을 멍해 있을 것이다.

이성은 횃불을 벽에 난 홈에 꽂아 넣더니 얇은 종이 두 장을 들고 말했다.

"검집의 물결무늬가 판박이야. 나랑 양 형님이 아까 물결무늬를 종이에 탁본했는데, 이것 봐, 완전히 똑같아."

응하종이 갑자기 말했다.

"잠깐만, 이게 뭐죠?"

일행이 그가 가리키는 방향으로 시선을 돌리자 구석에서 뭔가가 빛을 반사하고 있었다. 양근이 바짝 다가가더니 말했다.

"이건 수정일까, 얼음일까……."

"잠깐, 양 형님, 만지지 마세요!"

이성이 그를 멈춰 세웠다.

벽 구석에는 유난히 반질반질한 작은 거울이 있고 옆에는 투명한 수정이 다닥다닥 붙어 있었는데 모두 각이 져 있었다. 벽에 걸린 횃불의 빛이 작은 거울에서 반사된 후 수정 더미를 지나 마침내 하나의 점으로 모이더니, 커다란 상자들 옆의 벽돌 바닥에 떨어졌다.

이성이 벽에서 횃불을 떼어 내어 이리저리 흔들며 각도를 바꾸니 빛이 더는 한 점에 모이지 않았다.

"역시, 아까 우리가 들어올 때는 양 형님이 나 대신 횃불을 들고 있었지."

이성이 횃불을 다시 홈에 넣자 불꽃이 살아났다 사라졌다 하고 빛도 은은하게 흔들리며 밝아졌다 사라졌다 매우 불안정했다. 응하종이 다가가 바닥을 두드리며 말했다.

"안이 비었어요."

손가락으로 가장자리를 더듬으며 파고드니 벽돌이 들리며 안쪽에서 서신 한 통이 딸려 나왔다. 이성이 낮은 소리로 외쳤다.

"조심하세요!"

"괜찮아요, 독은 없네요."

응하종이 서신을 코 밑에 가져다 대고 킁킁거리며 말했다.

"서신 봉투에 '조카 은패에게'라고 적혀 있네요. 은패는 이 서신을 본 적 없는 것 같아요."

그는 서신 봉투를 뜯어 재빨리 훑어보더니 갑자기 침묵을 지켰다. 한참이 지나서야 옆에 있는 이성에게 건네주며 낮은 소리로 말했다.

"죄송해요, 제가 소인의 마음으로 군자의 마음을 억측하려 했던 거 같네요."

양근이 물었다.

"뭐라고 쓰여 있지?"

"뛰어난 재주는 가끔은 죄가 되는 법이죠."

응하종이 말했다.

"이 검집들은 원래부터 은패를 위해 준비된 것입니다. 이것들이 흘러나가면 강호에는 수도 없이 많은 '산천검 검집'이 생기는 것이지요. 그렇게 되면 아무도 진짜인지 가짜인지 구분할 수 없게 되고……."

주비가 감탄하며 말을 이었다.

"그렇게 되면 은패는 물방울이 바다에 흘러 들어가는 것처럼 안전해지겠군요."

곽가의 신독인이 영주에 나타나 얼마나 큰 화근이 되었는가? 산천검도 마찬가지였다.

당시 청룡주 잔당에게 부상을 입고 초상집의 개처럼 떠도는 은패를 제문에서 받아들여 치료해 줬다. 충운 도장은 그가 마음이 좁고 성미가 과격한 데다 나면서부터 병을 앓아 무공을 익히기는 어려운 몸이라는 것을 알아보았다.

은패는 산천검이 돌아가신 아버지가 남긴 아주 중요한 유물인 줄만 알았고 '해천일색'이 도대체 무엇인지는 전혀 몰랐다. 게다가 스스로를 지킬 능력도 없으면서 산천검의 검집을 들고 다니는 것은, 그야말로 아기가 금덩이를 안고 있는 격이었다.

이성은 서신을 다 읽고 말했다.

"충운 도장은 산천검을 제문에 맡겨 보관할 것을 제안했는데 은패가 단단히 오해를 하고 한사코 응하지 않았군요. 억지로 맡기라고 할 수 없었던 충운 도장은 어쩔 수 없이 차선책으로 이런 방법 아닌 방법을 고안해 냈는데, 아쉽게도⋯⋯."

아쉽게도 그의 깊은 마음을 헤아리기도 전에, 은패의 고집스러운 성격과 원한이 열반고를 각성시키고 만 것이다. 산천검의 후손은 평생 '다른 꿍꿍이'에 시달려 왔다. 은패는 선천적으로 연약해 반항할 힘이 없었고, 그러다 보니 어쩔 수 없이 남의 마음을 악의적으로 짐작하게 되었다.

일행은 우연히 알게 된 진상에 할 말을 잃고 일제히 침묵했다.

한참 후, 응하종이 입을 열었다.

"그런데 이상하다는 생각 안 드세요? 이런 검집은 굳이 대가가 아니더라도 일반 장인들도 틀만 있으면 얼마든지 만들어 낼 수 있잖아요. 그런데 당시 '해천일색' 맹약을 체결한 은문람이 검집을 신물로 사용했다는 게 너무 애들 장난 같지 않나요?"

"장난 같은 게 어디 이것뿐이겠어요."

이성이 말했다.

"곽가의 인장은 또 어떻고요. 기억나시죠? 그 인장은 '신독인'이라고 불렸죠. 그 이름만 들으면 평범한 도장 같지 않나요? '보주님의 신물' 따위는 다들 나중에 곽연도 입에서 들은 거잖아요. 저는 그것도 줄곧 납득할 수 없었습니다. 곽가보는 기껏해야 선대 보주가 기예를 배우는 제자들을 데리고 세운 강호 문파일 뿐이잖아요? 선대 보주는 교제 범위가 넓을 뿐 한 번도 무림 맹주를 자처한 적이 없어요. 사람들이 악양의 곽가보에 귀순하기 시작한 것도 북두염정이 죽은 다음의 일이고요. 그런데 곽 보주가 뭐 하러 쓸데없이 그렇게 큰 신물을 만들었겠어요?"

"진짜 장난 같은 걸 못 봤구나."

주비가 끼어들었다.

"오 장군의 신물은 오 낭자가 지니고 있던 고두쇠였어. 금도 아니고, 돈도 안 되는 은으로 만든 거야. 우리 외조부님이 남긴 건 더 터무니없다고. 작년에 집에 가서 어머니를 도와 유물을 정리할 때 어머니가 보여 줬는데, 그냥 어릴 때 착용하던 팔찌였어. 정말 볼품없었지. 너무 작아서 내 손도 안 들어갔어. 녹여서 새로 만드는 것 말고는 무슨 가치가 있는지 도저히 모르겠다니까. 구단이 만약

자기가 목숨을 내걸고 찾았던 물건이 그 두 가지라는 걸 안다면 아마 억울해서 살아 돌아올지도 몰라.”

혼자 장난감 삼아 가지고 놀 법한 도장, 검을 넣는 검집, 팔아도 돈이 되지 않는 은 고두쇠, 여자아이의 팔찌…….

그들은 세상에서 가장 신비한 제문의 금지 구역에서 오늘날 강호의 최대 비밀인 ‘해천일색’에 대해 대놓고 이야기했다. 말을 하면 할수록 터무니없는 것이, 전설 속의 ‘해천일색’은 아무래도 처음부터 장난인 듯싶었다.

그들이 서로 멀뚱히 쳐다보고 있을 때, 양근이 석연찮은 듯 입을 열었다.

“그래서? 이 세상에 아예 ‘해천일색’이라는 물건이 없다는 소리만 하지 마라.”

“그건 아닐 거예요. ‘해천일색’은 확실히 있습니다.”

응하종이 말했다.

“산천검과 선대 채주의 죽음에는 의문점이 있어요. 곽연도가 선대 보주를 모해할 때 사용한 독은 어디에서 온 것인지 당사자가 죽는 바람에 증명할 길이 없어졌죠. 오비 장군이 죽은 후 그 가족들은 줄곧 북두에게 쫓겼는데, 그 소식은 어떻게 새어 나갔을까요? 그리고 제문도 마찬가지입니다. 오랫동안 숨어 지냈는데도 결국에는 흔적을 드러냈어요. 만약 이 중에 하나가 우연이라면 저도 믿겠어요. 그런데 이 모든 것들이 다 우연이다? 그건 말이 안 돼요.”

응하종은 일 년 내내 독사며 독약들을 가까이하다 보니 관습이나 관례를 따르지 않는 경우가 많았고, 무슨 일만 생기면 음모라고 여기곤 했다.

"그럼 그 선배들이 모두 '해천일색'의 동맹 서약 때문에 죽임을 당했다는 건가요?"

주비가 말했다.

"저도 그런 생각을 해 보긴 했는데, 말이 되지 않더라고요. 만약 그들을 해친 게 당시 그들과 함께 동맹 서약을 한 사람이라면 그 수법은 상당히 지독하겠죠. 그런데 그렇게 쥐도 새도 모르게 사람을 죽일 수 있으면서 왜 물결무늬 신물이 여기저기 떠돌게 놔뒀겠어요? 아무튼 저라면 '해천일색'의 신물이 활인사인산 정라생의 손에 들어가는 것을 구경만 하고 있지는 않았을 거예요."

응하종이 멍하니 듣다가 대답했다.

"그건 그러네요."

양근은 머리가 펑 하고 터질 것만 같았다. 일행의 얘기는 뜬구름 위를 걷는 것처럼 좀처럼 갈피를 잡을 수 없었다. 그는 따분하고 지루해 주변을 어슬렁거리다가 산천검 검집을 하나 집어 들고 무게를 가늠하며 말했다.

"이봐, 너희들이 말한 그 늙은 도사는 머리가 어떻게 된 거 아닌가? 은패가 그 칼집을 가지고 있는 게 화근이라고 생각했으면 그걸 그 자식이 보는 앞에서 망가뜨리고 말을 분명히 하면 될 것을. 물건을 탐내는 것도 아니었으면 할 말을 터놓고 하면 되지, 이런 쓸모없는 검집을 잔뜩 만들어 낼 건 또 뭐야……. 이 쓰레기들이 흘러나가면 은패는 안전하다 쳐도 그 뭐야, '해천일색'은 점점 더 떠들썩하게 될 거 아닌가? 정말 부질없는 짓이로군."

나머지 세 사람은 이 말을 듣고 모두 흠칫하며 각자 생각에 잠겼다. 양근이 또 시끄럽게 떠들어 댔다.

"내가 봤을 때 여기에는 신기한 물건이랄 것도 없다. 너희들 열 반고 흔적을 찾으러 간다며? 갈 거야 말 거야?"

그의 말이 떨어지기가 무섭게 갑자기 밖에서 비명 소리가 들려왔다.

지하의 산골짜기는 규모가 커서 메아리가 상당히 심했다. 그들은 황급히 석굴에서 빠져나왔다. 이성은 주비의 어깨를 부축하며 경공을 써서 비명 소리가 나는 쪽으로 나는 듯이 쫓아갔다.

무슨 일인지 유민들이 사방팔방에서 뛰어나와 한쪽 모퉁이를 에워싸고 있었다.

"무슨 일이죠?"

이성이 말했다.

"함부로 돌아다니지 말라고 했잖……."

유민들이 신속하게 그들에게 길을 터 줬다. 이성이 갑자기 말을 멈추었다. 벽이 움푹 꺼져 들어가고 작은 길이 드러나 있었다. 아마도 누군가 실수로 장치를 건드린 모양이었다.

안에는 썩지 않고 바싹 마른, 흉측한 몰골의 시체가 한 구 있었다.

비명을 지른 건 아까 그 소년 소호였다. 누나 춘고가 이성을 찾아보라고 했는데, 그 아이는 얼마 못 가서 길을 잃고 헤매다가 우연히 숨겨진 문을 열게 되었고, 마침 그 시체와 눈이 딱 마주쳤던 것이다.

"죄송하지만 좀 비켜 주세요."

응하종이 나아가 엉거주춤 선 채로 그 시체를 자세히 훑어보았다. 그가 옷소매에 넣고 기르는 뱀이 신기한 듯 천천히 대가리를 내밀어 밖을 내다보더니, 무슨 천적이라도 만난 것처럼 혼비백산하여 독 낭중의 소매 안으로 쏙 들어갔다.

시체에는 먼지가 쌓였지만 놀랍게도 피부 표면은 부식되지 않았다. 얇디얇은 피부가 골격을 감싸고 있어 관절과 뼈의 형체가 선명하게 드러났다.

"남자군요. 팔괘권 같은 무공을 연습한 적 있어요. 나이가 꽤 들어 보여요."

웅하종이 시체를 뒤집어 가며 여러 급소를 훑어보았지만 눈에 띄는 상처는 없었다. 그가 한창 의아해하던 그때 이성이 말했다.

"손발에 찢어진 곳이 있는지 한번 살펴보세요."

"그 말은……."

웅하종은 즉각 뜻을 알아차리고 눈을 크게 뜨며 재빨리 시체의 손을 뒤집어 보았다. 시체의 손등에는 길이가 세 치 정도 되는 상처가 나 있고 바싹 말라 쪼글쪼글한 거죽이 손뼈에 헛되이 씌워져 있었는데, 그 모습이 마치 쥐가 물어 터뜨린 밀가루 주머니 같았다. 웅하종이 시체를 뒤집어 보니 목덜미에도 같은 상처가 있었다.

"열반고!"

그가 외쳤다.

"듣자니 은패는 열반고를 풀어 준 후, 그 소식을 듣고 달려온 충운 도장을 열반고로 죽였다죠."

이성이 낮게 중얼거리며 한쪽 팔로 시체의 얼굴을 뒤집어 변형된 이목구비를 한참이나 자세히 들여다보았지만 아무것도 찾아내지 못했다. 그는 결국 포기하고 고개를 저었다.

"변형이 너무 심해서 저도 이 사람이 충운 도장인지 못 알아보겠습니다."

웅하종이 냉소를 지으며 말했다.

"영토가 드넓은 만큼 배은망덕한 놈도 많네요."

그가 매몰차게 말한다는 걸 잘 아는 이성은 따지고 들지 않고 그저 손을 내저었다.

"누가 됐든지 우리가 발견했으니 묻어서 평안을 빌어 줍시다."

사람들은 이성의 지휘에 따라 조심스럽게 금지 구역의 다양한 진법을 피해 적당한 자리에 구덩이를 파고 시체를 묻었다.

주비는 거동이 불편해 한쪽으로 밀려났다. 다른 사람들이 구덩이 파는 모습을 멀뚱멀뚱 보고 있자니 지루해졌다. 그녀는 한 손으로 지팡이를 짚고 다른 한 손에는 횃불을 든 채, 홀로 시체를 찾은 숨겨진 문 안으로 걸어 들어갔다.

좁고 긴 길을 따라 들어가 보니 안은 놀라울 정도로 으슥했다. 돌문이 족히 일곱 개는 되었고 벽에 있는 장치들은 이미 파괴되었지만 드러나 있는 부분은 여전히 그녀의 눈을 어지럽게 했다. 만약 은패가 쳐들어오지 않았더라면 이곳은 들어오기도 힘들었을 것이다. 주비는 저도 모르게 발걸음을 늦추며 경계하기 시작했다.

일곱 개의 돌문을 지나니 어두컴컴한 석굴이 나왔다. 그녀는 횃불을 높이 치켜들며 눈을 찡그렸다. 주비의 착각인지는 몰라도 이 석굴에 들어서자마자 음침하고 냉랭한 기운이 짙게 느껴졌다.

네모반듯한 이 석굴은 기괴하기 짝이 없었다. 벽이며 천장에 작은 글씨가 빼곡하게 쓰여 있었는데 온통 지렁이가 기어가는 듯해서 주비는 하나도 알아볼 수 없었다. 다만 그 글씨들이 마치 돌에 서식하는 벌레처럼, 겁도 없이 침입한 외부인을 노려보는 것 같은 느낌이 들었다.

석실 입구에는 사람 키만 한 석상이 다섯 개 놓여 있었다. 머리

는 사람의 모습이었지만 목덜미 아래는 각각 전갈, 뱀, 지네, 두꺼
비, 도마뱀 등 독이 있는 다섯 가지 동물의 모습이었다. 뱀과 전갈
의 꼬리는 생생하게 살아 있는 듯하고 사람의 얼굴은 성을 내거나
웃고 있었는데, 하나같이 형언할 수 없이 괴이했다.

주비는 그 석상들을 멀뚱히 바라보며 감히 안으로 들어가지 못하
고 있었다.

"'무독오성巫毒五聖'이지요."

응하종이 어느 틈엔가 그녀 옆으로 다가와서 말했다.

"관외의 악신들이죠. 요술을 깊게 믿는 변방의 백성들이 독충의
해를 입지 않기 위해 공양했던 신들이에요……. 그런데 나중에 '열
반신교'의 막돼먹은 놈들이 농간을 부리는 데 악용되었어요."

그의 갑작스러운 말에 주비는 화들짝 놀랐다.

응하종은 내친김에 그녀의 손에서 횃불을 빼내서 들고 성큼성큼
석실 안으로 들어갔다. 그러자 그의 몸에 있던 작은 뱀이 혼비백
산해서는 번개처럼 그의 옷소매에서 튀어나와 바닥에 툭 떨어지더
니, 주인에게서 등을 돌리고 몸을 구불구불 비틀며 죽어라 동굴 입
구로 돌진했다.

주비는 지팡이로 독사를 눌러 손으로 잡아 올렸다. 가느다란 뱀
은 그녀의 손에서 미친 듯이 꼬리를 움직이며 도망치려 했다. 만약
그 뱀이 사람 소리를 낼 줄 알았다면 틀림없이 '살려 주세요'를 연
발했을 것이다.

"그쪽은 먼저 나가는 게 좋겠어요."

주비가 응하종에게 말했다.

"불과 웅황도 두려워하지 않던 뱀이 놀라서 이 꼬락서니가 된 걸

로 봐서, 이 석실 안에 괴상한 것이 있는 게 틀림없어요."

"아, 괜찮아요."

응하종은 악신 석상 주변을 빙빙 돌며 개의치 않고 말했다.

"여긴 아마 열반고 모충을 가뒀던 밀실일 거예요. 모충이 살아 있을 때 몸에서 점액이 흘러나왔을 텐데, 하도 독해서 수년이 지나도 벌레나 개미, 뱀, 전갈 따위가 감히 접근도 못 해요. 오히려 바깥보다 더 깨끗하죠."

이때 갑자기 손이 무거워지는 느낌에 내려다보니 '겁쟁이' 뱀이 꼬리를 축 늘어뜨린 채 꼼짝도 하지 않고 있었다. 죽은 건지 정신을 잃은 건지 알 수 없었다. 주비는 너무 꽉 잡은 게 아닌가 생각하며 재빨리 손에서 힘을 빼고 말했다.

"저기, 그쪽 뱀이……."

말을 마치기도 전에 그 뱀은 그녀의 손에서 스르르 빠져나가 고개도 돌리지 않고 줄행랑을 쳤다. 동물 주제에 죽은 척 한번 진짜처럼 하네.

"좀만 지나면 제 발로 찾아올 거예요."

응하종은 소매를 걷더니 까치발을 하고 석벽에 새겨진 글귀를 어루만지며 중얼거렸다.

"이건 '고무독음문古巫毒陰文'인 것 같네요."

주비가 물었다.

"그게 뭐예요?"

"세상을 온통 뒤집어 놓은 열반신교가 나타나기 전에 열반고는 성 밖의 어떤 저주받은 옛 무덤에서 처음으로 발견됐다죠. 그 무덤 속에도 이런 글귀가 빼곡하게 새겨져 있었고 벽에는 수탉의 피로 그린 괴상한 상징들이 가득했대요. 그런데 워낙 연대가 오래되다 보니 그 부족 사람들도 다 죽고 없어서 아무도 그 글귀를 알아볼 수 없었죠. 그래서 당시 국사 여윤은 이것을 간단하게 '고무독음문'이라고 불렀어요."

응하종은 벽에 묻어 있는 갈색 흔적들을 쓱 닦아 코 밑에 대고 냄새를 맡더니 말했다.

"정말 피가 맞네요."

"아무도 못 알아본다니."

주비가 벽면을 가리키며 물었다.

"그럼 이것들은 귀신이 새긴 걸까요?"

응하종은 대꾸 없이 계속해서 석실 중앙으로 걸어갔다. 가장 안쪽에는 향안 하나가 놓여 있고 그 위에 기괴한 외관의 조그만 팔각 상자가 놓여 있었다. 응하종이 손을 뻗어 상자 뚜껑을 돌리려 하자 이미 뚜껑이 열려 있었는지 손이 닿자마자 툭 떨어졌다.

그와 동시에 희뿌연 연기가 열린 틈 사이로 치솟았다. 주비는 민첩하게 지팡이를 응하종의 뒷덜미에 걸어 잡아끌었다.

"왜 함부로 만지고 그래요!"

상자 속의 흰 연기는 마치 갇혀 있던 원혼처럼 기세 사납게 석실 천장으로 솟아오르더니 화르르 흩어졌다. 주비와 응하종은 상자에서 아무런 기척도 들리지 않을 때까지 잠시 기다렸다가, 다가가 어떻게 된 건지 확인했다. 텅 빈 팔각형 상자 안에는 손수건 하나가 덩그러니 놓여 있었는데, 손수건에는 벌레 모양의 흔적이 찍혀 있었다.

자신은 그 어떤 독에도 중독되지 않는다고 믿는 것 같은 응하종이 또 손을 뻗으려 하자, 주비가 재빨리 지팡이로 손등을 탁 쳤다.

독 낭중은 억울하다는 듯이 손등을 부여잡고 주비를 힐끔 쳐다볼 뿐 아무 소리도 내지 않았다.

"비켜요."

주비는 절뚝거리며 다가가 숨을 죽이고 조심스럽게 지팡이 끝으로 손수건을 들어 올렸다. 정방형의 손수건은 석 자 정도 돼 보였다. 주비가 그것을 바닥에 펼쳐 놓으니 거기에는 깨알 같은 글씨가 빼곡하게 적혀 있었는데, 필적이 상당히 정연하고 심지어는 아름답기까지 했다.

응하종이 횃불을 들고 읽어 내려갔다.

"나는 어려서 부친을 잃고 스승님의 은혜를 입어 '윤'이라는 이름을 얻고 스승님의 밑에서 가르침을 받다가 스무 살 안팎에 스승님을 떠났다. 나는 경박하고 거들먹거리는 성격이었으며, 스스로 잘났다고 생각해 '천하'니 '백성'이니 하는 말을 입에 달고 살았다······."

응하종의 목소리가 점점 낮아졌다. 그는 두 눈을 점점 더 밝게 빛내며 조심스럽게 바닥에 꿇어앉았다. 그는 그 손수건에 엎드리다시피 몸을 숙이고 중얼거렸다.

"이름이 윤이라니······. 이건····· 이건 국사 여윤의 진필이네요!"

여윤은 몇백 글자의 짧은 글로 우여곡절 많았던 자신의 일생을 거침없이 써 내려갔다. 지극히 정상적인 말투에 더없이 반듯하고 정갈한 필적이었지만 그 내용은 예사롭지 않았다. '선인'이니 '해탈' 같은 단어가 종종 등장했다.

"그는 그 저주받은 옛 무덤과 열반신교 옛터를 찾아갔었고, 약곡으로 돌아와 수년에 거쳐 고무독음문을 연구했는데······."

응하종은 눈썹을 치켜세웠다.

"그게 죽은 사람을 살릴 방법이 있는지 알아보기 위해서였다는 군요."

"그런 쓸데없는 소리는 건너뛰어요."

주비가 말했다.

"그래서요? 그렇게 많은 고무독음문을 연구해서 얻은 게 뭐래요? 열반고가 어쨌거나 쓸모 있었을 거 아니에요? 그게 아니라면 제문이 왜 그 화근을 오랫동안 보관했겠어요?"

응하종이 낮은 목소리로 계속 읽어 내렸다.

"육십 년이라는 세월을 헛되이 보내고 나서야 인생의 덧없음을 깨달았다. 촌음에 불과한 짧은 인생을 긴 세월을 우려하는 데 허비했고, 미천한 몸으로 천지의 망망함에 슬퍼했던 것이다. 말해 봤자 웃음거리만 될 뿐이다."

응하종이 낮은 소리로 읽어 내려갔다.

"변방 백성의 독충은 사람의 몸에 기생하면서 사람을 괴물로 만들어 조종할 뿐이다. 다만 그것의 점액은 그런대로 쓸모가 있어 모든 독을 물리칠 수 있다. 이 지역은 청정하지만 벌레며 전갈 같은 것이 많다. 이곳에 사는 사람들은 흔히 습기와 추위 때문에 고생하며 나중에는 이 때문에 경맥이 정체되기까지 한다. 이때 열반고의 독액을 조금 사용하면 음과 양의 두 기운을 도울 수 있다. 그러나 독충은 태생적으로 음흉하므로 반드시 신중하게 사용해야 한다…… 앗, 뭐 하는 거죠?"

주비는 그가 다 읽기도 전에 그의 멱살을 부여잡았다. 어디서 그런 힘이 났는지, 방금까지만 해도 절뚝거리던 주비는 놀랍게도 한 손으로 응하종을 들어 올린 채 추궁했다.

"모든 독을 물리칠 수 있다는 게 무슨 말이죠?"

응하종이 간신히 목을 한번 움직이고는 말했다.

"말 그대로…… 독으로 독을 공격해 없앤다는 거죠. 못 들어 봤어요? 얼른 놔 줘요!"

주비의 손에는 오히려 더욱 힘이 들어갔다.

"영주에서 당신이 '투골청'에 대해 이렇게 말했죠. 투골청은 모든 독 가운데서도 가장 독한 독이니 투골청에 중독된 사람은 마음의 준비를 해야 한다고…… 그럼 투골청이 열반고 독을 만나면 어떻게 되는데요?"

"투골청이요?"

응하종이 멈칫하더니 말했다.

"어, 그 사람 아직도 안 죽었습니까?"

주비는 이를 악물고 말했다.

"지금 그게 사람이 할 소리예요?"

"그건…… 해 보지 않아서요."

응하종이 잠시 생각에 잠기더니 간신히 말했다.

"그…… 캑캑…… 장담 못 합니다."

주비는 잠시 침묵하다가 갑자기 그를 밀치고는 지팡이도 짚지 않은 채 한쪽 발로 바람처럼 입구까지 뛰쳐나갔다. 그러곤 사람들을 이끌고 구덩이를 파고 있던 이성을 잡아채며 물었다.

"그때 아무렇게나 싸 놨던 열반고 모충 어딨어? 빨리 줘. 그리고 여긴 분명 다른 숨겨진 문들이 있을 거야. 다 찾아내. 제문의 금지 구역에 '음과 양의 두 기운'에 대한 기록이 있는지 찾아보고."

뒤따라온 응하종이 이 말을 듣고는 경악하며 말했다.

"뭐라고요? 열반고 모충을 당신이 가지고 있다고요? 그럴 리가!"

주비가 재촉하자 이성은 허둥거리며 한참을 찾더니 몸에 지니고 다니던 작은 보따리에서 낡은 옷으로 겹겹이 싼 열반고 모충을 찾아냈다. 세 사람은 쪼그리고 앉아 주비의 칼에 두 동강 난 모충을 바라보았다.

"어쩐지 뱀들도 느끼지 못하더라니."

응하종이 눈을 찡그리고 모충의 몸에 난 칼자국을 응시했다.

"죽은 지 오래되었네요. 칼자국을 보아 하니…… 주 대협, 당신 솜씨인가요?"

주비는 통로에서 달려 나온 탓에 허리춤의 상처가 터지며 핏물과 고약이 뒤섞여 아프기도 하고 가렵기도 하고 너무 고통스러웠다. 너무 아파서 죽을 것 같았지만 그녀는 고통을 억지로 참았다.

"말도 말아요. 지금 당장 내 목숨으로 그 대가를 치르고 싶으니까."

응하종은 미간을 찌푸리며 사체조차 온전하지 못한 모충을 들어 올렸다. 잔뜩 긴장한 주비는 그의 안색을 살피며 물었다.

"어때요, 국사 여윤이 유서에 언급한 독액이 아직 남아 있어요?"

응하종이 그녀를 차갑게 흘겨보며 말했다.

"뻔한 걸 왜 물어요? 죽어서 이렇게 말라비틀어졌는데 독액이 있겠어요? 차라리 열반고를 베어 죽인 곳에 가서 흙을 긁어 오는 게 낫겠어요."

주비는 가슴이 철렁 내려앉았다. 차가운 망치로 명치를 맞은 것 같았다.

"이런 귀한 것을 낭비하다니!"

응하종이 안타까워 말했다. 응하종과 이성 등은 열반고 모충의 사체를 에워싸고 이러쿵저러쿵 뭔가를 더 의논했지만 주비는 하나도 귀에 들어오지 않았다. 문득 여윤이 유서에 적은 말이 떠올랐다.

'만물은 용도를 다하면 버림받기 마련인데, 유독 인간은 제멋에 겨워 정을 주고 스스로 지혜롭다고 자부한다. 그러니 사람이 한낱 육계_{지옥, 아귀, 축생, 수라, 인간, 천상}의 짐승에 불과하다는 것을 어찌 알겠는가. 운명은 또 얼마나 지독한지.'

사람이…… 육계의 짐승이라니.

주비는 늘 생각보다 행동을 중요시했고 아직까지는 운명이니 팔자니 하는 것들에 빠질 나이가 아니었다. 그런데 느닷없이 항상 '길흉'을 입에 달고 다니는 사십팔채 어르신들이 생각났다.

주비는 태어나서 처음으로 '모든 일에는 하늘의 뜻이 있다'라는 말을 생각해 보게 되었다.

왜 하필 자신이 열반고를 베어 죽였을까?

왜 하필 열반고를 죽인 뒤에 제문의 금지 구역에 들어와 국사 여윤의 유서를 발견하게 된 것일까?

이 세상에는 거역할 수 없는 운명이란 게 존재하고, 사람들은 끊임없이 이미 정해진 결과를 향해 질주하고 있으며, 아무리 발버둥쳐 봐도 결국에는 아무것도 바꿀 수 없는 게 아닐까?

수만 적군의 산골짜기 속에서 주비는 조금도 두렵지 않았고 심지어 이성에게 자신은 절대 죽지 않을 거라고 단언하기까지 했다.

그런데 지금은 안전한 곳에 있으면서도 억누를 수 없는 두려움이 가슴속에서 솟구쳤다. 그녀의 몸에는 본래 두 갈래의 진기가 있었는데 비록 내상을 입긴 했어도 깨어난 후부터 진기가 끊임없이 저절로 돌며 치유되었다.

그런데 지금 그녀의 기해는 갑자기 고갈된 것만 같았다. 경맥이 상처를 입어 허약했기에 망정이지, 안 그랬다면 주화입마의 조짐이 보였을 것이다.

이성은 주비의 안색이 좋지 않은 것을 보고는 황급히 손을 들어 응하종의 말을 끊었다.

"잠깐, 이따가 다시 얘기해요……. 비야?"

주비가 멍한 표정으로 눈빛을 떨구었다. 이성이 그녀의 얼굴을 자세히 들여다보며 물었다.

"너…… 괜찮아?"

주비는 아무 말도 하지 않았다. 이성은 그제야 뭔가 생각난 듯 재빨리 낡은 옷으로 열반고 모충의 사체를 감싸며 창백한 얼굴로 말했다.

"그게…… 사 공자 말이야, 착한 사람이니까 하늘이 도울 거야. 일개 열반고가 무슨 쓸모가 있겠어. 지금은 밖에 북조 군사들이 쫙 깔려서 여기서 나갈 수도 없잖아. 잘됐어, 이참에 고모부가 오기 전까지 이 금지 구역을 샅샅이 뒤져 보자. 어쩌면……."

주비가 말했다.

"그래."

그녀는 말을 마치고 이성에게서 눈길을 돌린 채, 혼자 비틀거리며 중심을 잡더니 절뚝거리며 자리를 떠났다.

제4장

옛것을 깨뜨리고

옛것을 깨뜨리고

아수라장이 된 산골짜기, 육요광의 중군영은 제문의 기관에 의해 완전히 박살 나 버렸다.

이번 전투에서 북조의 수만 군사는 치명타까지는 아니더라도 갑자기 돌변한 기괴한 산골짜기에 의해 심한 낭패를 보고 곤경에 빠졌다.

육요광은 무공이 뛰어나 선봉에 서는 것 정도는 너끈했지만 통솔을 하기에는 역부족이었다. 주비의 손을 빌려 곡천선을 죽인 그는 잠시 통쾌하긴 했지만, 곡천선이 화살에 맞아 고슴도치처럼 된 것을 본 후에야 군대가 이미 통제할 수 없는 지경에 이르렀다는 것을 느꼈다.

비밀 통로로 적진의 후방에 병력을 집결하는 계획은 흠잡을 데 없었는데 하필이면 마지막 순간에 이런 뜻밖의 사고가 발생하다니. 육요광은 너무나도 한스러워 이를 부득부득 갈았다. 비장神將. 하급 무관의 일종 하나가 분수도 모르고 바짝 다가와 말했다.

"육 대인, 더 이상 미뤄서는 안 됩니다. 어서 이곳의 사고를 단왕 전하께 보고하는 게 좋겠습니다……. 육 대인!"

육요광은 비장의 얼굴을 후려갈기며 한마디 내뱉었다.

"꺼져!"

그는 어두운 표정으로 산골짜기 이곳저곳에 튀어나온 기관을 노려보면서 한 글자씩 또박또박 말했다.

"저 망할 새끼들을 내가 잡고야 말겠다!"

비장은 깜짝 놀랐다. 안 그래도 적진 후방에 깊이 침투해서 위험 천만한 상황인데 위치까지 폭로되고 말았다. 즉각 단왕 조녕에게 병력을 요청해 적들이 미처 손을 쓸 새도 없이 공격해도 모자랄 판에 오지랖 넓은 강호 사람들과 끝까지 싸우려고 하다니. 머리에 물이 가득 들어차 마비라도 된 것일까.

당황한 비장이 육요광의 발밑까지 기어와 사정했다.

"대인, 다시 생각해 주십시오. 군사 계획을 그르쳐서는 안 됩니다!"

육요광은 속으로 생각했다.

'곡천선 그 자식은 평소에 단왕 옆에 딱 붙어서 알랑거렸는데, 오늘 내가 사람들이 보는 앞에서 그를 쏘아 죽이라고 명령을 내렸으니 나중에 그 뚱보가 따져 묻는다면 나도 좋을 게 없어. 지금 단왕에게 서신을 보내 구조를 요청한다고 쳐도 이미 엎어진 물이겠지. 일이 잘 풀리면 단왕의 계획이 주도면밀한 것이 되고, 일이 잘못되면 그 죄를 내가 뒤집어쓰게 될 것이다.'

이에 그는 비장을 걷어차며 냉랭하게 말했다.

"네놈이 뭘 알아! 저 망할 놈들이 산골짜기의 기관을 건드린 게 우연인 것 같아? 처음부터 함정을 판 게 분명하다. 분명 주 아무개가 사람들에게 유민인 척 우리를 유인하게 한 다음 우리가 병력을 나누자 각개 격파한 것이야. 단왕 전하가 함정에 빠졌다고!"

비장은 순간 어안이 벙벙했다.

육요광이 이어서 말했다.

"우리 군 내부와 내통한 게 분명해. 아무렴, 어엿한 북두의 거문이 이마에 피도 안 마른 계집에게 인질로 잡힌 게 말이나 되나? 지나가던 개가 다 웃을 일이야. 곡천선 이 구린 새끼. 그 자식과 호형호제하며 지낸 세월이 한스럽구나. 퉤! 비록 그 곡 아무개가 내통질을 하다가 화살 세례를 맞고 죽었지만, 일이 이렇게 된 이상 우리도 어쩔 수 없이 승부수를 둬야겠지. 주이당이 자기 후배들을 이곳으로 보냈으니 우리가 죄다 없애 버리면 그만이야! 여봐라, 늙고 병든 사람들을 데리고 도망쳐 봤자 얼마나 멀리 갔겠느냐. 그 기관이 땅 밑으로 꺼졌다 했지? 그럼 땅을 파라! 깊이 파내면 저들이 안 나오고 배길까?"

⚜

지상에서 땅을 파헤칠 계획을 세우는 동안 지하에는 고요가 깃들었다. 사람들은 이성을 따라 여기저기 비밀 통로를 찾아다녔다. 소호는 나무 꼬챙이 한 줌을 들고 이성이 가는 곳마다 하나씩 꽂았다.

한편, 주비는 〈제물구결〉로 가득 찬 벽면을 마주하고 서 있었다.

주비는 어려서부터 내향적이고 스스로를 자제하던 아버지의 모습을 봐 온 데다, 이 두령 또한 꽤나 엄격해 보통의 강호 사람들처럼 고래고래 소리 지르거나 술에 취해 흐트러진 모습을 보인 적이 없었다. 가끔 술을 한 사발씩 마시기는 해도 대부분 몸을 녹이기 위한 것이었지, 한 번도 술을 탐한 적이 없었다.

주비는 오랫동안 혈혈단신으로 세상을 돌아다녔는데 어쩌다 감정 기복이 심한 날에는 기분을 풀 데가 마땅치 않았다. 그렇게 오랜 시간이 지나자 주비는 우울한 기분을 해소할 수 없을 때마다 무공을 연습하는 버릇이 생겼다.

그럴 땐 대부분 도법을 연습했다. 파설도는 변화무쌍하긴 해도 완전무결성이나 무상함 측면에서 모두 명문 정파와 일맥상통하는 기백이 서려 있었다.

무예를 숭상하고 끊임없이 발전하며 굴복하지 않고 자신만의 풍격風格을 만드는 것.

사람이 도법을 펼치면 도법은 사람에게 영향을 미친다. 도법 연습이 끝나면 보람차고 후련한 느낌에 마음속의 우울감도 연기처럼 사라져 버리곤 했다.

그런데 지금 쇄차는 부러졌고 손에는 걷는 것을 도와줄 지팡이만 남아 있다. 지팡이로 칼을 대신해 파설도를 연습했다. 숱하게 연습해 눈을 감고도 막힘이 없었지만 그 맛이 변해 있었다. 중상을 입어 원기가 부족한 탓인지, 이상하게 활기라곤 찾아볼 수 없었고 도무지 힘이 들어가지 않았다.

주비는 아예 지팡이를 내려놓고 바위 앞에 벽을 향하고 앉아 내식을 가다듬었다. 일단 앉으면 몇 시진이 지나갔고, 그렇게 며칠이 지나자 머릿속이 텅 비어 파설도까지 깨끗하게 잊어버린 듯했다.

주비는 할 일도 없어 무료하게 〈도덕경〉 안에 숨겨진 〈제물구결

〉을 응시했다. 그것도 겨우 전반부만 보았고, 후반부는 무슨 신비한 힘이라도 담겨 있는지 조금만 바라봐도 마치 칼끝에 빨려 들어가는 것처럼 눈이 몹시 아팠다.

부상을 입은 경맥은 시들어 가는 나무줄기처럼 내식의 흐름이 정체되어 있었다. 평소에는 내식이 원활하게 돌아서 한 바퀴를 도는 데 반 시진도 안 걸렸는데, 요즘은 벽을 마주하고 앉아 평온한 마음으로 좌선을 하는데도 진기는 여전히 침적된 흙모래처럼 메마른 경맥에서 간신히 앞으로 나아가며 걸핏하면 멈춰 버렸다.

'이렇게 폐인이 되는 걸까?'

주비는 속으로 생각했다. 주비는 마냥 들뜨고 조급해하지는 않았지만 원래부터 성격이 살짝 급해서, 평소였다면 아마 가만히 앉아 있지 못했을 것이다.

그러나 지금 그녀는 막막한 마음에 뭘 어찌해야 할지 알 수 없었다. 심지어 경맥이 다쳐도 큰일은 아니겠다는 생각마저 들었다. 딱히 할 일도 없어 그녀는 그저 무료하게 앉아 멍하니 있었다.

허리와 다리의 상처는 어느새 아물어 새살이 돋아나 지팡이를 짚지 않고도 자유롭게 움직일 수 있었다. 하지만 유독 내상만은 전혀 나아질 기미가 보이지 않아 여전히 생기가 없었다.

이날, 주비가 가까스로 내식을 살짝 앞으로 밀어내고 있는데 갑자기 옆에서 들려오는 발소리에 주의력이 분산되며 힘겹게 모은 진기가 다시 허무하게 흩어져 버렸다. 주비는 조금도 개의치 않고 서둘러 수련을 마무리하고 발소리가 나는 쪽을 바라보았다.

이성이 주비 곁으로 다가와 벽에 적힌 〈제물구결〉을 힐끔 봤다가, 순간 눈동자가 쏘인 것처럼 아파 와서 황급히 손으로 눈을 가리며 말했다.

"이 벽은 정말 수상쩍어. 그냥 다른 곳에 앉아 있으면 안 돼?"

주비가 대꾸했다.

"그냥 오라버니가 안 보면 안 돼?"

이성은 벽을 등지고 돌덩이 위에 앉아 뭔가 할 말이 있는 것처럼 우물쭈물하며 연거푸 자세를 고쳐 앉더니, 한 글자 한 글자 신중하게 내뱉었다.

"국사 여윤이 열반고를 기르던 곳에서 응 형님이 고무독음문에 대한 기록을 한 무더기 발견했어. 지금 잠자는 것도 잊고 벽에 적힌 내용과 대조하며 연구하는 중이야."

이성은 주비가 별로 관심을 보이지 않자 이어서 말했다.

"아, 맞다. 이것 좀 봐, 이런 것도 찾아냈어."

그가 말라비틀어진 낡은 먼지떨이를 들어 보였다. 얼마나 오랫동안 사용했는지 꾀죄죄하고 털이 거의 다 빠져 있었는데 손잡이 쪽에 물결무늬가 선명하게 새겨져 있었다. 이성은 그 먼지떨이를 주비 앞에 바짝 가져다 대며 일부러 목소리를 낮추며 수상쩍게 말했다.

"이게 마지막 물결무늬 신물이 아닐까?"

하아, 신비로운 '해천일색'의 구성원에 털 빠진 먼지떨이까지 있다니.

주비는 차갑게 시선을 거두고 다시 고개를 숙였다. 그 모양새가 마치 입정할 준비를 하는 듯했다.

"아마도."

이성은 잠시 아무 말도 하지 않다가 먼지떨이를 거둬들이며 무뚝뚝하게 말했다.

"비밀 통로도 하나 찾아냈어. 바깥으로 통하는 통로인 것 같아. 누군가의 내력에 의해 절벽이 무너졌는데 아직 길이 완전히 열리진 않았어. 다들 한창 길을 트는 중이야. 육요광이 생각이라는 게 있는 사람이면 절대 산골짜기에 오래 머물지 않겠지만, 만일을 대비해 다른 출구를 찾는 게 좋을 거야."

주비는 대꾸하는 것조차 귀찮다는 듯 고개만 살짝 끄덕여 듣고 있다는 표시를 했다. 이성은 한참을 주절거리다가 화젯거리가 다 떨어졌는지 고민에 싸인 표정으로 주비의 곁을 어슬렁거렸다. 그러다 문득 뭔가 떠올랐다는 듯 말을 돌렸다.

"맞다, 올봄에 무슨 상서의 자제라는 사람이 우리 사십팔채에 왔다 간 거 알고 있어?"

주비가 되물었다.

"무슨 상서?"

"그게, 그때 우리 정탐꾼이 술에 취해 소동을 일으켜 사람을 죽였잖아. 고모가 널 그쪽으로 보내는 바람에 너는 못 봤을 거야. 이 부상서였는지 뭐였는지 잘 기억은 안 나는데."

이성이 말했다.

"아무튼, 비슷한 거였어. 청혼하러 왔다고 하더라고."

주비가 눈을 살짝 떴다. 이성이 웃으며 말했다.

"하하하, 바로 너한테 청혼하러 온 거였다고. 사실 전에도 음으로 양으로 많은 남자들이 사람을 보내왔어. 그런데 위험을 무릅쓰고 직접 찾아온 사람은 그 사람이 처음이었지."

주비는 그런 얘기는 처음 듣는지라 놀라 입을 쩍 벌렸다. 어찌할 바를 모르던 그녀가 한참 후에야 입을 열었다.

"그런 고관 귀인이 왜 나 같은 산골 토박이랑 결혼하겠다는 거야? 집의 악귀를 물리치는 데 쓰려고?"

"그야 네 아버지한테 아첨하려고 그러는 거지. 원래는 황제를 안중에도 안 두던 사람들이 요 몇 해 동안 황제의 세력이 점점 강해지니 후회막급인가 봐. 애초에 줄을 잘못 선 관리들은 이제 와서 황제의 심복이 되고자 노력해 봤자 안 될 걸 뻔히 아니까 여기저기 권력가들과 결탁하려는 거라고."

이성은 한쪽 팔꿈치를 무릎에 걸치고 손가락으로 여윈 무릎뼈를 톡톡 두드리며 잠시 멈추었다가 다시 말을 이었다.

"그 도련님은 몸이 비실비실해서 겨우 산허리까지 걸어왔다가, 더 걷지 못하고 가마를 타고 어찌어찌 촉산까지 왔더라. 고모를 보자마자 점잖고 예의 바르게 '주가의 아씨'를 아내로 맞이하기 위해서 왔다고 말하는데, 그때 고모 표정이 어땠는지 상상이 돼?"

주비의 무표정하던 얼굴이 그제야 살짝 풀렸다.

"어리둥절한 표정으로 되물었겠지. '주가의 아씨'는 또 누구냐고."

이성이 크게 웃기 시작했다. 주비는 입가를 가볍게 파르르 떨며 물었다.

"그래서?"

"고모는 이렇게 말했어. '그 애는 이제 머리가 클 만큼 커서 내 말은 듣지를 않아요. 정 원한다면 직접 주존周存을 찾아가서 청해 보세요.' 그 상서 도련님이 전선에 나가 있는 고모부를 찾아가 귀찮게 할 용기가 있을 리 없잖아. 그 사람이 냉큼 아양을 떨며 말하더라. '강호 사람들은 사소한 것에 구애되지 않는다고 들었는데, 과연 부인은 여걸의 기백이 있으시군요. 그렇다면 부인께서 소생의 뜻을 대신 전하여 주 낭자의 의향을 물어봐 주심이 어떨까요?'"

이성은 언제 연극의 기본기를 배웠는지 혼자서 두 가지 역할을 자유롭게 넘나들며 말했다.

"그러자 고모는 임 사형에게 손짓하며 일부러 물었어. '임아, 주비한테서 서신 왔니? 지금 어디에 있다니?' 옆에 있던 임 사형이 진지하게 말했어. '저주滁州의 정탐꾼과 만났대요. 그 인간 말종 정탐꾼 놈이 윗사람을 기만하고 아랫사람을 속였는데도 뉘우치지 않아서, 주비가 그놈 머리를 베어 들고 피해자한테 사죄하러 갔다네요.'"

주비가 어이없어하며 말했다.

"말도 안 되는 소리, 난 그놈을 잡아서 바로 사십팔채로 돌려보냈어. 내가 언제 사사로이 처형을 했다고 그래?"

이성이 손을 휘두르며 말했다.

"결국 그 상서 도련님은 그 말을 듣자마자 시들어 빠진 부추처럼 얼굴이 질려서는 밤새 악몽에 시달리고 열까지 펄펄 끓어서 이튿날 의원이 도착하기도 전에 허겁지겁 하산했지 뭐야."

여기까지 들은 주비는 결국 참지 못하고 웃음을 터뜨렸다. 이성은 어릴 때부터 망나니 같아서 한 번도 오라버니 노릇을 한 적이 없었는데, 이렇게 갖은 애를 쓰면서 말을 늘어놓은 건 처음이었다. 주비는 다 웃고 나서야 그가 억지로 말을 붙이며 서투르게 자신을 위로하려 했다는 것을 깨달았다.

주비는 침묵을 지키며 고개를 들어 제문 금지 구역의 산골짜기를 바라보았다. 신비하고 불가해하던 산골짜기에는 길고 짧은 길 안내 꼬챙이들이 여기저기 가득 꽂혀 있었는데 얼핏 보면 고개 숙인 볏모 같았다.

그러고 보니 이연과 오초초가 순조롭게 소식을 전할 수 있을지, 육요광 군대가 계획과 달리 앞당겨 습격하지는 않을지, 아버지는 적절하게 대응할 수 있을지, 모두 모르는 일이었다. 그리고 사십팔 채에서 일어난 일들과 조정에서 일어난 일들까지도.

요 몇 년 동안 이근용이 일부러 그들을 바깥으로 내보내 단련을 시키고 있다고는 하나 시종 완전히 책임을 벗어 던진 것은 아니었고, 모든 일을 주비에게 말해 주는 것도 아니었다. 오늘은 상서 도련님이지만 내일은 또 그녀가 모르는 새 얼마나 많은 복잡다단한 일들을 처리할지 모른다. 아마도 여전히 그들이 걱정돼서일 것이다.

자신도 여윤처럼 눈을 가리고 귀를 막고 겁쟁이처럼 가만히 '천명' 앞에 바짝 엎드려야 하는 걸까?

"알았어."

주비가 갑자기 말했다.

"길을 다 트면 말해 줘. 내가 나가서 정찰하고 올게. 육요광과 맞닥뜨려도 상관없어. 그 양반은 날 무서워하거든."

이성은 그녀를 힐끔 보더니 자기의 뜻이 전달된 것 같아 더 이상 아무 말도 하지 않고 대충 고개를 끄덕이고는 자리를 떠났다.

주비는 숨을 한번 크게 들이마시고는 마음을 가다듬고 다시 입정하여 호흡을 가다듬었다. 그녀는 이번에야말로 좀처럼 호전이 없는 내상에 주의를 기울였다. 얼마나 앉아 있었을까, 멀지 않은 곳에서 누군가 소리를 질렀다.

"여기에 뭔가 있어요, 얼른 와 보세요!"

그 소리가 메아리치며 마치 벼락처럼 울려 퍼졌다. 주비는 화들짝 놀랐다. 간신히 모은 내식이 다시 한번 심각하게 손상을 입은 경맥으로 흩어졌다. 주비는 미간을 찌푸리며 눈을 떴다.

문득 자신이 완전히 시간 낭비를 하고 있다는 생각이 들었다. 알고 있는 내공심법을 모조리 되뇌어 보았지만 좋은 방법을 찾지 못했다. 그러다 문득 주비는 귀신이라도 썬 것처럼 고개를 들어 벽에 있는 〈제물구결〉의 후반부를 바라보았다.

그 기괴한 글자들은 불길한 기운을 품고 주비를 향해 돌진해 왔다.

그런데 이번에는 눈이 찌르는 것처럼 아프지 않아서 주비는 시선을 피하지 않았다. 그녀의 영혼은 이성이 와서 떠들어 준 덕분에 한바탕 모호한 꿈에서 깨어났고, 파설도는 그녀의 정신을 차분하게 가라앉히며 즉각 글자들의 공격을 막으려 했다.

그 짧은 순간 수많은 초식이 머릿속을 스쳐 지나가며 평온하던 마음속에 이유 모를 전의가 다시금 불타올랐다. 생기라곤 찾아볼 수 없던 단전이 놀랍게도 격렬하게 움직이면서, 방금 방해를 받아 흩어졌던 내식이 다시금 호응하며 응집하기 시작했다. 내식이 손상된 경맥을 따라 흐르니 뼈가 깎이는 듯한 느낌이 들었다.

주비는 이상한 기운을 감지했다. 즉각 수련을 마치고 더 이상 벽을 보지 말아야 했는데, 파설도는 벽에 새겨져 있는 칼자국과 무슨 공명이라도 일으키는 것처럼 주비의 귓가와 눈앞에 끝없는 환각을 만들어 냈다.

그녀는 가위에 눌린 것처럼 눈동자도 움직이지 못했고 손바닥에서는 피가 스며 나오기 시작했다. 주화입마의 징조가 틀림없었다. 더욱 미칠 지경인 건, 친구들은 모두 그녀가 내상을 조리하는 데 전념하는 줄 알고 방금 소리가 들려온 쪽으로 가 버려서 옆에 도움을 청할 사람 하나 없다는 것이었다.

주비가 엄청난 충격을 받았을 때에는 부상이 심각하여 다행히 화를 면했었다. 그런데 가까스로 다시 털고 일어나려고 할 때 밑도 끝도 없이 이런 사고를 당하다니.

기막힌 상황에 주비는 눈물이라도 쏟고 싶었다.

바로 그때, 금지 구역 전체에 굉음이 울려 퍼지더니 어디선가 불길한 하늘빛이 암흑의 지하 골짜기를 비추었다. 바깥에서는 희미한 인기척이 들려왔다.

육요광 이 멍청한 놈이 '뜻이 있는 곳에 길이 있다'는 게 무엇인지 보여 주려는 듯, 오랫동안 오로지 땅을 깊이 파는 데에만 몰두했던 것이다. 그리고 결국 금지 구역의 기관을 뚫어 버렸다.

응하종이 깜짝 놀라 일곱 개의 석문 뒤에 있는 밀실에서 걸어 나와 기웃거리며 말했다.

"무슨 소리죠?"

이성이 믿을 수 없다는 듯이 빛이 들어오는 그 작은 구멍을 멍하니 바라보며 중얼거렸다.

"육요광…… 혹시 머리가 어떻게 된 거 아닙니까?"

당시 주비가 북두 두 놈 중 먼저 곡천선을 죽인 건 온갖 간계를 부리는 곡천선을 살려 두면 또 무슨 독한 술수를 쓸지 몰라서였다. 그나마 육요광을 살려 두는 것이 훨씬 유리할 거라고 판단했었다.

그러나 주비는 육요광이 멍청할 뿐만 아니라 이기심과 악랄함으로 똘똘 뭉쳐 상식이 통하지 않는다는 걸 전혀 생각지 못했다. 육요광이 이렇게 상상을 초월할 줄이야.

응하종이 중얼거렸다.

"비밀 통로를 파헤쳤는데 우리가 다른 통로로 도망치고 없으면 그땐 어떻게 할 셈일까요. 저 사람은 대체 정체가 뭐죠? 어떻게 북두의 일원이 된 걸까요?"

"출신 배경이 좋은가 보죠. 누가 알겠어요."

이성이 쓴웃음을 지었다.

"제 모자란 여동생이 일 처리가 시원치 않아 미처 고모부에게 소식을 알리지 못할까 봐 걱정하고 있었는데, 지금 보니 쓸데없는 걱정이었네요. 강호에는 육 대인의 모계 쪽이 조 씨와 친척 관계라는 말이 도는데, 그들 황족이 남쪽의 내통자는 아닐 거 아니에요?"

육요광은 어디서 났는지 투석기 몇 개로 구멍 뚫린 곳을 때려 부수며 금지 구역의 지축을 흔드는 참이었다. 그런데 이성과 응하종이 두 '똑똑한 사람'은 육요광의 출신에 대해 주거니 받거니 하고 있으니, 옆에서 듣고 있던 양근이 더 이상 참을 수 없어 끼어들었다.

"이성, 너희 고모부는 대체 언제 오는가?"

"……."

양근이 버럭 소리쳤다.

"대군이 오지도 않았는데 어찌하여 입만 나불대지? 남조의 군대를 걱정할 시간에 먼저 우리 걱정부터 해야 하지 않는가!"

"오면 오는 거겠지요. 제문의 금지 구역에서 저놈들을 두려워할 게 뭐 있습니까?"

이성이 냉소를 지으며 박수를 딱 쳤다.

"여러분, 길을 표시하는 나무 꼬챙이를 전부 빼십시오. 저놈들이 스스로 그물에 걸려들기를 기다립시다."

지금까지 숱한 고비를 넘으며 가까스로 목숨을 부지해 온 유민들은 일편단심으로 이성을 따랐다. 육요광이 이런 기상천외한 짓을 벌였다는 말에 살짝 당황했지만, 이성의 침착한 얼굴을 보니 왠지 믿음직해 바로 그의 말에 따라 움직였다.

응하종이 주변을 훑어보더니 물었다.

"주비는?"

"벽을 보고 앉아서 내상을 치료하고 있어요. 제가 부르겠습니다."

말을 마치고 이성은 휘파람을 길게 불었다. 어두컴컴한 동굴 안에서 휘파람 소리가 메아리쳤다. 주비의 대답 소리는 한참이 지나도록 들리지 않았지만 이성은 별다른 의심을 하지 않았다.

주비는 옛날부터 이런 약속된 암호는 어리석은 짓이라며 들어도 대답하는 경우가 거의 없었기 때문이다. 그는 대수롭지 않게 말했다.

"들었으면 나름 생각이 있을 테니 신경 쓸 필요 없어요."

금지 구역 위쪽에서는 북조의 군대가 땅을 파느라 혈안이 되어 있었고, 금지 구역 안에서는 이성이 가볍게 경공을 구사하며 질서정연한 유민들을 거느리고 바닥에 가득 꽂힌 꼬챙이들을 제거하고 있었다.

모두가 분주했다. 북조의 군대가 땅을 파는 소리를 들은 주비는 이성의 긴 휘파람 소리도 들었다. 하지만 주비는 상당히 곤란한 지경에 처해 있었다. 완전히 입정한 것도 아니고 '가위에 눌린' 상태에서 벗어나기도 어려운 상태, 이도 저도 아닌 채로 온몸의 진기가 그 포악한 〈제물구결〉 후반부에 의해 깡그리 뽑혀 나갈 것처럼 점점 힘이 빠지고 있었다.

석벽의 칼과 도끼에 찍힌 흔적들은 마치 진짜로 번뜩이는 칼날처럼 그녀의 얼마 남지 않은 미약한 내식을 갉아먹고 있었다. 가장 먼저 손바닥에서 피가 배어 나오더니 곧 열두 개의 경맥이 차례로 함락되어, 나중에는 온몸 구석구석 아프지 않은 데가 없었다.

그 고통은 왠지 익숙했다. 예전에 화용성에서 단구낭이 무모하게 고영진기를 그녀의 몸 안에 밀어 넣었을 때의 고통과 비슷했다. 다만 그때는 터질 것 같았다면 지금은 찢어질 것 같아서 어떤 게 더 견디기 어려운지 단언하기는 힘들었다.

금지 구역의 윗부분이 투석기에 의해 구멍이 뚫리며 굉음이 터져 나왔다. 지면이 꽈르릉 흔들리며 내려앉은 석문에 균열이 만들어졌다.

주비는 머리가 두 쪽으로 쪼개지는 느낌이 들었다. 이어 귓가가 '윙' 하고 울리더니 눈앞이 컴컴해지고 거의 모든 감각이 사라졌다. 주변의 요란한 소리가 점점 멀어지며 시야도 점점 흐릿해졌다.

그녀에게 해악을 끼친 〈제물구결〉 후반부도 드디어 점점 흐릿하게 변하면서, 칼날이 번뜩이는 것 같은 환각도 감각이 마비되면서 점차 옅어졌다. 아주 짧은 순간이었지만 주비는 자신의 몸이 차가워지는 느낌마저 받았다.

의식마저 사라질 때에는 그녀를 괴롭히던 속세의 근심 걱정도 모두 사라졌다. 코앞에 닥친 북조 군대를 신경 쓸 겨를이 없었고 '숙명'에 대한 비분강개도 잊은 채, 떨쳐지지 않던 희로애락도 하찮게 느껴지고 심지어 자신의 이름과 성도 어렴풋하여 기억나지 않았다.

주비는 오로지 한 줄기의 맑은 정신을 유지하는 것만으로도 버거웠다. 그녀의 머릿속에는 마치 처음 태어났을 때로 돌아간 것처럼, 태초부터 주어진 승부 본능만이 남아 있었다. 절체절명의 위기 앞에서도 철석같이 버티며 절대 스스로 물러나지 않았다.

그렇게 모호하기만 하던 시간이 얼마나 흘렀을까, 주비는 길고 지루한 일생을 통과한 것 같은 느낌이 들었다. 그때, 갑자기 형언하기 어려운 감각이 단전에서 서서히 피어오르더니 살랑살랑 불어오는 봄바람처럼 천천히 부드럽게 그녀의 메마른 경맥을 씻어 내렸다.

고갈되었던 진기도 꺼진 불씨가 되살아난 것처럼 경맥 속에서 천천히 흐르기 시작했다. 처음에는 거의 느껴지지 않을 정도로 미약했지만, 또렷해진 그녀의 심장 소리와 함께 차츰 강해졌다.

외부의 빛과 소리가 다시금 그녀의 눈과 귀에 들어왔다. 풀어졌던 눈빛이 서서히 응축되면서 〈제물구결〉의 후반부가 눈에 들어왔다. 그런데 이번에는 놀랍게도 그 사람을 씹어 삼킬 것만 같았던 칼자국들을 똑바로 볼 수 있었다.

벽에 새겨져 있던 흔적들은 모두 또렷하게 보였다. 비록 여전히 살기가 잔뜩 서려 있긴 했지만 고분고분 벽면에 엎드린 채로 더 이상 사람을 다치게 하지 않았다.

그 흔적들은 전반부의 흩날리던 필적과 마찬가지로 하나의 완전한 내공심법이었다. 주비가 미처 반응하기도 전에 그녀의 내식은 이미 무의식적으로 벽면에 새겨진 내공심법을 따라 움직이기 시작했다. 이토록 신기한 느낌은 처음이었다. 온몸의 병증이 돌연 치유되면서 전에 없이 막강한 통제력이 느껴졌다.

단구낭은 메마른 손으로 한 줄기 '영'의 진기를 주비의 몸에 밀어 넣었다. 그 포학한 진기는 하마터면 주비의 목숨을 가져갈 뻔했다. 그러나 단구낭은 미처 고영진기를 어떻게 연습해야 하는지, 어떻게 사용해야 하는지에 대해서 설명해 주지 못했다.

요 몇 년 동안 주비는 심법도, 구결도 없이 그저 충소자가 가르쳐 준 〈제물구결〉에 따라 두 줄기의 서로 배척하는 진기를 조정하고 억제하며 고영진기와 평화롭게 지내 왔었다.

이제껏 '고'가 무엇인지, '영'은 무엇인지 생각해 본 적도 없었다. 다만 가끔씩 파설도가 경지에 오를 때마다 '정도正道는 하나로 통한다'는 식으로 고영진기의 비결을 살짝 엿볼 뿐이었다. 주비의 고영진기는 파설도의 각 초식과 함께 사용할 때만 빼면 기본적으로는 제자리걸음 상태였다.

누군가 수정한 〈제물구결〉의 후반부를 보기 전까지는 그랬다. 누가 수정했는지 원래 도가에 속하던 온화한 심법이 이처럼 위험하고 악독하게 변모한 데다, 하필이면 심각한 내상을 입고 마음도 불안정한 상태여서 하마터면 경맥이 말라 목숨을 잃을 뻔했다. 그런데 죽지 않으려고 안간힘을 쓰며 저항하다가 순간적으로 고영진기를 끊임없이 돌게 만드는 방법을 깨우쳤고, 소 뒷걸음질 치다 엉겁결에 쥐를 잡은 꼴로 진정한 고영진기를 뚫으며 당시 단구낭 사형사매가 미처 내딛지 못한 그 한 걸음을 내딛게 되었다.

곰곰이 생각해 보면 도가는 음양의 상생을 추구했으니 본래부터 고영진기와 일맥상통했고, 따라서 그 속에서도 고영진기의 비법을 알아낼 수 있었다.

그런데 완전하지 않은 그 〈도덕경〉 글귀와 칼자국 사이에는 아주 작은 글귀가 숨어 있었다. 주비의 시력으로는 정신을 집중해야 간신히 알아볼 수 있었다.

전에는 이 불가사의한 석벽이 너무나도 공격적이어서 똑바로 직시할 수 없었기 때문에 아무도 그 한 줄의 글귀를 발견하지 못했다. 그 수려하고 깔끔한 필적은 일곱 개의 석문 뒤에 있는 국사 여

윤의 유서 필적과 판에 박은 듯해, 주변의 폭풍우 같은 칼자국과는
극명한 대비를 이루고 있었다.

거기에는 이렇게 적혀 있었다.

**제물구결은 제문의 비법이다. 음과 양 두 가지 기를 수련하면 상
처를 치료하고 경맥을 단련하는 데 큰 효과가 있고, 날이 거듭될수
록 도움이 된다. 그러나 그것이 온화함을 잃는다면 신체를 단련하
는 기술에 불과할 것이다.**

남의 공법은 아무짝에도 쓸모없다고 말한 거나 마찬가지였지만,
자세히 곱씹어 보면 맞는 말이었다. 충소자가 주비에게 준 〈제물
구결〉을 한 단어로 요약하자면 '조화'였다. 당시 우연히 단구낭 그
미친 할멈이 주비를 초주검으로 만들었기에 망정이지, 안 그랬다
면 〈도덕경〉에 숨겨져 있던 〈제물구결〉은 신체 단련 외에 큰 작용
은 없었을 것이다.

국사 여윤은 이어서 이렇게 썼다.

**음과 양은 상생하고 상극한다. 제문의 젊은이들은 대부분 은둔
생활을 하며 융통성이 없어 '상극' 기술은 버리고 사용하지 않는다.
그런데 그들이 적막함은 절정에서 시작되고 초목은 메마른 땅에
서 자라며 열화가 얼음을 녹여 졸졸 흐르는 샘물을 만든다는 것을
어찌 알랴. 사지死地가 있다는 것을 모르니 어찌 생기生氣를 논하겠
는가? 오늘 여 아무개는 〈소小제물구결〉의 후반부를 지우고 살육
의 기술로 그것을 대체해 〈대大제물구결〉을 완성해 후세를 기다리**

고자 한다. 아주 위험한 공법이라 열에 아홉은 목숨을 잃을 것이니 신중해야 한다.

"……."

이 망할 여 아무개야! '신중해야 한다'는 말을 여기에 써 놓으면 누가 알아본단 말이야! 젠장, 정말 양심도 없네!

그때, '쾅' 하는 굉음과 함께 거대한 바위가 우르르 쏟아져 내렸다. 금지 구역의 석문은 더 이상 견디지 못하고 결국 산산조각 나고 말았다. 이와 동시에 고함 소리가 울리더니 바위가 갈라지며 무너져 내렸다.

육요광은 부하들이 아래에 묻히든 말든 상관하지 않고 힘으로 제문의 금지 구역이 다시 빛을 볼 수 있도록 강제로 바닥에 큰 구멍을 뚫었다.

육요광은 얼굴에 묻은 흙먼지를 털어 내고 그 구멍을 가리키며 명령을 내렸다.

"아래로 돌진하라!"

북조의 군사들은 그의 말에 따라 고함을 지르며 구멍을 따라 아래로 급강하했다. 선봉대는 금지에 발을 들이자마자 광대한 지하 산골짜기를 보고 놀라 어리둥절해했고 군대를 통솔하던 북조군 장수는 저도 모르게 발걸음을 멈췄다.

불청객인 햇빛이 몇 대에 걸쳐 암흑의 세월을 보내던 제문의 금지 구역을 밝게 비추자 바닥에 가로 놓인 거대한 팔괘도가 형언할 수 없는 신성함을 뿜어냈다.

그때 갑자기 그림자 하나가 스쳐 지나갔다. 북조 병사 하나가 소리쳤다.

"장군, 놈들이 저쪽에 있습니다. 아직 도망가지 못했어요!"

선봉에 선 장군이 고개를 들어 보니 멀지 않은 곳에 늘어서 있는 돌기둥과 아름드리 바위가 신선이나 살 법한 이곳을 지탱하고 있었다. 그리고 거기에는 유민 소년 하나가 난데없이 나타난 북조 군사에 놀라 눈이 휘둥그레진 채로 멍하니 서 있었다. 한참을 멀뚱멀뚱 쳐다보고 나서야 소년은 비명을 지르며 바위틈으로 도망쳤다.

선봉 장수는 오랜 세월 조녕을 따라 사선을 넘나들며 싸웠던 터라, 비록 제문의 금지 구역에 어떤 현기가 있는지는 몰라도 이미 본능적으로 일이 잘못되었음을 감지하고 주춤했다. 그때, 육요광이 군사들을 데리고 쫓아와 욕설을 퍼부었다.

"뭣들 하고 있어! 군사 계획을 지체하면 무슨 죄인지 알아!"

선봉 장수는 이런 상식도 통하지 않는 상급자를 모시게 된 것도 운명이겠거니 생각하며 하는 수 없이 군사들을 데리고 쫓아갔다.

유민 소년은 덩치가 작고 다리가 짧은 것이 한 번도 배부르게 먹어 본 적이 없는 것 같은 모습이었다. 게다가 당황한 마당에 어찌 기세등등하게 쫓아오는 북조의 군대를 따돌릴 수 있겠는가?

소년은 돌기둥에 몸을 숨기고 같은 자리를 몇 바퀴나 맴돌았다. 막 북조의 군대에 잡힐 뻔한 그때, 돌기둥 안쪽에서 또 한 번 비명 소리가 들려왔다. 여자아이의 다급한 목소리였다.

"소호! 소호야, 얼른 도망가!"

무리를 이끌고 돌기둥 틈에 들어선 육요광은 그 미세한 비명 소리를 듣고는 손을 휘두르며 명령했다.

"따로따로 포위해라!"

북조 군사들이 우르르 흩어지며 한 무리는 막다른 골목에 다다른 소년을 잡으러 가고, 다른 한 무리는 여자아이가 비명을 지른 쪽으로 몰려갔다. 추격자들은 다시 몇 갈래로 나뉘어 소년을 겹겹이 에워쌌다. 바로 그때, 소년이 몸을 확 돌려 돌기둥 뒤로 들어가더니 사람들이 보는 앞에서 그대로 사라져 버린 게 아닌가!

북조 군사들이 사방으로 돌기둥을 에워싸고 있었지만 소년이 어떻게 사라졌는지 본 사람은 아무도 없었다. 설마 하늘로 솟기라도 한 걸까?

그와 동시에, 아까 들려오던 여자아이의 기척도 뚝 끊겼다. 커다란 돌기둥 진영은 너무 조용하다 못해 바늘 떨어지는 소리도 들릴 것 같았다.

북조 군사들은 너무 괴이하여 돌기둥 사이에 멀뚱멀뚱 서서 서로를 바라볼 뿐 어찌할 바를 몰라 했다. 선봉 장수는 소름이 돋아 육요광 앞에 바짝 다가가 말했다.

"대…… 대인……."

그가 입을 열자 메아리가 제문의 금지 구역 곳곳까지 퍼져 나갔고, 갑작스러운 메아리에 오히려 그가 깜짝 놀랐다.

육요광은 손가락 하나를 세워 그에게 소리를 내지 말라는 표시를 했다. 북두 파군은 비록 먹고 마시는 것 외에는 아무 재주도 없었지만 잔머리와 청력만큼은 진짜였다. 그는 잠시 눈을 감고 귀를 기울이더니 갑자기 긴 소매를 휘두르며 한쪽을 가리켰다.

"교활한 술수로 사람을 현혹하는 쥐새끼들은 저쪽에 있다!"

두 무리의 북조 군사들은 그가 명령하기도 전에 이미 그가 가리키는 방향을 따라 포위 공격을 펼쳤다.

그런데 그곳에 가 보니 작달막한 허수아비 하나만 덩그러니 있었다.

갑자기 그들 등 뒤에서 '피융' 소리가 나더니 북조 군사 하나가 미처 피하지 못하고 목구멍에 화살을 맞고 그 자리에서 절명했다. 흉기는 양 끝을 뾰족하게 깎은 나무 화살이었다.

"경계하라!"

"매복이 있다!"

"후퇴! 후퇴!"

수없이 많은 나무 화살이 사방에서 돌기둥 사이사이에 있는 북조 군사들을 향해 쏟아져 나왔다. 나무로 만든 것이었지만 뭘로 발사했는지 쇠화살에 비해 전혀 손색이 없었고, 순식간에 한 무리가 쓰러졌다.

육요광이 포효하며 부하들에게 화살이 발사된 곳을 찾게 했을 땐, 그 자리에는 풀잎으로 엮어 만든 메뚜기 인형만 한 무더기 있을 뿐 사람 그림자라곤 찾을 수도 없었다.

"대인, 이 돌기둥에 뭔가 있습니다. 우선 나가서 얘기하시죠!"

육요광이 관자놀이에 핏대를 세우며 손을 흔들자 북조 군대들은 허겁지겁 돌기둥 틈에서 철수했다. 그런데 아까 왔던 길로 나온 게 아니라 어딘지 모를 또 다른 거대한 돌기둥 숲에 빠지고 말았다.

육요광은 선봉대를 바짝 뒤따랐지만 아까 너무 빨리 돌진하는 바람에 돌기둥 숲에 갇혀 군사 일행을 찾지 못했다.

순간, 그림자 하나가 번뜩이더니 북조 군사 하나가 반응할 새도 없이 그대로 소리 없이 쓰러졌다. 그리고 그 군사가 손에 쥐고 있던 칼을 누군가 빼앗더니 육요광의 머리를 향해 정면으로 내리찍었다.

육요광은 깜짝 놀랐다. 병사들이 들고 다니던 그 얇은 장도가 상대의 손에서 번개처럼 움직였다. 그는 고개를 뒤로 젖혀 날아오는 한 방을 피했지만, 미처 반응할 새도 없이 잇따라 날아오는 칼날을 피하느라 눈코 뜰 새 없었다.

육요광은 다급하게 세 걸음을 후퇴하며 손을 뻗어 허리춤에서 장도를 뽑아 커다란 기합과 함께 공중으로 달려드는 칼날을 막았다.

두 칼날이 서로 부딪쳤는데도 종잇장처럼 얇은 칼등은 어찌 된 영문인지 미동도 하지 않았다. 이어 상대가 손목을 흔들자 '챙' 하는 소리와 함께 말로 형언할 수 없는 막대한 힘이 마치 파도처럼 두 칼날이 맞닿은 곳을 통해 육요광의 손으로 밀려들었다. 육요광은 손아귀에서 손목까지 마비되어 순식간에 힘이 풀렸고 두 개의 칼날은 지극히 위험천만하게 비껴갔다.

육요광은 가슴이 철렁 내려앉았다. 그제야 상대를 알아본 그의 동공이 순간 움츠러들었다.

주비였다.

육요광의 원래 계획은 그럴듯했다. 혼란스러운 전투, 화살이 비처럼 쏟아지는 판국에 개미도 많으면 코끼리를 물어 죽일 수 있었다. 곡천선도 화살을 잔뜩 맞고 고슴도치가 되었는데 일개 주비 따위야 또 어떻겠는가?

도법이 꽤나 훌륭한 계집이라곤 하나 밤새 산속을 이리저리 도망치면서 방해만 되는 무리까지 보호해야 하니, 운 좋게 살아남는다 해도 큰 부상을 입어 멀리 도망가지 못할 것이다. 더군다나 비밀 통로에는 의원도 약품도 없을 테니 어쩌면 그가 힘을 들이지 않고도 제풀에 금방 죽을 것이라 생각했다.

그런데 누가 알았으랴. 주비는 비록 전보다 눈에 띄게 야위었고 옷차림도 남루했지만 손놀림은 하나도 굼뜨지 않았다. 온몸에서 발산되는 기운은 심지어 당시 군영 앞에 있을 때보다 안정적이기까지 했다.

무공이 일정한 경지에 이르면 겉으로 드러난 것들은 더 이상 별것 아니었다. 무서운 것은 이처럼 겉으로 드러나지 않는 평온함이었다. 그것은 그녀가 무공을 자유자재로 통제할 수 있는 경지에 이르렀다는 것을 말해 주었다.

육요광은 속으로 깜짝 놀라 이를 갈며 말했다.

"멀쩡하네, 아직도 안 죽었다니."

주비는 귀찮다는 듯 그의 말에 대꾸하지 않고, 그녀를 겹겹이 에워싼 북조 군사들도 거들떠보지 않은 채 살짝 귀를 기울여 돌기둥 숲의 끝을 향해 말했다.

"도적 떼를 잡으려면 먼저 우두머리를 잡아야 한다고! 이제 막 내려와서 사람이 적을 때 얼른 해치워야지, 정신을 어따 팔고 있는 거야?"

이성은 그 말을 듣고 이 괴물 같은 주비를 향해 속으로 사정없이 욕설을 퍼부었다. 북두 파군이 무슨 밭에서 나뒹구는 배추냐? 칼을 들고 대충 베면 되는 거냐고!

이성은 고개를 돌려 내내 그를 따라다닌 소호에게 말했다.

"아까 내가 가르쳐 준 대로 진법을 이용해서 저들을 가두고, 화살을 한 번 쏠 때마다 자리를 옮겨. 저놈들에게 잡히지 마."

당부를 마친 이성은 양근과 응하종에게 눈짓하고는 몸을 날려 앞으로 뛰쳐나갔다. 세 사람은 서로 협동하며 북조 군사들을 향해 돌진했다.

육요광은 젖을 뗀 이후로 이렇게 무시당해 본 적이 없었던 터라 화가 나서 길길이 뛰며 고함을 쳤다.

"저년을 잡아라! 주존이 금이야 옥이야 하는 딸내미를 내걸 수 있는지 어디 한번 보자고!"

주비가 피식 웃으며 말했다.

"저요? 제가 보기에는……."

그녀가 말을 마치기도 전에 주변에 있던 수십 명의 북조 군사들이 파군의 명령에 따라 주비를 에워쌌다. 선봉군은 과연 잘 훈련되어 있어 나아가야 할 때와 물러나야 할 때를 정확하게 알고 있었다. 그들은 장창으로 민첩하게 가시가 돋친 방대한 울타리를 이룬 후, 마치 전차처럼 주비의 등 뒤로 밀고 나갔다.

그와 동시에 육요광은 칼을 빼어 들고 평생 수련한 정수를 칼끝에 실어 주비를 향해 정면으로 휘두르며 주비의 앞길을 막았다. 그는 작정하고 그녀를 장창진 가운데에 가뒀다.

주비는 눈앞의 이 북두 양반은 안중에도 없다는 듯 발걸음을 멈추지 않았다. 그녀가 쥐고 있는 이 싸구려 칼은 빠르다고는 할 수 없었다.

하지만 그 칼날이 순식간에 지극히 가느다란 선을 이루어 실처럼 가볍게 움직이면서도, 그 밑에는 산을 무너뜨릴 만한 맹렬한 기세가 도사리고 있었다. 주비는 육요광의 장도를 사선으로 막아 냈다. 그리고 전혀 흐트러짐 없는 호흡으로 여유롭게 말을 이어 갔다.

"……차라리 말이죠……."

그녀가 손에 잡히는 대로 주워 온 칼은 낡아서 너덜너덜한 상태였다. 북조의 군비는 어느 탐관오리가 꿀꺽했는지 무기가 하나같이 조잡하기 그지없었다.

종잇장같이 얇은 칼은 두 고수의 힘겨루기를 견디지 못했다. 칼날과 칼자루를 연결하는 부분이 헐거워지더니, '탁' 소리와 함께 칼자루에 균열이 생기며 두 동강 나고 칼날은 그대로 튕겨 나갔다. 주비는 한숨을 내쉬며 침착하게 칼자루를 툭 치곤 손을 뻗어 칼등을 잡았다.

주비의 손을 맞고 튕겨 나간 칼자루는 그대로 육요광 쪽으로 날아갔다. 육요광이 눈을 깜빡이는 바로 그 순간, 주비는 행운유수처럼 두 손으로 도신을 잡고 동그란 원을 그렸다. 칼날은 서서히 피어나는 만다라처럼 아름답고도 자연스럽게 파군의 장도를 에워싸고 돌았다.

주비는 마침내 말을 끝마쳤다.

"……직접 저희 아버지를 잡으러 가시는 게 빠를 것 같네요."

그녀는 육요광 곁을 스쳐 지나가며 그가 길을 막기라도 한 듯 어깨로 가볍게 그의 어깨를 툭 부딪쳤다. 육요광은 잔뜩 놀란 얼굴 그대로 굳어 있다가 어깨가 부딪치자 얌전하게 길을 비켜 주었다.

주비는 순식간에 저만치 멀어졌고 북조의 병사들이 만든 창으로 만든 거대한 그물은 육요광이 앞을 막는 바람에 어쩔 수 없이 멈췄다.

뒤로 흩날린 주비의 머리카락 한 올이 맨 앞까지 밀고 나온 창의 끝에 휘감기더니 조용히 떨어졌다. 칼자루가 없는 그 칼날은 그제야 댕그랑 하고 바닥에 떨어지며 먼지를 잔뜩 일으켰다.

육요광의 목에는 누군가 붉은 물감으로 서서히 색을 입힌 듯이 빨간 줄 하나가 오른쪽에서 왼쪽으로 그어지더니 귀에까지 이어졌다. 선이 다 그려지자 돌연 균열이 터지며 피가 콸콸 쏟아져 나왔다. 그의 눈동자에 가벼운 경련이 일더니, 눈을 크게 뜬 채로 그대로 넘어졌다.

고꾸라진 북두는 저 멀리 지평선 아래로 매몰되었다.

갑자기 날카로운 나팔 소리가 들려오더니 지면과 지하가 동시에 격렬하게 진동했다. 엄청난 굉음이 파도처럼 밀려오며 골짜기의 북조 군사들을 '만두소'처럼 한가운데에 가두었다.

제문의 금지 구역에 있는 북조 군사들은 총사령관이 적에게 목이 베인 충격에서 미처 헤어 나오지도 못한 상황에서 적에게 포위당하자, 이내 아수라장을 이루었다. 향 한 대가 타들어 가기도 전에 남조 군사들은 손쉽게 산골짜기 전체를 점령했다.

육요광이 뚫은 입구를 통해 남조 군대의 선봉대가 먼저 들어가고, 이어서 궁수들이 들어가 공포에 질려 얼굴이 파리해진 북조 군사들을 제압했다.

소녀의 카랑카랑한 목소리가 도광이 번쩍이는 지하의 금지 구역에 울려 퍼졌다.

"오라버니! 언니!"

곧 키가 훤칠하고 호리호리한 사람이 호위병을 뿌리치고 바로 동굴의 입구로 뛰어내렸는데, 착지할 때 하마터면 중심을 잃을 뻔했다. 군장 차림의 문욱이 황급히 뒤따라오더니 감히 앞을 막지는 못하고 그의 한쪽 팔을 잡고 말했다.

"주 대인⋯⋯."

점잖기로 소문난 주이당이 그에게 대꾸도 하지 않고 육요광처럼 무모하게 선봉대 뒤를 따라 금지 구역에 뛰어들었다. 그가 입은 헐렁한 외투가 난잡하게 어질러진 바닥을 쓸자 먼지바람이 일었다.

문욱이 소리쳤다.

"주 대인, 조심하십시오!"

그때, 높은 곳에 있는 죽순 모양 바위 위에서 누군가 말했다.

"아버지, 어부지리를 얻는 법은 또 언제 배우셨대요?"

주이당이 발걸음을 멈추고 고개를 드니 주비가 바위에 걸터앉아 있었다. 그녀가 얼룩 고양이 같은 얼굴로 그를 향해 씩 웃자 유난히 하얀 이가 드러났다.

주비는 멀쩡해 보였다.

주이당은 주비의 목젖이 미세하게 떨리는 걸 보며 한참 후에야 조용히 웃음 지었다. 그는 제자리에 서서 고개를 살짝 돌리고 헛기침을 하며 정신을 가다듬었다. 그리고 낮게 호통을 쳤다.

"네 나이가 몇이냐. 원숭이도 아니고, 그게 무슨 꼴이야? 얼른 내려오거라."

주이당이 불시에 습격했지만 우두머리를 잃고 우왕좌왕하는 수많은 북조 군대들을 처리하는 일은 날이 어두워질 때까지 이어졌다. 그는 어쩔 수 없이 막사를 쳐서 임시 주거지를 세웠다.

제문의 금지 구역에서 구한 유민들은 일렬로 세워진 막사로 안내되었다. 유민들은 이번 전투를 겪고 담이 커졌는지, 이성 일행과 함께 있으면 하늘도 땅도 무서울 게 없다는 듯 일부는 제문의 금지 구역에서 사용하던 나무 활을 들고 경계하며 주변을 순찰하기도 했다.

이성 일행은 어디서 꺼낸 것인지 모를 큰 나무 상자를 에워싸고 있었다. 전에 주비가 기를 움직일 때 하마터면 그녀의 목숨을 앗아 갈 뻔했던 그 외침은 바로 누군가 석벽에서 이 물건을 찾아냈기 때문이었다.

그 나무 상자 자체가 하나의 기관이라서 상자를 열려면 하나하나 열어야 했는데, 자칫 한 단계라도 잘못 건드리면 안에 들어 있는 물건은 지킬 수 없다고 했다.

이성은 강적을 맞닥뜨리기라도 한 듯 작은 솔을 들고 바닥에 엎드려 조심스럽게 몇 개 없는 나무 틈을 훑으며 안에 고인 흙먼지를 털어 냈다.

주비는 드디어 깨끗한 옷으로 갈아입었다. 부대에는 주비처럼 어여쁜 낭자가 입을 만한 옷이 없어 하는 수 없이 제일 작은 남자 옷을 빌려 소매와 바짓단을 대충 접어 입었다. 주비는 팔짱을 끼고 나무 아래에 기대어 서서 이성이 그 물건을 파악하기만을 기다렸다.

갑자기 옆에서 보초를 서고 있던 소호가 자세를 고쳐 똑바로 섰다. 주비가 고개를 돌려 보니 주이당이 문욱을 거느리고 걸어오고 있었다.

문욱은 주이당과 이야기를 나누고 있었다.

"주 대인, 군사는 신속함이 첫째입니다. 북조의 군사들을 심문해 보니 육요광이 아직 조녕에게 이번 전투를 보고하지 못했다고 합니다. 하늘이 이렇게 좋은 기회를 내렸으니, 상대의 계략을 역이용하는 것이⋯⋯."

주이당이 한쪽 손을 들어 문욱의 말을 끊었다. 그리고 소호의 어깨를 톡톡 두드리고 이연과 이성 무리에게 고개를 끄덕하더니 주비에게 말했다.

"이쪽으로 오너라."

문욱은 눈치 빠르게 한쪽으로 물러나 이성이 제문의 금지 구역에서 찾아낸 물건을 조사하는 모습을 지켜보았다.

주이당은 뒷짐을 쥔 채 주비를 데리고 나무 그림자가 드리운 산골짜기를 조금 걸어 나왔다. 그제야 그는 손을 뻗어 주비의 귀밑머리를 넘겨주며 말했다.

"왜 이렇게 무모하니?"

주비는 잠시 생각에 잠겼다가 꽤 진지하게 대답했다.

"모르겠어요. 젊어서 두려움이 없는 건가? 아버지, 돈 좀 주세요."

"……"

주이당은 기가 막혀서 한참을 멍하니 있다가 달리 방법이 없어 손으로 품을 더듬으며 말했다.

"안 가져왔구나. 이따가 직접 호위병한테 가서 달라고 해. 그런데 돈으로 뭘 하려느냐?"

"쇄차가 부러져서 칼을 사려고요."

주비가 말했다.

"그리고 동쪽에 다녀올 생각이에요. 여비가 부족해요."

주이당은 그녀를 애틋하게 바라보았다. 옷깃 안으로 이제 막 아문 것 같은 상처가 보였는데, 가녀린 그녀의 목에 난 상처다 보니 유난히 흉악해 보였다. 한창나이의 여자가 몸에는 거친 베옷을 걸치고 칼 한 자루 살 여비도 없이 혈혈단신으로 외지를 떠돌아다니다니, 정말 눈 뜨고 볼 수 없었다.

비범한 주이당도 그 순간만큼은 저도 모르게 가슴이 아파서 속으로 생각했다. 우리 딸이, 어쩌다가 이런 삶을 살게 됐을까?

그가 불쑥 내뱉었다.

"금릉은 이맘때쯤이면 한창 시 낭송 대회가 열리고 국화꽃을 감상하고 게를 먹기 좋을 때지. 나는 비록 내내 외지에 있고 가끔 한 번씩 돌아갈 뿐이지만 청첩장을 많이 받는다. 하지만 대부분 오가는 인정이요, 인사치레일 뿐이지. 대부분 가족들을 같이 초대하거든. 다들 너랑 네 어머니가 내 곁에 없는 걸 알기 때문이야."

주비가 눈을 깜빡거렸다.

주이당이 잠시 멈추었다가 말을 이었다.

"난 양소의 부탁을 받고 그를 대신해 관리가 되었지. 이제껏 그 남쪽 수도를 고향이라고 생각한 적 없다. 그런데 요즘은 가끔 이런 생각이 들더구나. 금릉은 천자가 있는 곳이니 당연히 아주 번화한 곳이고, 여기서는 하인들을 거느린 채 마차를 타고 외출할 수 있지. 금이며 옥 같은 장신구는 마음대로 고를 수 있는 데다 음식은 더 말할 것도 없고……. 그런데 이 아비는 한 번도 네게 금릉에 오고 싶은지 물어본 적이 없더구나."

주비는 깜짝 놀랐지만 이내 웃으며 대답했다.

"그것도 좋아요. 그런데 올해는 어려울 것 같네요. 내년 이맘때 게를 많이 사 두세요. 제가 가서 한철 내내 먹을 거니까요."

주이당이 담담하게 말했다.

"내가 말하는 건 잠깐 지내라는 게 아니다."

아무리 혼란한 세상에도 고관과 귀인은 있었다. 그들은 머리카락에 금가루라도 입힌 것처럼 행여 벗겨지면 어떡하나 일거수일투족을 조심하며 언제나 까마득히 높은 곳에 있었다.

비바람은 영원히 드높은 대저택의 담벼락을 넘지 못했고 빙하는 비단 장막 안의 꿈을 뚫고 들어갈 수 없었다. 금릉에서 주이당의 지위라면 주비는 '백성들의 고생은 알지도 못하는' 아씨가 되기에 충분했다. 아무리 그녀가 '산골 출신'이라도 상서 자제들이 앞다투어 청혼하러 올 것이다.

"주가네 아씨."

주비는 이 부르기도 어색한 호칭을 떠올리며 하마터면 혀를 깨물 뻔했다. 그녀는 참지 못하고 웃음을 터뜨렸다.

"하하, 집안 하나는 잘 골라서 태어났네요. 됐어요, 아버지. 전 그냥 '남도'가 될래요."

주이당은 그녀의 뜻을 알아차리고는 소리 없이 한숨을 내뱉더니 이내 눈치 빠르게 화제를 돌리며 그녀를 가리키며 말했다.

"뻔뻔하기는. 네 어미도 감히 '남도'라고 자칭하지 않았다."

주비는 뒷짐을 진 채 상관없다는 듯 말했다.

"곡천선과 육요광은 참 억울하겠어요. 이름도 없는 계집애한테 패한 것을 떠올리면 저승에서도 부끄러워서 다른 귀신들한테 인사도 못 하겠죠."

주이당이 그녀를 흘겨보며 말했다.

"언제 떠날 생각이냐?"

주비가 말했다.

"별일 없으면 내일 바로 떠나려고요."

오랜만에 보는 얼굴인데, 그것도 만나기까지 얼마나 손에 땀을 쥐었던지. 그런데 이 양심 없는 딸내미는 돈만 받고 가겠다니!

주비는 아버지의 안색이 좋지 않은 것을 눈치채고 물었다.

"어? 왜요, 뭐 당부하실 거라도 있으세요?"

주이당은 갑자기 기분이 언짢아져 더 이상 얘기하기 귀찮다는 듯 퉁명스럽게 손을 내저으며 성큼성큼 걸어갔다.

주비가 까치발을 들고 외쳤다.

"아버지, 돈 주는 거 잊지 마세요!"

그때, 한 호위병이 긴 상자를 품에 안고 주이당을 쫓아가 낮은 소리로 지시를 청했다.

"주 대인, 소인더러 아씨께 가져다드리라고 하신 명도가 여기 있습니다. 어떻게 할까요…….”

주이당이 '흥' 하고 콧방귀를 뀌며 말했다.

"여기에 둬라. 주지 말고, 직접 사게 해야겠어.”

제 5 장

백
골
전

백골전

사윤이 교향을 비벼 끄고 고개를 들어 문어귀를 바라보니 동명
대사가 들어오고 있었다. 일어나 맞이하려는데 갑자기 하반신이
마비되는 느낌이 들어 그대로 주저앉고 말았다.

동명이 말했다.

"세 번째 탕약을 준비해 두었다. 안지, 며칠이나 더 버틸 수 있을
것 같니?"

사윤은 아무 말도 하지 않고 한참이나 마비된 하반신을 움직이고
나서야 겨우 감각을 조금 되찾았다. 방금 주저앉으면서 손등이 탁
자 모서리에 부딪쳐 자홍색 멍이 들었지만, 그는 통증을 전혀 느끼
지 못했다.

그는 고개를 흔들어 소매를 털고는 얼굴빛 하나 변하지 않고 말
했다.

"사부님, 그걸 저한테 물으시면 어떡하십니까? 저야 당연히 하루

라도 더 살고 싶죠. 일단 버티게 놔두세요. 언젠가 쓰러져 숨이 끊어질 것처럼 보이거든 그때 세 번째 탕약을 부어 넣어 주시면 돼요."

동명이 그의 안색을 살피며 머뭇거렸다.

"안지야, 너 정말……."

사윤이 고개를 갸우뚱하며 물었다.

"네?"

동명이 말했다.

"정말로 원망이나 분노 같은 게 없느냐?"

사윤이 웃으며 말했다.

"이 세상에 원망이 없는 사람이 어디 있겠어요? 너도 있고 나도 있고 우리 모두가 세상에 원망이 있으니 유난 떨 거 없잖아요. 그러니 말해 뭐 하겠어요?"

서재에는 사윤 한 명이 더해졌을 뿐인데 마치 더위를 식히는 빙산이 들어선 것처럼 문 안팎의 온도가 완전히 달라졌다. 노승이 걱정스레 말했다.

"넌 다르다. 어찌 됐든 황손이잖니."

사윤이 웃으며 말했다.

"아미타불, 어째서 속세의 말만 하시는 거죠? 대사님, 지금 어느 사이비 불교에서 날조한 불경을 외우시는 거예요? 역대 왕조는 모두 '왕후장상의 씨가 따로 있는 게 아니다'라는 말에서부터 궐기했다고요. '정통'이라는 두 글자는 우리 같은 '황제의 친척'들이 무지한 백성들을 속이기 위해 만들어 낸 거고요. 사실 우리도 알죠. 다만 이 거짓말이 널리 퍼져 나가니 어느 순간부터 스스로도 그렇게 믿기 시작했을 뿐이죠……. 사부님, 제가 무슨 생각을 했는지 아세요?"

동명이 물었다.

"뭐지?"

"사당의 신상을 떠올렸어요. 고작 흙으로 만든 형상일 뿐인데 사람들은 자기가 빚어 놓고도 자기가 절을 하죠. 향불을 오래 피우다 보면 그게 신성한 줄 안다니까요."

"세상 밖의 성인은 논하지 않는 법이다, 헛소리는 그만하거라."

동명은 큰 소리로 그를 꾸짖고는 소매를 걷어 탁자에 난잡하게 어질러진 원고를 정리했다. 펼쳐진 종이에 적힌 글씨는 필적이 분명하고 깔끔한 것이, 사윤이 흔히 쓰는 풍치 있고 다정한 글씨체가 아니었다.

자세히 보니 획이 바뀌는 부분이 뻣뻣하고 간혹 제대로 제어하지 못해 잘못 적은 것도 있었다. 아마도 투골청의 영향으로 손목이 날이 갈수록 뻣뻣해지면서, 이제는 붓을 잡는 것도 마음대로 할 수 없는 지경이 되었기 때문일 것이다.

글자는 딱딱했지만 내용은 제정신이 아닌 것 같은 기괴한 것들이었다. 붓도 똑바로 못 드는 주제에 허튼소리나 끄적이다니.

동명이 물었다.

"뭘 쓴 거지?"

"시시껄렁한 이야기예요."

사윤이 말했다.

"어떤 백골이 되살아났는데, 깨어나서 보니 사전에 만들어 놓은 왕릉이 아닌 다른 곳에 누워 있던 거예요. 아무리 생각해도 이해할 수 없어 결국 스스로 기어 나가 자기 무덤을 찾는다는 이야기죠. 〈백골전〉이라는 제목을 붙일 생각인데, 어때요?"

동명 대사는 그의 신작의 대략적인 내용을 듣고 경솔하게 평가를 내리는 대신 손을 뻗어 그 '대작'을 펼쳐 보았다.

〈한아성〉이 나름 인간사를 다룬 작품이라면 이 〈백골전〉은 순전히 온통 귀신 씻나락 까먹는 소리였다. 조금 전에 그가 나름 조리 있게 말하는 모습을 보지 못했더라면 아마 몸이 너무 아픈 나머지 정신이 어떻게 되어 이런 터무니없는 이야기를 지어냈을 거라고 생각할 뻔했다.

사윤이 말했다.

"조만간 사람을 시켜 예상 부인의 우의반에 보낼 생각이에요. 지금이야 세상이 어지럽지만 제가 밤에 하늘의 별을 보니 한두 해 안에 남북이 통일될 것 같아요. 태평성대가 오면 사람들은 기이한 이야기를 찾죠. 제가 쓴 이야기가 기이하지 않나요? 누가 알겠습니까, 〈이한루〉를 잇는 불세출의 대작이 될지."

동명 대사는 이 해괴한 이야기를 끝까지 다 훑어보고 말했다.

"비야가 나 대신 〈백독경〉을 찾으러 양 대인 무덤을 찾으러 간 적이 있는데, 막상 가 보니 어떤 발 빠른 사람이 파 갔는지 유골이 온데간데없다더구나. 그때 네가 혼수상태라 자세한 얘기는 하지 않았는데 알고 있었구나. 내가 내내 동떨어진 삶을 살다 보니 소식에 어둡다. 왜 처음부터 말해 주지 않았지?"

사윤은 창백한 손가락으로 띄엄띄엄 탁자 끝을 두드리며 말했다.

"당시 양소는 중병에 걸려 자신에게 남겨진 시간이 많지 않다는 것을 알고는 사람을 시켜 비밀리에 제게 서신을 보내왔어요. 촉산으로 가서 감당 선생을 모셔 와 달라고 부탁하는 내용이었지요. 저는 요청대로 가기는 했지만 내내 의문이 풀리지 않았습니다."

동명이 물었다.

"그게 뭐지?"

사윤이 말했다.

"양 대인은 철두철미한 왕당파예요. 감당 선생이 비록 한때 그가 아끼던 제자였다고는 하나, 오래전에 이미 사이가 틀어져 인연을 끊은 상태였죠. 황상과 감당 선생은 가까워졌다 멀어졌다 했고요. 그런데 양소는 그때 왜 남쪽에 있는 자신의 잔여 세력을 황제에게 직접 넘기는 대신 감당 선생에게 맡겼을까요?"

동명의 흰 눈썹이 살짝 찡그려졌다.

사윤이 계속해서 말했다.

"이게 첫 번째 이상한 점입니다. 감당 선생은 조정에 들어가자마자 물 만난 고기처럼 순식간에 남북의 형세를 장악했어요. 그리고 삼 년간 전심전력으로 사회를 재정비하면서 비경 장군 문욱과 함께 변경의 성들을 연이어 정복하고 북두를 토벌해 북두의 불패 신화를 깨뜨렸죠. 그야말로 전무후무하게 뛰어난 공을 세운 것이었죠. 유일하게 아쉬운 점은 오비 장군과 제문이 차례차례 세상에 폭로되어 오 장군은 순국하고 제문도 뿔뿔이 흩어지게 됐다는 거예요. 오 장군이 죽은 뒤 오가네는 북두 녹존에게 추살당했고, 강호에 소문이 자자한 '해천일색'이 다시 평지풍파를 일으켰지요."

사윤은 여기까지 말하고 잠깐 멈추더니 고개를 돌려 동명 대사를 바라보며 말을 이었다.

"그런데 사부님, 만약 '해천일색'이 정말 소문처럼 무림의 보물 같은 거라면 왜 오 장군처럼 강호와는 아무런 상관이 없는 사람 손에 있었던 걸까요? 정말 그의 손에 있었대도 그의 아내와 자식도 몰랐고, 고아를 위탁받은 사십팔채에서도 내막을 전혀 몰랐는데 북두 녹존은 어떻게 알았을까요? 더 이상한 건, 하룻밤 사이에 만천하가 '해천일색'이라는 존재를 알고 너나없이 달려들면서도 아무도 '해천일색'이 대체 무엇인지 제대로 모른다는 거예요."

동명 대사가 물었다.

"왜지?"

사윤이 말했다.

"'해천일색'의 신물이 오 장군의 손에 있다는 사실을 만약 그가 스스로 폭로한 게 아니라면 한 가지 해석밖에 없어요. '해천일색' 동맹 서약에 참여한 사람들 중에서 누군가가 폭로한 거죠."

동명이 말했다.

"그건 말이 안 되는구나. 만약 정말 누군가가 '해천일색' 동맹 서약을 배신했다면 왜 여태까지 서약 내용이 수수께끼로 남았을까?"

"만약에요, 제가 어떤 일을 남들이 알게 하고 싶지 않은데 하필이면 동참한 사람이 많아요. 물결무늬를 가지고 있는 사람들 외에도 은폐된 곳에 숨어 있는 자객들이 증인인 거죠. 그들은 각자 불완전한 신물을 가지고 있고 또 일부는 죽어서 신물이 사라졌다고는 하지만, 전 여전히 그들 사이에 무슨 관련이 있는지 몰라요. 그런데 제가 그들 중 한 사람을 습격하면 괜히 풀을 베어 뱀을 놀라게 하는 격으로 사태가 걷잡을 수 없이 커질 수 있어요. 그럼 전 어떻게 해야 할까요?"

사윤은 아주 낮은 소리로 말했다.

"모험을 할 수 없으니 어쩔 수 없이 혼란을 가중할 수밖에 없겠죠. 더 합리적이고 사람들이 몰려들 법한 소문을 퍼뜨려 그것을 진짜라고 믿게 만드는 거죠. 그랬더니 벌 떼처럼 달려드는 사람이 있는가 하면 음으로 양으로 싸우는 사람이 있고, 심지어 그것을 이용해 다른 뭔가를 얻으려는 사람도 있었어요……. 이렇게 되면 저는 혼란한 틈을 타서 한몫 잡고 남의 칼을 빌려 적을 없앨 수도 있어요. 어때요 사부님, 이 수법이 어딘가 익숙하지 않으세요? 지금 황상이 제게 써먹은 방법과 비슷하지 않은가요?"

동명 대사는 평소 선문답을 즐겼지만 보통은 '우리는 어디로부터 와서 어디로 간다' 같은 자연의 이치 같은 것들이었다. 동명 대사는 선대 황상의 친척으로, 현 황제의 친척들이 이리저리 에둘러 말하는 속내를 알 수 없어 쓴웃음을 지었다.

"일반 사람들은 상상도 못 할 일이야. 그 말을 들으니 정말 소름이 돋는구나. 아미타불, 그러고 보면 내가 조그만 영토에 안거함을 만족해하며 경이나 읊는 노승이 되기로 한 건 정말 현명한 선택이었어."

사윤이 말했다.

"혼란을 가중할 '헛소문'도 이미 만들어져 있던 거예요. 적어도 청룡주 정라생은 줄곧 그것이 진짜라고 믿었으니까요."

교향은 향이 너무 짙어서 오래 맡다 보면 코가 마비되는 것 같은 느낌이 든다. 스승과 제자 두 사람은 서로 마주 앉아 한참을 아무 말도 하지 않았다. 동명의 손에서 나무 염주가 부딪치는 소리만 울렸다.

얼마나 지났을까, 동명이 입을 열었다.

"안지야, 이 모든 것들이 단지 추측에 불과하다는 생각은 해 봤느냐? 혹시 이런 가능성도 있지 않겠니……. 조연이 한 일을 내내 마음에 품고 있던 네가 다소 극단적으로 모든 일을 음모라고 치부하며, 모든 음모에 그가 참여했다고 생각하는 건 아닐까? 네 말대로라면 당시 청룡주가 산천검을 해치고 북두가 남도를 포위 공격하고 곽 보주가 독을 타 선대 보주를 해친 일도 그가 계획했다는 것이냐? 그건 좀 억지스럽구나. 조연은 그때 집과 가족을 잃은 어린아이일 뿐이었다."

"맞습니다."

사윤이 조용히 고개를 끄덕이며 말했다.

"제 생각이 틀리지 않았다면 처음 시작한 사람은 저의 황숙이 아니고 '해천일색' 동맹 서약을 세운 사람이에요."

동명이 주저하며 말했다.

"네 말은…… 양소가?"

사윤이 들고 있던 찻잔 뚜껑과 찻잔이 가볍게 부딪치며 달그락 소리가 났다.

"선대 채주 이징의 비보가 갑자기 전해지자 주 선생님은 '뼈를 깎아 내고 살갗을 찢어 은사님께 보답하려는 마음으로' 촉산에 은거하기 시작하셨죠. 양소가 죽을 때까지 주 선생님은 모습을 드러내지 않았는데, 그의 슬기로 보아 뭔가를 감지한 게 틀림없어요. 그 내막은 이 두령님도 모르실 거고요. 선대 보주가 중독된 '요수'는 아주 보기 드문 것인데 대약곡의 유물과 틀림없이 무슨 관계가 있을 겁니다……. 그리고 산천검이요, 산천검의 죽음이 가장 전형적이지요. 얼핏 보면 '뛰어난 재능' 때문에 죽은 것 같지만 곰곰이 생각해 보면 그 재능이 어디에서 왔겠어요? '해천일색'이 무림의 보물이라는 헛소문은 어디서 시작되었고 그 신물은 또 뭘까요?"

명풍루가 손에 넣은 '귀양단', 비호를 받은 봉무언, 무공 실력이 일사천리로 향상된 목소교…… 이 모든 것들은 사람으로 하여금 많은 상상을 하게 했다.

확실히 '무림의 보물'이라는 설이 분분한 것도 그럴 만했다. 양소가 지불한 보수라면 돈을 받고 사람을 죽이는 자객들이 혹사를 감수할 법했고, 또 일부만 폭로하면서 더 큰 상상력을 자극해 강호 사람들 사이에 헛소문을 퍼뜨리기에 충분했다.

동명이 고개를 가로저었다.

"확실히 근거가 될 만한 것도 있지만 내가 듣기에는 네 추측이 대부분인 것 같구나. 어찌 됐든 죽은 자는 증언할 수 없지 않느냐. 그럼 이렇게 물어보마. 만약 정말 양소라면 왜 물결무늬가 여기저기 떠돌아다니는 것을 보고만 있었을까?"

사윤이 대답했다.

"맞습니다. 왜 그는 물결무늬가 여기저기 떠돌아다니는 것을 보고만 있었을까요? 어째서 상상의 여지가 있는 신분의 사람들을 '증인'으로 세웠을까요? 자객이며 활인사인산의 사람을 죽이고 심장을 파내는 부류의 놈들을 말이죠……. '원후쌍살'의 명성이 너무 구리지만 않았더라면 아마 천하의 유명한 자객들을 모두 증인으로 끌어모았을 거예요. 만약 단순히 비밀을 지키기 위한 것이라면 연루된 사람이 적으면 적을수록 좋은 게 아닌가요? 산천검 선배와 같은 강호의 명숙들이 자객 따위를 신경이나 쓰겠습니까?"

동명의 아래로 드리워진 눈썹이 움찔했다.

"사십팔채 이 두령님이며 산천검의 아들, 오 장군의 여식, 심지어 곽가보의 보주 곽연도까지, 강호 사람도 있고 보통 사람도 있어요. 좋은 사람도 있고 악당도 있죠. 그런데 누구 하나 물결무늬가 대체 뭔지 몰라요. '해천일색' 동맹 서약을 세운 선배들이 이 일은 그들 세대에서 끝맺자고 약속을 한 것일 수도 있고, 자녀들에게 화를 초래할까 봐 그런 걸 수도 있겠죠. 어쨌든 물결무늬는 전해 내려왔지만 서약 내용은 전해지지 않았어요. 제가 뭘 의심하는지 아세요, 사부님?"

동명이 쓴웃음을 지으며 말했다.

"이제 너의 그 〈백골전〉이 더 기괴한 건지 네가 하고 있는 말이 더 기괴한 건지 모르겠구나. 하고 싶은 얘기가 무엇이냐?"

"물결무늬를 다 모은다고 해도 꼭 서약 내용을 짜 맞출 수 있다고는 할 수 없어요. 신비한 '물결무늬', '증인', 강호를 정처 없이 떠돌아다녀 영원히 찾을 수 없는 자객…… 이 모든 것들이 양소가 누군가의 마음에 남긴 가시처럼 그 사람을 제대로 먹지도 자지도 못하게 만들고 있을지도 몰라요."

동명이 말했다.

"점점 더 아리송하구나. 누구를 먹지도 자지도 못하게 한단 말이야?"

사윤이 작은 소리로 말했다.

"양 어르신은 한 사람의 아래, 만 사람의 위에 있는 분이시죠. 그가 이렇게 심혈을 기울일 만한 사람은……."

지금의 황상뿐이었다.

동명이 흠칫하며 물었다.

"뭘 위해서?"

사윤은 서서히 손가락 하나를 세워 입술에 갖다 대며 모처럼 엄숙하게 말했다.

"전 알 것 같아요. 하지만 말할 수 없어요. 사부님, 이 일은 절대로 제 입에서 나와서는 안 됩니다. 여기에 있는 게 저희 두 사람뿐이라고 해도 안 돼요."

'해천일색'을 세울 때 건원 황제 조연은 사람들의 보호 아래 남하하던 어린아이에 불과했는데 무슨 엄청난 약점을 잡고 있길래 양소가 오늘날까지 경계하고 있을까? 또 조연은 왜 '해천일색' 때문에 제대로 먹지도 자지도 못한단 말인가?

설마, 설마…….

그는 황실의 정통 혈통이 아니란 말인가?

사윤이 잠시 침묵을 지키더니 말을 이어 갔다.

"들자니 당시…… 조 씨가 반란을 일으키기 전에 양 어르신은 이미 신당의 핵심 인물이었다죠. 그가 젊고 혈기왕성할 때, 신정을 고집하는 선대 황제와 뜻이 잘 통했대요. 후에 선대 황제가 이 일로 뭇 신하의 미움을 사게 되면서 도저히 어찌할 방도가 없어 양소를 강남으로 좌천을 보냈지요. 훗날을 기약하며 나중에 그를 다시 불러들이려고 했는데 누가 알았겠습니까. 그 이별이 영원한 이별이 될 줄이야. 양 어르신은 평생 부귀영화를 탐하지 않았고 본처는 일찍 죽어 오랜 세월 독신 생활을 했습니다. 슬하에 자식도 한 명밖에 없었어요. 젊은 인재로 스물이 되기 전에 이미 전공을 세웠죠. 마침 조중곤이 반란을 일으켰고, 그는 북조의 군대와 함께 전장에 나가게 되었는데 우연히 미끼 역할을 맡게 되었고 나중에는 객사하여 시체도 건지지 못했어요. 양소가 뭘 위해서 그랬는지는 모르겠지만 평생을 정말 분주하게 보냈다는 생각이 드네요. 죽어서까지……."

동명 대사의 시선이 〈백골전〉에 꽂혔다.

"죽어서 어떻게 됐지?"

이번에 사윤은 더 오랫동안 침묵을 지켰다.

동명이 말했다.

"안지야, 넌 뭔가를 더 알고 있는 모양이구나."

"양소의 무덤에 시체가 온데간데없이 사라진 거요."

사윤이 천천히 말했다.

"제가 직접 봤습니다."

동명이 천천히 염주를 돌리던 동작을 갑자기 멈췄다. 그는 이 나이까지 반평생 수행을 하는 동안 별의별 기괴한 세상사를 다 겪었는데, 사윤의 한마디에 바로 소름이 쫙 돋았다.

"당시 주 선생은 전방을 안정시키기에 바빴어요. 곽가보에서 초대장을 널리 보내는 통에 잡다한 사람들이 대거 동정 일대에 모여들었고 북두까지 떠들썩했죠. 당시 북두에서 트집을 잡아 그들 '명문 정파'에게 분풀이를 하려고 한다는 소문이 돌았어요. 마침 제가 듣고…… 부끄럽지만, 확실히 '쓸데없는 일에 참견'한 건 맞아요. 악양으로 가는 길에 양 어르신의 무덤을 지나게 되어 내친김에 향이나 한 대 태워 드리려고 갔지요."

동명이 한탄했다.

"양 어르신의 무덤이 어디에 있는지 알면서 왜 여태까지 말을 하지 않은 것이냐? 그에게는 대약곡의 유물이 많았는데, 혹시 투골청을 해결할 방법이 있을지도 모르지 않느냐?"

사윤이 웃으며 말했다.

"그때까지는 폐인이 되는 것도 나쁘지 않다고 생각했는데 추운장

을 쓸 날이 올 줄 어떻게 알았겠어요……. 이 얘기는 일단 하지 말
죠. 전 양 어르신 무덤 근처에서 우연히 수상한 무리가 우물쭈물 배
회하고 있는 것을 발견했습니다. 사부님도 아시겠지만 양 어르신의
무덤은 당시 그가 순국했던 의관묘와 가까이 있어 찾기가 상당히
어려웠어요. 당시 제 머릿속에 가장 먼저 떠오른 생각은 '북두가 또
무슨 꿍꿍이를 꾸미고 있구나'였습니다. 그래서 경공을 써서 쫓아
갔지요. 그들은 근처에서 이틀이나 배회하다가 양 어르신의 무덤을
찾아내 그날 밤 무덤을 파헤치고 들어가 뭔가를 찾아냈지요."

동명 대사가 말했다.

"아미타불. 고인마저 가만두지 않다니, 탐욕스러운 놈들. 정말
분수를 모르는구나."

"그러게 말입니다. 하필이면 그 시기에 말이죠. 북두 심천추 등
은 나중에 잇따라 곽가보, 화용성으로 쳐들어가 선대 보주를 불태
워 죽이고 오 장군의 가족들까지 추살했잖아요? 그럼 그 전에 내친
김에 무덤을 파헤치는 거, 뭘 찾아냈든 딱딱 들어맞지 않습니까?"

사윤이 의미심장하게 웃으며 말했다.

"유감스럽게도 저는 '닭 한 마리 붙들어 맬 힘도 없는' 서생이라
망자의 체면을 지켜 주려 해도 마음뿐이지 그럴 만한 힘이 없었습
니다. 그놈들은 샅샅이 뒤졌습니다. 원하는 물건을 찾아냈는지는
모르겠고, 어쨌든 마지막에는 거의 백골화된 시체를 끄집어내 마
구 두들겨 패며 '분풀이'를 하더군요."

마음씨가 착한 동명 대사는 그 말을 듣고 연이어 불호를 외웠다.

"해골을 엉망진창으로 만든 후, 우두머리가 품에서 북두 군령의
깃발을 꺼내 돌로 시체 옆에 고정해 놓았습니다."

사윤이 말했다.

"심천추가 사사로이 남북 변경을 넘나들며 무덤을 파헤치고 시체를 모독했다는 사실을 남들이 모를까 봐 전전긍긍하는 사람처럼 말이에요."

동명 대사는 그 속에 담긴 뜻을 알아채고는 눈이 휘둥그레졌다.

"만약 당시에 저만 거기에 있었더라면 나중 일은 일어나지 않았을 거예요."

사윤이 자조하듯 말했다.

"어쨌거나 전 놈들이 멀리 간 다음에 나서서 양 어르신의 시체를 수습하기만 하면 되는 거였으니까요. 그런데 누가 알았겠어요. 마침 그 자리에 누군가가 더 있었고, 그가 강직하게 나서서 놈들에게 대체 누가 이렇게 파렴치하게 '북두'를 사칭하냐고 힐문했죠. 나중에야 알았습니다. 그 멍청한 도사가 바로 제문의 충소 도장이라는 것을."

동명이 "아." 하고 짧은 탄식을 내뱉었다.

"충소 도장은 아마도 그들이 하릴없이 무덤을 파서 물건이나 훔치는 강호의 망나니들인 줄 알았나 봐요. 그런데 맞붙어 싸우고 나서야 자신이 상대를 얕잡아봤다는 것을 깨달았죠. 무덤을 파헤친 흑의인들은 전부 고수들이었는데, 그렇게 손발이 척척 맞는 고수들은 흔치 않거든요. 서로 말로 교류하지 않아도 눈빛이나 손짓으로 완벽하게 합이 맞았어요. 그 손짓은 나름대로 규칙이 있었는데 마침 제가 본 적 있는 거여서 알아볼 수 있었습니다."

동명 대사가 다급히 물었다.

"어디서 봤지?"

사윤이 한 글자 한 글자 힘을 주고 말했다.

"황궁에서요."

동명이 차가운 한숨을 내쉬었다.

"네 말은, 황상의 신하가 양 어르신의 무덤을 파헤쳐 시체에게 분풀이를 한 것도 모자라 북두에게 뒤집어씌우려 했단 말이냐?"

사윤은 가볍게 입김을 불며 천천히 손을 비볐다. 따뜻하고 습윤한 동해안 지역인데도 그는 흰 입김을 내뱉고 있었다.

"아니요, 분풀이가 아닙니다. 황상은 그렇게 자기감정을 드러내는 사람이 아니죠. 설령 마음속에 울분이 가득 차 있다고 해도 직접 하면 했지 다른 사람을 시키지는 않을 거예요."

사윤은 일어나 옷깃을 여미고 서재를 천천히 거닐기 시작했다.

"제 생각에는 그들이 무덤에서 아무 수확이 없자 양소의 시체에 어떤 현기가 있는지 보려고 했던 것 같아요. 그때 충소 도장이 더이상 버틸 수 없을 것 같아, 그렇게 허무하게 거기서 죽는 걸 보고만 있을 수 없었던 저는 한번 해 보기로 했죠."

동명 대사가 전혀 의외가 아니라는 듯이 대꾸했다.

"네가 갑자기 뛰어들어서는 시체를 들고 도망쳤구나."

"역시 사부님께서 저를 잘 아시네요."

사윤이 눈웃음을 지으며 말했다.

"전 얼굴을 가리고 경공에 의지해 내내 북쪽으로 도망쳤어요. 무덤을 파헤친 흑의인과 충소자는 저의 정체도 모르고 끝까지 함께 쫓아왔어요. 다행히 양 어르신이 뼈만 남았으니 망정이지, 그게 아니었더라면 내내 업고 도망칠 수는 없었을 거예요."

동명 대사가 고개를 저으며 말했다.

"또 사고를 쳤군."

사윤이 웃으며 말했다.

"그들이 포기하지 않고 끝까지 쫓아오는 바람에 저는 꼬박 사흘을 달렸어요. 도저히 따돌릴 수가 없더라고요. 그쯤 되니 이 백골에 정말 무슨 현기가 있는 게 아닌가 의심이 들기 시작하더라고요. 그런데 나중에 생각해 보니, 그 무덤 도둑들도 조금 의심할 뿐이었는데 도사와 제가 잇따라 뛰쳐나와 방해했으니 그들의 의심을 증명해 준 셈이 되잖아요. 도사는 제가 내내 북쪽으로 도망가니 무덤 도둑과 절 '가짜 북두'와 '진짜 북두'라고 생각했을 테고, 암암리에 무덤을 도둑질하려던 그 무리는 북조에서 보낸 저와 충소자가 장물을 똑같이 나누지 않고 같은 편끼리 배신한 건 줄 알았겠죠……. 하하, 얼마나 혼란스러웠는지 말도 마세요."

사윤은 병색이 역력했지만 그런 옛일을 얘기할 때에는 눈에서 빛이 났다. 아마도 차가운 투골청 속에서 정신을 잃고 있는 동안에도 아찔하고 즐거웠던 기억들을 몇 번이고 떠올리며 외로움을 달랜 것 같았다.

"저는 내내 달려서 북조의 경계까지 갔어요. 그랬는데도 그 흑의인들은 국경도 아랑곳하지 않고 미친개처럼 제 뒤를 바짝 쫓아와, 산을 넘고 물을 건너도 따돌릴 수가 없더라고요. 한창 골머리를 앓고 있는데, 마침 흉악하게 날뛰며 가는 길에 재물을 약탈하고 있는 주작주 앞잡이 무리들과 맞닥뜨리고 말았죠. 주작주 본인이야 시비를 가리지 않기로 악명이 높았는데 부하 놈들도 만만치 않았어요. 그놈들은 흑의인들이 트집 잡으러 온 줄 알고 바로 엉겨 붙어 싸우기 시작했어요. 저와 양 어르신은 하늘이 내린 이 같은 기회를 틈타 같이 줄행랑을 쳤고요."

사윤이 제대로 된 얘기는 몇 마디 하지도 않고 또 허튼소리를 시작하자 동명 대사는 귀찮다는 듯이 물었다.

"그 후에는?"

"그 뒤로 저는 우연히 주작주의 감옥 골짜기에 들어가게 되었는데 그곳은 그야말로 혀를 내두를 만한 곳이었습니다."

사윤이 고개를 절레절레 저었다.

"감옥 골짜기는 경계가 살벌해서 양 어르신을 업고 다니는 건 아무래도 짐이 되길래, 전 어르신과 '상의'해서 잠시 어르신을 사람이 들어갈 수 없는 좁은 골짜기 틈에 안치하기로 했어요……. 아, 아니지, 저만 들어갈 수 없었고 그 수초 요괴는 잘만 들어가더라고요. 그때는 사방이 온통 시커메서 잘 보이지 않았는데 그 틈 밑에 '별천지'가 펼쳐져 있더군요. 양 어르신은 들어가자마자 발을 헛디뎌 안으로 떨어졌고요."

"……."

이 자식, 대체 일 처리를 어떻게 한 건지.

사윤이 코를 만지작거리며 말했다.

"안으로 떨어진 후에 다시 끄집어내려니 여간 어려운 게 아니었어요. 한창 어찌할까 고민하고 있는데 하필이면 수비병에게 발각되고 말았습니다."

동명 대사가 어이없다는 듯 물었다.

"너의 그 혈혈단신으로 천 리를 누비는 재주로도 도망치지 못했단 말이냐?"

"평소라면 문제없었죠."

사윤이 한탄하며 말했다.

"그런데 하필이면 그날 재수가 좋지 않아 주작주 목소교가 골짜기에 있었던 거예요. 주작주 그놈은…… 하하, 사부님도 들어 보셨겠죠. 저는 불필요한 분쟁과 출혈을 피하기 위해 어쩔 수 없이 자발적으로 그놈들에게 붙잡혔어요. 주작주는 제가 좀도둑인 줄 알고 제 몸을 수색해 은 다섯 냥과 동전 몇 개를 빼앗고는 사람을 시켜 저를 감옥에 가뒀어요. '좀도둑'은 지상에 있을 자격이 없어서 놈들은 절 지하의 구덩이에 처넣었는데, 마침 양 어르신과 이웃이 되었지 뭐예요. 그래서 더 이상 어르신을 끄집어내려고 애쓰지 않아도 되고 재주가 대단한 도굴범 놈들 손에 넘어갈까 걱정하지 않아도 되었죠. 그런데 절 쫓아오던 놈들이 그대로 가만히 있을 리 없었어요. 놈들은 골짜기 근처에서 배회하며 떠나지 않았는데, 나중에는 주작주도 골짜기에 십여 일을 머물며 훼방을 놓는 세력이 있다는 것을 알게 되었어요. 충소자도 아마 그가 직접 잡아간 게 아닌가 싶어요. 무덤을 파헤쳤던 흑의인 놈들은 죽을 놈은 죽고 다칠 놈은 다쳐 나중에는 다시 나타나지 않았죠."

동명 대사는 얼굴에 웃음이 번지더니 말했다.

"아미타불, 내가 봤을 땐 그런 게 아닌 것 같은데. 주작주가 골짜기에 있다는 것을 눈치채고 네가 일부러 그를 이용한 것 아니냐?"

사윤이 정색하며 말했다.

"믿으실지 모르겠지만 그때는 정말 하늘의 뜻이었어요."

그는 뭔가가 떠올랐는지 안색이 환해지더니 입가에 미소를 띠었다. 한참 후 그가 입을 열었다.

"사부님, 만약 제가 세 번째 탕약을 마시면 마지막으로 주비를 만날 수 있을까요? 지난번에도 놓쳤는데 다음번에도 놓치면 어느 생까지 기다려야 만날 수 있을지 모르잖아요."

동명 대사가 입술을 달싹이며 입을 열기도 전에 사윤은 그의 안색이 좋지 않은 것을 보더니 일부러 아무렇지 않은 척하며 말했다.

"죽는 것과 사는 것은 종이 한 장 차이라 언젠가 만나는 날이 있겠죠. 끽해 봐야 백 년이니 걱정하지 않는 게 좋겠어요. 더군다나…… 혹시 알아요? 그 애가 문득 동해에 가 봐야겠다는 생각이 들어서 제 발로 찾아올지. 하늘의 뜻은 언제나 알 수 없는 법이잖아요. 그렇지 않고서야 그 애가 왜 하필이면 양 어르신처럼 그 작은 동굴에 떨어졌겠어요?"

동명 대사가 고개를 숙이고 불호를 외웠다.

바로 그때 밖에서 발소리가 들려왔고 서재에 있던 두 사람은 동시에 흠칫했다. 잠시 후, 유유량이 맑고 우렁찬 목소리로 말했다.

"전하, 동명 대사님, 섬 밖에서 손님이 오셨습니다."

그 말을 듣자 제아무리 마음이 우주만큼 넓은 사윤도 가만히 있을 수 없었다. 그는 목이 메어 당장 방문을 열고 물었다.

"누구시죠?"

하늘의 뜻은 언제나 예측할 수 없고 대부분은 마음대로 되지 않는 법이었다. 잠시 후 도착한 불청객은 주비가 아니었다.

멀끔하고 말수가 적은 황궁 시위들이 허름한 사윤의 서재 앞에 한 줄로 꿇어앉아 있었다.

진준부는 서서히 고기 그물을 만드는 북을 들고 걸어와 아무 말도 없이 문 옆에 섰다. 임 선생이 눈 깜짝할 사이에 서재의 지붕으로 올라가 수염을 들썩이며 말했다.

"새해도 아니고 명절도 아닌데 어쩐 일인가?"

사윤이 세상을 떠돌며 궁으로 돌아가지 않아도 조연은 절대 겉치레를 잊지 않고 새해나 명절이면 사람을 보내 안부를 묻고 형식적으로 '집으로 돌아가서 설을 쇠지 않으시겠어요?'와 '아니요' 같은 쓸데없는 말을 주고받게 했다.

시위대장이 대답했다.

"전하께 아룁니다. 국군이 머지않아 북상하여 반역자를 토벌하고 강산을 되찾을 예정인데, 이곳은 비록 바다 너머에 위치해 있기는 해도 북조의 세력 범위에 속합니다. 궁지에 몰린 쥐가 고양이를 물 수도 있으니, 역도 조 씨가 이곳을 치기 전에 황상께서 저희들에게 단왕 전하를 궁으로 모시라 명하셨습니다."

그의 말이 떨어지기 바쁘게 임 선생이 귀신처럼 눈 깜짝할 사이에 그의 코앞까지 왔다. 시위대장이 흠칫하며 뒤로 물러서면서 허리춤에 차고 있던 칼을 잡았다.

"궁지에 몰린 쥐가 고양이를 문다고?"

임 선생이 헛웃음을 지으며 말했다.

"관에 한 발짝 들여놓긴 했어도 우리 세 늙다리들은 아직 안 죽었네. 어디 한번 물어보라 그러지."

시위가 황급히 말했다.

"선배님, 오해십니다. 황상께서 이런 말씀도 하셨습니다. 얼마후 곧 옛 도읍을 되찾을 것인데, 전하께서는 품에 안겨 있던 어린 아이일 때 궁을 떠나셔서 한 번도 돌아오지 않으셨습니다. 집으로 돌아가고 싶지 않으십니까?"

진준부가 목소리를 내리깔고 말했다.

"단왕 전하께서는 병환 중이십니다. 먼 길 떠나는 것은 무리입니다."

시위가 말했다.

"황상께서도 그 점이 염려되어 성상자기 나라의 임금을 높여 이르는 말과 똑같은 예를 갖춰 마차를 준비하고 어의 열 분을 동행하게 하셨습니다⋯⋯."

임 선생이 눈을 부릅뜨고 성을 내며 그의 말허리를 잘랐다.

"어의? 퉷, 어의 놈들은 죄다 식충이들이야!"

"임 사숙."

사윤이 손을 저으며 말했다.

"부하들을 난처하게 할 필요가 있겠습니까? 황상께서는 항상 절 아주 잘 대해 주셨습니다. 여러분, 고생이 많으십니다. 성상과 같은 대우는 분수에 맞지 않아 도저히 받들지 못하겠군요. 간략하게 채비를 해 주시면 작은삼촌을 보러 가는 것도 나쁘지 않습니다."

임 선생에게 기가 눌려 숨도 제대로 못 쉬던 시위가 크게 기뻐하며 말했다.

"네, 소인이 당장 상서를 올리겠습니다. 감사합니다, 단왕 전하."

동명 대사가 미간을 찌푸리며 말했다.

"안지야."

사윤은 바닷바람이 몰고 온 습기가 그의 주변에서 얼어 버린 것 같은 느낌이 들었다. 그는 떨쳐 낼 수 없는 겨울을 지니고 다니는 것 같았다.

그랬다. 남북의 정세가 변하여 천하가 통일되고 왕좌에 가까워질수록 조연에게 물결무늬는 목에 가시 같은 존재였다.

다행히 '의덕 태자가 남긴 고아'가 명을 다해 가니, 조연은 억측 속의 배후를 '다시 정계에 돌려놓는' 연극을 펼치고 이 정통 고아를 위해 장례를 치른 후, '울며 겨자 먹기' 식으로 하늘의 뜻을 받들어 황위에 오를 수 있을 것이다.

"사부님."

사윤이 말했다.

"이 제자가 먼 길을 떠나야 할 것 같은데, 떠나기 전에 마지막 탕약을 달여 주십시오."

❧

금릉에서 단왕을 맞이할 준비를 하는 동안, 주비는 아무것도 모른 채 옛 제문의 땅에 있었다.

밤이 깊어지고 골짜기에는 횃불이 장엄하게 타오르고 있었다. 이성이 제문의 금지 구역에서 파낸 나무 상자에 붙어 있다시피 하며 하루 종일 연구한 끝에, 겨우 벌벌 떨며 나무 상자에서 판자를 하나씩 떼어 냈다. 그러자 내용물의 단서가 드러났다. 상자 안에는 두꺼운 서신 더미가 가득 들어 있었다.

"양…… 뭐지? ……양 어르신 앞?"

쓸모없는 이 아무개는 감히 다른 곳은 함부로 건드리지 못하고 열린 구멍을 한참 들여다보다가 겨우 몇 글자를 알아봤다. 다른 사람들은 처음에는 둘러싸고 구경하더니 얼마 못 가서 지루해졌는지 제각기 흩어졌다.

응하종은 한쪽에서 뱀에게 먹이를 주고 있었고 양근과 주이당의 명을 받아 돈을 주러 온 문욱은 다른 한쪽에서 주비를 둘러싸고 도법을 겨뤘다. 오초초는 종이와 붓을 들고 옆에서 관전하며 한편으로는 이연의 해설을 신속하게 받아 적었다.

주비는 나무 막대기 하나로 양 장문과 문욱 장군의 칼을 동시에 버티며 몸을 휙 돌려 두 사람 사이로 미끄러져 눈 깜짝할 사이에 등 뒤쪽 문욱 장군의 공격을 피했다.

양근이 칼을 들고 막으려고 하자 주비는 아래에서 위로 '파' 일식을 써서 어느 한쪽으로도 치우치지 않고 정확하게 그의 칼등을 찔렀다.

"그만 겨룹시다."

문욱 장군이 가쁜 숨을 몰아쉬며 칼을 거둬들였다.

"청출어람이라. 확실히 제가 늙었군요. 주 낭자, 가르침을 주셔서 감사합니다. 만약 주 낭자께서 지금 그때의 복수를 하신다면 당해 낼 길이 없을 겁니다. 이 공자, 방금 뭐라고 하셨지요? 양 어르신 앞?"

이성이 나무 상자를 뒤집어 그에게 보여 주며 물었다.

"여기서 말한 양 어르신이 누구죠? 설마 그 양소는 아니겠죠?"

문욱이 호위병 손에서 손수건을 건네받고 땀을 닦으며 대답했다.

"가능성이 없지는 않습니다. 양 어르신은 교제 범위가 넓어서 여러 선배들과 두루 친분이 있었어요. 그렇지 않았다면 당시 황상이 남쪽으로 이동할 때 어디에 가서 그렇게 많은 고수들을 데려다 호위했겠어요? 그리고 대약곡, 지금도 많은 물건들이 그의 손에 있지요."

그 말에 사람들은 모두 이쪽을 바라보았고 응하종마저 고개를 들었다. 이성이 참지 못하고 물었다.

"저의 외조부랑도요?"

"네."

문욱이 횃불 옆에 앉아 말을 이어 갔다.

"특히 선대 채주와 친분이 두터웠습니다. 들자니 선대 채주께서 주 선생님을 양 어르신께 보내 공부를 시켰다고 하더군요."

주비가 엉겁결에 말했다.

"네? 뭐라고요?"

이성은 아무리 생각해도 알 수 없는 그 낡은 상자를 내려놨다. 이연은 바로 오초초를 한쪽에 내버려 두고 쪼르르 달려와 이성을 밀치고 들을 준비를 했다.

그런데 문욱이 손을 저으며 웃더니 말했다.

"어휴, 제가 어찌 감히 상관의 뒷말을 하겠습니까? 이 얘기는 그만 끝내시죠."

문 장군은 용모가 단정하고 위엄이 있는 중년 사내로, 나라 안팎에서 위세가 대단한 사람이었다. 이렇게 흥미를 불러일으키곤 바로 내빼는 약삭빠른 사람일 줄 누가 알았으랴. 이연이 냉큼 애원했다.

"장군님, 저희 모두 입이 무거워요. 살짝 말씀해 주세요. 절대로 밖으로 새어 나가지 않게 할게요."

양근과 응하종 이 두 외부인은 서로 멀뚱멀뚱 쳐다보며 멀찍이 떨어져 있어야 하는 게 아닌가 생각했다.

이연이 애가 탈수록 문욱은 그 모습이 재미있어 일부러 고개를 저으며 굳은 얼굴로 말했다.

"안 됩니다, 안 돼요."

사십팔채는 비록 내부 규정이 엄격하지는 않았지만 이근용 두령님은 모두의 마음속에 최고의 존재였다. 그래서 그들은 어릴 때부터 감히 어른들의 일을 물어볼 엄두를 내지 못했다. 이연이 궁금해서 어쩔 줄 몰라 하며 다급하게 말했다.

"말씀도 안 해 주실 거면서 그 얘기는 왜 꺼내셨어요? 문 장군님, 어떻게 이러실 수 있어요!"

문욱이 참지 못하고 웃음을 터뜨리며 말했다.

"오늘 안에 제가 얘기를 안 하면 절 안 보낼 기세군요?"

그 말을 들은 주비는 묵묵히 긴 나무 막대를 들고 '가실 테면 어디 한번 가 보세요'라는 듯이 막아섰다.

"아이고, 살려 주시죠."

문욱은 어린 이연을 충분히 놀려먹고 나서야 느긋하게 말했다.

"좋습니다. 사실 뭐 별거 없어요. 주 선생님도 우연히 저한테 얘기를 꺼내신 거니까. 어릴 때 재해를 입어 집과 가족을 잃었는데, 우연히 지나가던 선대 채주께서 주 선생님을 집으로 데려가 몇 해 동안 돌봐 주셨다죠. 주 선생님은 선비 가문 출신인데 경서를 한번 보면 바로 줄줄 외웠대요. 그가 나이가 좀 들자 선대 채주는 좋은 선생이 없어 그의 학문을 그르칠까 봐 강남의 양 어르신 댁에 보내셨고요."

이연이 말했다.

"아, 그럼 제 고모와 고모부는 아주 어렸을 때부터 아는 사이였겠네요? 죽마고우?"

문욱은 웃기만 할 뿐 대답이 없었다.

주비가 물었다.

"그럼 저희 집 서재는 처음부터 저희 아버지의 서재였네요?"

이연이 재빨리 따라 물었다.

"고모부는 몇 살에 촉산을 떠나셨어요?"

주비는 뭔가 생각났는지 또 물었다.

"저희 어머니가 어릴 때 아버지를 못살게 굴지는 않았었나요?"

"……."

이성은 어른들의 연애사보다는 논리적으로 물어보고 싶을 뿐이었다. 양소와 선대 채주가 오랜 친구 사이라면 왜 그때 사윤이 양소의 영패를 들고 찾아왔을 때 고모가 하마터면 그를 베어 버릴 뻔했는지. 그러나 그는 목을 길게 빼고 망설일 뿐, 도무지 끼어들 틈을 찾지 못하고 있었다.

이연이 흥미진진해서 말했다.

"맞다, 그럼 고모는 언제 고모부한테 시집간 거예요? 장군님, 고모부가 그 얘기는 안 하셨어요?"

주비가 마른기침을 하며 막대기로 이연의 등을 콕콕 찔렀다. 이연은 고개도 돌리지 않고 주비의 막대기를 뿌리치며 말했다.

"그냥 물어보는 거야……."

말이 떨어지기 바쁘게 누군가 그녀의 등 뒤에서 천천히 이어 말했다.

"그건 얘기하지 않았다."

이연은 엉덩이를 찔린 토끼처럼 벌떡 일어서서는 풀 죽어 말했다.

"고모부."

주이당은 양손을 소매 안에 찔러 넣고 있었다. 얼굴에는 성난 기색이 하나도 없었지만 아무도 감히 제멋대로 굴지 못했다. 옆에서 그를 위해 등을 들고 있는 호위병은 바닥의 개미라도 세는 듯이 고개를 깊게 숙이고 있었다.

주비는 이 나이 먹도록 이렇게 난처하기는 처음이라 고개를 들어

나무 꼭대기를 바라봤다가 다시 고개를 옆으로 돌려 이성을 힐끔거렸다. 그러다 이성이 눈짓을 하자 냉큼 고개를 숙여 그 호위병처럼 개미를 세기 시작했다.

주이당이 문욱에게 물었다.

"여기 일이 정리되면 하루라도 빨리 행군하는 게 좋을 것 같아서 상의하려고 기다렸는데, 아무리 기다려도 오지 않길래 한번 와 봤습니다."

문욱이 손으로 입가의 수염을 긁적이며 아무 일도 없었던 것처럼 일어서며 말했다.

"선생님께 괜한 수고를 끼쳐 드렸군요."

주이당이 고개를 끄덕이고는 주비를 힐끔 보더니 갑자기 입을 열었다.

"네 어머니는 너처럼 응석받이로 자라지 않아서 어렸을 때도 아무도 못살게 굴지 않았어."

"고모부."

이성이 드디어 말할 기회를 잡고 다급히 끼어들었다.

"양 어르신과 저희 사십팔채 사이에 무슨 원한이 있었나요?"

주이당이 발걸음을 멈췄다. 이성은 비록 요 몇 년간 사십팔채의 일에 참여하긴 했지만 주이당과 얘기하는 건 여전히 긴장되었다. 주이당이 아무 말도 하지 않자 그는 다급히 말했다.

"뭐 중요한 건 아니고요, 저는 그냥……."

"당시 선대 채주가 북두의 흉계에 당해 중상을 입고 돌아오니 조중곤이 자연히 사십팔채를 가만두지 않으려고 했지."

주이당이 한 글자 한 글자 힘주어 말했다.

"사십팔채가 혼란한 틈을 타 조중곤이 다시 한번 비적을 토벌한다는 구실로 촉 땅에 병사를 파견했다. 선대 채주는 도저히 어찌할 도리가 없어서 가장 위급한 순간에 양 어르신…… 조정에 지원을 요청한 적 있지."

여기까지 들은 주비는 저도 모르게 뜨끔했다. 오래전에 세상을 떠난 외조부님은 한 번도 본 적이 없지만 조정에 지원을 요청했다는 몇 글자가 유난히 무겁게 느껴졌다.

외조부는 한 무리의 사람들을 이끌고 첩첩산중에 피난처를 세우고 스스로 '명을 받아 비적이 되었다'고 자조하며 세 가지 '부끄럼 없는' 맹세를 했다. 비록 양소와 친분이 있었고 어린 황제를 남쪽으로 호송한 공로도 있었지만, 주비는 왠지 선대 채주가 그들에게 도움을 청하기 싫었을 거라는 생각이 들었다.

도대체 어떤 지경이었길래 지원 요청까지 했을까?

사방은 온통 조용했고 이연도 조심스럽게 숨을 죽였다. 한참이 지나서야 주이당이 이어서 말했다.

"그때 조정은 내우외환의 상황이었다. 다사다난한 시기라 양 어르신…… 그분은 대의를 고려해야 했기 때문에 도저히 어떻게 할 수가 없었어. 그때 젊고 혈기왕성했던 나는 사사로운 정에 얽매여 멋대로 작은 꾀를 부려 병부를 훔쳐 병사 오만 명을 꾀어냈고."

문욱이 말했다.

"당시 촉 땅에서 말 한 마디면 많은 사람들이 호응하는 사십팔채가 남북을 분할하여 저희가 앞뒤로 공격받는 처지는 면하게 되었으니, 주 선생님께서 북조 군대를 물리친 건 그야말로 앞을 내다본 계획이었지요."

"죄책감을 덜어 줘서 고맙습니다."

주이당이 잠깐 웃더니 말했다.

"난 항상 양 어르신께 송구스러웠다……. 오랫동안 가르쳐 주셨는데 스스로 관직에서 물러나 평생 배운 것을 반납하고 무공마저 없애고 사십팔채에 숨어 지냈으니. 원한이랄 것까지는 없다. 네 고모도 아마 가끔 옛날 일을 떠올리면 마음에 걸리는 정도일걸? 사람이 죽은 마당에 무슨 할 말이 더 있겠느냐. 요즘 세상이 어수선한데 다들 얼른 쉬거라."

말을 마치고 그는 주비의 팔을 토닥이더니 문욱을 데리고 떠났다.

제6장

상
갓
집
개

상갓집 개

최근 몇 년간 전쟁의 불길로 사십팔채 산 밑도 황폐해졌다. 유민들이 돌아갈 집이 없자 이성은 마음대로 그들을 모두 데려가기로 결정했다.

주비는 동해로 갈 계획이어서 그들과 함께 가지 않고 이성과 작별 인사를 했다.

"나 대신 우리 어머니에게 걱정하지 말라고 전해 줘. 아니다, 걱정하지도 않으실 거야. 그냥 내가 거문과 파군을 도륙했고, 다음에 무곡을 만나면 반드시 그놈을 토막 내서 왕 부인의 원수를 갚아 주겠다고 전해 줘. 언제 돌아갈지 모르니까 무슨 일이 있으면 정탐꾼을 통해 서신을 보내라고 해."

이 사촌 여동생이 수산당에서 종이꽃 두 송이를 꺾었을 때부터 이성은 주비의 건방진 꼬락서니가 맘에 들지 않았다. 지금도 보기만 해도 이가 갈렸다. 하지만 아무리 이가 갈려도 방법이 없었다.

자신은 도무지 이길 수가 없으니.

그는 어쩔 수 없이 주비를 흘겨보고는 아무 말 없이 그녀를 지나쳐 응하종에게 다가가 물었다.

"응 형님은 어떻게 하실 겁니까? 제가 그 나무 상자를 아직 열지 못했는데, 저희와 동행하면서 함께 연구하시는 것이 어떨까요?"

응하종은 가타부타 말없이 고개만 끄덕였다. 이성이 용의주도하게 양근에게 물었다.

"양 형님이 마지막으로 촉 땅에 오신 지도 벌써 삼사 년 전이네요. 양 형님은 줄곧 사십팔채의 훌륭한 벗이었습니다. 이번에도 저희와 함께 가서 며칠 머무는 게 어떠세요?"

양근이 잠시 머뭇거리며 집에 가기를 눈이 빠지게 기다리는 뭇 유민들을 둘러본 후 고개를 가로저었다. 그는 속으로 생각했다. 약초를 재배하는 농민들은 하나같이 무공이 약해서 요즘 같은 난세에 이 유민들보다 나을 게 없었다.

여기까지 생각이 미치자 양근은 살짝 후회가 됐다. 도법을 겨루기 위해 '가출'한 양 장문이 말했다.

"됐다. 내가 자리를 너무 오래 비웠어. 돌아가서 약초 재배하는 농민들을 돌봐야지."

이성은 살짝 놀랐다. 응하종이 입을 열었다.

"경운구에 혹시 머리를 땋고 중원의 각지를 유람하시는 선배님 한 분이 계시지 않나요?"

양근이 잠시 생각에 잠겼다가 대답했다.

"내 스승의 형님을 말하는 모양이군. 선대 장문이다. 너처럼 뱀 기르는 걸 좋아하셨다. 하지만 나이가 많이 들어서 몇 해 전에 돌아가셨지."

응하종이 듣더니 정색하며 말했다.

"대약곡에 일이 터졌을 때 저는 운 좋게 도망쳐 나왔지만 그야말로 구사일생이었어요. 다행히 그 선배님께서 마침 지나가다가 저를 구하고 독사를 선물해 주셔서 목숨을 부지할 수 있었지요. 다음에 꼭 한번 찾아가 제를 올리겠습니다."

얼굴 표정이 사납고 독한 말을 하기 좋아하는 독 낭중이 양근을 향해 큰절까지 했다. 양근은 '앗' 하더니 겉치레를 할 줄 몰라 다급히 손을 저으며 말했다.

"괜찮아, 고마울 거 없다. 어르신은 원래 쓸데없는 일에 참견하기 좋아하지. 너희 문파를 추앙하기도 했고. 돌아오셔서는 몇 년이 지나도록 칭찬하셨지. 죽을 때까지 대약곡 얘기를 되풀이하셨다……."

양근은 여기까지 말하고 갑자기 말을 멈췄다. 경운구는 남쪽에 위치해 세상만사에 무관심하고 문과 무 어느 것 하나 중요시하지 않았다.

다만 역대 장문들은 모두 의술에만 몰두하였으니 동년배 중에서는 의술이 가장 뛰어난 사람이었을 것이다. 그런데 스승님의 형님은 세상을 두루 돌아보고 돌아오더니 무공을 겨루어 장문을 정하는 식으로 규칙을 바꿔 버렸다.

어렸을 때 그는 뱀을 무서워하고 약전도 제대로 외우지 못했다. 허구한 날 칼과 씨름했으니 인기는 말하지 않아도 알 것이다. 그런데 언제부터 사람들이 유별난 자신을 받아들이려고 노력한 것일까?

대약곡이 하루아침에 멸망한 것을 보고 자기 처지를 보는 것 같아 마음이 불안해진 것일까?

그는 자신도 모르는 사이에 선배들, 동료들과 함께 소약곡을 지켜 내야 하는 막중한 임무를 짊어졌으면서도 도법 연마에만 몰두하고 나중에는 귀찮아서 꽁무니까지 빼지 않았는가.

양근은 한참을 멍하니 서 있다가 이마를 세게 탁 치며 밑도 끝도 없이 돌아서 자리를 떠났다.

"난 먼저 가겠다."

그는 발걸음을 재촉하느라 주비에게 고개를 까딱했을 뿐, 도법을 겨루는 일은 까맣게 잊었다.

사람들은 세 무리로 나뉘어 각자 길을 떠났다. 이틀 뒤 잠시 휴식하면서 새롭게 정비한 대군은 하늘에서 내려온 신병들처럼 번개같이 산골짜기에서 조녕 부대의 후방을 습격했다.

❧

건원 25년 늦가을, 9월. 겨울옷을 채비해야 할 계절이 오고 서리가 내리기 시작했다.

9월 초사흘 날, 북두의 두 장군 거문과 파군에게서 와야 할 서신이 사흘이 지나도 오지 않자 조녕은 연이어 척후 두 무리를 파견해 독촉했다. 그러나 사흘은 왕복하기에는 턱없이 부족한 시간이라 여태 답신을 받지 못했다.

북조 단왕 조녕은 마음이 뒤숭숭해 저녁때쯤 병영에서 산책을 하다가 떨어지는 나뭇잎을 보고 저도 모르게 마음이 철렁 내려앉았다. 조녕은 힘겹게 허리를 숙여 그 마른 잎을 주워 들고 이리저리 뒤집으며 말라빠진 잎맥을 한참이나 살펴보았다.

옆에서 시중을 들던 호위병은 영문을 몰라 감히 재촉하지 못하고 어리둥절해서는 낙엽과 단왕을 번갈아 보았다.

"하늘과 땅이 모두 아니라 하네."

조녕은 마른 잎을 손에 움켜쥐고 천천히 부스러뜨렸다.

"군자에게 불리한 점괘만 나오는구나."

호위병이 의아해하며 물었다.

"왕야, 무슨 말씀이세요?"

조녕의 눈은 피둥피둥 살찐 얼굴에 파묻혀 얼핏 칼로 두 줄을 그은 것 같아서 자칫하면 한 줄로 이어질 것만 같았다. 눈에 어린 빛도 가느다란 실처럼 눌러서 더욱 날카롭게 보였다. 그는 고개를 들어 어두운 하늘을 바라보며 중얼거렸다.

"점괘에는 일찌감치 발을 빼는 게 좋다고 하는데…… 자네는 하늘의 뜻을 믿나?"

조녕은 비록 나이는 많지 않아도 마음속에 높은 담을 쌓아 두고 있어 아무도 함부로 그의 생각을 억측하려 들지 않았다. 호위병은 갑작스러운 질문에 고개를 저어야 할지 끄덕여야 할지 몰라 식은 땀을 흘리며 말까지 더듬었다.

"그것은…… 왕야……."

그러나 조녕은 그저 혼잣말을 했을 뿐 그의 대답을 들으려는 게 아니었다. 그는 대답을 기다리지도 않고 입을 열었다.

"곡천선의 서신이 도착했는지 가서 보고 와. 사람을 시켜 불을 피우고 밥을 지으라고 해. 오늘 유시 삼각까지 곡천선의 서신이 도착하지 않으면 원래 계획은 접고 진지를 철수하고 떠나자고."

호위병은 이번에는 알아듣고 사면령을 받은 것처럼 "네!" 하고 우렁차게 대답하고는 줄달음쳤다.

곡천선의 서신은 죽어서야 받을 수 있을 것이다. 조녕은 결단력이 있어서 절대로 질질 끄는 법이 없었다. 유시 삼각에 떠나기로 했으니 한시도 지체하지 않고 그날 밤 바로 철수하고 길을 떠났다.

만에 하나 곡천선이 계획대로 뒤에서 남조의 대군을 습격했는데 지원군이 도착해 있지 않으면 어떤 말로를 맞이하게 될까?

그런 건 생각할 겨를이 없었다.

가뜩이나 출신 때문에 비난을 많이 받은 조녕은 몸집마저 이 꼴로 생겨 먹다 보니 황위와는 인연이 없는 게 분명해 보였다. 조중곤이 살아 있을 때도 이 서자를 탐탁지 않아 했다. 수년간 조녕이 발을 붙이고 살 수 있었던 건 어린 나이에 전장에 뛰어들어 확실한 전공을 세운 덕분이었다.

조녕은 타고난 인재는 아니었지만 마치 바다 위의 제비처럼 항상 맨 먼저 폭풍우의 냄새를 맡았다.

북조 군대는 병영을 철수하고 오밤중에 급히 길을 떠났는데, 하늘도 무심하게 하필이면 출발한 지 얼마 되지 않아 추적추적 비가 내리기 시작했다.

이곳은 평소 비가 많이 내리는 촉 땅과 멀리 떨어져 있었지만 가을비의 기세는 촉 땅에 못지않았다. 조녕의 부대는 어쩔 수 없이 비 때문에 행군 속도를 늦췄다. 그런데 하늘은 마치 구멍이라도 뚫린 것처럼 한밤중이 다 돼도 멈추기는커녕 더욱 거세게 비를 퍼부었다.

북조의 군대가 좁고 긴 산골짜기까지 와서 막 산길에 들어서자 번개가 하늘을 가르며 내리쳤고, 천둥소리가 골짜기에서 여기저기 어지럽게 부딪치며 꽈르릉 소리를 냈다. 연락병이 미친 듯이 사람들 무리에서 뛰쳐나와 장군 옆에서부터 재빨리 선두까지 뛰어가 외쳤다.

"멈춰! 멈춰라! 왕야의 명령이다, 지금부터 앞뒤를 바꿔 길을 에둘러 간다! 길⋯⋯."

다시 한번 '꽈르릉' 천둥소리가 연락병의 목소리를 덮어 버렸다.

번개가 도광처럼 번뜩였다.

❧

"9월 초사흗날 밤, 하, 북조 군대의 정예 병사들이 경계선 부근에서 매복 습격을 당해서 뿔뿔이 흩어졌어. 부상자와 사망자가 얼마나 많았는지 몰라. 사람 피가 빗물에 씻겨 강물을 이뤄서 백 리 밖의 강물마저도 선홍색이었다니까. 귀신 울음소리도 들리고!"

여주廬州 교외에 있는, 사방에 바람이 드는 허름한 주막. 여기저기 떠돌며 하루하루 살아가는 행각방 사내들이 이곳에서 잠시 쉬고 있었다. 이들은 한데 모여 잡곡 전병을 뜯으며 시국에 대해 어이없는 말을 지껄이곤 했다.

"허튼소리. 귀신 울음소리라니, 네가 들었어?"

"먼 친척이 그쪽에 사는데 그 어르신이 직접 들었대!"

"네가 죽치고 앉아서 안 가려고 할까 봐 겁을 준 것 같은데."

"너 이⋯⋯."

주비는 조용히 한쪽에 앉아서 잔에 담긴 혼탁한 물의 침전물이 가라앉기를 기다리며 주변의 소란스러운 소리는 귀담아듣지 않았다. 어쩔 수 없었다. 그녀가 전세에 관심이 없는 게 아니라 오는 길에 들은 게 너무 많아서였다.

별의별 허튼소리가 다 있었다. 주 대인이 신통력이 굉장해 홍수를 일으켜 조녕의 군대를 밀어 버렸다는 소리며, 산골짜기에서 귀신이 조화를 부려 북조의 군대를 희생양으로 잡아갔다는 소리며…… 대개가 이런 터무니없는 헛소문이라 그녀는 아예 귀를 막았다.

"잠시만요, 오라버니들. 진정하시고요, 궁금한 게 있는데, 조녕이 매복을 만났다는데 죽었나요?"

순식간에 주변은 조용해졌고 조금 전까지 열기에 차서 토론하던 사람들도 입을 다물었다. 그때 구석에 앉아 있던 노인이 조용히 입을 열었다.

"아마 도망갔을 거요."

노인의 목소리는 상당히 특이했다. 마치 사포로 녹이 슨 철기를 긁는 소리 같아서 듣기가 여간 거북한 게 아니었다.

주비는 흠칫하며 잔을 든 손을 멈추고 소리가 들려온 쪽으로 고개를 돌렸다. 노인은 생김새가 흉측하고 한쪽 얼굴에서부터 목까지 흉터가 나 있었는데 칼에 베인 자국 같았다. 양쪽 관자놀이가 살짝 부풀어 오르고 눈이 형형하게 빛나는 것이, 나름 무공에 상당한 조예가 있는 것처럼 보였다.

주비의 흘끔거리는 시선을 알아차린 노인은 그녀와 시선을 마주쳐 가볍게 고개를 까딱하더니 이어서 말했다.

"척후대 외에도 주 대인은 가끔 우리 같은 사람들을 데리고 다니며 민간의 동정을 살피게 했다오. 이 몸이 늙어서도 죽지를 않으니 딱히 할 일도 마땅치 않고 해서 가끔 심부름을 다닌지라 그 부대의 깃발을 알지. 그날 주 대인은 몰래 매복하고 있었던 것 같소. 나도 마침 근처에 있었는데도 눈치채지 못했다오. 한밤중에 싸우는 소리가 들리길래 재빨리 비를 무릅쓰고 달려가 어찌 된 일인지 봤더니, 글쎄 북조 조 씨의 깃발이 산골짜기에 둘러싸여 있더니 잠시 후 그대로 쓰러졌소. 그때 그 전투는…… 쯧쯧, 밤을 꼬박 새워서야 끝이 났는데 산골짜기 여기저기가 흙 묻은 시체 더미였고 어둠을 틈타 도망간 사람도 있었다오. 공격이 끝나고 문 장군이 관례대로 포로들을 한곳에 모으고 북조 장군들의 머리통을 높이 매달아 놨는데, 내가 세 번이나 유심히 살펴봤는데도 조녕은 보이지 않았소."

옆에서 누군가 공손하게 말했다.

"어르신, 조녕과 안면이 있으신지요?"

다른 누군가가 대답했다.

"어떻게 몰라. 조녕 머리통은 보통 사람의 두 배나 된다는데 내가 그 자리에 있었어도 알아봤을 거요!"

사람들은 다시 시끄럽게 떠들며 조녕의 덩치에 대해 한마디씩 거들었다. 술값을 내려놓고 잔을 든 노인의 손아귀에는 굳은살이 두껍게 박여 있었고 피부색도 다른 곳에 비해 어두웠다. 주비는 참지 못하고 물었다.

"어르신, 형산 검법을 수련하신 적 있으세요?"

그건 그녀가 오초초가 어지럽게 적어 놓은 수첩을 보고 알게 된 것이다. 듣자니 옛날에 형산파가 사용했던 검은 모양이 특이했는데, 손아귀에 딱 맞게 잡을 수 있는 구부러진 검자루라서 시간이 지나면 손아귀가 시커멓게 변한다고 한다.

노인이 흠칫하더니 잠시 후 낮은 소리로 말했다.

"아직도 남악 형산을 기억하는 애들이 있다니."

형산의 비밀 통로 덕분에 목숨을 건진 적 있던 주비가 재빨리 일어서자 노인은 그녀가 말을 꺼내기도 전에 삿갓을 눌러쓰고 우렁찬 목소리로 껄껄 웃으며 말했다.

"좋아, 누구든 기억하는 한 우리 남악의 전승은 끊기지 않은 게지!"

말을 마치자마자 그는 두어 걸음 만에 그 허름한 주막을 빠져나와 조용히 사라졌다.

그때 문어귀에 떠돌이 풍각쟁이 몇 사람이 왔다. 마침 남북 전선의 이야기가 지겨웠던 사람들은 그들에게 새로운 노래를 불러 보라고 졸라 댔다.

주비는 침전물이 가라앉은 찻물을 주전자에 부어 넣고 동전 몇 닢을 내려놓은 후 소란스러운 사람들 틈을 빠져나왔다. 그때 거문고를 연주하던 사람이 사람들을 향해 넙죽 인사를 올리며 말했다.

"여러분의 호응에 감사드립니다. 쉰네가 마침 새로운 곡조를 배워 왔는데 여러분 앞에서 한번 불러 보겠습니다. 잘 부르지 못하더라도 양해해 주십시오."

문어귀까지 간 주비는 휘파람을 길게 불어 풀 뜯으러 간 말을 불러왔다. 고삐를 잡고 떠나려는 순간, 거문고를 연주하는 사람이 하는 말이 들려왔다.

"……이 곡은 우의반에서 만들었고 가사는 '천세우'가 붙인 것인데 제목이 〈백골전〉이라고 합니다. 기묘한 이야기를 다룬 이야기지요……."

"워워."

주비가 다시 말을 세웠다.

행각방의 거친 무리들은 '백세우'든 '천세우'든 알 바 아니라는 듯이 얼른 부르라고 재촉을 해 댔다. 곧이어 목이 쉬고 음정이 불안한 곡조가 울려 퍼졌다.

주비는 문어귀에 선 채로 백골이 죽었다 살아나 자신의 무덤을 찾아 도처를 헤맨다는 귀신 이야기를 처음부터 끝까지 들었다.

한바탕 위험을 겪고 흉측한 용모 때문에 사방을 불안에 떨게 하던 백골은 마침내 자신의 몸을 묻을 곳을 찾아냈는데, 자신의 무덤에 웬 금과 옥으로 치장한 백골이 누워 있어 바다로 흘러드는 강물에 뛰어들어 파도와 함께 떠내려가며 요괴가 됐다는 대목까지 말이다.

주비는 미간을 찌푸렸다. 이렇게 아무렇게나 길게 이야기를 늘이며 맘대로 엮어 내려간 것이 전에 들었던 〈한아성〉이랑 판박이라 다른 사람이 그를 사칭해서 만든 건 아닌 것 같다는 생각을 했다.

그렇다면 사윤이 직접 썼다는 걸까? 사윤이 깨어난 걸까? 하루 종일 추워서 메추리처럼 움츠리고 다니면서도 한가하게 이따위 허튼소리나 써 댔단 말인가? 쓰는 것까지는 그렇다고 쳐도 외출도 하지 않는 사람이 여비가 필요한 것도 아니고 왜 하필이면 이 판국에 널리 퍼뜨려 부르게 한단 말인가? 그리고 결말, '강물은 바다로 흘러들어 하늘빛으로 돌아갔다네'. 들으면 들을수록 묘한 의미가 마침 '해천일색'과 일치했다.

자신의 무덤에서 사라진 백골이며 비둘기가 까치집을 차지했다는 비유, 그리고 '해천일색'…….

순식간에 오만 가지 생각이 주비의 머릿속을 스쳐 지나갔다. 그녀는 냉큼 말에 올라타 먼지바람을 일으키며 떠났다. 한 시간 뒤, 주비는 사십팔채와 가장 가까운 곳에 있는 비밀 기지로 가서 영패를 꺼내 보이고 민첩하고 군더더기 없이 서신을 한 통 썼다.

"저 대신 남 국자감 임 직강에게 전해 주세요."

서신을 내려놓고 주비는 다급히 길을 떠났다. 마침 비밀 기지의 심부름꾼이 돌아오다가 하마터면 그녀와 부딪칠 뻔했다. 심부름꾼이 황급히 말했다.

"사매, 조심하게. 사형, 서신 세 통이 왔어요. 두 통은 정찰 결과인데 이 두령님께 전해 드리면 되고, 증표가 있는 이 비밀 서신은 동쪽에서 온 것인데, 잘됐네요. 한꺼번에 사십팔채에 가져가면 되겠네요. 받는 사람이 주……."

주비가 발걸음을 우뚝 멈추었다.

옛 도읍 남쪽 성의 눈에 띄지 않는 조그만 뜰에 불청객이 나타났다.

조그만 뜰은 아주 소박하게 꾸며져 있었다. 송백 몇 그루가 가을 바람 속에서 오래된 초록을 간신히 붙들고 있었다. 머리와 수염이 희끗희끗한 한 남자가 가부좌를 틀고 마당에 앉아 있었다.

그는 풀어 헤친 머리에 깡마른 체구, 외팔이었다. 얼굴에 깊이 파인 팔자 주름은 마치 새겨 놓은 것 같았는데, 얼굴은 은은하게 자줏빛을 띠고 있었다.

마당에는 형언할 수 없는 매서운 기운이 감돌고 있었다. 새 한 마리가 우연히 마당의 담벼락에 앉았다가 이내 그 기운을 견디지 못하고 무엇에 놀란 것처럼 푸드덕 날아갔다.

별안간, 그 외팔이 남자가 눈을 확 뜨더니 문어귀를 노려보았다. 문어귀에 있던 북두 흑의인이 입을 열려다가 살기등등한 그의 눈빛에 다리의 힘이 풀려 그대로 꿇어앉자, 뒤쪽에 있던 진홍색 옷차림의 무곡 동개양이 모습을 드러냈다. 동개양은 귀찮다는 듯이 거추장스러운 흑의인을 한쪽으로 걷어차고 성큼성큼 마당으로 걸어 들어와 말했다.

"형님, 그 얘기 들었어요?"

외팔이 남자는 바로 북두의 탐랑, 심천추였다.

심천추는 포악하고 고집스러웠는데 북두의 우두머리로서 평생 조중곤 한 사람에게만 충성해 왔다.

그런데 몇 년 전에 가짜 황제가 병이 위중하게 되어 더 이상 국정을 운영할 수 없게 되자, 각자 꿍꿍이를 품은 채 조정에 득실거리는 문무관들과 힘 겨루는 게 귀찮아져서 아예 문을 닫아걸고 집 안에만 틀어박혀 모습을 드러내지 않고 있었다.

심천추는 서서히 자세를 거두며 아무 말도 하지 않고 일어섰다. 방금 그가 앉아 있던 자리의 석판 하나가 밑으로 꺼져 들어갔는데도 균열이 전혀 없었다!

동개양이 낮은 소리로 말했다.

"형님, 수련에 또 진전이 있으시군요. 경하드립니다. 곧 신공을 이루시겠습니다."

"내가 무공 수련 말고 할 게 뭐가 있겠냐?"

심천추가 본체만체하며 말했다.

"무슨 일인데 그렇게 호들갑이지? 내가 들어야 하는 얘기가 뭔데?"

동개양이 말했다.

"단왕이 패전해서 전선에 난리가 났습니다. 주존이 파죽지세로 사흘 만에 여러 성을 함락했다죠. 지원군이 도착하기도 전에 말입니다. 그래서 오늘 아침에 조정 전체가 발칵 뒤집혔습니다."

심천추가 무표정하게 대꾸했다.

"곡천선과 육요광 그 쓸모없는 두 놈은? 뒈졌어?"

동개양이 답했다.

"……죽었습니다."

심천추가 홱 돌아섰다. 그는 줄곧 북두 일곱 명 중에서 동개양과 초천권이 그나마 자신과 말을 섞을 자격이 있다고 여겼다. 나머지 몇 놈은 인품이든 능력이든 모두 내다 버려도 될 물건이었다.

인품은 따질 필요가 없었다. 어차피 그들은 명문 정파를 자처하며 명예에 목숨 거는 부류가 아니었으니 말이다. 거짓말과 허풍과 헛소리를 늘어놓으며 도의를 논할 필요도 없었다. 시건방지고 자만해도 좋고, 수단 방법을 가리지 않아도 좋았다. 모두 개인의 일처리 방식이었으니까.

제각기 다른 꽃이 맘에 드는 법이니 우열을 가릴 필요도 없었다. 그런데 목숨을 부지하는 밑천인 무공이 볼품없으면 무슨 할 말이 더 있겠는가. 죽어도 싸고 남들에게 무시당해도 쌌다.

견문이 좁고 사도나 걷는 부류인 염정과 녹존, 수년간 밑천만 까먹으면서 여기저기 권세에 빌붙어 이익을 꾀하는 부류인 거문, 북두의 이름난 '깍두기' 파군……. 이들을 심천추는 줄곧 못마땅해하면서 심심하면 키 순서대로 세워 놓고 코웃음을 치며 비웃는 것으로 시간을 보내곤 했다.

그는 거문과 파군이 죽었다는 소식을 전해 듣고 잠시 멈칫했으나 이내 냉소를 지었다. 심천추는 다시 무표정하게 발걸음을 옮기다가 집 앞까지 다 가서야 뭔가 생각난 듯이 말했다.

"거문과 파군도 죽었으니, 그럼 황상이 급하게 불러 모은 일곱 명 가운데서 살아남은 사람은 너와 나 둘뿐이란 것이군?"

동개양이 흠칫하며 말했다.

"형님, 우리 일곱 명을 불러 모은 건 지금의 황상이 아니라 '선대 황제'입니다."

심천추는 잠시 멍하니 서 있다가 그제야 조중곤이 이미 붕어하고 이미 새 황상이 즉위했다는 사실을 떠올렸다. 그는 난데없이 무안함을 느끼며 "그래." 하고 짧게 대답했다.

동개양이 바짝 다가가 낮은 소리로 말했다.

"형님, 이번에 정예가 모두 죽은 데다 지금은 단왕의 생사도 알 수 없어요. 오늘 조정에서 보니까 황상도 반쯤 넋이 나간 것이 심상치 않아요."

심천추가 개의치 않고 말했다.

"그게 나랑 무슨 상관이냐. 난 사람 죽이는 것밖에 몰라. 전쟁 같은 건 할 줄 모른다고. 왜, 태…… 황상이 나더러 전쟁터라도 나가라고 하던?"

동개양이 쓴웃음을 지으며 말했다.

"누가 감히 형님을 움직이겠어요? 조금 전에 오는 길에 듣자니 병부에서 각 수비군의 인원을 불러 모아 지원군을 보내기로 했대요. 그런데 군대의 사기가 이미 떨어진 마당에 어떻게 주존을 감당하겠어요? 더군다나 군대에서 황상이 친동생을 용납할 수 없어 일부러 군량과 마초 지급을 미룬 탓에 전선에서 참패했다는 소문이 떠들썩하게 퍼지고 있습니다. 그게 아니라면 단왕의 재간으로 그렇게 처참하게 패하지는 않았을 테니까요."

심천추는 아무 상관 없다는 표정으로 말했다.

"오, 그럼 나라가 망하겠네?"

동개양이 답답한 나머지 버럭 소리를 질렀다.

"형님!"

심천추는 길게 늘어뜨린 눈썹을 치켜세우며 집 안으로 들어가 한 쪽밖에 남지 않은 손으로 동개양에게 물을 한 사발 따라 주었다. 동개양이 무심코 한 입 홀짝였다가 하마터면 바로 뿜어낼 뻔했다. 심천추가 따라 준 것은 차디찬 찬물인 데다 찻잎 부스러기도 떠 있지 않았다. 맑고 투명한 물은 사발 밑바닥의 균열을 낱낱이 보여 주고 있었다.

그제야 널찍한 접객실 겸 서재를 둘러보니, 창이 밝고 책상이 깨끗한 것을 빼면 사방은 온통 벽뿐이었고 감상용 기물이나 장식품은 하나도 없었다. 또한 서가에는 어쩌면 그가 쓴 것일 수도 있는 무공 서적들이 드문드문 꽂혀 있었다. 덩그러니 놓인 낡아빠진 나무 탁자 위로 백 년도 더 되어 보이는 먼지가 시커멓게 내려앉아 있었다.

이곳에는 싹싹한 머슴도, 예쁜 계집종도 없었다. 동개양이 코끝을 아무리 높이 쳐들어도 다른 사람 냄새라곤 맡을 수 없었다.

그는 저도 모르게 잔뜩 실망해 심천추에게서는 좋은 생각을 얻을 수 없겠다고 생각했다. 지위가 높고 권력도 있는 사람이 이렇게 궁상맞게 사는 건 그가 근검절약하는 사람이거나 아무것도 그의 흥미를 끌지 못해서일 것이다.

비록 '엎어진 둥지에는 성한 알이 없다'고는 하나, 심천추 같은 인물을 어찌 '알'로 볼 수 있겠는가? 조씨 왕조가 망하고 가족이 뿔뿔이 흩어진다고 해도, 조연이 세상 끝까지 쫓아가 그를 추살한다고 해도 그에게는 별로 위협이 되지 않을 것이다.

아니나 다를까, 심천추가 말했다.

"나라가 망하면 망하는 거다. 난 선대 황제의 개일 뿐이었어. 선대 황제가 붕어하면서 조정을 위해 계속 목숨을 바치라는 유언을 남긴 것도 아니니 이젠 나와 상관없는 일이지. 더 할 말 있나? 없으면 가 봐. 나는 좀 쉬어야겠다."

동개양이 온갖 궁리를 짜내어 뭔가를 더 말하려던 순간, 심천추가 느닷없이 고개를 번쩍 들더니 송곳 같은 눈빛으로 문과 마당 너머 먼 곳을 응시했다.

동개양은 잠시 어리둥절해하다가 영문도 모른 채 그의 시선을 따라 살펴보았다. 한참 후에야 미약한 발소리를 분별해 낸 그는 저도 모르게 부끄러워 진땀이 났다. 심천추는 일상적인 일에서 손을 뗀 후로 무공 면에서는 상상조차 할 수 없을 만큼 저만치 앞서나간 것 같았다.

심천추가 자리에서 일어서지 않고 가볍게 옷소매를 뿌리쳤을 뿐인데 서재의 문이 저절로 끼익 하고 열렸다. 그제야 누군가의 그림자가 뜰 안에 떨어졌다.

심천추가 눈을 가늘게 뜨고 말했다.

"이 심 아무개의 집에도 불청객이 오다니, 그것참 희한한 일입니다."

문밖에서 그 말을 들은 불청객이 발걸음을 옮겨 서재에 있는 두 북두의 시야에 들어섰다. 그는 세상의 온갖 고생은 다 겪은 듯한 허름한 무명옷을 입고 턱까지 가릴 수 있는 큰 삿갓을 쓰고 있었다. 빈틈없이 꽁꽁 싸맸는데도 그가 누군지 한눈에 알아볼 수 있었다. 이렇게 살이 많이 찐 사람은 흔치 않으니 말이다.

동개양이 벌떡 일어나 자기도 모르게 외쳤다.

"단왕야!"

조녕이 삿갓을 벗었다. 원래 희고 포동포동해서 깨끗하고 흠이 없는 만두 같던 얼굴이, 지금은 얼굴에 얼룩과 흉터가 가득해서는 칼에 베이고 구덩이에 던져진 더러운 만두처럼 보였다. 비록 초라한 몰골이었지만 그는 여전히 등을 꼿꼿이 세우고 상처를 입은 다리를 질질 끌며 여유롭게 걸어왔다.

"상갓집 개가 청하지도 않았는데 제 발로 왔군요."

조녕이 아무렇게나 공수하고 말했다.

"이거 참 부끄럽습니다."

심천추는 차가운 물이 담긴 사발을 들고 엉덩이가 천근이라도 되는 양 앉아서 꼼짝하지 않았다. 동개양은 감히 그처럼 거드름을 피우지 못하고 재빨리 뛰쳐나가 조녕을 안으로 맞아들였다.

조녕은 상처를 입은 다리를 끌며 부축을 사양하고 "폐를 끼쳤습니다."라고 한마디 하고는 심천추의 서재로 터벅터벅 걸어 들어왔다. 심천추는 그를 힐끔 보더니 예의를 갖추지 않고 말했다.

"가뜩이나 사지가 보통 사람보다 무거운데 무공까지 평범하고, 또 이렇게 근육과 뼈를 다친 채로 먼 길을 왔으니 기혈이 뭉쳐 앞으로도 회복될 가능성이 낮군요. 어쩌면 절름발이가 될지도 모르겠습니다."

조녕은 아무렇지도 않게 웃으며 말했다.

"심 선생님, 저처럼 생긴 사람은 다리를 절든 말든 크게 상관없습니다."

동개양은 심천추가 또 불손한 말을 할까 봐 냉큼 끼어들었다.

"왕야, 어찌하여 혼자 오셨습니까? 위험을 벗어났는데 왜 황궁으로 돌아가지 않으시고?"

"황형이 전부터 내게서 병권을 회수하고 싶었는데 줄곧 마땅한 핑계를 찾지 못하고 있었잖아요. 겨우 이런 좋은 건수를 잡았으니 절대 가만있지 않을 겁니다. 이번에는 내가 구실을 만들어 줬으니 할 말도 없지요."

조녕이 앉자 낡은 나무 의자가 '끼익' 소리를 냈다. 북조의 단왕이 자조하며 말했다.

"요 몇 해 동안 그래도 내가 사람을 좀 끌어모았는데, 황급히 패퇴하는 바람에 미처 그들에게 당부를 하지 못해 황상도 그들을 움직이지 못할 겁니다. 그러니 이 판국에 더더욱 저한테 골을 내겠지요. 제가 모습을 드러내면 죄를 얻고 관직을 파면당하고 경성에 연금당하는 것 외에는 다른 말로가 없어요. 그것까지는 사실 별거 아닙니다. 황상이 부리는 소위 '쓸 만한 인재'라 해 봤자 조괄 같은 부류인데, 그들이 소란을 피우는 대로 가만히 놔뒀다가는……."

동개양은 그의 말에 감춰진 뜻이 외적 앞에서 형제끼리 싸우자는 것 같아 감히 장단을 맞추지 못하고 곁눈질로 심천추를 힐끔거렸다. 북두의 우두머리는 여전히 찬물이 담긴 사발을 들고 점잖게 앉은 채 조금도 동요하지 않았다.

서재 안에는 잠시 어색한 기운이 감돌았다. 조녕은 화내지 않고 품에서 한쪽 모서리가 닳은 개인 인장을 꺼내 탁자 위에 놓았다. 그 인장에는 '사해빈복四海賓服'이라는 네 글자가 새겨져 있었는데, 얼마나 오래되었는지 인장 표면의 용무늬가 손때를 타서 번지르르

했다.

그 인장을 본 심천추의 얼굴색이 확 변했다.

"이 물건은 부황이 즉위하기 전에 새긴 것인데, 훗날 북두를 조직하면서 북두를 호령하는 신물로 삼았지요."

조녕이 심천추를 바라보며 말했다.

"맞습니다. 부황은 모든 걸 형님께 넘겨주었지만 이 인장만은 나에게 남겼어요."

조중곤이 죽을 때 북두 일곱 명 가운데 세 명은 이미 떠났고 거문, 파군, 무곡은 관직에 있었기 때문에 이 내놓기 민망한 개인 인장의 제약을 받지 않았다. 영향을 받는 사람은 사실상 쓸데없는 일에 참견하는 것을 싫어하는 심천추뿐이었다.

심천추는 성격이 괴팍하여 무공이 뛰어나긴 해도 조씨 형제의 집안싸움에 끼어들기를 꺼려 해 확실히 별 소용은 없었다. 조중곤이 이 비밀 병기를 조녕에게 남긴 것은 아마도 아무리 성에 차지 않는 아들이라도 부득이한 경우에 목숨이나 건지길 바라서였을 것이다.

심천추의 시선이 그 작은 인장에 한참 꽂혀 있었다.

"저더러 대신 형님을 죽여 달라는 말씀인가요?"

조녕이 웃으며 말했다.

"제가 아무리 멍청해도 심 선생께서 부황의 뜻을 거역하는 일은 절대로 안 하리라는 것 정도는 압니다. 더군다나 외적이 코앞에 있는 마당에 어찌 그렇게 미쳐 날뛰겠습니까."

심천추는 안색이 살짝 풀어지더니 잠시 생각에 잠겼다가 또 물었다.

"그렇다면 천군만마를 뚫고 적군 주존의 목을 베어 오라는 뜻인가요?"

조녕이 고개를 저었다.

"그 거사의 성공 여부는 둘째 치고, 설사 성공한다 해도 지금 강대해진 남조에는 문욱도 있고 다른 사람들도 있지요. 전세가 역전된 마당에 한두 명 죽인다고 해서 기울어지는 추세를 막을 수는 없어요."

심천추가 몸을 살짝 뒤로 젖히고 조녕의 다음 말을 기다렸다. 조녕이 목소리를 깔고 띄엄띄엄 말했다.

"심 선생님, 당시 이 씨가 부황을 암살하려던 것을 기억합니까?"

조녕이 비밀리에 옛 도읍에 잠입하는 동안 주비는 금릉에 도착했다.

남조 수도의 명성은 익히 들었지만 한 번도 와 본 적은 없었다. 교외에는 가을 나들이를 나온 사람들이 적지 않았고 사방에는 냇물이 굽이굽이 졸졸 흘렀다. 유구한 번영이 쌓인 곳이었다.

길은 구불구불 뻗어 있어서 찾기가 여간 어려운 게 아니었는데, 주비는 하루 종일 뱅뱅 돌아서야 겨우 방향을 대충 구분할 수 있었다.

주이당의 관저가 남조 수도에 있었지만, 주비는 여주 비밀 기지에서 느닷없이 동명 대사의 서신을 받고 불시에 길을 바꿔 금릉에 가게 된 거였다.

주이당에게 말할 새도 없었고 또 귀찮게 하기도 싫어서 곧장 사십팔채의 금릉 비밀 기지로 가서 잠시 머물렀다. 금릉의 비밀 기지는 연지와 분을 파는 가게였는데, 매일 은은한 향기를 맡다 보니 몇몇 사형은 말투마저 나긋나긋해져 강호의 거친 모습은 전혀 찾아볼 수 없었다. 그들은 남조 수도의 부드러움이 기개를 꺾는다고 말하곤 했다.

건원 황제는 이런 곳에서 십여 년간 호사스러운 생활을 누리고 있는데도 비바람을 일으켜 강산을 되찾는 데 전념하고 있으니, 확실히 천하를 손에 넣고 주무를 만한 인물이었다.

'단왕부'의 위치를 알아낸 주비는 뛰어난 경공으로 잠입해 안팎으로 몇 바퀴 둘러보았다. 조연은 이왕 척하는 거 제대로 하려는지, 단왕부에 갖춰야 할 건 다 갖춰 주었다. 저택과 정원은 완전히 새로 수리되었고, 매일 시종들이 드나들었다. 집과 정원을 지키는 시종, 마당을 수리하는 시종…… 그리고 각양각색의 예쁜 시녀들까지, 꽤 그럴싸했다. 그런데 정작 주인은 내내 코빼기도 보이지 않았다.

주비는 며칠간 도둑처럼 낮에는 단왕부에서 하릴없이 돌아다니고 밤에는 비밀 기지로 돌아왔다. 그런데도 사운이 끝끝내 나타나지 않자 저도 모르게 초조해지면서 자꾸만 나쁜 생각이 들었다.

사운이 먼 길을 무사히 올 수 있을지, 꿍꿍이가 많은 황숙이 그에게 못된 짓을 하지는 않을까 걱정되었다. 한번은 밤중에 갑자기 잠에서 깨어 사운이 이미 죽은 건 아닐까 하는 생각을 잠깐 하기까지 했다. 그런 생각이 들자 식은땀이 줄줄 흘렀다.

밤바람이 달콤한 연지 향을 싣고 불어와 담 모퉁이 처마 밑에 달린 방울을 딸랑거렸다. 그 소리가 뒷마당의 돌다리 아래에서 졸졸 흐르는 시냇물 소리와 섞이며 모든 게 꿈만 같았다.

주비는 한참을 멍하니 앉아 있다가 퍼뜩 정신을 차렸다. 가슴이 찢어지는 것처럼 아프진 않았지만 돌덩이가 얹힌 것처럼 너무 답답해서 숨이 잘 쉬어지지 않았다. 그녀는 도저히 더 누워 있을 수가 없어서 머리카락을 대충 움켜잡고 조용히 창문에서 가볍게 지붕으로 뛰어올라 단왕부 쪽으로 향했다.

주비는 원래 단왕부에서 가장 으리으리한 전각의 지붕에 잠깐 앉아 있으려고 했는데, 멀리서 보니 단왕부에 불빛이 훤히 켜져 있는 게 보였다.

주비는 가슴이 철렁 내려앉았다. 은밀한 곳에 자리를 잡고 내려다보니, 지친 행색의 시위들이 마차를 끌고 단왕부에 들어섰다. 들어서자마자 하사품들이 물처럼 쏟아졌다. 등롱 불빛이 거리를 밝게 비추자 너도나도 시종을 시켜 고개를 빼고 십여 년을 비워 둔 단왕부, 그 '수상한 집'을 힐끔거렸다.

익숙한 형체가 마차에서 내렸다. 바로 주비가 동개양 손에서 구해 준 유 총령이었다.

많은 사람들이 그를 에워싸고 말을 걸었다. 북조의 왕궁에서 다년간 근위 총령을 맡았던 유유량은 이런 작은 소란 정도는 전혀 힘을 들이지 않고 처리했다. 말을 많이 하지는 않아도 어수선한 상황을 순식간에 통제하고 단왕부 사람들을 질서 정연하게 다루었다.

유유량은 봉래의 산선 세 어르신의 부탁을 받고 오는 내내 사윤을 돌봤다. 그는 한밤중이 되어서야 단왕부에 도착해 날 밝기 전에 조금이라도 눈을 붙일 수 있었다.

그런데 방 안에 발을 들여놓자마자 뜬금없이 가슴이 두근거렸다. 동개양의 눈을 피해 옛 도읍에서 제남까지 도망칠 수 있었던 것은 모두 직감 덕분이었다. 유유량은 갑자기 느껴지는 서늘한 기운에 허리춤에 차고 있던 패검을 붙들었다.

그런데 그가 누구냐고 외치기도 전에 등 뒤에서 누군가 깍듯이
문을 두드리는 소리가 들렸다. 유유량은 식은땀이 줄줄 흘렸다. 바
로 뒤에 있었는데도 그는 아무 소리도 듣지 못했던 것이다. 그는
즉시 패검을 반쯤 뽑아 들고 고개를 홱 돌렸다.

"주…… 주 낭자?"

사윤은 시종들과 함께 단왕부로 돌아오지 않았다. 건원 황제 조
연이 그를 만류해 궁에 묵게 된 것이다. 저녁 무렵, 시종이 황상이
곧 행차한다고 귀띔하러 왔다. 그는 심심풀이로 읽고 있던 책을 한
쪽에 두고 번거롭고 불편한 예절을 죄다 갖춰 맞이하였다.

조연은 한 무리를 거느리고 기세등등하게 행차했다. 사윤이 절을
하기도 전에 조연은 웃으며 친히 그를 부축했다.

"삼촌한테 왔으면 집에 온 거나 마찬가지지. 집에 왔는데 무슨
체면을 차려?"

조연은 평복 차림이었다. 키가 크고 말랐으며 조각 같은 얼굴이
었다. 중년을 넘어섰는데도 나이가 들어 보이지 않았다. 속눈썹이
유난히 짙어 항상 눈 밑에 그늘이 지곤 했는데, 그 때문에 눈빛이
어두워 보여 눈을 마주치면 상대는 저도 모르게 긴장했다.

그런데 웃으면 또 아주 품위 있고 부드러워서 제왕의 허세가 전
혀 없어 보였다. 조연은 점점 심해지는 사윤의 투골청 한기를 전혀
꺼리지 않고 그를 끌어당겨 잡았지만, 오히려 사윤이 높은 지위에
서 부유한 생활을 누리는 황상의 손끝이 얼어서 파리해지는 것을
보고는 재빨리 적당히 힘을 주어 그를 뿌리쳤다.

사윤이 웃으며 말했다.

"예의는 갖춰야죠."

조연은 손등으로 그의 이마를 짚어 보더니 수심에 차 한숨을 내쉬었다. 그의 뒤에 서 있던 어의 한 무리가 벌 떼처럼 달려들어 사윤을 에워쌌다.

사윤도 호응하듯 손목을 내밀었다. 그런데 단왕의 귀한 손목은 하나밖에 없는지라 어의들은 어쩔 수 없이 차례로 줄을 서서 그의 눈치를 보거나 안색을 살피느라 정신이 없었다.

한바탕 소란스럽게 굴더니 실례하겠다는 말과 함께 그럴듯하게 한쪽에 모여 합동 진단을 했다. 진단을 할 때는 환자가 듣지 못하게 하는 것이 당연할 진데, 하필이면 사윤은 청력이 좋아서 어의들이 밖에서 격렬하게 쟁론하는 말을 한 마디도 빼놓지 않고 다 듣고 말았다.

도저히 웃지 않을 수가 없었다. 어의들은 하나같이 치료할 수 있는 것처럼 굴었다.

사윤이 금릉에 도착해 단왕부에 들어서기도 전에, 조연은 허둥지둥 그를 궁으로 데려와 잠시 머물게 했다. 그를 중요시하고 총애하는 마음을 표현하기 위한 것인지 아니면 그가 정말 소문대로 언제 죽어도 이상할 것 없는 상태인지 보려는 것인지 알 수 없었다.

유감스럽게도 출발 직전 동명 대사가 준 세 번째 탕약을 마신 데다, 제대로 된 추운장 계승자의 내력을 받아서인지 더없이 활기찬 그의 모습을 보고 조연이 실망했을지도 모른다.

이 지경까지 된 이상 사윤은 더 이상 남들이 어떻게 생각하든 신경을 쓰지 않았다. 잠깐 정신이 맑아질 때면 그는 더 이상 아무렇지 않은 척 연기하지 않았고, 어의들이 주고받는 말을 들으며 조연의 정치적인 잡담에 아무렇게나 대꾸했다.

조연은 말을 아주 잘했다. 그는 때때로 강호의 재미있는 일에 대해 물었다. 간단한 건 사윤도 대충 말해 주었고, 긴 내용이라면 자신이 봉래에 숨어 지내다 보니 밖에서 무슨 일들이 일어났는지 잘 모른다고 둘러댔다.

마치 사람 가죽을 쓴 두 마리 여우 같은 두 사람은 겉으로 보기엔 아주 화목하고 즐거워 보였다.

한참 지루해하던 사윤은 귀를 살짝 쫑긋하더니 입가에 가져간 찻잔을 잠시 멈췄다. 온몸을 휘감은 차가운 기운이 찻잔에서 모락모락 피어오르는 뜨거운 열기를 덮었다. 옆에 있던 환관이 이를 보고 쩔쩔매며 찻물을 새로 따라 주었다.

사윤은 눈을 가늘게 뜨고 고개를 들어 사방의 들보를 둘러보았다. 들보에 사람이 숨어 있었다. 황궁을 쥐도 새도 모르게 드나들 수 있는 사람이라면 필시 고수일 것이다.

중원 무림에는 숨은 고수들이 많다. 그 가운데는 자연히 귀신처럼 왔다가 사라지는 고수들도 있다. 마음에 거리낌이 없고 악의가 없을 때에는 가끔 일부러 인기척을 만들어 상대에게 알리기도 한다. 이런 걸 '떠본다'라고 하는데 상대의 무공과 청력을 파악하기 위한 것이기도 하다.

들보에 숨은 이 양반은 정체가 뭐길래 궁중의 고수들은 안중에도 없고 감히 황궁에서 그를 '떠보는' 것일까. 사윤은 흥미를 느껴 그가 누군지 빨리 보고 싶었다. 조연과 잡담을 나누는 일이 더욱 귀찮아졌다.

눈치 없는 황제 양반이 웃으며 말했다.

"그때 네가 금릉에 왔을 때에는 전각도 마련되어 있지 않아서 이 곳에서 지냈었지. 삼 년 전에 한 번 수리하긴 했는데 물건들은 건 드리지 않았다. 어때? 친근하지 않아?"

사윤은 환관이 새로 건네준 찻잔을 받아 들고 일부러 아픈 곳을 들추며 말했다.

"황숙, 요 몇 년 동안 봉래에서 지내다 보니 소식이 어두워서요. 명침은 궁을 나가 따로 저택에서 살고 있나요? 어디에 있어요?"

조연이 흠칫했다. 사윤이 진지하게 웃으며 조금의 틈도 보이지 않고 말했다.

"시간 되면 보러 가야겠어요."

"명침 말이냐."

조연이 눈빛을 거둬들이고 찻물의 거품을 불며 말했다.

"큰 그릇이 되기는 글렀다. 나이도 어리지 않은데 허구한 날 허파에 바람이 들어서 제대로 된 일은 하지 않고 밖으로 나돌 생각만 해. 그래서 내가 가둬 놓고 공부를 시키고 있지. 나중에 내가 궁으로 불러들일 테니 시간 나면 이 황숙 대신 좀 가르쳐 주렴."

사윤이 말했다.

"하긴, 그때 영주에서 개입한 일은 정말 너무했어요. 다 빚이죠, 황숙."

사윤은 연속으로 뼈 있는 말을 해 일부러 조연을 궁지에 몰아넣었다. 조연은 표정 관리를 하긴 했지만 조금 전까지 열기에 차서 하던 일상적인 얘기는 더 이상 이어 가지 못했다.

두 사람은 한참 동안 아무 말도 하지 않았다. 조연은 그제야 사윤이 얘기를 나누는 게 귀찮아서 일부러 아무 말이나 해서 완곡하게 그를 보내려 한다는 것을 알아챘다. 눈치가 없어서가 아니라 즉 위한 후로 몇십 년간 황제 노릇에 익숙해졌기 때문이었다.

그는 아랫사람들이 그와 얘기할 때면 전전긍긍하고 쩔쩔매는 모습에 익숙해져 있었다. 그는 다른 사람의 입에서 뭐라도 알아내려고 했고, 그가 말이 많다고 감히 싫은 티를 낼 사람은 흔치 않았다.

건원 황제는 난처해서 잠시 침묵하다가 몸을 일으켰다.

"널 붙잡고 너무 많은 말을 했구나. 늦었는데 쉬는 걸 방해해서야 되겠나."

사윤은 일어나 배웅하며 감사하다는 말도 하지 않았다. 조연은 손을 흔들며 문어귀까지 가더니 갑자기 뭔가 떠오른 듯 넋이 나가 있는 사윤에게 말했다.

"국군이 점점 호되게 압박하여 옛 도읍 지척까지 갔으니 역적 조 씨는 늦가을 메뚜기인 셈이야. 염려할 필요 없다. 다음 달 초사흘이 무슨 날인지 기억나?"

"조 씨가 퇴위를 강요했던 날이죠. 선대 황제의 기일이고요."

사윤이 고개도 들지 않고 대답했다.

"황숙, 저랑 잡담을 늘어놓다가 정작 중요한 일을 잊어버리실 뻔한 거 아니에요?"

조연은 이 매몰찬 말을 귓등으로 들으며 말했다.

"네 아버지의 기일이기도 해. 당일에 제사를 지낼 생각이다. 조상님들이 하늘에서 보고 계시다면 우리 군이 강산을 되찾고 역적의 목을 베어 백성들을 평안하게 하고 태평성세를 맞이할 수 있게 보우하실 거야."

사윤이 고개를 끄덕이며 말했다.

"나쁘지 않죠. 며칠 안 남았네요. 이 조카도 함께할 수 있으면 좋겠네요. 너무 일찍 죽어서 기회를 놓치지 않는다면 말이죠."

조연의 눈꼬리가 가볍게 떨렸다. 그의 말에 할 말을 잃은 것 같았다. 그런데 왜인지 오늘의 황제는 사윤 앞에서는 화가 전혀 없었다. 그는 여전히 한참을 중얼거리더니 말했다.

"조금 전에 네가 했던 열반고가 사람을 다룬다는 이야기 말이다. 확실히 소름이 끼치는구나. 그런데 곰곰이 생각해 보면 전혀 이치에 맞지 않는 것도 아니야."

사윤이 눈을 살짝 치켜떴다.

"이곳에 있으면 하늘이나 우주처럼 사방이 광야라 가지 못할 곳이 없는 것 같지만, 정작 발걸음을 떼면 길이 점점 좁아지는 느낌이 들어."

조연이 낮은 소리로 말했다.

"높은 곳에 올려져 억지로 앞으로 나아가야 하는데 길은 또 진흙투성이고 앞은 온통 암흑이지. 그런데 돌아갈 수 없다는 것을 알아. 밤마다 꿈에서 깨면 세상에 갓 태어났을 때로 돌아가지 못하는 게 한스러워. 때 묻지 않고 마음에 거리낌이 없어 어디든 갈 수 있었던 그때로 말이야."

사윤이 아무 말도 하지 않았다.

"그런데 돌아갈 수 없다. 이 왕좌는 열반고와 같거든."

조연은 가볍게 사윤의 어깨를 부여잡았다. 투골청의 냉랭한 기운이 두꺼운 옷감을 뚫고 조그만 칼처럼 그의 손바닥을 찌르는 듯한 느낌이 들었다.

"그때 나는, 밖에는 적이 득실거리고 안에는 일을 거들어 줄 사람이 없어 조정에서 그야말로 사면초가였어. 오직 너만 이 삼촌 옆에서 외부에는 할 수 없는 말을 털어놓는 것을 들어 줬지. 요 몇 년 동안…… 네가 믿을지는 모르겠다만, 이 삼촌은 정말 네가 무사하기를 바랐다. 하늘 아래 희귀한 물건들, 필요하다면 뭐든 좋으니까 아랫사람들을 시켜서 찾아오게 해. 이 황숙이 네게 진 빚이니까."

사윤이 고개를 숙이며 말했다.

"천만에요, 말씀이 지나치십니다."

조연은 그를 애틋하게 바라보았다. 사윤이 고개를 숙인 채 온몸으로 '어서 꺼져'라고 말하는 걸 보고 더는 어찌할 바를 몰라 한숨을 내쉬며 돌아갔다. 그 뒷모습이 어딘가 쓸쓸해 보이기까지 했다.

사윤은 냉큼 돌아서서 쓸데없는 사람들을 물리고는 입을 열었다.

"뉘신데 감히 황궁에 잠입했을까요?"

인기척이 없었다. 고수들은 그렇게 쉽게 속일 수 있는 게 아니었다. 사윤이 공수하고 웃으며 말했다.

"신출귀몰도 가능하실 텐데, 만약 제게 발각되고 싶지 않았다면 아까 일부러 틈을 보여 주진 않았겠죠. 그런데 지금은 왜 꾸물거리시죠? 설마 여인입니까?"

그의 말이 떨어지기 바쁘게 한쪽 들보에서 뭔가가 부딪치면서 '쨍그랑' 하는 소리가 났다. 그런데 상대가 착지하는 소리는 들리지 않았다. 이렇게 일부러 인기척을 내는 건 문을 두드리는 것과 다름없었다. 무심코 고개를 돌린 사윤은 그대로 굳었다.

상대는 정말로 여인이었다. 그것도…… 너무나 그리워 꿈에 자주 나타나던, 그러나 지금 너무 갑작스럽게 만나는 바람에 어딘가 낯설게 느껴지는 여인이었다.

그녀는 그렇게 터무니없이 화려한 궁전의 따스한 방에 나타났다. 아무렇지 않은 척하지만 눈에는 지난 삼 년의 세월이 고스란히 담겨 있었다. 그녀는 아무 목적 없이 사방을 주저하며 둘러보다가 사윤의 몸에 시선을 고정했다. 그녀의 미세한 시선 하나하나가 사윤의 심금을 울렸다.

상대를 지그시 바라보는 사윤의 목젖이 가볍게 떨렸다.

"······비아?"

제 7 장

말할 수 없는 비밀

말할 수 없는 비밀

　이성 일행은 마침내 촉 땅을 밟았다. 숙소를 놓치는 바람에 어쩔 수 없이 야외에서 밤을 보내게 되었다.

　유민들은 일 년 내내 도처를 떠돌아다니다 보니 몸이 허약했다. 예전에는 살기 위해 발버둥 치느라 죽기 살기로 버텼지만 지금은 믿을 곳이 생기자 잠시 흥분한 나머지 정신이 해이해져서 오히려 자주 쓰러졌다. 다행히 응하종이 동행했기에 새로운 삶을 맞이하기 전에 병에 걸려 죽는 신세는 면할 수 있었다.

　그들은 말을 탈 줄 몰랐고 몇 걸음 못 가서 쉬다 보니 일정이 여간 지연되는 게 아니었다. 주비는 벌써 금릉에 도착했는데 그들은 아직 길에서 꾸물거리고 있었다. 이연은 어디에서 주워 왔는지 솔방울 몇 개를 불에 구워 몹시 따분하게 까먹었다. 사방을 둘러봐도 각자 바빠서 그녀와 놀아 줄 사람이 없었다.

　전설 속의 소년 협객들은 밤이 깊어 인기척이 없는 황량한 야외에서 노숙하면 모두 술잔을 들고 달을 감상하며 감개무량하게 노래를 부르지 않던가? 하지만 그녀가 목을 빼 들고 주변을 둘러보니 그녀 옆에 있는 '소년 협객'들은 모두 모닥불 옆에서 불빛을 빌려 열심히 공부를 하는 게 아닌가.

응하종은 그 예사롭지 않은 고무독음문을 씹어 먹을 기세로 고개를 숙여 가까이 들여다보다가 하마터면 머리카락을 태워 먹을 뻔했다. 이성은 나무에 기대어 앉아 요리조리 뒤집어 가며 나무 상자의 장치와 씨름을 하면서 때때로 나뭇가지로 바닥에 뭔가를 그렸다. 오초초는 손가락으로 주전자 주둥이에서 물을 묻혀 붓끝을 몇 번 쓸어내리더니 눈썹과 눈을 내리깔고 붓을 휘갈겼다.

이연은 바짝 다가가 오초초의 어깨에 턱을 걸치고, 그녀가 '태산' 목록 밑에 태산파의 내력과 전해 내려온 체계적인 무공 동작의 정수를 한 조목 한 조목 세밀하면서도 조리 있게 분석하여 외워 쓰는 것을 바라보았다. 이연은 참지 못하고 하품을 하며 말했다.

"태산파의 무공은 '천종파'의 것과 같은 부류라서 상당히 힘들어요. 건장한 신체를 타고나지 않으면 그 누구든 힘만 들고 성과는 적을 거예요. 제가 봤을 때 그들은 맷집이 유난히 좋은 것을 빼면 별로 대단할 것도 없던데요. 초초 언니, 이걸 연마한 적도 없으면서 이렇게 정리까지 하다니, 인내심이 정말 대단하네요."

이연이 갑자기 끼어드는 바람에 생각이 흐트러진 이성은 고개도 들지 않고 말했다.

"야, 도청꾼, 입 다물어."

이연이 큰 소리로 불만스럽게 외쳤다.

"하늘을 가득 메운 은하수의 세례를 받으면서 다 같이 얘기를 나누면 좀 좋아? 다들 뭔가 잘못 알고 있는 거 아냐? 우리는 분명 협객인데, 왜 다들 송곳으로 허벅지를 찔러 가며 공부에 힘쓰는 척을 하냐고!"

이연이 마구 잡아당기는 바람에 몸이 흔들리자 오초초는 어쩔 수 없이 붓을 내려놓았다. 비록 방해를 받았지만 차마 이연을 푸대접할 수 없어 이연의 뜻에 따라 화제를 바꿨다.

"몇 년 전까지만 해도 변경 지역을 두고 서로 줄다리기하면서 공방전을 벌였는데, 지금은 우리 남조가 조녕과의 전쟁에서 승리를 거두었으니 주 대인 부대가 철옹성에 구멍을 뚫은 격이잖아. 항간의 소문에 따르면 하루에 천 리 길을 행군하여 그 속도가 우리가 집에 돌아가는 속도보다 빠르다는데 정말 옛 도읍까지 되찾으면 앞으로 태평성세가 열리지 않겠어?"

응하종은 그녀의 말이 아주 천진난만하고 우습게 느껴져 차갑게 대꾸했다.

"태평하면 뭐 해요, 있어야 할 것들이 다 사라졌는데."

성격이 좋은 오초초는 그와 똑같이 굴지 않고 진지하게 대답했다.

"사라졌으면 다시 찾아오면 되죠. 도저히 찾아올 수 없으면 재건하면 되고요. 응 공자가 귀찮은 것도 마다하고 국사 여윤의 유적을 연구하는 것도 모두 선인의 유적을 계승하기 위함이 아니던가요?"

응하종이 딱딱하게 말했다.

"저는 먼 훗날 사람들이 우리 약곡에서 한낱 투골청의 해독약도 못 만든다고 함부로 말하는 게 싫어서일 뿐이에요."

그가 그 일을 언급하자 사람들은 문득 홀로 봉래로 떠난 주비를 생각하며 아무도 말을 잇지 않았다. 응하종은 기적 없이 거의 말라

비틀어진 열반고 모충의 사체를 꺼내 손에 쥔 채 만지작거렸고, 이성은 한숨을 내쉬며 나무 상자에서 시선을 떼고 고개를 들어 하늘을 올려다보았다.

거대한 천장 같은 하늘에 북두칠성이 조용히 걸려 있었는데, 유난히 눈부시고 자세히 보면 서서히 움직이는 것 같은 느낌이 들었다. 이성은 느닷없이 뭔가 떠올라 주제와 동떨어진 질문을 했다.

"제문의 금지 구역에서 사용하는 진법은 왜 '북두도괘'죠?"

이연과 응하종은 서로 멀뚱멀뚱 쳐다볼 뿐 그가 무슨 말을 하려는 건지 이해를 못 하고 있었다. 사고가 민첩한 오초초가 잠시 생각에 잠기더니 말했다.

"어렸을 때 고서에서 본 적 있어요. '밤이 되면 북두칠성이 궁궐 위로 솟아올라 끊임없이 회전하다가 다음 날 새벽에 거꾸로 떨어지며 사라진다'고요. 억지로 갖다 붙이자면 '북두도괘'는 '날이 새려 한다'는 의미인 것 같아요, 길한 징조죠……."

그녀의 말이 끝나기도 전에 이성이 벌떡 자세를 고쳐 앉았다. 오초초가 물었다.

"왜 그래요?"

이성이 갑자기 손에 들려 있는 나무 상자를 보며 말했다.

"알 것 같아요!"

이연이 영문을 몰라 물었다.

"오라버니, 뭘 알았다는 거야?"

"나무 상자의 기관!"

이성이 재빨리 말했다.

"그렇구나, 열두 개의 움직이는 판자가 한 번 움직일 때마다 한 시간이 흘렀다는 의미인 거죠. 대응되는 별자리 모양과 진법도 자연히 따라서 변할 거고…… 어쩐지 아무리 계산해도 풀리지 않더라니!"

그는 옆에 있는 사람들을 아랑곳하지 않고 신속하게 바닥에 뭔가를 계산하며 알아들을 수 없는 말을 중얼거렸다. 이성이 그럴듯하게 행동하자 사람들은 모두 가까이 와서 숨을 죽인 채 그가 나무 상자 바깥의 판자를 뜯어내는 것을 지켜봤다.

이성은 바깥일에는 귀를 기울이지 않겠다는 듯이 홀로 한 시진 동안 고군분투하더니 쌀쌀한 밤중에 이마 가득 땀까지 흘려 가며 상자 바깥의 판자 열두 개를 모조리 뜯어냈다.

안에는 구멍 뚫린 작은 상자가 있었다. 이성이 길게 한숨을 내쉬었다. 경직된 어깨가 자기 것이 아닌 것 같다는 생각을 할 때, 작은 상자는 저절로 갈라졌다.

기관을 건드려 상자가 스스로 소멸하면서 지금까지의 노력이 수포로 돌아가는 줄 알고 이성은 낮게 외치며 허둥지둥하기 시작했다. 그때, 상자 안에서 족자 하나가 굴러 나오더니 '펑' 하고 열렸다.

"앗, 불 조심해요!"

"물건 하나 제대로 들지 못하고. 오리버니, 손가락은 제대로 붙어 있는 거야?"

족자가 불더미에 들어가려고 하는 순간 이연이 발로 간신히 그것을 걷어차고는 비명을 지르며 한쪽으로 달려가서 신발에 붙은 불을 껐다.

오초초가 다가가 족자를 주워 조심스럽게 흙먼지를 털어 내고 보니, 오래된 두루마리 그림이었다.

거기에는 도저히 갈피를 잡을 수 없는 초상화가 그려져 있었는데

붓놀림이 수수하고 아무런 장식도 없는 것이 옛날에 관리나 궁녀를 선발할 때 사용하던 초상화 같았다. 그림에는 열 살 남짓한 앳된 아이가 있었는데 구석에는 사주팔자만 적혀 있고 이름은 없었다.

일행은 너도나도 한 번씩 보고는 서로 얼굴만 쳐다볼 뿐 어찌할 바를 몰랐다.

응하종이 물었다.

"이게 뭐예요?"

"영평 21년."

이연이 소리 내서 읽었다.

"영평 21년이 무슨 해예요?"

"'영평'은 선대 황제의 연호예요."

오초초가 말했다.

"만약 이 사람이 영평 21년에 태어났다면 지금은 불혹에 가까운 나이일 거예요. 이상하네요, 이 사람에게 무슨 특별할 게 있을까요? 왜 제문은 이렇게까지 공을 들여서 이 그림을 소장했을까요…… 앗!"

이성이 황급히 물었다.

"뭐죠?"

오초초가 갑자기 족자 위에 찍힌 도장을 가리키며 말했다.

"이거 제 아버지의 도장이에요!"

오 장군은 줄곧 신비하고 알 수 없는 인물이었다. 그는 마치 조정의 '해천일색'에도 속하고 강호의 '해천일색'에도 속하는 것 같았다. 그의 일생은 완전하지 않은 수수께끼 같아서 행간을 이어 놓고 봐도 답을 추리해 낼 수 없었고, 아내와 자식들도 그에 대해서 제대로 알지 못했다.

"저 족자뿐만 아니라 여기에 있는 서신 대부분이 오 장군이 충운 도사에게 쓴 것 같아요. 어떻게 보면 당시 오 장군의 신분이 드러난 시점과 제문이 은거하던 곳이 탄로 난 시점이 거의 같으니 오 장군 과 제문 사이에 줄곧 연락이 있었다는 것도 이상할 일은 아니죠."

이성이 바닥에 꿇어앉아 조심스럽게 여기저기 널린 서신들을 정리했다.

"음…… 원년에 쓴 것, 원년 전에 쓴 것도 있어요……. '양 어르신 앞'은 하나뿐이네요. 이상하군요, 왜 양 어르신께 보내는 서신이 여기에 끼어 있을까요?"

오초초가 저도 모르게 옷자락을 꽉 움켜쥐었다. 이성이 뭔가 생각난 듯 고개를 들어 그녀에게 물었다.

"오 낭자, 저희가 이걸 읽어 봐도 될까요?"

사람들은 그제야 이 서신들은 비록 모두 유적이지만 돌아가신 오 초초의 아버지가 쓴 것들이라 그녀가 보는 앞에서 함부로 뒤지는 것은 별로 좋지 않다는 생각을 했다.

오초초가 애써 이성에게 웃어 보이려 했지만 그러지 못했다. '해 천일색'이 처음 폭로됐을 때부터 과거의 이런 이야기들은 그다지 떳떳하지 못한 것처럼 돼 버렸다. '살아 있는 관공 나으리'로 칭송 받던 충무 장군 오비가 이 가운데서 어떤 역할을 맡았는지 아무도 알지 못했고, 필경 이것들은 비밀 서신이었다.

이성이 뭔가를 말하려는 이연을 눈빛으로 제지했다. 이성이 오초 초의 안색을 살피며 주저하며 말했다.

"타당하지 않으면 저희가……."

"괜찮아요. 보세요."

오초초가 갑자기 말했다.

"아버지는 늘 '다른 사람에게 말하지 못할 일은 하지 말아야 한다'고 가르치셨어요. 전 아버지를 믿어요."

말을 마치고 그녀는 반쯤 꿇어앉아 직접 서신을 열었다. 그런데 첫머리도 서명도 없고 필적은 지저분하기까지 했는데 무례하게 이렇게 쓰여 있었다.

종이로 불을 쌀 수 없는 법. 양 어르신, 어찌 잘못을 고집하고 깨닫지 못하십니까!

오초초가 막 '다른 사람에게 말하지 못할 일은 하지 말아야 한다'는 말을 내뱉자마자 그녀의 아버지는 '종이로 불을 쌀 수 없는' 게 뭔지를 보여 줬다. 그녀가 손을 떠는 바람에 서간지가 날아가 버렸다. 다행히 웅하종이 옆에서 냉큼 낚아챘다. 남의 눈치를 살필 줄 모르는 독 낭중은 주저 없이 말했다.

"이 서신은 양소에게 보내는 것이지만 결국 양소의 손에 들어가지 못했네요. 오 장군과 제문 충운 도사가 줄곧 연락한 것으로 미루어 보아, 당시 비밀 통로를 이용해 흔적을 감춘 제문이 바로 오 장군 등 사람들이 양소와 연락하는 경로였다고 볼 수 있겠죠?"

그는 서신을 손가락 사이에 끼우고 살랑살랑 흔들며 말했다.

"'종이로 불을 쌀 수 없다', '잘못을 고집하고 깨닫지 못한다'는 말은 당시 양소가 뭔가를 속이고 있었는데 오 장군이 알게 된 후 격렬히 반대했고, 심지어 위험을 무릅쓰고 이렇게 또 다른 문제를 파생할 수 있는 서신을 써서 힐문했는데 충운 도장이 중간에 가로챈 겁니다. 왜일까요? 그들 사이에 분쟁이 일어날까 봐? 제가 봤을 때 이 서신의 어휘 선택은 비록 그다지 공손하지는 않지만 삿대질을 하며 욕한 거라고 할 수도 없어요. 양 어르신이 노발대발할 정도는 아니지 않아요?"

이성이 갑자기 말했다.

"서신 봉투를 보세요. 언제 쓴 거죠?"

이연이 재빨리 한쪽에 떨어진 서신 봉투를 집어 들고 읽었다.

"건원…… 2년. 오라버니, 건원 2년이 왜? 그땐 태어나지도 않았 잖아."

이성이 오초초를 힐끔 보았다. 오초초는 손으로 붉어진 눈시울을 닦고 무림의 잡다한 일들을 기록한 두꺼운 책을 한참이나 넘겨 보 더니 목멘 소리로 말했다.

"건원 2년…… 아! 선대 채주가 북두에게 암살당하고 이 두령이 조중곤을 암살하려다 미수로 그쳤어요."

이성이 물었다.

"더 있어요?"

"네…… 잠시만요. 그리고 북도 계승자가 관내에 들어와 산천검 을 공격해서 상처를 입혔고, 그리고……."

오초초는 거기까지 말하고는 진저리를 치며 말을 멈췄다. 네 사 람은 한참을 서로 바라만 볼 뿐 어찌할 바를 몰랐다.

오초초는 사방을 둘러보며 멀지 않은 곳에서 유민들이 깊이 잠들 고 주변에 외부인이 없는 것을 확인하고 나서야 낮은 소리로 말했다.

"그렇다면 선대 채주와 산천검의 일이 양…… 양 어르신과 관계가 있는 게 아닐까요? 충운 도장이 이 서신을 전달하지 않은 건 제 아버지를 보호하기 위한 게 아닐까요?"

"아직 단정할 수는 없어요."

이성이 잠시 생각에 잠겼다가 고개를 절레절레 젓고는 다른 서신들을 뜯기 시작했다.

그들은 졸음이 싹 가셨다. 천방지축 이연도 잠잠해져서 함께 서신들을 뜯어 읽었다. 오비 장군은 문인의 풍모를 지닌 무장이자 병법의 대가였는데 젊은 시절 우연한 기회에 진법의 대가인 제문의 충운 도장를 알게 되었다.

두 사람은 첫 만남에서 바로 오래된 친구처럼 친해졌다. 두 사람의 표면상의 연락은 오비 장군이 거짓된 마음으로 조 씨에게 빌붙은 이후로 끊겼으니 오초초는 당연히 아버지에게 이런 친구가 있다는 것을 알 수 없었다.

영평 32년을 경계로 전에는 대부분 친구 사이에 마음을 나누는 내용이었는데 죄다 일장 연설이었다. 때때로 진법을 토론하기도 하고 나라와 백성들을 우려하기도 했는데 이때까지만 해도 오 장군은 선대 황제의 과격한 신정에 대해 문외한 같은 견해를 내놓기도 했다.

그러나 영평 32년 이후에는 서신만 봐도 분위기가 갑자기 팽팽해졌다는 것을 느낄 수 있었다. 한 해를 통틀어 몇 통밖에 없었는데 첫 번째 서신은 초봄에 쓴 것이었다.

조잡한 글씨로 간단하게 조정에서 물밑 작업이 일어나고 있어 자신이 상당히 불안하다는 내용을 적었다. 그 뒤로 오 장군은 반년 동안 아무 소식도 없다가 섣달에 갑자기 충운 도장에게 긴급 서신을 세 통이나 보냈다.

"영평 32년 섣달이면 조중곤이 사람들을 데리고 퇴위를 강요하던 때일 거예요."

이성이 오 장군의 서신 세 통을 한데 모아 두었다.

첫 번째 서신은 상당히 긴급한 말투였는데 사건이 너무 갑작스럽게 일어나는 바람에 오 장군이 미처 반응하지 못한 게 틀림없어 보였다.

이어서 두 번째 서신은 많이 침착해졌다. 그때 영평 황제는 이미 붕어했는데 오 장군은 서신에서 일절 대가를 아끼지 않고 태자를 지키겠다고 언급했다. 많은 글자들이 흐릿해졌는데 당시 눈물에 젖어서인지 시간이 오래 지나서인지 알 수 없었다.

세 번째 서신에서는 일이 뜻대로 되지 않아 동궁이 조난을 당해 태자가 죽었고, 어린 황손은 종적을 알 수 없게 되었다고 했다. 결국 그들은 영평 황제의 어린 아들 하나밖에 지키지 못한 게 분명해 보였다.

이연이 끼어들었다.

"그럼 충운 도장은 오 장군의 서신을 받고 나서야 은 대협이랑 할아버지를 모아 호송하게 한 거야?"

"응."

이성이 세 번째 서신에 시선을 고정한 채 건성으로 대꾸했다. 이연이 그를 쿡쿡 찌르며 말했다.

"왜 또 그래? 똑바로 말해!"

이연이 찌르는 바람에 그는 몸 전체가 흔들렸지만 간만에 이연과 똑같이 행동하지 않고 무슨 깊은 생각에 빠진 듯 서신에 적힌 한

구절에 시선을 고정했다.

어린 전하는 크게 놀라 슬픔과 원한이 교차하며 이리저리 떠돌아 다니는 동안 고열로 혼수상태에 빠졌다.

"이건 영평 33년, 즉 건원 원년 정월의 서신이군요."

응하종이 그 뒤의 서신을 몇 통 뜯었다. 영평 32년 말, 어지러운 세상이 평정된 뒤 오비 장군은 한담은 거의 적지 않고 연속된 몇 통의 서신에서 간단하고 직접적인 말투로 쪽지라고 할 법한 분량 에 토론할 내용을 상당히 세밀하게 담아냈다.

이성 무리는 받은 서신만 읽을 뿐 보낸 서신은 읽지 못했는데도 당시의 기세등등한 남하 과정을 눈앞에서 보는 것 같았다.

"여기에 '해천일색'이 한두 번 언급된 게 아니네요."

응하종이 말했다.

"그런데 제 생각에는 여기서 말한 '해천일색'은 그 '해천일색'이 아닌 것 같아요. 이때까지만 해도 산천검 무리들은 길에 있었으니 '해천일색'은 아마도 거짓된 마음으로 북조에 빌붙은 관원의 명단 을 가리키는 것 같군요. 그리고 오 장군이 양소, 양 어르신 이런 단 어를 자주 쓴 걸로 봐서 당시 서신을 주고받은 게 오 장군과 충운 도장 두 사람만이 아닌 것 같고요."

"양소는 과연 양소군요."

이성이 고개도 들지 않고 말했다.

"당시 남하 작전이 성공할 수 있었던 것은 상당 부분 양소의 박 력과 결단력 덕분이었어요. 연아, 오 장군이 직접 그린 행군 노선도 좀 건네줘."

오비 장군은 군대를 통솔하던 사람이라 지도를 아주 상세하게 그렸는데 산천과 골짜기에도 표시를 해 두어 문외한도 한눈에 알아볼 수 있을 정도였다.

"다들 이것 좀 보세요."

응하종이 지도를 가리키며 말했다.

"지도에 보면 표시가 두 갈래로 되어 있는데 두 조로 나뉘어 이동했다는 뜻이에요. 양주 수비군 주둔지까지 가서 다시 회합했어요. 다시 말해, 당시 어린 황자, 그러니까 황제가 남하할 때 한 무리가 그를 호송했고, 또 다른 무리들이 세상 사람들의 이목을 속이며 진짜 황자를 엄호했던 거예요."

"말이 되네요. 황실 금군이 가짜를, 무림의 고수들이 진짜 황자를 호송한 거예요. 만약을 대비해서 이 계획은 아주 소수의 사람들에게만 알렸을 테고, 당시 북상하여 맞이했던 선봉대도 까맣게 속았던 거죠."

이성이 잠긴 목소리로 말했다.

"듣자니 양소도 황자를 엄호하기 위해 군대를 거느리고 북조 군대의 이목을 끌다가 결국 순국한 거라죠. 그가 엄호한 사람이 설마 가짜는 아니겠죠?"

응하종이 말했다.

"조중곤의 손에는 병사들 외에 북두도 있었어요. 그 들개들에게 패잔병 무리 중 어린아이 하나 죽이는 일은 식은 죽 먹기였겠죠. 그렇다고 산천검 일행을 따라다니는 게 볼품도 없고 꼭 편하지만은 않았을 거예요. 고수들이 지키고 있어 접근조차 쉽지 않았을 테니, 그 당시 심천추도 어림없었을걸요. 강호 사람들이 아이를 데리고 다니면 빨리 이동할 수도 있고 사람들의 이목도 끌지 않아 북조 군대도 추적하기 어려웠을 거예요."

오초초가 말했다.

"그런데 심천추 그 사람, 제가 봤는데 상당히 포악해요. 만약 그가 정말 손을 썼다면 보자마자 바로 진짜인지 가짜인지 알아봤을 거예요. 만약 군영에 황자가 없는 것을 들키면 모든 게 끝나는 거잖아요? 북조 대군이 정신을 차리고 방향을 바꾸어 추격한다면 남쪽의 지원군들은 어찌 된 영문인지도 모르고 있어서 미처 구원하지 못했을 거예요. 고수 몇 명으로는 조정의 대군을 대적할 수 없어요."

이 점은 그들도 겪어 봐서 잘 알고 있었다. 제문의 금지 구역에 몸을 숨기지 않았더라면 다른 사람들은 말할 것도 없고 주비조차도 아마 화살을 맞아 고슴도치가 되었을 것이다.

이성이 그녀를 지그시 바라보며 말했다.

"맞아요, 군영에 진짜처럼 속일 수 있는 대역이 있어서 불행하게 북두에게 죽임을 당하더라도 심천추 그놈들이 진짜 황자를 죽였다고 알면 모를까."

그들은 동시에 두루마기 그림 쪽으로 시선을 옮겼다. 오초초가 갑자기 두 눈이 휘둥그레져서 말했다.

"사람들이 그러는데 황상이 남하할 때 고작 열 살 남짓했다고……."

다시 말해, 그림에 있는 영평 21년에 태어난 소년은 마침 오늘날의 황상과 나이가 비슷했다. 이름도 알려지지 않은 아이인데 왜 사주팔자 옆에 초상화까지 그렸을까……. 이 아이가 누굴 닮았는지 증명하기 위해서? 명으로 암으로 두 갈래 노선을 정한 오 장군의 개인 인장이 왜 이 초상화에 찍혀 있는 것일까?

이연은 선천적으로 둔해 그제야 한 박자 늦게 반응했다.

"설마, 그럼 당시에 황자를 보호하기 위해 죄 없는 아이를 미끼로 삼았단 말이야?"

나머지 세 사람이 동시에 이연을 바라보았다.

"왜 날 봐?"

이연이 어리둥절해서 말했다.

"어찌 됐든 너무한 거 아니야? 나중에 그 아이는 어떻게 됐는데?"

"그게……."

이성이 간신히 말했다.

"연아, 문제는 그게 아니야."

오초초가 낮은 소리로 말했다.

"문제는, 당시 두 무리로 나뉘었던 사람들이 장강과 회하 일대에서 양 대인의 군대와 회합한 후, 이 초상화에 그려진 아이가 다시는 나타나지 않았다는 거예요. 기록이 없으니 아무도 모르고, 그 아이의 존재를 아는 사람이 없다는 거죠……."

"어린 전하는 크게 놀라…… 고열로 혼수상태에 빠졌다……."

"종이로 불을 쌀 수는 없는 법."

해천일색…….

진짜와 가짜, 이 계획은 원래 흠잡을 데 없이 완전무결했다. 그런데 북조 군대의 추살을 피한다고 해도 몸이 허약하고 잔병이 많은 어린 황자가 그 험난하고 긴 여정을 견뎌 낼 수 있었을까?

만약 당시 이 거사가 정말 성공을 거뒀다면 왜 이렇게 오랜 세월이 흐르는 동안 큰 공을 세운 그 무림 고수들은 아무런 칭찬도 받지 못했단 말인가? 왜 '해천일색'을 철저히 비밀에 부쳐야 했단 말인가?

진짜 황자와 가짜 황자 중 남은 것은 한 명뿐. 그렇다면 남은 사람은 과연 진짜 황자일까, 아니면…….

이성이 몸을 부르르 떨더니 감히 더 이상 생각하지 못하고 황급히 입술을 깨물며 낮은 소리로 말했다.

"자, 다 치우죠. 오늘 일은 아무도 발설해서는 안 됩니다. 다들 먼저 돌아가세요. 제가 이 물건들을 고모부께 가져가겠습니다. 누구도 서신의 한 글자도 누설해서는 안 됩니다. 도청꾼, 알아들었어?"

나머지 세 사람은 상자 안의 진상에 놀라 소름이 끼쳤지만 이연은 여전히 어리둥절했다. 그녀가 제대로 물어보려고 하는 순간, 갑자기 이변이 발생했다.

검은 그림자가 불쑥 나타나더니 믿을 수 없는 속도로 코앞까지 돌진해 왔다. 이성도 미처 막지 못했다. 이연은 본능적으로 오초초를 밀치고 칼을 빼 들고 나섰다. 칼을 앞으로 내밀기도 전에 어떤 막강한 힘이 사정없이 가슴으로 밀려왔다.

이연은 흉추와 갈비뼈가 눌려 찌그러지는 느낌이 들어 찍소리도 하지 못했고, 그저 눈앞이 캄캄해져서 연달아 몇 걸음 뒤로 물러나 그대로 바닥에 주저앉았다.

한편, 이성과 응하종은 이미 상대와 엉겨 붙어 싸우기 시작했다. 놈은 온몸에 검은 옷을 꽁꽁 두르고 있었고 너무 여윈 나머지 뼈만 앙상했는데 무공은 놀라울 정도로 뛰어났다.

이성과 응하종은 상대의 압박 앞에서 허둥지둥하며 도저히 반격할 수가 없었다. 그놈은 바싹 마른 손을 내밀어 이성의 칼을 확 잡더니 옷소매를 털어 그를 멀리 뿌리치고는 응하종의 명치를 휘어잡았다.

놈은 응하종을 번쩍 들어 올렸다. 그런데 몸에 있는 독사들이 그 괴인 앞에서 아무도 고개를 내밀지 않았다. 괴인은 손을 뻗어 그의 품에서 겹겹이 싼 열반고 모충을 꺼내더니 사람 소리가 아닌 것 같은 공포스럽고 날카로운 소리로 크게 웃으며 말했다.

"그렇구나, 그렇구나!"

그렇게 알 수 없는 말만 남기고 그는 열반고 모충을 손에 쥔 채, 숨도 제대로 못 쉬고 있는 응하종을 내동댕이치고 두 걸음 만에 어둠 속으로 사라졌다.

"저놈은…… 캑캑!"

응하종은 숨이 가쁘고 목이 따가워 반나절이나 바닥에 널브러져 있었다. 괴인이 잠깐 들어 올렸을 뿐인데 목에는 검푸른 손자국이 나 있었고 그는 죽어라 기침을 해 댔다.

오초초는 가장 약한 사람이었지만 이연이 일찌감치 밀어낸 덕분에 오히려 제일 멀쩡했다. 그녀는 놀란 가슴을 가까스로 진정하고 이연을 일으키며 말했다.

"저 사람 손 봤어요?"

괴인의 얼굴은 보이지 않았지만 손은 상당히 흉측했다. 바싹 마르고 시커먼 가죽과 살이 뼈에 달라붙어 있었는데 반토막 난 팔과 손바닥은 뼈를 이어 붙인 자국이 선명했다.

오초초가 말했다.

"열반고가 빨아먹은 강시 같았어요!"

응하종이 쉰 소리로 말했다.

"같은 게 아니라 바로 열반고의 주인…… 그 은패 놈이에요."

"은패군요."

이성이 낮은 소리로 말했다.

"제가 약인 무리와 겨룬 적 있는데 하나같이 무공이 뛰어났습니다. 하지만…… 모두 시체 썩은 냄새를 풍겼죠."

오초초가 조급해서 말했다.

"방금 우리가 한 말을 모두 들은 게 아닐까요?"

그 말을 들은 이성이 찢어지게 아픈 등을 움직이며 목숨을 위협하는 비밀 서신과 두루마기 그림을 보았다. 은패는 그것들은 건드리지 않고 갑자기 나타났다가 갑자기 사라졌다. 행동거지가 마치 열반고가 머리에 파고든 것처럼 실성한 듯 다급하게 죽은 모충만 빼앗아 갔다.

"당황하지 마세요."

이성이 정신을 가다듬고 낮은 소리로 말했다.

"우리도 근거 없이 추측한 것일 뿐이고 신물이 있는 것도 아니잖아요. 은패는 더더욱 없죠. 열반고 모충이 죽었으니 은패에게 아무런 영향이 없지는 않을 거예요. 제가 봤을 때는 제정신이 아닌 것 같은데, 저런 사람이 밖에 나가서 떠들어 봤자 누가 믿겠어요."

응하종이 냉소를 지으며 말했다.

"열반고를 몸에 올린 순간부터 '정신'이란 게 사라진 거죠."

"사안이 긴급합니다."

이성이 재빨리 말했다.

"밤이 길면 꿈이 많고 일을 길게 끌면 문제가 생기기 마련이에요. 더 이상 지체할 수 없어요. 이렇게 하죠. 이연, 오 낭자, 두 사람은 유민들을 데리고 돌아가 자초지종을 이 두령님께 알리고, 저는 바로 제문의 이 나무 상자를 들고 고모부께 가겠습니다. 응 형님, 은패가 열반고 모충을 빼앗아 가고 또 우리의 말도 엿들었으니 금릉 아니면 옛 도읍으로 갈 겁니다. 금릉으로 갈 가능성이 더 높아요."

그들의 추측이 맞는다면 당시 여러 고수들은 '해천일색'에 동참해 진짜 황자를 남쪽으로 호송했을 것이다. 그런데 하늘도 무심하지, 어린 황자는 나라가 망하고 가족이 뿔뿔이 흩어지자 놀라움과 두려움을 견디지 못하고 도중에 병에 걸려 죽어 버렸다.

그러자 간이 배 밖으로 나온 양소가 많은 사람이 지켜보는 가운데 가짜를 진짜인 것처럼 속였다. 사후에 내막을 알고 있는 사람들은 모두 입을 닫고 '해천일색' 동맹 서약을 세웠다.

그런데도 양소와 '조연'은 안심하지 못했고 이징과 산천검 등은 잇따라 비명횡사했다. 모든 비극이 거기에서 시작됐다. 은패가 아비의 복수를 하러 금릉으로 가는 것은 어찌 보면 당연한 일이었다.

"알겠어요."

응하종이 고개를 끄덕였다.

"제가 먼저 금릉에 가 볼게요. 저도 궁금하거든요. 그놈이 죽은 벌레로 무슨 수작을 부릴지."

"수고 좀 해 주세요. 연아, 오복령 좀 가져와."

이성은 이연더러 몸에 지니고 다니던 것을 내놓게 하고 자기 허리춤에서 명패를 풀어 함께 응하종에게 넘겨주며 당부했다.

"응 형님, 우선 행각방에 연락해서 양근을 찾으세요. 경운구의 남쪽 지방 사람들은 대대로 독충을 만지다 보니 독을 막는 방면에서는 비결이 있을 겁니다. 당신의 뱀이 은패를 두려워하니 정말 맞닥뜨리면 대책이 없을 거예요. 그리고 제 명패를 들고 사십팔채 비밀 기지에 찾아가서 비야에게 연락하는 걸 잊지 마세요. 사십팔채 사람들은 각 비밀 기지가 어디에 있는지 다 알고 있으니 반드시 비야를 찾을 수 있을 거예요. 은패의 무공은 불가사의하니까 정말 발광이라도 하면 당해 낼 사람이 옆에 있어야 합니다."

응하종은 독단적으로 행동하는 데 익숙한 사람이라 그가 증표를 쥐여 주고 또 이것저것 잔뜩 당부하자 순간 어찌해야 할 바를 몰랐다. 이성은 양근을 찾아야 한다고 했다가 또 주비를 부르라고 했다. 듣자니 그의 의학 실력도 못 미덥고 무공 실력도 부족하다고 여기는 모양이었다. 그러나 이성의 말투가 너무나도 진지해서 응하종은 전혀 불쾌하지 않았다.

이성이 그의 어깨를 톡톡 두드리고 응하종을 지나 조금 전의 소동 때문에 놀라서 깬 유민들을 바라보며 말했다.

"한 그루의 나무로는 숲을 이룰 수 없습니다, 형님."

응하종은 멈칫하며 오복령을 쥔 손에 힘을 주었다. 그는 이성을 지그시 바라보고 가볍게 고개를 끄덕인 후 자리를 떠났다.

제 8 장

남
조
의
수
도
금
릉

남조의 수도 금릉

여러 세력이 잇달아 여정에 올랐다. 말고삐가 향한 곳은 모두 남조의 수도, 금릉이었다.

그러나 금릉에는 여전히 상서롭고 화목한 가을빛이 이어지고 있었다.

저녁 무렵, 석양이 뉘엿뉘엿 지고 바람이 솔솔 불어왔다. 진회하秦淮河 강변에는 첫 연등을 밝혔다. 그 희미한 빛이 닿는 곳에는 낙엽이 와삭 부서지며 이내 물에 떠내려가 종적을 감췄다.

황궁의 화려함은 빛을 잃지 않았고 조각된 난간과 옥으로 만든 기둥이 가득했다. 사윤의 얼음같이 차가운 몸에 가라앉아 있던 정신은 어지럽게 몸에서 튀어나와 처마 밑의 장식물이며 옥으로 만든 기둥, 가로 진열된 붉은 칠을 한 궁전 앞의 섬돌, 유리 사이를 넘어지고 부딪치며 돌아오지 않으려 했다.

유유량에게서 사윤이 곧장 궁으로 들어갔다는 말을 들은 주비는 기다릴 수 없어 궁전에 난입했다. 하루 종일 한가로이 돌아다니며 아무런 수확도 얻지 못한 주비가 냉정을 되찾고 돌아가려는 순간, 마침 시위들이 보초를 서고 있는 게 보였다.

장난기 어린 승부욕이 발동한 주비는 고수들의 코앞에서 몰래 들어가 놀고 오려던 참이었다. 그런데 의기양양하여 들보에 올라간 순간, 찾으려고 할 때는 어디에서도 찾을 수 없었던 그 사람이 보이는 게 아닌가. 주비는 하마터면 실족하여 떨어질 뻔했다.

주비는 웃을 수도 울 수도 없었다. 삼 년 동안 동해의 그 '산송장'은 줄곧 마음 쓰이는 사람이었다. 그녀는 그간 온 세상을 헤집고 다니며 희귀한 약재를 찾는 일에 익숙해졌다. 번번이 일말의 희망 앞에서 좌절하고 결국 봉래까지 가서도 지적에 누워 있는 사람과 필담만 나누었다. 그런데 멀쩡하게 걸어 다니는 진짜 그를 만나니 무슨 얘기부터 해야 할지 몰랐다.

하필이면 평소에는 입담이 화려하고 쓸데없는 말을 한 마차씩 늘어놓곤 하던 사윤도 혼비백산한 멍청한 모습을 하고 꿀 먹은 벙어리처럼 그녀를 멍하니 바라볼 뿐, 아무 말도 하지 않았다.

주비는 어쩔 수 없이 아무렇지도 않은 표정을 지으며 여유롭게 사윤 앞으로 걸어가 손을 흔들었다.

"왜요, 몰라보겠어요? 아니면 너무 오래 누워 있어서 멍청해진 거예요?"

사윤은 그녀의 손을 확 잡았다가 손의 온기에 화들짝 놀라며 몸을 부르르 떨고는 냉큼 다시 뿌리쳤다. 그러고는 밑도 끝도 없이 억울하다는 듯이 말했다.

"오랜만에 만났는데 왜 보자마자 이렇게 사납게 굴어?"

주비가 말했다.

"그쪽이 저를 오랜만에 만나는 거지, 전 항상 보고 있었어요."

말을 마친 그녀는 자신이 마치 그를 보러 여러 번 동해에 간 것처럼 말했다는 생각이 들어 혀를 살짝 깨물고 냉큼 한마디 덧붙였다.

"지겨울 만큼 말이에요."

사윤의 창백한 입가에 초봄의 빙하처럼 미세한 웃음이 사르르 번졌다. 지나간 시간을 떠올리며 감동한 듯하더니, 이내 담담한 얼굴로 장난스러운 미소를 지었다.

그는 몸을 앞으로 기울여 주비 몸에서 풍기는 은은한 연지 향을 맡으며 낮은 소리로 말했다.

"뭐? 나 같은 미남 얼굴을 보는 게 지겹다고? 낭자, 뭘 더 보고 싶은 거지?"

"……."

개는 똥 먹는 버릇을 고칠 수 없다더니, 사 아무개의 입방정은 아무래도 고칠 수 없나 보다.

"비야."

사윤이 갑자기 정색하며 말했다. 살짝 내리깐 눈꺼풀이 아름다운 곡선을 만들어 냈다. 그는 주비의 눈을 애틋하게 바라보며 말했다.

"정말 보고 싶었어."

주비는 자못 놀랐다. 차가운 숨결이 억제하듯 다가왔다. 조심스럽게 옷을 사이에 뒀지만 당장이라도 그녀의 온몸에 냉기가 퍼질 것만 같았다. 그건 분명 사람의 온도가 아니었음에도 불구하고 뜨거운 눈물이 차오르게 만들었다.

사윤이 물었다.

"내가 전에 말한 적 있었나? 천하의 맛있는 음식 중 절반이 금릉에 있다고?"

주비가 목이 잠긴 채로 대답했다.

"특제 만두를 먹으면서 큰소리를 쳤었죠. 금릉에서 가장 맛있는 식당으로 데리고 가겠다고."

사윤이 웃으며 말했다.

"그럼 뭘 더 기다려?"

잠시 후, 두 사람은 황궁의 시위들을 없는 사람 취급하며 성벽을 뛰어넘어 번화한 곳을 찾았다.

추운 날씨에도 연등 주위는 대낮처럼 수증기가 감돌았는데 사윤 옆에서 이내 살얼음으로 응고되어 부드럽게 반짝였다.

그는 인파를 가르며 앞에서 길을 안내했다. 그는 주비와 옛 얘기를 나누거나 왜 왔는지 묻지도 않았다. 거두절미하고 오롯이 꿈인지 생시인지 모를 현재에 빠져 있었다.

그는 가는 길 내내 도성에 와 본 적 없는 촌뜨기 주비에게 수도의 풍물에 대해 주절주절 설명했다. 사윤이 어떤 연지 가게를 가리키며 이렇게 말하기 전까지 주비는 듣는 둥 마는 둥 했다.

"저기 저 볼품없는 가게 이름은 '이십사교'야. 여기에는 긴 사연이 담겨 있지. 약 이백 년 전에 생활이 어려워 여기저기 떠돌던 절세미인이 있었는데 〈이십사교〉라는 곡을 불러 천하에 이름을 알렸대. 나중에 미모가 점점 시들자 어쩔 수 없이 세상과 타협하여 어떤 부자한테 팔려 갔대. 떠나기 전에 이곳에서 밤새 통소를 불었는데 나중에 사람들이 느끼는 바가 있어 연지 가게를 차리고 통소 소리를 따서 이름을 지었다나 봐. '덧없는 인생은 꿈과 같고 아름다운 얼굴은 늙지 않는다'는 의미지."

주비는 표정 없는 얼굴로 듣고만 있을 뿐 조금도 감동받지 않은 눈치였다. 사윤은 스스로 만족해하며 말했다.

"어째 예쁜 여자아이에서 다 큰 미녀가 됐는데도 여전히 말귀를 못 알아듣냐."

주비는 잠시 대답할 말을 찾다가 차갑게 대꾸했다.

"……그래요? 저는 '이십사교'가 우리 사십팔채의 비밀 기지인 줄 알았어요."

사윤은 아무렇게나 이야기를 꾸며 내다가 발각됐는데도 전혀 곤란해하지 않고 오히려 뒷짐을 지고 말했다.

"쯧쯧, 그때 누구는 제집 앞에서도 들어가는 문을 못 찾고, 오는 길에 촉 땅에 얽힌 이야기를 서른두 개나 말해 줬는데 그중에서 스물여덟 개는 지어낸 거였다지……."

그가 말을 마치기도 전에 주비의 칼자루가 날아왔고 사윤은 냉큼 줄행랑을 쳤다. 두 사람은 한 명은 도망가고 한 명은 쫓아가고, 마치 풋내기 시절 강호에서 근심 걱정 없이 장난치던 모습 같았다.

사윤은 맑고 신선한 바람처럼 사람들 틈을 비집고 다녔는데 그 솜씨가 전혀 녹슬지 않았다. 응회암 석판을 밟으며 주위를 어슬렁 거리던 강아지가 놀라 고개를 이리저리 돌렸지만 그의 그림자도 쫓아가지 못했다.

두 사람이 금릉 전체를 반쯤 둘러보고서야 사윤의 발걸음이 강가에 있는 작은 주루 옆에서 멈췄다. 그가 다리 어귀에 서자 물안개가 희뿌옇게 그를 에워쌌다.

그가 작은 돌멩이 하나를 주워 정확하게 등롱을 걸어 놓은 창살을 맞힌 후, 주비에게 손짓을 하더니 뜬금없이 뛰어올랐다. 그가 민첩하고 교묘하게 주변의 계수나무를 톡 건드리자 짙은 향이 와르르 흩어지더니 그를 떠받들어 3층 지붕 위로 옮겨 놨다.

놀랍게도 지붕에는 별실이 있었다. 넓지 않은 공간에 탁자며 의자를 모두 갖추고 있었는데 아쉽게도 사다리가 없어 경공이 조금이라도 부실하면 올라가기조차 힘들었다. 사윤이 고개를 내밀고 주비에게 말했다.

"올라와, 조심해서……."

그가 말을 마치기도 전에 주비는 이미 날렵하게 그의 뒤에 착지했다.

"뭘 조심해요?"

"……아래층 지붕에 있는 방울을 건드리지 말라고. 건드리면 술을 올리거든."

사윤이 멈칫하고는 겨우 말을 마저 마치고 감탄했다.

"진 사숙이 네가 하루에 천 리 길도 거뜬하다고, 임 선생도 너를 무서워한다고 하길래 과분하게 칭찬하는 건 줄 알았는데 지금 보니 나도 널 두려워해야겠는걸?"

그때 지붕 위 별실에서 삐걱거리는 소리가 나더니, 탁자 밑의 나무판자가 밑에서부터 열리고 삼단 찬합이 탁자 밑에서 머리를 내밀었다. 곧이어 작은 술 주전자도 올라왔다.

사윤이 다가가 술이며 요리들을 탁자에 옮겨 놓으며 주비에게 말했다.

"여기가 바로 금릉에서 가장 좋은 식당이야. 자."

그런데 주비는 꼼짝하지 않았다. 얼굴에 은은하게 피어 있던 웃음기가 옅어졌다.

"저는 제문의 금지 구역을 찾아내 국사 여윤의 유적을 보았고 우연히 고영진기의 비결도 알게 되었어요. 그런데……."

술잔 하나가 갑자기 날아와 주비의 말을 끊었다. 그녀는 본능적으로 손을 뻗어 술잔을 잡았는데 한 방울도 흘리지 않았다. 주비는 흠칫했다. 어디선가 매서운 술 향기가 풍기는 것 같았다.

"이렇게 좋은 시절, 이렇게 아름다운 풍경 앞에서."

사윤이 말했다.

"하필이면 그렇게 흥을 깨는 소리를 하다니, 벌받고 싶어?"

주비가 멍한 얼굴로 고개를 들어 사윤과 눈빛을 마주하자 사윤이 갑자기 손으로 가슴을 움켜잡고 안타까워 말했다.

"인생 참 여한이 많아. 계수나무 우거졌는데 깊은 밤은 짧고 모란은 향이 없고 좋은 술에도 취하지 않은 게 한스러워. 삼 년이나 눈앞에서 아른거리던 미인이 코앞에 있는데도 색시로 맞이할 수 없으니. 쯧쯧, 사는 게 무슨 재미가 있겠어?"

"……."

사윤은 또 고개를 돌려 그녀에게 눈을 찡긋하며 웃었다.

"미인께서 저에게 입을 맞춰 주신다면 눈을 감을 수 있을 것 같은데."

주비가 쏘아붙였다.

"지붕에서 굴러떨어지고 싶어요?"

사윤이 크게 웃으며 말했다.

"머리를 아래로 향하고? 안 돼, 너무 흉하잖아."

그는 주비를 자리에 앉히더니 긴 다리를 '지붕 위 별실'의 나무들보에 턱 하고 걸쳤다. 멀리서 아름답게 장식한 놀잇배가 앞으로 나아가며 물보라를 일으켰다. 생황 반주에 맞춰 노래를 부르는 소리가 은은하게 들려왔다.

그는 눈을 가늘게 뜨고 바라보았다. 손에 든 술잔의 술이 눈 깜짝할 새에 얼어서 서리가 생겼다. 한참 후 사윤이 입을 열었다.

"아까는 농담이었어. 내가 네 시간을 삼 년이나 뺏은 것만으로도 웃으면서 황천길을 걸을 수 있을 것 같아."

주비의 눈에 언뜻 물기가 스쳤다. 이내 그녀는 푸흡 웃음을 터뜨렸다.

"자화자찬은 그만하시죠. 그쪽이 없었더라도 제 삼 년은 흘러가거든요?"

사윤이 고개를 저었다.

"내가 없었더라면 너는 무곡을 상대할 필요도 없었고 열에 아홉은 죽는다는 제문의 금지 구역에 갈 필요도 없었겠지……."

주비가 정색하며 말을 이었다.

"그래요, 북두를 밟아 버릴 절세 무공을 연습할 생각도 하지 않았겠죠."

사윤이 잠시 침묵하더니 고개를 돌려 그녀를 바라보았다.

"엄마야, 어떻게 이렇게 뻔뻔할 수가 있지? 정말 젊었을 때 내 모습 같구나!"

주비가 손을 들어 사윤의 술잔에 잔을 부딪치자 곡주 두세 방울이 튀었다. 그녀는 잔을 들어 술을 단숨에 다 마셨다.

그때, 수면 위에서 누군가 작은 불꽃을 터뜨려 낮고 어지러운 소리와 함께 사방을 잠깐 밝혔다. 사윤이 그 빛에 놀라 고개를 살짝 돌리자, 소녀의 숨결이 담긴 지극히 옅고 달콤한 향이 재빨리 다가오더니, 깃털 같은 것이 입술을 스치는 느낌이 들었다.

사윤은 숨을 멈추고 그대로 굳었다.

얼마나 지났을까, 두 사람은 아무 말도 하지 않았다. 강바람이 지붕을 맴돌고 사방은 너무나 고요해 물소리만 들릴 뿐이었다. 조금 전의 아름다운 놀잇배는 그 자리를 떠났지만 사윤은 순식간에 피고 사라진다는 우담화가 나타나기라도 할 것처럼 여전히 멍하니 캄캄한 수면 위를 바라보았다.

주비는 본의 아니게 주전자의 술을 모두 마셔 버렸다. 그제야 자신이 술맛을 전혀 음미하지 못하고 마셨다는 생각이 들었다. 이렇게 좋은 술을 당나귀가 물을 마시듯 마셔 버렸으니 주인장의 정성을 낭비한 격이었다.

그녀는 갑자기 너무 어색해져 벌떡 일어섰고 사윤은 귀에 눈이 달렸는지 그녀의 손목을 꽉 잡았다.

누구한테 쫓기는 상황이 아니고서야 사윤의 얼굴에서 이렇게 차분한 표정을 보기란 힘들었다. 아마도 그는 자신의 인생이 충분히 곤혹스러운 나머지, 매사에 진지할 필요가 없다고 생각해 모든 것을 하찮게 대하는 방식으로 자신과 다른 사람들을 조금이라도 편하게 하려는 것 같았다.

그는 손을 너무 꽉 잡아 손끝까지 파리해져서 떨리는 목소리로 물었다.

"어떻게 할 생각이야?"

주비는 사실 모른 척하고 '당분간 금릉에서 당신과 함께 있을 거예요'라고 말하고 싶었지만 사윤이 물어본 것은 지금 당장 어떻게 할 생각인지가 아니라 그가 죽은 다음의 계획임을 잘 알고 있었다.

그녀는 멍청한 척 회피해 보려 했지만, 물결이 비친 그의 맑은 두 눈을 보자 결국 이를 악물고 시선을 돌리며 비참한 현실을 직시했다.

"모르겠어요."

한참이 지나서야 주비가 말했다.

"아마 아버지가 무슨 당부를 할지에 달렸겠죠. 아무런 당부도 없다면 저는 꼭 북두 두 놈의 머리를 따고야 말겠어요. 케케묵은 원수를 다 갚고 나면 아마도 사십팔채로 돌아가 초초를 도와 실전된 무공 비급들을 정리하겠죠. 필요하다면 사십팔채의 싸움꾼이 되고요. 그러면…… 천하가 평화를 되찾겠죠?"

"응."

사윤이 입가에 특이한 미소를 지으며 말했다.

"선인들이 길을 잘 다져 놨으니 평화롭지 못할 게 뭐가 있겠어? 부탁 하나만 해도 될까?"

주비는 그를 바라보았다. 그는 조금 야윈 것만 빼면 팔 년 전 처음 사십팔채에 왔을 때 덫줄에 걸려 낑낑대던 모습과 달라진 게 거의 없었고 마치 짧은 세월과 지나치게 많은 경험에 박제된 사람 같았다.

사윤이 투정을 부리듯 그녀를 향해 웃으며 말했다.

"명이 짧은 남자한테 시집 가. 그러면 이십 년 뒤에 내가 다시 널 찾아갈 수 있잖아."

주비는 애써 손을 빼내려 했지만 사윤의 손가락은 마치 벗어날 수 없는 감옥처럼 흔들림 없이 공중에 굳어 있었다. 그녀는 불현듯 몸을 떨기 시작했다. 감추고 속이는 데에 익숙해졌던 감정이 거센 암류가 되어 그녀의 작은 가슴속 이곳저곳에 휘몰아쳤다.

사윤은 두 손으로 주비의 손목을 받쳐 들고 고개를 숙여 그녀의 손을 자기 이마에 가져다 대며 낮은 소리로 말했다.

"울지 마. 사람과 사람이 함께할 수 있는 시간은 잠깐뿐이야. 우는 시간만큼 사라지면 너무 손해잖아? 비록 너와 나는 검은 머리 파뿌리 될 때까지 함께하진 못하지만 이미 평생을 함께했다고 할 수 있잖아. 유종의 미를 거두는 것이니 이것 또한 행운이지 않겠어? 꼭 칠팔십까지 살 필요는 없잖아."

주비가 그를 확 뿌리치며 말했다.

"누가 운다 그래요."

"그래, 주 대협이 울 리가 있나? 북두를 짓밟아 버릴 수 있는 천하제일 협객인데 말이야."

사윤은 잠시 멈칫하더니 약삭빠르게 덧붙였다.

"비록 자칭이지만."

이 한마디를 덧붙이는 바람에 존귀한 단왕 전하는 거리를 온통 쏘다니며 도망을 쳐야 했다.

'시간은 금이다'라는 속담은 어릴 때부터 지겨울 정도로 들어온 진부하고 케케묵은 말이다. 주비도 어릴 때 주이당의 서재에서 꾸벅꾸벅 졸면 이 말로 꾸지람을 듣곤 했다. 그녀는 항상 한 귀로 듣고 한 귀로 흘렸는데 지금에 와서는 뒤늦게 그 속에 담긴 의미를 깨닫게 되었다.

그들에게 남겨진 시간은 많지 않았다. 마치 빈털터리 구두쇠가 얼마 안 되는 돈을 세는 것처럼, 세면 셀수록 적어졌다. 할 수만 있다면 순간순간을 수없이 많은 작은 조각으로 나누고 싶었다.

두 사람은 낮에는 떨어져 있어야 했다. 사윤은 궁에서 퍽 바쁜 시간을 보내고 있었다. 수시로 끊임없이 들이닥치는 예부 관리들이며 하나도 도움이 안 되는 어의들이며 조연까지 응대해야 했기 때문이다.

조연은 사윤의 비위를 맞추기 위해 몇 년간 감금해 둔 장자 조명침마저 풀어 주고 하루가 멀다 하고 궁에 불러들였다. 그리하여 한 명은 초췌한 얼굴을 하고 또 한 명은 병색이 역력한 얼굴을 하고 마음껏 형제의 우애를 연출하게 되었다.

그럴 때면 주비는 들보에 숨어 조씨 가문의 우스개 연극을 보곤 했다. 사윤과 그녀는 그들만 알아볼 수 있는 손짓을 만들었다. 사윤은 때때로 거드름을 피우며 다른 사람들과 짐짓 좋은 척하며 한편으로는 뒷짐 진 손으로 자신의 속마음을 주비에게 신랄하게 전하기도 했다.

주비는 너무나 웃겨서 여러 번 들통날 뻔했다. 쓸데없는 사람들이 돌아가면 사윤은 황궁을 벗어나 주비를 데리고 성안의 이곳저곳으로 놀러 다녔다.

귀족 행세든 강호의 협객 행세든 그는 할 줄 모르는 것 없이 잘했고, 아주 빠른 속도로 주비까지 물들였다. 투골청이 갈수록 빈번하게 발작해 눈에 띄게 쇠약해져 가는 것만 빼면, 그 나날들은 가히 아름다웠다.

국치의 날 섣달 초사흗날이 다가오자 단왕의 임시 거처는 점점 소란스러웠다. 장중한 예복이며 황제의 하사품들이 쏟아졌다.

그런데 조정 내외에는 언제부턴가 황상이 이 시점에 단왕을 데려온 건 그를 태자로 세울 마음을 먹어서라는 소문이 돌기 시작했다. 이 헛소문의 효과는 상당했다. 사윤의 거처는 문전성시를 이루었고, 그는 너무 귀찮아져서 조연의 '제사'를 망치고 싶은 마음까지 들었다. 그는 어쩔 수 없이 매일 아픈 척하면서 문을 닫아걸고 방문객을 사절해야 했다.

섣달 초하룻날, 제사는 모든 준비를 마치고 이제 제사 당일에 각계 인사들이 등장할 순서만 남았다. 때마침 전선에서도 호응하듯 승전보를 전했다. 북조에서 황급하게 모은 패잔병들은 그야말로 종이호랑이였고 일부는 심지어 남조 대군의 기척이 들리자마자 질겁하며 도망갔다.

주이당은 몇 개월 사이에 왕도까지 쳐들어갔다. 일 년 내내 눈부스러기조차 구경하기 어려운 금릉에 때아닌 눈이 내렸다. 비록 바닥에 닿자마자 녹아 버렸지만 일부는 '상서로운 눈'이라고 알랑거리며 공적과 은덕을 찬양하고 나섰다.

이렇게 되자 때와 장소와 사람까지, 조연에게는 필요한 모든 것이 갖춰진 것처럼 보였다.

그러나 조연은 왠지 평소보다 더 불안해했다. 평소처럼 문병을 와서 사윤과 몇 마디 주고받았을 때, 황궁 시위로 보이는 남자가 황급히 들어오더니 허리를 숙여 조연의 귓가에 대고 뭔가를 속삭였다.

그는 필히 조연의 심복일 것이다. '전음입밀' 같은 기술을 썼는지 그가 뭐라고 하는지 한 마디도 새어 나오지 않았다. 그가 말을 마치기도 전에 조연은 안색이 변해서는 벌떡 일어나 사윤에게 말도 없이 곧장 자리를 떠났다.

사윤은 그를 배웅하는 척하며 조용히 주비를 향해 수신호를 보냈다. 주비가 그의 뜻을 알아채고 경공으로 조연을 쫓아 나갔다.

사윤은 생각에 잠겨 문어귀에 기대어 서서 외투를 가볍게 몇 번 쓸어내렸다. 마침 다기를 치우러 왔던 환관이 몸을 숙이고 잔과 접시를 잔뜩 들고나오며 인사를 하다가 무심코 사윤을 보고 "앗." 하며 들고 있던 접시며 잔들을 떨어뜨리고 말았다. 그는 황급히 무릎을 꿇고 덜덜 떨었다.

"전…… 전하……."

그제야 정신이 돌아온 사윤이 고개를 숙여 보니, 뻣뻣하게 얼어붙은 손끝이 터져 있었다. 살점이 드러났는데도 전혀 통증을 느낄 수 없었다. 그가 무심코 손을 외투 옷깃에 문지르는 바람에 검붉은 피가 잔뜩 번져 목이 잘린 것처럼 보였다.

한편, 주비는 조용히 조연을 쫓아갔다.

조연은 죽는 게 두려웠는지 가는 곳마다 시위와 고수들을 구석구석에 심어 두었다. 무공이 뛰어난 주비도 여러 번 들킬 뻔해서 손에 땀을 쥐었다. 어찌어찌 조연의 침궁 근처까지 간 그녀는 더 이상 어찌할 도리가 없었다.

조연이 암살당하는 것을 막기 위해 사방에 무릎 높이를 넘는 나무는 한 그루도 안 남기고 모조리 자른 것이다.

시위들은 그의 침궁 근처를 철통 방어하는 것도 모자라 순찰을 돌기까지 했다.

이렇게까지 성대하게 죽는 것을 두려워하는 거물은 주비도 처음

보는지라 조연이 조금 우습게 느껴졌다. 하지만 잠시 후, 마음속에 수차례 떠오르던 의문이 고개를 들었다. 이렇게 훈련이 잘되어 있는 호위대는 급하게 집결된 게 아닐 것이다. 어찌 됐든 조연은 한 나라의 왕인데 언제부터 이렇게 두렵고 불안한 나날을 보냈을까?

그는 도대체 누구를 두려워하고 있는 걸까? 마치 누군가 '자객'이라는 단어를 그의 머릿속에 박아 놓은 것처럼 말이다.

바로 그때 저 멀리 침궁에서 갑자기 뭔가를 부수는 소리가 들려왔다. 검은 비단옷을 입은 시위들이 황급히 자리를 떠나는 걸 본 주비는 조연의 침궁을 벗어나 그들을 뒤따라갔다.

그 흑의인들은 나름 경공이 훌륭했으나 진짜 무림 고수와는 비할 바가 못 되어 주비는 큰 힘을 들이지 않고 쫓아갈 수 있었다. 그들은 순식간에 한 무리를 거느리고 기세등등하게 궁을 나가 황성 밖의 한 민가로 향했다.

곧 장사꾼으로 변장한 사람들이 다가가 낮은 소리로 시위대장에게 고했다.

"놈이 여기에 있습니다. 확실합니다. 저희가 내내 지키고 있었습니다."

주비가 미간을 찌푸리며 생각했다. 놈이라니?

'장사꾼'이 가리키는 쪽에는 큰 마당이 있었다. 마당에는 꽃이 가득 피어 있었는데 엄동설한인데도 향기가 그윽했고, 벽을 넘어온 넝쿨 줄기가 정원에 봄 경치를 만들어 주고 있었다. 기이해 보이는 풍경이지만 주비는 왠지 모르게 꽃이 잔뜩 핀 이 마당이 친숙하게 느껴졌다.

바로 다음 순간, 시위대장이 명령을 내리자 무리는 마당을 물샐

틈없이 겹겹이 에워싸고 거칠게 문을 걷어차고 안으로 들어갔다.

마당은 쥐 죽은 듯이 조용했다. 옷걸이는 그대로 있었지만 옷은 사라지고 없고 깃털 몇 개가 하늘하늘 떨어지고 있었다. 갖가지 꽃에 빼곡히 둘러싸인 작은 그네가 바람에 흔들흔들 움직였다. 마치 요괴들이 마당에 살고 있어서 바람에 풀잎이 스치기만 해도 종적을 감춰 버리는 것 같았다.

당시 소양에서 하룻밤 사이에 종적 없이 깨끗이 사라졌던 우의반의 마당과 완전히 같았다. 그때 한껏 소리를 높인 여자 노랫소리가 멀리서 들려왔다.

"강물은 바다로 흘러들어 하늘빛으로 돌아갔다네."

시위가 목에 핏대를 세우며 호통쳤다.

"잡아 와!"

무리는 벌떼처럼 노랫소리가 들려오는 쪽으로 쫓아갔다. 무리가 사라지고 나서야 주비는 몸을 숨겼던 곳에서 서서히 걸어 나와 뭔가 생각에 잠긴 듯이 노랫소리가 들려오는 쪽을 바라보았다.

다른 건 전혀 걱정할 게 없었다. 집을 남겨 두고 떠나는 수법은 우의반의 특기였다. 오히려 그 노랫소리가 마음에 걸렸다. 그 목소리는 재가 돼서도 알아들을 수 있었다. 그건 바로 주작주 목소교, 그 악마의 목소리였다.

예상 부인과 주작주가 손을 잡고 작정하고 소란을 피우면 조연 옆의 식충이들이 한꺼번에 달려들어도 그 두 사람을 잡지 못할 것이다.

그런데 그들은 대체 무슨 수작을 부리려는 것일까?

주비는 잠시 망설이다가 발길을 돌려 텅텅 빈 마당으로 들어갔다. 뒷방 문은 잠그지 않아 그냥 닫힌 상태였고 방금 다 타들어 간 향로는 향기가 여전했다. 술잔에는 마시다 만 술이 조금 남아 있었고 대문을 정면으로 향한 벽에는 칼집 두 개가 걸려 있었는데, 가운데에 서신 한 통이 끼워져 있었다.

주비가 조심스럽게 서신을 빼내서 보니 이렇게 적혀 있었다.

우의반이 <백골전>과 함께 수도에 도착하여 대소의 성세를 위해 선물을 바치나이다.

목소교가 불렀던 그 한 소절은 마치 곳곳에 뿌리내리는 풀씨처럼 흩날려, 하룻밤 사이에 모두가 신비로운 〈백골전〉을 따라 불렀다.

사태가 너무 빨리 번져 조정에서 금지하려고 했을 때는 이미 늦어 있었다. 약이 오른 금군은 노래를 부르는 사람들을 모조리 잡아들였다.

그러나 아무리 보잘것없는 광대 족속이라고 해도 이유 없이 잡아갈 수는 없는 노릇이었다. 더군다나 금릉은 전부터 고상한 기질이 있어서 문인이나 시인, 고관이나 귀인들은 유명한 광대나 명기와 친교를 맺는 오래된 풍습이 있었다.

근위병이 나타나자 바로 큰 파문이 일었다. 최근 몇 년 동안 조연의 수법이 강경해 아무도 대놓고 반발하지 못했지만 뒤에서는 의론이 분분했다.

조연은 감추려 할수록 더 드러내는 얼간이들 때문에 크게 노하여 금군 총령에게 곤장 서른 대를 벌했다. 다음 날, 그는 금군을 풀어 사람을 잡아 온 일에 대해서는 일절 언급하지 않고 이십여 년간의 국치와 와신상담을 절절하게 추억하고는 마지막에 가볍게 한마디 덧붙였다.

"당시의 치욕을 특별히 기억하고자 섣달부터 궁에서는 음악 연주를 금한다."

문무백관은 그 속뜻을 알아채고 각자 퇴청 후 집으로 돌아가 각계 벗들에게 알렸다. 밤마다 연주와 노랫소리가 끊이지 않던 금릉은 순식간에 조용해졌다. 제사 전야에는 괴상한 평안함까지 깃들었다.

섣달 초이튿날 밤.

역시 음침하게 흐린 날이었다. 주비는 금릉을 낱낱이 뒤졌지만 예상 부인 무리를 찾지 못하고 어두워질 무렵 황궁으로 잠입해 들어갔다.

사윤이 궁을 벗어날 수 없을 거란 생각이 들었지만 그래도 그를 만나러 갔다. 〈백골전〉이 도대체 뭐냐고 물으려 했으나 사윤은 평소와 달리 이미 잠자리에 들어 있었다.

그는 조연과 함께 '태자를 세우는 연극'을 마치면 자유롭게 그녀를 데리고 놀러 다닐 수 있을 테니 먼저 돌아가라는 쪽지를 남겨 놓았다.

주비는 그의 쪽지를 조물거리다가 불에 태우고는 높이 솟은 궁궐 지붕에 한참을 앉아 있었다. 달빛은 보이지 않았다. 눈꼬리가 갑자기 실룩거리더니 그녀는 벌떡 일어나 어둠 속에서 순식간에 종적을 감췄다.

한편, 일찌감치 잠자리에 든 사윤은 겹겹이 드리운 침상 휘장 안에서 눈을 번쩍 떴다.

희미한 불빛에 몸을 보니 크고 작은 상처들이 몇 군데 더 생겨 있었는데, 손끝에서 어깨와 명치까지 이어져 있었다. 온몸에서 옅은 피비린내가 났다. 마치 겨우 숨을 이어 가는 이놈의 육체가 곧 한계에 달할 거라 경고하는 것 같았다.

이런 상처가 처음 나타났을 때 어의들은 너무 놀라 단체로 목을 맬 뻔했지만, 아무도 대책을 찾지 못하고 그저 점점 늘어나는 상처에 고약을 바르고 감쌀 뿐이었다.

사윤은 반듯하게 누워 침상 휘장을 바라보며 축 늘어진 채 조연이 〈백골전〉을 들었으니 잠이 오지 않겠다는 생각을 했다.

하긴 그의 신세도 참 불쌍했다. 제사 한번 지낼 뿐인데 갑작스럽게 튀어나온 〈백골전〉에 무슨 음모가 있어 일이 잘못될까 봐 걱정해야 했고, 다른 한편으로는 정성스레 준비한 '태자 세우기' 연극이 시작되기도 전에 '태자' 본인이 먼저 낡은 연처럼 갈기갈기 찢기는 게 아닌지 걱정이 될 터였다. 마음 졸일 일이 한두 개가 아니었다.

❧

그날 밤, 축축한 금릉 거리, 아직 문을 닫지 않은 작은 주루 한쪽에는 불이 켜져 있었다.

부유한 상인 차림을 한 남자가 느긋하게 술잔을 홀짝이며 안주를 집고 있었는데 그 모습이 상당히 유유자적했다. 몸집이 좋은 남자는 혼자서 두 사람의 자리를 차지하고 앉았고 심부름꾼 아이는 연신 하품을 하며 그에게 술을 따라 주었다.

갑자기 중년 남자 둘이 주루의 나무 계단을 타고 위층으로 올라왔다. 옷차림으로 보아 하니 부유한 상인의 호위인 듯했다.

그중 마르고 키가 크며 얼굴에 칼로 새긴 듯이 주름이 깊게 파인 남자와 눈이 마주친 순간, 심부름꾼 아이는 깜짝 놀라 잠이 깨어 몸을 부르르 떨었다. 손까지 덜덜거려 술이 탁자 위로 흘러넘쳤다.

몸집이 복스러운 부유한 상인이 그 모습을 보고 손을 내저었다.

"가서 일 봐라, 따로 분부하기 전에는 안 나와도 돼."

그 말을 들은 심부름꾼 아이는 사면이라도 받은 것처럼 냉큼 줄행랑을 쳤다.

상인이 그제야 말했다.

"심 선생님, 동 대인, 이쪽으로 앉으시죠."

조녕도 소리 없이 금릉에 잠입한 것이다. 동개양이 실눈을 뜨고 심부름꾼 아이가 도망간 쪽을 보며 말했다.

"행각방 잡놈들은 무공은 별 볼 일 없어도 총명하고 영리하죠."

"심 선생님의 숨소리에도 겁을 먹는 소인배니 신경 쓰실 거 없습니다."

조녕이 말했다.

"요즘 금릉은 물고기와 용이 한데 섞여 있는 것처럼 개나 소나 다 돌아다니고 있으니 여기에서 우리는 눈길을 끄는 축도 아니죠……. 어떻게 됐습니까?"

"풍각쟁이가 사라졌습니다."

동개양이 술을 두 잔 따르더니 마시지 않고 먼저 공손하게 심천추 앞에 한 잔 가져다 놨다.

그런데 심천추는 그의 체면 따위는 안중에도 없이 술잔을 들어

창밖으로 쏟아 버리고는 그 잔에 물을 따랐다. 다행히 동개양은 알고 지낸 지 오래되어 그의 성격을 잘 아는지라 신경 쓰지 않고 오히려 웃으며 말했다.

"형님은 맑은 물로 허례허식을 버리고 소박하고 진실한 경지에 오르셨군요."

심천추는 그의 아첨을 듣는 둥 마는 둥 하며 말했다.

"조연 이 새끼가 내일 열릴 제사에서 언제 뒈질지 모르는 조카를 태자로 세울 모양인데, 그놈이 투골청에 중독된 지 오래됐다고 하지 않았습니까? 왜 여태 살아 있는 거죠? 염정은 정말 죽어도 아쉬울 것 없는 폐물이군요."

조녕이 말했다.

"아마 조연은 바로 그 조카 놈이 골골거리는 게 마음에 들어서 태자로 세우려는 거겠죠. 태자로 세운 후 얼마 못 가 죽으면, 위선을 떨며 한바탕 통곡을 하고 '양위'가 물거품이 되었다면서 앞으로도 황제 노릇을 할 명분을 만들 겁니다."

동개양이 의아해하며 물었다.

"조명윤 그자는 태자의 남겨진 아들일 뿐이지 조가에서 책봉한 태자도 아니지 않습니까. 조연이 연장자로서 옥새를 넘겨받아 황제가 된 것인데 무슨 명분이 더 필요하단 말입니까?"

조녕이 비웃듯 말했다.

"조연이 허구한 날 '양위' 두 글자를 입에 달고 살며 '제사'니 '태자 책봉' 의식을 치르지 않는다면 아무도 그가 정통이 아니라고 하지 않았겠죠. 조연은 당세의 영웅이라고 할 수 있는데 왜 그런 일에 신경을 쓰고 놓지 못할까요. 그것도 과도하게 집착하면서 말입니다……. 여기에는 정말로 우리도 모르는 무슨 음모가 있을지도 모릅니다. 제가 봤을 때는 오랫동안 '사윤'이라는 가명을 쓰는 놈도 보통내기가 아니에요. 아마도 일찍 유명을 달리하기 싫어서 이 판국에 〈백골전〉을 만든 것 같은데, 하하, 남조의 조씨는 확실히 끊임없이 상상의 나래를 펼치게 만드는군요."

심천추가 조금도 동요하지 않고 찬물을 마시자 동개양이 말을 이었다.

"이 삼촌과 조카는 정말 흥미롭군요. 서로 상대가 하루라도 빨리 사라졌으면 하면서도 딱 붙어서 화목한 척 태자 책봉 연기를 하다니, 만에 하나 태자가 죽지 않으면 조연 이놈은 정말 양위라도 할 생각일까요?"

심천추는 귀찮다는 듯이 콧방귀를 뀌며 말했다.

"그런 쓸데없는 소리는 뭐 하러 해? 제가 궁금한 건 이겁니다. 만약 제가 정말 조연 그 새끼의 목을 베면 오히려 그 골골대는 녀석에게 좋은 일 하는 건 아닐까요?"

"좋은 일?"

조녕이 웃으며 말했다.

"심 선생님, 제가 오랫동안 '실종'된 상태로 수중의 병권을 뺏겨 제 형님께 좋은 일을 했는데, 결과가 어땠죠?"

말에 뼈가 있음을 눈치챈 동개양이 재빨리 말했다.

"좀 더 자세하게 말씀해 주시죠."

"남쪽의 신구 세력은 선대부터 지금까지 줄곧 힘겨루기를 해 오면서 왕도마저 한 번 잃었고 이제야 막 잠잠해졌지요. 주존은 자신의 출신이 한미한 것을 알기에 항상 신당을 대표하여 나서길 꺼렸고, 더군다나 지금은 전선에 몸을 두고 있으니 역량이 부족합니다. 조연이 잘못되면 그 '단왕' 전하도…….."

조녕이 고개를 가로저으며 웃었다.

"그가 정말 금릉에 피바람을 몰고 올 정도로 패기가 있었다면 애당초 삼촌의 계략에 빠져 그 꼴이 나지 않았을 거고 남쪽의 황제는 일찌감치 바뀌었을 겁니다. 지금처럼 혼란한 국면에서 조연은 일을 벌이지 않는 게 상책이지만 우리에게는 그 반대죠. 물이 혼탁할수록 물고기를 잡기 쉬운 법입니다. 제 사람들이 아직 부대에 있는데 소집하는 거? 서신 한두 통이면 끝납니다. 충분히 어지럽혀 놓기만 하면 우리에게 판을 뒤엎을 기회는 충분하죠."

동개양과 심천추는 눈치 빠른 사람들이라 '우리'가 북조가 아닌 조녕 자신을 의미한다는 것을 잘 알았다.

이 이야기는 이렇게 엮는 게 좋을 것이다. 북조 황제가 무능해서 유능한 아우를 질투해 기어코 병권에 간섭했다가, 전쟁에서 패하고 본인도 남조 사람들의 말발굽 밑에서 숨을 거뒀다. 오히려 모해를 당해 민간을 떠돌던 단왕야 조녕이 관례를 벗어나 두 고수를 거느리고 문제를 해결했다. 남북의 물을 철저하게 휘저어 놓으면 재기할 수 있을 것이다.

그때가 되면 아무도 그가 비천한 기생 소생이라는 사실을 기억하지 못할 것이고 아무도 조중곤의 편애 가득한 불공평한 유언을 기억하지 못할 것이다.

동개양이 낮은 소리로 말했다.

"그럼 나중에 전하께서 추대의 공이라도 하사해 주십시오."

조녕이 가벼운 미소를 띠며 말했다.

"어찌 두 분의 공을 빼놓고……."

그가 말을 마치기도 전에 심천추는 찬물을 단숨에 마시고 무뚝뚝하게 조녕의 말을 끊었다.

"옛 상전의 도장을 봐서 당신의 명령을 듣는 것은 당연한 일입니다. 다만 이번 한 번뿐입니다. 서로 빚진 거 없으니 공 같은 건 필요 없습니다."

말을 마친 그는 북조 단왕의 체면은 전혀 생각하지 않고 제멋대로 일어나 가려고 했다. 그때 일부러 크게 들리도록 움직이는 발소리가 주루 밑의 꼬불꼬불한 돌담길에서 들려왔다.

심천추가 왠지 모르게 생각에 잠겨 발소리를 좇아 뒤돌아보니 빛이 나는 돌담길 위로 어떤 젊은 여자가 종이 등롱을 들고 서서히 걸어왔다.

그녀는 호리호리한 몸매에 현재 금릉에서 한창 유행하고 있는 단아한 긴 치마를 입고 있었는데 얼핏 보면 거리의 강남 여자들과 다를 게 없었다. 그녀는 고개를 숙이고 빠르지 않은 걸음걸이로 곧장 연지 가게 뒷문으로 걸어갔다. 그녀의 발소리를 들었는지 가족들이 일찌감치 문을 열고 기다리고 있다가 늦게 다닌다고 뭐라 훈계하는 것 같았다. 여자는 아무 말 없이 등롱을 문 앞에 걸어 두고 마당으로 들어가 문고리를 당겨 문을 닫았다.

그림자가 사라지고 나서야 심천추는 시선을 거둬들이며 자신이 왜 예쁜지 안 예쁜지도 모르는 여자를 한참이나 바라봤는지 의아해했다.

심천추는 보지 못했지만 그가 떠나자마자 문이 다시 열렸다. 주비는 잔뜩 경계하며 문어귀에서 주변을 살펴보았다. 옆에 있던 정탐꾼이 현지 사람들과 같은 부드러운 말투로 물었다.

"왜요, 누구 있어요?"

주비가 주저하며 고개를 가로저었다. 조금 전에 그녀는 사윤을 찾으러 궁에 가느라 칼을 지니지 않았기에 망정이지 그게 아니었다면 뽑았을지도 모른다. 그녀가 한창 수상쩍어할 때 금릉 비밀 기지의 총무가 빠른 걸음으로 다가와 신속하게 말했다.

"왜 이제야 왔어? 누가 이걸 들고 찾으러 왔다. 한번 봐 봐. 뭔지 알아요?"

주비가 고개를 숙이고 보니 총무가 건넨 보자기에는 제문의 금지 구역에서 그녀가 오초초에게 벗어 줬던 채하 갑옷이 들어 있었다.

주비가 깜짝 놀라며 물었다.

"그 사람은요?"

"앞에서 기다리고 있어. 서두르는 걸로 보아 급한 일이 있는 것 같은데!"

제 9 장

누각에는 바람만 가득하네

누각에는 바람만 가득하네

그날 밤, 잠이 오지 않는 사람은 조연뿐만이 아니었다. 그러나 사람들이 아무리 뒤척여도 태양은 어김없이 떠올랐다.

섣달 초사흗날 새벽, 사경새벽 1시~3시 사이이 되기도 전에 금릉은 분주해졌다.

날은 아직 어두웠고 사윤은 눈을 감고 정신을 수양하며 하인들이 주무르고 치장을 해 주는 대로 몸을 맡겼다. 갑자기, 그의 머리를 빗겨 주던 궁녀가 "앗!" 하는 외마디 비명과 함께 꿇어앉았다.

"죽을죄를 지었습니다!"

보지 않아도 어찌 된 영문인지 사윤은 알 수 있었다. 그가 손을 뻗어 뒤통수를 만지자 핏자국이 묻어났다. 아마 멀쩡하던 피부가 갈라 터져서 궁녀가 크게 놀란 모양이다. 그는 가볍게 손을 저으며 말했다.

"괜찮으니 계속 빗어. 이따가 피가 멈추면 가려 주면 돼."

마침 문턱에 한쪽 발을 들여놓은 조연이 그대로 발걸음을 멈췄다.

사윤이 바로 '천세우'라는 것은 조연도 잘 알고 있었다. 〈백골전〉도 사윤이 조작한 게 아닐까 하는 의심을 하지 않은 건 아니다.

그런데 정말 무슨 음모가 있다면 어떻게 감히 이렇게 건성으로 이름을 남기겠는가? 더욱이 지금 상황으로 보아 사윤은 머리끝부터 발끝까지 '죽을 날이 머지않았다'고 쓰여 있는데 어떻게 계략을 꾸민단 말인가?

인기척을 들은 사윤은 아무렇지 않은 척 그에게 예의를 갖춰 안부를 묻고는 매몰차게 말했다.

"폐하, 오늘 태자를 책봉하자마자 내일 바로 죽어 버리면 사람들은 아마 그 자리가 너무 존귀해서 명이 질기지 못한 사람은 감당 못 한다고 생각할 거예요. 그러면 나중에 아무도 태자가 되려고 하지 않겠네요."

그는 심지어 '황숙'이라고 부르지도 않았다. 조연은 안색이 변한 채로 대뜸 물었다.

"명윤아, 소원이 있느냐?"

사윤이 그를 바라보며 동문서답했다.

"양 어르신께서는 당시 무슨 소원을 비셨죠?"

조연이 한참 동안 침묵하다가 대답했다.

"양 재상은 천하가 태평하고 남북이 통일되길 바랐어. 누군가 그와 선대 황제의 유지를 이어받고, 결과가 참혹하다 해서 뒷걸음질 치지 않기를 바랐지."

사윤이 그 말을 듣고 고개를 끄덕였다.

"그럼 폐하께서는 모든 걸 이루셨네요."

조연은 자꾸만 그가 이렇게 상대하기 쉬울 리가 없다는 생각이 들어 여전히 굳은 표정을 하고 있었다.

"저는 확실한 소원이 있어요."

사윤은 그를 에워싼 채 바삐 움직이는 시종들을 물리고 예복의 긴 소매를 걷어잡은 후 공손하게 조연을 향해 읍했다.

"저는 폐하께서 유종의 미를 거두고 했던 말에 책임을 졌으면 좋겠습니다. 스스로와 양 어르신의 오랜 세월에 걸친 보좌를 저버리지 말았으면 좋겠어요. 그리고 제 지인들과 저를 그리워하는 사람들이 평안하게 노년을 맞이하고 오래오래 행복했으면 좋겠어요. '하늘빛'이니 '바닷물'이니 하는 것들은 믿을 만한 사람들이 보관하고 있으니 폐하께서는 염려하지 않으셔도 됩니다."

마지막 말이 특히 중요했으므로 조연은 눈을 번뜩였다.

사윤이 의미심장하게 웃으며 말했다.

"잘못된 걸 알면서도 계속 밀고 나가도 됩니다. 천자는 하늘의 보우를 받는데 그까짓 백골 괴물 신경 쓸 게 뭐가 있어요?"

조연은 아무 말도 할 수 없었다.

"폐하께서 천추만대를 이어 가길 바랍니다."

사윤이 고개를 갸웃하고 하늘빛을 살피더니 말했다.

"시간이 다 됐네요. 황숙, 갑시다."

목소교와 예상 부인이 정처 없이 이리저리 떠돌아다니며 〈백골전〉을 부르는 바람에 경성의 근위병들은 곤경에 봉착했다. 비록 사윤이 '잘못된 걸 알면서도 계속 밀고 나가도 된다'고 했지만 그래도 조연은 살얼음판을 걷는 것처럼 불안해 사람을 시켜 경계하게 했다.

복잡한 예복을 입은 사윤은 목덜미의 상처가 모자에 눌려 터질 것만 같았다. 다행히 그때는 피가 천천히 흘러 이내 얼어붙었다. 그는 옆에서 조연이 제를 올리는 모습을 싸늘한 눈으로 방관했다. 의식이 너무 지루하고 길어 졸음이 몰려왔다. 그는 저도 모르게 선대 황제가 정말 하늘에서 보고 있다면 아마 진작 진절머리가 났을 거라고 생각했다.

금릉의 겨울은 습하고 추워서 비록 옛 도읍처럼 매서운 서풍이 불지는 않지만 여간 견디기 어려운 게 아니었다. 얼마 지나지 않아 또 소금 알갱이 같은 눈이 흩날리기 시작했다.

각자 꿍꿍이를 품은 문무백관은 추워서 덜덜 떨며 옆을 지켰고 조명침은 크고 어린 황자들을 가지런하게 줄 세워 거느리고 사윤과 눈이 마주치자 냉큼 시선을 피했다.

사윤은 그가 무슨 생각을 하고 있는지 추측하기도 귀찮아졌다. 그는 옆에 있는 사람들과는 달리 몸 위에 눈송이가 떨어져도 녹지 않았고 얼마 못 가 얇게 한 층이 쌓였다. 그는 이미 추운지 더운지 느낌도 없었고 심장이 점점 천천히 뛰고 정신이 끝없이 아득하게 멀어져 가는 것을 느꼈다. 그는 자신에게 남은 시간을 계산하다가 문득 이런 생각이 들었다.

'이번 생에는 옛 도읍으로 돌아가지 못하겠구나.'

이때 조연이 그를 잡아당겼다. 사윤은 그제야 정신을 차리고 어느덧 '태자 책봉' 순서가 됐다는 것을 알았다. 그는 다리가 마비되는 느낌이 들어 가까스로 몇 걸음 옮기고는 곧 그대로 무릎을 꿇었다. 조연이 그를 지그시 바라보더니 맑고 우렁찬 목소리로 말했다.

"짐의 부형께서 간신의 해를 입어 육친들이 뿔뿔이 흩어졌다. 어리고 세상 물정을 몰랐던 짐은 위기 앞에 명을 받고…….”

사윤은 무표정한 얼굴로 시커먼 근위병을 바라보며 생각했다.

‘이런 자리에 비야는 올 수 없겠지. 그래, 그것도 나쁘지 않아. 이 꼴을 보이지 않아도 되니까.’

“이십여 년간 황위를 지키면서 짐은 밤낮으로 불안에 떨면서 지내 왔다…….”

말로 설명할 수 없는 느낌이 사윤의 가슴에서 피어올랐다. 조금 저린 것 같더니 이내 또 가려운 것 같기도 했다. 한참이 지나서야 그는 그것이 통증이라는 것을 알아차렸다. 통증은 화려한 복장 밑에서 서서히 온몸으로 퍼졌고 사윤은 갑자기 눈앞이 흐릿해졌다.

“짐이 덕이 부족하여 감히 권세를 탐하고 자리에 연연할 수 없기에 위대한 계획을 선대 황형의 아들 명윤 조카에게 넘겨 하늘의 뜻을 받들고 운명을 따르겠노라…….”

사윤은 서서히 단전에 마지막으로 남은 따뜻한 진기를 메말라 가는 경맥에 불어넣으며 고생 속에서 즐거움을 찾듯이 생각했다.

‘내가 여기에서 죽어 버리면 폐하는 꼴좋겠다. 어젯밤에 비야에게 ‘희미’를 보내서 참 다행이야.’

사윤이 눈을 치켜뜨자 눈송이가 속눈썹 사이로 떨어져 콧등을 스쳐 우수수 그의 차가운 옷섶에 떨어졌다.

“신…….”

사윤이 목청을 가다듬고 말했다.

“신은 명을 받들 수 없습니다.”

말이 떨어지자 나뭇잎 떨어지는 소리가 들릴 만큼 조용했다. 사윤은 자신이 이명이 심해서 듣지 못한 건지, 아니면 이 멍청한 놈들이 정말 그가 이렇게 대답할 줄 모르고 있다가 놀라서 할 말을 잃은 긴지 알 수가 없었다.

음침하고 한랭한 바람이 높은 천지제단에서 불어왔다. 사윤은 점점 천천히 뛰는 심장만큼이나 평온하고 침착하게 말을 이었다.

"신은 조상님들과 숙부의 소망을 저버리고 문무에 성취를 이루지 못하고, 재능이 부족하며 덕행이 단정하지 못하고, 육예에 능통하지 않은 데다 신체도 건강하지 않습니다. 아마도……."

조연이 갑자기 호통을 쳤다.

"명윤!"

"아마도 그렇게 큰 은혜를 받을 상이 아닌가 봅니다."

사윤은 들은 체 만 체 하며 서서히 말했다.

"신은……."

그때 누군가 갑자기 콧방귀를 껴 사윤의 말을 끊었다. 그 목소리는 아주 멀리 떨어져 있는 것 같으면서도 바로 귓가에 있는 것 같았는데, 목구멍에 녹이 슨 철 그릇이라도 든 것처럼 쉰 소리가 났다.

조연이 철렁하여 고개를 드니, 저 멀리 어가의 한참 위쪽에 귀신 그림자 같은 사람이 '나부끼고' 있었다. 그는 위아래로 검은 옷차림이었다. 검은 두루마기가 바람에 흩날렸다.

모든 근위병은 활을 팽팽하게 당겼다. 아무도 그가 언제 와서 언제 저 위로 올라갔는지 몰랐기 때문이다.

검은 옷을 입은 근위 통령이 식은땀을 흘리며 낮은 소리로 호통을 쳤다.

"잡아 와!"

명령이 떨어지기도 전에 활잡이들이 일제히 돌아서서 준비를 마치고 네 무리가 동시에 포위 공격했다. 첫 번째 화살은 어둑어둑한 밤하늘을 가르며 '슝' 하고 날아갔다. 그러자 그 '귀신'이 번개처럼 움직였다.

그는 높은 화개어가 위에 씌우던 햇빛가리개에서 갑자기 몸을 날리며 긴 옷소매를 휘둘렀다. 그 동작으로 마치 보이지 않는 벽이 만들어진 듯, 물밀 듯 밀려오는 화살과 근위병들을 막아 내며 맑고 날카로운 소리가 울렸다. 신체가 튼튼하지 않은 문관들은 그 소리에 머리가 어지러워 휘청거렸다.

한 시위가 다가와 조연을 부축하며 말했다.

"황상, 얼른 피하십시오!"

'귀신'은 음침한 목소리로 한 글자 한 글자 힘주어 말했다.

"너희들은 남쪽으로 도망갔다가 귀환한 저 사람이 정말로 너희들의 황제인 줄 아느냐? 하하하, 웃기는군. 산천검에게 물어봐라. 은가네 충신들이 왜 큰 공을 세우고도 멸문을 당했는지!"

넋을 잃은 조연은 얼굴이 순식간에 창백해지더니 사람들에게 강제로 끌려갔다. 얼음처럼 차가운 손이 가볍게 그의 손목을 잡더니 뭔가가 그의 눈앞을 스쳐 지나갔다. 조연이 고개를 돌려 보니, 친왕의 모자가 휙 날아가 상당히 교묘하게 '귀신'의 다리를 명중하여 그를 떨어뜨렸다. 사윤이 손을 쓴 것이다.

사윤이 가볍게 입김을 불더니 조연을 뒤에 있는 시위에게 밀치며 말했다.

"요사한 말로 대중을 미혹시키는 미친놈 같으니라고."

'귀신'이 떨어지자 근위대가 냉큼 창을 들고 그를 포위했다. '귀신'이 비틀거리며 머리에 쓰고 있던 모자가 떨어지자 끔찍한 몰골이 드러났다.

그의 살갗은 두골에 바싹 말라붙었고 쭈글쭈글한 입가에는 이가 그대로 드러나 보였으며 시퍼런 혈관과 경맥은 매미 날개 같은 피부 밑에 도사리고 있었다. 가장 소름이 끼치는 것은 한 손으로도 잡을 수 있을 법한 목에 불룩 튀어나온 손바닥만 한 벌레의 형체였다!

사윤은 한숨을 내쉬며 겹겹이 에워싼 사람들을 사이에 두고 들릴 듯 말 듯 한 소리로 말했다.

"은패."

몇몇 시위들이 몰려와 그를 가로막았다.

"전하, 어서 이 위험한 곳을 떠나셔야 합니다!"

은패가 한껏 소리 내어 웃었다.

"'열반'이라는 이름을 붙인 이상 너희 같은 속물들의 손에 죽을 리가 있나. 나는 천하의 독보적인 존재야."

사윤은 휘청휘청하며 한 걸음 옮겼다. 조금 전에 은패를 떨어뜨리는 데 남아 있는 모든 힘을 깡그리 써 버린 것 같았다. 시위가 황급히 부축하며 외쳤다.

"전하!"

은패가 모습을 드러내자 하늘에서 난데없이 괴물이 떨어진 것처럼 현장은 아수라장이 되었다. 조연은 시위들의 보호를 받으며 자리를 떠나면서 큰 소리로 사윤을 지키라고 명령을 내렸다. 사윤은 왠지 폐하의 진심과 거짓된 마음을 영원히 알기 어렵다는 생각이 들었다.

마음과 마음 사이에는 정말 수없이 많은 산과 물로 가로막혀 있단 말인가?

"두려워하지 마세요, 폐하."

사윤이 들릴락 말락 말했다.

"제가 말했죠, 틀린 걸 알면서도 계속 밀고 나가도 된다고. 그 황위, 아무도 못 빼앗아요."

그를 부축하고 있던 시위가 제대로 듣지 못하고 되물었다.

"전하?"

사윤이 가볍게 손을 저으며 중심을 잡고는 간신히 숨을 끌어올리며 말했다.

"나는 상관하지 말고 가서 황상을 보호해."

어젯밤 비밀 기지에서 온갖 고생을 다 겪으며 찾아온 응하종을 만난 주비는 갑작스럽게 제문의 금지 구역 안의 비밀 서신이며 황실의 기밀을 듣게 되어 머리가 터져 버릴 것 같았다. 그래서 하마터면 갈피를 못 잡는 고질병이 도질 뻔했다. 은패가 나타났다는 대목까지 들었을 때에는 벼락을 맞은 것처럼 저도 모르게 소리를 질렀다.

"뭐라고요? 은패요? 아직 안 죽었어요? 죽은 열반고를 가져다 어디에 썼어요? 설마 그놈이 죽은 열반고를 살릴 수 있는 거예요?"

응하종이 제대로 알고 있는 게 아무것도 없자 주비는 도저히 가만히 앉아 있을 수가 없었다. 처음에는 그나마 이성적으로 행동하려고 했는데, 한밤중에 황궁에서 뜬금없이 장도를 보내올 줄이야.

'희미'라고 새겨져 있는 칼을 손에 들고 한참을 멍하니 있던 주비는 갑자기 마음이 불안해져 당장 응하종더러 어디로 갔을지 모를 은패를 찾아보라고 재촉했다.

은패를 찾기 위해 주비는 유치한 계책까지 내놓았다. 은패의 몸에 뭐가 있는지는 모르겠지만 벌레며 뱀들이 모두 두려워서 피하니까 응하종과 함께 가서 뱀을 풀면 될 것이었다.

독 낭중의 뱀은 말을 잘 들어서 가라고 하는 쪽으로만 가기 때문에 만약 어떤 곳에서 뱀들이 더 이상 말을 듣지 않는다면 그곳에서 반드시 은패의 흔적을 찾을 수 있을 터였다.

그런 절묘한 방법을 들은 응하종은 주비가 제대로 정신이 나갔구나 하는 생각이 들었지만 무공으로는 이길 수 없어 어쩔 수 없이 굴복했다. 둘은 바다에 빠진 바늘 찾기 식으로 한밤중부터 날이 밝을 때까지 요리조리 근위병들을 피해 찾아다녔지만 은패의 그림자도 구경하지 못했다.

주비는 거칠게 응하종을 추궁했다.

"이성 그 자식 말 믿어도 돼요?"

그녀는 갑자기 미간을 찌푸리며 어딘가를 바라보았다. 검은 갑옷 차림의 근위병들이 잔뜩 긴장한 채 그들을 지나 곧장 성 남쪽의 천지제단 쪽으로 몰려갔다.

❧

즉위한 이래 조연은 한 번도 이렇게 처참했던 적이 없었다. 창황하게 발걸음을 옮기는 와중에 그는 마치 이십여 년 전 황급히 도망가던 그때로 돌아간 것만 같은 생각이 들었다.

그는 자신의 고향이 어디인지도 잊었다. 다만 어릴 때 영평 조정의 이름 없는 작은 경관 댁에서 자랐고, 그 경관은 자신의 먼 친척이었으며, 그 집 여식이 궁에서 총애를 받지 못하는 서비였다는 것 정도만 기억이 났다.

부모를 일찍 여읜 그는 친척들 사이에서 이 집 저 집 떠넘겨지다가 생김새가 어린 황자와 비슷하다는 이유로 그 친척에게 입양되었다. 어린 황자와 함께 놀이나 하게 하기 위해서였다.

그런데 몸이 허약하고 잔병이 많은 어린 황자는 궁 밖에 있는 친구는 필요 없는 것 같았고 그는 황자 전하의 얼굴도 한 번밖에 보지 못했다.

평생 글공부나 열심히 하여 과거에 합격하고 먼 친척의 덕이나 좀 볼 줄 알았는데, 하루아침에 정세가 급변하여 어린 나이에 영문도 모른 채 화려한 옷차림을 하고 남쪽으로 도망가는 무리에 던져질 줄 누가 알았으랴.

사람마다 그를 '전하'라 호칭하며 공경했지만 그는 두려움에 떨고 있었다. 지나치게 예민하고 지나치게 일찍 철이 든 그는 자신이 그저 진짜 황자를 대신해 화를 막아 줄 움직이는 표적에 불과하다는 것을 잘 알고 있었다.

남하하는 내내 시도 때도 없이 사람들이 죽어 나갔고 그는 수없이 꿈에서 깨어나 번뜩이는 도광 속에 잔뜩 움츠리고 앉아 하루만이라도 더 살 수 있게 해 달라고 하늘을 향해 기도했다.

"자객이다! 황상을 보호해!"

누군가 놀라 외치는 소리가 조연의 긴장한 신경을 잡아당겼다. 그가 돌연 정신을 차리고 보니 어디선가 흑의인 한 쌍이 튀어나와 시위들을 뚫고 돌진해 왔다.

"북두! 북두야!"

"황상을 보호해!"

"여봐라! 황제를 호위해!"

지붕이 샐 때 하필이면 밤새 비가 내린다더니, 북두도 금릉에 잠입해 혼란을 틈타 소란을 일으켰다. 수십 쌍의 손이 조연 주위에서 서로 밀고 당기며 황제를 '수건돌리기'의 '수건'으로 만들어 버렸다.

조연은 어려서부터 동해에서 무공을 수련한 사윤과는 달리, 비록 무공 스승이 있기는 했어도 말타기와 활쏘기 같은 신체 단련을 위한 기예를 배웠을 뿐, 진짜로 누구와 겨뤄 본 적은 없었다.

그는 비틀거리며 실의에 빠져 생각했다. 왜 하필 오늘이란 말인가? 내가 조씨의 후예가 아니면서 경솔하게 '제사'를 지냈다고 하늘에서 벌을 내리는 것이란 말인가?

"황상, 이쪽입니다!"

혼란 속에서 누군가 그를 확 잡아당겨 기세등등한 북두 흑의인의 칼을 피해 도망쳤다. 다 같은 근위병이라 조연은 저도 모르게 별 의심 없이 그를 따라갔다.

눈바람이 더욱 거세졌다. 사윤은 은패 그 미친놈의 귀를 찢을 듯한 울부짖음을 들으며 모든 게 따분하고 재미없게 느껴졌다.

그는 사람들을 뿌리치고 주비를 만나러 가고 싶었다. 지금 가지 않으면 걸을 수 없을 것 같았다. 그의 경공은 가히 독보적이어서 바람처럼 스쳐 갈 정도였다.

만약 오 낭자의 기록이 충분히 공정하다면 중원 무림 백 년을 통

틀어 가장 경이로운 경공으로 그를 꼽아야 할 것이다. 그리고 지금
은 그것으로 이 쓸데없는 사람들을 피해야 했다.

온갖 고함과 비명 속에서 간신히 빠져나온 사윤은 더 이상 '구름
과 안개를 타고 하늘을 날아오를' 힘이 남아 있지 않았다. 그는 어
쩔 수 없이 벽을 짚고 간신히 두 다리를 옮기며 천천히 앞으로 나
아가야만 했다. 그때, 갑자기 어디선가 울부짖는 소리가 들려왔다.

"개같은 황제 놈이 뒈졌다!"

사윤은 흠칫하며 숨을 깊게 들이마시고 이마를 근처 벽에 기댔
다. 갈라터진 손끝이 더욱 참혹하게 변하여 차마 볼 수 없을 정도
가 되었다.

'아니야.'

사윤은 문득 이런 생각이 들었다. 은패가 갑자기 쳐들어온 것은
의외지만 나머지 사람들은 사전에 모의한 게 틀림없었다.

조녕, 틀림없이 조녕이다. 북조의 대세가 이미 기운 것을 감지한
조녕이 궁한 쥐가 고양이를 물듯이 최후의 일격을 가하러 온 것이다

주 선생은 옛 도읍의 지척까지 갔다. 두 세대에 걸쳐 수없이 많
은 사람들이 목숨과 명성을 잃고 지금 여기까지 온 것인데…… 그
는 죽어도 아쉬울 게 없지만 어찌 막 성공하려는 순간 실패하는 것
을 보고만 있을 수 있단 말인가?

사윤은 몸을 덜덜 떨고 있었고 피는 이내 얼어붙어 벽에 핏자국
을 남겼다. 그는 선혈이 낭자한 손을 꽉 움켜잡고 흩날리는 눈꽃을
맞으며 소리가 들려온 쪽으로 향했다.

조연이 뭔가 잘못됐다는 생각이 들었을 때는 이미 늦었다. 그의

곁을 지키던 근위병들이 이유 없이 하나둘 사라지더니 갑자기 내내 그를 보호하던 근위병이 아무런 예고 없이 칼을 들어 그의 등을 내리찍었다. 그러자 조연은 어디에서 그런 힘이 났는지 돌연 앞으로 나아가 우아하지 못한 자세로 그 치명적인 한 방을 막아 내고 몇 바퀴를 굴렀다. 그가 크게 호통쳤다.

"무엄하다!"

그 근위병이 가볍게 입꼬리를 올리더니 서서히 옷소매를 들어 북두의 표시를 드러내 보였다.

'동료'의 갑작스러운 배신에 조연 곁을 지키던 시위들이 재빨리 황제를 가운데 두고 보호하고 나섰다. 북두 흑의인은 전혀 개의치 않았다. 이어 발소리와 함께 누군가 웃으며 말했다.

"폐하, 저희 아마 한 이십여 년 만이죠?"

그 목소리를 들은 조연은 머리가 웅웅거렸다. 골목길 끝에 눈부신 붉은 옷을 입은 사람이 조연을 향해 허리를 숙이며 말했다.

"북두 무곡 동개양이 폐하께 인사를 올립니다. 이십여 년을 떨어져 있으니 정말 뵙고 싶어지더라고요."

조연이 이를 악물고 일어서 싸늘하게 물었다.

"조녕인가? 다른 놈들은?"

동개양이 웃으며 말했다.

"왜요, 폐하. 옛말이나 하면서 시간을 끌며 누가 구하러 오길 기다리실 심산이세요? 그렇다면 저희가……."

말을 마치기도 전에 그는 벌써 코앞에 와 있었다. 근위병 하나의 머리가 잘려 뜨거운 김을 내뿜는 핏방울이 그의 몸이며 얼굴에 잔뜩 튀어 피비린내가 확 풍겨 왔다. 조연은 너무 놀라 뒤로 한 걸음 물러서며 벽에 등을 부딪쳤다.

동개양이 칼에 묻은 핏방울을 털어 내며 독살스럽게 말을 마저 마쳤다.

"……너무 불리한데요."

근위병들도 매우 출중했지만 동개양의 상대는 아니었다. 그들은 순식간에 시체 더미가 되었다. 조연이 아무리 재주가 뛰어나도 막다른 골목에 처한 것은 분명해 보였다.

동개양은 그가 억지로 두려움을 참는 모습을 더 두고 보고 싶었지만 조연이 얼마나 교활한지 잘 알았다. 일을 길게 끌면 문제가 생길까 아무 말 없이 칼을 빼어 황제의 깨끗하고 연약한 목을 찔렀다.

조연은 저도 모르게 두 눈을 꼭 감았다.

그런데 그때, 아주 약한 바람이 그를 스쳐 지나갔다. 조연의 얼굴은 뺨을 맞은 것처럼 그 바람에 쓸려 얼얼했다. 그가 깜짝 놀라 눈을 뜨고 보니 동개양의 칼이 작은 얼음을 맞고 구부러지는 게 아닌가!

동개양이 몸을 홱 돌려 보니 바람만 불어도 픽 하고 쓰러질 것 같은 사람이 어느 틈엔가 골목길의 벽 위에 서 있었다.

그는 축축하게 젖은 화려한 예복을 바닥에 늘어뜨리고 있었다. 모자는 은패를 명중하여 떨어뜨릴 때 잃어버려 머리카락이 조금 흐트러져 있었는데 도저히 녹지 않는 눈송이를 하얗게 뒤집어쓰고 있었다.

그러나 그는 여전히 맑고 신선한 바람이 불어오는 누각에 단정하게 앉아 피리 소리를 듣던 품위 있는 공자 같았고, 처참한 차림도 그의 둘도 없는 풍아함을 가릴 수 없었다.

동개양은 동공을 움츠리고 잠시 머뭇거리더니 신중하게 입을 열었다.

"사 공자, 아니면 단왕…… 태자 전하?"

사윤은 젖 먹던 힘까지 뼛속으로부터 쥐어짜고 있었던 터라 감히 낭비하지 못하고 아무런 대꾸 없이 가벼운 미소를 지으며 그를 바라보았다.

동개양이 눈깔을 굴리며 말했다.

"왜요, 제가 이 개같은 황제 놈을 죽이면 전하께서는 황위에 등극할 명분이 생기는 게 아닌가요? 북조가 전복될 위기에 처하자 이성을 잃고 미쳐 날뛰는 북두가 남조의 황제를 찔러 죽인다……. 전하께 해가 될 게 없지 않나요?"

조연은 입술을 달싹이며 '명윤'을 부르고 싶었지만 왠지 소리가 나오지 않았다.

동개양이 웃으며 말했다.

"전하를 도와드리고 있는데 절 막을 셈인가요?"

사윤이 너무 크게 웃었는지 창백한 입술에 피가 조금 묻어났다. 그는 거추장스러운 넓은 소매의 외투를 벗어 던지고 또박또박 동개양에게 말했다.

"어디 한번 해 봐."

그는 볼수록 폐병 환자 같았다. 서 있는 모습이 언제라도 눈바람에 휩쓸릴 것 같았고 이유 없이 갈라 터진 손가락이며 손등에는 피가 낭자했는데, 대충 새하얀 소맷부리에 닦는 바람에 오래지 않아 관 속에 들어갈 것 같은 허약함을 내비치고 있었다.

그의 '해 봐'라는 말이 떨어졌지만 동개양은 함부로 덤벼들지 못했다. 두 사람은 그대로 대치하고 있었다.

얼마나 지났을까, 사윤의 머리에 내려앉은 눈송이가 그의 '희끗희끗'하던 머리를 '새하얗게' 만들었다. 동개양은 그가 얼어 죽은 게 아닐까 의심스러웠다.

이때, 긴 나팔 소리가 멀리에서 울려 퍼졌다. 군대의 신호나팔이었다. 누군가의 목소리가 바람에 실려 왔다.

"……성에 들어왔다!"

사윤의 눈동자가 살짝 흔들렸고 동개양은 안색이 확 변했다.

"양주 수비군이 성에 들어왔다!"

전쟁이 끝나지 않은 마당에 조연이 고작 제사 때문에 수비군을 불러들였을 리가 없었다. 이런 결정권을 가진 사람은 틀림없이 주존이다. 그들의 이번 계획이 누설된 것이다.

하지만 어떻게?

이어 질서 정연한 발소리가 들려오자 동개양은 저도 모르게 손에 들려 있던 칼을 꽉 움켜잡고 더 이상 조연 따위는 신경 쓸 겨를 없이 고함을 지르며 도망가려 했다. 그가 꽁무니를 빼려고 하는 걸 보면서도 사윤은 막을 힘이 남아 있지 않았다.

바로 그때, 여기저기서 비명 소리가 들려왔다. 골목길의 질서 정연하던 발소리가 갑자기 소란스러워지고 죽고 죽이는 소리에 잠시 시끄럽더니 이내 쥐 죽은 듯이 조용해졌다. 이어 '털썩' 소리와 함께 한 근위병의 시체가 바닥을 굴렀다.

동개양은 흠칫하더니 이내 상대를 알아보며 크게 기뻐했다.

"형님!"

외팔이 심천추가 서서히 걸어왔다.

사윤은 조용히 한숨을 쉬며 멀리 있는 조연과 눈을 맞췄다. 진인 사대천명이라 하였는데, 보아하니 조씨 가문의 천운이 다한 듯했다. 심천추의 몸에는 약간의 물기도 없었다. 눈발이든 빗방울이든 모두 그를 피했고, 그가 그쪽에 서자 땅마저도 설설 기며 밑으로 가라앉았다.

심천추가 동개양을 차갑게 쳐다봤다.

"쓸모없는 놈."

말이 다 떨어지기도 전, 그는 벌써 조연의 코앞으로 다가와 이번에는 정말 놀랄 틈도 없었다.

사윤은 본래 쇠약해진 몸을 이곳에 밀어 넣고 남은 힘을 발휘해 흑의인에게 겁만 주는 허수아비 노릇이나 할 생각이었는데, 생각지도 못하게 직접 나서야 할 상황이 되었다.

조연의 목숨은 가망이 없어 보였다. 담장 위에서 날아온 그는 혀를 깨물어 평생 수련해 온 기를 추운장에 모았지만, 마비된 다리에는 더 이상 힘이 붙지 않았다. 사윤은 멀리서 심천추를 향해 일격을 날리고 바닥에 무릎을 꿇었다.

생명이 꺼져 가는 마당에 추운장까지 잘 따라 주지 않았다. 북두탐랑은 사윤의 힘이 거의 빠졌음을 한눈에 알아보곤 비웃으며 힘 빠진 목소리로 말했다.

"가엽군."

조금 전 사윤 때문에 꼼짝도 못 하던 동개양은 눈을 반짝이더니, 지체 없이 중검을 사윤의 등에 내리꽂았다. 심천추는 시선을 떼지 않고 조연의 목을 향해 손을 뻗었다. 바로 그때, 눈부신 도광이 번쩍이더니 심천추의 동공 속으로 파고들었다.

심천추는 눈썹을 치켜세우며 확 몸을 움츠렸다. 동개양은 자기가 검을 사윤의 몸에 꽂았다고 생각했는데, 뭔가 단단한 물체에 꽂혔는지 칼은 '챙' 하며 미끄러졌다. 사윤은 털끝 하나 상하지 않았다.

알고 보니 누군가 전광석화처럼 사윤과 동개양 사이에 은백색 갑옷을 던진 것이다. 뭘로 만든 갑옷인지는 모르겠지만 희한하게도 마침 사윤의 몸에 꼭 들어맞아 대신 검을 막아 주었다.

사윤은 더 이상 버틸 수 없어서 반쯤 무릎 꿇은 자세 그대로 옆쪽으로 쓰러졌다.

주비는 무표정한 얼굴로 '희미'를 들고 그의 곁을 막아섰지만 심장은 미친 듯이 뛰어 대고 있었다. 눈앞의 심천추는 옛날 그녀가 목소교 골짜기에서, 또 화용성에서 만났던 그 사람과는 딴판이었다.

그의 앞에 선 순간, 손에 들린 장도가 전율하고 있었고 옆에는 호시탐탐 기회를 노리는 동개양까지 있었다. 주비는 이제야 장난칠 때마다 '북두를 누른 자, 천하제일'이라고 허풍 떨던 것을 후회하기 시작했다.

'쳇, 불길한 말이 현실이 됐군.'

심천추는 실눈을 뜨고 한참 살펴보더니 그녀가 누군지 알아차렸다.

"너였나?"

주비는 마음이 초조했지만 지지 않겠다고 결심하고는 냉소로 답해 주었다.

동개양이 말했다.

"형님, 이 계집은 여러 번 우리 일을 망쳤으니 살려 둬선 안 돼요. 우리가 협공을 해서……."

심천추가 갑자기 손을 뻗어 말을 끊었다.

"비켜, 우리 둘이 동시에 덤비면 저 아이는 뭐가 되고 우린 또 뭐가 되겠느냐?"

"……."

심천추가 차가운 눈빛으로 주비를 살피더니 물었다.

"그 옛날 반토막 남은 네 목숨을 살려 줬더니, 이렇게 만날 날도 있구나."

동개양이 다급하게 말했다.

"형님, 그냥 우리가……."

심천추는 딱 잘라 말했다.

"꺼져!"

말이 끝나기가 무섭게 심천추의 '기보'가 돌연 맹렬해졌다. 처음에는 누가 아군인지 적군인지 구분 없이 동개양을 향해 휘두르더니 곧 초식을 변형하지 않고 바로 주비를 향해 달려들었다.

주비는 '희미'를 들어 그와 맞설 수밖에 없었다. 그녀는 거의 타고났다고 할 수 있는 자신의 내력으로 심천추의 기습적인 공격을 막았다.

조연은 가슴에 숨이 안 통하는 느낌이 들었고, 좁디좁은 골목에서 두 고수에게 밀리다 못해 기절해 버렸다.

동개양은 심천추의 말에 짜증이 났다. 그는 비틀거리다 허겁지겁 중심을 잡은 후, 속으로 생각했다.

'빌어먹을, 그래 너 잘났다. 늙어 빠진 개새끼 같으니라고!'

양주 수비군이 성에 들어온 이상 조녕은 이제 희망이 없었다. 그들이 속전속결로 조연을 없애지 않으면 진짜 남은 건 죽음뿐이었다.

결단력만큼은 남부럽지 않았던 동개양은 기회를 엿보다가 주비와 심천추가 교차하는 그 순간, 중검을 휘두르며 주비 쪽으로 기습해 들어갔다.

주비는 심천추의 칼을 받은 후 뗄 때 앞으로 쏠리면서 예상치 못하게 동개양의 검으로 튕겨 나갔다. 피하기엔 너무 늦어 보였다.

동개양의 개수작에 심천추는 화가 머리끝까지 났다. 사윤은 동공이 쪼그라들었지만 힘이 고갈된 상태여서 안간힘을 써 봐도 움직이는 게 쉽지 않았다. 그가 피를 토하자 담장 한구석에서 거의 죽어 있던 이끼가 금세 선홍색으로 변했다.

그때, 난데없이 명주 실타래가 날아와 주비의 허리를 휘감더니 간신히 그녀를 뒤로 잡아끌었다. 동개양이 주비의 앞섶을 찔러 옷에 반 치 정도의 구멍이 생긴 뒤였다. 그녀는 연속으로 세 걸음을 물러나서야 제대로 설 수 있었다. 가쁜 숨을 내쉬고 고개를 돌리자 애교 섞인 목소리가 들려왔다.

"에이그, 창피하지도 않나. 늙은 겁쟁이 둘이서 꼬마 아가씨를 괴롭히다니."

주비가 고개를 들어 올리자 멀리서 긴 치마가 나풀대는 모습이 보였다. 예상 부인이었다. 그리고 또 다른 누군가가 나른한 목소리로 말했다.

"난 저 시시한 황제 따윈 구하고 싶지 않아. 너희들이 손봐, 난 구경이나 하겠어."

주비가 작은 소리로 말했다.

"주작주."

예상 부인의 뒤를 이어 모습을 드러낸 목소교는 흥얼거리면서 쓸데없는 잡담을 늘어놓다가 품속에 있던 비파를 연주했다.

비파 소리가 들리는 가운데, 세 번째 사람의 목소리가 들려왔다.

"싸우기 싫으면 내가 하지. 붉은색 옷을 입은 너, 넌 중검을 쓰고 난 칼을 쓰니 끝까지 한번 붙어 보지."

주비는 믿기 힘들었다.

"……양 형님?"

양근은 대답이라도 하듯 골목 끝에서 걸어 나와 주비를 힐끗 쳐다봤다.

"약초 재배 농민들은 그 뱀을 키우는 사람을 도와 은패를 찾으러 갔고 난 널 도우러 왔다."

네 사람은 사각형으로 흩어져 이십여 년간 활개 치던 북두 두 사람을 둘러쌌다.

"원래는 황제 새끼를 엿 먹이려고 잠깐 왔던 건데 뜻밖에 각하 두 분이 먼 곳에서 오셔서 죽는 꼴까지 보게 됐구나."

예상 부인은 애교 섞인 목소리로 웃었다.

"이번엔 정말로 원수는 원수로, 복수는 복수로 갚아 줄 수 있겠어."

목소교가 비웃으며 말했다.

"예상 노부인, 이십여 년 동안 숨어 있다가 늙어서 이게 무슨 꼴이야. 후배의 도움이 있어야 모습을 드러내고 위엄을 나타낼 수 있는 건가? 아주 잘났네. 내가 당신이었으면 진작에 목매달아 죽었을 거야."

예상 부인은 눈을 흘겼지만 저 미치광이가 제멋대로 날뛰게 했다가는 거들러 온 일을 망치게 될까 봐 애써 말을 섞지 않았다. 어쩔 수 없이 그 화풀이는 모두 동개양에게 쏟아졌다.

그녀가 살짝 기합을 지르자 손에 있던 명주 실타래 독사가 혀를 날름거리며 동개양의 코앞까지 똬리를 틀고 올라갔다. 양근은 칼집에서 장도를 꺼내 들어 동개양의 진로를 빈틈없이 막아섰다.

심천추는 인상을 찌푸리고 몸을 날려 담장 위로 올라갔다. 그가 밟고 지나간 곳은 바로 가루가 되었고, 그사이 담장 위에는 순식간에 자국들이 가지런하게 움푹 파여 있었다. 주비가 따라붙었고, 따듯한 지역의 부드러운 눈발은 들썩이는 진기에 자극을 받아 포악해지며 주비의 손에 상처를 남겼다.

이쪽에서 벌어진 소란은 결국 근위대와 양주의 주군을 건드렸다. 심천추는 담장 꼭대기에 서서 아래를 내려다보고는 거의 모든 군대가 오고 있음을 확인할 수 있었다. 그는 고개를 기울여 기절해 있는 조연의 모습을 보고, 다시 주비를 쳐다보며 입을 열었다.

"조연, 목숨도 참 끈질기군."

주비는 덤덤한 표정으로 말했다.

"내 어머니도 그 옛날 조중곤을 보며 그리 생각하셨을 겁니다."

심천추는 억지 미소를 지었다

"오, 그 말인즉슨, 사람 일은 모르는 거다?"

주비는 대꾸 없이 희미의 칼날을 아래로 늘어뜨리고는 후배가 선배에게 가르침을 청할 때 자주 볼 수 있는 기수식을 취했다.

"심 선배, 하시죠."

심천추는 기이한 눈빛으로 주비를 훑어봤다. 주비는 확실히 예뻤고 남자처럼 기개 넘치는 여자아이도 아니었다. 그녀에게서는 주이당의 얼굴이 보였고 촉 땅 여인들 특유의 부드러움과 섬세함을 지니고 있어 미모가 뛰어난 편이었다.

몇 년 전 난데없이 동굴 감옥에 뛰어들었을 때에 비하면 앳된 모습도 사라져 있었다. 말을 하시 않고 칼도 휘두르지 않는다면 그야말로 조용하고 얌전한 아가씨였다.

하지만 이렇게 조용하고 얌전해 보이는 여자아이가 겁 없이 장도를 들고 그의 면전을 막아서는 것도 모자라 그에게 먼저 공격하라고 큰소리까지 치고 있었다.

뭘 믿고 저러는 거지? 이씨 가문의 파설도? 아니면 그냥 철이 없어서?

심천추는 느릿느릿 말했다.

"이 늙다리는 평생 무공에 대해서 자부심을 갖고 살아왔고 독보적인 '기보'도 창시했지. 이 무공은 흑백교첩黑白交疊과 삼백육십낙자변환三百六十落子變幻에서 비롯된 것이다. 아쉽게도 맡은 바가 있어 무학에 완전히 모든 것을 쏟지 못했고, 신공이 뒤늦게 완성되면서 '쌍도일검 고영수'의 시대를 따라가지 못했던 것이지. 훌륭한 실력을 갖추고도 그 옛날 절대 고수와 겨뤄 보지 못한 것이 유감이구나. 쪼그만 계집애야, 넌 나의 적수가 못 돼."

심천추는 말하는 사이 옷깃을 부풀렸다. 바람도 없는데 눈송이가 가루가 되어 떨어지더니 그의 몸 쪽에 이르러서는 신기하게도 튕겨 나갔다.

주비는 입꼬리를 추켜올리며 냉소를 지었다.

"이길 수 없는 단구낭과 맞섰을 때는 꾀를 써서 '맡은 바가 있다' 따위의 명분을 내세우시더니, 상대가 안 되는 저와 대면해서는 유리한 쪽으로 말을 바꾸셔서 유감인 상황이네요. 탐랑 대인, 한마디 해 드리죠. 대인처럼 이렇게 뻔뻔한 사람은 진지하게 자신이 돼먹지 않은 놈이라는 사실을 인정하면 그만이에요. 고고한 척하면서 수준 비슷한 상대를 찾아 겨뤄 보고 싶다는 건가요? 누가 이길지도 모르는 상황인데, 지면 민망하지 않으시겠어요?"

그녀의 불손한 말이 끝나기도 전에 심천추는 이미 일격을 날렸다. "죽고 싶어 환장했구나!"

그의 동작이 빠르지는 않았지만 주비는 보이지 않는 어떤 내식에 의해 온몸이 단단히 갇힌 느낌이 들었다. 잠시 손쓸 방법이 없어 그녀는 입을 악물고 희미의 칼집으로 공격했다.

그런데 칼집이 공중으로 튕겨 오르더니, 보이지 않는 담장에라도 부딪쳤는지 희한하게 바닥 쪽으로 날아갔다. 주비는 칼집을 따라 몸을 날림과 동시에 칼을 뒤집어 '참'을 시전하며 심천추를 향해 사정없이 공격했다.

심천추가 낮게 기합을 지르며 양손으로 아래쪽을 누르자 사람의 힘이라고 하기 어려울 정도의 낮고 무거운 일격이 다시 한번 주비의 진로를 막아섰다.

바닥의 청석판이 눌려서 구덩이가 생겼다. 좁은 골목에서 주비는 원래부터도 숨을 곳이 없었다. 공중에는 마치 보이지 않는 큰 망치가 있는 것처럼 강력한 힘이 퍼져 나갔고, 조연의 몸에서 떨어져 나온 옥패를 단단히 눌렀다. 옥패는 이윽고 그 보이지 않는 힘에 의해 산산이 부서졌다.

한 명의 실력자가 열 명을 제압한다. 순간 주비는 마치 오래전 수산당으로 돌아간 기분이었다. 아무리 변화무쌍한 도광도 이근용에게 번번이 막혔다.

예상 부인은 주비 쪽을 곁눈질로 흘끗 보고는 얼굴색이 변해 소리쳤다.

"비야, 어서 피해!"

주비는 들은 척도 하지 않고 돌연 방금 있었던 속임수에 반격을 가했다. '참'은 초식을 변형하지 않은 채 공중에서 강해지더니 탐랑의 일격을 막아 냈다.

예상 부인은 주비도 칼도 심천추의 일격에 담장에 처박히게 될 것을 예상하며 가슴이 철렁했다.

탐랑의 장풍과 희미가 곧 부딪칠 것 같자 심천추의 얼굴이 어두워졌다. 물론 그가 주비를 높게 평가한 큰 이유는 집안 대대로 전수되어 온 파설도에 있었고, 이렇게 작은 계집아이가 그에게 정면 승부의 도전장을 내밀 거란 생각은 꿈에도 하지 않았다.

이 어쭙잖게 날뛰는 후배를 당장 없앨 생각이었지만 장풍과 장도가 서로 만난 순간, 심천추는 이 맹렬한 공격이 허초임을 확실히 느끼고 깜짝 놀랐다. 그 지극히 강한 힘은 예상치도 못하게 지극히 약하게 바뀌며 그의 손에서 가볍게 미끄러져 나갔다.

일격이 허탕을 치는 바람에 아직 힘을 거두기도 전에, 희미는 '약'에서 다시 '강'으로 전환하더니 '파' 일식으로 초식을 바꿔 곧장 그의 얼굴로 돌진했다.

심천추는 이 기괴한 수가 어디서 왔는지 제대로 보지 못했다. 그는 급한 나머지 잘려 나간 자신의 팔을 들어 올려 팔에 붙어 있는 갈고리로 희미를 막아 냈다. 쇠갈고리는 희미를 이기지 못하고 곧장 거미줄처럼 균열이 생겼다. 심천추는 문득 뭔가를 감지했는지 얼굴색이 갑자기 변하여 중얼거렸다.

"고영수!"

고영수, 세상에 둘도 없는 얼마나 위엄 있는 이름인가. 하지만 수십 년간 모습을 보이지 않다가 나중엔 완전히 종적을 감춰 버렸다. 미친 단구낭이 화용성에서 모습을 드러낸 후에나 어렴풋이 옛날 관서의 영광을 떠올릴 수 있었다.

그런데 미친 단구낭은 죽었지 않나?

고영수도 벌써 실전되지 않았나?

순간 심천추의 눈앞에 눈도 감지 못한 채 바닥에 구르던 머리가 스쳐 지나갔고, 말로 할 수 없는 오싹함이 밀려왔다. 남아 있던 일말의 양심이 가책을 느끼며 기세등등했던 모습도 움츠러들었다. 심천추는 눈을 부라리며 이를 꽉 문 채 말했다.

"그럴 리 없어!"

주비의 칼날이 살짝 흔들렸다. '그럴 리 없어'라는 말에 주비의 극과 극인 내력이 다시 한번 회전하며 힘을 발산했다.

현재 심천추의 실력은 천하제일이었으니 주비는 당연히 적수가 되지 못했다. 이십 년 동안 고영진기를 더 연마한다고 해도 따라잡을 수 없을 터였다. 그는 희미와 긴 갈고리가 부딪치는 순간의 힘을 빌려 주비를 담장 위에서 떨어뜨려 죽이지는 못해도 중상 정도는 입힐 수 있었다.

그런데 그가 주저하다 못해 뒤로 물러서는 것이 아닌가. 두 힘이 서로 부딪쳤을 때 쇠갈고리가 부서지며 생긴 쇳조각들이 사방으로 튀었다. 심천추는 외팔로 부들부들 떨다가 물러선 거였다.

주비 역시 힘겹게 실력을 발휘하면서 내식이 들끓기 시작했다. 그녀는 손목이 저린 것도 아랑곳하지 않고 이를 악물고 장도를 바로 들었고, 표정에서라도 약점을 드러내지 않으려 애쓰면서 생각을 전환했다.

주먹은 젊은 피를 두려워하고, 귀신은 사악한 이를 두려워한다고 했는데…… 그럼 북두의 탐랑은 무엇을 두려워할까?

한 가지 생각이 마음속에 불쑥 스쳐 지나가자, 주비는 고개를 들어 심천추를 향해 미소를 지었다. 소녀의 미소가 도광에 비치며 알 수 없는 혈기가 더해졌다.

"저라고 고영진기를 깨달을 수 없겠습니까?"

심천추가 이를 악물었다.

"네 녀석이……."

"심 대인, 조금 전에 쌍도일검 고영수와 붙어 보지 못해서 정말 아쉽다고 하셨지요? 지금도 저처럼 남북 쌍도를 직접 보고 고영수를 배운 후배가 존재하는데, 대인이 키우신 공력을 시험해 볼 좋은 기회가 되지 않겠습니까?"

주비가 그의 말을 끊고 말했다.

"그런데 심 대인, 만약 단구낭이 살아 있다면 정말 겨룰 수 있겠습니까? '맡은 바가 있어…… 마음을 온전히 쏟지 못했고, 신공이 늦게 완성되어……' 하!"

두 눈이 벌게진 심천추는 그녀를 향해 일격을 날렸다. 힘이 잔뜩 실려 있어서 좁은 골목 양쪽에 있던 낮은 담이 와르르 무너져 내렸다.

주비는 숨을 크게 들이쉬고 몸을 날려 착지했다. 발끝이 아직 땅에 닿기도 전에 심천추가 바짝 따라왔고, 자갈들도 함께 날아왔다. 예상 부인 일행은 대적할 엄두가 나지 않아 하나둘 몸을 피했다.

심천추가 노기등등해 소리쳤다.

"네년이, 죽고 싶구나!"

주비는 몸속에서 끊임없이 돌고 있는 고영진기를 최대치로 끌어올렸다. 그녀의 손에 들린 희미는 옛날 견기를 열었던 버들가지처럼 보는 이가 눈이 어지러울 정도로 화려했다. 주비는 그의 반응에 아랑곳하지 않고 입을 놀렸다.

"아, 이제 알겠어요. 대인께서는 본래 엄두도 못 냈던 거였군요. '일인자'라는 칭호도 자칭이었기 때문에 자신도 기만이 들통 나는 게 두려웠던 거죠. 사실 자신이 고작……."

자갈 하나가 주비의 목을 살짝 스치고 지나가며 끔찍한 핏자국을 남겼다. 주비가 동작을 멈췄을 때 심천추의 살인 초식은 코앞에 다가와 있었다. 북두 탐랑 앞에서는 물러서는 것이 곧 죽음이었기 때문에 주비는 차라리 공격을 택했다.

도광이 번쩍이자 '산' 일식이 하늘을 가르며 그를 향해 내리 떨어졌다. 심천추는 화가 치밀어 올라 공격을 피하지 않고 희미를 향해 일격을 날렸다. 그의 손바닥은 늪처럼 도신을 단단히 끌어당겼고 엄청난 내력이 도신에서부터 흘러나와 주비가 칼을 버리도록 압박했다.

심천추와 맞선 주비는 사실 칼을 버리든 버리지 않든 그 결과는 똑같이 죽음이었다. 만약 손을 놓지 않으면 심천추에게 제대로 한대 맞을 운명이었고, 손을 놓으면 여지없이 패배해 심천추에게 먹힐 곶감 신세가 될 것이 분명했다.

하지만 주비는 손을 뗐어도, 칼은 버리지 않았다.

멀지 않은 곳에서 양근이 곁눈질로 그 광경을 쳐다보았다. 그의 칼등에 달린 황금 고리가 '챙' 하고 울렸다. 그 순간, 주비는 도광과 한 몸을 이루어 전신이 사람 형상의 칼ㄲ이 된 것처럼 공중의 희미와 방향을 같이했다.

마치 도신에 붙은 마른 잎처럼, 그녀는 심천추가 날린 장풍을 타고 힘 하나 들이지 않은 채 날아갔다. 잠시 후, 희미의 칼자루가 주비의 손에 잡혔다.

광활한 초원에 봄바람이 불면 새싹이 하룻밤 사이 돋아나 세찬 기세로 황야를 뒤덮듯이, 높게 솟은 빙하가 쩍 갈라지며 세찬 물살이 드러나듯이, 미약한 고영진기가 차츰 최대치로 폭주하며 칼날에 붙은 채로 찬란하게 빛났다.

파설도, 불주풍!

심천추의 동공은 점처럼 쪼그라들었다. 옆에 있던 사람들은 두 사람의 동작을 제대로 볼 수 없어 공중에서 챙챙거리는 소리만 들을 수 있었다.

두 사람은 황급히 서로에게서 떨어졌다. 심천추는 휘청거렸고 주비는 비틀거리면서 담장 위에서 한 바퀴 돌아 땅으로 내려왔는데 잠시 중심을 잡지 못해 장도에 의지해야 했다. 허리를 살짝 숙이자 입가를 따라 피가 가늘게 흘러내렸다.

주비는 소매로 핏자국을 닦았다.

"……비열하고 뻔뻔한 쓰레기밖에 되지 않는다는 사실이 드러났네요. 다른 북두 여섯 명과 똑같은 개새끼라는 사실이요. 짐승 같은 당신들이 뭉쳐서 온갖 악행을 저지르고 다니지 않았다면 강호에 심천추 패거리 같은 게 어디 생겼겠어요. 자신이 뭐라도 된다고 생각하는 건가요? 자신을 속이지 마세요."

굳은 얼굴의 심천추는 주비보다 더 난감해하는 것 같았다. 그는 평생 제 무공에 자부심을 느껴 왔다. 북두의 우두머리 자리를 꿰찼지만 오래전부터 육요광, 곡천선, 구천기 등 여기저기서 소란이나 일으키는 소인배들과 동급으로 비치는 것을 창피하게 생각해 왔다.

그는 자신을 세속을 떠난 고수, 쌍도일검과 견줄 만한 악인이자 대마두라고 생각했다. 영원히 악명을 남길지언정 사람들이 그 이름만 들어도 간담이 서늘해지는, 증오하고 두려워할 대상이 되고 싶었지 비열하거나 우스꽝스러운 존재가 되고 싶은 생각은 추호도 없었다.

하지만 만일 단구낭이 아직 살아 있다면, 그의 앞에 어설픈 후배 주비가 아닌 그 늙은이가 직접 나타난다면 과연 그는 자신의 말을 증명하기 위해 늙은이와 일대일로 최고를 가리는 대결에 임했을까? 그랬다면 그 오랜 세월 동안 자신을 위로하기 위해 가져왔던 기만이 환상처럼 깨져 버리지 않았을까?

주비는 신랄했다. 말 한마디로 그의 마음속에 깊이 자리 잡았던 비열함을 들춰낸 것이다. 심천추의 두 눈동자가 심하게 흔들렸고 매서운 살기가 주비를 바싹 따라붙었다. 형용할 수 없는 압박이 주비에게 엄습해 올 때, 멀리 떨어진 곳에 있던 목소교의 비파 현이 '띵' 하고 끊어지며 주작주의 내식이 들끓기 시작했다.

심천추를 대면한 주비는 온몸이 마디마디 끊어질 것 같은 느낌이 들었지만 문득 고개를 돌려 사윤을 바라보았다. 사윤의 눈빛은 거의 사그라져서 남아 있는 희미한 빛으로 주비의 윤곽만 어슴푸레하게 보일 뿐이었다. 그는 소리를 내지 않고 입술만 달싹이며 주비에게 말했다.

"네가 천하제일이야."

눈앞에 어떤 강적이 있든, 온몸이 상처투성이든, 곤경에 처해 있든, 무공이 어느 수준이든, 이름이 얼마나 알려졌든 상관없이…….

그때 넌 뭔지도 몰랐던 잡다한 약병을 가지고 왔었지. 북두가 산채를 둘러쌌을 때 그 좁디좁은 산골짜기 지하 감옥으로 뛰어 내려와선 별생각 없이 나에게 '보고가 중요하죠'라고 말했어. 나에게는 네가 천하제일이야.

주비의 눈시울이 붉어졌다.

도검이 맞부딪치는 소리, 눈 내리는 소리, 모두 요원해졌고 사운의 시야도 점점 어두워졌다. 붉은 옷, 예상 부인, 대마두의 비파, 남쪽 형님의 가무잡잡한 얼굴…… 점차 고요해졌다.

마침내.

마침내, 그의 눈에는 희미 같은 도광만 남았다.

비야, 오늘은 잠시 이별하지만 이십 년 뒤, 난 여전히 널 찾으러 갈 거야. 약속할게.

그때, 심천추가 움직였다. 그의 발밑에 있던 돌담이 완전히 갈라지더니 천지를 뒤덮는 일격이 주비의 정수리를 향해 날아와 갑작스러운 생이별을 방해했다.

주비는 무모하긴 해도 숨지 않고 희미에 모든 기를 모아 심천추를 맞이했다. 멀지 않은 곳에서 목소교가 '흥' 하고 코웃음을 치더니 긴 옷깃을 걷어 올리고 동개양을 제친 후 심천추의 등을 향해 내달렸다.

그때, 갑자기 누군가가 크게 소리쳤다.

"조심해!"

말이 떨어지기 무섭게, 거대한 검은 그림자가 불나방처럼 덤벼들었다. 설명할 수 없는 음산한 기운이 따스한 곳을 싸늘하게 만들었다. 목소교는 순간 달음질을 멈췄고, 심천추는 강력한 반격의 기운을 느껴 급히 몸을 피했다. 주비의 칼끝이 방향을 틀며 휘청거렸고 주비는 몸이 기운 상태로 옆에 있던 낮은 담장에 부딪쳤다.

그 반갑지 않은 손님은 건들거리며 세 사람 사이에 살포시 떨어졌다.

'불나방'은 먼저 주비를 한번 쳐다봤다. 주비는 갑자기 튀어나온 해골바가지같이 생긴 얼굴에 깜짝 놀라 본능적으로 희미를 몸 앞쪽에 비껴들었다.

"누구냐 넌?"

'불나방'은 대꾸하지 않았고, 주비는 그제야 그가 자신의 뒤쪽을 주시하고 있음을 알아차렸다. 그 해골바가지처럼 생긴 '불나방'은 얇은 입술로 크게 소리쳤다.

"죽었네, 하하! 인과응보다!"

주비는 누가 죽었다고 말하는 건지 뒤돌아서 보고 싶었지만, 이 괴상한 해골바가지 얼굴을 한 자든 멀지 않은 곳에 있는 북두 탐랑이든 모두 주비가 눈을 뗄 수 없는 자들이었다.

'불나방'은 눈길을 휙 돌리더니 이번에는 설명할 수 없는 눈빛으로 주비를 빤히 쳐다봤다. 주비는 어안이 벙벙했다. 그의 광인狂人 같은 눈빛에서 뭔지 모를 익숙함이 느껴졌지만, 그녀가 곰곰이 생각하기도 전에 상대는 고개를 돌려 심천추를 바라봤다. 쉭쉭거리는 소리를 내며 낮은 목소리로 말했다.

"북두?"

심천추가 미간을 찌푸렸다.

"누구냐?"

'불나방'은 그를 무시하고 벌써 공중으로 뛰어오른 상태였고, 아무런 말 없이 곧장 심천추를 향해 돌진했다. 안색이 어두워진 심천추가 일격을 날리자 그자의 가슴과 등을 뚫고 지나갔다. 가까이 있던 주비는 뼈가 으스러지는 소리를 들었다.

해골바가지 얼굴을 한 '불나방'은 엄청나게 말랐고 등도 부자연스럽게 튀어나와 있었다. 부러진 뼈가 그의 피부와 두루마기까지 뚫었고 피범벅이 된 내장이 비스듬히 빠져나와 있었다. 아무리 천하에 무서울 게 없는 주비라도 이 광경을 보고는 구역질을 참을 수 없었다.

더 황당한 건, 이렇게 공격을 당하고도 '불나방'은 죽지 않았다는 사실이다.

그 어떤 고통이나 공격도 두려워하지 않고, 죽여도 죽지 않을 것 같았다. 그는 몸의 뼈가 박살 난 상태임에도 억지로 더 앞으로 나아간 후 고개를 숙여 심천추의 외팔을 물었다.

순간 주비의 머릿속이 번쩍였고 믿을 수 없다는 듯 말했다.

"약인!"

심천추는 놀라움과 화가 치밀어 욕을 하면서 맨손으로 그 미치광이를 내팽개쳤고, 해골바가지는 목이 제대로 꺾였다. 보통 사람이라면 목이 꺾여 진작에 죽었을 테지만, 이 해골바가지는 어디서 온 요괴인지 여전히 죽지 않고 상대를 물고 늘어졌다.

심천추는 숨을 크게 들이마시고 그 요괴의 머리를 박살 낼 생각을 하고 있었는데, 숨이 목구멍까지 들어가지도 않았을 때 온몸이 갑자기 떨리기 시작했다. 이윽고 탐랑은 모든 이가 지켜보는 가운데 고통에 찬 비명을 지르기 시작했다. 검붉은 기운이 그의 팔뚝을 타고 용솟음치고 있었다.

심천추는 잃은 한쪽 팔을 긴 갈고리로 대신하려 했지만 공교롭게도 그것마저 주비에 의해 부서지는 바람에 다급한 상황에서 팔을 희생해 몸을 보전하기도 어렵게 되었다. 시커먼 기운은 마치 용이 꿈틀대듯 금세 그의 어깨를 넘어 목과 얼굴을 향해 엄습했다!

"······."

손에 쥔 칼끝이 떨어지기도 전에, 주비는 이 광경에 놀라 얼이 빠져 있었다.

심천추는 비명을 지르며 사방팔방을 뛰어다니며 진기를 쏟아 냈다. 주변에 있던 낮은 담장은 그 바람에 부서지기 시작했다. 주비는 할 수 없이 뒤로 물러섰고, 때마침 기절했던 조연도 놀라서 깨어났다가 뒷걸음치던 주비에게 종아리를 밟히는 바람에 아파서 끙끙거렸다.

주비는 그제야 황제라는 귀한 인물에 주목했다. 순간 '불나방'이 조금 전 그녀의 뒤쪽에서 무엇을 봤는지 알게 됐다. 곧 그녀는 전후 상황이 이해되어 급히 조연의 어깨를 누르며 낮은 소리로 말했다.

"움직이지 마세요! 계속 죽은 척하세요. 안 그러면 저도 지켜 드릴 수 없습니다."

심천추는 사력을 다해 발버둥 쳤다. 포학한 내력이 날뛰었고 해골바가지 얼굴을 한 '불나방'이 그의 첫 번째 공격 대상이었다. 그의 뼈는 제대로 쌓지 않은 짚더미처럼 무너져 내렸고 헐렁거렸던 두루마기도 마구 찢어졌다.

주비 일행은 눈을 똑바로 뜨고 심천추가 뭔가에 의해 쪼그라든 가죽 부대처럼 빠르게 왜소해지는 모습을 지켜봤다. 근육이 순식간에 사라졌고 굳은 피부는 뼈에 쫙 달라붙었다. 물린 팔뚝에서부터 목까지 시드는 것처럼 말라 갔고, 소리 없이 뒤로 쓰러졌다.

그때, '조심해'를 외친 응하종이 막 거친 숨을 몰아쉬며 근위병들과 함께 도착했다. 주비는 만신창이가 된 '검은 불나방'을 바라보았고, 또 응하종을 쳐다보며 낮은 소리로 말했다.

"그…… 그는……."

응하종은 이미 몇몇 고수에게 제압당한 동개양을 힐끗 쳐다보더니 헐떡거리는 숨을 잠시 가라앉히고는 말했다.

"미쳤어요, 은패가 완전히 미쳐 버렸어요! 자기 몸에 남아 있던 독으로 모충의 시체를 키워 냈고, 어떤 방법을 썼는지 모르지만 모충의 시체를 정제해서 자신의 몸속으로 흡수했어요……."

"뭐라고요?"

응하종이 요약해서 말했다.

"그러니까 은패 자신이 열반고의 모충이 되었다고요. 이번엔 알아들었어요?!"

말이 떨어지기도 전, 은패가 이미 시체가 된 심천추의 몸뚱이 위에서 데굴데굴 굴러 내려왔다. 그의 얼굴은 온통 피로 물들어 있어, 실로 살아 있는 귀신 같았다.

근위병들이 연이어 달려들어 비틀거리는 조연을 부축했고 겹겹이 둘러싸 그를 보호했다.

주비는 팔을 뻗어 응하종을 뒤로 보내 막아선 후, 경계의 눈빛으로 은패를 바라봤다.

모두가 주시하는 가운데, 은패는 길에 벌러덩 누워 있었는데 마치 웃고 있는 것 같았다.

주비가 시험 삼아 몇 보 앞으로 나가 그의 곁으로 걸어갔다. 은패는 그녀를 알아봤는지 겨우겨우 남은 한쪽 팔을 뻗어 주비를 가리키더니 다시 힘겹게 팔을 구부려 자신을 가리켰다.

"너…… 너 뭐야?"

부들거리며 손을 들더니 자신을 가리키는 모습에 주비는 영문을 몰라 미간을 찌푸렸다.

주비는 속으로 뭔가가 떠올랐는지 슬며시 떠봤다.

"넌…… 네가 은패라고 말하고 싶었던 거야?"

은패는 죽어 가는 물고기같이 바닥에서 경련을 일으키고 있었지만, 눈빛만큼은 살아나고 있었다.

주비는 고개를 숙여 그를 바라봤다. 그의 이글거리는 눈빛을 통해 문득 오랜 세월 그가 지녔던 집념과 겪었던 고통을 이해할 수 있었다. 그녀는 희미로 땅을 짚은 상태로 반쯤 무릎을 꿇고 낮은 소리로 말했다.

"네 이름은 은패, 은문람의 아들이지. 은가장에서 유일하게 살아남은 생존자이고 북도 기운침이 키워 주셨다. 출신은…….."

그녀가 잠시 멈추자, 은패는 어디서 났는지 혈흔이 가득한 칼집을 빼내어 천천히 주비 쪽으로 반 치 밀어냈다. 사실 그건 검을 싸는 껍데기에 불과했지만 산천검도, 청룡주도, 충운 도장도 모두 이것에 의해 세상을 떠났다.

은패는 이 칼집을 지키며 평생을 의심 속에 살아왔다. 하지만 이제 그는 이것이 그의 것이 아님을 안 것 같았다. 주비가 산천검 검집을 훑으며 중얼거렸다.

"……출신은…….."

뼈처럼 마른 손을 아래로 휙 늘어뜨리면서 흙먼지를 날렸다.

"……명문 정파."

이 '인생 최후의 평가'를 끝까지 들었는지 모르겠지만, 은패의 광기 어린 눈빛은 입가의 혈흔과 함께 희미해져 갔다.

주비는 멍하니 사람의 형상과는 거리가 멀어 보이는 시신과 망연히 눈을 마주치고 있었다. 잠시 미묘한 기분에 휩싸여 있을 때 응하종이 그녀를 은패의 시신 앞으로 툭 밀었다. 그리고 어디서 났는지 특별 제작한 작은 주전자를 꺼냈다.

죽은 자에 대한 경의를 표할 새도 없이 그가 단칼에 은패의 가슴을 긋자, 비릿한 검은 피가 순식간에 콸콸 쏟아져 나오며 작은 주전자에 담겼다.

"이건 천하에서 가장 독한 열반고예요."

응하종이 그 자리에서 뛰어올라 이상한 냄새를 풍기는 작은 주전자를 주비에게 보여 주며 상기된 얼굴로 말했다.

"빨리요, 제문의 '음양이기陰陽二氣'를 배웠다고 하지 않았나요?"

주비는 그를 쳐다만 볼 뿐 미동도 하지 않았다. 그녀의 오감은 어찌나 발달했는지 주변의 눈발 날리는 소리도 분명하게 들을 수 있었다. 그러니 어떻게 그의 숨이 이미 끊어졌다는 사실을 모를 수 있겠는가.

응하종이 그녀의 어깨를 잡고 귀에다 소리를 질렀다.

"뭘 멍하니 보고 있어요!"

주비는 팔을 빼낸 후 고개를 숙여 그의 눈빛을 피했다.

"늦었어요."

응하종은 잠시 멍하게 서 있었다.

"전……."

주비가 작게 읊조렸다.

"됐어요, 운명이겠죠. 괜찮아요……."

그녀의 말이 끝나지도 않았는데, 응하종은 소리를 지르며 말을 끊었다.

"제가 의원입니다. 제가 아직 늦었다고 안 했습니다!"

그는 주비를 밀어 억지로 사윤 쪽으로 가게 했다.

"저는 대약곡 정근正根의 계승자입니다. 약곡에는 죽은 자를 살려내고 백골에 살이 붙게 하는 비법이 있죠. 제가 살릴 수 있다고 하면 살릴 수 있는 겁니다!"

"응 형……."

"사윤은 투골청을 십여 년 동안이나 몸 안에 지니고 있었어요. 다른 사람에 비해 몸이 차고 호흡도 약한 건 왜 그런 거죠? 혹시 사람도 꽁꽁 얼릴 수 있다는 얘기 못 들어봤어요?"

주비는 살짝 비틀거렸다. 그녀는 문득 예전에 영주성 밖에서 대약곡을 '이름만 번지르르하고 실속은 없다'며 욕했던 것이, 사실은 화풀이하려다가 한 말실수였고 진심은 아니었다고 응하종에게 말하고 싶었다.

주비는 응하종에게 떠밀려 사윤 앞에 섰다. 사윤은 이미 호흡이 끊어져 있었고 몸에는 녹지 않는 고운 눈이 살포시 내려앉아 있어서 마치 시간 속에 굳어진 얼음 조각 같았다. 얼굴은 그녀가 조금 전 심천추와 대치했던 쪽을 향해 있었고 입가에는 여전히 엷은 미소가 담겨 있었다.

응하종이 휙 고개를 돌려 또박또박 말했다.

"주비, 완전히 끝나기 전에는 포기하지 않는다는 그 신념은 어디 갔나요?"

주비는 얼떨떨한 표정으로 그를 쳐다봤다. 응하종은 옷자락을 들더니 곧바로 땅에 꿇어앉았다. 그는 과감하게 사윤의 손바닥을 가르고 얼어붙은 사지를 억지로 접어 가부좌 자세를 취하게 한 후, 다시 치명적인 독혈을 그의 몸에 떨어뜨렸다.

"우선 독을 사윤의 수궐음심포경手厥陰心包經이라 하는 경맥에 넣었어요. 이렇게 하면 바로 심맥으로 들어가게 되는데, 고영진기처럼 서로 의지하는 내력만이 독을 다시 내보낼 수 있지요. 독이 들어가지 않으면 소용없고, 들어가서 나오지 않아도 목숨이 위험합니다. 세수洗髓, 뼛골을 씻음를 세 번 하면…… 음, 혹시 아직 힘이 남았나요?"

제문의 금지 구역을 떠난 후 주비는 희망이 없음을 알게 됐지만, 길에서 자기도 모르게 여 국사가 기록한 '음양이기'를 반복해서 암송했었다. 지금은 정신이 나간 상태였지만 그의 말대로 할 수 있었다.

외부의 힘으로 강제로 경맥을 통하게 하면 죽은 자의 몸도 약간 움직일 수 있다고 했다. 주비는 막연히 생각하며 자신이 대체 뭘 하고 있는지 가늠할 수 없었다.

사실 속세에서 태어난 자들은 각자 벗어나기 힘든 늪 속에 살고 있기에 누가 누구를 끌어 준다는 건 불가능한 얘기였다. 사윤에게 주비가 그랬고, 응하종에게 대약곡이 그랬다.

뭔가에 깊숙이 빠져든 두 사람은 눈밭에서 허름한 옷을 입은 망자를 두고 이리저리 방법을 찾고 있었다. 마치 가망이 없는 그 일을 하다 보면 사윤이 죽었다는 사실이 바뀔 것처럼 말이다.

하지만…….

독혈을 세 번에 나누어 사윤의 몸에 남김없이 넣자 검은 피가 다시 빠져나왔다. 예상 부인 일행은 방해되지 않으려고 조용히 한쪽에 둘러서 있었다. 조연 역시 아무 소리도 내지 않는데, 근위병과 수비군들에게 골목 밖으로 물러나 있으라고 소리친 것이 다였다.

주전자에 가득 찬 독혈은 사윤의 몸에 들어갔고 또 그대로 나왔지만, 그는 여전히 움직이지 않았다.

엄동설한에 주비는 이제 막 물에서 빠져나온 것처럼 온몸이 땀으로 흠뻑 젖어 있었다. 찬바람이 불어왔다. 그녀는 이제 더 이상 기운이 없었고 부상을 입은 폐부도 얼얼할 정도로 아팠다.

그녀는 자기도 모르게 몸을 부르르 떨었다. 일어나고 싶었지만 힘이 빠졌는지 바닥에 털썩 주저앉았다. 끝없는 피로감이 관외의 함박눈처럼 희로애락을 함께 묻었다.

예상 부인은 차마 더는 지켜볼 수 없었는지 바닥에 주저앉은 주비를 뒤에서 안으며 달랬다.

"얘야, 우리는 할 수 있는 걸 다 했으니 이제 천명을 기다려 보자."

할 일을 다 하고 천명을 기다린다.

주비가 가볍게 몸을 떨고 고개를 들었다. 쓸쓸한 눈빛으로 어두운 하늘을 바라보자 촘촘하게 떨어지는 눈이 그녀의 얼굴에 차갑게 내려앉았고 뜨거워진 그녀의 눈시울을 조금씩 얼렸다.

무엇이 천명일까?

그녀는 정확히 말할 수 없었다. 그녀의 손에서 파설도는 '산해풍'의 힘을 빌려 '무상도'의 극치에 도달했지만, 인생의 무상함은 어찌다 헤아릴 수 있을까?

삼 년간, 그녀는 사력을 다해 동서남북을 돌아다녔지만 결국 원점이었고 아무것도 얻은 것이 없었다. 주비는 예상 부인의 손을 잡고 힘주어 일어났다.

"네, 제가……."

제가 뭘 어떻게 한다는 건가? 그녀는 말하지 못했다. 가슴 한쪽이 텅 비어서, 겉치레로 하는 말 몇 마디조차 내뱉는 게 힘들었다. 남도 금릉. 대대로 부귀와 유흥의 중심이었던 곳이 한순간 황량해지며 어디로 가야 할지 눈앞이 캄캄해졌다.

주비가 휘청거리자 예상 부인이 급히 부축했다. 뭐라고 위로의 말을 건네려던 참에, 응하종이 갑자기 소리쳤다.

"잠깐만요, 어서 봐요!"

주비는 급히 고개를 돌렸다. 응하종이 사윤의 갈라진 손바닥을 가리켰다. 하얗게 질린 피부에 서서히 붉은빛이 돌기 시작했고 뭔가가 녹은 듯 작은 핏방울이 솟아 있었다.

후
일
담

후일담

조녕이 포로로 잡히고 삼 개월 후, 전령이 급히 달려와 금릉의 성문을 열어젖혔다. 그가 전광석화처럼 빠르게 황궁으로 들어갈 때, 길 양쪽의 사람들은 하나둘 뒤로 물러났고 남의 일에 관심 많은 참견쟁이들은 사방을 두리번거리며 그 말이 어디로 쏜살같이 달려가는지 구경하면서 이러쿵저러쿵 떠들기 시작했다.

몇 시진 후, 종이 위에 불꽃이 타들어 가듯 소식이 빠르게 퍼지면서 모든 의문들이 해소되었고, 입에서 입으로 전해지면서 온 거리에 퍼졌다.

왕도를 수복했다!

수십 년간 전쟁으로 사람들이 많이 죽었는데 결국 이날이 오고야 말았다. 살아남은 자들은 머리가 하얗게 세었는데, 그들은 이미 가족이나 오랜 친구를 잃은 자들이었다. 강산은 고통으로 물들었고, 백성들은 대부분 흩어졌다.

머리가 희끗한 노인 하나가 갑자기 비틀거리며 큰길로 뛰어나가
더니 청석판에 엎드려 목 놓아 울기 시작했다. 이어서 성 전체가
울음바다가 됐다. 겨우내 힘겹게 지낸 유민들, 고향을 떠나온 상인
들, 찻집에서 아직 경당목을 쳐 보지 못한 이야기꾼……. 모두 기
쁨에 울부짖으며 뛰어다녔고 머리를 바닥에 찧었다.

꽃무늬

응하종은 손을 뻗어 창문을 닫아 떠들썩한 소리를 차단하고, 옷
소매에서 처방전을 꺼내 주비에게 건넸다.

"이 처방으로 바꿔 봐요. 그런데 이렇게 급하게 가야겠어요? 아
직 깨어나지도 않았는데, 금릉에서 요양하는 게 좋지 않을까요?"

"시간 더 끌어 봐야 좋을 거 없어요."

주비가 짧게 말했다.

"어쨌든 그날 현장에서 모두 봤잖아요. 은패가 산천검 검집을 제
게 줬어요. 지금은 '그분'이 우리 아버지 덕에 천하를 가졌고, 게다
가 그 아래 멍청이들은 절 어찌할 수 없어서 오가기도 수월해요.
지금이 적기예요."

응하종이 대놓고 깐족거렸다.

"주 대협은 천하에 두려울 게 없잖아요, 북두 탐랑도 처리한 마
당에 황제 늙은이가 뭐가 두렵다고요?"

"두려워요."

주비는 무표정한 얼굴로 자신의 칼집을 쓰다듬었다.

"전 나라와 백성을 위하는 외조부 같은 대협이 못 돼서, 만약 그

늙은이가 날뛰다가 저한테 또 걸리면 그냥 참고는 못 넘어갈 거예요. 그런데 제가 실수로 그에게 상처라도 낸다면 그동안 모두가 기울인 노력이 물거품이 되는 건데, 제가 어떻게 그럴 수 있겠어요?"

응하종은 이 건방진 말을 어떻게 받아야 할 줄 몰라 입을 다물었다. 주 낭자는 입으로만 건방진 게 아니었다. 그녀는 황제의 목에 칼을 겨눴었고 또 몇 차례나 면전에서 명령을 거역한 적이 있었으며, 심지어 황제의 부름에 콧방귀도 뀌지 않았고 인사도 하지 않고 있었다. 게다가 태자가 될 뻔한 단왕 전하도 빼돌렸고……

그녀의 이런 흑도 못지않은 '요녀妖女'스러운 행동은 목소교 그놈 마음에 쏙 들었고, 그래서 그는 주비를 친구로 여겼다고 한다.

응하종이 물었다.

"꼭 천하의 대악을 저질러야겠어요?"

주비는 제대로 대꾸하지 않은 채 잠시 침묵하더니 말했다.

"너무나 많은 사람들이 명성 때문에 피곤하게 살아요. 일거수일투족이 다 다른 사람의 계산 아래 있죠. 생각해 봐요, 양소가 왜 정의롭기도 하고 사악하기도 한 목소교 일당을 '해천일색'의 증인으로 삼았을까요?"

응하종이 이해 가지 않는다는 듯 말했다.

"왜죠?"

"간단해요. 군자君子는 소인小人을 두려워하고, 소인은 깡패를 두려워해서죠."

주비가 손을 폈다.

"'해천일색'에는 은 대협이나 제 외조부같이 비밀을 지키는 군자들이 있는가 하면, 조연과 양소같이 권모술수로 장난치는 소인들도 있죠. 양소는 언젠가는 조연을 통제할 수 없는 날이 올 거라고 생각해 자객들과 깡패들을 증인으로 삼았던 거예요."

"하지만……"

응하종이 말했다.

"하지만 양소는 군자들의 생명을 지키고 싶지 않았어요. 사람을 죽여서라도 입을 막고자 했던 것이 자신이기도 했으니까요. 하지만 그는 그 깡패들과 상징적 의미밖에 없는 물결무늬로 사람들을 헷갈리게 만들었어요. 양소가 죽은 후 여러 해 동안, 조…… 그분은 양소가 남긴 정치적 뜻을 그대로 이어 나간 것으로 보아 성공한 것으로 보였죠. 지금 곳곳에서 그분이 완전히 금지하지 못한 〈백골전〉이 돌고 있는 상황에, 양소의 시체는 물론, 물결무늬도 찾지 못했으니 앞으로 모든 일을 하기 전에 어찌 됐든 심사숙고해야 할 거예요. 잘못하다가는 황실의 혈통을 어지럽히는 죄인이 될 거니까요."

주비는 고개를 흔들며 미소를 짓더니 응하종이 준 처방전을 집어 들었다.

"고마워요. 앞으로 어떻게 할 생각이에요?"

응하종은 잠시 멍해 있다가 말했다.

"양 형님의 초대를 받아 경운구에 가서 얼마간 지내려고 합니다. 동지들과 공부도 하고요."

"좋네요. 대약곡이 남쪽 끝으로 옮기면서 소약곡과 하나로 합쳐졌고, 그 이후로는 '대소'의 구분이 없어져 풋내기 후배들이 헷갈려 하는 일도 줄었어요."

주비가 일어나더니 그에게 공수 자세를 취했다.

"청산이 남아 있고 강물이 계속 흐른다면 언젠가 다시 만날 수 있겠죠. 나중에 촉 땅에 오시면 제가……."

원래는 '술 한잔 대접하겠습니다'라고 말하려던 참이었다. 말이
끝나기도 전인데, 응하종이 면전에서 그녀를 민망하게 만들었다.

"술은 후각과 미각을 해칠 수가 있어서 전 마시지 않습니다. 약
만 먹을 뿐이죠."

"오, 그러면 굳이 오실 필요 없겠네요."

주비가 퉁명스럽게 말했다.

희미를 든 주비는 잔뜩 흥분한 사람들을 지나 주루를 떠났다. 주
비를 추적하라는 명을 받든 궁중의 호위 무사가 주루에 도착했지
만 이미 그녀는 완전히 모습을 감춘 뒤였다.

❧

이튿날, 마차 한 대가 쥐 죽은 듯 고요하게 수도를 떠났다.

관도의 휴게소 옆에는 수양버들로 온통 푸르른 가운데 사람들이
아쉬워하며 작별 인사를 나누고 있었다. 한참 후, 옆에 노점 찻집
들이 문을 열면서 사람들의 발걸음을 머물게 했다.

봄비가 내린 탓에 땅이 질퍽거렸다. 옆에서는 가족이나 친구를
보내는 이들이 흐르는 눈물을 닦고 있었다. 노점 찻집이 행각방 사
내들의 태양을 피하는 장소가 된 가운데, 몇몇 사내들은 차를 마시
며 한창 이야기 중이었다.

"그래서 황제 자리에 그 태자가 오르지 않은 거래도! 뭐 때문일까?"

"에이, 북두가 폐하를 칼로 찔러서 일을 망쳤다고 하지 않았어?"

"망쳤어도 황제는 세울 수 있지. 분명한 건 단왕 전하께서 사양

하셨다는 거지."

"에헤이, 내가 들은 거랑 말이 다른데? 내가 들은 건 말이야⋯⋯."

말하던 중, 마차 하나가 천천히 지나갔고 곧 주비가 마차에서 뛰어내렸다.

길에는 긴 여행에 지친 냄새 나고 지저분한 남자들이 가득했다. 보기 드문 예쁜 아가씨를 보자 지껄이던 소리도 뚝 그친 채, 모두 목을 길게 빼고 그쪽을 바라봤다.

주비는 안으로 들어서며 말했다.

"주인장, 물 좀 채워 주세요⋯⋯ 시원하기만 하면 돼요. 요기할 것도 있나요? 가리는 거 없으니, 조금씩 다 주세요."

노점 찻집의 앞니 빠진 주인장도 예쁜 여자아이를 보고는 아주 정성스럽게 챙겼다. 주비는 감사의 인사를 하고 다시 마차에 올랐다.

그러자 조금 전까지 마치 그런 일이 정말 있던 것처럼 말하던 자는 미련이 남았는지 마차가 남긴 바큇자국을 바라보면서 말을 이었다.

"내가 들은 건 말이야, 단왕 전하의 몸에 악질이 퍼져서 아마 얼마 못 살 거라는데."

그 사내는 알아서 목소리를 낮췄지만, 주비는 그 말에 안색이 어두워졌다. 그녀는 멍하니 말고삐를 잡아당겨 말을 재촉했다.

그때, 어느 아낙이 남편을 먼 곳에 보내려는지, 피리로 〈절류折柳〉를 연주하기 시작했다. 피리 소리가 바람을 타고 은은하게 전해지며 마차를 휘감았다. 주비는 말채찍을 무릎 위로 늘어뜨리고 앞을 바라봤다. 거기에는 고개를 돌리지 않는, 묵묵히 달릴 줄만 아는 굼뜬 말만 보일 뿐이었다.

주비는 위아래로 들썩이는 말의 등을 바라보았다. 잠깐 정신이 딴 데 팔려 있다가 마차가 큰 구덩이에 빠져 몸이 세게 흔들리자 퍼뜩 정신이 들었다. 급히 고삐를 끌고 허둥지둥 몸을 돌려 마차 안의 인사불성인 환자가 혹시 넘어져 다치지는 않았는지 휘장을 열어 확인했다.

주비는 손을 부들부들 떨며 다시 휘장을 닫았다. 그녀는 믿을 수 없다는 듯 자신의 손을 바라봤다. 한참 후, 다시 휘장을 천천히 열었다. 이번에는 자신이 잘못 본 게 아님을 확인했다.

사윤은 언제 눈을 떴는지 그녀의 등을 향해 웃고 있었다. 그가 입을 열었을 때, 목소리에는 기운이 없었지만 말투에서는 진지함 이라곤 눈곱만큼도 찾아볼 수가 없었다.

"이십 여 년을 못 봤는데 어쩜 넌…… 늙지 않고 그대로구나……. 도대체 어느 개울에서 온 수초 요괴인 거야?"

번외

길은 멀고 험하구나

길은 멀고 험하구나

주비는 도착하자마자 물 한 모금 마실 틈도 없이 두령님의 호출을 받았다. 이근용은 일 처리가 깔끔하고 쓸데없는 말도 하지 않았다. 그녀는 그저 턱으로 옆 탁자 위를 가리키며 주비에게 말했다.

"네가 벌인 일이니, 네가 해결하도록 해라."

"……."

차라리 안 봤으면 좋았을 텐데. 주비는 경악했다. 탁자 위에 수북이 쌓여 있는 것은 모두 도전장이었다. 대협들의 비뚤비뚤한 글자와 오자는 말할 것도 없고, 모두 똑같은 대필자의 손을 거친 것처럼 도전장의 내용은 판에 박은 듯 비슷했다.

양근이 잠잠해지니, 수천수만 명의 '양근'들이 산문 밖에서 기다리고 있었다.

주비가 참지 못하고 입을 열었다.

"어머니, 불필요한 사람들은 사십팔채의 출입을 금한다는 규정을 새로 만들면 안 돼요?"

"쓸데없는 소리."

결국 주비는 한 무더기의 도전장을 안고 화가 머리끝까지 나서는 산 밑으로 내려갔다.

도전하러 온 '대협'들이 사실 그렇게 많아 보이지는 않았다. 도전장을 내민 대부분의 대협들은 그녀가 집에 없다는 소식을 듣고는 이때다 싶어 도전장만 쏙 내밀고 바로 달아났고 사람들에게 허풍을 떨어 댔다.

— 내가 남도에게 도전장까지 던지고 온 사람이라고. 그런데 내가 무서웠는지 도전에 응하지도 않던걸.

하지만 산문 밖에서 기다리던 다섯 사람처럼 성실한 바보들도 많았다.

문지기 사형이 주비를 보더니 히죽대며 빈정거렸다.

"비야, 이제야 오니? 난 저 사람들하고 두 달 반 동안이나 널 기다렸지 뭐야!"

주비가 그를 향해 눈을 흘겼다. 그녀가 모습을 보이자, 도전장을 내민 다섯 명의 '대협'이 우르르 일어났다. 그들 눈앞에 나타난 사람은 기골이 장대한 그런 류와는 거리가 먼 다 큰 아가씨였다.

그들은 믿을 수 없다는 듯 그녀를 잠시 살펴보더니, 대부분 얼굴이 빨개졌고 완벽하게 외웠던 말도 하얗게 잊고 말았다. 한참이 지나서야 그중 누군가 더듬거리며 말했다.

"각…… 각하…… 아니, 낭자, 그대가 북두의 칠…… 칠인을 직접 처리한 남도입니까?"

"북두의 칠인이라, 하나는 저와 만나기도 전에 목이 날아갔고, 둘은 자기 사람에 의해 세상을 떠났죠. 또 두 사람은 원수에게 당했고, 하나는 황제를 죽이려다가 선배들에게 잡혀 참수당했어요. 나머지 하나는 머리가 제일 나쁘고 무공도 별 볼 일 없었는데, 듣자 하니 인척 관계로 북두 패거리에 이름을 올렸다죠. 그자는 제가 죽였어요. 상대를 얕잡아 본 그 순간에 말이죠."

이 말을 천 번까진 아니어도 족히 팔백 번은 한 것 같았다. 파설도보다도 마음에 확실히 새겨져 있어서, 머리를 쓰지 않아도 토씨 하나 틀리지 않고 단숨에 말할 수 있었다.

"또 무슨 헛소문이 떠돌던가요, 자, 함께 이야기해 볼까요? 제가 해명해 드리겠습니다."

다섯 대협이 잠시 서로를 물끄러미 쳐다보던 중, 먼저 세 명이 멋쩍어하며 고개를 숙여 "죄송합니다." 하고 인사를 하고 물러나더니 발에 기름이라도 발랐는지 재빠르게 달아났다.

왜냐하면 사람들은 보통 나이가 어린 아가씨가 못생겼거나 체격이 건장하지 않으면 무공도 별 볼 일 없을 거라고 생각했기 때문이다.

영웅이 어떻게 여인일 수 있을까? 수많은 사람 중에 한 명 있다면 그것은 이근용같이 무시무시한 여자일 텐데, 어떻게 영웅이 젊고 아름답기까지 하단 말인가?

세상 여자들은 사람이지만, 때로는 대부분이 사람이 아니기도 했다. 이런 무식한 사내들에게는 가족을 제외한 다른 여자들은 사람이기도 하고 아니기도 한 요괴와 비슷했다.

'영웅들'은 아이를 낳아 기르는 것 말고는 자신이 그녀들과는 할 말이 없는 '다른 부류'라고 생각한다. 외모로 보자면 주비는 '요괴 중의 요괴'였다. 그녀가 칼을 들 수 있다는 것만으로도 사람을 놀라게 하는데, 어떻게 남도 계승자라 할 수 있겠는가?

주비를 만나면 사람들은 선입견에 사로잡혀서 강호에 떠도는 '남도'와 관련된 소문을 의심하기 시작했고, 그녀가 입을 열어 말하기 시작하면 대부분 '남도는 헛소문이다'라는 말을 완전히 믿게 됐다.

그러다 보니 '나머지 하나는…… 그자는 제가 죽였어요' 이 대목은 대충 듣고 넘기면서, 그녀같이 어린 후배가 어째서 북두의 고수들에 대해 이렇게 훤히 알고 있는지 아무도 궁금해하지 않았다.

이에 강호에서 이미 이름이 났거나 나이가 있는 자들은 자신의 위치에 자부심을 느껴 더 이상 그녀를 귀찮게 하지 않았다. 세상의 알 수 없는 편견이 주비의 번거로움을 덜어 준 것이다. 그렇게 오늘날에 이르렀지만 그녀는 다른 사람의 시선을 신경 쓰지 않았다.

칼끝이 예리한지는 적만 알면 그만이지, 불필요한 사람들은 몰라도 그만이었다.

주비는 말발과 얼굴로 셋을 처리했고, 이제 두 사람이 남았다. 하나는 이왕 왔으니 겨루지 않고 가면 손해라고 생각하는 바보였고, 다른 하나는 거의 양근에 가까운 멍청이였다.

주비는 향 하나가 타들어 갈 정도의 시간 동안 희미를 칼집에서 꺼내지 않은 채 바보와 멍청이를 함께 처리했다. 하나는 앞니의 반이 털렸고, 다른 하나는 칼집에 위장을 찔려서 미친 듯이 토해 댔다.

주비는 아랑곳하지 않고 포권의 예를 취하면서 형식적으로 예의를 갖췄다.

"양보해 주셔서 감사합니다. 두 분, 산채에 가서 차 한잔하시겠습니까?"

두 대협은 이 말을 듣고 놀라, 방금 전 결투를 앞두고 줄행랑을 쳤던 세 사람보다 더 빠른 속도로 내달려 눈 깜짝할 새 모습을 감췄다.

주비는 따분하다는 듯 한숨을 쉬었다. 고개를 숙인 채 산채로 걸어가면서 두령님이 요즘 일부러 그녀를 똥개 훈련시키는 것 같단 생각이 들었다.

이근용은 '찾아온 자는 모두 손님이다'라는 태도로 단왕 전하가 사십팔채에 머무는 것에 대해 반대하지 않았다. 자신의 불만을 드러내 놓고 밝히지는 않았지만 주비에게 이거 해라 저거 해라 지시하면서 결국 사윤과 자주 만나지 못하게 한 것이다.

'이번엔 또 집에 며칠을 머물 수 있을지 모르겠네.'

주비는 속으로 생각했다. 정신이 팔린 채로 산채를 향해 걸어가고 있을 때, 갑자기 누군가 뒤에서 가볍게 기침을 하더니 목소리를 의도적으로 낮춰 말했다.

"각하께서 북두의 칠인을 직접 처리한 남도이십니까?"

주비는 소스라쳤다. 등 뒤에 사람이 언제 다가왔는지 눈치채지 못했다니!

칼을 쥔 그녀의 손에 돌연 힘이 들어갔다. 휙 고개를 돌리자 익숙한 사람이 머리에 삿갓을 쓰고 손에는 쥘부채를 들고 있었다. 그는 싱글벙글 웃으면서 부채로 삿갓을 밀어 올리며 하얀 치아를 드러냈다. 주비가 대답을 하기도 전, 그는 주비의 견제하는 자세를 따라 고개를 들고 목을 쥐어짜면서 방금 그녀가 했던 일장 연설을 한 자도 빠뜨리지 않고 읊었다.

"어떻게 여기 있는 거예요?"

"직접 부탁드렸어. 하산해서 두령님을 대신해 산 밑의 사업을 살펴려고."

주비는 믿을 수 없다는 표정이었다. 배가 불러 할 일이 없나, 뜬금없이 일을 하겠다니. 사윤은 궁금해하며 쳐다보는 문지기 제자를 향해 손을 흔들더니 목소리를 낮춰 말했다.

"내가 산채에 없는 동안 넌 집에서 며칠 편히 지낼 수 있잖아. 나도 산 밑에서 몰래 일 꾸미기에도 좋고, 그치?"

주비가 듣고는 움찔했다. 일리가 있네!

"가자."

"어디요? 집에요?"

"집은 무슨."

사윤은 그녀의 손을 이끌고 몸을 날렸다. 그의 손은 여전히 보통 사람보다 차가웠지만 얼음장처럼 차갑진 않았다. 신의 경지에 오른 '줄행랑치기'는 지난번보다 일취월장한 모습이었다. 주비가 '잠깐'이라는 말도 뱉기 전, 이미 그에게 이끌려 순식간에 산채에서 멀어졌다.

사십팔채에 전쟁이 있은 지 벌써 수년이 흘렀다. 재로 뒤덮였던 땅에 새싹이 돋아났고, 뼈에 사무친 상처도 아물었다. 다시 새로운 사람들이 모여들기 시작했고 문을 굳게 닫았던 찻집과 주루들도 점차 문을 열면서 이야기꾼도 다시 불려왔다. 특히 사윤이 왕위를 물려받은 후, 사십팔채 주변의 수십 개 마을들은 활기를 찾고 나날이 발전하는 모습도 보였다.

"잠깐, 그쪽이 쓴 얼토당토않은 노래는 안 들을 거예요."

'천세우' 선생은 촉 땅에 거주하면서 자주 영감에 사로잡혔고, 몇 문단을 작성해서 산 아래 사람들에게 전했다. 시간이 흐른 뒤, 적지 않은 애호가들이 모이면서 자기만의 극단을 만들기도 했는데, 노래로는 촉 땅에서 우의반과 어깨를 나란히 할 정도였다.

주비는 이근용이 사윤을 탐탁지 않아 하는 이유에 이것도 포함된다고 생각했다.

사윤은 대답도 하지 않고 막무가내로 그녀를 한 상점으로 데려갔다.

"재봉점?"

"응."

사윤은 익숙한 듯 문을 두드렸고, 머리를 내밀어 말했다.

"왕 아주머니, 다 됐어요?"

늙은 재봉사는 허리를 쭉 펴지 못하는 노인이었다. 일을 할 때, 노안이 온 양쪽 눈을 바늘귀에 바짝 밀착시켜야만 실을 꿸 수 있었다. 그녀는 사윤을 보더니 매우 반가워했다.

"사 공자님, 오셨어요? 그럼요, 다 됐죠!"

그녀는 말하면서 부랴부랴 안으로 들어갔고, 잠시 후 병풍 뒤에서 눈길을 사로잡는 붉은색의 물건을 꺼냈다. 당황하던 중에 늙은 재봉사가 그녀를 향해 그 물건을 털어 펼쳤다. 붉은 치마였다.

"공자께서 보는 눈이 있다니까요. 이렇게 아가씨에게 입혀 놓으니 훨씬 예쁘네요. 와서 보세요."

주비는 마치 벙어리가 되는 약을 받아먹은 것처럼 한 마디도 못하고 서서는 그 늙은 재봉사가 치마를 그녀의 몸에 갖다 대고 이리저리 살펴보는 것에 고분고분 응했다. 늙은 재봉사는 그녀의 손을 잡으며 말했다.

"어디 안 맞는 데가 있으면 날 찾아오세요. 내 정성을 다해 고쳐 줄 테니."

주비가 대답하기도 전에 사윤이 유유히 끼어들었다.

"아니요, 치수는 제가 보면 알아요. 틀릴 수가 없어요."

"……."

늙은 재봉사는 멈칫하더니 손으로 얼굴을 가린 채 웃었다. 주비가 폭발하기 전, 사윤은 재봉점에서 미끄러져 나오면서 말했다.

"때리지 마, 너한테 알려 줄 좋은 소식이 있어."

주비는 조심스럽게 늙은 재봉사의 도움을 받아 그 치마를 챙겼고 상점을 나오면서 물었다.

"무슨 좋은 소식인데요?"

"네 아버지가 곧 돌아오신대."

사윤이 웃으면서 말했다. 주비는 깜짝 놀랐다.

"요 며칠 동안, 두령님은 다섯 개의 물결무늬 신물을 모아서 하나로 연결했어. 종이 위에 도장처럼 찍어 보니 다름 아닌 물결무늬의 반원이 되더라고."

사윤이 말했다.

"네 어머니께서 그 물결무늬를 찍은 종이를 외부로 부치셨는데, 그것도 내가 직접 염탐꾼 쪽으로 보낸 거야. 수도로 보내질 거야. 생각해 봐, 두령님이 이유 없이 그것들을 가지고 놀 분이 아니잖아. 그래서 내 생각에는 너희 아버지께서 그만두고 싶으신 것 같아. 물결무늬로 조연에게서 벗어나려고 하시는 거잖아."

주비는 이 말을 듣더니 눈을 반짝였다. 그때, 고삐 풀린 야생마 같은 사람이 달려오면서 길거리에서 소리쳤다.

"언니! 언니!"

이연이었다. 이연은 길가로 몸을 피한 두 사람을 보더니 급한 듯 말했다.

"언니, 두령님이 언니한테…….."

두령님이 그녀를 찾는다는 이야기를 듣자마자 머리가 지끈거렸다. 그런데 이연의 말은 예상을 뒤엎었다.

"……아버지를 모시러 가래!"

주비는 깜짝 놀랐다.

"응? 이렇게 빨리!"

사윤은 옆에서 웃고 있었다.

"어쩐지 오늘 아침에 왜 까치를 봤나 했네. 일찍 일어나서 씻고 깔끔하게 차려입길 잘했군. 하늘이 나에게 일깨워 준 거였어. 오늘 만날……."

주비가 그를 쳐다봤다. 사윤은 가볍게 기침을 하더니 뒤의 호칭은 그냥 생략했다. 그리고 장난기 가득한 얼굴로 주비를 향해 눈을 찡긋하더니 침착하게 옷매무새를 정리하고 앞쪽으로 걸어가며 말했다.

"연이 아가씨가 길을 안내해 줘. 함께 맞이하러 가자."

드디어 구원의 손길을 만났다고 생각한 사윤은 주이당이 '희미'를 볼 때마다 안색이 좋지 않다는 사실을 모르고 있었다.

그가 주씨 가문 아가씨에게 장가드는 길은 아직 멀고 험해 보였다.

번외 2

죽마지교(竹馬之交)

죽마지교(竹馬之交)

그때는 사십팔채도 사십팔채라고 부르지 않고 '촉 땅'이라고 통칭했다.

촉 땅은 산도 많고 길도 험했다. 오래전, 이곳에 가족을 데리고 와서 은거한 대협들도 많았다. 그들은 자손에게 가학家學을 가르쳤는데 대부분은 일부러 문파를 세우고 싶어 하지 않았다. 그래서 성이 이씨면 '이가네 사람', 장씨면 '장가네 사람'이라고 불렀고, 여러 성씨가 섞여 살고 있거나 흔한 성을 가진 사람들은 그냥 자신이 촉 땅 어디 어디에 살고 있다고 말했다.

특별히 남다른 생각을 가진 가장만이 자신만의 세력을 확장하고 싶은 마음에 문파에다 그럴듯한 이름을 지었다. 가문 전체가 거칠고 투박해 보이지만 마음만큼은 부드러운 '천종千鍾' 같은 이름 말이다.

주이당이 유년 시절을 떠올려 보면, 촉 땅에는 그다지 큰 규칙 같은 게 없었다. 바깥세상이 아무리 혼란스러워도 산속에 있으면 평안하고 자유로웠다.

모두가 대대로 이웃해 살아오면서 사돈이 된 집안도 많아 당파에 얽매인 편견 따위도 없는 편이었다. 오히려 산에 세워진 큰 마을처럼 무슨 일이 생기면 가장들이 한자리에 모여 상의했고, 결론이 나지 않을 경우에는 '촌장'을 찾아가 지혜를 구하곤 했다.

'촌장'은 바로 남도 이징이었다. 말하자면 우스운데, 이징 자신도 어떻게 이 '하늘이 내린 중책'을 맡게 됐는지 설명할 수 없었다.

그는 원만한 성격의 소유자로, 사소한 일에 참견하는 것을 좋아하지 않았고 한가로울 때면 도법을 연구하는 일 외에 집에서 요리하거나 아이들과 놀아 주는 것을 좋아했다. 자신의 아들, 딸은 말할 것도 없고, 촉 땅 전체 장난꾸러기들은 할 일이 없으면 이가네 집으로 달려가 밥을 얻어먹거나 함께 모여 놀았다.

이징은 인내심도 많아 이제껏 그들의 방문을 귀찮아한 적이 없었다. 그와 반대로, 딸 이근용은 유년 시절부터 성질이 사나웠다. 그렇게 많은 장난꾸러기가 자기 영역에 들어오는 게 싫었고 몇 번 성질을 부리고도 통하지 않자, 아예 동생을 데리고 촉 땅 전체에서 설치고 다니는 장난꾸러기들을 하나씩 찾아 손을 봐 줬다.

그때부터 그녀는 '손봐 주기'로 유명해졌고, 어찌 된 이유에선지 이 일대 골목대장의 자리까지 올랐는데 그야말로 독보적인 인물이었다.

주이당이 이징을 따라 촉 땅에 발을 들여놓았을 때는 겨우 여덟 살이었다. 그는 모든 것이 막막하게 느껴졌다. 눈앞에는 끝이 보이지 않는 푸른 산과 벽으로 둘러싸인 좁은 길이 구불구불 이어져 있었고, 초목은 하늘을 가릴 정도로 무성했다.

숲에서 가끔 뭔가가 기어가기라도 하면 깜짝 놀라서 자세히 봤지만 금방 또 사라지고 없었다. 이 모든 것이 촉 산의 신비로운 기운을 느끼게 했다. 날씨는 항상 변덕스럽고 습했다.

주이당은 아직은 어린 자신의 유약함을 감추고 어른스럽게 행동하려고 애썼는데, 이징을 점잖게 '세숙世叔'이라고 부르기도 했다. 아무리 험준한 길이라도 이를 악물고 혼자 갔지, 결코 이징에게 달라붙지 않았다.

이징이 길에서 그를 끌어 주거나 잡아 주기라도 하면 곧 진지한 표정으로 감사의 인사를 건넸다. 이런 모습은 이미 산골짜기 개구쟁이들의 모습에 익숙해진 이징을 당황시켰다.

산에서 걸은 지 사흘이 됐을 때, 이징이 그를 향해 웃으며 말했다.

"이제 도착했구나."

그 말이 떨어지자 정말 사람의 자취가 느껴졌고, 떼 지어 공터에서 창 연습을 하고 있는 소년들의 모습이 눈에 들어왔다. 소년들은 소리를 지르며 연습을 하고 있었는데 두 사람이 지나가면 일제히 장창을 바닥 쪽으로 꽂은 채 이구동성으로 인사했다.

"이숙李叔, 안녕하세요!"

아이들의 인사 소리는 관아 사람들이 외치는 구호 소리보다 더 우렁차서 귀가 아플 정도였다. 이럴 때면 이징은 어쩔 줄 몰라 하며 소년들을 향해 손을 흔들어 줬다.

좀 더 걸어가자 나무꾼 행색의 남자들이 있었고 곧 웃으며 이징과 인사를 나눴다. '나무꾼들'은 바짓단을 걷어 올리고 허리춤 높이의 광주리를 등에 메고 있었는데, 그 모습이 순박하고 성실해 보였다.

주이당이 고개를 돌리자 그 '순박한 나무꾼들'이 하나둘 절벽으로 몸을 날리는 모습이 눈에 들어왔다. 그들은 등에 날개라도 단

듯 몇 번 땅을 짚더니 금세 산속으로 사라졌다.

아직 놀란 가슴을 진정하기도 전, 이번에는 아이들에게 둘러싸여 있는 부인의 모습이 그의 눈에 들어왔다. 인자한 인상의 부인은 작은 광주리에서 과자를 꺼내 아이들에게 나눠 주고 있었다. 다정해 보이는 모습이었는데 곧 그녀의 손에서 도광이 번쩍였다.

주이당이 그게 뭔지 살펴보려는데, 그 가느다란 빛은 이미 칼집이 거둔 상태였다. 옆에 있던 나무에서 죽은 전갈이 툭 떨어졌다.

주이당은 본래 부유한 집안에서 태어났지만 신법新法을 추진하다가 조정의 당파 싸움에 휘말려 곧 집과 가족을 잃게 됐다. 도련님 출신의 그는 어렸을 때 사서오경만 읽었지 펄펄 날아다니는 무림 사람은 접해 본 적이 없었다.

그래서 촉 땅에 발을 디뎠을 때 마치 환상으로 물든 소설책 속으로 빠져든 기분이었고, 주변의 새나 짐승들까지 신기해 보인 나머지 그것들도 뛰어난 재주를 지니고 있을 거라고 생각하기도 했다.

이징이 돌연 고개를 들더니 소리쳤다.

"근용아, 또 장난하는 게냐! 어서 내려오거라!"

주이당이 깜짝 놀라 그의 눈길을 따라 위쪽을 바라봤다. 몇 장은 되는 높이의 큰 나뭇가지에서 무성한 나뭇잎들이 바스락 소리를 냈고, 곧 두 갈래로 갈라지면서 작은 여자아이가 모습을 드러냈다. 갸름한 얼굴에 살구씨를 닮은 크고 둥근 눈을 가진 아이는 주이당보다 어려 보였고 높은 곳에서 아래를 내려다보고 있었다.

주이당은 가슴이 철렁해서 원래도 반듯했던 등허리를 의식적으로 더 곧게 폈고, 여자아이가 높은 곳에서 떨어지지는 않을까 걱정하기 시작했다.

이징이 여자아이에게 손을 뻗으며 말했다.

"아버지가 돌아왔단다. 어서 내려와, 주가네 오라버니랑 인사해야지."

여자아이는 듣더니 뭐가 마음에 안 들었는지, 본체만체하고는 몸을 돌려 밑으로 뛰어내렸다. 주이당이 놀라서 저도 모르게 소리를 질렀다.

그녀는 여전히 공중에 떠 있었다. 그녀의 발끝이 약간 낮은 가지에 살짝 걸렸다가 능숙하고 우아하게 다른 나무 위로 옮겨 가더니 비웃듯 돌아보면서 주이당의 세상 물정 모르는 기생오라비 같은 얼굴을 째려보고는 몸을 돌려 빽빽한 숲속으로 들어갔다. 아연실색한 남자아이는 풀이 죽은 모습으로 그 자리에 서 있었다.

주이당은 이징의 집에서 머물렀다. 촉 땅 생활에 점점 익숙해지면서 이징과 무공을 연습하기도 했지만 기초가 전무한 탓에 인혈認穴과 참장站樁부터 시작해야 했다. 그리하여 이가네 남매와는 떨어져 지내게 되어 식사 시간이 돼서야 이근용을 볼 수 있었다.

이근용은 자기 집에 느닷없이 외부인이 나타난 게 굉장히 맘에 안 들었는지 그를 똑바로 쳐다보지도 않았다. 어린 주이당도 예민한 성격이어서 그녀를 귀찮게 할 생각이 없었다. 두 사람은 한 지붕 아래 살았지만 대화를 할 기회는 없었다.

주이당은 깨달음이 빨랐다. 이미 사서를 반이나 뗐고 아직은 어리지만 겸손하고 예의 바른 군자의 기질도 가지고 있었다. 어린 시절 집안에서 큰 변화까지 겪은 터라 항상 생각이 많았다.

야생 원숭이처럼 온 산을 누비는 촉 땅 아이들과는 잘 어울리지 못했고 이징에게 무공을 배우는 시간 외에는 대부분 자기 방에 틀어박혀서 책을 봤다. 가끔 밖이 소란스러워서 창살을 통해 내다볼 때면 항상 작은 여자아이가 별들이 달을 에워싸듯 아이들에게 둘러싸여 있었는데 성가셔하는 눈치였다.

주이당은 부러웠지만 멀리서 묵묵히 바라볼 수밖에 없었다. 무슨 말부터 꺼내야 할지 여러 번 고민했고, 또 여러 번 시도도 봤지만 도무지 이근용에게 다가가서 말을 건넬 용기가 나질 않았다.

그렇게 아이들과 어울리지 못한 채 촉 땅에서의 생활은 눈 깜짝 할 새 이 개월을 넘겼고, 그는 자신도 모르게 다른 아이들에게 미움을 사게 됐다.

'우리는 이씨 아저씨네 집에 가려면 이근용 대장의 눈치를 봐야 하는데, 저 기생오라비 같은 외톨이 녀석은 어째서 이씨 아저씨네 서 매일 사는 거지?'

못된 녀석들은 음모를 꾸미기 시작했다. 한 명을 주이당의 방 창 문에 보내 그에게 거짓말을 전한 것이다.

"저녁에 황산에 밤놀이하러 갈 거야, 새도 잡아먹고."

아이들은 같이 놀러 가자고 그를 초대했다. 주이당은 새 잡아먹 기 따위에는 아무 흥미가 없었기에 잘 돌려서 거절할 생각이었다. 거절의 말이 입에서 맴돌았지만 왜 그랬는지 생각을 바꾸고는 물 었다.

"이 낭자도 와?"

그 개구쟁이는 주춤하더니 한참 후에야 '이 낭자'가 누군지 알아 채곤 그 낯간지러운 호칭에 웃다가 하마터면 담장에서 떨어질 뻔 했다.

"와! 오지! 이 대장이 빠지면 쓰나!"

주이당은 잠시 주저하더니 엉겁결에 가겠다고 대답하고 말았다. 똑 부러지는 감당 선생 평생에 가장 큰 오점을 남긴 사건이었다. 여러 해가 흐른 뒤에 다시 생각해 봐도 이해할 수 없었다. 귀신한테 홀린 것처럼 그렇게 허접한 속임수에 넘어가다니.

그날 이징은 마침 집에 없었다. 땅거미가 질 때쯤 주이당은 그 개구쟁이들과 약속한 시간에 맞춰 집을 나섰다.

이근용도 온다는 말에 그녀의 방문 앞을 서성이면서 구실을 찾아 같이 가고 싶었는데 결국 이근용은 문을 열지 않았다. 게다가 하필이면 주이당도 마음이 약해져서 문 한 번 두드려 보지 못한 채 빨리 가자고 재촉해 대는 장난꾸러기들에게 끌려가고 말았다.

주이당은 저도 모르게 말했다.

"이 낭자도 온다고……."

이 산중의 영리한 원숭이들은 꾀도 많았다. 어린 서생이 이근용과 말을 섞지 못한다는 걸 알아채고는 눈을 굴리더니 일부러 이렇게 말했다.

"이 대장은 다른 일이 좀 있어서 조금 있다가 우리랑 만날 건데……. 아니면 네가 찾아가서 말해 볼래?"

뒤의 말을 듣자 어린 서생은 역시 바로 풀이 죽어 더 이상 반론을 제기하지 못한 채 끌려갔다.

그들이 떠나자, 머리 하나가 담장 꼭대기에서 쏙 올라왔다. 미심쩍은 듯 머리를 긁적이며 쳐다보더니 곧 고양이처럼 사뿐히 뛰어내렸고, 기지개를 펴더니 느릿느릿 이근용의 마당 입구에서 길게 코맹맹이 소리로 불렀다.

"누이—!"

그 어린 녀석은 이씨 가문의 둘째 근봉이었다. 사실 이근용보다 반 시진 차이로 늦게 태어났지만, 두 남매는 서로 다른 엄마에게서 태어난 것처럼 서로 달랐다.

이가네 둘째는 늠름하게 생겼고 어렸을 적부터 '정직한 척'의 도사였다. 어른들이 대화하고 있으면 다른 아이들은 지루해하다가 알아서 자리를 떴지만, 유독 이 괴짜는 어른들 곁에서 이야기를 들으면서 무슨 말이든지 다 알아듣는 것처럼 드문드문 고개를 끄덕거리기까지 했다.

다섯 살이 안 됐을 때, 이가네 둘째는 촉 땅에서 둘째가라면 서러울 만큼 골려 먹기 좋은 대상이었다. 이근용은 동생을 만날 때마다 엉덩이를 걷어차 주고 싶어 했는데, 지금은 도법을 연마하고 있어서 문 열어 주는 것도 귀찮아 입만 움직였다.

"왜 그러는데?"

그는 여유를 부리며 영원히 빨아들일 수 없을 것 같은 콧물을 들이마시고는 문 앞에 서서 적당한 속도로 말했다.

"방금 책벌레가 검은 호랑이한테 끌려가는 걸 봤어."

'검은 호랑이'는 촉 땅에서 유명한 악동이었다. 외모는 왜소한 것이, 우람한 덩치를 떠올리게 하는 별명과는 거리가 있었다. 그런데 천성이 못돼 먹어서 콕 찌르면 몸에서 못된 것들이 한 바가지는 나올 것 같았다.

한 번은 이가네 둘째에게 못된 짓을 했다가 이근용에게 잡혀서 혼쭐이 났다. 절벽 위에 이틀 동안 매달아 놓으니 무서워서 바지에 오줌을 쌌고, 그 뒤로 반년 동안은 얌전하게 지냈다.

하지만 오래가지 않았다. 검은 호랑이는 이근용이 무리의 대장이 된 것을 인정했지만 대장이 그를 별로 신경 쓰지 않는 것 같자, 다시 날뛰기 시작하면서 계속 말썽을 부렸다.

사람들을 부추겨서 싸우게 하고, 졸개들을 끌어모아 잘 어울리지 못하는 사람을 괴롭히고, 어린애들이 먹는 것도 빼앗아 먹고…… 이런 일들이 부지기수였다.

패거리로 이런 일을 꾸밀 때는 통쾌해했지만 나중에 어른한테 걸리기라도 하면 사람을 때린 일로 얻어맞을 게 뻔했기 때문에 그는 방법을 바꿨다.

외톨이가 된 아이를 아무도 가지 않는 황폐한 산으로 속여서 데려가는 것이 검은 호랑이가 자주 쓰는 수법이 된 것이다. 그곳은 인적이 드물고 지형도 얼마나 이상한지 길을 잃기 십상이어서 어른들도 잘 가지 않았다.

검은 호랑이의 아버지는 큰 사냥개 한 마리를 키웠는데, 험상궂게 생겼지만 온순하고 말도 잘 들었다. 검은 호랑이는 매번 사전에 사냥개를 변장시키곤 했다.

머리에는 커다란 뿔 두 개를 달고 목에는 닭털을 둘렀으며 몸에는 낡은 갑옷 파편으로 만든 '옷'을 입혀서 괴물처럼 보이게 했다.

놀릴 대상을 황폐한 산 깊은 곳까지 데리고 오면 그곳에 미리 매복해 있던 개구쟁이들이 개를 풀어 손봐 주고 싶은 아이를 미친 듯이 쫓게 했다. 하지만 길은 좁고 밤은 깊은데 사람은 없다. 그러니 하늘을 향해 소리를 질러 봐도 응답하지 않고 땅을 불러도 반응이 없다.

그러면 아이는 두려운 데다 길도 잃었고 뒤에서는 으르렁거리며 '괴물'이 쫓아오고…… 그 기분이란 정말 표현할 수 없었다.

그렇게 한번 당한 아이는 최소 놀라서 엉엉 울고, 심하게는 일 년간 악몽을 꾼다고 했다. 아무리 담이 커도 겁을 먹게 될 만큼, 시 도했다 하면 모두 성공이었다. 게다가 보통 놀라서 정신이 혼미해 지면 일러바칠 생각도 못 하고 말이다.

이가네 둘째가 정보를 흘려 줬건만 이근용의 반응은 의외였다.

"그 주 아무개가 그렇게 멍청해?"

"그냥 가만히 있을 거야?"

이근용은 귀찮다는 듯 손에 쥐고 있던 장도를 살짝 털더니 퉁명 스럽게 말했다.

"나랑 무슨 상관이야? 아버지나 찾아가 보든가."

이가네 둘째는 '오' 하며 누이에게 쫓겨나는 것도 개의치 않아 하 며 짧은 다리로 달려 나갔다. 잠깐 지났을까, 그는 다시 돌아와서는 근용의 마당 문 앞에서 발을 툭툭 치면서 반짝이는 콧물을 훔쳤다.

"누나―!"

"왜 또?!"

이근용의 화난 목소리가 들려왔다. 이가네 둘째는 발로 마당 입 구에 있는 작은 구덩이를 발로 차다가 쉬기를 반복하면서 말했다.

"아버지도 집에 안 계시는데, 나가서……."

"그 책벌레가 죽든 살든 무슨 상관이야! 귀찮게 좀 하지 마!"

이가네 둘째는 느긋하게 방금 못 다 했던 말을 이었다.

"우리 아버지 무기 창고에 가서 놀 수 있는 거지?"

마당에 잠시 적막이 흐르더니 굳게 닫혔던 문이 '끼익' 열렸다. 이근용은 가겠다고 하지는 않고 조심스럽게 한쪽 발로 문턱을 밟 은 채 그럴싸하게 근봉을 혼냈다.

"어떻게 넌 하루 종일 놀 생각뿐이냐?"

근봉은 아무것도 모르는 것 같은 큰 눈을 껌벅거리며 그녀의 시선을 맞받아쳤다. 이근용은 생각해 보더니 정말 내키지 않는 듯 손을 젓더니 말했다.

"됐어, 가자."

이징은 외출을 할 때면 항상 화려하지 않은 장도만 챙겨 갔다. 하지만 그도 자기만의 작은 취미가 있었는데 흥미로운 '무기'를 수집하는 것이었다.

이징의 창고에는 전후좌우가 모두 구부러져서 몸체가 마치 물결이 흐르는 것 같은 모양의 괴도, 평범한 우산처럼 새겼지만 앞으로 밀면 일흔여덟 개의 칼날이 피어나는 '칼 꽃', 또 서로 등을 맞대고 있는 철 다람쥐들이 있었는데 요것들은 귀여움이 철철 흘러넘쳤다. 매달린 꼬리는 움직일 수 있었는데, 아래로 잡아당기면 다람쥐 입에서 철 연밥이 뿜어져 나왔다. 하지만 어느 다람쥐 입에서 나오는지 알 수 없었고 잡아당긴 사람 얼굴에 맞을 확률도 컸다.

위와 같이 괴상하고 위험하기도 한 장난감들이 많아서 이징은 평소에 아이들이 들어가 함부로 놀지 못하게 했다. 그래서 남매는 아버지가 없을 때만 몰래 집을 털 듯 쳐들어가 창고를 뒤적거릴 수 있었다.

이씨 남매가 몰래 이 대협의 창고에 들어가서 마음껏 놀고 있을 때, 주이당은 벌써 검은 호랑이를 따라 뒷산에 다다랐다.

이근용을 만날 수 있다는 생각으로 달아올랐던 머리도 밤바람에 식은 그는 검은 호랑이에게 "어디 가는 거야?", "이 낭자는 언제 와?" 두 가지 질문을 했다.

그놈이 얼버무리면서 눈을 음흉하게 이리저리 굴리는 모습과 함께, 몰래 누군가에게 눈짓하는 모습을 보자 주이당은 뭔가 이상하다는 걸 눈치챘다. 또 갈수록 황량해지는 길 때문에도 대충 감을 잡았다.

하지만 내성적인 성격 탓에 눈치를 챘어도 말하지 않았다. 주이당은 먼저 잠자코 검은 호랑이를 따라 얼마 걷다가 돌연 눈을 들어 검은 호랑이를 뚫어져라 쳐다보더니 뜬금없이 물었다.

"너희는 다 내가 미운 거야?"

친구들과 개를 풀기로 한 지점까지는 불과 백여 장밖에 안 남은 상태였다. 검은 호랑이는 몰래 때를 단단히 벼르면서 곧 있을 소란을 구경할 준비를 하고 있었는데 갑자기 이 질문을 듣자, 저도 모르게 잠시 멈칫했고 어리둥절했다.

"어?"

옆에 있던 애들은 서로 눈짓을 보내느라 바빴고 두 못된 녀석은 침착하게 주이당 뒤에 바짝 다가가서는 검은 호랑이를 향해 '얘 도망갈 생각인가 봐'라고 입 모양으로 말했다. 검은 호랑이가 눈을 굴리더니 이를 드러내며 가식적인 웃음을 지어 보였다.

"그럴 리가? 우리랑 놀고 싶지 않나 보구나?"

주이당은 살짝 고개를 숙여 산을 지나는 바람 소리를 듣고 있었다. 어린 남자아이가 어른 흉내를 너무 많이 냈는지 신기하게도 몸에 차분하고 우울하기까지 한 분위기가 묻어났다. 길게 늘어진 산바람 소리가 지나가고 나서야 그는 침착하게 검은 호랑이에게 말했다.

"난 어렸을 때부터 외출이 자유롭지 않았어. 동년배 친구들과 어울려 놀지도 않았고, 처음 이곳에 왔을 때는 무공도 막 배우기 시작해서 너희들하고 대화하고 싶었는데 뭘 말해야 할지 몰랐던 거야. 일부러 차갑게 대한 게 아니었어."

검은 호랑이는 교활하게 웃으며 말했다.

"맞다, 넌 관가 도련님이지."

"이제 아니야. 아버지 어머니는 벌써 돌아가셨어."

주이당이 작게 말하자 검은 호랑이는 어리둥절해하며 그의 다음 말을 들었다.

"난 네 살 때부터 이제껏 매일 날이 밝기 전에 일어나야 했어. 먼저 어른들께 문안 인사를 드리고 선생님께 공부를 배우지. 점심시간이 되면 선생님은 가시고 잠시 휴식을 해. 오후에는 선생님이 주신 숙제를 해야 하는데 글자를 엄청 많이 써야 했어. 저녁에는 아버지가 돌아오셔서 부르시면 하루 동안 배운 내용을 시험 보고 숙제를 다시 확인해서 뭔가 미흡한 부분이 있으면 회초리로 손바닥을 세 대 맞지. 그러고는 벽을 보고 서서 반 시진 동안 자성의 시간을 갖고 나면 벌써 깊은 밤이 되어 있지. 낮에 숙제를 빈틈없이 해야 저녁에 '반성'하는 시간이 없어져 반 시진 정도의 여유가 생기는데, 그땐 너무 늦은 시간이라 다른 사람을 귀찮게 할 수도 없어서 대부분 외톨이처럼 벌레나 새 같은 걸 구경하면서 지냈어."

그의 말에 매일 밥 먹고 배부르면 노는 것밖에 몰랐던 아이들은 어안이 벙벙해져서는 서로를 바라보면서 무슨 말을 해야 할지 몰랐다.

잠깐 적막이 흐르던 중, 멀지 않은 곳에서 어떤 동물이 헐떡거리는 가쁜 숨소리가 들렸다. 그는 발걸음을 잠시 멈췄고 낯빛 하나 변하지 않은 채 침착하게 하던 말을 이어 갔다.

"난 계속 생각했어. 언제나 다른 애들처럼 낮에 무리 지어 놀고 저녁이 돼도 혼자 벽이랑 대화할 필요 없는 날이 올까……. 이제 난 소원을 이뤘는데, 아버지는 안 계시네. 오늘 모처럼 날 데리고 나와 준 거, 설령 골탕 먹이려고 불러낸 거라고 해도 난 기뻐."

말을 끝내기도 전, '아오' 소리가 들렸다. 알고 보니 개를 잡고 있던 아이가 주이당의 말을 듣고는 음모가 탄로 났다고 생각해서 당황한 바람에 손이 풀려 약속했던 시점보다 개를 일찍 놓아 버린 것이다.

'화려하게 변신한' 개는 망아지 정도의 크기로 보였다. 머리에는 말썽꾸러기들이 꾸민 울긋불긋하고도 부스스한 털을 얹은 채 신이 나서는 제 주인인 검은 호랑이에게 달려왔다. 생각지도 못한 일이 터지자 당황한 녀석들은 놀란 척 연기하는 것도 잊어버렸다.

순간 난감한 분위기가 연출되자 모두들 멍하니 미친 듯이 달려드는 '괴물'을 지켜보았다. 마침 저녁 달빛이 밝아 가까이서 '괴물'이 꼬리를 신나게 흔드는 모습을 정확히 볼 수 있었는데, 사람을 놀라게 하기는커녕 살짝 우스꽝스럽기까지 했다.

큰 개가 순식간에 검은 호랑이에게 달려왔다. 개는 땅에 궁둥이를 깔고 철퍼덕 앉아서는 긴 혀를 내밀고 꼬리를 치며 놀아 주기를 기다리고 있었다.

주이당이 관심 있게 쳐다보고는 그에게 물었다.

"너희 집 개야?"

"……어."

검은 호랑이는 멍한 표정으로 대답했다.

"만져 봐도 돼?"

주이당은 아주 흥미롭게 개를 훑어보더니 물었다.

"……."

대답을 하기 전인데, 그 유약한 서생은 앞으로 몇 보 나가더니 개의 머리를 시험 삼아 만져 봤다. 개가 목을 위로 빼고 '낑낑' 소리를 내더니 혀를 내밀어 친근하게 그의 손목을 핥았다.

깊은 밤, 이근용은 이징의 '무기 창고'를 원상태로 돌려놓고는 콧물 범벅인 동생을 향해 손을 내밀어 엄하게 말했다.

"이리 내!"

이가네 둘째는 울상이 돼서는 꾸물거리며 손에 감추고 있던 작은 구렁이 모양의 남쪽 지방 피리를 건넸다. 그 순간 마당 밖에서 익숙한 개 짖는 소리가 들려왔고, 이근용이 고개를 돌린 틈을 타 근봉은 황급히 피리를 품속에 집어넣었다.

잠시 바스락거리더니 담장 위에 작은 머리 하나가 툭 튀어나왔다. 그러곤 목을 쥐어짜는 소리로 마당 쪽을 향해 소리쳤다.

"이 대장! 이 대장!"

"여기 있어, 무슨 일이야?"

검은 호랑이는 그녀가 문 앞에 있을 거라고는 예상하지 못해서 갑자기 들려온 대답에 깜짝 놀라 '아이고' 하며 담장 위에서 굴러떨어지고 말았다.

이근용이 미간을 찌푸린 채 마당 문을 열자, 검은 호랑이에게 유괴당해 황폐한 산으로 끌려갔다던 주이당이 멀쩡하게 문 앞에 서 있었다. 그 와중에 그는 검은 호랑이가 키우는 멍청한 개를 끌고 있었고, 장난꾸러기들은 화기애애하게 그의 곁을 둘러싸고 있었는데 모두들 굉장히 친해 보였다.

이근용이 훑어보자 주이당은 경직된 자세로 그녀에게 웃어 보였고, 얌전하게 서서는 먼저 말을 건네지 않았다. 검은 호랑이가 이근용에게 훌쩍 다가서더니 바로 본론에 들어갔다.

"이 대장, 빨리 와서 어떻게 된 건지 봐 봐. 오늘에서야 우리가 황폐한 산이 어떻게 된 건지 알아냈어. 주 형님이 그러는데 거기가 뭐더라, 무슨 기 무슨 갑이었는데……."

"누군가 나무와 돌로 만들어 놓은 기문둔갑 진법이야. 오랜 세월이 흘러 이미 일부는 훼손됐지. 저녁이어서 잘 안 보였던 건데, 무턱대고 들어갔다가는 길을 잃기 십상이야."

주이당이 작은 소리로 말했다.

"맞아!"

검은 호랑이는 그에게 복종하는 개처럼 온순한 표정을 지은 채 히죽거리며 말했다.

"어째선지 나는 들어가자마자 어지러웠는데 똑똑한 주 형님이 뭘 막 쓰고 계산하더니 돌들을 옮겼고 덕분에 바로 괜찮아졌지 뭐야. 맞다, 거기서 동굴도 찾았는데 풀로 가려져 있었고 안에는 인적도 느껴졌어. 우리 빨리 같이 가 보자."

"……."

'얄미운 책벌레'가 어떻게 하룻밤도 안 돼서 '주 형님'이 된 거지?

주이당은 그녀의 눈빛 앞에서 얼굴이 빨갛게 달아오르자 가랑잎으로 눈을 가리듯 시선을 옮겨 옆에 있던 개의 목을 주물거렸다.

장난꾸러기들은 개를 끌고 늦은 밤 당당히 황량한 산으로 향했다. 정말 오래된 동굴을 찾을 수 있었다.

"내가 보기에 이 흔적들은 백십몇 년은 된 거야."

주이당이 횃불에 비친 벽면의 흔적을 만지며 말했다. 그러나 곧 후회가 밀려왔다. 사실 그 흔적들이 오래됐다는 사실은 분명했지만 '백십몇 년'이란 말은 순전히 입에서 나오는 대로 뱉은 것이기 때문이다.

어렸을 때부터 아는 것은 안다고, 모르는 것은 모른다고 해야 한다고 교육받았기 때문에, 이근용 앞에서 자기도 모르게 허풍을 지껄인 것이 순간 부끄럽게 느껴졌다.

다행히 그는 그럴듯하게 둘러댔고 다른 멍청이들도 그에 대해 별말 하지 않았다.

이근용이 다가가서 보더니 단호하게 말했다.

"도검이 아니야. 긁힌 흔적이 너무 거칠어. 분명 도끼 비슷한 거였을 거야."

주이당은 흠칫 놀라 어물쩍 대답했다. 이제야 겨우 고개를 돌려 이근용을 바라본 것인데, 이근용은 시원스럽게 말을 맺고 가 버린 것이 아닌가. 실망스러워서 한숨을 내쉬었다.

동굴은 매우 깊어 메아리가 길게 울렸다. 사람의 자취도 어느 정도 남아 있었지만 세월이 너무 흘러 어느 고수가 곤경에 빠져 이런 곳에 미로를 만들어 정착했는지는 의문이었다.

진법의 주인은 소리 없이 왔다가 소리 없이 사라졌다. 칼이나 도끼의 흔적 말고는 한마디 말조차 남겨져 있지 않았다.

아이들은 곧 무료해졌고 이가네 둘째가 먼저 '쩍' 하품을 했다. 그는 몰래 숨겨 뒀던 구렁이 모양의 작은 피리를 꺼내 들더니 이리저리 만지작거리며 허세를 떨다가 제대로 소리를 못 내자 바로 홍

미를 잃고는 말했다.

"누나, 우리 가자, 졸려."

이근용이 뭔가 말하려던 때, 돌연 검은 호랑이네 개가 이를 드러내고 으르렁거리더니 온몸에 털을 세우고 목청껏 짖기 시작했다. 무섭게 짖어 대는 소리가 동굴 안에 메아리쳤다. 설명할 수 없는 스산한 기운이 느껴지자 검은 호랑이는 몸을 흠칫 떨더니 작은 눈을 똥그랗게 떴다.

이근용이 손을 뻗어 늘 몸에 지니고 다니는 장도를 움켜쥐고는 개의 시선을 따라 올려다봤다. 하지만 사방이 칠흑같이 어두워 아무것도 보지 못했다.

개 짖는 소리가 귓가에 쩌렁쩌렁 울려 아무것도 들을 수 없자 그녀는 '쉿' 하고 개에게 주의를 줬다. 하지만 늘 제지하면 잘 따랐었는데 웬일인지 개는 말을 듣지 않았고 꼬리를 곧게 세우고 으르렁거리며 앞다리로 땅을 문질러 흔적을 남겼다.

이근용의 등에 이유 없이 한기가 돋았다.

검은 호랑이가 부들부들 떨었다.

"쟤가…… 혹시 귀신 같은 걸 본 건가?"

그의 말이 떨어지자 아이들은 난리 법석을 떨었다.

"닥쳐, 허풍 떨지 말래도!"

"상관 마, 개가 무서워하는 걸 보니 안에 분명 뭔가가 있어. 일단 철수하는 게 좋겠어."

주이당이 미간을 찌푸리며 말했다. 이근용은 잠시 생각하더니 장도를 손에 쥐고 검은 호랑이 무리를 향해 휘저었다.

"가자!"

아이들은 이미 겁에 질려서 급히 개를 끌고 황망히 동굴 밖으로 나가려 했다. 발소리가 어찌나 정신없던지 음산한 동굴 안에서 메아리치자 더 무서웠다.

이근용은 동굴 깊은 곳을 향해 칼을 들고는 뒷걸음질로 밖으로 나가면서 계속 경계했다. 갑자기 그녀 손에 들려 있던 횃불이 흔들거리더니 피비린내가 얼굴을 확 덮쳤다. 눈앞에 나타난 검은 그림자의 정체가 뭔지 똑바로 보기도 전에 본능적으로 장도로 막고 봤다.

그러다 '그것'에 부딪혀 옆으로 날아가면서 횃불을 놓쳤다. 불똥이 튀었고 '그것'은 불에 그슬려서는 뒤로 살짝 움츠러들었다. 거대한 그림자가 동굴 벽에서 흔들거렸고 일자로 쪼그라든 세로 동공이 모습을 드러냈다.

바닥에 떨어진 횃불은 바닥에서 구르다가 훅 꺼졌다.

굵기가 한 아름이나 되는 큰 구렁이었다. 원래 촉 땅에서는 이렇게 큰 구렁이를 자주 볼 수 없었다. 게다가 구렁이는 움직임이 느려서 먹이를 잡으려면 늘 어딘가에 숨어서 기다렸는데, 한 번에 잡지 못해도 끝까지 쫓아오지는 않았다.

그런데 이 큰 구렁이는 미쳤는지 이근용의 칼에 얼굴을 맞고 불에 그슬리기까지 했는데도 물러날 생각이 조금도 없었다. 오히려 재빨리 머리와 꼬리를 바로 세워 근봉을 향해 입을 벌렸다.

이가네 둘째는 놀라서 콧물조차 닦지 못하고 두 손으로 몸을 마구 더듬더니 자신이 몰래 가지고 나온 피리 말고는 쇳조각 하나 가지고 온 것이 없다는 사실을 알게 됐다. 큰 구렁이가 눈앞에서 다가오는 것을 보자, 이가네 둘째는 짧은 다리가 땅에 박힌 것처럼 좀처럼 움직일 수가 없었다.

그 순간 장도 하나가 날아오더니 구렁이의 머리를 후려쳤다. 구렁이는 화가 났는지 고개를 획 돌리더니 몸을 돌려 그의 사냥을 방해한 하룻강아지를 상대하기 시작했다.

이근용은 자신의 경공을 극치로 끌어올렸다. 숨을 들이마시고 뛰어올라 큰 구렁이의 몸뚱이를 밟았는데, 발밑이 미끄러워 힘을 쓸수가 없자 구렁이의 등에서 미끄러져 내리며 아슬아슬하게 뾰족한 이빨을 피할 수 있었다.

이근용이 고개를 돌려 아직 동굴 밖에서 어리둥절해하는 아이들을 향해 소리쳤다.

"어서 달아나!"

이근용은 촉 땅에서 말썽꾸러기들과 어울리면서 소란을 피운 적이 거의 없었지만, 아이들 모두 그녀에게 맞아 본 적이 있어선지 위급한 상황에서는 이상하게 그녀의 말을 잘 들었다. 아이들이 단체로 쏜살같이 달려 나갔다. 어리긴 했지만 어쨌든 명문의 후손들이어서 질서가 없진 않았다.

큰 구렁이는 완전히 화가 났는지 머리를 높이 쳐들고는 용이 헤엄치듯 꼬리를 흔들며 덮쳐 왔다. 이근용은 원래도 제대로 서 있지 못하고 있다가 허둥지둥 굴러서 벗어났다.

하지만 피하는 족족 위기의 순간이 계속되면서 몇 번이고 아슬아슬하게 구렁이에게 감길 뻔했다. 그녀는 항상 자신이 대단하다고 생각해 왔는데, 이렇게 짐승에게 쫓겨 구르고 있자니 겁이 나기는 커녕 분노가 치밀어 올랐다.

이근용이 획 앞으로 뛰어나가자 뒤쪽에서 두피가 얼얼해지는 마찰음이 들렸다. 그녀는 몸을 날려 동굴 석벽으로 뛰어올라 칼을 뽑아 들고 휘둘렀다.

작은 여자아이의 손에 들린 장도가 위풍당당하게 거대한 구렁이의 쩍 벌린 입을 내리쳤다. 하지만 그녀는 나이가 어리고 힘도 부족했다. 칼을 쥐고 있던 작은 손은 순간 충격에 피부가 갈라졌고, 몸은 반동으로 튕겨 나가 동굴 바위에 부딪친 등이 얼얼할 정도로 아팠다.

반면 껍질이 두껍고 감각이 무딘 큰 구렁이는 고작 피만 조금 흘린 채로 화를 삭이지 못하는 모습이었다. 뱀은 잠시 멈칫하더니 다시 시뻘건 아가리를 쩍 벌렸고, 이근용은 구렁이의 입 안에 들쭉날쭉하게 나 있는 뾰족한 이빨을 볼 수 있었다.

그때 불빛이 큰 구렁이와 소녀 사이를 지나갔다. 큰 구렁이는 불빛이 무서웠는지 목 부분을 뒤로 젖혔고, 손 하나가 그 틈을 타 이근용을 동굴 입구 쪽으로 확 끌어당겼다.

그녀를 잡은 손은 식은땀으로 범벅이었고 손가락은 밤새 얼어 있던 철기처럼 차가웠다. 이근용은 다른 누군가가 자신을 기다리고 있을 거라고는 꿈에도 생각 못 했다. 얼떨결에 고개를 들었더니 앞에는 손가락 하나로 툭 치면 넘어질 것 같은 책벌레가 있었다.

주이당은 어디서 가져왔는지 횃불 두 개를 가지고 있었는데 하나는 방금 내팽개치고 다른 하나는 손에 들고 있었다.

그는 그녀를 힘껏 앞으로 밀쳤다. 그러고는 횃불을 든 채 큰 구렁이와 이근용의 사이를 막았다.

이근용은 선천적으로 보통 사람과 달랐다. 어디가 잘못된 건지 '두려움'이라는 것 자체를 몰랐다. 나이가 들면서 그녀도 무엇이 자신보다 강한지 판단할 수 있었지만 아는 건 아는 거고, 어떤 상황에 처하면 흥분이나 분노가 항상 그보다 앞서곤 했다.

그 절체절명의 상황에서 이근용은 주이당을 새로운 눈으로 살피고 있었다. 이 책벌레는 기생오라비 같은 얼굴에 곧게 뻗은 눈썹, 새카만 눈동자의 경계가 또렷하고 아름다웠다.

작은 얼굴은 긴장한 듯 굳어 있었고 혈색 없는 입술에 맑은 땀방울이 턱 선을 타고 흘러내리고 있었다. 이런 주이당의 외모는 이근용이 예전에 산에서 잡았던 새끼 고양이를 떠올리게 했다.

분명히 솜뭉치 한 덩어리였는데 겁이 나서 몸을 돌돌 말아 감싸더니 서툴게 작은 발톱을 드러내는 것이 아닌가. 그녀는 허파에 바람이라도 든 것처럼 갑자기 '푸핫' 하며 웃음을 터뜨렸다.

주이당은 자신이 어떻게 두 다리로 지탱하고 서 있는지 알 수 없었다. 큰 구렁이는 너무 오래 살았는지 흡사 요괴라도 된 듯했다. 불을 무서워하기는 하지만 불은 불어서 끌 수 있다는 사실을 아는 것처럼, 쉴 새 없이 바람을 일으켜 그의 손에 들린 횃불을 끄려고 했다.

큰 구렁이가 달려들 때마다 불꽃이 흔들려서 곧 사라지게 될 거라는 생각에 심장이 터질 것 같았다. 그런데 이런 급박한 순간에 허파에 바람이 들었는지 어린 낭자는 웃음을 터트리기나 했다.

그때 그 구렁이 동굴에서, 주이당은 드디어 이 아가씨의 진면목을 볼 수 있었다. 그는 이근용을 힘껏 동굴 입구 쪽으로 밀고는 그제야 그녀와 정식으로 말을 섞었다. 그것도 숨을 헐떡이면서.

"뭐…… 뭐가 웃겨, 어서 도망가!"

"책벌레 씨, 생각 좀 해 봐. 뭐 웃지 않고 울기라도 하면 쟤가 죽기라도 할까?"

이근용이 웃었다.

그사이 큰 구렁이가 다시 한번 덮쳤고, 불꽃이 격렬하게 흔들리며 불꽃이 약해지자 주이당의 마음도 불꽃처럼 쪼그라들었다. 그는 구렁이 입에서 나는 역한 피비린내를 맡고는 손에서 힘이 빠져 아무것도 못 느낄 지경이었다. 그 순간 이근용은 다시 한번 손에 쥔 장도를 날렸다.

큰 구렁이가 격렬하게 경련을 일으켰다. 이근용의 다친 손에서는 피가 다시 흘러나왔고 뒤로 물러나가다 동굴 벽에 닿자 그제야 멈춰 섰다. 그녀가 이를 악물고 말했다.

"내가 돌아가서 '참' 초식을 십만팔천 번 연습해서 기어코 저 구렁이로 죽을 끓여 먹고 만다."

주이당은 그녀가 길에서 넘어지면 기필코 땅을 부수고 지나가야 직성이 풀리는 애 같다는 생각이 들어 답이 없다는 듯 말했다.

"누이, 우선 우리가 돌아갈 수 있는지 없는지부터 생각하는 편이 낫겠어!"

그녀의 칼이 시간을 벌어 준 덕에 주이당의 손에서 흔들거리던 작은 불꽃은 다시 살아났고 소녀와 큰 구렁이는 다시 한번 대치하게 되었다.

그때 바깥에서 묵직한 소리가 들리더니 강렬한 불빛이 동굴 입구를 따라 스며들었다. 알고 보니 어느 장난꾸러기가 어른들이 쓰는 연락용 불꽃을 훔쳐 왔었는데 방금 전 도망가다가 그제야 생각이 났다는 듯 쏘아 올린 것이다.

그 뒤를 이어, 허둥지둥 도망치던 이가네 둘째는 달려가다가 누나가 따라오지 않는다는 사실을 깨닫고 황급히 다시 짧은 다리를 흔들며 돌아와서는 동굴 입구에서 소리쳤다.

"누나! 누나! 어디에 있어?"

이 운도 없는 아이는 불러도 반응이 없는 것은 제 움직임이 작아서라고 생각하고는 제자리에서 있는 힘을 다해 발을 굴렀고 또 구렁이 모양의 작은 피리를 꺼내 힘껏 불었다. 아무 소리도 나지 않던 작은 피리가 '모두의 기대에 부응했는지' 바로 그때 귀를 찌르는 날카로운 소리를 냈다.

동굴 속 큰 구렁이는 순간 홀린 것처럼 굳었고 노란 눈동자도 휘둥그레졌다.

이제껏 한 번도 느껴 보지 못한 전율이 주이당의 등을 타고 올라왔다. 그는 기회를 놓치지 않고 전력을 다해 이근용을 힘껏 밀쳤다.

"어서……."

그때 큰 구렁이가 갑자기 움찔하더니 고개를 확 쳐들고 포효하며 횃불도 아랑곳하지 않고 달려들었다. 위급한 상황에서 주이당은 별수 없이 손에 쥐고 있던 횃불을 내던졌는데 운이 좋았다.

횃불은 정확하게 큰 구렁이 앞으로 떨어졌고 흩날리는 불똥이 그 짐승의 입 속으로 튀어 들어가면서 큰 구렁이가 제자리에서 거대한 몸을 꿈틀거렸다.

주이당은 기회를 놓치지 않고 여전히 구렁이에게 덤벼들어 싸울 생각을 하고 있는 이근용을 온 힘을 다해 잡아 동굴 입구 쪽으로 밀었다.

동이 틀 때가 다가오자, 동굴 입구로 희미한 불빛이 스며들었다. 주이당의 다리는 이미 통제를 잃고 있었다. 그는 본능적으로 떨기 시작했고, 등 뒤로는 소름 돋는 쉬시식거리는 소리가 점점 가까워졌다.

주이당은 동굴 입구에 엎드려 있는 이가네 둘째의 겁에 질린 얼굴을 보았다. 강한 바람이 등을 덮치자 본능적으로 고개를 돌렸다가 커다랗게 벌려진 입을 보았다.

그 순간 어린 서생의 머릿속에는 '망했다' 세 글자조차도 떠오르지 않았다. 완전히 깨우치지 못한 경서와 역사서, 제자, 시문집으로 가득했던 머릿속이 순식간에 텅 빈 것 같았다. 오직 연약한 팔을 들어 여자아이와 큰 구렁이 사이를 필사적으로 막고 눈까지 질끈 감은 기억만 날 뿐이었다.

하지만 이근용이 가만히 있을 리 없었다. 그녀가 기합을 넣더니 칼을 들어 거대한 구렁이의 송곳니를 향해 휘둘렀다.

하지만 그녀가 손에 있던 칼을 미처 날리기도 전에 눈앞에 맑은 도광이 번쩍였다. '푹' 소리와 함께 난공불락 같았던 큰 구렁이의 머리가 한칼에 동굴 위쪽에 꽂혔다. 구렁이의 몸이 동굴 벽에 부딪치며 묵직한 소리가 났다.

"어라?"

이근용은 의아했다. 그녀가 동작을 마무리하고 고개를 쳐드니, 화가 나서 얼굴이 새파랗게 질린 이징이 보였다.

반 시진 뒤, 대부분의 촉 땅 사람들이 놀라서 잠에서 깼다. 집집마다 대경실색할 만한 이 황당한 이야기를 듣고는 황급히 와서 자기 집 말썽꾸러기와 개를 데리고 돌아가 '고기 죽순 볶음'을 배불리 먹였다.

이근용과 근봉 둘은 이 대협에게 한 손에 한 명씩 목덜미를 잡힌 채 집으로 돌아갔다. 주이당은 즉시 잘못을 시인했고 또 이 대협도 손이 두 개밖에 없었기 때문에, 어린 책벌레는 재앙에서 벗어나 '품위' 있게 혼자 걸어서 돌아갈 수 있었다.

나중에 안 사실이지만 원래 이가네 둘째가 슬쩍했던 피리의 이름은 '인사적引蛇笛'으로, 남쪽 지방의 소약곡 쪽 사람들이 구렁이를 다루는 데 사용하는 물건이었다.

남쪽 지방은 오래전부터 구렁이를 가지고 놀거나 다루는 방법이 전해졌는데, 제대로 사용하면 근방 몇 리 안에 있는 구렁이들을 모두 불러내 부릴 수 있었다. 물론, 적절하게 쓰지 못할 경우에는 화난 구렁이에게 쫓기는 신세를 면치 못하게 되지만 말이다.

이번 일로 이가네 둘째는 이 대협에게 혼나 사흘간 울음소리가 그칠 줄 몰랐고, 그 덕에 하마터면 콧물 때문에 사레가 들려 죽을 뻔하기도 했다.

이근용은 상황이 심상치 않음을 보고 동생이 봉변을 당하는 틈을 타 곧장 나무로 뛰어올라 이틀 동안 내려오지 않았다. 이제 막 무공의 입문 단계인 주이당은 맷집이 약해서 때리지는 못하고 벌로 매화장이라고 부르는 기둥에서 매일 기마자세를 시켰다.

이번 일을 겪으면서 주이당은 촉 땅 녀석들과 어떻게든 어울리게 된 셈이었고, 또 이 낭자 앞에서 말을 하지 못한 자신이 얼마나 바보 같았는지 뼈저리게 느끼게 됐다.

처음 만났을 때 봤던, 살구씨 같은 눈을 가진 여자아이의 얼음장 같은 도도함은 완전히 산산조각 났는데, 그것은 그저 아름다운 환상에 불과했다.

깨지게 될 환상.

번외 3

복사꽃 한창일 때

봄바람 속에 함께 술잔을 기울이네

"정말이야?"

주비가 멍하니 있다가 마음이 안 놓였는지 다시 물었다.

"근데 이 수다쟁이는 항상 뭘 도맡아 하는 걸 싫어했잖아. 어머니는 뭐라셔?"

"고모는 하고 싶은 대로 하라고 하셨어. 사람들을 사십팔채로 불러와 소란만 일으키지 않으면 된다고."

이연은 커다란 암초 위에 옆으로 앉아서는 두 손으로 제대로 구워진 조개를 들고 있었다. 몇 번 '후후' 불고 입 안으로 넣자, 입을 뎄는지 한참을 '아오'거리더니 몸을 부르르 떨면서 한마디를 뱉어냈다.

"마…… 맛있어요, 형부. 최고예요!"

사윤은 묵묵히 불 옆을 지키며 조개를 굽고 있었는데, 공을 많이 들여야 하는 작업이었다. 혼자서 두 사람이 먹는 속도를 쫓아가지 못해 본인 입은 챙기지도 못했다. 마지막 조개가 그의 손에 들려 있을 때, 바로 입에 집어넣고 싶은 마음이었지만 생각지도 못한 이연의 '형부' 소리에 기분이 좋아져서는 마지막 조개를 처제에게 기꺼이 넘겨줬다.

신나서 조개를 받아 든 이연은 사양할 마음 따윈 추호도 없었다. 그저 입이 작아 동해 전체를 배 속에 채워 가지 못하는 게 한스러웠을 뿐이었다. 마지막 조갯살을 만족스럽게 먹어 치운 이연은 껍데기를 바다에 휙 던진 뒤 암초에서 뛰어내리며 물었다.

"난 할 말 다 전했어. 언니, 나중에 갈 거야?"

"초초 일인데 하늘이 무너져도 가야지, 거리도 가깝고."

멀지 않은 곳에서 진준부가 이연을 향해 손을 흔들었다.

"요 녀석아, 쥐포 맛 좀 보겠느냐?"

이연은 듣자마자 잔말 않고 곧장 튀어 갔다. 조각 미남 형부와 더 조각 같은 미녀 언니를 뒤도 안 돌아보고 버리고는 백 살을 훌쩍 넘긴 늙은이에게 뛰어간 것이었다.

남북이 통일된 그해, 조연은 연호를 '건봉乾封'으로 바꿨다. 지금은 마침 건봉 2년이었다. 사윤은 꼬박 이 년 동안 고생스러운 날들을 보냈다. 사십팔채에서 사람들이 꺼리는 자질구레한 일들을 몽땅 도맡아 하고서야 그나마 이 두령에게 점수를 딸 수 있었다.

가을에 이르러, 주비는 사윤을 데리고 동해로 돌아가 어르신들을 찾아뵙고 조상님께 제사도 드렸다. '조상님'이라고 해 봐야 두 명이었다. 한 명은 목숨을 걸고 사윤을 구해 준 사숙, 다른 한 명은 양소였다.

양 승상의 유골은 과거 목소교에 의해 온데간데없이 사라져 버렸다. 산골짜기 감옥과 함께 재가 되어 날아가 버려, 사윤은 봉래섬에 약식으로 그의 의관묘를 만들었다. 양 승상은 생전에 열정적이었을 뿐만 아니라 온갖 애를 썼으니 이제는 편히 쉬게 해 주는 것이 옳았다.

주비와 사윤이 성묘까지 마친 후 떠나려던 찰나, 이연이 불청객같이 불쑥 찾아와서는 구두로 소식을 전했다.

오초초는 요 몇 년 동안 곳곳을 돌아다니며 각 문파의 서적을 수집해 정리하며 큰 성과를 얻었다.

마침 이성이 이근용의 심부름으로 자주 밖으로 나가 연락책 역할을 하면서 인맥도 넓어졌는데, 무슨 기발한 생각이 났는지 적극적으로 사방에 방까지 붙이며 추석 즈음에 있을 '무술을 통해 벗을 사귀는' 모임을 준비하고 있다고 한다.

별 특별한 내용은 없고, 그저 최근 몇 년간 각처에서 떠돌던 서적들을 정리했으니 이번 기회에 모두 모여 약소하게 준비한 술이나 마시며 회포를 풀자고, 혹시 옛 친구와 새로운 친구를 만날지 누가 아느냐는 내용이었다.

장소는 류가장으로 정해졌다. 이성이 두각을 나타낸 것이 바로 류가장에서 열여덟 약인을 토벌하면서부터였다. 그로 인해 이성은 류 장주와 나이도 잊은 친구 사이가 됐다.

소식은 행각방의 도움으로 밖으로 전해지게 됐다. 원래는 반응이 시원찮아서 많아 봤자 친한 친구들 몇 명만 모이지 않을까 생각했는데, 이게 웬걸, 일이 커지면서 참석자 수는 눈덩이처럼 불어나 호걸들이 우르르 류가장으로 몰려든 것이 아닌가.

옛날 영주성에서 곽연도가 열었던 '영웅대회' 때보다 더 북적거렸다. 코딱지만 한 류가장에는 더 이상 자리가 없었고 제남부의 크고 작은 객잔까지 붐비게 되면서 길거리는 온통 각양각색의 강호인들로 가득했다. 생각지 못한 문전성시에 당황한 이성은 이연을 시켜 '남도'인 주비에게까지 도와 달라는 요청을 한 것이다.

"별로 놀랍지도 않은걸."

사윤이 말했다.

"여러 해가 흘렀지. 활인사인산부터 북두, 은패가 날뛰었던 일까지, 여러 세대에 걸쳐 원한이 쌓였고 온통 난리 통이었던 시간을 지나 간신히 대마두들이 사라졌으니, 중원 무림에도 이제 봄이 찾아온 거야. 네 오라버니는 머리 쓰는 것이며 수완이 무공만큼이나 빠지지 않고, 무엇보다 겸손한 사람이어서 자신을 내세우지 않잖아. 어른들의 기대를 한 몸에 받고 있고 칭찬도 자자하다고 들었는데, 이번 건도 각 대표 문파 사람들이 일부러 선동해서 만들어진 게 아닌가 싶네."

"설마 이성을 후대 산천검으로 추대할 생각인가요?"

주비가 의아해하며 말했다.

"안 될 건 또 뭐야?"

주비는 묘한 기분이 들었다. 비록 산천검을 만나 본 적은 없지만 여기서 조금 저기서 조금 주워들은 얘기들로 희미하게나마 그려 본 은 선배의 모습은, 덕망이 높고 중검 한 자루로 나쁜 짓 하는 놈들을 단번에 제압하는 사람이었다.

주비가 생각하기에 은 대협이 우러러봐야 할 높은 산이라면, 이 아무개는 그냥 걸리적거리는 촌놈에 불과했다. 은 대협이 한 지역을 지키는 수호신이라면, 이성은 꼬리를 살랑거리며 '멍멍' 짖어 대는 들개 정도밖에 되지 않았다.

결론적으로, 사람인 것과 남자라는 사실을 제외하면 이성과 산천검 사이에는 비슷한 구석이 없는 것 같아서 이성이 산천검이 되는 일은 도무지 상상이 되질 않았다. 주비는 생각에 잠시 잠겼다가 걱정 섞인 어투로 말했다.

"오라버니를요? 사실 무공도 별로인 데다 순전히 입만 나불댈 줄 아는걸요. 만일 누군가에게 미움이라도 사게 되면, 음모나 계략 따위도 필요 없고 그냥 없애 버리는 것도 어려운 일이 아닐 거예요."

"……."

이성의 무공 실력은 오랫동안 이름을 날린 선배 고수들과는 견줄 수 없는 수준이었지만 지금의 젊은 세대에서는 찾아보기 힘든 인재였다. 그런 그가 주비의 입에서 나약한 서생으로 전락할 줄 누가 알았겠는가.

이성은 어렸을 때부터 이런 험악한 환경에서 자랐기 때문에 혈기왕성한 나이임에도 불구하고 자신을 대단하게 여기지 않는 '초연함'을 지니고 있을 수 있었던 것이다.

주비가 손으로 희미를 돌리며 짜증 섞인 말투로 말했다.

"몇 사람 더 불러서 기 좀 살려 줘야겠네요. 아, 귀찮아 죽겠네."

사윤은 때를 놓치지 않고 비위를 맞췄다.

"암요, 주 대협님이 천하제일, 천하무적이지 않습니까."

주비는 이 말에 기분이 찜찜했다. 사 아무개가 또 자기를 놀리는 것 같아서 못 미더운 눈빛을 보냈다.

고개를 들어 올린 그녀의 턱은 뾰족했고 눈은 뜬 듯 감은 듯 살짝 위로 올라가 있었다. 꽤나 어르기 힘든 예쁜 아가씨였다.

사윤은 억울한 표정으로 그녀와 눈을 맞춘 후 손도 주둥이도 가만히 두질 못하고 허리를 살짝 구부려 주비의 턱을 살짝 잡은 채 작은 소리로 말했다.

"주 대협이 나한테 넘어올 줄 알았으면, 그날 밤 세묵강에 들어갈 때 더 멋있게 하고 갔어야 했는데. 경공도 더 하늘거리면서 하고 말이지."

"수초 요괴 만나러 가는데 꾸미긴 뭘 꾸며요?"

주비가 웃는 듯 마는 듯 말했다.

사윤이 눈을 굴리더니 몸을 숙여 주비의 귀에 대고 뭐라고 했다. 그러고는 또 무슨 맞을 짓을 했는지 바로 뛰어오르면서 주비가 그의 배를 찌른 칼자루를 재주껏 피했다. 사윤이 손을 가슴에 대고 말했다.

"소생, 혼담을 여섯 번 건넸다가 대협님의 아버지와 어머니로부터 이렇게 저렇게 열두 번이나 거절당해 가면서 말재주를 늘렸는데, 장가들고 나서 이렇게 매일 얻어맞고 고생할 줄은……."

마지막 말은 사윤이 곡조로 지어낸 것이었다. 말할 때 노래를 해도 그가 경공을 써서 높이 뛰어오르는 데는 방해가 되지 않았다. 그는 고개를 돌려 주비를 향해 말했다.

"조연은 지금까지도 내가 〈백골전〉만 불렀다 하면 잠을 못 이루는데, 날 자꾸 괴롭혔다가는 내일 〈남도전〉을 써서 이 대협이 겉으로는 점잔을 빼고 있지만 속으로는 조금만 틀어져도 인정사정 봐주지 않는 나약한 서생이라고 까발릴 거야……. 하하, 비야, 너 경공은 한참 더 수련해야겠는걸?"

주비의 경공은 그보다 못한 게 사실이었다. 어쨌든 선천적으로 부족한 건 맞지만, 다행히 공격은 다리로만 할 수 있는 게 아니었다. 두 사람은 쫓고 쫓기면서 순식간에 섬을 반 바퀴나 돌았다.

그러다 사윤이 갑자기 멈춰 암초 위를 가리키더니 힘이 빠진 듯 사뿐히 그 위에 착지했다. 그는 뒷짐을 진 상태로 주비에게 살짝 손을 흔들었다.

주비가 고개를 들어 보니 두 사람은 어느새 그 묘지 앞에 와 있었다. 이웃처럼 나란히 세워져 있는 비석은 사방이 암초로 둘러싸여 있었는데, 마치 원시림 속에 빼곡히 들어선 초석에 둘러싸인 작은 세상처럼 고요했다. 탁 트인 한쪽 면은 광활한 동해를 향해 있어서 한눈에 하늘과 땅이 맞닿아 있는 모습을 볼 수 있었다.

동명 대사는 긴 빗자루를 들고 하는 둥 마는 둥 두 묘비에 쌓인 먼지를 털고 있었다. 노승과 석비는 '쏴아아' 하는 파도 소리에 둘러싸여 말로 형용할 수 없는 고요 속에 머물러 있었다.

사윤은 주비를 향해 손짓한 뒤, 그녀의 손을 잡고 가볍게 한쪽으로 올라간 후 큰 초석 뒤로 돌아가 동명 대사의 눈에 띄지 않게 자리 잡았다.

동명 대사가 멀리 벗어나자 사윤이 그제야 낮은 목소리로 말했다.

"우리 사부님은 신분이 특별한 분이셔. 이분들은 나라가 망한 뒤 동해 봉래에 계속 은거했고, 다른 사숙 몇 분은 모두 당시 수행했던 충신의 뒤를 따랐어. 나만 아니었다면 사부님은 섬을 떠나지 않았을 테고, 몇몇 사숙들은 가끔 심부름을 했을 거야. 진 사숙은 산천검의 부탁으로 투구와 갑옷, 무기 등을 여러 차례 만들어 줬어. 너도 알 거야, 진 사숙이 천성적으로 사람 상대하는 걸 귀찮아하잖아. 그래서 대부분 작은 사숙께서 그를 대신해 서신을 전했고 오가는 사이, 은 대협과 친분을 쌓았지."

그가 여기까지 말하자 주비가 알아듣고는 이어서 말했다.

"후에 사숙께서 은 대협의 죽음에 의구심을 품게 된 건가요?"

사윤이 고개를 끄덕였다.

"맞아. 산천검, 선대 남도, 그리고 당시 나의 일까지. 그는 죽는 순간까지 늘 마음에 담아 두고 있다가, 내게 자신을 이어 '해천일색'을 찾아 달라는 유언까지 남겼지……. 이제 두 분이 서로 이웃해 있으니 직접 대면해서 확실히 정리할 수 있을 거야."

주비는 살짝 멈칫했다. '해천일색'이 서로 견제할 수밖에 없는 하나의 빌미를 만들어 낸 것처럼, 모두 이것을 빌미로 진실을 깊이 숨겨 둔 채 말하기를 꺼렸다.

사십팔채에는 원래도 사람이 많았는데 주이당이 심복들을 더 데리고 돌아오는 바람에 보는 눈이 많아지자 몇 마디 말들은 지금까지 제대로 물어볼 기회가 없었다.

그때 사방이 훤해지면서 동해 해안이 한눈에 들어오자 그녀가 은근슬쩍 물었다.

"그분은 정말로 조씨가 아니에요?"

사윤은 살짝 미소를 지어 보이더니 똑같이 은근슬쩍 대답했다.

"우리 조씨 가문은 대대로 우유부단하고 마음이 약해. 특히 쉽게 욱하는 성질이 있고, 모든 일을 당연하게 여기지. 풍월을 읊는 데는 둘째가라면 서럽고 탁상공론의 달인들이지만 이것이 진짜 모습은 아니야. 선대 황제부터 아버지 그리고 또 나까지, 우리는 모두 같은 부류였어. 그렇게 출중한 인물은 없었지."

주비는 의식적으로 고개를 들어 멀리 바라봤지만 시선이 가려져서 나란히 붙어 있는 두 묘비를 보지 못했다.

"양소는 대체 무슨 일을 꾸민 거예요?"

"그때 이미 되돌릴 수 없는 상황이었어."

사윤이 작은 목소리로 말했다.

"남쪽에서는 오랫동안 준비해서 수만 대군을 집결했지. 작은 움직임이 전체를 좌지우지할 상황이었어. 발각되기만 하면…… 모두 뿔뿔이 흩어질 게 뻔했고, 대소는 그걸로 정말 망하게 되는 거였어."

"그런데 그분이 조씨가 아니라면 나라가 망한 거 아니에요?"

주비가 의아해했다. 사윤은 기지개를 펴며 팔을 주비의 어깨에 걸치며 말했다.

"강산의 주인이 바뀌지 않았고, 조정의 문무백관이 뜻을 바꾸지 않았지. 제일 중요한 건 선대 황제가 당시 바라던 대로 실현될 여지가 있었다는 거야. 새 황제는 어릴 때 양소밖에 의지할 곳이 없었기에 오로지 그의 뜻에만 따랐지. 그가 자라서 스스로 돌볼 수 있게 되었을 때, 양소는 죽었지만 '해천일색'의 잔당은 여전히 남아 있으니 그는 몸을 사리며 양소가 정해 놓은 노선대로 갈 수밖에 없었던 거지. 머지않아 천하가 안정될 때가 오고, 그때가 되어 암초에 올라 사방을 둘러봤을 때 드넓게 펼쳐진 경치에 하늘과 바다가 맞닿아 있으면, 뭐가 다르겠어?"

사윤의 말은 두리뭉실했지만 어조는 확실히 생동감이 넘쳤다. 작은 탁자와 경당목만 없었지, 만약 있었다면 여기까지 말하고 돈주머니라도 내밀었을 터였다.

사윤은 장난스럽게 손으로 주비의 턱을 감싸며 그녀의 귓가에 대고 말했다.

"우리 일단 류가장에 가서 즐기자. 그러고 나서 내가 옛 도읍에 데려가 줄게. 어때? 겨울을 나면, 국경 밖에 가서 봄 새싹이랑 새끼 양들도 구경하고."

주비는 그의 손을 쳐 냈다.

"저리 가요. 할 일 있지 않아요? 노는 것밖에 모르고, 두령님이 무슨 일이라도 시키게 되면 내가……."

사윤은 빙그레 웃으며 주비의 말을 끊고 느긋하게 말을 보충했다.

"아니면 값비싼 어린 양 몇 마리 사다가 구워 먹자. 겉은 바삭하고 속은 아주 부드러운 게, 향신료도 많이 필요 없어. 소금만 살짝 찍어도 환상적이지."

"……그럼 나 어머니한테 서신을 좀 쓸게요."

주비는 즉시 말을 바꿨고 사윤은 박장대소하고 말았다.

강산은 그대로였지만 지난날은 모두 과거가 되었다. 앞선 세대의 파란만장했던 삶은 점차 전설이 되어 갔고 또 새로운 세대가 옛사람들의 자리를 대신하게 되었다.

이 세대의 '산천검'은 어렸을 때부터 여동생들에게 당해도 화조차 못 내는 성격이었고, 이 세대의 '남도'는 양고기 하나에 넘어가는 먹깨비였다.

몇 년이 흐른 뒤, 이 또한 새로운 전설이 되어 경당목을 손에 든 이야기꾼에 의해 사람들에게 들려질지 누가 알겠는가.

소년은 강호에서 어른이 된다

소년은 강호에서 어른이 된다

장안이 여전히 장안이라 불리고 '옛 도읍'이 아니던 시절.

태평하기만 한 황성의 기둥뿌리에는 어느새 얼룩덜룩한 곰팡이가 피기 시작했고, 근교의 먼 산에서 들려오는 종소리는 한 번, 또 한 번 음침한 엄동설한과 충돌했다. 푸른 벽돌과 붉은 기와가 그 소리에 더욱 울적하고 의기소침해졌다.

대전의 금빛 지붕 위에는 눈이 얇게 쌓였고 교외의 다루에서 솟아 나오는 증기와 열기가 하얀 구름처럼 펼쳐져 있었다.

그때는 예상 부인도 '예상'이라는 칭호 없이 그저 이팔청춘의 어린 아가씨일 뿐이었다. 그녀의 아명은 완아였다. 아직까지 사부에게서 가르침을 받은 적도 없고 사람들을 쓰러뜨리는 미색도 피어나지 않을 때였다.

완아는 다루 2층의 난간에 기댄 채 거문고 소리에 맞춰 노래를 흥얼거렸다. 이 꽃 같은 꼬마 아가씨는 하도 옆에서 치켜세워 줘서 약간 교만한 구석이 있었다. 노래를 부를 때도 진지하게 부르는 법 없이 흥얼흥얼하며 가사를 절반 정도 건너뛰기 일쑤였다. 소녀는 꾀꼬리처럼 맑은 목소리로 옛일을 빌려 현실을 풍자하는 노래 〈하연년賀延年〉을 불렀다.

주변의 손님들이 앞다투어 칭찬을 늘어놓았지만 완아는 그들을 본 체도 않고 그녀에겐 눈길도 주지 않는 서생을 주의 깊게 살펴보았다. 동쪽 구석 자리에 앉은 그 서생은 실의에 빠진 얼굴이었다. 아마도 오랫동안 과거에 급제하지 못한 가난뱅이이리라. 그는 앉아서 황주만 계속 들이켜고 있었다. 그의 옆에 합석한 무명옷의 사내는 굶어 죽은 귀신이 환생이라도 한 듯 고개도 들지 않고 먹는 것에만 열중하고 있었다.

두 사람은 그다지 잘생긴 편이 아니었다. 완아는 매몰차게 고개를 돌려 다른 쪽을 바라보았다. 남쪽 창가 자리에 앉은 중년 남자가 그나마 눈길을 끌었다. 그녀와의 거리는 한 장도 되지 않았다. 딱 벌어진 어깨에 가느다란 허리, 칼날처럼 날카로운 눈빛. 옆에서 반주에 맞춰 노래를 부르는 데도 아무 관심 없다는 듯 홀로 딴생각에 잠겨 있었다.

그 순간, 동쪽 구석에서 술만 퍼마시던 서생이 긴 탄식을 내뱉고는 손가락으로 탁자를 치며 밑도 끝도 없이 소리쳤다.

"이 황성은 백 년이나 됐다고. 이미 늙었어!"

말이란, 말한 사람은 별생각 없어도 듣는 사람은 마음에 두는 법이었다. 그의 말에 아래층에 앉아 있던 흑의인 몇 명이 순간 움직임을 멈추었다. 평소 보고 들은 것이 많았던 다루의 심부름꾼은 그 손님들의 검은색 도포 아래쪽에 수놓인 북두 문양을 보고 잔뜩 긴장했다.

'북두'는 재상 조중곤의 수하들이었다. 조중곤은 여러 해 동안 막강한 권력을 휘두르며 조정을 좌지우지해 왔고 황손조차도 그의 앞에서는 꼬리를 내렸다. 그의 수하에는 사나운 개 일곱 마리가 있었는데, 각각 북두의 별을 이름으로 삼았다. 이들은 하나같이 무공이 뛰어나고 수단이 악랄했으며 귀가 굉장히 밝았다.

저 바보 서생이 밖에서 함부로 황실을 논했으니 당장 북두에게 잡혀가도 이상할 것 없었다. 흑의인이 이를 빌미로 다루 전체를 토벌할 수도 있으니 화禍가 입에서 나온다는 말이 맞지 않는가?

위층 사람들이 작은 소리로 말리고 나섰지만 서생은 아무것도 모른다는 듯 큰 소리로 망언을 늘어놓기 시작했다.

"조가가 부리는 사냥개와 매가 온갖 곳에 퍼져 있다는 거 알아. 내 오늘은 꼭 말해야겠어⋯⋯."

북두의 흑의인 하나가 대뜸 손을 뻗어 허리에 찬 패도를 잡아 쥐었다. 북두의 패와 쇠칼이 맞닿으며 가볍게 퉁 하고 울리는 소리가 났다. 그는 벌떡 일어나 번개 같은 눈빛으로 위층을 쏘아보았다.

다루의 위아래 층 손님들 모두 이상한 기운을 감지하고 일순 조용해졌다. 점원은 놀라서 다리가 후들거렸다. 완아는 미간을 살짝 찡그리며 손을 뻗어 옆에 있던 악사의 거문고 현을 눌러 연주를 중단시켰다. 남쪽 창가에 앉은 중년 사내도 고개를 돌려 서생을 바라보았다.

그러자 서생과 합석했던 '먹보'가 갑자기 고개를 들고 나지막이 말했다.

"아우님, 취했으면 가서 잠이나 자."

서생은 그 말을 듣고 격분하여 눈을 치켜떴다. 다시 뭐라고 떠들려던 찰나, 무명옷을 입은 '먹보'가 손을 들어 그의 어깨를 잡더니 주변 사람들을 향해 고개를 숙이며 담담하게 사과했다.

"여러분의 기분을 상하게 해서 죄송합니다. 제 아우가 술을 많이 마셔서요."

말이 끝나기도 전에, 서생은 정말로 그의 말처럼 손을 흐느적거리며 고개를 떨구더니 알아들을 수 없는 말을 중얼거렸다. 딱 봐도 취한 사람이었다. 북두의 흑의인은 멈칫하다가 다시 제자리로 돌아갔고 몇몇 사람은 대충 차를 마시고 자리를 떠났다. 팽팽하게 긴장감이 돌던 실내 분위기가 그제야 살짝 풀렸다.

무명옷을 입은 '먹보'는 서생을 내려놓고 옆에 놓인 간단한 요리를 곁들여 천천히 차를 마셨다. 하늘이 어둑어둑해지고 나서야 그는 부스러기 은전을 탁자 위에 놓고 늘 지니고 다니던 천 보따리를 집어 들었다. 보따리 안에는 뭐가 들었는지 길이가 족히 삼 척은 되어 보였고 너비는 손바닥 두 개 정도로, 보기에도 무척 무거워 보였다. 그는 천보따리를 들고 성큼성큼 다루를 나섰다.

그가 나가자 완아는 곯아떨어진 서생 곁으로 살금살금 다가가 손가락으로 맥문을 눌렀다. 얼마 후, 완아는 "으음?" 하더니 조그맣게 중얼거렸다.

"부파수浮波手?"

완아는 창밖을 바라보았다. 마침 밖으로 나간 '먹보'가 뭔가를 느낀 듯 고개를 돌려 다루를 올려다보았다가 완아와 시선이 마주쳤다. '먹보'는 예상과 달리 키가 크고 호리호리했으며 용모가 단정했다. 깔끔하면서도 온화한 분위기가 감돌아 그 낡은 무명옷마저도 멋지고 호방하게 보였다. 그는 자신을 보고 있는 사람이 여자아이라는 걸 깨닫고 얼른 눈을 내리깔아 예의 바르게 완아의 시선을 피하면서 살짝 묵례를 해 보였다.

이미 늦은 시간이었기에 '먹보'는 말을 끌고 하룻밤 묵을 만한 저렴한 숙소를 찾기 시작했다. 그는 길가의 호떡 장수에게 길을 물어 작은 골목으로 들어갔다.

완아는 문득 그를 놀려 주고 싶은 생각이 들었다. 그녀는 탁월한 경공 실력을 발휘해 다루 2층에서 나무 기둥을 타고 내려왔다. 작은 골목으로 들어간 그녀는 그의 등 뒤로 소리 없이 다가가 소매에서 꺼낸 술잔으로 등 한복판을 꾹 찔렀다. 그리고 낮고 거친 남자 목소리 흉내를 내며 말했다.

"움직이지 마!"

'먹보'가 발걸음을 멈췄다.

"강도다! 가진 돈 다 내놔! 돌아보면 죽는다!"

'먹보'는 시키는 대로 고개를 돌리지 않았지만 한숨을 내쉬며 조용히 말했다.

"아가씨는 어린 나이에 노래도 잘하는데, 성대모사까지 뛰어나니 참으로 탄복했습니다."

"으엑?"

완아는 흠칫하여 저도 모르게 본래 목소리를 내고 말았다.

"어떻게 알았죠?"

'먹보'는 코를 찡긋거렸다. 코에 아직도 향기로운 연지분 냄새가 남아 있었다. 하지만 그 말을 하면 경박해 보일 것 같아 그저 웃기만 하고 아무 말 하지 않았다.

"휴."

완아가 그의 뒤에서 경쾌하게 걸어 나오며 고개를 들고 말했다.

"'부파수'는 어디서 배우신 거예요? 우리 우의반과 무슨 관계죠?"

'먹보'는 살짝 놀란 듯했다.

"아가씨는……."

"전 말이죠."

완아는 그를 관찰하는 눈길로 훑어보며 아무렇지도 않게 대답했다.

"전 우의반의 제자예요. 당신이 우리 문파 고유의 비기를 써서 그 서생을 쓰러뜨린 걸 보고 물어보려고 쫓아왔죠."

'부파수'는 현 우의반 반주의 독창적인 기술이었다. 평범한 제자들에게는 가르쳐 주지도 않는 이 기술을 한눈에 알아본 걸 보면 이 꼬마 아가씨는 우의반에서 상당히 높은 지위일 것이었다. 어쩌면 차기 '예상'일지도 모른다. 하지만 남자는 굳이 언급하지 않고 그저 웃으며 대꾸했다.

"어릴 적 아주 운 좋게 우의반의 예상 대사를 만나 함께 무공을 연마한 적 있습니다. 귀 문파의 비기는 그때 보았었지요. 하지만 전 그저 대강 따라 하는 것이지 진정한 부파수는 아닙니다."

"그런 것 같았어요."

완아가 불쾌한 듯 입을 삐죽거렸다.

"제대로 할 줄도 모르면서 마음대로 다른 문파 기술을 쓰는 건 삼가 주세요. 혹시라도 다른 사람이 알아봤다간 우리 우의반이 북조의 개가 두려워서 입막음한 거라고 생각할 거 아녜요."

"아가씨의 말이 맞습니다."

남자는 성격 좋게 웃어 보였다.

"하지만 예부터 백성은 관원과 싸우지 않는 것이라 했습니다. 괜한 일은 만들지 않는 것이 좋죠. 도와줄 때도 반드시 칼을 뽑을 필요는 없고……."

"부파수는 우리 사부님께서 남도 이 대협과 함께 여행할 때 서로 연구하면서 만든 거예요. 우리한테도 아까워서 안 가르쳐 주신다고요."

완아는 노기등등한 목소리로 그의 말을 잘랐다.

"당신같이 아무것도 모르는 사람들이 맘대로 갖다 써서 망신당할 기술이 아니라고요!"

남자가 깜짝 놀라 반문했다.

"남도요?"

완아가 그를 흘겨보며 말했다.

"그래요. 왜, 이제 좀 뒤가 켕겨요? 촉 땅의 그 명성이 자자한……."

말이 채 끝나기도 전에 몸 뒤에서 급박한 말발굽 소리가 들렸다.

골목 끝에는 시장이 있어서 오가는 사람들로 아주 북적거렸다. 말들은 마치 번화가를 가르는 날카로운 칼처럼 질주했고 거리는 순식간에 비명과 울음소리로 뒤덮였다.

완아가 얼른 고개를 돌려 보니 시커먼 흑의인들이 기세등등하게 말을 타고 지나가고 있었다. 그중 우두머리처럼 보이는 사람이 외투를 휘날리며 "워워." 하더니 다루 앞에 말을 세웠다.

달리는 말에 부딪혀 좌판이 엉망이 된 행상인이 뭐라고 따져 들려고 겁도 없이 그들에게 다가갔다. 그런데 그가 뭐라고 입을 열기도 전에, 우두머리처럼 보이는 사람이 허리춤에서 시커먼 영패를 꺼내 보였다. 거기에는 '탐랑'이라는 두 글자가 새겨져 있었다.

행상인은 깜짝 놀라 털썩 무릎을 꿇고는 손발로 기듯이 물러났다.

완아는 속으로 흠칫했다.

'저 사람이 심천추라고?'

이런 작은 마을에 북두의 탐랑군 심천추가 친히 등장하자 주변 사람들은 모두 황급히 도망쳤다. 거리는 어느새 텅 비었다.

심천추는 손을 뻗어 다루의 간판을 가리켰다. 그의 뒤에 있던 흑의인이 바로 대답하며 채찍을 휘둘러 다루의 간판을 박살 냈다.

주인장이 비틀거리며 뛰어나왔다가 상황을 보고 놀라 그대로 무릎을 꿇었다.

"아이고, 성군 나리님들. 소인은 정직하게 장사해 왔습니다. 제가 무슨 국법을 어겼기에 이러십니까?"

채찍을 쥔 흑의인이 차갑게 말했다.

"쓸데없는 말은 집어치워. 그 비적은 어디 있지?"

주인장은 울먹거렸다.

"대인, 저걸 보십시오. 나랏일을 논하지 말라는 간판이 벽에 걸려 있지 않습니까. 평소 여기 와서 차 마시며 수다 떠는 사람들은 다들 이웃들이라 불경한 말은 감히 한마디도 못 하는데, 어떻게 이런 곳에 비적이 있겠습니까?"

완아가 조그맣게 물었다.

"설마 그 서생의 한마디가 이런 사달을 낸 걸까요? 세상인심이 왜 이래요, 말도 못 하게 하고!"

"그건 아닐 겁니다."

무명옷 차림의 '먹보'가 조그맣게 말했다.

"조정에서 문자의 옥을 일으킨다 해도, 술주정만 늘어놓는 문약

한 서생을 잡는 데 심천추까지 나설 필요는 없죠. 소 잡는 칼로 닭 잡는 격이니까요."

완아는 그 말이 뭔가 거슬렸다.

"그게 무슨 말이에요? 닭을 잡는 데 소 잡는 칼을 쓴다니. 이봐요, 당신 대체 누구 편이죠?"

'먹보'가 대답하기도 전에 심천추는 말에서 내려 천천히 주인장에게로 다가가 내려다보며 말했다.

"키는 팔 척 정도 되는 남자인데, 무명으로 된 간편한 복장에 목갑을 지고 다니지. 그 안에는 일전에 오문에서 참수된 죄수와 그 패거리들 사이에 오간 서신이 들어 있고. 혹시 본 적 있나?"

완아는 그 말을 듣고 고개를 홱 돌려 옆에 있던 '먹보'를 뚫어져라 바라보았다.

남자가 얼른 손을 내저었다.

"전 아니에요. 제가 메고 있는 건 목갑이 아니라……."

그의 말이 끝나기도 전에, 채찍을 쥔 흑의인이 다짜고짜 다리를 들더니 주인장의 어깨를 걷어찼다. 주인장은 비명을 지르며 바닥에 쓰러졌다.

"여기 없다고?"

심천추가 괴상야릇한 웃음을 지었다.

"그럼 내 밀정이 헛소리를 했다는 건가?"

그의 뒤에 있던 또 다른 흑의인이 재빨리 무리에서 뛰쳐나왔다. 방금 다루에 앉아 있던 사람들 중 하나였다.

"밀정은 거짓 정보를 발설하면 눈알이 뽑히고 혀가 뽑히는 법이지."

심천추가 발끝으로 주인장의 머리를 쿡쿡 찔렀다.

"지금 너희 둘 중 한 명은 거짓말을 하고 있다는 건데, 내가 누구의 눈알과 혀를 뽑아야 할까?"

북두의 밀정은 그 말에 깜짝 놀라 사시나무처럼 벌벌 떨다가 곧 흉악한 얼굴로 눈을 번쩍이더니 앞으로 나아가 주인장의 아래턱을 꽉 잡았다.

"무지한 백성 같으니. 어찌 감히 심 대인 앞에서 거짓말을 하느냐!"

그가 치켜든 날카로운 칼날이 주인장의 목으로 파고들어 가려 했다. 금방이라도 피가 뿜어져 나올 것 같은 상황에 완아가 화를 내며 외쳤다.

"멈춰요!"

그녀가 외치자마자 다루 위에서 사람 그림자 하나가 하늘하늘 떨어져 내려왔다. 남쪽 창가에 앉아 딴생각에 잠겨 있던 중년 남자였다.

완아의 뒤에서 말을 끌고 있던 무명옷 차림의 '먹보'가 그녀를 붙잡아 앉혔다.

그와 동시에 다루의 중년 남자가 언제 그렇게 민첩하게 소매를 휘둘렀는지, 칼을 쥐고 으르렁거리던 북두의 밀정이 끈 떨어진 연처럼 심천추의 눈앞에서 날아가 버리고 말았다.

중년 남자가 뒷짐을 지고 서서 담담하게 말했다.

"탐랑 대인, 찾으시는 사람이…… 아무래도 보잘것없는 저인 것 같습니다."

앉아 있을 때는 잘 몰랐는데 일어난 모습을 보니 키가 팔 척이 넘었고, 우람한 체격은 아니었지만 그저 서 있을 뿐인데도 산처럼 굳건한 느낌이 들었다.

심천추가 나지막한 목소리로 말했다.

"어디서 온 누구인지, 이름을 대라."

중년 남자는 아무 말 하지 않고 그저 웃으며 무기를 꺼내지도 않고 심천추를 향해 기수식을 지어 보였다.

'탐랑'이라는 이름으로 강호에서 거리낌 없이 횡포를 부려 온 심천추였다. 이렇게 그에게 이름도 고하지 않고 공격하는 멍청한 사람이 어디 있었겠는가? 심천추는 미간을 찌푸리며 그 자리에서 그대로 서서 그저 손만 살짝 흔들었다. 그러자 수하들이 개떼처럼 몰려들어 그 중년 남자를 겹겹이 에워쌌다.

중년 남자의 깊게 주름진 얼굴에 약간의 비웃음이 떠올랐다.

"이러실 것까지야."

말이 떨어지기도 전에 북두의 흑의인들이 달려들기 시작했다. 손에 무슨 암살 무기를 들었는지, '윙' 하는 소리와 함께 무수한 독침이 중년 남자가 일으키는 회오리를 향해 발사되었다. 주변의 무고한 백성들은 전혀 고려하지 않은 공격이었다.

주인장을 부축하던 점원은 피할 겨를도 없이 '으악' 하고 비명을 지르며 눈을 감고 죽음을 기다렸다. 그와 동시에, 흑의인 몇 명이 도검과 채찍 등 갖가지 무기를 들고 등 뒤에서 덮쳐들어 중년 남자의 퇴로를 차단했다.

방금 전까지만 해도 패기 넘치던 완아는 북두의 위엄을 눈앞에서 보고 안색이 창백해졌다.

그러나 맨손으로 선 중년 남자는 미동도 없이 어디선가 천 주머니를 꺼내 공중에 던졌다. 눈앞에 회색 그림자가 얼핏 날아가는가 싶더니 짤랑거리는 소리가 시끄럽게 울리면서 낡은 천주머니는 마치 요술 주머니처럼 입을 벌려 날아오는 독침을 한꺼번에 삼켰다.

그는 몸을 돌려 한 손으로 장도를 쳐 내고 손에 든 천 주머니를 휘둘러 방금 흡수한 독침을 발사했다. 독침은 눈이라도 달린 것처럼 북두 흑의인에게로 슈욱 하며 날아가 순식간에 흑의인 무리들을 쓰러뜨렸다.

'먹보'가 조그맣게 "으음?" 하면서 중얼거렸다.

"그 사람인가?"

중년 남자가 몸을 날리고 피하면서 사용한 무공은 모두 정식 무공이 아니었으나 기초가 태산처럼 안정적이었다. 그는 전광석화처럼 재빠르게 북두 흑의인 십여 명을 뒤집으면서도 발은 그 자리에서 한 발자국도 움직이지 않았다. 정체가 무엇인지 대체 알 수가 없었다.

완아가 얼른 물었다.

"누구죠?"

'먹보'가 천 보따리를 누르던 손을 약간 풀며 미소를 지어 보였다.

"오랫동안 알고 지냈지만 서로 만날 기회가 없었던 친구입니다."

심천추가 눈꼬리를 살짝 실룩이며 음산하게 말했다.

"이런 고수가 정체를 감추고 있는 건 너무 볼썽사납지 않나."

중년 남자가 웃으며 말했다.

"칼과 검으로 말하고 주먹과 발로 이름을 삼으면 되는 것을, 이름을 물을 필요가 뭐 있겠습니까. 정체를 감추고 있다는 말은 감히 제가 감당할 수 없군요. 탐랑 대인, 절 잡고 싶으시다면 직접 하시죠."

심천추가 버럭 고함을 치며 몸을 날렸다. 흉포한 진기가 바닥의 청석판을 부수면서 파편이 사방으로 튀었고 긴 장대가 부러졌다. 노점 상인들은 핏기가 가신 얼굴로 경황없이 도망쳤다.

완아가 낮게 기합을 지르며 몸을 돌려 일어났다. 경공이 매우 뛰어난 그녀는 소매에서 청록색 피리를 꺼내더니 마치 연꽃을 밟는 것처럼 사뿐사뿐 옷자락을 휘날리며 미처 도망치지 못한 사람들 앞으로 날아가 그들을 덮치는 파편을 막았다.

고개를 돌려 보니 중년 남자는 이미 심천추와 한창 겨루고 있었다. 한 사람은 두터운 내공과 매서운 기세를 구사하면서도 일부러 문파의 내력을 숨기고 있었고, 다른 한 사람은 수단이 악랄해 서로 막상막하였다. 두 사람이 서로 손을 마주치면 순식간에 각자 몇 발자국씩 뒤로 물러나졌다.

중년 남자가 뒷짐을 지고 담담하게 말했다.

"구 대인의 서신은 뜻이 맞는 사람들끼리 사적으로 왕래한 것이며 법규를 위반한 부분은 전혀 없습니다. 백주 대낮에 펼쳐 보아도 숨길 부분 하나 없었는데 누군가 멋대로 의심하면서 자질구레한 집안일을 적은 행간에서 '모반' 두 글자를 발견해 냈죠. 결국 많은 사람들이 연루되었고 구 대인도 벌을 받으셨지요. 무고한 사람들이 억울하게 벌을 받는 것을 방지하기 위해 소인이 좀도둑질을 하여 그 서신들을 다 태워 버렸으니 탐랑 대인도 더 이상 추격하실 필요 없으십니다. 양해해 주시면 감사하겠습니다."

심천추가 얼굴을 붉으락푸르락하더니 가슴을 부여잡고 피를 토해 냈다. 하지만 그러면서도 끝까지 소리쳤다.

"너…… 거기 서! 이름을 대라!"

중년 남자는 담담하게 웃더니 소매를 휘두르며 자리를 벗어나려 했다.

중원 무림에는 수많은 별들이 반짝이고 있는데, 어찌 그깟 북두의 앞잡이 몇 명의 손으로 가려지겠는가?

심천추가 굴복한 것을 본 주변 사람들은 죽음이 두렵지도 않은 듯 환호를 질러 댔다. 완아는 돌멩이를 막느라 시큰거리는 손목을 털면서 통쾌함에 미소를 감추지 못했다.

별안간 멀리서 매 울음소리가 들려왔다. 이어 다급한 발소리가 거리에 울려 퍼졌다. 중년 남자가 멈칫한 순간, 두 사람이 연이어 거리 양쪽에서 사람들을 데리고 돌진해 왔다. 한 사람은 매부리코에 어깨에는 매가 한 마리 앉아 있었고 다른 한 사람은 붉은 관복 차림이었다. 바로 북두의 녹존 구천기와 무곡 동개양이었다.

구천기와 동개양은 각각 길의 양쪽을 막아서고 심천추와 멀리서 호응하며 협공을 펼쳐 중년 남자와 구경꾼들을 안으로 몰아넣었다. 북두의 흑의인 수백 명도 와아아 하면서 몰려들어 사람들을 단단히 에워쌌다!

구천기가 웃으며 말했다.

"형님이 골칫거리를 만났다고요?"

심천추는 부아가 치밀어 가슴을 쥔 채 아무 말도 하지 않았다. 동개양이 차가운 눈빛으로 사람들을 훑었다.

"공무를 방해한 것과 죄인을 숨겨 둔 건 똑같은 죄다. 다들 끌어내!"

말이 끝나기도 전에 길 양쪽을 막고 있던 북두의 흑의인들이 우르르 몰려들었다. 완아는 더 이상 참을 수 없어 분노에 차 소리쳤다.

"무슨 법이 이래!"

소녀의 목소리가 바람을 타고 또렷하게 퍼졌다. 구천기가 비열하게 웃으며 말했다.

"꼬마 아가씨가 직접 모습을 드러내지는 않고 나쁜 놈들 사이에 섞여 있는 걸 보면 결백한 건 아닌 것 같군. 잡아 와!"

완아는 뒤쪽에서 매서운 바람이 불어오는 것을 느꼈다. 그녀는 긴 소매를 휘둘러 자신에게 달려드는 북두 흑의인에게 수전 두 개를 날렸다. 그런데 귓가에 날카로운 울음소리가 들리더니 눈앞에 회색 그림자가 번쩍였다. 구천기의 손에 앉아 있던 매가 그녀의 얼굴을 향해 번개처럼 날아오고 있었던 것이다.

완아는 깜짝 놀라 얼른 몸을 피했다. 하지만 구천기는 어느새 가까이 다가와 그녀의 가슴을 향해 갈고리 같은 손을 뻗으며 휘파람을 불었다. 그러자 담장과 길가에 있던 흑의인들이 질서 정연하게 검은색 금속 대롱을 꺼내 들었다. 구천기가 명령을 내리자 독액이 빗방울처럼 발사되었다. 독액이 떨어진 돌바닥은 치지직 타들어 가면서 검은 흉터가 남았다.

당황한 완아는 보법이 살짝 엉키고 말았다. 옷자락에는 독액이 튀어 하늘거리던 치마에 시커먼 구멍이 생겼고, 주변도 순식간에 뒤죽박죽 혼란스러워졌다. 심천추와 동개양은 좌우로 나뉘어 중년 남자를 길가로 몰고 갔다. 구천기의 독액 공격은 그를 옴짝달싹도 못 하게 만들었다.

구천기가 완아의 배에 일격을 날리며 소리쳤다.

"나 북두가 조정을 대신해 공무를 집행하고 하늘을 대신해 도를 행하니, 북두가 바로 법이다!"

완아가 외마디 비명을 질렀다. 돌연, 천 보따리가 멀리서 날아오더니 녹존의 일 장에 부딪쳤다. 구천기는 마치 앞굽을 잃은 말처럼 몸 전체가 뒤로 기울어져 비틀비틀 몇 걸음 떼고서야 겨우 바로 설 수 있었다.

완아는 몸 뒤쪽에서 강한 힘이 그녀의 등으로 흘러들어 오는 것을 느꼈다. 놀라서 고개를 돌려 보니, 도와줄 때도 반드시 칼을 뽑을 필요는 없다던 '먹보'가 서 있었다.

그는 손바닥이 완아에 닿기 전에 얼른 손을 풀고 예의 바르게 "실례했습니다." 하고 인사하며 구천기를 향해 말했다.

"북두가 법이라는 말은 좀 지나친 것 같군요."

구천기가 고개를 번쩍 들었다.

"넌……."

'먹보'는 마치 대붕처럼 재빠르게 몸을 날리며 연속으로 몇 장을 날렸다. 장법은 마치 서북풍과 같았고 내력을 짐작하기가 힘들었다. 그는 순식간에 독액을 발사하는 흑의인들을 거의 쓰러뜨렸다.

심천추와 동개양에게 포위되어 있던 중년 남자가 그 광경을 보고 웃음을 터뜨렸다.

"누군가 했는데 자네였군. 이제야 만나게 되다니!"

'먹보'는 그 말을 듣고 중년 남자 곁에 착지했다. 그리고 천 보따리에서 '챙' 하는 소리와 함께 평범하기 그지없는 당도唐刀 한 자루를 꺼냈다.

"아, 알겠어요. 그게 바로 파설도였던 거죠?"

꽃다운 나이의 여자아이가 청록색 치맛자락을 들어 올리며 예상 부인의 곁에 딱 붙어 다리를 두들겨 주고 있었다.

"부파수는 선대 반주께서 파설도의 '무상' 초식을 보고 문득 깨달음을 얻어 삼 년 동안 연구한 끝에 만들어 내신 거잖아요!"

수홍색 옷을 입은 또 다른 여자아이가 물었다.

"그렇다면…… 자신이 누군지 끝내 말하지 않은 중년 남자는 누구죠?"

예상 부인이 대답하기도 전에, 청록색 치마를 입은 여자아이가 잽싸게 끼어들었다.

"너 바보야? 당연히 나중에 남산 대협과 의형제를 맺은 곽 보주 어르신이지."

"그래, 많이 알아서 좋겠다!"

"네가 바보인 거야!"

예상 부인은 어쩔 수 없다는 눈길로 이 작은 원숭이들을 바라보며 대수롭지 않다는 듯 거문고를 연주하며 손을 휘저었다.

"가서 놀아라. 여기서 시끄럽게 하지 말고."

소녀들은 문을 닫는 것도 잊고 재잘재잘 밖으로 뛰어나갔다.

예상 부인은 고개를 기울여 벽 구석을 바라보았다. 거기에는 중검 한 자루가 외롭게 걸려 있었다. 검명은 '설雪'이었고 장도 '망춘산'과 같은 재료로 만들어진 것이다.

그 시절 하늘 높은 줄 모르고 날뛰던 소녀 완아는 병아리색 치마를 벗은 지 오래였다. 지금은 빨간 입술이 되었고 눈빛에도 오르락내리락하는 번영과 쇠퇴가 은은하게 가라앉아 있었다.

남도와 곽 보주는 장안 교외에서 처음 만났다. 당시 장안은 옛 도읍이라고 불리지 않았고 완아도 예상이라 불리지 않았다. 북두가 아직 천하를 가리기 전, 수많은 유령들이 그늘 속에 모습을 감추고 있었다.

하지만 지금, 산은 그대로이나 눈은 녹았고 장도는 부러졌다. 강산은 통일이 되면 분리되고, 분리가 되면 또다시 통일되면서 어느

새 새로운 세대가 등장했다.

　그녀는 고개를 숙여 탁자 위에 놓인 이야기책을 바라보았다. 그것은 천세우의 신작, 〈춘산침설春山沉雪〉이었다.

고아를 맡다

고아를 맡다

세상살이도 갈수록 불안해졌다. 전쟁으로 형양은 불탔고, 옛 산천도 아수라장으로 변했다. 남쪽으로, 더 남쪽으로, 상강湘江 근처까지 가야 한다. 소양에 도착하면 비로소 구차하게나마 태평을 누릴 수 있다.

소양도 침체되어 있지만, 그래도 전선과 거리가 떨어져 있어서인지 사람들은 마음을 졸이면서도 작은 영토에 만족하며 살았다.

예상 부인이 처음으로 주비를 찬찬히 바라봤다. 이 소녀는 형산 비밀 통로에서 간신히 벗어난 후 제 발로 찾아와 난동을 부린 남강의 큰 칼 양근을 무찌른 장본인이다.

풋내기 소녀의 몸에서 시퍼런 칼날의 차가움이 묻어났다. 그것은 예상 부인에게는 익숙한 분위기였다. 수비는 아직 앳된 얼굴이었지만 예상 부인으로 하여금 이십여 년 전의 고인을 떠올리게 했다.

"나와 네 외조부는 인연이 무척 깊단다. 그 시절, 내가 너만 했을 때 그들을 따라 강호를 떠돌았어.”

주비의 표정에는 아무 미동도 없었지만, 눈빛에서 소녀 특유의 호기심이 흘러나왔다. 고인에 대해 더 듣고 싶어 하는 눈치였다.

“네가 전에 만났던 정라생에 대해 말하자면, 우리와 같이 명절을 쉰 적도 있었어. 그는 행자림에 ‘염왕진’을 만들어 놓고는 아주 뻔뻔스럽게도 지나가는 나그네들에게 통행료를 받았는데, 곽 어르신이 ‘염왕’을 발로 차 버렸고, 정라생은 자신이 질 것 같으니 모습도 드러내지 않은 채 기가 꺾여 도망갔지.”

예상 부인은 여기까지 말한 후 한숨을 쉬었다.

“뻔뻔한 놈들은 꼭 오래 살더군. 하지만 그건 무섭지 않아. 진짜 무서운 건 비적 소굴이야…….”

⁂

“아가씨, 조금 더 가면 ‘살호구殺虎口’가 나와. 내 말 들어, 거긴 가지 마.”

초라한 가게 위에 구멍이 숭숭 뚫린 주막 깃발이 세워져 있었다. 구멍이 하도 많이 나서 바람이 불어도 깃발은 좀처럼 펄럭이지 않았고, 마치 반쯤 죽은 것처럼 축 늘어져 있었다.

노인은 가게 주인이자 심부름꾼이라 하는 일이 많았다. 그는 찌그러진 구리 주전자를 들고는 이가 깨진 찻잔에 천천히 물을 따랐다. 그는 완아의 예쁘장한 얼굴을 보고는 조심하라고 더 여러 번 주의를 줬다.

완아는 신경 쓰지 않고 히죽거리며 말했다.

"살호구에 설마 호랑이가 사나요? 그럼 그걸 잡아다가 껍질을 벗기고 힘줄을 뽑은 다음 뼈로 술을 담그면 좋겠네요."

"아이고, 계집 말하는 거 하고는."

노인이 한숨을 쉬었다.

"호랑이는 무슨? 설사 진짜 호랑이가 와도 살호구에서는 살아남지 못해. 창문을 열어 멀리 한번 봐 봐. 산들이 맞닿아 있는 게 보이지? 저기 온 산에 비적이니 마적이니 하는 놈들이 득실득실해. 흥이 오른 채 와서는 극악무도한 짓거리를 하거든. 지금은 움직일 수 있는 사람들은 죄다 떠났어. 남은 건 병들고 약하고 아픈 사람들뿐이야. 그들은 매일같이 비적 우두머리에게 제물을 바쳐야 해. 안 그러면 최소 집안이 평안치 못하지. 하나가 잘못하면 그 집안 노인이고 아이고 모두 파리 목숨이야."

옆에서 이야기를 듣던 곽장풍이 놀라 물었다.

"조정이 가만두나요?"

"가만두진 않았지. 병사도 보냈었어. 하지만 대군이 몰려올 때면 다들 성 밖으로 철수해 곳곳에 몸을 숨기는 바람에 그들을 잡기란 바다에서 바늘 찾기였지. 제아무리 높은 분이 와도 찾을 수 없었다고. 대군이 물러가면 그놈들은 다시 모여서 이전보다 더 날뛰었어. 군수 나리의 목을 베어 버리겠다고 하더니 정말 베어서 성벽에 사흘 동안 매달아 놓기도 했지. 새 군수는 그놈들의 심기를 감히 건드리지 못하고 비위 맞추기에 바빴어. 그들과 왕래하면서 가깝게 지냈고 이제는 거의 마적들과 결탁해 한통속처럼 됐고 말이야. 어이쿠! 물이 끓었으니 손님들에게 국수를 말아 올려야겠구나."

늙은 주인장은 무심코 말을 늘어놓았고, 이징과 곽장풍도 들리는 대로 들으면서 입에서 나오는 대로 질문을 던졌다.

세상에는 불의가 판치니, '세상에 정의는 살아 있다'는 말은 소년들의 동경일 뿐이라는 건 알고 있었다. 두 대협에게도 세상의 불의를 해결하는 건 어려운 일이었다. 세상 물정 모르는 풋내기 완아만 그의 말에 귀를 기울였다.

그날 밤, 이징이 방에서 좌선하고 있는데 갑자기 누군가 조심스럽게 문을 두드렸다. 파설도의 살을 에는 한기 속에 있던 이징은 정신이 번쩍 들었다. 아직 거두어들이지 않은 칼날을, 보이지 않는 오싹한 기운으로 응결시켜 문틈에 찔러 넣었다. 문간에서 기웃거리던 여자아이는 이유 없이 부들부들 떨고 있었다.

완아가 소리쳤다.

"이징, 이 오라버니, 이 먹깨비!"

이징은 할 수 없이 신을 꺾어 신은 채 방문을 열고는 일부러 굳은 표정으로 말했다.

"야심한 시각에 여자애가 왜 남자 방에 와서 문을 두드리는 거니?"

완아는 우의반 출신으로 각지를 돌아다녔다. 덕분에 반주의 영향으로 남녀 간의 규율 같은 건 안중에도 없었다. 그녀는 아무렇지 않게 이징을 밀치고 방으로 들어가더니 흥분한 듯 말했다.

"이 오라버니, 조정도 손쓸 수 없었다는 그 비적을 보고 싶지 않아요?"

이징은 장도를 내려놓고 불을 밝힌 후 그녀에게 따뜻한 차를 따라 줬다. 느긋하게 양손을 옷깃에 감추고 있는 모습이 마치 지금 막 밭일을 마친 농부 같았다. 하품을 하는 그의 모습에서 절세 도객의 기개는 조금도 찾아볼 수 없었다.

"비적? 비적이 뭐 볼 게 있겠어?"

그가 투덜거렸다.

"전에 만났던 건 하나같이 먹고살기 힘든 좀도둑이었잖아요. 진짜 용감한 도적은 본 적이 없어요."

완아가 말했다.

"알아보니 여기서 살호구까지 백십 리나 떨어져 있대요. 그런데도 백성들이 이렇게 전전긍긍하는데, 살호구 부근에 있는 성곽 마을 사람들은 어떻겠어요?"

이징은 생각해 보더니 고개를 끄덕이며 말했다.

"그러네."

완아의 눈이 반짝였다.

"그럼 우리……."

"살호구가 무시무시한 곳이라니……."

이징이 말했다.

"거길 피해 돌아가는 것도 좋겠구나."

"……."

이징이 말했다.

"일단 오늘은 쉬고 내일 아침에 곽 형과 상의해 보고 떠나자. 어때?"

완아가 펄쩍 뛰었다.

"오라버니…… 거길 그냥 내버려 둘 생각이에요?"

팔짱을 낀 이징의 턱 주변은 이제 막 자라나기 시작한 까슬까슬한 수염으로 덮여 있었다. 그는 자신도 어쩔 수 없다는 나약한 얼굴로 그녀를 바라봤다.

"오라버니는 남도니까, 불의를 보면 가만히 있지 않을 거잖아요.

그 뭐냐……."

이징이 손을 저으며 웃었다.

"남도니 북도니, 강호 사람들이 그냥 하는 말일 뿐이야. 조정도 해결하지 못한 일을 내가 무슨 수로 하겠어?"

그와 같이 다니면서 알게 된 이징은 '세상과 다투지 않는' 사람이었다. 양보할 수 있으면 양보하고, 다른 사람과는 절대 싸우지 않는 밀가루 반죽같이 부드러운 남자로, 전설 속 '파설도'의 포악함은 찾아볼 수가 없었다.

한때는 그가 천성적으로 욕심이 없고 겸허한 사람일 뿐이라고 생각했다. 하지만 인제 보니 그는 그저 두려운 것뿐이었다.

완아의 얼굴이 어두워졌다. 그녀는 '흥' 하고 콧방귀를 세게 뀌고는 영문을 모르겠다는 이징의 표정을 뒤로하고 방에서 나왔다.

'내가 너 같은 겁쟁이랑 같이 가나 봐라!'

다음 날 아침, 날도 아직 밝지 않았는데 완아는 이미 떠날 채비를 마친 상태였다. 긴 머리를 묶어 올려 남장을 한 그녀는 인사도 없이 말에 올라타 조용히 곧장 살호구로 떠났다. 정의로운 일을 하겠다고 결심한 것이다.

살호구는 황량했다. 양주와 맞닿아 있는 그곳은 황토로 뒤덮인 채 연기만 피어오르고 있었다. 험준한 요새는 산맥 사이에 소리 없이 군림하고 있었다. 북쪽으로 더 올라가면 끝도 없는 불모지가 펼쳐졌다.

예전에는 상인들의 발걸음이 끊이지 않는 시끌벅적한 곳이었다. 옛 사당과 상점, 가옥들이 여전히 자리를 지키고 있었지만, 거의 텅텅 비어 있어 이제는 스산할 정도였다.

근처 마을을 한참 돌았지만 여관이라고는 코딱지만 한 뜰이 달린 한 곳뿐이었다. 입구가 말과 마차들로 꽉 막혀 있는 걸 보니 표국 사람들이 지나가다 들른 모양이었다. 고개를 쭉 빼서 보니 1층 대당大堂이 꽉 차 있는 게, 보나 마나 빈방은 없을 것 같았다.

홀로 여정에 오른 그녀이기에 당연히 사내들과 부대끼는 건 불편한 일이었다. 어쩔 수 없이 다른 곳으로 발길을 돌려야 했다.

하지만 저녁 무렵까지 배회해도 마땅히 머물 곳을 찾을 수 없었다. 그런데 바로 그때, 길모퉁이 쪽 한 인가의 문이 열려 있었다. 왔다 갔다 하는 말발굽 소리에 놀랐는지 백발의 노부인이 경계의 눈초리로 말발굽 소리가 들리는 곳을 내다보다가 완아와 눈이 마주쳤다.

완아는 기지를 발휘해 가냘프고 선량한 얼굴을 하고는 급히 노부인 앞으로 다가가 말했다.

"아주머니, 이 귀처를 지나던 중에 쉴 곳을 찾지 못했습니다. 송구하지만 하룻밤만 재워 주실 수 있을까요……. 아, 걱정 마세요, 전 나쁜 사람은 아니랍니다."

노부인도 나이가 있으니, 그녀가 다 큰 처자라는 사실은 알아챌 수 있었다. 말끔한 얼굴에 양손에 수놓은 보따리를 들고 있는 모습을 보자 마음이 누그러졌다. 노부인은 잠시 머뭇거리더니 살짝 뒤로 물러가 낮은 목소리로 말했다.

"들어와요."

완아가 기뻐할 틈도 없이 노부인은 그녀의 말을 보며 망설였다.

"아가씨, 그 말은…… 들어오기 힘들 텐데."

완아가 멈칫했다. 이 집 사람들은 가축을 싫어하나 보다 하면서, 살호구 마을이 작으니 탈것이 꼭 필요하지 않아 괜찮다고 생각했다.

"쟤는 상관없어요."

그녀는 말 귓가로 몸을 숙여 뭐라고 말을 하더니 등 뒤쪽을 살짝 때렸다.

"성 밖에서 기다려."

말이 말귀를 알아들었는지 거리낌 없이 그녀 손에 있는 검은콩을 핥아 먹은 뒤 의젓하게 달려 나갔다. 노부인은 신기하게 쳐다보다가 감탄하며 칭찬했다. 그러고는 완아를 집 안으로 안내하면서 말했다.

"다른 게 아니라 우리 집은 문도 집도 작아요. 뜰도 낡고 담장도 낮아 아가씨의 명마를 숨길 수 없을까 봐서요."

완아는 의아해했다.

"왜 숨겨야 하죠?"

노부인은 안색이 살짝 변했고, 고개를 저을 뿐 더 이상 말을 잇지 않았다.

촌 안에 있는 농가라 음식은 변변치 않았다. 완아가 응석받이로 자라긴 했지만 어렸을 때부터 반주를 따라 강호 생활에 익숙해진 터라 그런 건 개의치 않았다.

날이 어두워지자 노부인은 문을 단단히 잠근 후 완아를 곁채로 들였다. 그러고는 구체적으로 당부했다.

"아가씨, 밤에는 무슨 소리가 들려도 절대 내다보지 말고 뜰로 나가지도 마요. 명심해요."

완아가 물었다.

"아주머니, 왜요? 저녁에 귀신이라도 출몰하나요?"

노부인이 미처 대답하기도 전에, 멀리서 무슨 괴물이라도 깨어난 것처럼 낮고 거친 호각 소리가 들려왔고, 곧 말발굽 소리가 이어졌다. 당황한 표정이 역력한 노부인은 바로 돌아서서 문을 닫았고 벌벌 떨며 문을 이중으로 걸어 잠그고는 완아를 향해 필사적으로 손을 저었다.

완아는 놀라 창가로 가서 찢어진 창호지의 한 귀퉁이를 젖혀 밖을 내다봤다. 이 집의 담장은 확실히 낮았다. 그냥 놓여 있는 것에 의미가 있을 뿐, 아무 데나 봐도 집 밖에 있는 사람과 눈이 마주칠 정도였다.

무장한 장정들이 마을 끄트머리에서 말을 타고 달려오고 있었고, 방금 전까지 인적이 있었던 거리가 지금은 텅 비어서 마치 귀신의 도시 같았다.

놈들은 하나같이 무예에 뛰어난 자들이었다. 대추색 말을 탄 자가 선두에 있었고 뒤에서는 검은색 바탕에 붉게 '살호구'라고 쓰인 큰 깃발들이 펄럭이고 있었다.

대추색 말의 고삐에는 사람 두개골 두 개가 달려 있었는데, 크기로 봐선 죽을 당시 성년이 안 된 아이의 것 같았다. 그들은 바람처럼 스쳐 지나 곧장 객잔으로 달려갔다.

완아가 앞쪽으로 나가 상황을 보려고 하자, 노부인이 잡아끌며 말했다.

"안 돼요. 저들은 살호구의 포악한 비적들인데, 살인을 하고도 눈 하나 깜짝 안 해요!"

완아가 말했다.

"난폭한 자들이군요. 날도 아직 어둡기 전인데 길거리에서……
뭘 하려는 거죠?"

두 사람이 이야기하는 동안, 객잔 쪽이 소란스러워졌다. 말 울음
소리와 사람이 고함치는 소리로 가득했고 불꽃이 하늘을 덮었다.

얼마 지나지 않아 싸움이 시작된 듯 창과 창, 칼과 칼이 부딪치
는 소리가 밤바람을 타고 들려왔고, 곧이어 피비린내와 타는 냄새
가 뒤섞여 풍겼다.

완아의 손을 꽉 쥐고 있던 노부인은 놀라 창백해진 얼굴이었다.
그녀가 낮은 목소리로 말했다.

"이 마을에서 어찌 외부인을 들이겠어요? 저들이 곳곳에 감시자
를 심어 놨어요. 아무것도 모르는 나그네들이나 가난한 상인들은
그나마 괜찮은 편이에요. 저들이 신경 안 쓰거든요. 하지만 재산이
좀 있거나 아름다운 사람은 탐욕스러운 자들에게서 벗어날 수 없
어요. 아가씨, 내 말 들어요. 내일 아침, 날이 어두운 틈을 타 빨리
여길 떠나요. 살호구는 멀리 돌아서 가요. 그들의 눈에 절대로 띄
면 안 돼요."

완아는 얼굴을 찌푸렸다. 그녀의 기억 속에 객잔에는 분명히 덩
치가 크고 건드리기 쉽지 않은 표국 호송자들이 있었다. 허구한 날
칼날에 묻은 피를 핥는 그들은 자기들만의 방법이 있어서 산적 놈
들한테 당하진 않을 것 같았다.

하지만 죽이라는 외침 소리가 들리자 속에서 불안감이 스멀스멀
밀려들었고, 이번에는 자신이 경솔한 선택을 한 느낌이 들었다.

죽이라는 외침은 밤중이 되자 잠잠해졌다. 마을 전체가 죽은 것
같이 창문을 열고 내다보는 자 하나 없었다. 노부인은 공포 속에

옷을 입은 채 잠이 들었지만, 완아는 당최 잠이 오질 않았다. 그녀는 잠시 귀를 기울이다가 문을 살짝 열고 밖으로 나갔다.

우의반 출신 아가씨의 경공은 훌륭했다. 가볍고도 우아했다. 완아의 그림자는 숨 막힐 정도로 적막한 골목을 눈 깜짝할 사이에 미끄러지듯 지나 쓰러질 것 같은 객잔에 곧장 닿았다.

가까이 다가가지도 않았는데, 완아는 깜짝 놀라고 말았다. 객잔 입구에는 피가 얼룩덜룩 묻어 있었고 입구에 서 있던 말과 마차도 모두 사라졌다. 큰 글자로 '중원 표국'이라고 쓰인 낡은 깃발만이 장도에 뚫린 채 펄럭였다.

수준 미달인 표국은 '중원'이라는 대단한 이름을 감히 붙일 수 없다. 강호에 피바람이 불고 있어 이름을 너무 대단하게 지었다가는 오히려 화를 불러오기 십상이다.

풋내기 완아도 '백도제일 표국'이라는 명성을 알고 있다. '중원 표국'은 그들이 이제껏 삼대에 걸쳐 다른 사람은 두려워서 가지도 못하는 길을 걸으면서 대를 이어 목숨을 걸고 지켜 온 명성인데, 설마 그 좀도둑 나부랭이한테 당할까?

완아는 객잔으로 발걸음을 내디뎠는데, 보자마자 놀라서 멈추고 말았다. 얼마 전까지 그렇게 시끌벅적했던 대당의 의자며 식탁이 난잡하게 널브러져 있었고, 혈흔은 매실즙을 뿌린 것처럼 바닥 전체에 들러붙어 있는데, 아직도 전혀 마르지 않았다.

시체들은 쌓여 있었고 잘려 나간 팔과 다리가 도처에 널려 있었다. 대당 정중앙에는 백발에 수염까지 하얗게 센 노인이 양팔은 모두 잘리고 몸통은 칼 세 자루에 관통된 채 부라린 눈으로 정문을 바라보고 있었다.

그와 눈이 마주치자 완아는 자기도 모르게 뒤로 반보 물러서다가 한 발로 핏물을 밟고 말았다. 심장이 미친 듯이 뛰었다. 한참이 지나서야 용기를 내 앞으로 다가가 살펴봤는데, 보면 볼수록 눈 뜨고 볼 수 없는 광경이었다.

그 노인의 관자놀이는 부풀어 올라 있었고, 잘린 팔의 상처 부위가 날카로운 칼이 스쳐 간 두부처럼 가지런한 걸 봐서는 고수가 한 짓이 분명했다. 얼마나 센 힘과 날카로운 무기를 사용해야 저렇게 될 수 있는 걸까?

서늘한 기운이 소녀의 등골을 타고 올라왔다. 완아는 애초에 여기에 사람이 많아서 머물지 않았기에 재난을 면할 수 있었다는 생각이 문득 들었다.

그때, 뒤쪽에서 갑자기 미동이 느껴졌다. 우의반은 음악과 춤을 생업으로 삼았기 때문에 청력이 남달랐다. 완아는 허리춤에 차고 있던 단검에 손을 얹은 채 아무도 없는 별당 쪽으로 조심스럽게 걸음을 옮겼다. 그 소리는 높이 쌓인 땔감 속에서 들려왔다.

완아가 물었다.

"누구냐?"

땔감 더미에서는 아무 기척이 없었다. 그녀는 조심조심 곁에 있는 땔감을 옮겼고, 그 움직임에 따라 안에서 누군가 굴러 나왔다.

그는 여덟 척은 더 되는 장신이었고, 어떤 공격을 받은 건지 몸뚱이 전체가 만신창인 데다가 출혈도 있었다. 그야말로 넝마를 연상케 하는 모습이었다. 그는 두 눈을 뜬 채 한쪽에 축 늘어져 있었고, 미세하게나마 숨결이 느껴졌다.

남자의 몸 전체에서 유일하게 성한 오른팔이 가슴 앞쪽에 늘어져 있었다. 팔뚝만 한 아기를 감싸고 있었는데 아기 얼굴은 창백했고 숨도 이미 멎은 것 같았다. 완아는 깜짝 놀라 급히 다가가 남자를 흔들며 작은 소리로 말했다.

"아저씨, 아저씨?"

손가락으로 그를 건드리니 약한 힘의 반동이 느껴져서 완아는 깜짝 놀랐다. 예전에 사부님께 들은 적 있었다. 중원 표국 총표두의 이름은 '상환常歡'으로, 누군가에게 공격을 받으면 자신이 받은 공격을 다시 상대방에게 그대로 돌려줄 수 있고, 강자를 만나면 강해지는 절기를 가져서 강호 사람들은 '윤회수輪廻手'라고 부른다고.

그런데…… 어째서 '윤회수'가 친히 호송을 맡은 걸까?

그가 직접 호송을 한 거라면 어째서 한낱 강도에게 당한 거지?

살호구에 둥지를 틀고 있는 비적들이 설마 활인사인산의 대마두들보다 더 강하다는 건가?

그녀가 건드려서 꺼져 가던 숨결이 갑자기 기운을 차린 건지, 상환이 눈을 번뜩이며 노기 어린 눈빛으로 완아를 쳐다봤다.

"전 그냥 행인이에요."

완아는 깜짝 놀라 급히 말했다.

"저…… 전 나쁜 사람이 아니에요."

피범벅이 된 남자의 목구멍에서 가르릉거리는 소리가 났지만 말은 나오지 않았다. 그는 죽기 살기로 이를 악물고 몸을 지탱하며 아이를 완아에게 내밀었다.

그녀는 깜짝 놀랐다. 누군가 그녀의 품에 작디작은 시체 한 구를 들이민 것 같은 느낌이었다. 그녀가 반응하기도 전에, 남자는 갑자기 아이의 등을 잡더니 손바닥만 한 작은 등을 손가락으로 몇 군데

찔렀다.

완아의 양손에 미세한 힘이 느껴졌고 이어서 그녀의 눈이 동그래졌다. 품 안의 아기가 가볍게 몸을 떨더니 호흡이 돌아온 것같이 힘없이 입을 벌렸다. 아기는 울음소리를 내지 못했고 작은 머리를 옆으로 기울인 채 작게 끙끙거렸다.

완아는 눈이 휘둥그레졌다.

"윤회수…… 다…… 당신이 총표두 상환인가요?"

'윤회수'는 강자를 만나면 강해지는 것 말고도 독보적인 비장의 기술이 있었는데, 바로 윗세대가 임종할 때 자신의 평생 공력을 다음 세대에게 전수하는 것이다. 중원 표국의 대가 끊이지 않은 것도 이런 이유에서였다.

상환은 대답이 없었다. 아기 등에 대고 있던 손가락을 쉴 새 없이 떨더니 피부가 곧 잿빛으로 변했다. 잠시 후, 그는 심하게 경련을 일으키더니 손이 힘을 잃고 아래로 툭 떨어졌고 눈빛은 초점을 잃었다. 완아는 매우 놀라 허둥지둥 아기를 안았다.

"상 대협, 저기요, 상 대협! 제가 나쁜 사람 아니라고 했잖아요! 이렇게 죽어 버리면 대체 나더러 어쩌라는 거예요, 네?"

갑자기 땅에서 진동이 느껴졌다. 놀란 완아는 어렴풋이 말발굽 소리가 바짝 다가오는 소리를 들었다. 그 소리는 순식간에 가까워졌고 사람의 소리도 들렸다. 그녀는 어떤 남자가 아쉬워하는 말을 들었다.

"그 물건은 못 찾고 고철 덩어리들만 잔뜩 가져가서 뭐 해? 수색해! 죽은 자의 몸에 있을 게 분명해!"

완아는 곰곰이 생각할 겨를도 없이 아이를 안고 뒤뜰로 달렸다.

하지만 막 문 앞에 이르자 개 짖는 소리와 발소리가 들렸고, 황급히 발걸음을 멈추고 돌아가려 하니 이번엔 뒤쪽 대당이 소란스러워졌다. 그놈들이 이미 들어온 것이다.

이러지도 저러지도 못하자, 완아는 옷깃에서 긴 줄을 꺼내 대들보에 감아 위로 올라갔다. 병약한 아이가 작게 몸부림을 치기 시작했고, 마치 환생할 준비라도 하는 양 작은 목구멍에서 가쁜 호흡 소리가 들렸다. 마음이 불같이 급해졌다. 그녀가 긴 줄을 다시 옷깃에 넣었을 때 누군가 말하는 소리가 들렸다.

"여기 발자국이 있다. 별당 쪽으로 갔어!"

한숨 돌리나 했던 완아는 갑자기 간이 쪼그라들었다. 고개를 숙였는데 자신의 신발 바닥에 혈흔이 굳어 있는 게 보였다. 피 묻은 발자국은 밖에서 안으로 쭉 이어져 상환의 시신 옆에 멈췄다.

'쿵' 별당의 나무 문을 누군가 발로 열어젖혔다. 온몸에 혈기가 가득한 사람들이 사납게 뛰어 들어왔다. 완아의 심장 소리가 목구멍까지 올라왔다. 그녀는 대들보 한쪽에 웅크린 상태로 꼼짝도 하지 못했다.

그들이 상 대협의 시신을 칼로 치켜드는 모습을 두 눈으로 목도했다. 우두머리는 그를 한번 보더니 공중에서 일격을 가했다. 무엇인가 찢어지는 날카로운 소리만 들릴 뿐이었다.

완아는 심하게 몸을 떨었다. 상 대협의 시신은 누더기 천 쪼가리처럼 갈기갈기 찢어졌다. 무시무시한 내력이었다.

그때, 완아가 너무 꽉 안아서인지, 아니면 다른 무엇 때문인지 겨우 숨이 붙어 있는 아기가 고양이 울음소리같이 가르릉 댔다.

이 아이는 재수 나쁜 놈이 환생한 건가!

완아는 온몸의 솜털이 곤두섰다. 바로 아이를 안은 채 몸을 돌려 대들보에서 내려왔다. 발이 땅에 닿자마자 그녀는 뒤도 안 돌아보고 밖으로 내달렸다.

그 동작이 민첩하지 않았다고는 할 수 없지만 뒤에 있던 칼날은 사람보다 더 빨랐다. '윙' 하는 소리만 귓가에 들렸을 뿐이었는데, 날카로운 무기는 벌써 뒤를 바싹 쫓아왔다.

완아는 옷깃에 감췄던 줄을 내던지며 뒤도 돌아보지 않고 칼날을 향해 튕겼다. 어떤 원한이 있는지 모르지만 전설의 '윤회수' 상 총표두조차 그들의 손에 죽었으니, 후배인 그녀는 어떻게 해도 마음을 놓을 수 없었다. 당장은 지체할 시간이 없기에 자신의 뛰어난 경공을 이용해 최대한 빨리 포위망을 뚫을 생각이었다.

완아의 악기 줄은 주철로 만들어져서 꽤 무거운 바위도 들어 올릴 수 있었다. 하지만 그녀의 손에 있던 줄이 어느새 사라져 버렸다. 공중에서 끊긴 것이다.

고개를 휙 돌리니 유성 같은 칼날들이 벌써 그녀의 머리를 공격해 오고 있었다. 완아는 죽기 살기로 힘을 다해 몸을 웅크렸고 곧 바닥을 굴렀다. 그 장도는 그녀의 등을 스친 후 바로 땅으로 곤두박질했다. 그녀의 긴 머리카락이 잘려서 땅에 박혔고, 지면에는 먼지가 날렸다.

만약 제대로 맞았다면 머릿골이 튀어나왔을 것이다.

놀란 완아는 자신이 결코 저들의 상대가 되지 않는다는 사실을 깨달았다. 하지만 몸을 일으키기도 전에 비적 무리가 벌써 사방팔방에서 포위해 왔고 그녀를 겹겹이 둘러싸기 시작했다.

소녀는 손발이 차가워졌지만 품속의 아기를 꼭 안았다. 요 녀석은 소리를 내선 안 될 때는 소리를 내고, 소리를 내야 하는 상황에서는 또 벙어리가 돼서 아무 소리도 내지 않았다. 그녀는 차마 고개를 숙여 보지 못했다. 아이가 이미 죽은 것 같았다.

비적 두목은 거구였고 그가 탄 말도 몸집이 컸다. 손에는 매서운 당도를 쥐고 있었다. 그의 외모는 의외로 매우 단정했고 안색에서 혈기가 느껴졌다. 긴 머리카락이 잔뜩 묻은 칼날을 털던 두목은 눈길을 완아에게 돌리더니 웃으며 말했다.

"어디서 온 아리따운 꼬마 아가씨지? 어제 어느 장님이 객잔 청소를 했길래 아가씨 같은 사람을 놓친 게야?"

완아는 정신을 가다듬고 애써 진정하며 말했다.

"저…… 저는 그냥 지나가는 사람이에요. 길을 잘못 들어 객잔에 들어왔어요. 귀처의 규율을 몰라 실례가 많았습니다. 부디…….'"

"지나가는 사람?"

칼을 든 그 사람은 박장대소하며 그녀의 말을 막았다.

"꼬마 아가씨, 우리 마을에는 지나가는 사람 따위는 없어. 날아든 파리조차 우리 살호구의 것이야. 아가씨, 착하지? 손에 있는 그 약인을 내려놓고 우리를 따라 산으로 가지."

완아가 눈알을 굴렸다.

"이건 죽은 아이일 뿐이에요. 약인이 어디 있다는 거예요?"

"중원 표국의 상환은 전생에 덕이 부족해 아들을 낳았을 때 이미 죽은 상태였다는 건 누구나 다 아는 사실이다. 그놈이 요 몇 년 동안 돈 많다고 거만을 떨더니 그해 대약곡 여국사의 선단을 가져가 억지로 자기 새끼를 살렸다지. 그 아이로 인삼주를 담가 한 입 마시면 십 년의 공력이 자란다는구나. 죽은 상태라도 괜찮지만 반드시 신선해야 해. 하하, 솔직히 말하면, 상환 일행이 태원부太原府를 지나다가 우리 사람 눈에 띄었지 뭐냐. 낡은 깃발을 들면 자기가 진짜 무적이라도 됐다고 생각하나 봐? 그래서 내가 이 천하제일도의 맛을 보여 주었다."

완아는 본래 시간을 끌 생각이었다. 그의 말을 듣는 척 천천히 자리에서 걸음을 옮기면서 포위망을 뚫을 만한 틈을 찾고 있었다. 듣는 둥 마는 둥 하며 한두 마디를 듣는데도 토할 것 같았다. 그 비적 두목이 말을 끝내기도 전에 그녀는 틈을 발견했고 곧 몸을 날렸다.

그녀가 도망가려 하자 비적들이 달려들었다. 완아가 이를 악 물은 채 악기 줄 세 개를 동시에 튕겼고, 공중에서 '쉭쉭' 소리가 났다. 공격보다는 몸을 이리저리 피하기 위한 것이었다.

장창이 가슴 앞까지 쑥 들어오자 완아는 깜짝 놀라 숨을 들이켰다. 자칫하다 꼬챙이 신세가 될 뻔했다. 위기일발의 순간, 그녀는 몸을 웅크려 스쳐 지나갔지만 상투가 걸리는 바람에 정수리가 찌르듯 아팠고, 긴 머리는 풀어 헤쳐져 마구 날렸다. 비적 두목은 화를 냈다.

"몹쓸 계집, 뻔뻔하기도 하지!"

뒤쪽에서 목숨을 앗아 가려는 칼 소리가 들려왔다. 완아는 도망갈 곳이 없자 절망했다. 하지만 입으로는 조금도 기죽지 않은 듯 말했다.

"좀도둑들, 대체 뭘 근거로 천하제일도라고 하는 거야? 쳇, 넌 남도의 시중을 드는 것도 아깝겠어. 이징! 이징!"

그는 완아가 이징을 부르는 소리를 듣고는 살짝 멈칫하더니 공격을 멈추고 그녀가 도망가게 그냥 뒀다.

완아는 이미 객잔 입구까지 달려갔고, 가볍게 몸을 날려 순식간에 지붕 위로 올라갔다. 곧 이 포위망에서 벗어날 거라는 생각에 안도의 숨을 쉬려는 순간, 아래를 보고는 어안이 벙벙해졌다.

객잔 안팎을 둘러싼 사람들은 천 명은 족히 넘는 것 같았다. 비적 깃발 아래 시커먼 머리들이 살기등등하게 그녀를 바라보고 있었다.

그녀는 심장이 쿵 내려앉았다.

그때, 칼을 든 비적 두목이 서서히 객잔에서 빠져나와 고개를 들어 지붕에 있는 소녀를 바라보며 뒷짐을 진 채 말했다.

"남북 양도는 너무 오래 명성을 누렸다. 이징은 아홉 식의 '파설'로 천하제일도라는 칭호를 얻었지. 내 손에 든 칼은 그의 것처럼 화려하지도 않고 명성도 없지만 피를 보기 위해 만들어진 만큼 수많은 망혼들이 이 칼에 목숨을 잃었고, 천 명의 목을 베고도 칼날이 무디어지지 않았다. 이 정도면 이 대협의 파설과 겨뤄 볼 수 있지 않겠느냐?"

한마디 말도 없이 떠나 왔는데, 어디서 이징을 찾겠는가? 그저 겁주려고 외친 것뿐이었는데, 이 비적 두목은 진짜라고 여기고 있다.

그녀는 이 상황을 어떻게 마무리해야 할지 몰랐다. 그는 장도를 땅에 꽂더니 소리쳤다.

"이 대협이 날 만나고 싶지 않은가 보군. 하지만 내 칼도 이미 날을 갈았고 피를 보기 전엔 칼을 거두는 법이 없다 했으니, 기왕에 이렇게 된 거…… 허허."

완아가 그의 웃음소리에 반응하기도 전에 칼날이 소리 없이 눈앞에 다가왔다. 그녀는 등골이 서늘했고, 그제야 조금 전 객잔에서 비적 두목이 제 실력을 드러내지 않았다는 사실을 깨달았다.

그가 칼을 휘두르자 광풍이 몰아친 것처럼 피할 길도, 도망갈 곳도 없었다. 그야말로 한곳에 갇혀서 어디로 가서 숨어야 할지도 알 길이 없었다.

바로 그때, '툭' 하는 소리와 함께 마른 나뭇가지가 떨어지며 소녀의 코끝 두 치 앞에서 비적 두목의 긴 칼과 부딪쳤다. 나뭇가지는 곧 가루로 변해 완아의 발 위에 뿌려졌다. 그녀의 귀밑머리가 불어온 바람에 의해 뒤로 날렸고 얼굴에는 칼에 베인 것 같은 통증이 느껴졌다.

비적 두목이 장도를 두 치만 더 가까이 찔렀다면 완아를 둘로 가를 뻔했다. 하지만 그 나뭇가지는 정확하게 두목이 휘두른 칼의 '기'를 흐트러트렸다.

비적 두목은 완아와 반쯤 죽어 있는 아이를 신경 쓸 겨를도 없이 천천히 고개를 돌렸다. 수십 장 떨어진 민가 지붕 위에 행색이 소박하고 평범한 외모의 중년 남자가 긴 보따리를 메고 손에는 마른 나뭇가지를 들고 있었다.

가까스로 살아남은 완아는 창백한 입술을 움직이며 낮게 말했다.

"오라버니."

이징, 남도의 이징이었다.

이징은 평온하게 비적 두목에게 손을 내밀어 공손히 장읍長揖을 했다. 말투는 여전히 품위가 있었다.

"살호구의 도객이 있다는 얘기는 오래전부터 들었습니다. 손에는 당도를 들고, 북도가 관외로 나가자 '북도'라는 이름을 자신이 차지했다던데, 틀림없이 형님이겠죠?"

비적 두목은 가라앉은 목소리로 말했다.

"내 수중의 당도는 단수전사를 계승한 거다. 나는 악씨요, 이름은 당이라 하는데, 남도와 우열을 가리고……."

이징이 웃었다. 비적 두목이 눈썹을 찌푸렸다.

"뭐가 우습지?"

"단수전사는 제가 운 좋게도 한 번 본 적이 있습니다."

이징이 웃었다.

"도법은 변화무쌍하지만 정도와 규칙이 있죠. 형님의 칼과는 다릅니다. 그것도 칼인가요? 명성을 더럽히지나 마십시오. 그쪽의 이름은 아무도 궁금해하지 않습니다. 오늘 내 칼에 죽을 테니, 그나마 앞으로는 '좀도둑'이라는 이름으로……."

"……."

이 아무개는 장터에서 다른 사람의 발을 밟아도 '아미타불'을 외울 정도로 물러 터진 사람인데, 오늘같이 건방지게 말하는 날도 있다니. 완아는 자신의 귀가 고장 난 건 아닌지 의심했다.

하지만 비적 두목의 귀는 멀쩡한 게 확실했다. 그는 바로 기합과 함께 칼을 들고 이징을 향해 내리쳤다.

이징은 부평초처럼 가볍게 움직여서 한 손으로 칼을 잡고 편하게 막아 냈다. 그 모습은 마치 동문과 무예를 연마하는 것 같았는데, 비적 두목의 도법은 번잡스럽다 못해 경박해 보였다.

주위에 있던 무리는 순간 아무도 나서지 못했고, 완아는 도풍에 사레가 들려 입을 열지 못한 채 생사를 알 수 없는 품 안의 아이를 결사적으로 보호할 뿐이었다.

그때 갑자기 익숙한 말의 울음소리가 거리에 울려 퍼졌다. 놀란 완아가 살펴보니, 그녀의 영리한 말이 길을 따라 달려오고 있는 게 아닌가. 이징은 돌아보지도 않고 말했다.

"가!"

완아는 무의식적으로 몸을 날려 지붕에서 내려왔다. 막 말 등에 타서 아직 고삐도 제대로 잡지 못했는데, 말은 벌써 내달리기 시작했다.

완아가 소리쳤다.

"이징 오라버니!"

두 칼의 대결은 분명 그녀가 있는 곳에서 수 장은 떨어져 있었지만, 칼과 칼이 부딪치는 소리는 귓전에서 들리는 것 같았다. '챙' 하는 칼 소리가 가슴을 메우더니 목구멍까지 차올랐다.

완아의 눈이 휘둥그레졌다. 그 순간 그녀는 이징의 칼끝을 보았다. 천에 아무렇게나 싸여 있던 장도는 칼등이 묵직하고 소박한 멋이 있었다. 칼날은 보이지 않았지만 칼끝은 모든 곳에 존재하는 것 같았다. 마치 설산이 노하여 산등성이가 무너지고 하늘을 찌를 듯한 살기가 요란한 소리를 내며 떨어지는 것 같았다.

파설, 무봉의 칼.

완아는 말 머리를 돌리고 싶었지만 비적 무리가 그녀의 뒤를 둘러싸며 다가오고 있었고, 화살이 마구 날아왔다. 그녀가 안고 있는 아이가 엄청나게 큰 짐처럼 느껴졌지만 대책이 없었다.

수많은 도광과 검 그림자가 작은 마을의 좁은 골목에서 쏟아져 나와 그녀를 둘러싸며 바짝 뒤따라오고 있었다. 말은 미친 듯이 달려 힘겹게 그곳을 빠져나왔다.

살호구의 어렴풋이 보이는 군산에서 태양이 막 떠올랐다. 하늘을 가득 메운 아침노을은 핏빛으로 붉게 칠해졌다. 완아는 우는 듯했다. 하지만 눈물이 눈가를 떠나기도 전에 삭풍이 훑고 지나가 버렸다.

바로 그때 땅이 흔들리기 시작하더니 멀리서 북소리가 들렸다. 완아는 깜짝 놀랐다. 먼 곳에서 먼지가 막 일어나는데 큰 대열을 이룬 군대가 오는 것 같았다.

"얘는 또 왜 울어!"

완아가 대경실색했다. 황급히 그 운수 나쁜 아이를 안고 계속 토닥토닥 두드렸다. 그런데 그렇게 한 것이 고 녀석을 더 거칠게 만들 줄 누가 알았겠는가? 아직 가누지도 못하는 목을 숨이 넘어갈 것처럼 들썩였고 오만상을 지은 모양이 금방이라도 죽을 것 같았다.

"오라버니! 이징 오라버니! 살려 줘요!"

곽장풍은 어쩔 수 없이 마차를 끌던 말 두 필을 세우고 소리쳤다.

"형님, 미안하지만 둘이 바꿔 주시죠."

이징은 할 수 없이 싫은 소리 안 하고 말을 양보해 주었고, 마차에 올라 아이를 달랬다. 마차는 그들이 임시로 구한 것이다.

살호구에서 혼비백산이 됐던 그날은 결국 발이 넓은 곽 보주께서 삼십 리 밖에 있는 군수에게서 병사 이만 명을 지원받아 마무리됐다.

군대도 신경을 안 쓰고 싶었던 것이 아니라, 매번 병사를 동원할 때마다 비적들이 성 밖으로 도망을 가는 바람에 화근을 없애는 게 불가능했다.

비적 두목은 스스로 '북도'라 칭했다. 그는 수법이 악랄하고 무공이 뛰어나, 철통같은 경비의 관저에 들어가 군수의 머리를 물건 훔치듯 베고 나왔다. 조정 관료들이 가장 꺼리는 대상이 바로 이렇게 소리 없이 왔다 가는 자객이었다.

최근 조정이 기울고, 이쪽 일을 처리하면 또 다른 일이 터지는 데다가 역적이 사방에서 일어나니, 이 산간벽지에서 일어나는 문제를 신경 쓸 겨를이 있겠는가? 군수도 처자식이 있고 두렵기도 해서 일을 만드는 것보다 줄이는 편을 택한 것이다.

그런데 이 가짜 '북도'가 진짜 '남도'를 만날 줄 누가 알았을까? 군수는 일찍이 곽 보주와 안면이 있었고, 이 소식을 듣자 기회를 놓쳐선 안 된다는 생각에 바로 명령을 내려 밤에 살호구를 급습하도록 했다.

이번에는 독버섯을 성공적으로 도려낸 셈이었으나 안타깝게도 이미 죽은 자들의 한을 씻겨 줄 수는 없었다.

곽장풍이 알아본 바에 의하면 이 아이는 상 총표두가 중년에 얻은 귀한 자식이었다. 상 부인은 죽을힘을 다해 아이를 낳은 후 얼마 지나지 않아 황천길로 갔고, 아이도 배 속에서 병을 얻었다. 상 총표두가 곳곳에서 묘약을 찾아다니며 힘들게 아이를 살려 놨는데, 뜻밖에도 도둑놈들이 호시탐탐 노리는 대상이 된 것이다.

이번에 살호구를 지나던 것도 상환이 성 밖에 신통한 의원이 있다는 얘기를 듣고 아이를 데리고 방문하던 길이었다. 중원 표국의 상 총표두는 그 명성이 오래됐고 또 제자 여럿을 거느리고 갔던 터라 산적 놈들은 안중에도 없었을 것이다.

그런데 뜻밖에 의원은 종적을 찾을 수 없었고 자신은 그곳에서 죽게 되었다. 한 세대의 영웅이 그렇게 쓰러졌다.

중원 표국의 뛰어난 자들이 다 죽고 상씨 집안의 사람도 숫자가 줄었다. 곽장풍은 상 부인의 친정에 산천검 은문람에게 시집간 여동생이 있다는 사실을 알게 됐다.

　은 대협은 집안도 크고 재산도 많은 데다가 겸손하고 예의 바른 군자의 풍모를 지니고 있어 외조카 한 명을 더 키우는 걸 개의치 않을 것 같았다. 그래서 곽장풍은 은가장에 서신을 보냈다.

　은문람은 본래 각지를 두루 돌아다니고 있었는데 소식을 듣고는 급히 돌아왔다. 형산에서 그들과 만날 예정이었는데, 뜻밖에도 큰 눈이 내리는 바람에 형산에 발이 묶이고야 말았다.

　은문람은 이징과 무술로 만났다. 산천검과 파설도의 실력은 막상막하였고 장장 사흘을 겨루고 나자 각자의 칼과 검이 부러졌다. 그렇게 처음 만나서 오랜 친구가 됐다.

　"양젖이 끓었어."

　이징은 할멈처럼 완아에게 잔소리를 해 댔다.

　"식으면 노린내가 나는데 아기는 비위가 약하니 안 먹으려고 할 거다. 꿀 샀다고 하지 않았어? 몇 방울만 떨어뜨리면 돼……. 에 이, 그렇게 안는 게 아니래도."

　은문람은 말 위에서 흐뭇하게 이쪽을 바라봤다.

　"형님이 애를 데리고 있더니 아는 게 많아졌네."

　"쑥스럽게."

　이징은 능숙하게 아이에게 양젖을 먹이고 또 가볍게 두드려 트림을 시켰다.

　"아내가 일찍 떠나서 일남 일녀를 다 내가 키웠지."

　"일남 일녀가 최고라고 하잖아요. 형님은 참으로 복이 많습니다."

　은문람은 슬하에 자녀가 없어서, 그가 부러운 기색이었다. 아이를 다시 한번 보더니 참지 못하고 말했다.

"제가 안아 보지요."

은문람은 조심스럽게 그 연약한 사내아이를 받아 들었다. 이징의 지도를 받아 약간 경직된 자세로 산천검 검집보다 가볍고 작은 것을 신기하게 바라봤다.

그다지 익숙하지 않게 몇 번 얼렀더니 아기는 배부르게 먹었는지, 또 조금 전에 울어서 지쳤는지, 부은 눈을 깜박이며 그를 향해 환한 미소를 날렸다. 그러더니 눈을 몇 번 깜박거리곤 그의 커다란 손안에서 웅크린 채 잠이 들었다.

은문람은 숨도 크게 못 쉬면서 거의 안 들릴 정도로 말했다.

"상 형이 얘한테 이름을 지어 줬을까요?"

완아가 말했다.

"아기 목에 불패가 있고 뒤쪽에 이름이 새겨져 있어요. 한 글자네요, '패'."

"패야."

은문람은 조그맣게 불러 봤다. 아기는 쌔근쌔근 잠들어 손바닥만한 가슴이 올라갔다 내려갔다 했다. 은문람은 잠시 머뭇거리더니 말했다.

"저와 부인도 계속 자식을 구했는데 못 얻었습니다. 마침 부인의 친외조카이니 제가 대신 책임을 지고 이 아이의 친부모가 되겠습니다. 아이의 아버지를 죽인 원수는 이미 처형됐으니 옛 원수들을 거론할 필요도 없고요. 제 생각엔…… 이 얘기는 다른 사람에게 비밀로 하고, 나중에 아이가 성인이 돼서 이해할 수 있을 때 말해 주는 게 어떻겠습니까?"

모두들 당연히 아무런 이의도 없었다.

은문람은 힘들이지 않고 얻은 아들을 계속 안고 내려놓을 생각을 안 했다. 결국 두 고수는 작은 마차 안에 끼여 앉았고, 가는 도중에 계속 밥 먹이는 것부터 기저귀 얘기까지 끊임없이 떠들었다. 그래서 완아가 말을 몰며 그들의 길을 인도했고 눈을 희번덕거리며 마차에서 들려오는 말을 들었다.

"무술을 익히는 게 뭐가 좋아요? 배울 수 없으면 배우지 않는 게 좋죠. 우리 같은 무사가 되는 것도 좋지 않은 것 같아요. 차라리 열심히 공부를 해서 나중에 장원급제 하는 게 나아요. 세상과 백성을 구할 수도 있잖아요."

"맞아. 아, 은 형, 아직 우리 집 딸아이 못 봤죠? 야생 원숭이 같은 게 아주 제정신이 아닙니다. 온종일 나무 위에 오르락내리락 하고 진흙 구덩이에 구릅니다. 다른 집 딸들 같은 고상함이 없어요……. 휴, 참 걱정입니다. 이 아비는 그저 딸아이가 예쁘고 똑똑하게 자라길 바라는데 말이죠. 하지만 성격이 유약할까 봐도 걱정입니다. 세상이 불의로 가득한데 나중에 고생할까 봐서요. 정말 총체적 난국이라니까요."

"이 형, 그 아버지에 그 딸이라잖아요. 사랑으로 키우면 반드시 예쁘고 훌륭하게 클 겁니다."

"말도 마요, 생김새나 기질이나 전부 날 닮았어요. 엄마는 안 닮고. 나중에 외모는 아무래도 한계가 있을 겁니다……."

"하하하하!"

십수 년 후, 사십팔채에 정말로 예쁘고 생기 넘치는 딸이 태어났다. 성격은 유약하지 않았고 대단하지 않은 재능으로 하마터면 실전될 뻔한 파설도를 '무상'의 경지까지 연마했다.

다만 이징은 만나 볼 수 없었다.

은패라는 남자아이는 결국 우연한 일들이 겹치면서 어른들의 큰 기대를 저버리게 됐다. 그가 피맺힌 원한에 사로잡힌 상태에서 하늘은 그에게 또 다른 깊은 원한을 갖게 했다. 숙명처럼 그는 결국 세상과 백성을 구하는 영웅이 되지 못했다.

상환이 하늘의 뜻을 거스르고 죽은 아이를 억지로 살려 낸 것은 결코 현명한 선택이 아니었는지 모른다.

어쨌든, 세대와 세대를 이어 강산에는 걸출한 객들의 발걸음이 끊이지 않았다.

특별 번외 3

깊은 밤 홀연히 소년 때의 일을 꿈꾸며

깊은 밤 홀연히 소년 때의 일을 꿈꾸며

바람과 파도 소리가 한데 엉킨 채 때로는 바로 귓가에서, 때로는 저 멀리 하늘가에서 들려왔다. 그것은 어려서부터 귀에 익은 바다가 내는 소리였다. 소란스러운 속세를 떠나 이 작은 섬에 몸을 누이니 하늘 저 끝까지 고스란히 눈에 들어왔다.

아득한 하늘 아래 암초를 딛고 서 있는 평범한 사람은 감옥에 갇힌 개미처럼 평생을 빙빙 맴돌며 잠깐의 아침 햇살을 즐기다 보면, 어느새 인생이 주마등처럼 스쳐 지나간다.

사윤이 비몽사몽간에 손을 뻗어 보지만 옆에 아무도 없었다. 한참을 멍하니 있은 후에야 정신이 들면서 자신이 봉래로 돌아온 게 떠올랐다.

진 대사님의 생신을 맞아 그는 일찌감치 비야와 함께 서둘러 동해로 출발했다. 그런데 그의 다사다망한 색시는 도중에 장모님의 전갈을 받고 제남으로 심부름을 떠났고, 이틀 후에나 돌아올 예정이다.

자정을 막 넘긴 시간, 밤은 깊어 가고 섬은 온통 쥐 죽은 듯 고요해 이따금 파도 소리만 들려왔다. 어려서부터 팔자가 사납고 몸이 허약한 데다가 혈연과 친밀하지도 않던 사윤이 간신히 생사고락을 같이할 색시를 얻은지라, 엿처럼 찰싹 달라붙어 한시도 안 떨어지고 싶었다.

그가 아내 바라기가 된 것도 그럴 만했다. 오랜만에 독수공방하려니 잠이 오지 않았다. 콧노래를 흥얼거리며 혼자 놀던 사윤은 기지개를 크게 펴고 비어 있는 침상 저쪽으로 데구루루 굴러갔다.

침상 옆 벽 쪽에는 꽃무늬가 조각된 고풍스러운 나무 궤가 가지런히 놓여 있는데, 베개나 이불 같은 잡동사니들을 보관하는 용도로 사용했다. 봉래로 돌아와 잠깐씩 머물 때면 항상 주비가 안쪽에서 자곤 했다.

주비에게는 넉넉하지만 팔다리가 긴 사윤에게는 공간이 턱없이 부족했다. 컴컴해서 잘 안 보이는 와중에 별생각 없이 뒹굴다가 나무 궤의 모서리에 발을 부딪치고야 말았다.

사윤이 꽥 비명을 지르며 발을 움켜잡았다. 발에 걸려 덜컥 열린 궤 문짝을 닫으며 사윤은 생각했다.

'쳇, 짜리몽땅한 수초 요괴, 이래도 키 얘기하면 맨날 때리려고 달려들기나 하고!'

떨어진 여름 베개를 쑤셔 넣으며 보니 나무 궤 모퉁이에 있는 옻칠을 한 작은 상자가 눈에 들어왔다.

오래된 상자는 군데군데 색이 바랬고 뚜껑도 제대로 닫히지 않았다. 상자를 꺼내 먼지를 살살 닦고 열어 보니 새하얀 비단 끈으로 묶인 머리카락이 들어 있었다. 기름칠을 해서 세월이 흘렀는데도 여전히 갓 잘라 낸 것처럼 윤기가 흘렀다.

그건 자신의 머리카락이었다.

아홉 살 무렵의 사윤은, 그러니까 시답잖은 소리를 늘어놓는 사내가 되기 전의 그는 말수가 적은 아이였다.

'닭 우는 소리를 듣고 일어나서 무예를 연마한다'는 옛말이 있다. 봉래섬에는 닭을 기르는 사람이 없었기에 어린 사윤은 매일 세찬 파도 소리에 새벽같이 일어나 하늘을 가득 수놓은 별을 벗 삼아 홀로 바닷가 암초에서 바다를 마주한 채 무술을 연습했다.

한 시간 정도 연습하다가 바다와 하늘이 맞닿는 부분이 희끄무레할 때가 되면 아침을 먹는 잠깐 동안 휴식을 취했고, 곧바로 사부님이나 사숙을 따라 무예를 익혔다.

그러다가 오후가 되면 공부를 하곤 했는데 사서오경, 병법서 할 것 없이 모두 섭렵해야 했다. 선생들은 그의 머리를 열어 오천 년 동안 축적된 지식을 한꺼번에 집어넣지 못하는 것을 한스러워했다.

그렇게 반나절이 지나고 나면 그는 머리가 깨질 듯 아프고 짜증이 났다.

짜증이 솟구쳐도 감내해야 했다. 밤이 되면 또 복습하고, 서예 연습을 하고, 문장을 지어 선생의 지도를 받아야 했다. 그는 항상 복습하는 도중에 눈을 뜰 수 없을 정도로 잠이 쏟아졌지만 억지로 버텼다.

절대 게으름을 피워서는 안 됐다. 그는 조씨 가문의 후손이자 세상을 떠난 의덕 태자의 아들로, 나라와 가족을 잃은 원한과 수만 명의 목숨을 짊어지고 있었다.

그 모든 것들이 그의 몸과 마음속을 꽉 메우고 있어서 그의 타고

난 익살스러움이 있을 틈조차 없었다.

허겁지겁 옛 도읍을 빠져나온 사운이 어린아이에서 소년으로 자라는 동안 친구라고는 암초와 조개껍데기뿐이었다. 매년 키가 크거나 계절이 바뀔 때면 섬 밖의 재봉사를 찾아가 치수를 재고 옷을 재단할 수 있었는데, 그때마다 천진난만하게 콧물을 질질 흘린 채 뛰어다니며 장난치는 어부의 자식들을 바라보며 내심 부러워했다.

어린 황손은 자신이 조씨 가문의 후손이 아니었다면 얼마나 좋았을까 종종 생각했다. 그때까지만 해도 그는 마음에 다른 꿍꿍이가 없었고, 생각하는 바를 왕 공공에게 전부 이야기하곤 했다.

왕 공공은 동궁의 사람으로 열 살도 안 된 나이에 거세되어 입궁한 후로 줄곧 의덕 태자 곁을 지켰다. 학문과 무예 어느 하나 뛰어난 건 없었지만 늘 충성을 다했다. 남들이 불교나 도교를 믿고 신을 찾을 때 그는 태자를 믿었다.

조 씨가 반란을 일으켰을 때 왕 공공은 태자의 명을 받고 동궁의 유일한 핏줄을 궁 밖으로 빼돌렸다. 얼마 못 가 퇴위를 요구하는 반역의 무리는 황성을 포위했다. 이에 왕 공공은 어린 황손을 품에 꼭 안은 채 요강을 나르는 마차에 몸을 숨기고 하염없이 눈물을 흘리며 망명의 길을 떠났다.

어찌어찌 구사일생으로 뜻하지 않게 제남 관청까지 와서 임 사부에게 구조를 받았을 때, 왕 공공은 이미 온몸이 상처투성이인 데다 다리까지 절름거렸다. 명의 동명 대사가 있었다고는 하나, 두 다리는 끝내 지켜 내지 못했다. 늙은 태감은 간신히 목숨을 연명했고, 건강은 해마다 나빠졌다.

어려서부터 노비로 살아온 왕 공공은 사람이란 게 어떤 것인지 몰랐다. 스스로를 사람이라 생각하지 않고 다른 사람들도 사람이라 생각하지 않는 것 같았다.

그는 자신을 태자의 말안장, 신발 밑창, 타구나 요강 따위의 불결하고 상스러운 물건이라고 여겼고, 그와 다르게 태자의 핏줄인 사윤은 더할 나위 없이 존귀한 물건이라고 여겼다.

둘은 천양지차였지만, 모두 '물건'에 속했다. 그 존귀한 핏덩이가 이제는 말할 줄도 알고 웃을 줄도 알며 생각할 줄도 아는 어른으로 사람답게 성장했지만, 왕 공공의 눈에는 여전히 '핏덩이'에 불과했고, 조씨 왕조의 맥을 이어 줄 탕약처럼 보였다.

사윤이 자신의 출신에 불만을 품고 있다는 사실을 알게 된 왕 공공은 아연실색했다. 목숨을 구해 줄 탕약이 썩게 내버려 둘 수는 없는 노릇이었다.

두 사람은 서로 마음이 맞지 않았다. 어린 황손은 귀에 딱지가 앉도록 들어온 '구국 대업'에 신물이 났고, 왕 공공은 어르고 달래도 아무 소용이 없자 지부 상소_{받아들이지 않을 거면 죽이라는 뜻으로 올리는 상소}를 하며 매일같이 죽느니 사느니 해서 결국 갈등을 더 키우고 말았다.

더는 참을 수 없었던 어린 황손은 한밤중에 삭발하고 제멋대로 출가했다.

승려가 되려면 속세의 연을 모두 끊어 내고 물질은 모두 헛된 것임을 알아야 하는 법이다. 비록 이제부터 해산물이나 고기와는 담을 쌓고 지내야겠지만, 적어도 매일같이 죽고 죽이는 일을 걱정하지 않아도 되니 그런대로 괜찮았다.

"왜 저는 출가하면 안 되는데요?"

그러던 어느 날, 어린 황손은 그를 설득하러 온 동명 대사에게 말했다.

"제 사부님이 고승이시니 저는 소승이어야 마땅하지 않습니까?"

동명 대사가 난감해하며 말했다.

"속세에 달관한 자만이 불문에 들어가는 법이다. '속세의 덧없음' 이 뭔지 알기나 해? 내가 봤을 때 너는 그냥 못난 거야. 책임을 회피하고 싶은 것이야."

조씨 가문의 본성이 튀어나온 어린 사윤이 진지하게 말했다.

"나는 왜 잘나야만 해요? 누구의 아들이 될지 스스로 선택하지도 못하잖아요? 제가 정할 수 있었다면 부왕의 아들로 태어나지는 않았을 거예요."

"그럼 누구 아들로 태어날 거지?"

동명 대사가 물었다.

"어부도 좋고, 뱃사공도 좋고, 짐꾼도 좋아요."

조씨네 불초자식은 손가락을 꼽아 가며 거들먹거렸다.

"그러면 공부도 무예 연습도 안 해도 되잖아요. 나중에 어른이 되면 힘으로 벌어 먹고살면 되고요. 심부름꾼이나 인력거꾼 같은 거 하죠, 뭐. 심부름꾼이 되면 이런저런 정보를 들을 수 있어서 좋고, 인력거꾼이 되면 여기저기 돌아다닐 수 있어서 좋고, 어느 쪽이든 지금보다는 즐거울 것 같은데요?"

사윤의 속마음을 들은 동명 대사는 한숨이 절로 나왔다. 조씨 왕조는 개국 태조 이래로 대가 지날수록 시원치 않았다. 지난 왕조가 멸망하지 않고 이놈의 황손 손에 왕좌를 무사히 넘겨줬다 한들, 종묘사직은 무사하지 못했을 것이다.

사윤이 그의 소매를 당기며 물었다.

"아미타불, 사부님, 제 말이 틀렸습니까?"

"앉아, 똑바로 앉아 보렴."

동명 대사는 앞에 놓인 부들방석을 가리키며 갓 입문한 '소승'을 앉혀 놓고 반들반들한 대머리를 어루만졌다. 포동포동하니 확실히 탐스러웠다.

동명 대사가 입을 열었다.

"너는 해변 일꾼 자식들의 자유로운 모습만 봐서, 그들의 일생에서 즐거운 시절은 그 몇 년이 고작이라는 것을 모르는구나. 일단 몸이 어느 정도 자라면 집안일을 도와야 한다. 짐꾼은 평생 짐을 져야 하고 뱃사공은 평생 배를 저어야 하지. 매일 아침 일찍부터 밤늦게까지 일해도 입에 풀칠하기도 어려워. 그러니 여유를 만끽하는 건 말할 것도 없지. 처자식이 무거운 돌덩이처럼 짓누르고 있어서 마음대로 아플 수도, 죽을 수도 없어. 고개 숙이고 쉼 없이 달려야만 해. 지금은 태평성대이니 망정이지 자연재해라도 닥치면 더 비참해진다. 살아남는 아이보다 요절하는 아이가 더 많지. 저들이 무슨 생각을 하는 줄 아니?"

민간의 고통을 몰랐던 소년은 이 말을 듣더니 멀뚱멀뚱 고개를 저었다.

"아미타불, 왜 나는 공자왕손으로 태어나지 못했을까 생각해."

동명 대사가 조용히 말했다.

"여자는 더 괴로워. 어릴 땐 부모님이 자신을 팔아 버리지 않을까 전전긍긍하고, 겨우 어른이 되어 시집을 가면 그때는 또 시댁의 연민을 구걸하면서 살아가. 생사화복 모두 뜻대로 할 수 있는 게 아무것도 없어. 사람으로 태어났지만 소나 말보다도 못한 삶을 사는 거지. 그들은 무슨 생각을 하는지 아니?"

어린 황손은 말문이 막혔다.

"생로병사는 인생의 고통이라고 생각한다. 엄마 배 속에서 정해진 운명을 거스르기 위해 다들 평생 아등바등 살아가지. 그게 어디 그렇게 쉬울까? 너는 자기 연민에 빠져 다른 사람들의 삶은 보지 못하는구나."

동명 대사는 불호를 외고는 사윤 앞에 장식처럼 놓여 있는 목탁을 치워 버렸다.

"사부님."

사윤이 물었다.

"그럼 세상에는 고통이 없는 사람도 있나요?"

"복을 타고난 사람도 있지."

동명 대사가 말을 이었다.

"부모나 조상이 열악한 환경을 이겨 내야 자유의 몸으로 태어날 수 있어. 전생에 덕을 쌓아야 가능한 것이다. 너나 나나 그런 복은 없어. 지금까지 그런 사람을 보지도 못했고."

"나중에 든 생각인데, 태어나서부터 자유로운 '행운아'는 바로 우리 비야가 아닐까?"

주비는 사십팔채의 자질구레한 일들을 끝내자마자 지체 없이 봉래로 향했다. 몸의 먼지를 씻어 내고 머리를 말리는 동안 사윤이 발을 동동 구르며 '불문'을 두드린 이야기를 들으며 무료함을 달랬다.

사윤이 주비의 긴 머리를 살짝 당겼다. 만져 보니 얼추 마른 것 같자 사윤은 아예 조물조물 머리카락을 가지고 놀기 시작했다.

"앞으로 어려움에 봉착하면 사부님이 인정한 복덩어리인 네가 나를 지켜 줘야 해."

어림짐작해 봐도 사윤은 그때 열 살도 안 된 꼬마였을 텐데, 한창 흙장난하면서 놀 나이에 부들방석에 얌전히 앉아 노승의 설교를 끝까지 듣고 이해하다니. 여기저기 들쑤시고 다니던 자신의 어린 시절과 비교해 보니 저도 몰래 부끄러운 생각이 들어 주비가 물었다.

"그럼 사부님의 말씀을 듣고 환속한 거예요?"

사윤은 한 손으로는 그녀의 긴 머리카락을 움켜잡고 다른 한 손으로는 그녀의 턱을 잡은 채 딴청을 피웠다.

"우리 색시 너무 예쁘다."

주비가 손가락 두 개로 그의 손목을 튕겨 내자 사윤은 살짝 당황했다. 그의 퇴운장은 전무후무까지는 아니더라도 가히 천하무적이라 할 수 있는 데다가, 사숙이 평생을 바쳐 얻은 내공까지 전수받은 몸인데 하마터면 못 피할 뻔하다니. 주비의 손가락이 일궈 낸 바람이 스쳐서 손목이 아릿아릿했다.

사윤이 의아해하며 물었다.

"이상하네. 나 몰래 유명한 스승 밑에 들어가기라도 한 거야? 손가락 파설도가 그야말로 입신지경이네."

주비가 눈을 흘겼다.

"나 초초랑 할 얘기 있는데, 따라와서 들을 거예요?"

하긴 사십팔채 심부름 갈 때를 빼면 사윤은 항상 주비 옆에 들러붙어 있었다. 곰곰이 생각해 보면 그녀가 또래 낭자들과 둘러앉아 한가로이 잡담을 할 때만 곁을 내줬던 것 같다.

어쩌다 보니 규수 중의 규수인 오초초는 아예 사십팔채에 눌러앉았다. 타고난 자질이 부족한 데다 무예 시작도 좀 늦은 편이라 지난 몇 년 동안 그녀의 무공은 그저 그런 수준에 머물렀고 강호에서는 삼류 축에도 끼지 못했다.

그런데도 그녀는 고생을 마다하지 않고 이곳저곳 돌아다니며 각 파벌의 실전된 무공서들을 정리하기에 나섰다. 실전을 배제하고 이론만 놓고 보면 종종 당사자들에게 깨달음을 주곤 했는데, 곁에서 훈수 두는 데 제법 재주가 있었다.

사윤이 뜻밖이라는 듯 물었다.

"설마 어머니께서 파설도도 전수해 주신 거야? 파설도는 이씨 가문만의 비밀 아니야?"

주비가 손을 저었다.

"우리 사십팔채에 '가문의 비밀' 같은 건 없어요. 예전에 어머니가 파설도를 누구에게도 전수해 주지 않은 건 우리 중에 쓸 만한 인재가 없다고 생각하셨기 때문이죠. 두령님은 정무를 처리하기에도 바빠서 굳이 미련한 놈들에게 공들이지 않으셨던 거예요. 지금은 크고 작은 일들을 모두 이성한테 맡기니 한가하기도 하고 또 초초가 그렇게 쓸모없지는 않다는 생각에 가르치시는 거예요. 파설도는 외할아버지 평생의 작품이었는데, 아쉽게도 외할아버지는 생전에 세 개 가운데서 '무봉'까지밖에 익히지 못하셨기 때문에 나머지 초식을 기록으로 남기지 못하셨던 거예요. 어머니는 항상 외할아버지를 따라다녔기 때문에 어깨너머로나마 배울 수 있었고, 그걸 초초에게 맡겨 정리하도록 하셨죠. 종종 나한테 물어보곤 하는

데 그러다 보니 오히려 내가 가르침을 청하게 되더라고요."

사윤이 웃음을 터뜨렸다.

"당시 중원 무림에는 파벌이 여럿 있었는데 하나같이 자기의 비급을 보배처럼 여겨서 행여나 누가 베낄까 봐 두려워했어. 그런데 지금은 모두 쇠퇴하여 문외한 오 낭자의 도움으로 간신히 연명해 가는 꼴이라니. 오히려 대문 열어젖히고 베끼든 말든 아랑곳하지 않은 사십팔채의 비급들이 오늘날까지 전해질 줄이야. 정말 인간만사 새옹지마네."

주비가 비웃듯 말했다.

"인간만사 새옹지마라고요? 무릇 후세에 전해질 수 있는 무공은 모두 정수가 있기 마련이고, 보잘것없는 무공이라도 완숙한 경지에 이르면 남들보다 못할 게 없어요. 무공이란 원래 길은 달라도 이르는 곳은 같은 법이죠. 왜, 후궁을 정실, 소실로 나누듯이 팔다리, 주먹도 등급 나누게요? 온갖 지혜를 다 짜내 다른 파벌의 무공을 기웃거리는 사람이나 몇 안 남은 무공 비급에 목숨 거는 사람이나 못나 빠진 바보 놈들인 건 마찬가지예요. 그런 게 전해 내려온다 한들 무슨 소용 있겠어요?"

사윤은 아무 말도 하지 못했다. 구구절절 맞는 말이지만 왠지 주비가 하니 오만방자하게 느껴져서 잇몸이 근질근질했다.

이 수초 요괴는 입을 닫고 있을 때는 용모가 수려해서 눈도 마음도 즐겁지만, 입만 열면 빈정대는 재주가 남달랐다. 무공이 형편없는 풋내기일 때도 어깨가 하늘 높이 솟아 있었으니 지금은 더 말할 것도 없다.

사윤이 감탄하며 말했다.

"그렇고말고요, 낭자께서 이 못난 바보 같은 남편을 위해 인간 세상에 남아 줘서 정말 감사합니다. 에잇, 머리는 어떻게 해 줄까? 십자쪽? 능운쪽? 비천쪽? ……음, 타마쪽을 해도 예쁘겠다. 근데 그러면 얌전히 있어야 해. 아니면 금방 흐트러지거든."

어릴 때 왕 부인이 빗겨 준 후로 주비는 한 번도 그런 머리를 한 적이 없었다. 대충 하나로 묶을 줄만 알았지 모양을 바꿔 가며 멋을 낼 줄 몰랐다. 그러다 보니 간만에 꾸미고 싶을 땐 어쩔 수 없이 누군가의 손을 빌려야 했다.

"네."

주비가 얌전하게 대답했다. 머리를 빗다가 조금 전에 사윤이 딴청을 피우는 바람에 대답을 듣지 못한 게 문득 떠올랐다.

"내가 방금…….".

"움직이지 마."

사윤이 그녀의 얼굴을 바로잡고 고개도 들지 않은 채 말했다.

"맞다, 제남에 있을 때 행각방 형씨가 서신을 전해 주러 왔었어. 양 형님이 남쪽 지방으로 오라고 하던데, 갈래?"

"남쪽 지방은 왜. 나한테 맞고 싶대요?"

주비는 하려던 얘기를 잠시 넣어 뒀다.

"좋아요, 어차피 남는 게 시간이니까."

사윤이 구리거울에 비친 주비를 힐끔 보았다. 봉래섬에는 늙은이들뿐이라 구리거울이 흔치 않았다. 이 거울도 어느 상자 밑에서 헤집어 냈는지 흐릿해서 얼굴이 제대로 보이지 않았다. 사윤이 유야무야 화두를 바꾸는 바람에 주비는 좀 전에 물어보려던 것을 새까맣게 잊어버렸다.

그럼 사부님의 말씀을 듣고 환속한 거예요?

고작 여덟아홉 살밖에 안 된 집요하고 어리석은 아이가 오만가지 납득할 수 없는 일을 마음에 품고 있었으니 노승의 일장 연설을 귀담아들었을 리가 없다. 당시에는 동명 대사의 말에 압도당했으나 얼마 안 가 잊어버렸다. 온갖 수업과 수련에 매진해야 할 시기가 되자 제아무리 대단한 도리여도 아무 소용 없었다.

왕 공공은 무공도 못하는 절름발이인 데다 그즈음에는 어린 황손의 경공이 어느 정도 결실을 이루었던 터라 쫓아다니며 설교를 하는 늙은이를 따돌리는 일은 수월했다.

황손의 그림자도 구경 못 하게 된 왕 공공은 넓디넓은 봉래섬에서 사흘이나 목이 찢어져라 부르짖었지만 아무도 그를 상대하지 않자 입을 닫아 버렸다.

마침내 승리를 거둔 줄 알았던 어린 황손이 의기양양하게 나무를 타고 올라가 우쭐대며 약 올리려고 하는 순간, 혈서를 목에 건 채 진 대사의 낚싯줄로 목을 맨 왕 공공을 보게 되었다.

낚싯줄에 달린 시체는 조금 늘어나 있었다. 늙은 환관은 큰 공로를 세웠지만 죽어서도 눈을 감지 못했다.

아직까지도 사윤은 그때 어떻게 나무에서 내려왔는지 기억나지 않는다. 동명 대사가 안고 내려왔는지, 굴러떨어졌는지, 기억이 흐릿했다. 바람에 흔들거리던 시체의 튀어나온 두 눈과 보기만 해도 몸서리가 쳐지는 혈서만 지금까지 또렷이 기억날 뿐이다.

결국 그는 크게 앓고 말았다. 그 뒤로 천성이 유약하고 제멋대로인 어린 황손은 마침내 국가를 재건하기 위한 희생양이 되었다.

주비와 진 대사는 해산물을 주우러 갔고, 사윤은 모처럼 그녀를 따라가지 않고 혼자 느릿느릿 봉래섬의 끝까지 걸어갔다. 무성한 들풀 속에는 이름도 성도 없는 외로운 무덤이 하나 있었다.

그곳에 묻혀 있는 건 옷가지뿐이었다. 왕 공공은 혈서에 부디 자신을 가엽게 여겨 절대 죄 많은 자신을 위해 비석을 세우거나 성묘를 하지 말고, 그냥 한 줌의 재로 태워서 동해에 뿌려 주길 바란다고 했다. 그렇게 흘러 흘러 고향으로 돌아가고 싶어 했다.

사윤은 그 앞에 멈춰 서서 이름 없는 용사의 무덤을 멍하니 바라보았다.

"왕 공공은 필시 소원을 이루고 좋은 곳으로 갔을 것이다."

등 뒤에서 누군가의 목소리가 들려왔다. 사윤이 고개도 돌리지 않고 말했다.

"사부님."

동명 대사가 천천히 걸어와 제자와 나란히 섰다. 두 사람은 한참 동안 아무 말도 하지 않았다.

"가자."

잠시 후 동명 대사가 그의 어깨를 툭 치며 말했다. 사윤이 고개를 숙이고 뒤를 따르다가 불쑥 입을 열었다.

"갚아야 할 목숨값은 이만하면 갚은 셈이죠?"

동명 대사가 조용히 불호를 외웠다.

반평생을 쏟아서 그는 드디어 정해진 운명에서 벗어났다. 남은 생은 마침내 자유로워질 것이다.

"전하께선 어떤 포부가 있으십니까?"

"저요? 저야 워낙 못나서 학문이고 무예고 바라는 건 딱히 없고, 그냥 우리 색시 머리 빗겨 주는 종노릇이나 하면서 살래요."

특별 번외 4

작교
옆에
서

"언니! 언니!"

주비가 들고 있던 버들가지를 휘두르자 견기 뒷줄에 탁 걸렸다. 그녀는 바람에 흩날리는 버들개지처럼 날아올라 세묵강 골짜기 바위에 안정적으로 내려앉더니 눈을 가린 손수건을 풀고 강 중앙에 있는 정자를 향해 손을 흔들었다.

정자 안 대리석 탁자에 기대어 지켜보던 사윤이 찻잔을 내려놓고 소매를 휘둘렀다. 그러자 세묵강에 숨겨져 있던 견기가 동면에서 깨어난 짐승처럼 우레와 같은 포효와 함께 물속으로 가라앉았다.

바람이 솔솔 불어오는 달밤에 차를 음미하며 아내가 무공을 수련하는 모습을 구경하던 사내는 축 늘어진 채 세묵강 언덕을 바라보며 빙긋 웃었다.

"연이 왔어?"

배운 것도, 재주도 없는 이연조차 못 참고 흉보듯 한마디 했다.

"형부, 정말 대단하시네요!"

사윤이 얼굴에 철판을 깔고 능청스럽게 대답했다.

"누가 아니래. 이젠 촉 땅에 나보다 견기 기관을 잘 아는 사람은 없을걸?"

두 사람의 엉뚱한 말은 각기 특색이 있어서 도저히 우열을 가리기 힘들 정도였다. 주비는 짧고 굵게 한마디 했다.

"닥쳐. 도청꾼, 무슨 일이야?"

이연은 많은 일을 겪은 후 더 이상 높은 곳이 두렵지 않았다. 그녀는 세묵강 변에 쪼그리고 앉아 대답했다.

"사십팔채에 귀한 손님이 왔는데, 고모랑 고모부가 외출하고 안 계셔. 이 싸가지가 언니를 데려오라고 보냈어."

그 말에 주비가 깜짝 놀랐다. '손님맞이'는 언제나 이성의 몫이었는데, 주비가 나서야 할 정도로 '귀한 손님'이라면 필시 불청객일 것이다.

"어떤 손님인데 그래?"

이연이 목청을 한껏 높여 외쳤다.

"주작주 목소교!"

목소교가 오늘 사십팔채에 온 건 딱히 소동을 일으키려는 의도는 아니었다. 그는 요귀 같은 치장 대신 평범한 두루마기를 걸치고 있었다. 귀밑머리가 희끗희끗하고 여전히 요사한 분위기를 풍겼지만 전체적으로 용모가 수려했고, 오래 봐도 질리지 않을 중년 남자의 모습이었다.

주비가 도착했을 때 그는 이성과 얘기하고 있었다. 이성은 사내

놈이지만 얼굴이 썩 잘생겼기 때문에 목소교의 태도는 그런대로 괜찮았고, 한 마디 한 마디가 말다운 말이었다. 그는 들어오는 주비를 보며 점잖은 척 고개를 끄딱하기도 했다.

"주 낭자, 오랜만이야."

전직 악마가 '주 낭자'라고 부르니 주비는 사레들려서 하마터면 문턱에 걸려 넘어질 뻔했다. 어쩐지 어르신이 공연히 찾아온 것 같지는 않았다. 그녀는 주저하며 고개를 끄덕이고는 겸손하게 말했다.

"주작주, 그때 금릉에서 구해 주셔서 감사합니다."

목소교가 손을 휘저으며 말했다.

"착각하지 마. 내가 좋아서 구경하러 간 거니. 개같은 황제 놈이 여기저기 기어 다니는 꼴을 보는데 얼마나 고소하던지. 너를 구할 생각은 없었어."

과연 목소교다운 대답이었다. 주비는 저도 몰래 안도의 숨을 내쉬며 물었다.

"목 선배님께서 어쩐 일로 여기까지 행차하셨나요?"

목소교는 빙빙 돌리지 않고 단도직입적으로 말했다.

"볼일이 있어서 왔어. 사십팔채에 머무는 오 낭자를 만나려고. 중원 무림의 무공 비법서를 쓰는 그분 말이야."

그 말을 들은 이성과 주비는 순식간에 얼굴빛이 변했지만, 내색하지 않고 조용히 눈을 마주쳤다. 주비는 칼자루를 매만졌고, 이성은 몹시 경계하며 말했다.

"오 낭자가 저희 사십팔채 사람인 건 맞습니다만 대갓집 출신이라 세상 물정에 어둡습니다. 혹여 무모하게 주작주의 기분을 상하게 하는 글을 썼다면, 다 저희가 소홀해서 제대로 주의를 주지 못한 탓이니 너그러이 양해해 주시기 바랍니다."

"내가 잡아먹기라도 해? 왜 이렇게 방어적이야?"

목소교가 웃는 듯 마는 듯 그를 힐끔 보더니 웃으며 말했다.

"들자니 요즘 곽가보의 퇴법까지 정리했다던데 다 정리했는지 알아보려고 왔어. 만약 이미 완성되었다면, 먼저 빌려서 볼 수 없을까? 수고스럽겠지만 말 좀 전해 줘. 공짜로 보겠다는 건 아니고, '백겹수'랑 바꾸자고 말이야."

이성은 잠시 생각에 잠겼다. 주작주는 싸움을 좋아하기로 소문이 났지만 속임수를 쓰는 건 질색했다. 이렇게까지 말하는 걸 보니 별다른 악의는 없는 것 같았다. 더군다나 주비는 한창 전성기라 활인사인산 사 대 악마들을 한데 모아 놓는다 해도 단번에 물리칠 수 있을 테니 겁낼 필요는 없었다. 그리하여 잠시 후 오초초가 왔다.

당시 곽연도는 모든 걸 내팽개치고 동정에서 영주로 망명했고 또 영주에서 화를 자초하는 바람에 한때 권세를 누린 곽가보는 이제 찌꺼기도 남지 않았다. 그리하여 당대를 평정했던 곽가 퇴법은 실전의 위기를 맞게 되었다.

다행히 오초초가 은거하고 있는 곽가보 사람을 찾아내 가르침을 받고, 거기에 사십팔채에서 선대 곽 보주와 친분이 두터웠던 선배의 견해를 더해 일 년 가까이 공을 들여 곽가 퇴법을 모두 보완했다.

오초초가 고생을 마다하지 않고 천하를 두루 돌아다닌 건 비법서 따위를 독차지하기 위함이 아니었다. 애초부터 비법서가 완성되면 널리 돌려 볼 생각이었다. 그래서 목소교의 말에 별다른 불만 없이 흔쾌히 원본을 한 부 베껴 넘겨주었다.

목적을 달성한 목소교는 더 이상 그들과 한담을 주고받기 귀찮다는 듯 자리에서 일어서며 작별을 고하려고 했다.

"주작주."

그때 오초초가 돌연 그를 불러 세웠다. 목소교가 흠칫했다. 오초초는 좀 전에 받은 백겁수 원고를 평평하게 고르고 무릎에 반듯하게 올려놓았는데, 그녀의 손에 들리니 맨손으로 심장을 도려내는 법이 적힌 마공서가 아니라 대학자에게서 전해 내려온 사서오경 주석본 같았다. 피가 낭자한 삽화마저도 덩달아 우아하고 고상해 보였다.

"제가 식견이 얕다 보니 '백겁수'와 같은 무공은 본 적이 거의 없어요."

오초초가 온화하고 예의 바르게 그를 향해 웃으며 말했다.

"소녀의 견문을 넓혀 주셔서 감사합니다."

목소교가 나른하게 물었다.

"그럼 오 낭자, 무슨 가르침이라도 있으신지요?"

"가르침이라니 천만의 말씀이십니다. 소녀는 그저 문외한인 데다가 무공도 형편없어서 천박한 견해로 웃음이나 사지 않을까 두렵습니다."

오초초가 아주 공손하게 말을 이어 갔다.

"하지만 어르신들이 늘 '과유불급'이라고 하죠. 제가 보기에 주작주의 백겁수는 강렬함이 심상치 않고 여지를 남기지 않아서, 언젠가 남과 자신을 모두 해치게 될 것 같아요. 곽가 퇴법 역시 극히 격렬하고 고도의 기교를 요하기에 어려서부터 훈련받지 않은 사람이 무리하게 시작하면 다치기 십상입니다……. 주작주의 수척한 안색이 마음에 걸려 소녀가 쓸데없는 말을 했네요. 곽가 퇴법을 넘겨드리긴 했지만 부디 몸조심하세요."

그녀는 목소리가 부드럽고 말투가 온화하여 듣는 사람을 즐겁게 했다. 설령 상스러운 욕이라도 그녀가 하면 무례하다는 생각이 들지 않을 정도였다.

목소교는 늘 제멋대로였지만 눈과 마음을 즐겁게 하는 사람 앞에서는 온순한 편이었다. 그 말을 들은 그는 개의치 않다는 듯 웃더니 오초초를 힐끔 쳐다보며 예의를 차리면서도 건방지게 말했다.

"감사합니다만 그쪽이 상관할 일은 아니에요."

말을 마친 그는 주인집에 인사도 없이 제멋대로 성큼성큼 떠났다.

장로당을 나선 주비는 마침 느릿느릿 다기를 치우던 사윤과 눈이 마주쳤다. 사윤은 그녀의 허리를 와락 끌어안고 주위를 슬쩍 살피더니 아무도 없는 것을 확인하고는 콧대를 세우고 주비의 입술을 훔쳤다.

"이렇게 빨리 주작주를 내쫓았어? 어떻게, 오 낭자가 곽가 퇴법 1장을 완성한 거야?"

"저리 비켜요."

주비가 얌전하지 못한 그의 손을 막아 내며 말했다.

"주작주가 무엇 때문에 왔는지 어떻게 알았어요?"

사윤은 입꼬리를 끌어 올리고 손을 뻗어 주비의 머리를 쓰다듬었다.

"아가야, 이 아버지는 모르는 게 없단다."

주비는 어이가 없었다.

이 사람 이거, 사는 게 귀찮나.

"목소교와 선대 곽 보주가 막역한 사이인 거 너도 다 알잖아."

사윤이 눈치껏 손을 거두더니 웃으며 말했다.

"그게 아니라면 당시 동생 곽연도가 어떻게 주작주를 움직일 수 있었겠어? 참…… 그나저나 그가 이 공자를 약탈하지 않고 너를 지하 감옥으로 유인하지 않았더라면 우린 만나지도 못했겠네. 따지고 보면 주작주가 중매를 서 준 셈이야. 아까 술이나 한잔할 걸 그랬어."

약탈당한 당사자 이 공자가 나오다가 마침 그 말을 듣고는 화가 난 나머지 얼굴이 시퍼레졌다.

조심성 없이 처남의 노여움을 산 사윤은 상황이 안 좋아지자 구름을 타고 날아다니는 듯한 경공 실력을 발휘해 주비를 안고 걸음아 나 살려라 꽁무니를 뺐다.

둘은 그들의 처소까지 숨도 돌리지 않고 달려왔다. 그제야 주비가 물었다.

"목소교가 사람 심장을 도려낸다는 얘기는 들어봤는데, 선대 곽 보주와는 대체 무슨 인연이 있는 거예요?"

"내가 아는 건 두 가지인데, 어떤 거 들을래?"

사윤이 손가락 두 개를 펴 보이며 말했다.

"하나는 강호에 떠도는 유언비어 같은 거고, 다른 하나는 그럴듯한 거야."

주비가 물었다.

"그럴듯한 건 뭐죠?"

"목소교가 '해천일색'의 증인 중 하나인 건 너도 알지?"

사윤이 말했다.

"증인이란 게 쉽게 얘기하면 '중간자'야. 양쪽 모두를 감독하고 콩고물을 얻는 거지."

주비가 고개를 끄덕였다.

"그가 말해 준 적 있어요. 한쪽은 원수의 정체를 알아봐 주기로 하고 다른 한쪽은 활인사인산에서 빼내 주기로 했다죠."

"그자가 말해 줬다고?"

사윤이 흠칫하더니 캐물었다.

"언제? 무슨 얘기 했는데? 비야, 그럼 안 되지! 내 앞에서는 누구 보다 과묵하고, 몇 마디 할라치면 외면하고 성가셔하면서, 어떻게 다른 사람이랑 한담을 나눌 수 있어?"

주비가 톡 쏘아붙였다.

"당신이 동해에 시체처럼 누워 있을 때요."

"어쭈, 그것도 내가 볼 수 없을 때."

사윤이 책망하듯 말했다. 그러더니 농담 반, 진담 반으로 목소교를 흉내 내면서 목청을 돋워 말했다.

"설마 이런 요망한 목소리 좋아해? 이런 목소리 나도 낼 수 있는데……."

"꺼져요, 헛소리하지 말고!"

"알았어."

사윤은 언제나처럼 사서 욕을 먹고는 얌전해져서 말을 이었다.

"증인은 내막을 알고 있는 사람이 비밀을 폭로하지 않도록 보증해야 하는 동시에 양소가 사람을 죽여 입막음하는 걸 막아야 되니까, 당연히 내막을 알고 있는 사람 곁을 지키겠지. 명풍루 주인 둘은 사십팔채로, 봉무언은 신분을 감추고 제문으로 갔고, 산천검이 살아 있을 때 예상 부인은 우의반을 데리고 은가장 근처에서 타향살이를 했으니 목소교는 자연히 악양으로 오게 된 거야. 그때 활인사인산은 내분이 일어나 사 대 악마가 뿔뿔이 흩어졌고 남조와 북조 모두 그들을 하나씩 제거하려고 칼을 갈고 있었어. 목소교가 곽가보에 찾아오자 선대 곽 보주는 그를 활인사인산에서 벗어나게 해 주겠다고 약속했어. 두 사람은 서로 이용했다고는 하지만 오랜 세월 동안 꽤 두터운 친분을 쌓았던 것 같아. 그러고 보면 주작주도 소문처럼 잔인하고 사리를 가리지 않는 사람은 아니야. 나름 정도 있고 의리도 있어."

주비는 잠시 생각에 잠겼다. 그럴듯하면서도 석연치 않은 데가 있었다. 그녀가 봤을 때 목소교는 소문보다 훨씬 흉악하고 막무가내였기 때문이다. 그는 포악한 데다 사람들을 핍박하는 백겁수로 무장했고, 마음이 쇠처럼 차가웠다.

지난 몇 년 동안 그를 모시던 주작교 교도들이 한 무리 한 무리 떼죽음을 당했을 때도 애석해하는 모습을 보이지 않은 걸 보면 그 무정함을 알 수 있었다. 사귄 지 오래됐다고 친분이 두터워지는 건 결코 아니다.

선대 곽 보주가 총기를 잃은 후에 십여 년 동안 목소교와 친밀하게 지낸 것은 동생 곽연도였는데도 목소교는 미련 없이 그를 죽여버리지 않았던가. 친형제인 선대 곽 보주가 곽연도보다 몇백 배 더 잘생겨서, 그래서 그랬을 리는 없는데 말이다.

주비가 이어서 물었다.

"그럼 강호를 떠도는 유언비어는 뭐죠?"

"목소교는 어릴 때 집과 가족을 모두 잃고 극단에 팔려 갔는데, 극단 단장이 어린애들을 학대하고 예쁘장한 애들만 골라 유린하는 개자식이어서 당시 아직 소년이었던 선대 곽 보주가 그를 구해 집으로 데려갔다는 소문이 있어."

주비가 의아해하며 물었다.

"곽가보는 명문 중의 명문이요, 정파 중의 정파인데 곽가보로 데려갔다면 왜 그 모양으로 자란 거예요?"

"곽가보에서 자라지 않았어."

사윤이 말했다.

"왜?"

사윤이 한숨을 내쉬더니 대답했다.

"우의반 사람들이랑 자주 어울려서 잘 모르나 본데, 예전에는 민간 극단에 여자가 많이 없고 대부분 남자였어. 여자처럼 보이게 하려고 외모가 수려한 남자아이들을 어릴 때부터 여자처럼 키웠는데, 시간이 지나면 그들도 자신이 남자인지 여자인지 모르게 돼. 목소교는 그때 한창 어리고 세상 물정 모르는 소년이었어. 억지로 다듬어진 병든 매화꽃 같았던 그는 결국 잘못된 길에 들어서게 되었지. 자신을 구해 주고 또 둘도 없이 친하게 지내던 선대 곽 보주에게 '소녀의 마음'을 품었던 거야. 이를 알게 된 곽가보 어른들은 자신들의 보주가 근본도 없는 광대와 어울리는 것을 가만히 두고 보지 못했고, 어떻게든 수를 써서 그를 곽가보에서 쫓아냈어. 그때부터 악연이 시작된 거지."

주비는 한참 만에야 '소녀의 마음'이라는 게 무슨 의미인지 알아채고 멍한 표정으로 물었다.

"정말요?"

사윤이 웃음을 터뜨리며 대답했다.

"당연히 아니지. 유언비어라고 했잖아. 그럴듯한 설이 적어도 열여덟 가지는 있어. 얼마나 해괴망측한 게 많다고. 그중에서 그나마 말이 되는 거로 고른 거야."

❦

촉 땅 근방에는 '천세우' 선생이 머물고 있어서 음란한 시와 사랑 노래에 있어서는 언제나 다른 지역보다 한 수 위였다.

그것이 점차 하나의 풍경이 되어 빈둥빈둥 놀고먹는 풍월객들의 발길을 사로잡은 덕에 작은 찻집이나 주루 같은 곳도 다른 지역보다 훨씬 북적북적했다.

홀로 작은 마을의 한 찻집을 지나가던 목소교가 안에서 흘러나오는 새로운 곡조에 사로잡혔다.

최근 들어 나라와 가족을 잃은 원한 따위의 주제는 한물가고, 풍류와 재자가인의 바람이 새롭게 일었다. 평소에 이런 음탕한 음악을 즐기는 목소교는 내친김에 안으로 들어가 자세히 감상했다.

한 곡이 끝나자 극단의 어린 시종이 쟁반을 머리에 이고 한 바퀴 빙 돌며 돈을 구걸했다. 여덟아홉 살밖에 안 돼 보이는 남자아이는 웃는 얼굴로 짧은 다리를 부지런히 움직이며 이리저리 분주하게 뛰어다녔다.

그러다 부주의로 튀어나온 나무 막대에 걸려 하필이면 목소교 앞에 철퍼덕 자빠졌다. 재미를 보러 온 손님들은 소년이 망신을 당하자 자지러지게 웃어 댔다.

자리를 털고 일어난 남자아이는 입꼬리를 축 늘어뜨리며 당장이라도 울음을 터뜨릴 것 같았는데, 고개를 드는 순간 억지로 참으며 아무렇지 않은 듯 웃고는 원숭이처럼 펄쩍 뛰어올라 천진난만하게 읍했다.

그 모습에 구경꾼들은 또 한바탕 웃음을 터뜨렸고 남자아이는 제일 크게 웃는 사람 앞으로 촐랑대며 다가가 한 푼을 요구했다.

한 바퀴 돌아 다시 목소교 앞까지 온 남자아이는 헤벌레 웃으며 그를 올려다보았다가, 악마 같은 매서운 눈빛을 보고는 화들짝 놀라며 감히 함부로 행동하지 못하고 그저 황급히 고개를 푹 숙였다. 그러곤 쟁반을 뒤로 숨기고 살금살금 물러갔다.

멀찍이 물러난 후에야 남자아이는 필사적으로 참고 있던 숨을 내뱉었다. 고개를 돌리려던 순간 쨍그랑 소리에 깜짝 놀라서 보니, 쟁반에 족히 두 냥은 돼 보이는 은전이 놓여 있었다. 입이 떡 벌어진 남자아이가 서둘러 쫓아가 봤지만 그 무시무시한 손님은 이미 자취를 감추고 없었다.

이 수확 덕분에 오늘은 매를 맞지 않아도 될 터였다. 남자아이는 흉포한 그 손님이 이런 호의를 베풀 줄은 전혀 예상치 못했다. 천한 아이는 여태 가엾게 여겨 주는 사람이 없어 작은 호의에도 쉽게 만족하는 편이다. 아이는 한 대라도 적게 맞을 수 있다는 사실에 미친 듯이 기뻐하며 뛰어갔다.

❧❧❧

그 후에도 오초초는 곽가 퇴법을 비롯해 실전 위기에 놓인 다른 무공 비법서를 공개했지만, 곽가 퇴법은 뛰어난 자질과 각고의 노력이 필요한지라 물어보는 사람이 얼마 되지 않았다.

오히려 이십 년 후에야 '장풍'이라는 파벌이 곽가 퇴법으로 강호에서 두각을 나타냈다. 장문은 성이 곽씨였는데 풋내기답지 않게 노련하고 신중한 젊은이였다.

그는 자신이 곽가보의 후손은 아니며 부모님의 이름도 성도 모르는 고아일 뿐이고 어려서부터 사부님을 따라 무예를 익혔는데 성은 사부님이 갈아 줬다고 했다.

곽 장문은 스승이 어떤 인물인지에 대해서는 입을 굳게 닫았다. 누가 물어보면 장풍파는 어르신이 은퇴한 지 오래되어 명성을 퍼뜨리는 걸 꺼린다고만 대답할 뿐이었다. 이 일은 아직도 수수께끼로 남아 있다.

세월이 흐르고 강산이 바뀌자 더 이상 아무도 캐묻지 않았다. 당시 곽가보는 산산이 조각났지만, 무공은 우연한 기회로 그렇게 세세손손 전해졌다. 말하자면 그런대로 역사가 유구한 편인 것이다.

특별 번외 5

격동의 절정

격동의 절정

"이근용, 기어이 소란을 피울 작정이냐?"

화가 머리끝까지 난 이징은 부러진 칼날을 쥔 채 목소리를 높였다.

칼은 그의 운수 사나운 딸에 의해 부러졌다. 그가 조금이라도 늦었다면 부러진 것은 칼이 아니라 '건원'파 수장의 몸이었을 것이다.

이씨 집안의 맏딸 근용은 올해 열일곱 살로, 눈이 크고 쌍꺼풀이 진했다. 성격은 그야말로 천상천하 유아독존이었다.

건원파는 사십팔채 문파 중 하나로, 늘 조용하고 화목했다. 문파의 수제자 송효비는 소탈한 청년으로 이근용과 동갑내기였다.

그는 어렸을 때부터 항상 이근용의 꽁무니를 따라다녔다. 이근용에게 얻어맞으면서도 건장하게 키가 칠 척이나 자랐는데, 얻어맞다가 머리를 다친 건지 툭하면 이 채주께 가서 혼담을 꺼내 달라고 사부를 졸라 댔다.

건원의 송 장문은 그의 백일몽을 듣고 매우 염려했다. 얻어맞는 것에 중독이 된 나머지 약을 먹어야 할 정도라고 생각했다. 그리면서도 결국에는 제자의 끈질긴 요청에 어쩔 수 없이 염치 불고하고 이 채주를 찾아갔다.

이징은 그가 왜 왔는지를 듣고 나서도 별 반응이 없었다. 어차피 자신이 결정할 수 있는 문제가 아니라는 것을 알았기 때문이다. 유순한 성정의 이징은 아내가 일찍이 세상을 떠난 후 아들딸을 끔찍이 아꼈다. 그래서 아이들을 엄하게 가르치지 못했는데, 자신이 아이들을 제어할 수 없다는 것을 깨달았을 때는 이미 너무 늦은 후였다.

이근봉의 우유부단함은 그를 쏙 빼닮았다. 반대로 이근용은 어머니의 배 속에서 무슨 일이 있었는지 태어날 때부터 삐딱선을 탔다. 여자아이답지 않았을 뿐 아니라 강호의 명문가 후손답지도 않았다.

'뜻을 받들어 비적이 되다'라는 사십팔채의 말은 우스갯소리고, 모두 이름만 비적일 뿐 본질은 대협이었는데, 유일하게 이근용만 철저한 '비적'의 삶을 타고났다.

그녀는 거칠고 버릇이 없었으며 하는 짓이 고약했다. 게다가 다른 사람과 잘 어울리지 못하고 앞뒤도 안 가리는 성격이었다. 화가 나면 물불 가리지 않고 닥치는 대로 난리를 피웠기 때문에 진지하게 무공을 발휘해 그녀를 제압해야만 했다.

이징마저 자신은 그녀를 감당할 수 없다고 인정한 마당에 누가 감히 그녀를 책임질 수 있겠는가?

이징이 완곡하게 거절하려던 그때 이근용이 무슨 일인지 장로당으로 뛰어 들어왔다. 덕분에 이 어색한 혼담은 마무리가 되려는 것 같았다.

이징은 속으로 생각했다.

'예감이 좋지 않군.'

역시나 이근용은 장로당으로 들어오자마자 다짜고짜 칼을 꺼내 마구 휘둘렀다. 사람 좋은 건원의 장문은 상황이 예사롭지 않음을 직감하고 이징의 호위 무사를 방패 삼아 훌쩍거리는 자신의 제자와 함께 줄행랑을 쳤다. 남겨진 부녀는 결판을 지어야 했다.

다 큰 처자를 두고 혼담이 오가는 것은 당연한 일이었으나 그렇다고 아무에게나 보낼 수는 없는 일이었다.

이 채주는 본성이 온화한 사람이라 화가 나서 누군가를 욕할 때도 그저 '어떻게 그럴 수 있는가'라고 말하는 게 전부였다. 그런 그도 이번 일은 너무 화가 난 나머지 냉수를 몇 사발이나 들이켰다.

반토막이 난 칼의 몸통은 여전히 이근용의 손에서 떨리고 있었다. 무표정의 이근용은 뉘우칠 생각도 없어 보였다. 이징이 화를 내며 말했다.

"오늘은 동문을 죽이고, 내일은 스승과 조상까지 다 쓸어버릴 작정이냐!"

이근용은 당당했다.

"저는 동문과 싸우지 않았어요. 송효비 그 얼뜨기는 칼질 세 번이면 토막 내서 국을 끓일 수 있는데 뭐 하러 싸움을 해요?"

이 말을 들은 이징은 너무 기가 막혀 찻잔의 뚜껑을 떨어뜨리고 말았다.

"자신의 힘만 믿고 약한 사람을 괴롭히는 너야말로 짐승만도 못해!"

이근용은 여전히 당당했다.

"제가 뭘 어쨌다고 그러세요? 방금 저는 칼등으로 쳤어요. 정말로 죽일 생각도 없었는데 왜 제 칼을 부러뜨리신 거냐고요?"

"칼이 부러진 건 네 무공이 부족해서다!"

"그놈이 얻어맞는 것도 무공이 부족해서예요!"

이징은 끓어오르는 분노를 참느라 오장육부가 다 타 버릴 지경이었다.

이근용은 방금 자신의 칼이 보여 준 엄청난 위력이 생각났다. 너무도 대단하여 이징이 황급히 두 손가락에 끼워 부러뜨린 것이다. 그런데도 선배의 칭찬은 못 들을망정 저렇게 화를 내니 기분이 영 별로였다. 그녀는 점점 반항심이 커져 명망 높은 남도에게 이렇게 말했다.

"아버지, 조금만 기다리세요. 언젠가는 제가 아버지의 칼을 부러뜨릴 테니까요!"

"……."

요 계집의 파설도는 그가 직접 가르쳤는데, 어디서 문제가 발생한 건지 '무봉'의 기개라곤 눈곱만큼도 찾아볼 수가 없을뿐더러 오히려 자신의 분수도 모르는 외골수였다.

이징은 그런 딸이 쉽게 부러질까 봐 항상 마음을 졸였다. 자신의 딸은 부드럽게 말하면 받아들이지만 강하게 나가면 반발한다는 것도 알고 있었다. 그래서 어쩔 수 없이 목소리를 낮추고 간곡하게 타이르기 시작했다.

"근용아, 나무 한 그루로는 숲을 이룰 수가 없다. 우리 사십팔채는 서로를 배려하고 동지 간의 예의를 중시해야 마땅해. 저쪽에서 네가 마음에 든다고 성의를 다해 혼담을 꺼내러 왔는데, 어찌 됐든 좋은 마음으로 온 게 아니냐. 네가 원하지 않으면 핑계를 대서 무르면 될 것을, 어찌 이렇게 무례한 게냐?"

'동지 간의 예의'는 이씨 집안 아가씨에게 한 푼의 가치도 없었다. 그녀는 아버지의 잔소리에 코웃음을 쳤다.

이징이 쉬지 않고 계속 말했다.

"건원의 송 장문이 며칠 전 나에게 그러더구나. 네가 언제 좀 편한 날을 알려 주면 제자에게 가서 정성을 좀 쏟아 보라고 하겠다고. 그러니 네가 내일 한번 가 보는 게 좋을 것 같구나. 가서 그 사람이랑 얘기라도 좀 하면서 예를 갖추고 사과도 할 겸."

이근용이 딱 잘라 말했다.

"안 가요."

그녀는 도법에서는 천부적인 재능을 타고났다. 열너덧 살 때 이미 파설도로만 사십팔채의 선배들과 승부를 겨룰 수 있을 정도였다. 사십팔채의 어린 후배들은 물론이거니와 여러 문파의 선배나 장문인 중에서도 그녀의 실력을 인정하는 사람이 많았다. 그래서 어떤 사람은 이징 대신 이근용에게 자신의 후배를 지도해 달라고 종종 부탁하기도 했다.

처음엔 그럭저럭 괜찮았다. 하지만 몇 번 가지도 않고 바로 귀찮아졌다. 그전까지 그녀는 자신의 동생 이근봉이 세상에서 보기 드문 엄청난 바보인 줄 알았다. 그리고 천하가 이렇게 넓은 줄도 몰랐고 세상에 별의별 것이 다 있다는 것도 몰랐다. 알고 보니 기는 놈 위에 나는 놈이 있다고, 세상에 바보들이 널리고 널렸던 것이다.

이징이 화를 억누르며 말했다.

"이근용, 사십팔채가 갑갑하지?"

"가시려면 아버지 혼자 가세요."

이근용은 큰 소리를 치며 나갔다.

"저는 멍청이들만 가득한 곳엔 가지 않을 거예요. 가 봤자 입만 아파요."

냉혈한인 큰딸은 말을 마치자마자 나무 위로 휙 날아올랐다. 그녀가 눈 깜짝할 새 사라져 버린 곳에는 아버지만 혼자 남아 발을 동동 구를 뿐이었다.

이징은 너무 화가 나 가슴이 답답했지만 그렇다고 마땅한 방법도 없었다. 그는 창문을 열고 이근용이 날아오를 때 일어난 진동으로 바스러진 꽃잎들을 바라보았다. 마음에 슬픔이 사무쳤다.

아들인 근봉은 어릴 때부터 기 센 누이에게 눌려 누이의 눈치를 보는 게 습관이 되어 있었다. 고집스럽지 않고 상냥하며 의리가 넘쳤으나, 기백이 부족하여 어떨 때는 미덥지 않기도 했다.

딸인 근용은…… 이근용의 기본기, 이해력, 끈기는 어느 하나 빠지는 게 없었다. 마치 이씨 집안 선조들의 좋은 점만을 뽑아 그녀에게 준 것처럼, 그녀의 천부적인 재능은 또래의 남자아이들보다 백배는 뛰어났다.

그런데 하필 이렇게 오만하고 도도한 성격이다.

이런 난세에, 천부적인 재능이 있다고 해서 그녀가 도의를 짊어지려고 할까?

그녀는 진정한 세상의 복잡함을 겪어 보지 않았고 세상이 얼마나 음흉한지 알지 못했다. 바깥을 모르니 안을 모르는 것도 당연했다. 어려움을 겪어 본 적이 없었고, 태평성대가 얼마나 얻기 어려운 것인지는 더더욱 알지 못했다.

지금의 사십팔채는 나이 든 동지들이 서로의 우정을 생각해 그나마 함께 지내며 유지되고 있었다. 그러나 앞으로는 어찌 될까? 후배 중에 이 비적의 깃발을 들려는 사람이 있을까? 만약 없다면, 남북의 경계선에 있는 이 '비적의 사십팔채'는 어떤 결말을 맞게 될까?

　이징은 생각이 꼬리에 꼬리를 물어 오랫동안 상념에 잠겨 있었다. 그러다 급한 발소리에 퍼뜩 정신이 들었는데, 자기도 모르게 조소가 나왔다. 왜 갑자기 이후의 일을 걱정하게 되었는지 영문을 알 수가 없었다. 지금이 그의 전성기이니 앞으로 적어도 일이십 년은 더 사십팔채를 지킬 수 있었다.

　소년들은 감정의 변화가 크고 불안정했다. 때가 되면 후대에게는 후대의 복이 있지 않을까? 때가 되면 다 길이 생기지 않을까?

　"사백님!"

　발소리가 문 앞에서 멈추었고, 누군가가 황망한 목소리로 자신을 불렀다. 이징은 생각을 멈추고 대답했다.

　"무슨 일이냐?"

　"산 밑에서 정탐꾼이 소식을 보내왔습니다. 사부님의 친구분이신 단 낭자가 근처에서 싸움을 벌이고 있는데 상대가 아무래도 북두 사람인 것 같답니다!"

　이징의 눈동자가 순간 흔들렸다.

　수산당 시험은 이성에 의해 반년에 한 번 치르는 것으로 규칙이 바뀌었다. 사부가 허락하면 바로 신청할 수 있었고, 시험을 치르는 당일 영패를 수령한 후 줄을 서면 되었다.

시험일이 되면 매번 많은 제자가 구경을 하러 와 마치 축제 같은 분위기를 자아냈다. 이번엔 추석이 가까워서인지 산채를 떠났던 제자들도 가능하면 모두 돌아와 명절을 함께 보내려 했다.

수산당 마흔여덟 개의 나무 기둥을 지키는 사람들도 정말 오랜만에 모두 모였다. 만년 공석이던 이씨 집안의 나무 기둥도 지키는 사람이 생겼다. 주비가 돌아온 것이다.

이근용은 딱 좋은 시간에 도착했다. 마침 수산당의 자질구레한 의식과 절차는 모두 끝나고, 제자들이 적화대에 오르고 있었다.

어린 제자들은 하나같이 단단히 벼르고 있다는 듯 말없이 나무 기둥을 세고 있었다. 누구는 자꾸만 자신의 무기에 이상은 없는지 확인했고, 또 누구는 긴장이 되는지 계속 뒷간에 왔다 갔다 했다.

마흔여덟 장의 붉은 종이꽃이 바람에 휘날리는 가운데 '댕!' 하는 징 소리가 들렸다.

한 제자가 징 소리를 듣고 나무 기둥을 향해 달려갔다. 그는 딱 봐도 이미 모든 계획이 되어 있는 것 같았다. 적화대에 들어가자마자 고개도 들지 않고 각 문파의 선배들과 수제자들을 지나쳤다. 동쪽부터 시작해 경력이 가장 짧은 어린 사형에게 돌진했다.

일분일초를 다투는 급박한 상황이 이어지고, 향이 거의 다 타 없어질 때쯤 그는 종이꽃 네 장을 획득했다. 제자의 명패는 안전히 지켰다.

어린 제자는 기쁨을 감추지 못했다. 고개를 숙인 채 적화대 아래로 내려가다, 한참을 내려와서야 생각이 났는지 황급히 되돌아가서는 선배들과 동료들에게 감사를 표했다.

나무 기둥을 지키는 사람들의 실력은 모두 제각각이었다. 각 문파에서 아무렇게나 사람을 뽑아 보냈기 때문이다. 제자가 많은 문파에서 보낸 사람은 대부분 이제 막 제자의 명패를 얻은 젊은이여서 후배들을 그다지 힘들게 하지 않았다.

제자가 적은 문파의 사람은 각양각색이었다. 시험을 치르는 제자의 운이 좋으면 어린 선배들을 만나고, 운이 나쁘면 까마득한 선배들과 맞닥뜨릴 수도 있었다.

수산당에서 종이꽃을 따내는 일은 일생에 딱 한 번뿐이었다. 당연히 성적이 높을수록 좋았기 때문에 제자들의 생각은 같았다. 일단 한번 쭉 둘러보며 쉬워 보이는 사람을 파악하고, 쉬운 사람부터 공략하자.

주비는 계속 바빴던 터라 이런 곳에 와 본 적이 거의 없었다. 처음 시작할 때는 나름 진지한 자세로 서 있었으나 한 번 돌고, 두 번 돌고…… 아홉 번, 열 번 돌아가는 동안 그녀 쪽으로 오는 사람은 한 명도 없었다.

나무 기둥을 지키는 사람은 기둥에서 한 척 거리 이상 떨어져서는 안 되었다. 그러나 주비는 너무 지루한 나머지 제자리에서 어슬렁거리다가 아무도 그녀를 신경 쓰지 않자 아예 장도를 옆에 세우고 바닥에 앉아 버렸다.

이근용이 보러 왔을 때, 그녀는 거의 잠에 빠져들기 직전이었다.

어렵게 온 소상의 후배는 동기 중에서도 실력이 월등했다. 향이 반도 타기 전에 이미 열 장의 종이꽃을 따낸 그는 순간 방심하여 발을 제대로 가누지 못했고, 결국 이씨 집안의 나무 기둥 앞에 서게 되었다.

주비의 눈빛이 반짝였다. 그녀는 잠시도 기다릴 수 없다는 듯 칼집에서 칼을 꺼냈다. 맑고 청량한 칼날이 번뜩였다.

제정신이 든 소상의 제자는 그제야 눈앞에 서 있는 사람이 누구인지를 깨달았다. 그녀가 그저 머릿수만 채우러 온 게 아니라 정말로 칼을 뽑아 들 줄은 상상도 못 했던 그는 깜짝 놀라며 몸을 돌려 달아났다.

"⋯⋯."

이근용은 팔짱을 낀 채 밖에서 이 광경을 보다 자신도 모르게 고개를 저으며 실소를 했다. 조용히 떠나려는데 누군가가 그녀에게 인사를 했다.

"두령님."

이근용이 옆을 보니 오초초가 그녀를 향해 걸어오고 있었다.

주비는 말도 잘 못하는 어린 시절부터 이근용의 곁에서 자라 따뜻한 사랑을 받지 못했다. 애교를 부리거나 귀염받고 싶어 하는 성격도 아니었다. 이근용은 그녀에게 어머니이긴 했으나, 사실은 존경하고 도전해야 할 선배에 더 가까웠다.

모녀간의 정은 거의 없었다. 시간이 지나 주비도 성인이 되어서 이제는 아쉬운 부분을 채우려야 채울 수가 없었다.

요 몇 년간 사십팔채의 안에는 이성이, 바깥에는 주비가 있었다. 그 중간에는 원숭이보다 영악한 단왕 전하가 버티고 있으니 이근용이 사사건건 걱정할 필요가 없었다.

이근용은 중년에 접어들었고 양쪽 귀밑에는 희끗희끗한 백발이 보였다. 나이가 들면서 성질도 많이 죽었다. 특히나 오초초에게는 더욱더 따뜻하게 대했다. 오초초는 주비와 나이가 비슷해서 아무래도 더 마음이 가는 부분이 있었기 때문이다.

"언제 왔니?"

이근용은 그녀가 다가올 때까지 기다렸다가 담담하게 물었다.

"검각에서는 괜찮았고?"

"검각의 문지기는 원래 외부인이랑은 말도 섞지 않는다던데, 두 령님의 서신이 있어 정말 다행이었습니다."

오초초는 이근용과 말하면서도 전혀 어색하지 않게 웃으며 말했다.

"추석 전에 도착하지 못할 줄 알았어요. 그런데 뜻밖에도 동정에서 연이와 마주쳤지 뭐예요. 행각방의 마차를 얻어 타고 오니 며칠이나 앞당겨져서 수산당의 행사를 볼 수 있게 된 거예요. 저도 한번 도전해 보고 싶어요. 종이꽃을 몇 장이나 딸지는 모르겠지만요."

이근용은 개의치 않았다.

"너는 '무전'을 수련해야 해. 일 년을 열심히 해도 다 할 수 있을지 모르겠구나. 시간이 있으면 주비랑도 연습을 해 보렴. 주비와 겨뤄서 열 합을 버티면 수산당의 종이꽃은 네 마음껏 딸 수 있을 것 같구나."

오초초가 웃으며 말했다.

"두령님께서 이 말을 비야 앞에서 하신다면 비야가 엄청 좋아할 텐데요."

이근용이 곧바로 손을 내저었다.

"그 계집애는 나를 닮아서 겸손이라고는 모르는 애야. 칭찬해 주는 사람 하나 없어도 혼자 미쳐 날뛰는 앤데 거기다 칭찬까지 해 주면 콧대가 얼마나 높아지겠어. 안 하는 게 낫지."

오초초가 호기심을 내보이며 물었다.

"비야가 수산당에 왔을 때는 종이꽃을 몇 장이나 땄나요?"

"두 장."

오초초는 순간 멍해졌다.

"네?"

이근용은 마치 재미있는 일이라도 생각난 듯 눈가에 잔잔한 미소가 피어났다.

"그런데 그중 한 장은 나한테서 따 간 거야."

오초초는 눈꼬리를 휘었다. 그야말로 주비가 할 법한 일이었다. 그녀는 잠시 생각하다 다시 물었다.

"그럼 두령님은요?"

이근용은 멈칫했다.

❧❦❧

"이 사저, 사숙이 오셨어요. 사저더러 오라고······."

열일곱의 이근용은 들은 척도 하지 않으며 장도를 든 자세를 바꾸지 않았다. 살벌한 도풍이 허공을 가르니 옆에 있던 고목이 '솨솨' 소리를 내며 떨었다. 나뭇잎이 우수수 떨어지는데 그 잘린 면이 너무 깔끔해 마치 날카로운 도구로 자른 것 같았다.

뛰어오던 제자가 순간 발을 멈추자 그가 입고 있던 옷의 앞섶에서 '촤락' 하는 소리가 났다. 일 척이나 떨어진 곳에서 일어난 도풍에 의해 세 치 정도의 틈이 벌어진 것이다.

이근용은 다른 사람이 자신의 검술 연습을 방해하는 것을 가장 싫어했다. 그래서 쳐다보지도 않고 아무 흥미 없다는 듯 말했다.

"시끄러워 죽겠네, 귀찮지도 않나 진짜!"

이근용이 사라진 후, 이징은 아직까지 그녀에게 또 잔소리를 하지는 않았다. 어쩐 일인지 갑자기 사십팔채를 떠나 거의 한 달을 아무 소식이 없었기 때문이다.

이근용은 요 며칠 계속 알 수 없는 불안함을 느꼈다. 마침 약간 걱정이 되던 차에 그 늙은이가 돌아왔다는 소식이 들린 것이다.

'오자마자 나를 귀찮게 하다니.'

이근용은 잔뜩 화가 나서 칼을 집어넣은 후, 소식을 전하러 와서 옆에서 떨고 있는 사람을 흘겨보았다.

"어디야? 우리 집이야, 아니면 장로당이야?"

"수…… 수산당이요."

이근용은 어리둥절했다. 그때 사십팔채에는 아직 '수산당에서 꽃을 따는' 전통이 없었고, 수련이 끝나지 않은 어린 제자는 산에서 내려갈 수 없다는 규칙도 없었다.

수산당도 무슨 시험장이 아니었다. 그저 공간이 널찍해서 사람들을 다 수용할 수 있었기 때문에 각 문파의 신구 장문인이 교대식을 할 때, 동문 간의 의견이 달라 서로 논쟁을 벌일 때, 고수를 스승으로 모시거나 하는 등 많은 사람이 모여야 하는 일들이 대부분 여기서 열렸다.

이근용은 마음이 혼란스러웠다. 아버지가 어차피 말로는 자신을 못 당하니 집안에서 쫓아내려고 하는 건 아닐지 걱정이 되었기 때문이다.

수산당에 도착하자마자 그녀는 뭔가 잘못됐다는 것을 깨달았다. 푸른 소나무로 둘러싸인 공터에 사람들이 가득했다. 멀리서 보니 사십팔채의 각 문파에서 실력이 출중한 선배들은 거의 다 와 있는 것 같았다.

인기척이 들리자 공터를 가득 메운 사람들이 일제히 그녀를 쳐다보았다. 대담한 그녀조차 영문을 알 수 없는 닭살이 온몸에 돋았다.

이징은 그녀를 등지고 서 있었는데, 그의 옆에는 키가 너무 커서 팔다리와 부조화를 이루는 소년이 서 있었다. 평소에 수산당을 청소하던 제자 마길리였다.

몇 달 동안 못 봐서인지 이징은 낯선 사람이 된 것 같았다. 이근용은 아버지가 핼쑥해진 것을 알아차렸다. 마른 등은 무엇 때문인지 똑바로 펴지지 않는 것 같았다.

그녀를 본 마길리가 먼저 예의 바르게 '사저' 하고 인사를 건넸다. 그러고는 두 손으로 장도를 이징에게 건넨 후 품에서 정교하게 자른 종이꽃을 꺼내더니 훌쩍 뛰어올라 가볍게 나무 위로 올라갔다. 그는 종이꽃을 이징의 뒤에 있는 커다란 나무의 가지 위에 걸어 놓고 조용히 한쪽으로 물러났다.

이근용은 영문도 모른 채 물었다.

"아버지, 뭐 하시려는 거예요?"

돌아선 이징을 보고 이근용은 소스라치게 놀랐다. 여독이 아직 가시지 않아서인지 얼굴이 너무 초췌하고 흙빛인 데다 병색이 짙었다. 아무리 그래도 친아버지였다. 이근용이 황망히 물었다.

"아버지, 괜찮으세요? 다치신 거예요?"

이징은 말없이 손으로 칼의 무게를 짐작해 보며 천천히 말했다.

"근용아, 파설도 말이다. 너와 내가 갈 길은 같은 길이 아니다.

나는 이제 너에게 가르쳐 줄 게 없구나."

이근용은 무슨 말인지 모르겠다는 표정이었다. 이징이 담담하게 말을 이었다.

"칼을 뽑아라. 오늘 네가 나를 넘어 나무 위에 있는 종이꽃을 딸 수 있다면 이제 너는 수련이 끝나고 성인이 되는 것이다."

이근용은 왜 하필 지금 아버지가 그녀에게 이런 얘기를 하는지 이해할 수가 없었다. 또한 이런 '집안일'에 왜 이렇게 많은 사람을 불러 모았는지는 더더욱 이해할 수 없었다.

그러나 이징은 그녀의 상념을 허용하지 않았다. 곧바로 첫 번째 칼이 그녀의 옆을 스쳐 갔다.

이징은 병 때문에 제대로 힘을 쓰지 못했으나 착배도를 휘두르는 그 순간만큼은 마치 육체의 한계를 넘어선 듯 칼에 엄청난 힘을 실어 이근용에게 사정없이 휘둘렀다. 이것이 바로 파설도의 '산' 일식이었다.

이징의 칼은 이징을 그대로 닮았다. 올곧고 부드러웠으며 곳곳에 여지를 남겨 놓아 다른 사람들은 그가 천하를 호령하는 '남도'임을 종종 잊어버렸다.

이근용은 잔소리 많은 자신의 아버지가 든 칼이 이렇게 대단할 줄은 상상도 하지 못했다. 나름 자신의 검술이 이미 극치에 달했다고 생각해 왔으나 지금은 꼼짝도 하지 못하고 황급히 피하기에 바빴다. 마치 엄청난 기운에 얻어맞은 듯 가슴이 답답하고 식은땀이 흘러내렸다.

이근용은 아버지가 자신보다 강하다고 생각은 해 왔으나, 늘 언젠가는 따라잡을 수 있고 이길 수 있는 목표라고 여겼다. 그러나

이 순간 그녀는 아주 작은 개미가 높은 산을 바라보고 있는 것 같은 느낌이 들었다.

칼날이 산산이 부서졌다.

이징은 한 치의 양보도 허락하지 않았다. 그가 들릴 듯 말 듯 낮은 목소리로 말했다.

"근용아, 내 칼을 부러뜨리겠다고 하지 않았니? 자, 너의 실력을 보여 줄 차례다."

말이 끝나기가 무섭게 두 번째 칼이 날아들었다. 미처 피하지 못한 이근용은 그저 단단히 칼을 쥐고 막는 것밖에 할 수 있는 게 없었다. '챙' 하는 소리와 함께 그녀의 손목에 엄청난 진동이 몰려왔다. 하마터면 쥐고 있던 칼을 놓치고 자신도 칼과 함께 날아갈 뻔했다. 강한 바람에 나뭇잎들도 벌벌 떨었다.

그녀는 고개를 들어 나뭇가지 위에 있는 종이꽃을 힐끗 보았다. 수산당에는 분명 사람들로 가득했는데 움직이는 사람은 한 명도 없었다. 그들은 모두 진지한 표정으로 그녀를 주시하고 있었다. 착잡한 그들의 시선이 마치 촉 땅의 십만대산을 숨기고 있는 것만 같았다.

이근용이 잠깐 한눈을 판 사이 이징의 세 번째 칼이 코앞까지 들이닥쳤다. 이제는 물러날 곳도 없었고, 도신에서는 벌이 윙윙대는 소리가 멈출 줄을 몰랐다. 자세를 제대로 잡고 서서 칼을 꽉 잡고 한 번에 가는 수밖에 없었다.

두 장도가 사납게 부딪쳤다. 그러나 세 합 만에 이근용의 팔은 감각이 마비되었다.

이징이 말했다.

"네가 졌다는 것을 인정하면 나도 그만 멈추겠다."

이근용, 만약 절대로 이길 수 없는 적이 눈앞에 있다면 어떻게 할 것이냐?

맞은편에서 칼을 든 사람은 명색이 그녀의 친아버지니 정말로 그녀를 죽이지는 않을 것이었다. 그러니 버티지 못한다고 후퇴하면 좀 어떤가?

천하제일검의 칼로 풋내기 소녀를 상대한다는 것 자체가 너무나도 황당한 일이었으므로 자신의 패배를 인정한다고 해도 전혀 문제될 것이 없었다. 어차피 그녀는 이제 겨우 열일곱이었으니 말이다.

수많은 상념이 도광의 그림자 속에서 속삭였다. 이근용이 항상 지니고 다니던 칼은 이징의 공격에 금이 갔다. 이 칼은 예전에 장로당에서 이징이 손가락으로 부러뜨린 싸구려가 아니었다.

이근용이 만 열다섯 살이 되었을 때 이징이 직접 봉래의 진 대사에게 부탁해 만든 것으로, 틀림없이 귀한 보검이었다. 보검은 대대로 물려줄 가보였다. 무공이 엄청난 게 아니고서야 절대 쉽게 부러질 칼이 아니었다.

이징은 표정 하나 변하지 않고 담담하게 물었다.

"패배를 인정하느냐?"

패배를 인정하느냐?

이근용, 네 뒤에 넓고 근사한 천 갈래의 퇴로가 있고, 앞에는 외롭고 힘든 오직 한 갈래의 길만 있다면, 그래도 그 길을 가겠느냐?

순순히 퇴로를 택하겠느냐?

이익은 좇고 해가 되는 것은 피해야 한다는 것을 알 테니, 더 편한 인생길을 가겠느냐?

이근용, 세상이 너를 최후의 승부까지 몰아붙인다면 너의 인생을 구해 줄 사람은 누구냐?

파설도의 아홉 식에는 세 가지 정수가 있는데, 너의 정수는 무엇이냐?

소녀는 아버지의 맹렬한 칼 앞에 거의 정신이 나가 있었다. 그러나 이징의 '불주풍'을 피한 그녀가 갑자기 반격을 시작했다.

부러진 칼의 끝을 아래로 내려 모래를 휙 긁어 올렸다. 그러고는 상상하기도 힘든 곳에서 '참'을 펼쳤다. 그녀는 뒤도 돌아보지 않고 이징의 칼에 자신의 칼을 힘껏 부딪쳤다. 마치 개미가 큰 나무를 흔들려는 듯 말이다.

하룻강아지가 범 무서운 줄 모른다더니.

무모한 일을 기도하면 헛수고로 끝난다지.

진작에 금이 가 있던 칼날은 버티지 못하고 또 부러졌다. 이근용은 몇 걸음 비틀거리다 이징 뒤에 있는 나무 기둥에 칼등을 내리꽂았다. 사람과 고목이 모두 크게 흔들렸다.

서로 튕겨 나갈 것 같았지만 이근용은 온 힘을 다해 똑바로 서 있었다. 나뭇가지 위에 있던 이슬이 그녀의 얼굴에 떨어져 고르지 못한 눈썹을 타고 귀밑머리로 흘러들었다. 이근용의 손은 희미하게 떨리고 있었다. 그녀는 사력을 다해 똑바로 서서 다시 칼을 들었다. 여전히 '참' 일 식의 자세였다.

내 정수는 '무필'입니다.

이근용이 마음속으로 말하자 그녀에게 들리던 그 마음속 소리들이 갑자기 사라졌다.

이징이 정말 그녀를 끝내려는 듯 갑자기 앞으로 다가왔고 부러진 칼을 든 그녀를 다시 조여 왔다. 이근용은 후퇴하지 않고 앞으로 달려 나갔다.

첫 번째 합, 그녀는 손목부터 시작해 목과 어깨를 칼로 가르는 통증을 느꼈다. 등은 식은땀으로 축축했다.

두 번째 합, 대대로 물려주려던 보검은 또다시 부러졌다. 부러져 나간 부분은 그녀가 회전하는 힘에 의해 그대로 나무 기둥에 날아가 꽂혔다.

이근용은 나무 기둥에 단단히 꽂힌 칼날을 지지대 삼아 위로 날아올랐다. 그러자 이징이 나무 기둥에 일격을 날렸다. 그녀를 떨어뜨리려는 것이었다.

이근용은 이징이 공격한 순간 그대로 몸을 날려 내려왔다. 반도 남지 않은 칼날은 마치 은하수처럼 빛을 뿌렸다.

이징의 칼날은 거의 완벽한 원호를 그렸다. 눈이 따라갈 수 없는 찰나의 순간에 칼을 세 번이나 휘둘렀다. 네 번째 칼이 곧바로 이근용의 칼을 때렸고, 다섯 번째 칼은 칼을 들고 있는 그녀의 손으로 돌진했다. 손이 찢어진 그녀는 더는 칼을 들고 있을 수 없다. 부러진 칼이 손에서 빠져나오는데 여섯 번째 칼이 또다시 날아왔다.

살기등등한 칼이 공중에 매달린 이근용을 향해 날아왔다. 그녀는 숨지도 피하지도 않은 채 손으로 칼에 맞서려 했다. 순간, 이징이 깜짝 놀라 힘을 뺐는데 뜻밖에도 그의 칼이 금속과 부딪치는 소리가 났다. 그녀가 손가락 사이에 부러진 칼날을 끼우고 있었던 것이다.

힘이 다 빠진 이근용은 이징이 보내는 힘의 흐름에 따라 세속 고목에 부딪쳤다. 그러다 순간 이징은 깜짝 놀랐다. 궁지에 빠진 소녀가 갑자기 자신을 향해 미소 지었기 때문이다.

조금 전 나뭇가지에 걸어 둔 종이꽃이 진동 때문에 떨어졌는데, 마침 그 떨어진 곳이 그녀의 손바닥이었다.

"아버지."

그녀는 나무에 기댄 채 못 쓰게 된 고철 부스러기들 사이에 쪼그려 앉았다. 손가락 틈 사이에 꽂힌 종이꽃은 피에 물들어 선홍빛 꽃이 되었다.

"제가 따냈네요."

이징이 그녀를 내려다보았다. 싱그러운 소녀는 이해할 수 없는 복잡한 감정이 그의 미간을 스쳐 지나갔다.

그는 생각했다. 왜 패배를 인정하지 않으려는 거니?

십칠 년 동안, 그는 자신의 어린 딸이 강보에 싸여 있던 조그만 아기일 때부터 어엿한 아가씨로 성장하는 모습을 다 보아 왔다. 그래서 그녀의 성정은 그리 좋지 못하지만 무공은 꽤 쓸 만하다는 것을 알고 있었다.

나중에 그녀가 누구에게 시집을 가든 무시당하며 살 성격이 아니었고, 세상이 아무리 어지러워도 그녀에게는 살길이 있으리라 생각했다. 시집도 가고, 아이들도 낳고, 평화롭게 몇십 년을 보내면서 자손이 번성하면 그래도 적당한 가업은 이룰 수 있을지도 모른다.

그러나 그녀는 원하지 않았다. 그녀는 모두가 보는 앞에서 당당하게, 후회 없는 '무필'의 정수를 선보였다.

그렇다면 이제는 어쩔 수가 없었다. 그녀는 아마 제명에 죽지 못할 영웅이 되기로 작정한 모양이었다.

"사람들을 이끌고 금릉에 가서 존이주존周存, 주이당의 자—역주를 찾거라. 이 서신을 양 어르신에게 전하라고 말하고. 절대 늦어서는 안 된다."

이근용은 수산당에서 나온 다음 날 바로 촉 땅을 떠나라는 아버지의 지시를 받았다. 이징은 그녀에게 서신을 부탁하며 무슨 일인지 자세한 설명도 해 주지 않았다. 그저 사람을 데리고 빨리 금릉으로 가라고만 할 뿐이었다.

이징은 자신의 칼도 그녀에게 주었다. 착배도의 손잡이는 하도 만져서 반질반질 윤이 났다. 오랫동안 이징과 함께한 그의 소중한 물건이었다.

이근용은 촉을 떠나면서도 여전히 의문이 가시지 않았다. 이근용 일행은 빠른 걸음으로 걷다 삼경이 되어서야 산 정상에 막사를 치고 쉬었다.

그녀는 주위를 둘러보며 속으로 세어 보았다. 사십팔채의 젊은 제자 중 그나마 실력 좀 있다고 하는 이들은 거의 다 그녀를 따라 나와 있었다.

도대체 이 계획에 무슨 깊은 뜻이 있다는 건지, 그녀는 도저히 이해가 가지 않았다. 그저 서신 하나 전하는 것일 뿐인데 말이다.

그녀가 금릉을 잘 모르는 것도 아니고, 주이당을 모르는 것도 아니었다. 한 사람이 신속하게 다녀오면 왕복으로 한 달도 안 걸리는 일에 왜 이렇게 쓸데없이 많은 사람을 낭비한단 말인가?

그녀의 바로 옆을 지키는 사람은 그날 수산당에서 종이꽃을 걸어 놓았던 마길리였다. 영리한 그는 상대방의 말과 행동을 보고 마음을 헤아릴 수 있었다. 그래서 그녀의 눈빛을 보고는 바로 앞으로 나와 말했다.

"사저, 무슨 일이에요?"

이근용이 물었다.

"나를 따라가라고 한 거 말고 아버지가 다른 거 시키신 건 없나요?"

마길리가 말했다.

"아직은 없어요. 다만 각 문파의 사부님과 선배들이 당부한 것은 있어요. 밖에 나가면 무조건 사저의 명령에 따르라고요."

이근용은 딴생각을 하며 건성으로 대답했다. 뭔가가 이상했다. 이 후배들이 몽땅 내보내진 모양새가 아무리 봐도 임무가 있어서가 아니라 화를 피하러 나온 것만 같았다.

그녀는 거무죽죽하게 변한 아버지의 얼굴을 떠올리며 의아해했다. 그러고는 몸에 지닌 작은 보따리를 만지작거리다 이징이 양소에게 쓴 서신을 꺼내 이리저리 한참 살펴보았다. 마길리가 깜짝 놀라 소리를 지르는데도 그녀는 편지의 봉랍을 거리낌 없이 뜯어 열었다.

마길리가 소리쳤다.

"사저, 이건 밀서라고요!"

이근용이 손을 내저었다.

"나도 이게 밀서인 건 알아요. 몰래 훔쳐보는 게 아니고, 떳떳하게 보는 거예요. 양 어르신이 물어보면 내가 그런 거라고 하면 되니까 잔소리 좀 그만하세요."

열 살 때쯤 촉으로 온 마길리는 이근용을 '사저'라고 불렀다. 사실 자신을 낮춘 존중의 표현일 뿐, 그는 오히려 그녀보다 몇 살 위였다. 그녀를 잘 몰랐을 때는 이씨 집안 아가씨의 도를 벗어난 행동을 보고 할 말을 잃었었다. 이근용은 이미 이징의 서신을 꺼내 들고 읽기 시작했다.

처음엔 그녀도 그저 호기심으로 보기 시작했으나 세 줄이 넘어가자 안색이 어두워졌다. 마길리는 규칙을 잘 지키는 사람이라 선배들이 말하지 않은 일은 굳이 알려고 하지 않았다.

그러나 순식간에 그녀의 안색이 변하는 것을 보자 무슨 일인지 물어야 할지 말아야 할지 판단이 서지 않았다. 그가 우물쭈물하는 사이 이근용이 벌떡 일어나 다짜고짜 말했다.

"돌아가야겠어요."

마길리가 말했다.

"무슨……."

멀지 않은 곳에서 들려온 날카로운 새소리가 그의 말을 끊었다. 모두가 동시에 고개를 들어 바라보니 앞서간 이근봉이 급히 되돌아오고 있었다.

"누님, 저 앞에 불빛이 보여요. 예감이 좋지 않습니다."

이근용 일행은 모두 촉에서 나고 자란 토박이였다. 어릴 때부터 말을 타거나 산을 달리는 것에 익숙했던 그들은 산채에서 나오자마자 아래쪽 넓은 길이 아닌 현지인들만 아는 지름길을 따라왔기 때문에 산허리를 돌아 나왔다고 할 수 있었다.

넓은 길을 굽어보니 멀리서 불빛이 점점이 이어지는 것이 마치 큰 부대가 막사를 치고 주둔하는 것 같았다.

누군가가 자기도 모르게 목소리를 낮춰 말했다.

"천 명은 넘는 것 같은데? 뭐 하는 사람들이지?"

이근용이 봉랍을 열고 서신을 뜯는 것을 본 이근봉이 물었다.

"아버지 편지에 뭐라고 쓰여 있어요?"

이근용은 말없이 몸을 돌려 쭉 둘러본 후 몇 사람을 뽑아 명령했다.

"너희는 나와 같이 가서 살펴보자. 나머지는 여기 숨어 있어. 내가 소식을 알릴 때까지 다른 사람 눈에 띄지 말고."

모든 청년은 어차피 이근용을 이기지 못하기 때문에 본능적으로 그녀에게 복종했다. 이근용은 청년 몇을 데리고 금세 불빛의 근원지에 접근했다.

자세히 살펴보니 마음이 무거워졌다. '천 명'은 너무 적게 잡은 숫자였고 못해도 삼사 천은 되어 보였다. 게다가 하나같이 갑옷으로 무장했으며 불을 피우고 순찰을 하는 모양새가 질서정연했다. 여기저기 진을 치고 있는 모습을 보니 만만한 상대는 아닌 것 같았다.

마길리의 얼굴이 갑자기 창백하게 변했다.

"왜요?"

이근용이 물었다. 마길리가 대답했다.

"갑옷…… 저들이 입고 있는 갑옷이 흑룡갑이에요. 이 사저, 저 사람들 북쪽의 군대라고요!"

순간, 이근용의 표정이 굳었다.

"확실해요?"

마길리가 황급히 그녀를 향해 돌아서며 말했다.

"사, 저희 가족들 모두 북두의 개들한테 죽임을 당했습니다. 저 사람들이 촉까지 쫓아와 저를 죽이면, 저는……."

그는 너무 당황한 나머지 말에 두서가 없었다. 하지만 안타깝게도 그의 신세 한탄을 들을 여유가 있는 사람은 아무도 없었다. 그의 말과는 상관없이 모두가 어찌할 바를 모른 채 웅성거렸다.

이근봉이 황급히 물었다.

"누님, 어떻게 할까요?"

이근용이 미처 입을 열기도 전에 별안간 한 줄기의 밝은 연기가 가까운 곳에서 피어올랐다. 그 연기는 너무 밝아서 눈이 부실 정도였다. 누군가가 낮은 목소리로 말했다.

"산채에서 피운 봉화야!"

곧이어 날카로운 휘파람 소리가 서남산 자락에서부터 들리더니 수많은 쇠화살이 밝은 연기를 등대 삼아 빗방울처럼 북군 진영에 세차게 쏟아져 내렸다. 무기가 부딪치는 소리, 처참한 비명 소리, 고함 소리 등 수많은 소리가 삽시간에 뒤섞였다. 좁은 산골짜기에서 이 소리들은 엄청나게 증폭되어 무시무시한 기세로 되돌아왔다.

"우리 매복병은……."

이근봉은 상황을 살피기 위해 무의식적으로 앞으로 나갔으나 이근용이 그의 어깨를 붙잡았다.

매복병의 공격 시점이 너무나 절묘했다. 이근용은 매복병들이 자신들이 북군과 마주칠 것을 미리 알고 있었을 거라는 생각이 들었다. 여기서 북군이 올 때까지 기다렸다가 그들을 위해 장애물을 제거해 주려는 것이다!

　사람들의 눈이 강한 빛에 적응되어 갈 즈음 누군가가 멀리서부터 거침없이 적진으로 달려가는 무리를 발견했다. 선두는 건원파의 송 장문이었다.

　이근용의 귀에 누군가 외치는 소리가 들렸다.

　"사부님!"

　건원파의 송효비였다.

　송 장문은 평생 혼인을 하지 않았다. 문하의 많은 제자들은 모두 그가 데려다 키운 고아였고, 모두가 그의 성을 따랐으며 친자식처럼 길러졌다. 송효비는 반백의 사부가 북군을 향해 돌진하는 것을 보고 곧바로 그를 따라 적진으로 들어갔다.

　마길리는 그를 미처 잡지 못했다.

　"송 사형!"

　모두가 일제히 이근용을 바라보았다. 그녀의 손에 흥건한 식은 땀이 얼음처럼 차가운 칼 손잡이에 물드는 것만 같았다. 피와 불이 그녀의 눈동자에서 이글거리다 이징의 서간 글로 변했다.

　……저에게 남은 시간이 많지 않은 것 같습니다. 생사와 부귀는 하늘에 달려 있으니, 가치 있게 죽는다면 여한이 없을 것 같습니다.

　그녀가 갑자기 장도를 들었다.

　"사람 죽이는 거 안 배웠어? 보긴 뭘 봐, 따라와!"

　사십팔채가 미리 이곳에 매복해 있던 것은 갑작스러운 습격을 받은 북군과 백병전을 벌이려는 것이다. 그러나 신호 연기가 아직 피어오르기도 전에 이근용은 말을 타고 송효비를 지나쳐 함께 온 일행을 이끌고 북군의 진영으로 뛰어들었다.

그녀는 한 번도 전투에 나가 본 적이 없었으나 무공은 매우 뛰어났다. 그래서 일종의 본능처럼 자신을 칼날이라 여기고 선두에 섰다.

북군의 수는 많았으나 일대일로 싸울 경우 평범한 병사는 무림 고수의 상대가 되지 못했다. 조금 전 사십팔채의 급습으로 인해 북군 전체가 혼란에 휩싸인 데다, 측면에서의 공격도 예상하지 못했기 때문이다.

이근용은 앞을 향해 똑바로 돌진했다. 그녀를 따르는 청년들도 그녀가 뚫고 나가는 핏빛 길을 따라 양쪽에서 공격해 오는 적군을 수확했다. 북군은 그들을 포위할 수가 없었다. 마치 봉합할 수 없는 상처가 벌어진 것 같았다.

바로 그때, 크게 부르짖는 소리가 북군 진영에서부터 울려 퍼졌다. 이근용은 심장이 벌렁거렸고, 하마터면 칼을 놓칠 뻔했다. 그녀도 이 정도인데, 사십팔채에서 온 뜨내기 젊은 제자들은 말할 것도 없었다. 몇 명은 너무 놀라 말에서 떨어졌다.

곧이어 선비 같은 남자 하나가 손에 접선을 들고 나타났다. 한 무리의 흑의인을 이끌고 북군의 진영에서 갑자기 등장한 이 '선비'는 곧장 이근용에게 돌진했다.

이근용의 칼과 상대의 접선이 '챙' 소리를 내며 부딪쳤다. 접선은 남자의 손에서 한 바퀴를 돌았고, 이근용은 손목이 조금 저렸다. 양쪽은 한 발씩 물러섰다.

이근용이 다시 보검을 제대로 잡으며 물었다.

"북두인가? 너는 북두의 누구냐?"

그 말을 들은 '선비'가 그녀를 향해 웃었다.

"소인은 곡천선이라 합니다. 낭자의 도법이 이렇게 훌륭하신데 처음 보는 얼굴이군요. 존함이 어찌 되시는지?"

이근용은 상대의 정체를 확인했지만, 결투를 벌이기 전 서로 통성명을 하는 강호의 규칙을 무시한 채 코웃음을 쳤다.

"네가 누군들 내 알 바 아니지."

말이 끝나기가 무섭게 그녀의 장도가 불주풍을 그렸다. 칼을 들어 올리자마자 내려치니 잔영이 생겼다. 곡천선도 그녀가 만만찮다는 것을 알고 그저 공격을 막아 내며 주거니 받거니 할 수밖에 없었다.

그녀의 뒤에 있던 젊은 실력자 후배들도 모두 북두의 흑의인들과 맞붙었다. 그러나 흑의인들은 북군이 아니라 북두의 사병이었기 때문에 고수들이 많았다. 게다가 서로 호흡이 잘 맞고 수단마저 비열하니, 풋내기 젊은이들이 당해 낼 적수가 아니었다.

얼마 후, 그들은 흑의인들에게 포위되어 열세에 빠졌다. 조금 전 이근용의 장도에 상처를 입은 북군이 빠르게 합류하면서 세상 물정 모르는 애송이들을 에워쌌다.

북두의 거문은 탐랑 심천추에 버금가는 자로, 간사하고 교활한 데다 무공이 뛰어났다. 이징을 독살하고 사십팔채를 포위하려던 계획 또한 그의 머리에서 나온 것이었다.

하지만 역시나 비범한 인물이었던 남도에게는 전사纏絲의 움직임이 녹아 있어 북두 넷의 포위 공격에도 눈 하나 깜빡이지 않았다.

게다가 싸우면서 물러나는 방식으로 북두 넷을 수백 리나 끌고 다녔다. 북두의 둘에게 중상을 입혔고, 삼백 명이 넘는 흑의인들을 유인하여 죽였다.

곡천선만이 바람처럼 달아나 북조의 대군에게 몸을 의탁했고 몇 안 되는 지금의 흑의인들이 그때 살아남은 자들이었다. 곡천선은 이근용과의 세 합 만에 이씨 집안의 파설도를 알아보았다.

곡천선이 생각했다.

'이징에게 딸이 있다더니 이 여자인가?'

그는 다시 한번 이근용의 뒤에 있는 사람들을 훑어보았다. 하나 같이 북두의 흑의인들을 상대하느라 정신이 없었다. 나이가 어려 행동이 믿음직스럽지 못했고 당연히 사십팔채 매복병의 지시를 제대로 듣지 않으면서 막무가내로 칼을 휘두르고 있었다.

곡천선은 바로 상황을 파악했다. 사십팔채도 쇠락의 길을 걷고 있어 후배들을 내보내려는 거였다.

이거야말로 찾을 때는 없더니 잊고 있을 때 어부지리로 얻은 격 아닌가. 곡천선은 회심의 미소를 지으며 소리쳤다.

"그들은 남겨 두어라!"

이근용은 자신이 틀렸다는 것을 깨달았다. 분노와 원한 때문에 판단력이 흐려져 자신의 무공만 믿고 양쪽 군대의 싸움에 끼어든 것은 정말 옳지 못한 행동이었다.

그러나 방금 상대의 말을 듣고 나니 이미 식었던 화가 다시 솟구쳤다.

"네가 남으라고 하면 남아야 하는 것이냐!"

이 한마디 사이에도 그녀의 장도는 곡천선과 일고여덟 합을 겨루었고 공격은 갈수록 거세졌다. 곡천선은 이징과 겨뤄 본 적이 있으므로 이 소녀의 파설도가 얼마나 형편없는지를 알고 있었지만 깔

보는 마음보다는 오히려 당해 내지 못할 것이라는 마음이 더 컸다.

그때, 이근용의 뒤에서 말의 울음소리가 들렸다. 곧이어 누군가가 소리쳤다.

"사저!"

이근용이 곡천선에게 겨누었던 칼을 거두고 뒤를 돌아보았다. 사십팔채의 어린 제자들은 이미 삼삼오오 무리를 이룬 북두 흑의인들을 피해 뿔뿔이 흩어져 숨어 버렸다. 대부분이 다친 상태라 그녀는 방금 그 목소리가 누구의 것인지 분간해 낼 수가 없었다.

곡천선은 어쨌거나 북두의 거문이었다. 그녀가 나이는 어려도 적을 얕잡아 보는 순간 불리한 위치에 서게 되는 것은 자명했으니 그녀가 한눈을 판 틈을 놓칠 리가 없었다.

그가 이근용의 귓가에 세찬 바람을 날렸고, 이근용은 무의식적으로 몸을 숙여 피했다. 그러나 곡천선은 어디서 얻었는지 알 수 없는 뇌화탄을 꺼내 두 사람이 어깨를 스치는 순간 그녀를 향해 던졌다.

이근용은 종종 촉 땅에서 나와 한가한 시간을 보내곤 했다. 그래서 강호에서 비열한 수법을 쓰는 사람을 한 번도 보지 못한 건 아니었다. 그러나 곡천선과 같은 고수가 이런 수법을 쓰는 것은 처음 보는 광경이었다.

험악하게 생긴 조그만 공 같은 것이 맹렬하게 그녀의 얼굴로 날아왔다. 이근용이 칼로 세 개를 갈랐으나 네 번째 뇌화탄은 피할 방도가 없었다. 그녀가 깨뜨린 세 개의 뇌화탄이 공중에서 터지자 그녀의 변변찮은 말이 깜짝 놀랐다.

놀라서 몸을 쳐든 말 때문에 이근용이 순간적으로 균형을 잃었다.

요리조리 빠져나온 뇌화탄이 곧장 그녀의 가슴팍으로 날아왔다!

'망했다!'

이근용은 생각했다.

순간, 옆에서 엄청난 기운이 다가오는 게 느껴졌다. 누군가가 전 광석화처럼 팔을 뻗어 그녀를 말에서 밀어 떨어뜨렸다.

이근용이 고개를 돌려 보니 어느샌가 송 장문이 와 있었다. 뇌화 탄은 말의 등 위에서 터졌고 말은 괴로운 비명을 지르며 앞발을 높이 쳐들고 정신이 나간 것처럼 북군의 진영으로 뛰어들었다.

이근용은 그제야 깨달았다. 다른 방향으로 가던 사십팔채의 매복 병이 다시 돌아온 것이라는 것을.

피와 화염을 뚫고, 그녀는 자신이 푸대접했던 선배를 쭈뼛쭈뼛 불렀다.

"송 사숙⋯⋯."

항상 미소를 잃지 않던 송 장문의 얼굴은 상처와 먼지로 가득해 본래의 얼굴색을 알아볼 수가 없었지만, 그동안 본 적 없는 결연함 이 있었다. 그는 정신 나간 말을 사이에 두고 북두 흑의인 셋을 저 승으로 보낸 뒤 이근용을 향해 손짓했다.

"내가 엄호하마, 동남쪽으로 가!"

의지를 잃어버린 이근용의 마음속에 갑자기 끝을 알 수 없는 응 어리가 생겨났다. 내가 무모하게 뛰어들어서 송 사숙 일행이 급히 되돌아온 것인가?

북군은 얼마나 될까? 수천? 수만? 북두 중 몇 명이 여기에 있을 까?

그녀가 탔던 말은 중상을 입고 힘이 다 빠져 처참하게 쓰러졌다.

그녀는 송 장문이 서슴없이 북두의 거문과 상대하는 것을 보았다.

송 장문은 일대일 싸움에서 뛰어난 기량을 발휘한 적이 없었다. 선배이긴 해도 평소 후배들에게 위신이라 할 것이 없었고, 늘 작은 소리로 말했다. 누구와 얼굴을 붉히며 논쟁을 벌이지도 않았다.

"금릉으로 가!"

송 장문이 그녀를 향해 소리쳤다.

"우리가 오늘 밤 왜 여기서 싸우고 있는지 아느냐? 너희를 안전히 보내기 위해서야!"

이근용은 강물이 막힌 듯 가슴이 답답했다. 전신의 맥박이 사납게 날뛰는 것 같았다. 말을 타고 사십팔채로 돌아가 아버지에게 묻고 싶었다.

왜 자신을 보내려 하냐고. 바깥의 강적이 누구든 자신은 당당하게 칼을 들고 죽을 때까지 싸울 수 있는데, 대적을 눈앞에 두고 금릉으로 도망가라고 하다니, 자신은 죽어도 그렇게는 못 한다고.

그러나 남조의 도움이야말로 사십팔채의 유일한 희망이었다. 그녀의 곁에서 불안에 떠는 그 젊은이들이 사십팔채의 후손이고 미래였다.

그들은 망할 놈의 짐을 그녀의 어깨에 지웠다. 오늘 밤 그들을 북군의 포위망에서 안전하게 탈출시키기 위해 무수히 많은 사람이 이곳에서 죽었고, 흑의인의 칼에 희생되었다.

그 순간, 이근용은 자신의 손에 들린 이징의 칼을 보았다. 십칠 년 동안 자신의 몸에 충만했던 기운이 썰물처럼 와르르 빠져나가는 느낌이 들었다. 온몸이 찢기는 것 같았고, 팔다리를 움직일 수 없는 인형이 된 것 같았다.

송 장문은 곡천선의 부채에 어깨가 으스러지면서도 온 힘을 다해 소리를 내질렀다.

"빨리 가!"

이근봉이 말을 타고 달려왔다. 이근용은 잽싸게 고삐를 잡으면서 장도를 고리 삼아 송효비가 탄 말의 고삐를 잡아챈 후 포위망을 뚫고 달려 나왔다.

잠시 후, 그녀는 귓전에 울려 퍼지는 창검의 소리를 들으며 고개를 돌려 아득하고 조용한 촉산을 바라보았다. 용암처럼 끓어오르던 피가 천천히 싸늘하게 식어 갔다.

"따라와!"

이 말과 함께 그녀는 사십팔채의 새로운 두령이 되었다.

❧

맑고 투명한 달빛 아래 이근용은 오초초와 촉의 산길을 걷고 있었다. 갑자기 멀지 않은 곳에서 대나무 스치는 소리가 들리더니 누군가 노래를 부르기 시작했다. 남자와 여자가 주거니 받거니 하며 노래를 불렀는데 목소리가 좋았다. 몇 번 흥얼거리니 저절로 분위기가 바뀌었다.

오초초는 이근용을 바라보았다. 이근용의 얼굴에 성난 기색이 전혀 없는 것을 보고 그제야 웃으며 말했다.

"단왕 전하께서 소리꾼들을 데려오신 모양이에요."

'태자'가 될 뻔한 단왕 전하는 지금도 촉에 숨어 자신의 행적을 숨기고 있었다. 그가 자기 스스로 타락했다고 아무리 말해도 조연은 선황이 남긴 자식이 비적이 되는 것을 두고 볼 수가 없었다.

그래서 결국 그를 촉으로 끌고 와 '호국 유공'의 칭호를 내렸다. 이제 그들은 남북의 경계에 있는 '비적'이 아니었다. 중원 무림의 가장 큰 문파가 되었으며 그들을 당해 낼 세력은 없었다.

이근용이 정색하며 말했다.

"해야 할 일은 하지 않고."

오초초가 말했다.

"해야 할 일을 하지 않아도 될 때가 좋은 때이지요. 다들 종일 경계 태세를 갖추지 않아도 되고, 열심히 일한 후에는 쉴 여유도 있는 게 좋지 않습니까? 주 선생님께서 말씀하시길, 선생님이 어릴 적 촉에 막 왔을 때는 이렇다 할 규범이 없어 산과 들이 온통 장난꾸러기 아이들로 가득했다던데⋯⋯."

산은 푸르고 물은 맑았으며, 아무 걱정이 없는 진정한 무릉도원의 시절이었다. 하늘은 깨끗했고, 안개가 피어나면 신선의 땅과도 같았다. 은둔자는 자유를 만끽했고, 술에 취한 자는 길섶에 드러누웠다. 걱정을 몰랐고, 근심을 몰랐다. 현실과 동떨어져 있으니 세상 돌아가는 일에는 까막눈이었다.

삼십 년이 훌쩍 지나간 지금, 고인은 말이 없고, 산수는 한결같다. 촉 땅은 피눈물을 닦아 내고 천천히 본래의 모양으로 돌아가고 있다.

이근용은 담담한 표정으로 멀리서 들려오는 노랫소리를 벗 삼아 뒷짐을 진 채 작은 길을 걸었다. 양쪽 숲에서 누군가가 소곤소곤 자신의 일생의 공과를 논하는 것 같았다.

공도 좋고, 과도 좋았다. 그녀는 자신의 삶을 인정했다. 하늘에도, 땅에도, 자신에게도 부끄럽지 않았다.

　이만하면 됐지.

　이근용은 생각했다.

　이만하면 충분해.

〈유비〉 완결

유비 4

1판 1쇄 발행 2020년 6월 15일
1판 3쇄 발행 2021년 5월 7일

지은이 Priest
옮긴이 호연
펴낸이 신현호
편집부장 예숙영
편집 박상희
편집디자인 한방울
영업·관리 김민원 조인희
물류 이순우 박찬수

펴낸곳 ㈜디앤씨미디어
출판등록 2002년 5월 1일 제117-90-51792호
주소 서울시 구로구 디지털로 26길 111 JnK디지털타워 503호
대표전화 (02)333-2513 팩스 (02)333-2514
전자우편 dncbooks@dncmedia.co.kr
디앤씨북스 블로그 http://blog.naver.com/dncbooks

ISBN 979-11-264-5150-0 (04810)
ISBN 979-11-264-5146-3 (세트)

정가 13,000원